LE MÈTRE DE PLATINE IRIDIÉ

du même auteur
chez le même éditeur

DU CÔTÉ DES FEMMES
LES ÊTRES IMMATÉRIELS
LE FILS ADOPTIF

ÁLVARO POMBO

LE MÈTRE DE PLATINE IRIDIÉ

Traduit de l'espagnol
par André GABASTOU

*La présente édition a été traduite avec le concours
du Centre national du livre et l'aide de la Direction générale du livre,
des archives et des bibliothèques du ministère de l'Éducation
et de la Culture espagnol*

CHRISTIAN BOURGOIS ÉDITEUR

Titre original :
El metro de platino iridiado

ISBN 2-267-01443-2

María fit sa soirée d'adieux chez tante Eugenia et ce fut le chaos. Toutes ses amies, y compris la nourrice Rosi, des plus jeunes aux plus âgées, avaient en commun un certain degré d'invraisemblance. Et ce trait — très prononcé chez quelques-unes — prenait aux yeux de Virginia des proportions épiques quand elle les observait toutes ensemble, rassemblées dans une même pièce. Cela faisait déjà un mois qu'elles préparaient cette soirée. Une idée de Virginia. María eût aimé une fête plus calme, pour pouvoir parler à chacune personnellement. Ce fut du moins ce qu'elle déclara à diverses reprises au départ. Mais Virginia se montra impitoyable : « À chacune personnellement, tu en auras pour une éternité ! » — « Elles ne sont pas si nombreuses ! » — « Des tas. Et chacune est un cas à elle toute seule. Il te faudrait un mois entier pour faire tes adieux ! » — « Mais je ne vais dire adieu à personne, si c'est pour leur dire simplement que je me marie, la plupart d'entre elles le savent déjà ! » Il n'y eut pas moyen de convaincre Virginia qui, sans aller jusqu'à le dire tout haut, ne voulait pas rater cette occasion formidable de voir réapparaître, en foule, toutes les connaissances de María. Virginia craignait que, prises une à une, les invraisemblances individuelles ne se dissolvent sans donner lieu à un spectacle. Et il fallait à tout prix donner à la bizarrerie l'occasion de se manifester. Du moins cette dernière fois. Virginia ne pouvait se défaire de l'idée qu'on assisterait pour la dernière fois à quelque chose d'essentiel, peut-être un résumé de tout ce qui s'était passé auparavant. Et, par ailleurs, si la soirée se transformait en une suite d'adieux particuliers, Virginia n'aurait plus de prétexte pour y assister. Il fallait qu'il y eût une multitude d'adieux — ce serait des adieux dans les règles — ; mais il fallait aussi qu'elles pussent être vues toutes ensemble en un déploiement exceptionnel. Tout le mois durant, Virginia avait oscillé entre la mélancolie propre aux adieux et leurs délices. Une soirée d'adieux réussie combinerait l'expression de la plus grande tristesse avec la possibilité de se réjouir et de souhaiter bonne chance à une amie intime qui se mariait. Et dans ce cas particulier, cette singularité — qu'elles fussent toutes ensemble — ajouterait du piment à la soirée. Un mélange excitant, sans oublier les pétards de la première nuit passée dans le dortoir des grandes ! On ne pouvait laisser María, avec son inclination à l'uniformité et à la tranquillité, dissoudre les grands adieux collectifs dans de petits adieux successifs. Dans la métaphysique spontanée de Virginia, l'individu était non seulement ineffable, mais aussi d'une extrême drôlerie. Comme elles s'étaient amusées au collège ! Il y avait un autre motif de taille — qu'elle prit grand soin de cacher à María : l'événement devait être célébré sur un grand pied et il y faudrait tout un tas de coups de téléphone, de rendez-vous et de préparatifs, et Virginia souhaitait avoir un long aparté avec María, un long et intense tête à tête, en dehors de Martín. La cote de Martín était à zéro. Virginia s'était déjà résignée à ce mariage — qui lui semblait précipité — et à ce fiancé, ce Martín de mauvais aloi qui lui faisait l'effet d'un rabat-joie. Mais elle ne s'était pas résignée, et n'en avait nullement l'intention, à ce que Martín, avec son sens de l'humour très relatif, son charme philosophique discutable et ses prétendus attraits masculins de garçon très sérieux et très mince, accaparât María sur tous les plans. Il y en avait qu'il fallait préserver. Et comment ! Virginia était scandalisée : María s'était vouée corps et âme à ses fiançailles. Abandon de mauvais goût, béguin de bonniche. Moyennant quoi, son premier devoir, en tant qu'amie intime de la fiancée, était, lui semblait-il, de mettre le prétendant en quarantaine et de lui infliger, au passage, un petit supplice inaugural. Selon Virginia, tout homme est intimement convaincu que la vie est une vallée de roses. Et, comme María s'était livrée dès le premier instant, il était de son devoir de martyriser cet individu par n'importe quel moyen à sa portée. Et le meilleur de tous était la soirée d'adieux : ce serait — outre la souffrance physique — un supplice psychologique parce qu'il ne se composerait pas uniquement de l'éloignement physique de María pendant la soirée du grand jour, mais aussi d'un éloignement spirituel consistant à profiter peu ou prou de ce que, à son insu, elle omettrait ou oublierait de lui raconter de la fête, joint à ce que Martín soupçonnerait qu'il manquait ou à son amertume de ne pas y avoir été mêlé, pour établir un indispensable espace critique entre les deux fiancés. Ce qui était impossible était impossible : et il était impossible que Maria se livrât sans réserve. Et si elle-même ne s'en rendait pas compte, c'était aux autres, et en particulier à Virginia, sa meilleure amie, de la mettre en garde. Il y avait de quoi être scandalisée ! Virginia n'arrivait pas à se mettre dans la tête que María pût manquer à ce point de ce sens de la coquetterie, de la stratégie, ou de l'astuce, que tout *ars amandi* recommande. Il était incroyable et absurde pour une fiancée de se comporter en femme mariée ! Et extrêmement dangereux — comme l'ont montré jusqu'à plus soif tant l'histoire des femmes prises dans leur ensemble que l'expérience la plus concrète de chacune d'entre elles prise isolément — de ne pas se réserver un espace à soi — fût-il mental — et de ne pas garder avec un être féminin une relation privilégiée — une sorte de zone piétonnière, un cercle exclusif — par où ne pourrait passer aucun amant, aucun mari, aucun fiancé — aussi amoureuse que l'on fût. Virginia considérait qu'elle jouissait sur ce point d'un statut plus que particulier et plus exclusif qu'aucune autre amie de María : bénéficiant à ce titre du droit indiscutable et spécifique d'avoir avec elle avant, pendant et après son mariage (au besoin) des apartés spéciaux, des souvenirs de collège intransmissibles, des secrets qui, même insignifiants, n'appartenaient qu'à elles deux. Et il se trouvait, se disait-elle à elle-même dans un débat intérieur, que ces secrets et ces interdits existaient déjà : à cela près que María venait de tomber amoureuse et ne semblait plus leur accorder d'importance. Maintenant, Martín savait tout : maintenant Martín était dans tout. Ce n'était pas tolérable ! Virginia avait juré qu'elle allait s'instituer elle-même, Virginia en personne, Virginia en chair et en os, chasse gardée : elle deviendrait piétonnière : une rue bruyante pleine de petites boutiques, de bavardages et de salons de coiffure pour dames où María pourrait flâner à l'abri du sexe masculin. Quand même ! Et, pour couronner le tout, Virginia était sûre que ce que Martín supportait le plus mal et comprenait le moins bien, c'étaient les amies de María. À ce qu'on lui avait dit, il aurait déclaré qu'elles étaient toutes folles. Du Martín tout craché ! Les hommes sont tous les mêmes. Il fallait que la soirée d'adieux se transformât en bannière. En symbole parfait de la retenue dont toute vraie femme est capable. Parce que María était une vraie femme — un cas unique. Et Martín un incomparable rabat-joie. N'était-il pas allé jusqu'à interdire, ce cul de plomb, que l'on célébrât le mariage en grande pompe, comme le souhaitaient les parents de María, comme cela se faisait partout, avec des centaines d'invités, le contraire allant passer pour une lubie ! Et une lubie idiote en plus ; une lubie têtue et sotte, bien digne de la province de Tolède : Martín, apparemment, avait encore de la boue aux sabots. María, par-dessus le marché, lui donnait raison, et ils allaient se marier à l'écart, à part, en présence de leurs deux familles, personne d'autre — sauf Virginia, bien sûr, qui était tenue d'être là. Aussi fallait-il que la soirée d'adieux fût inoubliable : la retenue particulière — ce que des amies ont de plus singulier — qui devait durer toute la vie : jamais elle ne pourrait partager chose pareille avec Martín. Prête à tout, Virginia résuma son plan (María la regardait en souriant) : « Ce qu'il faut, c'est un magnifique buffet où ça papote dans tous les sens, chaque cinglée s'accrochant à ses trucs et toutes en train de s'empiffrer et de parler en même temps... C'est pourquoi il faut que ce soit chez tante Eugenia ! » Elles étaient tombées d'accord sur ce point : la fête devait avoir lieu chez tante Eugenia qui était en fait cousine à la mode de Bretagne de María, bien que Virginia eût jeté son dévolu sur elle.

Tante Virginia était déjà au courant et elle avait annoncé de Montemayor, où elle avait l'habitude d'aller prendre les eaux, en vociférant au téléphone, qu'elle était, bien entendu, la seule personne au monde à posséder une maison répondant aux conditions requises et qu'à la minute même elle quittait ces eaux épouvantables parce qu'elle en avait par-dessus la tête des rhumatisantes d'Estrémadure et des petites balades au crépuscule. Elle avait ajouté qu'il était hors de question de servir du thé ou du café, uniquement du champagne et des liqueurs, un goûter dînatoire consistant, pas de plats froids ni de ces amuse-gueule qui, où que vous alliez, vous laissent mort de faim parce qu'au jour d'aujourd'hui c'est tout ce qu'on vous sert... Virginia avait raccroché heureuse. Tante Eugenia avait un incontestable sens du tumulte et de l'incohérence qui, associé à son absurde appartement de la rue Velázquez, ne pouvait mener à l'échec. Et il fallait que la nourrice Rosi — la première — vînt à la soirée. De tous les personnages de María, c'était celui que Virginia préférait, cette Rosi qui avait été nourrice chez les grands-parents de son amie et qui, maintenant, frisait les quatre-vingts ans et habitait à Navalcarnero chez l'une de ces filles mariée. C'était une petite vieille replète, au visage rond et aux cheveux raides ramassés en chignon qui ne faisait pas son âge et qui se déplaçait de tous côtés à petits pas rapprochés, très énergiques, avec la ferme mobilité d'une roue à chenille. Son air d'automate venait peut-être de ce que, une fois mise en marche, rien ne pouvait l'arrêter. Quand elle avait été remontée et qu'on la laissait à ses sujets de prédilection, on avait l'impression que rien ne pourrait la détourner de son chemin, même si elle se précipitait contre un mur, ou se heurtait à quelque contradiction. Et de tous ses sujets de prédilection, celui qu'elle préférait, c'était María, à cent coudées des infirmités de sa fille et des mésaventures de ses petits-enfants. Virginia mettait le sujet sur le tapis chaque fois qu'elle le pouvait parce que l'enfance de son amie, vue par la nourrice Rosi, prenait un tour spectaculaire, voire stupéfiant. À l'en croire, María avait eu une enfance prodigieuse. « Un jour, j'étais en train de repasser une chemise de monsieur que la bonne avait laissée de côté. Sur ce, la petite entre dans la lingerie et me montre un bouvreuil qui était tombé d'un nid du garage. Ne voilà-t-il pas qu'il s'envole dans la pièce ! Et toutes les deux d'essayer de l'attraper en faisant bien attention pour qu'il ne se tue pas contre un mur. Il se pose sur l'ampoule et se met à se balancer. Alors j'enlève mes pantoufles, je monte sur la table et il finit par se retrouver dans ma main. Là-dessus, une odeur de brûlé et la chemise de monsieur qui se met à fumer. Le fer à repasser était tombé quand je suis montée. Que faire... Pas de solution ! » À ces mots, la nourrice faisait une pause dramatique, relevait deux fois le menton, comme si elle lançait un défi à ses auditeurs. « Alors je redescends, la chemise, mon Dieu, la chemise ! Et la petite qui veut voir l'oiseau ! J'avais eu une telle peur que j'avais oublié que je l'avais dans la main. La petite veut que je le relâche et que j'ouvre la fenêtre. Moi alors, je me fâche, d'abord la chemise ! Et alors qu'est-ce que je fais ? Eh bien, nous relâchons le bouvreuil, et que se passe-t-il ? La petite sort de la lingerie et revient avec la boîte de farine. Pourquoi apportes-tu ça ? : elle répond qu'elle va enlever la tache avec de la farine. Mais, bon Dieu, ce n'est pas une tache, elle est brûlée ! La petite recouvre toute la partie brûlée de farine et secoue la chemise qui se retrouve comme avant... » Peu importe que

Virginia et María pouffent de rire en écoutant le récit de ce miracle. La nourrice Rosi n'avait pas le sens du ridicule. Et il était inutile d'essayer de lui expliquer que tout cela était impossible et qu'elle avait probablement mêlé deux événements domestiques différents : dans l'un, María est une toute petite fille qui vient d'entrer dans la lingerie, un paquet de farine à la main — les enfants adorent transporter des objets incongrus d'un bout à l'autre ; dans l'autre, une grande tache sur une chemise ou un vêtement semblable disparaît comme par miracle et quelqu'un, peut-être la nourrice Rosi elle-même, emploie cette expression. Virginia trouvait étrange l'obstination de la nourrice à soutenir qu'il s'agissait d'un miracle, alors qu'elle se montrait toujours raisonnable en racontant d'autres histoires et d'autres souvenirs et guère encline à la fabulation. Elle ne brodait qu'au sujet de l'enfance de María et elle portait toujours sur elle une photo de la fillette, comme une image pieuse. C'était au cours de vacances de Noël passées chez María, alors que toutes les deux étaient encore au collège, que Virginia avait entendu pour la première fois l'une de ces fables. La nourrice Rosi, qui ne vivait plus à la maison, était venue présenter ses vœux. Virginia eut à ce moment-là envie de lui demander — sans oser le faire — si elle croyait vraiment que María, cette même María qui allait fêter ses seize ans, avait fait des miracles dans sa petite enfance. La nourrice Rosi se contentait de raconter ces histoires sans ajouter le moindre commentaire. Elle n'avait pas l'air de se rendre compte de l'effet qu'elle produisait sur ses auditeurs. Outre l'absence de sens du ridicule en tout ce qui concernait l'enfance de María, elle n'avait pas non plus le sens de l'absurde. Étrange était également l'attitude sereine de

María elle-même vis-à-vis des histoires de la nourrice ; elles la faisaient, certes, rire aux éclats, mais Virginia n'avait jamais remarqué la moindre rougeur ni la moindre stupéfaction chez son amie. Et ce dernier point ne laissait pas de la perturber, aussi bien à vingt ans et plus que la première fois qu'elle avait entendu ces histoires. Il y en avait une en particulier dont elle se souvenait encore et qu'elle avait entendu la nourrice Rosi répéter quasiment au pied de la lettre : « Un jour, nous étions toutes les deux assises dans la salle de jeu, moi en train de repasser une reprise et la petite de peindre sur un cahier. Comme monsieur et madame étaient sortis, il n'y avait personne d'autre à la maison, mais on ne pouvait pas rester dans le jardin. » — « Nounou, pourquoi ne pouvait-on pas rester dans le jardin ? » voulut un jour savoir Virginia. Elle comprit, à peine la question posée, qu'il était inutile d'insister ; la nourrice Rosi ne répondait jamais aux questions et n'aimait guère être interrompue. Si elle était interrompue — si quelqu'un, par exemple, entrait dans la pièce à l'improviste —, elle se taisait en serrant les lèvres qui dessinaient une ligne droite presque blanche. À de tels moments, sa silhouette trapue faisait plus que jamais penser à un automate. En tout cas, Virginia se rendit compte — comme quelqu'un qui se réveille en sursaut — que la question qu'elle venait de formuler avait fusé à son insu. La question — fruit de la fascination — s'était posée toute seule sur ses lèvres. Voici ce qui arrivait : si quelqu'un passait un long moment à écouter la ritournelle narrative de la nourrice, il finissait par perdre tout sens de la réalité, y compris de sa propre personne, pour se glisser, avec un frisson de plaisir, dans la peau de l'enfant qu'il avait peut-être été, transporté dans la pure irréalité d'un monde d'en deçà du prédicat. Les déclarations de la nourrice, absorbées pour ainsi dire sans pouvoir reprendre haleine ni être jugées dans la pure monotonie mécanique de leur déroulement intarissable, troublaient la conscience de l'auditeur comme des nouveautés ou des détails lourds d'un sens qu'ils prenaient et perdaient instantanément. Virginia avait l'impression que si elle ne mettait pas certains points au clair, fût-ce au prix d'une interruption et de la gêne causée à la nourrice, elle perdrait ce qu'il y avait de vraiment essentiel dans le récit, se retrouverait à la traîne et comme abandonnée dans un jardin inconnu. Elle avait posé sa question, mue par une immense affliction, comme si l'impossibilité pour María et la nourrice Rosi de ne pouvoir rester dans le jardin évoqué au tout début de l'histoire était un mal irrémédiable. María, qui écoutait tranquillement à côté d'elle, dut remarquer quelque chose, car elle s'empressa de chuchoter : « On ne pouvait pas rester dans le jardin parce qu'il pleuvait à verse. » — « Et sur ce, une souris est passée par la fenêtre qui était restée entrouverte », avait ajouté la nourrice imperturbable. « Regarde la pauvre souris, dit la petite, elle traîne la patte. Et l'animal, tranquille comme Baptiste sur le rebord de la fenêtre, regardait la nourrice et la fillette, flairait tout ce qu'il y avait autour de lui. Ne l'attrape pas, laisse-la donc repartir toute seule, mais si, elle a une petite patte mal en point, mais non, ne la touche pas, c'est une horreur, tu vas te retrouver avec une peau de souris, je vais l'attraper pour voir ce qu'elle a ; et ne voilà-t-il pas que la souris qui est toute mouillée se couche sur le dos pour que la petite voie sa patte, et elle la lui montre ; elle va te griffer, regarde les griffes qu'elle a ; elle ne fait rien de mal, elle est venue pour qu'on la soigne, sur ce, je me lève, je vais voir et c'est vrai qu'elle a une patte écrabouillée ; laisse-la partir qu'elle se soigne toute seule ; bobo petit bobo fini le bobo ; et alors elle souffle sur sa patte de tout près, et la souris fait un bond et repart par la fenêtre en courant de toutes ses pattes... » En fait, une histoire idiote, comme toutes les autres, pensait Virginia. Ce qui l'intimidait particulièrement dans celle-là, c'était cette relation magique avec la nature que la nourrice Rosi, sans la moindre affectation et le plus naturellement du monde, attribuait à María. Là encore, comme dans l'histoire précédente, le miracle apparent pouvait s'expliquer par la juxtaposition que faisait de façon arbitraire la nourrice d'éléments narratifs hétérogènes : la solitude de la salle de jeu par un jour de pluie, l'apparition d'une souris des champs, l'habitude des enfants de dire bobo petit bobo... Tout cela, s'accumulant dans l'esprit avide de miracles de la nourrice Rosi, avait dû se transformer en relation de cause à effet. Tout devait pouvoir aisément s'expliquer. Et le fait que Virginia s'expliquât à elle-même les choses ainsi pouvait être entendu comme une simple manifestation de bon sens. Mais elle s'étonnait toujours un peu de l'empressement avec lequel elle rejetait, en raison de leur absurdité, ces récits. Aussi absurdes qu'ils fussent, ils ne l'étaient pas au point de ne pas être l'expression — fût-ce de façon hyperbolique et uniquement à ses yeux — d'un côté intrigant de María. Elles se connaissaient depuis, à peu de chose près, leur plus tendre enfance, s'étaient très souvent raconté leur vie ; elles devinaient presque toujours leurs pensées, croyait Virginia. Et pourtant, il y avait en María quelque chose d'irréductible à cette évidence, qu'elles fussent deux amies intimes et inséparables. C'était quelque chose de doux, de têtu et d'imprévu, comme une chatière, par laquelle María, tel un petit animal rutilant, s'échappait à l'occasion. Et Virginia considérait que l'exemple suprême de cette inclination à la fuite était le nouvel amour de son amie : la fille du collège la moins disposée à s'amouracher était, d'un jour à l'autre, d'un instant à l'autre, tombée amoureuse. En un clin d'œil. Et à partir de ce jour, tout en restant incontestablement la même, elle s'était éloignée, cachée derrière le mystère de sa brutale décision. Mais avait-ce été une décision ? Virginia se prenait pour une personne décidée — bien plus que, jusqu'alors, María — qui tirait de cette aptitude jamais prise en défaut une joyeuse gratification. Virginia mettait un point d'honneur à toujours savoir ce qu'elle voulait, si bien que dans les cas d'hésitation les plus clairs, au moment par exemple de choisir entre deux robes presque pareilles, elle optait, dans l'ordre chronologique, pour la première qu'on lui avait montrée. María, en revanche, ne donnait pas l'impression d'avoir pris une décision quand elle choisissait quelque chose. L'objet choisi devenait l'auteur du choix et semblait l'emporter avec lui. Et Virginia établissait un lien entre la passivité de son amie et ce côté imprévisible par où, comme à travers une chatière, elle se faufilait. Et, bien qu'imprécis, il y avait un lien entre les récits de la nourrice et ses décisions inattendues. Mais lequel ? Virginia n'arrivait pas à le définir, sauf en passant par une conception poétique de l'inconscient ou de l'obscurité, que l'on retrouvait aussi bien dans les histoires de la nourrice que dans certaines décisions de María, et par-dessus tout dans sa décision de se marier avec Martín. Aussi, tandis que les deux amies mettaient d'un commun accord la dernière main aux préparatifs de la soirée, téléphonaient aux intéressées et discutaient avec tante Eugenia — qui téléphonait maintenant quatre ou cinq fois par jour — des détails du menu (parce que, à force de vouloir faire les choses en grand, elle était passée de la simple idée d'un lunch à celle d'un dîner avec des extras, après avoir repoussé l'idée d'un thé-dansant et d'un voyage de tout le groupe à Paris), Virginia continuait de penser qu'également dans le choix — à supposer que ce fût un choix — de ses autres amies (pour sa part, elle s'estimait plus qu'une amie et, par conséquent, séparée de toutes les autres par une redoutable coupe verticale), il y avait un point d'obscurité tératologique. Et c'était précisément pourquoi Virginia trouvait que toutes les amies de María, à l'exception d'elle-même, des plus jeunes aux plus âgées, avaient en commun, un certain, un haut degré d'invraisemblance.

Il n'y avait qu'à les voir arriver. Le jour de la fête s'annonça pluvieux et téméraire, tante Eugenia ayant décidé la veille, au tout dernier moment, que le plus *cosy*, et de loin, était un pique-nique dans le salon, toutes assises par terre, comme sous une tente. Virginia et María, craignant le pire, arrivèrent très tôt chez elle, en tout début d'après-midi. Tante Eugenia qui, apparemment, s'était levée tard pour être, selon ses propres termes, tout à fait fraîche et alerte, avait pris au petit déjeuner une omelette aux pommes de terre qu'on lui avait montée rapidement du bar et déjà avalé une bonne demi-douzaine de *pink gins*. La bonne qui leur ouvrit la porte était nouvelle et on lisait sur son visage un profond désarroi. Elles trouvèrent tante Eugenia dans le salon, changeant tous les meubles de place, aidée, d'après ce qu'elle leur annonça à leur entrée, du fils du concierge, « un garçon d'une force colossale ». Il était difficile de deviner ce qu'elle avait l'intention de faire. Tous les coussins de tous les canapés et tout un lot de coussinets de petite ou moyenne taille étaient empilés au milieu de la pièce où ils formaient une sorte de monticule. Le canapé et une paire de fauteuils, plus les petites tables et les lampes, avaient été regroupés dans un coin de la pièce. Les rideaux des deux grandes portes-fenêtres du balcon qui donnait sur la rue Velázquez avaient été soigneusement tirés. On pouvait tourner autour du monticule de coussins, les déplacements n'étant gênés que par des vases de tailles diverses garnis de gigantesques branches vertes. Le fils du concierge, en tricot de peau, les poings sur les hanches et la tête penchée, contemplait, pensif, ce chaos. Tante Eugenia, juchée sur un escabeau, agitait un grand éventail orné de roses et de grisettes madrilènes. Virginia, riant sans arrêt, se réjouit à l'idée que la fête commençait exactement comme elle l'avait prévu. À eux tous, sans oublier la nouvelle bonne, ils remirent les meubles en place. À six heures, ils étaient tous les cinq en train de boire des verres de sangria dans la cuisine. « Moi, je dis que c'est dommage que, déclara tante Eugenia en bégayant un peu, que ce pauvre Manolo soit obligé de partir au lieu de rester ici pour profiter de la fête ! » Manolo, qui n'avait toujours pas passé sa veste, haussa les épaules en silence. Beaucoup de baratin, mais lui donnerait-on, oui ou non, un pourboire ? Impossible de prévoir comment tourneraient les choses : il avait vu, en d'autres occasions, la tante Eugenia osciller entre la pingrerie et l'extravagance la plus inouïe. Les jours d'extravagance, sa petite amie lui faisait des scènes — « celle-là, elle en pince tellement pour toi qu'elle en a le feu au cul, ça fait un bon bout de temps que je la vois venir » — ; les jours de pingrerie, c'était sa mère, la concierge, qui le harcelait — « tu ne sais pas t'y prendre, mon pauvre, tu passes tout l'après-midi à travailler, et tout ça pour des clopinettes ! ». Ce jour-là, Virginia et María se chargèrent du pourboire. Elles eurent droit à de grandes marques de considération. Et elles prenaient toutes congé de Manolo — y compris la nouvelle bonne qui se faisait une idée plus juste de la situation générale — quand on entendit monter l'ascenseur. Ils étaient tous les quatre sur le palier quand émergea de la cabine Tereto Pombo, affolée, qui affirma qu'elle était venue à pied de la Puerta de Alcalá, ignorant si elle était la première ou la dernière. De Matonkikí à Tereto Pombo il y avait une seule ligne continue. Elle était grande, aussi grande que Virginia, marchait en se penchant en avant, ses frisettes en bataille tombant sur son visage. Virginia, María et elle avaient été camarades au collège. Elle s'assit au beau milieu du canapé, jambes écartées et bas de travers, furetant partout et à toute vitesse de ses yeux de myope. Virginia était persuadée qu'elle l'avait entendue siffler. Assise sur ce canapé à fleurs vertes et grenat, on aurait dit qu'elle allait d'un instant à l'autre se percher sur la lampe. María et Virginia, debout devant elle, l'observaient étonnées. Tante Eugenia s'était réfugiée dans la cuisine, en déclarant que tout restait à faire et en titubant un peu sur ses talons hauts. Quand elle s'arrangeait comme elle l'avait fait ce soir-là, elle avait un petit air éméché d'entraîneuse. Virginia l'avait déjà vue ainsi, outrageusement maquillée, le Rimmel frais passé à la spatule. On l'entendait maintenant parler très fort dans la cuisine et Virginia l'imagina en train de fumer tout en enduisant de beurre le pain de mie et en faisant la conversation avec la bonne qui devait la contempler bouche bée. María annonça qu'elle rejoignait tante Eugenia. Tant mieux ! Virginia s'assit à côté de Tereto qui, ayant repris son souffle et satisfait sa curiosité initiale, s'était tournée vers elle, disposée à entamer la conversation. « Alors, mon chou, quoi de neuf ? Il faut que tu me dises comment est le fiancé. On dit que c'est un garçon tout simple, de toute petite origine, pauvre comme Job, très pauvre, n'est-ce pas ? » Virginia riait intérieurement en se rappelant les prétendants imaginaires que toutes les trois s'attribuaient les unes les autres au collège. « Quand tu feras sa connaissance, tu verras comme il te plaira. Il fait un peu vieux. Un garçon très brun, très grand, très mince, les traits bien dessinés, on dirait une sculpture... » Tereto Pombo l'interrompit : « Mon chou, épargne-moi les détails scabreux. Sait-il jouer aux cartes ? » — « Je ne crois pas. Mais María non plus. De ce côté-là, pas de problème. C'est un garçon très intelligent... » Tereto regardait fixement Virginia, la tête très penchée en avant, avec cet air buté des myopes qui refusent de porter des lunettes. Il était difficile de savoir si elle comprenait ou non. C'était la première fois que Virginia parlait de Martín avec une tierce personne. Cette image stéréotypée de Martín destinée à Tereto Pombo et à toutes les femmes qui allaient arriver correspondait-elle à la réalité ? Que venait faire cette allusion d'un goût douteux à une sculpture ? « Mais à toi, est-ce qu'il te plaît ? » s'enquit Tereto avec un pli sceptique aux lèvres. « À moi ? Mais bien sûr... C'est ce que je suis en train de te dire ! » — « C'est-ce-que-tu-es-en-train-de-me-dire-c'est-ce-que-tu-es-en-train-de-me-dire et moi j'entends tout le contraire, ne sais-tu pas que nous, les Pombas, nous sommes des garces. Ça s'appelle un sixième sens. Aussi trêve de sornettes. Il est sympathique ou antipathique ? » Virginia hésita un instant. « Tu vois ? Tu n'en sais rien. Un chardon, à tous les coups... » Virginia se remit à rire. « Tereto, que fais-tu en ce moment ? Il y a des siècles que nous ne nous sommes pas vues. » — « Eh bien, ma belle, que veux-tu que je fasse ? Rien, je joue aux cartes. Je vais, je viens. Je regrette le collège. Nous y avions une vie organisée et des prétendants imaginaires, les seuls qui soient amusants... » La sonnette de l'entrée retentit. María et tante Eugenia entraient dans le salon avec des plateaux et des assiettes. Bribes de conversation, exclamations, coups de talon se bousculaient dans le vestibule. « Ah, voilà la bande ! » s'écria Tereto Pombo.

Elles entrèrent à la queue leu leu, conscientes de leur importance. Elles étaient quatre, plus la nourrice Rosi qui était montée à pied, pas à pas, parce qu'elle détestait les ascenseurs, et qui disparut aussitôt derrière la bonne, avec sa démarche menue d'automate. Elles riaient toutes beaucoup en se disant bonjour, et dans leurs manières encore un peu gauches s'esquissaient les physionomies qui seraient les leurs vingt ans plus tard. Elles entouraient María, comme si elles s'attendaient à une surprise, la voix un peu trop haut perchée, comme si c'était un jour d'examen. Virginia pensa tout à coup qu'elles faisaient, comme d'ailleurs elle-même, leurs adieux définitifs à María. « Ah, tu n'as pas tenu le coup longtemps, tu n'as pas tenu le coup longtemps ! » déclaraient presque en chœur Angélica et Estercita Baldor. « C'est ce que nous disions, n'est-ce pas, dans le taxi en arrivant, que tu as été la première à te caser, qui l'aurait dit ? » — « Eh bien, c'est comme ça ! » répondait María en souriant. « Et vous ? Des fiancés en perspective ? À la pelle, hein ? » Virginia hocha la tête pour chasser une pointe de mélancolie enfantine. Les deux sœurs Baldor, les Baldoras, si belles, qui s'habillaient pareil, s'étaient mises en rose et portaient aux poignets des bracelets qui rythmaient leur bavardage comme un air de danse tropical. Virginia qui devait faire des efforts pour suivre les conversations éprouva un sentiment d'absurdité, soudain fragilisée par cette mélancolie qui ne s'en allait pas et qui se posait, tel un papillon, sur les petits groupes du salon de tante Eugenia. Il y avait là Pepa Cárleton dans son tailleur de flanelle grise, donnant la réplique à Tereto qui acquiesçait par de vigoureux hochements de tête tout en feuilletant un *Hola.* Virginia s'approcha d'elles et s'assit en silence sur un tabouret. « Il faut que je dise à María, proclamait Pepa Cárleton, avec force gestes à l'appui. Il faut que je dise à María que Maca Claramunt m'a appelée pour me dire que c'est impossible qu'elle regrette terriblement que sous aucun prétexte elle ne pouvait venir parce qu'elle avait ce *vernissage** à San Cugat, impossible de changer le jour et l'heure, quand on sait comment sont les galeristes, les airs qu'ils se donnent, et que, pour couronner le tout, ses cousins arrivaient aujourd'hui, les Garriga-Nogués, tu dois t'en souvenir, Maca en parlait à tout bout de champ, ils arrivent dans deux voitures et la Studebaker d'une Samaranch, tu dois te souvenir d'elle, Tereto, nous avons fait sa connaissance dans un bal de débutantes ici à Madrid, un petit visage de porcelaine fine qui faisait un peu vieux, elle s'était enfoncée dans un fauteuil et ne dansait pas parce que le cha-cha-cha lui donnait des palpitations et elle nous avait toutes invitées à aller la voir dans l'Ampurdán où ils ont, paraît-t-il, un lieu près de la côte avec plage privée, bateau et un village entier... » Tante

* Tous les mots en italique et suivis d'un astérisque sont en français dans le texte. (*N.d.T.*)

Eugenia venait d'entrer en annonçant que tout était prêt et en leur demandant ce que, ce qu'elles voulaient boire.

Elles se rassemblèrent toutes autour d'une table ronde, presque entièrement cachée par les ramures vertes d'un vase, sur laquelle tante Eugenia avait installé ses plateaux. La nouvelle bonne poussait un chariot sur lequel étaient posés la cafetière, la théière, la grande jarre de sangría et l'inévitable bouteille de gin à moitié vide qui ne faisait jamais défaut dans les fêtes organisées par tante Eugenia. Elles parlaient toutes en même temps ; la bonne servait d'un poignet hésitant de la sangría aux Baldoras et à Tereto Pombo qui continuait de prêter l'oreille à Pepa Cárleton sans la regarder, tout en dévorant de l'omelette. La nourrice Rosi était apparue dans un coin de la pièce. La sonnette de l'entrée retentit. Il manquait les quatre ou cinq cousines germaines de María du côté de sa mère qui arrivaient maintenant toutes ensemble, se renvoyant les unes aux autres la responsabilité de leur retard : un méli-mélo de Carolina, de Paloma et de Beatrice qui fondit sur la nourriture à peine eurent-elles esquissé un bonjour. Estercita Baldor, qui les connaissait toutes, prit la tête de ce groupe qui au deuxième verre de sangría entonnait déjà *En poussant l'escarpolette.* Tante Eugenia allait et venait, le verre à la main, en balbutiant des éloges incohérents sur la jeunesse en général. Tereto Pombo et Pepa Cárleton, plongées, apparemment, dans un vif débat, s'étaient réinstallées côte à côte sur le canapé. María et Virginia finirent, elles aussi, par s'asseoir sur deux chaises près de la table aux plateaux. « Elles s'amusent, n'est-ce pas, Virginia ? C'est l'ambiance que nous voulions. Qu'est-ce qu'il t'arrive ? Je te trouve songeuse. » — « Tereto m'a demandé comment est Martín. Je le lui ai un peu expliqué, à la va-vite. » — « Et alors ? » Virginia hésita, ne sachant si elle devait répéter vraiment ce que Tereto avait laissé entendre. À quoi bon se mêler de tout cela ! On ne pouvait plus rien changer. Face à elle, María resplendissait. Et ses yeux brillants, d'un bleu très clair, intimidèrent Virginia, comme si, au lieu d'être tout simplement sur le point de se marier, elle entreprenait sans s'en rendre compte un voyage sans retour. María lui sembla orientée dans une seule direction, possédée d'une joie irrépressible, livrée à la force insensée d'un vent hasardeux qui n'augurait rien de ferme, ni de tranquille, ni de sûr, de l'autre côté de l'océan, au terme du périple. L'assurance de María faisait que Virginia se sentait peu sûre d'elle, incomprise, peut-être oubliée pour toujours. « Tout ça me rend un peu mélancolique », avoua-t-elle. Virginia parcourut la pièce des yeux avant de se décider à continuer. Les deux Baldora et les cousines, assises par terre entre tante Eugenia et la nourrice Rosi, entonnaient à présent avec beaucoup de conviction et un air viril de barytons, *Ma Maïtechu*, en se tenant par le bras et en se balançant lentement d'un côté à l'autre. « Tout ce chambardement que je voulais provoquer et que nous avons fini par provoquer et qui ressemble à une excursion de fin d'année en car — tu te rappelles ? — est au fond très triste. C'est comme si nous n'allions plus jamais nous revoir, et que je le savais, et que toi, tu ne te rendais compte de rien. Je sais bien que ce n'est pas comme ça, que ce ne sera pas comme ça... Et pourtant, la vérité, c'est que l'école est finie, les années ont passé et, en fait, je ne t'ai pas comprise... » — « Mais il n'y a rien à comprendre ! s'écria María. Tu ne me comprends que trop ! » Elle embrassa impulsivement Virginia. « Personne ne me comprend mieux que toi, mon petit ! Pas même Martín ! Toi, tu sais tout ! » Virginia en eut les larmes aux yeux. Et tout en ayant honte de ces larmes puériles, elle essaya de dire ce qu'elle ressentait : elle essaya d'imaginer, au-delà de cet instant qui les réunissait, le lendemain confus, prometteur, menaçant, tel un océan verdâtre et brillant et trop vaste pour qu'on pût se souvenir du collège. « Je sais fort bien que tu vas être heureuse avec Martín, je suis sûre que tu vas être heureuse. C'est comme si je craignais... Tu t'es lancée bille en tête... Personne ne se lance comme ça dans la vie. Aucune d'entre nous. On nous a élevées pour être paisibles, rendre les maisons confortables, faire la conversation, être toujours très belles et arrangées, savoir nous tenir dans le monde et ne pas avoir de problèmes, et toi, tu changes tout... Tu ne t'en rends pas compte, mais, en te mariant comme ça, tu changes tout, en ne t'occupant pas assez de toi, en rayonnant autant, en étant aussi amoureuse, comme une pauvre fille qui se marie avec le premier venu parce qu'elle sait qu'il n'y en aura pas d'autre, tu devrais sortir avec d'autres garçons, les laisser s'expliquer, repartir, montrer qu'ils valent ce qu'ils croient valoir, te flatter et craindre que tu ne les envoies paître à la première sottise... Mais toi, tu ne t'occupes pas de toi ni n'écoutes ceux qui s'occupent de toi, comme si c'était une perte de temps et que tu avais besoin de tout ton temps pour le donner à Martín sans rien garder pour toi, sans garder tes amies, sans te préserver un peu, sans te souvenir de personne, ni de moi ni de personne, comme si ta vie ne valait pas plus cher que celle d'une pauvre fille venue de sa cambrousse qui s'accroche au premier venu... Tu dis que je te comprends, mais ce n'est pas vrai : je ne te comprends pas ; je ne comprends pas comment tu peux rayonner autant, resplendir autant en ce moment même sans la moindre raison, briller en pure perte, et tout cela parce que tu es tombée amoureuse d'un homme qui est encore un enfant et dont nous ne savons comment il tournera, ni s'il sera par la suite possible ou impossible de réparer les dégâts, ni s'il va t'aimer comme toi, tu t'apprêtes à l'aimer pour toujours... Ne t'imagine pas que je te comprenne, María : je t'aime mais je ne te comprends pas du tout. Et j'ai peur en te voyant briller et t'emballer comme si tout allait être toujours pareil, aujourd'hui aussi bien que dans vingt ou trente ans, comme si ce n'était pas en fait quelque chose d'horrible de briller autant, de risquer autant et de tout donner parce que ça va de soi... » Virginia s'arrêta brusquement en se frottant les yeux avec les mains. Puis elle rejeta sa tête en arrière, sans regarder son amie, comme quelqu'un qui en a dit plus qu'il n'en sait, qui a fini par s'embrouiller, qui ne se souvient plus très bien de ce qu'il a dit et qui ne sait plus très bien s'il ressent vraiment ou ne ressent pas ce qu'il prétendait ressentir et préfère, tout compte fait, laisser les choses advenir et que les autres lui disent sur quel terrain se placer, s'il doit se taire, pleurer ou ne pas pleurer, ou reprendre la conversation comme si de rien n'était... Virginia fronça les sourcils et embrassa furtivement María parce qu'elle-même l'embrassait, riait et brillait.

Sa mère avait protesté : « C'est moi qui m'occupe de tout ! » Et c'était vrai. En entendant cela, María avait ressenti une pointe de remords. D'un autre côté, il était vrai aussi que sa mère n'aurait pas accepté de ne pas s'occuper de tout. Elle ne se serait pas sentie à sa place. Et comme la noce allait être si simple qu'elle ressemblerait à peine à une noce, sa mère, en guise de compensation, consacrait tout son temps aux préparatifs, aux achats et à la décoration de l'appartement, ce qui laissait en fait à María bien peu de chose à faire. Il était même difficile de l'accompagner. Elle semblait profiter davantage de la situation en allant courir les boutiques toute seule, ou en compagnie des tantes de Martín, installées à cet effet depuis déjà quasiment un mois dans un petit hôtel de la Gran-Vía. María traversa de nouveau l'appartement d'un bout à l'autre, sans se décider à déballer un service de vaisselle qu'on venait de lui apporter. D'ordinaire, les protestations de sa mère — à qui María pensait qu'elle ressemblait beaucoup — ne la perturbaient guère. Sa mère soupirait et protestait souvent : c'était une pure explosion de bien-être. Et elle avait trouvé dans les tantes de Martín — qui étaient à peu près de son âge — deux personnes aussi inépuisables qu'elle, prêtes à mesurer mille et une fois toutes les fenêtres de l'appartement pour poser voilages et doubles-rideaux. Toutes les trois allaient goûter ensuite au *California*, avec de grands verres de café au lait et des gâteaux à la crème. Les protestations de sa mère n'auraient donc pas inquiété María cet après-midi-là si la soirée d'adieux ne l'avait laissée songeuse. Ce que lui avait dit Virginia au dernier moment était resté gravé dans sa mémoire comme une question sans réponse. En riant, en embrassant son amie, elle avait éludé la question. La simple affection avait tenu lieu de réponse. Fallait-il donner, en plus, une autre réponse, une réponse raisonnable ?

Savoir que, dans un très bref délai, elle vivrait pour toujours avec Martín l'empêchait de se concentrer sur ce qu'elle entendait et à peu près sur tout ce qui venait de l'extérieur. Et un tel état d'âme l'étonnait parce qu'il la renvoyait vers elle-même, vers une région qu'elle n'avait jusqu'alors explorée qu'en surface et qui était maintenant pleine de luminosité — d'heureuse imprécision. María imaginait sa vie avec Martín comme un intérieur toujours éclairé où il n'y avait place ni pour le doute, ni pour l'ambiguïté, ni pour les paysages tristes. Les larmes de Virginia, l'autre soir, l'avaient impressionnée, pourtant les mots et les phrases de son amie n'étaient pas parvenus clairement à son esprit. À son émotion n'avait correspondu aucun contenu précis. Et María était habituée à ce que ses sentiments lui apportent toujours des objets clairs. Qu'avait voulu dire Virginia ? Tout compte fait, rien n'allait changer entre elles. Son mariage avec Martín était une chose claire. Virginia aussi se marierait tôt ou tard. Que son propre mariage eût été peut-être un peu précipité, en quoi cela devait-il inquiéter autrui ? Virginia avait donné à voir des signes d'inquiétude où seuls les larmes et le ton pressé, confus, d'une mise en garde, étaient clairs. Peut-être n'avait-elle pas su la rassurer. Peut-être n'avait-elle pas su expliquer convenablement, calmement les choses. Mais qu'y avait-il à expliquer ? Martín avait-il besoin d'être expliqué ? Pour María, Martín était un fait inexplicable, une grande chance, un besoin, une présence sans laquelle la vie était, à ses yeux, désormais inconcevable. En dernière instance, Martín était inexplicable parce que, pour l'expliquer, il eût fallu remonter tous les instants pour en arriver à la première fois où ils s'étaient regardés. Comment referait-elle cet immense parcours, comment expliquerait-elle tout à Virginia, si elle-même n'arrivait pas à se souvenir de tout, de tout le temps passé ? Comment expliquerait-elle tout cela à Virginia, si elle-même, María en personne, ne se souvenait chaque fois que de peu de choses, si seule une mystérieuse conscience d'intégrité, de totalité et de présence — l'existence concrète de Martin — lui faisait sentir que ce tout existait, qu'il était nécessaire et qu'il était aussi une source de lumière inexplicable ? Comment María se contenterait-elle de n'expliquer à Virginia que quelques bribes de ce qui se passait ? Ou bien on donnait une explication qui expliquât tout — ce qui impliquait un immense parcours à la fois en arrière et en avant —, ou bien l'explication, quelle qu'elle fût, laissait de côté l'essentiel. L'essentiel était l'action : Martín : aimer Martín : il n'y avait pas d'autre explication. En tout cas, María avait, dès le départ, tout fait pour que Virginia, mais aussi Gonzalito, son frère, dont elle s'était tant occupé, s'habituent à Martín et l'aiment. Pourquoi tout n'était-il pas clair ? Soudain, María se sentit oppressée et commença à déballer la vaisselle. Maintenant elle avait entre les mains une assiette de porcelaine blanche bordée d'une fine raie bleue. Elle la porta à son front, à ses joues en feu qui accusèrent le froid soumis de la porcelaine. Ses assiettes, ses tasses, ses ustensiles de cuisine qui arriveraient peu à peu dans la maison, se faisant en silence une place dans les placards de la cuisine fraîchement peints ! Elle sourit en se remémorant les exclamations de sa mère : « Comment vais-je savoir, moi, ce qui te plaît ! Nous allons ensuite devoir tout changer ! » Et elle se revit elle-même en train de répondre : « Tout ce qui te plaît me plaira ! » Et c'était vrai. María s'en rendait bien compte maintenant en déballant soigneusement pièce par pièce ces assiettes plates, creuses, à dessert, ces deux grands plats assortis, que sa mère avait choisis. « Je suis une petite sotte », pensa María en ôtant des doigts la poussière d'une soupière. De vrais jouets du jour des Rois* : voilà ce qu'elle avait sous les yeux. Comme si les choisir elle-même, savoir à l'avance comment ils seraient enlevait tout charme au fait de les retirer maintenant pièce par pièce des cartons. María rangeait les assiettes selon leur taille, agenouillée par terre, en les disposant en demi-cercle devant elle et en jetant derrière elle le papier de soie qui enveloppait chaque pièce. L'appartement, fraîchement peint, avait ce petit air d'expectative propre aux pièces encore vides de meubles. Elle souhaitait qu'il restât encore des jours et des jours ainsi, fût-ce au prix d'un certain inconfort. Elle avait dû réfréner l'ardeur de sa mère s'entêtant à le garnir — comme elle disait, liste d'achats en main — d'un seul coup. Martín disait, lui aussi, la même chose : tout acheter en une seule fois, en finir le plus vite possible. C'était hors de question ! Il était question, au contraire, de commencer très lentement, en faisant bien attention à chaque chose pour ensuite calmement s'en souvenir : une assiette après l'autre, si bien que chacune d'elles prendrait à l'usage un visage ineffaçable. Et il était étrange que Martín, qui répétait avec insistance qu'ils devaient tout faire seuls, peu à peu, sans compter sur l'aide des beaux-parents (ou juste quand elle se révèlerait nécessaire), pensât, lui aussi, comme sa belle-mère, qu'il valait mieux en finir le plus vite possible avec cet appartement, mettre un terme à tout dès que l'essentiel y serait. Mais tout était essentiel ! María contempla le service complet disposé autour d'elle, des

* Jour des cadeaux de Noël en Espagne. (*N.d.T.*)

petits tas d'une demi-douzaine de pièces chacun. Il allait falloir le passer sous l'eau avant de le ranger dans le placard vitré de la cuisine. Elle avait les mains toutes noires à force de manipuler les pièces. Dans un moment arriveraient sa mère et Martín. Elle n'avait pas de montre et ne savait quelle heure il était. Qu'avait voulu dire Virginia ? Elle essaya de faire un effort de mémoire, sans grand succès. Elle alla se laver les mains. Elle laissa l'eau froide couler entre ses doigts, en la retenant dans le creux de ses mains, une eau de plus en plus limpide. Elle chercha à se souvenir, ferma les yeux, en se frottant toujours lentement les mains sous le robinet ouvert. Virginia avait l'air de craindre qu'une fois mariée, et même avant de se marier, elle ne se livrât sans réserve. Était-ce à craindre ? N'était-ce pas chose normale ? Était-il vrai qu'il fallait se préserver ? Se faire valoir, se méfier un peu, mettre certaines distances, garder ses amies ? Était-il vrai qu'elle se livrait sans réserve ? N'était-ce pas précisément cela, tomber amoureuse ? Elle ferma le robinet et se sécha les mains avec une serviette déjà très sale qu'elle avait rapportée de la maison de ses parents en attendant que les neuves arrivent. C'était comme si, toute petite, on lui avait demandé comment il fallait aimer la nourrice Rosi. Sans compter : voilà comment il fallait l'aimer ! Il était impossible à la fois de l'aimer et en même temps de se préserver. Il en allait de même avec Martín. Il en allait de même avec tout le monde. Lorsqu'elle revint, un faisceau de lumière de milieu d'après-midi emplissait la salle de séjour. On aurait dit l'après-midi du jour des Rois, avant le goûter et le gâteau aux deux fèves de verre coloré. L'intérieur de l'âme — l'intérieur de son amour pour Martín — était une pièce pareille à celle-ci, un faisceau de lumière intense et imprécise, un intense vide lumineux et chaud où rien n'était réservé, où il n'y avait aucun recoin plein de choses se différenciant de cette même lumière et de son intense vide affirmatif. Peut-être était-il possible d'expliquer concrètement tout cela à Virginia : ce vide intense et libre. Peut-être qu'avec ce seul détail, Virginia comprendrait que ses bonnes intentions, ses précautions, ses larmes et sa peur de l'avenir n'avaient de sens que du dehors, du plein d'autres choses, depuis le non-illuminé, le non-intense, le non-vide total et le non-libre. Soudain, tout parut vrai : on pouvait tout comprendre depuis le vide intérieur de cette pièce : son amour pour Martín, son don à lui. Soudain, tout parut d'un ridicule achevé : des mots : toute explication, quelle qu'elle fût — y compris la dernière qui venait de lui venir à l'esprit —, était inutile. Aimer, c'était se livrer parce qu'ainsi étaient les choses : c'était la seule raison : parce qu'ainsi étaient les choses ; de même que Martín était Martín et qu'elle l'aimait pour cela. Et ses parents, ses parents. Et Virginia, Virginia. Et Gonzalito, Gonzalito. Je suis une petite sotte, pensa Maria, une fois de plus. J'ai mis toute ma confiance dans la joie : dans ce bien-être lumineux et vide : dans ce bien-être de la confiance qui rend toute chose claire même si j'en ignore presque tout, même si je ne fais presque rien de bien, même si j'ai été jusqu'à maintenant une fille de bonne famille, comme dit Martín, qui n'a aucun problème et qui va se marier avec celui qu'elle aime. Toute cette confiance et tout ce bien-être ne valent pas chers : ce sont des cadeaux : ce sont les Rois mages : c'est comme espérer que tout continuera quand on entre très tôt le matin dans le salon, quand on s'approche du balcon, qu'on tire les rideaux et qu'on croit qu'il y aura là tous les jouets enveloppés dans leurs papiers multicolores... Mais c'est tout ce que j'ai : cette joie imméritée, cette confiance : ce vide qui est un bien-être... Martín dit que je suis sa grande faiblesse : une vulgaire fille de bonne famille qui devient poétique et dégoulinante quand elle pense à l'amour... Elle se sentit toute bizarre au beau milieu de cette vaisselle qu'elle n'avait pas choisie elle-même, comme si l'intense lumière vespérale révélait maintenant une pièce pleine d'objets offerts et non plus vide ; non plus lumineuse, mais honteuse. Cocasse : comme d'être, en fait, quelqu'un d'inutile, vouloir se faire toute petite et se cacher sous la fausse innocence et la magie de pacotille de quelques cadeaux. Une façon de se faire toute petite aux antipodes de l'humilité. De se réjouir et d'accorder sa confiance aux antipodes de l'intégrité et de la lumière. Elle entendit le bruit de l'ascenseur et s'approcha de la porte d'entrée sans l'ouvrir. Elle regarda par le judas : le palier était minuscule et concave. La porte de l'ascenseur s'ouvrit et ce n'étaient ni sa mère ni Martín. Un homme et une femme entre deux âges qui, en silence, se dirigèrent vers l'escalier qui menait aux appartements donnant sur la cour. Elle revint dans le salon. Elle décida de transporter la vaisselle à la cuisine et de la laver en les attendant. Tout en la lavant, elle se souvint d'une discussion confuse avec Martín précisément au sujet de la multitude de cadeaux et de l'absence de scrupules avec laquelle elle les acceptait tous. Martín avait raison. María lui avait donné raison. Mais il était en même temps impossible de ne pas se réjouir. Il était clair que l'austérité de Martín valait mille fois mieux que l'attitude contraire. María apprendrait, elle aussi, à être austère. Ce qui n'était, en fait, guère difficile : n'importe quelle chose absurde, n'importe quel petit cendrier, n'importe quel cadeau insignifiant étaient significatifs, parce que ce n'étaient que des cadeaux. Austérité et joie ne sont pas contradictoires, décida María tout en posant la vaisselle humide dans l'égouttoir. La lumière du crépuscule qui illuminait maintenant les toits, les terrasses et les séchoirs que l'on voyait par la fenêtre de la cuisine était un parfait résumé de tout ce qui avait été dit : ce vide intérieur, son amour pour Martín. Et sa reconnaissance de ce qu'il existât, l'aimât et fût sur le point d'arriver.

Sa mère et Martín enfin à la maison, dans la cuisine. Les avoir tout à coup juste devant elle, entendre sa mère dire : « Il vous faut au moins un canapé ! Vous n'allez pas vous asseoir par terre ! » la fit sursauter. Ils tenaient à peine tous les trois dans la cuisine. Martín, silencieux, debout devant sa future belle-mère. « Demain, j'ai rendez-vous avec tes tantes pour aller voir un canapé qu'elles ont repéré. Nous sommes convaincues, aussi bien elles que moi, qu'un canapé est indispensable. Un canapé, c'est bien le moins ! » María caressa sa mère. Les yeux de sa mère ressemblaient aux siens : grands ouverts, ils avaient maintenant un certain air incertain. Peut-être, comme disait Martín, une innocence de bourgeoisie satisfaite que María ne pouvait cependant tout à fait rejeter, dénoncer... Martín les avait laissées dans la cuisine. On entendait ses pas dans le salon. Sa mère ouvrit son sac et en sortit le vieux mètre de la lingerie qui avait si souvent servi à mesurer la taille de Gonzalito et de María. Revoir ce mètre l'émut. C'était comme un chantage de sa mère, de sa vie antérieure, de son bien-être. « Il faut que je mesure encore une fois l'emplacement du canapé... », dit sa mère. Et María pensa : « Ce mètre, c'est toute mon enfance de boîtes à ouvrage, de petits tabliers et de confiance qu'il faut maintenant regarder pour le voir vraiment : maintenant il va falloir que je me mette au diapason pour que la confiance et la lumière ne soient pas bizarres : pour être digne de Martín. »

Martín tournait en rond dans le salon. María et sa mère chuchotaient toujours dans la cuisine. Peut-être ne chuchotaient-elles pas. Peut-être parlaient-elles comme il est d'usage de le faire dans une maison, sans élever la voix. Mais elles lui firent tout à coup l'effet de deux femmes qui chuchotaient à l'autre bout de l'appartement, tandis qu'il tournait en rond dans le salon. C'était une idée confortable, pas très claire : ce partage entre deux types de sensibilité et de vie : la sienne, si inquiète, si dure jusqu'alors : et, de l'autre côté, deux autres vies, ou plutôt une même vie, la même façon de vivre de deux femmes qui n'allaient pas tarder à être sa famille : sa maison, sa famille. Une sensibilité inquiète et ferme — peut-être fragile parfois — face à la sensibilité immobile de María. L'inquiétude et la quiétude : le masculin et le féminin : le conventionnel et l'installé face à l'acte créateur pas encore installé, qui peut-être ne parviendrait jamais à s'installer vraiment. Martín alla sur la terrasse. Des paires de concepts antithétiques, comme ses enjambées sur les petits carreaux rouges et carrés de cette terrasse qui faisait exactement vingt mètres carrés. Ils étaient immédiatement tombés amoureux l'un de l'autre. Ils étaient tous les deux tombés amoureux en même temps. Et s'aimaient autant l'un que l'autre. Était-ce bien vrai ? Martín pensait parfois que oui et d'autres fois que non. Ils s'aimaient tant, autant l'un que l'autre, qu'une telle symétrie était dotée d'une grâce sans pareille, asymétrique. L'asymétrie ne venait peut-être pas de l'amour qu'ils éprouvaient l'un pour l'autre, de cet amour en tant que tel, mais de la comparaison entre leur amour et l'amour d'autres couples de leur âge. La comparaison établie, surgissait l'asymétrie comme un curieux attribut de la relation d'amour symétrique qui existait entre María et lui. Pour ce qui était de s'aimer pareillement, ils étaient le cas le plus étrange de l'histoire : un cas sans pareil, du jamais vu : le plus exceptionnel : le plus parfait. Martín s'arrêta sur le point qui lui sembla le plus équidistant des quatre angles de la future terrasse conjugale. Et il respira profondément. Et leva les yeux vers le ciel clair et délicat, un peu mauve, comme du persil, léger, humoristique et sylvestre de ces derniers jours du mois d'avril, si madrilène, si universitaire, si lové au cœur même d'Argüelles, si proche de la Moncloa, de l'Arc de triomphe et de la faculté de philosophie et de lettres, où il était depuis un an déjà chargé d'un cours de métaphysique. Crépuscule triomphal, un petit peu comique et scribouillard, qui résumait tout ce qui avait été publié dans le journal de l'amour, prêt à être consommé dans le mariage. On ne pouvait demander davantage à des fiançailles qui avaient duré un an et demi et qui s'étaient déroulées sous le signe de la plus parfaite symétrie et une sorte de suprême perfection *ancilla theologiae.* Heureusement que Martín s'était spécialisé dans la théologie naturelle aristotélo-thomiste et savait de quoi il retournait ! Il partit d'un grand éclat de rire qui avait quelque chose de théâtral, comme un grain de cumin jeté dans un plat suprêmement sain, nourrissant et un peu fade. À ce moment, apparut sur la terrasse sa belle-mère — sa future belle-mère —, suivie de María, aussi belle qu'un quart d'heure auparavant. Toutes les deux venaient, à coup sûr, de l'entendre éclater de rire, un éclat de rire qui, étant donné l'amour réciproque qui liait les deux amants et leur union prochaine, devait avoir quelque chose d'intempestif. Le ton pressé de la voix de sa future belle-mère était dû, à coup sûr, à une éducation d'un raffinement exquis qui venait de reléguer dans l'inaudible l'inouï éclat de rire de Martín — le gendre philosophe et brun. Martín prit l'air sérieux. Et son visage au teint foncé fonça encore plus quand il se mit à rougir contre son gré. Martín se sentit suprêmement jeune à ce moment-là — et inquiet et inexpérimenté et suprêmement puissant — face à ces deux beautés blondes et bleutées — l'une très jeune et l'autre encore très agréable à regarder — qui allaient être — qui l'étaient déjà — à lui. La mère de María venait de dire : « Martín, tes tantes m'ont dit que ce qui te plaisait le plus était un vieux fauteuil à bascule qui vient de ton grand-père et elles souhaitent qu'il te revienne. » Martín crut bon d'ajouter : « Belle relique ! » Tout plutôt que d'avoir l'air sentimental : tout plutôt que de paraître ce qu'il n'était pas. Et Martín n'était pas sentimental. Il se considérait en revanche comme passionné. Ce qu'Ortega y Gasset, parlant de l'intellectuel (ou bien d'autre chose — avec Ortega y Gasset on n'arrivait jamais à savoir —) appelait « passion froide ». *Amor Mariae intellectualis* : voilà où il en était. C'était donc quelque chose de très différent de l'amour que María éprouvait pour lui ! Et par conséquent : asymétrie, et non symétrie, au cœur même de l'amour, aussi bien à propos de la réciprocité de l'amour que de l'amour lui-même — aussi bien qu'à propos de tout le reste. Moyennant quoi, s'aimaient-ils ou ne s'aimaient-ils pas d'un même amour ? Martín décida qu'il valait mieux repousser ce problème *cuodlibetal* à plus tard. Il se concentra sur la beauté sensible de sa fiancée et les allées et venues de sa belle-mère qui mesurait maintenant le haut de la balustrade de la petite terrasse afin de passer commande de quelques jolies jardinières ni trop ostentatoires ni trop riquiqui, c'est-à-dire où il n'y aurait même pas la place de mettre de la terre et de l'engrais. Même au cœur d'Argüelles, comme la haute bourgeoisie avait l'esprit pratique et était férue d'agronomie ! Toujours est-il que la présence des deux femmes avait quelque chose de réjouissant — penser que tout tournait autour de choses à lui, de son monde : sa future maison, ses futurs beaux-parents, sa future épouse... María avait été une impulsion momentanée qui s'était traduite, presque à l'insu des intéressés, par une trame de béatitude amoureuse. Martín fronça les sourcils et prit ces mots avec des pincettes : amoureux, amour, béatitude, épouse... C'étaient des mots d'une autre époque, d'une autre sensibilité, qui n'avaient pas été remplacés — peut-être n'y en avait-il pas d'autres pour désigner avec moins de prosopopée et d'emphase la même chose — et qui maintenant se révélaient à la fois indispensables et excessifs. Il était excessif de parler d'amour dans des contextes ordinaires, extraphilosophiques : « amour » faisait un effet encore plus désastreux que « s'aimer bien » ou « affection », mi-folkloriques, mi-platoniciens et tout à fait toqués. Ils s'aimaient bien : c'était évident. Mais il n'était pas évident que s'aimer bien n'était pas — par définition — quelque chose d'un petit peu comique, voire impossible. Depuis pas mal de temps déjà, la littérature tracassait Martín : surtout celle dont il était l'auteur. Ce n'était pas grand-chose pour le moment. Mais c'était une impulsion gigantesque : un être-au-monde qui précédait tout contenu, l'étant de tout ce qui existerait ultérieurement. Une impulsion qui s'était à peine matérialisée mais qui réclamait déjà en lui un espace, un comportement adéquat : un temps propre. Et une préparation sans qu'il y eût eu encore le moindre préparatif, un vide qu'une telle impulsion emplirait de force, avec tout. Et c'était là, en considérant le littéraire avant qu'il fût littérature, que Martín voyait les difficultés de l'amour : du visage que prenait chaque jour de plus en plus rapidement l'amour en se transformant en noce, en sacrement, en petit appartement décoré par la belle-mère : tout ce qui parlait de bonheur parlait en même temps de quiétude et semblait conspirer contre la grande inquiétude provoquée par cette impulsion littéraire qui s'était emparée de lui. María et la littérature étaient-elles compatibles sur le plan stylistique ? Le bonheur et l'inquiétude étaient-ils compatibles ? Il y avait des moments où Martín éprouvait un profond dégoût face au visage immobile de l'amour. Que l'amour fût immobile était loin d'être une proposition évidente. Et pourtant Martín voyait l'immobilité se glisser dans tous les aspects du bonheur que l'amour promettait. María était une fille affectueuse : d'accès facile : vivre avec elle, amoureux d'elle, était une perfection tellement à portée de la main qu'il ne semblait pas nécessaire de la désirer davantage : il l'avait déjà : inutile de se mobiliser : immobilité. Et il ne s'agissait pas, bien entendu, d'une fausse perfection : cette façon de s'aimer était vraiment parfaite. Il est rare que l'amour se donne avec une telle symétrie. N'était-ce pas, de fait, excessif ? Il y avait dans tout cela une démesure peut-être déguisée en son contraire : déguisée en humilité, en simplicité, en quiétude, en béatitude... Soudain, Martín désira caresser sa fiancée — qui était là, tout près — comme on désire caresser une personne imaginée et qui ne peut pas être absente. Il prit María par la main. Et María le regardait en souriant. Il se sentit heureux et haït un instant l'aveugle impulsion qui le poussait à écrire, le rendait dubitatif, avant même de donner le moindre fruit, et l'éloignait du bonheur convoité, de l'amour convoité de cette belle fille blonde qui ne faisait jamais de difficultés et qui peut-être ne les voyait même pas... Aussi bien n'y en avait-il pas et n'étaient-elles que le fruit de son inquiétude, le fruit négatif de l'artifice diabolique qui germait dans sa conscience ! Il caressa María. Elle le regardait tendrement. Il se dit qu'il était sans intérêt de revenir sur ce problème puisque tout avait été déjà décidé : il était impossible de revenir sur la décision de se marier avec María qui avait à ce moment-là, face à la décision d'écrire — de l'ordre encore de la pure existence, de l'impulsion indifférenciée —, le grand avantage, le pouvoir et la véhémence des choses concrètes : María était là, ici, devant lui, avec lui. Impossible d'en douter : impossible de ne pas aimer tout cela. Et puis, il devait y avoir un truc, une argutie capable de combiner les deux choses : l'amour arborant un bonheur trop tranquille, d'une part ; et de l'autre, le désir d'écrire, avec son inexplicable et suggestive aura d'inquiétude, d'aventure : l'heureux contre l'aventureux. Cette distinction était-elle appropriée ? Martín s'efforça de répondre tout en suivant la conversation qui avait lieu entre María et sa mère. Ils étaient tous les trois revenus dans la salle de séjour. Il n'y avait pas d'endroit où s'asseoir. Sa belle-mère parlait déjà de repartir. Eux deux resteraient encore un moment. Puis Martín raccompagnerait sa fiancée jusqu'à l'autobus. Quelle solution simple et romantique ! D'une certaine façon, le problème venait de l'opposition entre ces deux éléments imaginaires (ou ramenés constamment sur le plan de l'imaginaire par Martín en revenant sur le sujet) : la beauté de María — peut-être un peu trop conventionnelle, qui suggérait un monde serein et sûr — face à la beauté — peut-être conventionnelle, elle aussi, mais aux antipodes de la première — à laquelle Martín s'imaginait que ses textes accéderaient : une beauté sombre, ironique, où l'insécurité et l'intranquillité constitueraient un perpétuel stimulant pour le lecteur et pour l'auteur. Il était impossible d'imaginer — d'aimer — les deux beautés à la fois : elles s'opposaient indissolublement. Elles se repoussaient en s'entremêlant en permanence. C'était un processus épuisant. Martín désira que sa belle-mère s'en allât une bonne fois pour toutes. Quand elle fut enfin partie et qu'ils se retrouvèrent seuls, María lui demanda : « Qu'est-ce qui te tracasse ? Je t'ai trouvé soucieux tout l'après-midi. » Devait-il dire clairement ce qu'il avait à dire ? Pouvait-il le faire à grands traits ? Était-ce vraiment aussi compliqué que cela en avait l'air quand il retournait le problème dans sa tête ? La voix de María semblait avoir simplifié tout cela par magie. Martín dit : « Le bonheur est contradictoire. Pour être plus précis, vouloir être heureux est contradictoire. Je viens de trouver la phrase. Il se peut qu'être heureux — au cas où ce serait possible — ne soit pas contradictoire, mais la chose la plus naturelle du monde. Mais vouloir être heureux, c'est vouloir ne vouloir rien d'autre que cela et, par conséquent, ne pas vouloir vouloir et, par conséquent, s'arrêter : arrêter de vouloir. Qu'adviendra-t-il de moi quand je ne voudrai rien d'autre ? Qu'adviendra-t-il de nous deux quand nous serons satisfaits ? Nous ne saurons que faire. Et l'amour se transformera en son contraire : nous nous haïrons — forcément — pour pouvoir continuer à nous aimer... » Conséquence de tant de « par conséquent » et de jeux sur les mots, il se sentit étourdi et un peu ridicule. Il aurait aimé ne pas avoir parlé ainsi. À quoi tout cela pouvait-il bien servir ? Il aurait aimé que María n'eût relevé aucun détail troublant. Et il aurait aimé — à l'opposé — que le trouble qu'il éprouvait lui-même s'en fût allé tout entier dans le cœur de celle qu'il considérait déjà comme sa femme. Et il eut honte de désirer les deux choses à la fois, parce que les deux désirs, au lieu de s'annuler mutuellement et d'ouvrir la voie à un cœur nouveau, étaient toujours là, brillants comme de faux bijoux — le perturbant, le réjouissant, l'étourdissant —, sans qu'il pût les examiner l'un après l'autre, ni savoir exactement s'il voulait que María ne se sentît jamais troublée ou s'il voulait au contraire qu'elle ne fût jamais apaisée pour être comme lui, qui était toujours au bord d'être illuminé, aurifié et transporté par le poids lointain de la vie à venir et par le poids subreptice du passé. Parce que Martín, au fond, ne désirait pas ne pas souffrir et, par conséquent, il ne pouvait pas non plus désirer vraiment qu'une personne qui l'aimait ne souffrît pas. Ils devaient tous deux souffrir un peu pour se comprendre : lorsqu'on souffre, on se comprend, à condition qu'il ne s'agisse pas d'une souffrance aiguë, mais chronique. La chronicité confère à la souffrance un flux presque lyrique : *andante cantabile* de l'âme dont le *tempo* ironique transforme la souffrance en compréhension — en connaissance. Je suis un monstre, pensa Martín. Et, entourant de son bras droit les épaules de María, il ajouta à voix haute : « Si tu étais ma sœur, je ne te laisserais pas te marier avec un type comme moi. Je parle sérieusement. Je t'aime comme je n'ai jamais aimé personne. Ma mignonne, je te désire et t'aime tout le temps. Sans arrêt. Je n'arrête pas de t'aimer. Est-ce que tu t'en rends compte ? Bien sûr que tu t'en rends compte, ça saute aux yeux ! Je n'ai jamais aimé personne — personne. Sauf toi. Quelle surprise ! Jamais je n'avais pensé que j'aimerais quelqu'un comme ça. Et encore moins une fille comme toi, si peu philosophe, si peu romanesque, si belle, si... de si bonne famille, si jolie, si mignonne, si splendide, si jeune, *ianua coeli*, si virginale, et, pour couronner le tout, suffisamment intelligente pour s'intéresser à moi, me frayer la voie, causer avec mes tantes de province, les séduire, les mener et les guider dans Madrid, et même les aimer vraiment parce que, en toi, tout est vrai, María, dans ton regard, dans ton cœur, dans tes souvenirs d'enfance, dans ton amour pour moi, pour les autres, pour tous, il n'y a rien qui soit non-amour ou non-vérité ou *quodammodo*, le non du oui mesuré par particules micromillimétriques dans un laboratoire souterrain où l'on utilise de puissants microscopes électroniques de jour en jour plus perfectionnés et précis pour observer la moitié de la moitié de la moitié du non le plus infinitésimal qui puisse apparaître dans un oui... Mon amour, ma petite fille, tu es un impossible supraentitatif et en même temps plus banale qu'un lundi... ! Je serais un imbécile si je n'en profitais pas et si je ne t'aimais pas ! J'en ai par-dessus la tête de moi ! Pour de bon. Je te parle pour de bon, María, ne ris pas, je te parle d'amour... Comme n'importe qui. On dit que tous les fiancés parlent de la même chose. Arrête une bonne fois pour toutes de rire ! » Maintenant il se sentait beaucoup mieux. Maintenant il avait dit toute la vérité : tout ce qu'il pensait que María était : tout ce que cela signifiait pour lui : tout le possible et tout l'impossible, l'incroyable, l'incréé et le lendemain et la veille... Maintenant il était en paix avec lui-même. Quelle curieuse émotion apologétique ! Quelle curieuse impulsion — si peu romanesque, en fait — que cette façon de se répandre en louanges, dithyrambes, hymnes à la promise, à la joie d'être sur le point de se marier, chansons sans crainte de se tromper, sans la moindre délectation dans les miroirs, ni dans la réflexion, ni dans la déception, ni dans l'ironie, quelle étrange impulsion, si illégale à force de légalité, ou de jeunesse, ou encore de la simple envie de coucher paisiblement avec une fiancée toujours souriante et toute à lui, à Martín, ici présent, comme c'était curieux ! Le réel en vint à lui paraître si frappé d'impossibilité, et si étrange ce qu'il avait devant lui, entre ses bras, à cette heure du crépuscule, dans cet appartement crépusculaire et baignant dans une douce clarté, encore blanc et léger et rose et brut et vide d'objets qu'il se mit à pleurer, à renifler comme un gamin, et il enfouissait sa tête dans la poitrine de María, déconcerté par cette affliction invraisemblable qui semblait venir d'un autre règne, d'un autre firmament, d'un autre cœur et non de son propre cœur qui était pourtant le seul disponible en cet instant exceptionnel de lucidité, ou d'amour, où il n'y avait place ni pour le romanesque, ni pour l'étrange, ni pour le contraint, ni pour l'inquiet, ni pour le faux... « María, je ne sais pourquoi je me suis mis dans un tel état », murmura-t-il en séchant ses larmes. Maintenant il ne se sentait plus aussi bien. Maintenant il ne se sentait ni bien ni mal. Maintenant tout cela lui semblait soudain très étrange, un coup de force de l'inconscient — la chose était claire — qu'il ne convenait peut-être pas de tenter de décrire directement, mais en allant du plus bas, tout en bas, jusqu'au plus haut, au plus outré — et étrange — pour en arriver au point culminant du récit où tout se répète une fois de plus en contrepoint. « Je suis un monstre », pensa de nouveau Martín. Mais cette fois froidement, comme qui prend note du retard répété d'un autobus ou d'un train qui n'arrive pratiquement jamais à l'heure. María dit alors — et ses mots résonnèrent comme la brutale détonation d'un pistolet d'enfant emplissant toute la pièce d'une odeur pénétrante de poudre et d'ânerie : « Pourquoi ne suffit-il pas de s'aimer et d'être heureux ? »

Pourquoi ne suffisait-il pas ? Il était difficile à Martín de répondre sans s'embarquer dans une théorie de l'amour et une théorie de la littérature qu'il voulait écrire, deux théories qui — au-delà de quelques généralités — semblaient n'avoir rien à voir entre elles. Martín raccompagna María jusqu'à l'autobus de la place de Castilla. Puis il revint à pied chez lui. C'était beau de savoir qu'ils s'aimaient, bien qu'il n'y eût là rien de transcendant. Martín descendait à grands pas la Castellana vers Cibeles et Atocha, où il avait trouvé, cela faisait déjà deux ans, une chambre à un prix honnête chez une veuve qui avait un fils de son âge. Il y passait tout le temps qu'il ne consacrait pas à María ou à la faculté. C'était une pièce presque vide, aux murs d'un blanc douteux, pourvue d'un balcon qui donnait sur la Ronda de Valencia. Il était content de disposer de ce balcon même s'il ne s'y mettait presque jamais. Il aimait cette sobriété, la rudesse du linoléum marron qui recouvrait le sol et émettait la nuit lorsqu'il faisait les cent pas d'un bout à l'autre de la pièce un chuintement de caoutchouc. C'était un endroit neutre. Aussi neutre que la veuve elle-même, doña Blanca, et son fils Luis qui lisait *Marca* et faisait des études d'ingénieur agronome. Deux êtres totalement dépourvus de charme, ne rêvant de rien en particulier — d'après Martín —, tels deux matons sans cœur, mais dont on peut comprendre le vain découragement, qui observent leurs prisonniers sans jamais aller jusqu'à les importuner. Martín se sentait un peu le prisonnier immuable de doña Blanca et de Luis, avec qui il ne partageait pas les repas parce qu'eux-mêmes, peut-être, ne les prenaient jamais ensemble, se nourrissant de pains au chocolat et surtout de boîtes de sardines à l'huile. De fait, la cuisine avait cet air contrit et comme honteux des cuisines où l'on ne cuisine jamais rien et qui servent de pièce d'appoint pour ne pas mettre de désordre dans la salle à manger — une salle à manger à faux air de salon, dans laquelle doña Blanca s'enfermait parfois dans un grand déploiement de feuilles de journal, la petite boîte de Sidol à la main, pour nettoyer tous ses objets de maillechort ou de métal repoussé rappelant vaguement l'argent. Elle était assez approximative en tout, aussi incombait-il à Martín d'ôter la poussière de son mobilier limité et de ses livres chaque fois qu'elle disait — avec une moue de fraises au sirop — qu'elle venait juste de le faire. Cette maison lui plaisait parce qu'elle n'avait pas de prétentions : elle était ce qu'elle était en permanence et menaçait toujours de disparaître de sa conscience — laquelle, en revanche, selon Martín, n'était jamais ce qu'elle était, mais tout et rien à la fois. Martín pressa le pas, saisi de nouveau d'allégresse. Voilà comment il fallait être ! Il fallait être vide, sur le territoire neutre de l'approximatif qui se décompose et se recompose en permanence et qui n'a aucune prétention fracassante parce qu'il va se remplir à ras bord... Ce serait magnifique ! Il pourrait tout raconter en prenant pour point de départ sa propre conscience vidée et flexible, pure, à la façon de Juan Ramón Jimenez. Martín ne désirait pas être poète, mais — carrément — un grand prosateur, un romancier inépuisable. Mais Juan Ramón le fascinait par le schématisme de sa perpétuelle autobiographie littéraire : un tel dépouillement, cette façon de plus en plus épurée d'accéder à la totalité de l'espace de la conscience littéraire. Un jour il n'y aurait rien d'autre ! Il n'y aurait que la conscience qui se cherche : la métaphysique n'est pas la science qui se cherche, mais la conscience de la conscience qui se cherche : un désert peuplé d'idées pénétrantes, insolites et ironiques : une chambre louée avec un revêtement de linoléum et un balcon qui donne sur une Ronda pleine de créatures qui n'existent que si on les imagine ! « Le problème est de ne jamais se pencher pour de bon sur la Ronda de Valencia : voilà le dernier mot », pensa Martín, trempé de sueur, conséquence de son énergique pas. Et, au même instant, il se souvint de María. Il l'aimait de tout son cœur : cela ne faisait aucun doute. Maintenant, changée en image, il savait qu'il l'aimait avec toute la clarté de sa conscience et de son corps. María était-elle compatible avec tout ce qui précédait ? Il le fallait. Et il se souvint alors de sa belle-mère, d'un reflet de porcelaine anglaise et de conversations trop distendues, une bribe de paisible bien-être et de chintz, pas grand-chose à faire de l'après-midi, ou simplement lire Chesterton ou Wodehouse et prendre le thé sans élever la voix. Qu'y avait-il de mal à ne pas élever la voix, à prendre le thé aux heures habituelles et à rire en compagnie de Jeeves et de Bertie Wooster ? Qu'y avait-il de mal à être heureux ? Martín reconnut qu'il était pratiquement impossible de percevoir le mal — ou l'inclination à la méchanceté — dans quelque chose que l'on désire autant qu'il désirait, lui, coucher — pardon, se marier — avec María. Méchanceté ! « Ah, l'usage intolérable que l'on fait de ce terme ! » s'écria-t-il à part soi en prenant son ton le plus docte. Il n'était nullement question de méchanceté. Parler de méchanceté ou de bonté revenait en l'occurrence à tout embrouiller sans bénéfice pour personne. Il y avait une certaine incongruité — d'accord ; une inadéquation ; peut-être une pure et simple incohérence. Mais rien de plus. Étape suivante : l'idée que la vie humaine — la réalité radicale d'Ortega y Gasset, *et cetera* — doit peu à peu s'unifier pour perdre enfin toute son incohérence... ce n'est (déclara alors Martín sur le ton de la dénonciation devant le tribunal ambivalent de sa conscience), qu'une idée d'origine théologique. De l'élégante idée d'un Dieu trinitaire, nous passons en Occident, et cela le plus naturellement du monde, à l'idée d'unité de nos vies. Et de là émerge l'idée d'unité comme idéal spirituel, moral. Entre la métaphysique et l'éthique, il y a juste un petit pas que nous franchissons tous sans y prêter attention. Il n'importe guère de savoir si nos vies peuvent ou doivent constituer un ensemble unifié : l'unité s'impose parce que cela nous chante, c'est un *desideratum* théologique, un vœu pieux d'ordre spéculatif imaginé dans le dos de la vie (quelle curieuse coïncidence entre la pratique de la théologie et celle de la littérature !), avec des échos politiques, qui, à l'abri de toute psychologie et de toute science positive, a même son petit Gibraltar — irrécupérable, cela va de soi — qui sert de contraste, pour finir, après une longue retraite fleurie, par se transformer en axiome à force d'être entendu et loué... Il n'y a pas d'axiomatique qui vaille pour la conscience singulière — la seule vie dont chacun de nous dispose ! Martín se rendait compte que tout cela l'enivrait — une vertigineuse lumière de printemps à la fontaine de Cibeles qui nimbait doucement les lions d'une frise d'ambre nocturne et fertile — : se laisser enivrer était un délice : sans doute le seul jardin des délices pour l'homme de lettres, ajouta Martín, tout à fait dans son rôle à cette étape du trajet. Maintenant, c'était clair : une certaine dose d'incohérence, symétrique à tout ce qu'il y a d'incalculable dans chaque situation concrète, donne de la vie là où on ne l'attend pas — ce qui est, de toute évidence, indispensable pour ne pas ennuyer les lecteurs. L'incohérence est indispensable, se répéta Martín sur un ton très solennel, alors qu'il était déjà sur le Paseo du Prado, en face de la Maison des Syndicats d'État. Il s'arrêta et regarda sur sa gauche, sans arriver à la distinguer clairement, la belle grille du Jardin botanique : ce n'était pas que María ne fût pas indispensable : au contraire : María était indispensable et, en plus, il était indispensable qu'elle n'épousât pas les idées de Martín sur ce point : l'insécurité consubstantielle à son projet littéraire tout entier. Qu'il en découlât une incohérence n'invalidait pas son futur mariage : au contraire : la validité précisément de ce sacrement dépendait de son aptitude à susciter et à contrôler deux choses opposées : le jour était presque tombé et la nuit s'installait déjà, urbaine et trouée de lampadaires. Martín eut l'impression qu'à Atocha, un peu après la gare, plus bas, vers Vallecas, vers le sud, il y avait la mer, une mer qui consistait à s'approcher de la mer et à écouter de loin la houle se soumettre tout entière à l'éminence grise d'un banc de sable désert, l'équivalent d'une pièce au revêtement de linoléum et chichement meublée où il devait écrire, soumis en permanence à la conscience d'être et de ne pas être heureux... Il se sentait maintenant tout à fait bien, débordant de détermination : N'était-il pas heureux ? Il l'était et ne l'était pas dans la successivité littéraire de tout ce qui est — à certaines heures infernales, narratives — « et ainsi de suite... »

Il entra dans sa chambre d'un pas infini et silencieux. Il essayait toujours de ne pas faire de bruit, ni avec ses clefs, ni avec ses chaussures, ni en ouvrant la porte, pour que doña Blanca ne perçoive pas le poids d'une survie dépendant de la location de la pièce donnant sur la Ronda de Valencia à un étranger. Martín se sentait étrange, attendri, et toute la densité incolore de l'appartement de doña Blanca et de son fils Luis réactivait cet instinct littéraire qui lui disait qu'il était à deux doigts du *mot juste**. Il s'assit à sa table, repoussa sa machine à écrire — d'usage diurne, par égard pour doña Blanca — et écrivit tout en haut d'une feuille blanche : *Voyage de noces* : ces mots résumaient le moment tout entier : tout ce qui avait été pensé et débattu y trouvait sa place : un épithalame colossal, immortel : son mariage avec María, tout ce vulgaire bonheur allait désormais exister pour se transformer en livre : un roman d'environ deux cent cinquante pages tapées à la machine, trente-deux ou trente-quatre lignes par feuillet, double interligne, qu'il enverrait au jury du prochain prix Nadal... *Le mot juste* : épithalame !

Il écrirait *Voyage de noces* pendant leur voyage de noces. Mais il l'écrivait depuis bien longtemps : au début de l'épithalame, l'incohérence de la situation s'imposa comme la donnée la plus claire et la plus fascinante : ce serait un épithalame qui montrerait qu'accepter l'incohérence et accepter la vie sont par essence une seule et même chose. Puis il y avait eu un glissement vers un état de non écriture : vers la vie sans chercher à nommer, la joie d'aimer et de l'être en retour. En ce deuxième temps, les choses qui entouraient María prirent une importance croissante aux yeux de Martín : sa famille, ses amies — en particulier Virginia —, sa maison de La Moraleja. Soudain, tout lui semblait bel et bon. Et ce qui lui semblait mieux que tout le reste était la soumission de sa conscience, expérience qu'il ignorait jusqu'alors, au bien-être de tous les jours, à la joie quotidienne de savoir que María existait et qu'ils allaient se marier. Ce qui était naturel désormais était de ne pas écrire. Quel besoin y avait-il d'écrire ? C'était le moment indicatif de l'âme qui, pour que toutes les choses soient, n'a besoin, d'une certaine façon, que de les montrer avec le moins d'ornements possible. Le langage semblait un ornement ; une coquill superflue qui n'ajoute rien de neuf et qui, au contraire voile ou déforme la forme pure de la réalité amoureuse. La réalité est amoureuse d'elle-même, se disait Martín. Il voulait dire que le réel s'emboîtait parfaitement dans l réel sans qu'il y eût à donner d'explication. Maintenant, il ne semblait pas nécessaire de justifier les particularités de l'existence cossue de ses beaux-parents : ils avaient la grâce ingénue des arbres de leur jardin anglais, l'air paisible et un peu recueilli des coutumes révolues — comme écrire de longues lettres ou, pour les hommes, passer au fumoir pour prendre le café et fumer lentement un havane. Toute théodicée était superflue parce que Dieu avait créé un monde si incroyablement compliqué et fertile que le mal restait en arrière-plan comme une simple négation du bien que nulle personne sensée n'a l'intention de faire. Martín pouvait maintenant se désintéresser des attributs transcendantaux de l'être en tant que tel et de l'habileté conceptuelle qu'ils requièrent pour se promener avec María dans le parc de la Cité universitaire ou lécher les vitrines sur les boulevards. Maintenant, il voyait les sommiers, les matelas, les casseroles d'aluminium ou les poêles les mieux conçues pour réussir les frites comme autant de versets d'un programme divin — un programme réel et de ce monde — qui offrait beaucoup plus de surprises que ses propres récits ou n'importe quel livre de Sartre. Maintenant, il lui semblait indispensable de se dispenser de Sartre et de tout ce qui impliquait des dénominations absconses. La certitude de la certitude de l'amour suffisait à remplir les heures que María ne remplissait pas totalement de sa présence. La nouveauté était, tout à coup, de ne pas se lasser de regarder María et de l'aimer. Maintenant, Martín pensait que cette histoire d'incohérence était le fruit des désirs d'une conscience pauvre et solitaire. La louange semblait maintenant la seule prétention digne de crédit. Il écrirait *Voyage de noces* à la louange de l'amour. Le fait qu'il n'y eût maintenant rien à dire de spécial pour se sentir tout à fait maître de soi et au diapason du monde constituait une émotion quotidienne — de plus en plus ténue — qui avait la brillante physionomie d'une phrase réussie et placée au bon endroit dans un texte compliqué d'ontologie descriptive. Et Martín avait bon espoir que plus tard — en son temps — viendrait le moment de l'éloge écrit. L'expérience du bonheur devait précéder — en toute logique — l'inventaire heureux du bonheur. Il raconterait tout *plus tard* : quand tout serait consommé. Parce que pour que les choses se voient, pour qu'elles puissent être dites, il fallait au préalable qu'elles fussent consommées. Oui ou non ? Mais bien sûr. Il fallait qu'elles fussent consommées pour se faire une place dans le langage. Consommé, le bonheur tout entier s'abîmerait dans la langue ruisselante et crédible qui devient, sans difficulté aucune, langue de narration. *Voyage de noces* serait un épithalame écrit à partir d'une nouvelle ingénuité : tel était le grand secret littéraire que Martín avait l'intention de révéler sous peu : le secret de son bonheur capable de conférer à la gigantesque impulsion narrative tout entière, pour l'instant figée dans la lumière privilégiée antérieure au commencement, l'ingénuité qui enivrerait toute donnée, toute référence, toute idée et toute aberration dans une multitude claire et inépuisable : le récit. Pour résumer, le problème était simplement de simplifier, d'affiner et d'approfondir la vie : la conscience en parlerait ensuite avec elle-même et il n'y aurait pas d'éditeur, ni de lecteur, ni de collègue du département de philosophie qui n'écouterait ou n'acquiescerait. Son cas était exemplaire parce qu'il incluait une négation de la négation de son point de départ : maintenant Martín se rendait parfaitement compte que son point de départ avait toujours été le néant. Soyons moins hyperboliques ! se disait-il, en s'imaginant qu'il était en train de prononcer une longue conférence devant les candidats au doctorat et les frimeurs mal attifés de l'institut Luis-Vives. « Soyons moins hyperboliques ! Le néant que j'ai pris pour point de départ est le même que celui qui vous donne ces faces de petites nonnes et de hideux euretons qui ont douté de leur vocation mais qui ont persévéré après avoir lu et relu l'histoire des hétérodoxes espagnols : néant de n'être nullement heureux et de n'avoir ni fiancée ni avenir dans l'ensemble de la culture occidentale : néant d'être si peu de chose et de le savoir, de préparer des concours, de pousser des soupirs, de penser à Aristote, le plus sensé de tous les philosophes, tout en rédigeant son mémoire : néant de tous les timorés, toujours aussi insignifiants, qui veulent écrire un roman parce qu'ils seraient terrorisés de se réveiller en sachant que dans une heure ils devront prendre un autobus qui les ramènera à leur lieu d'origine aussi insignifiants qu'au départ... Moi, j'étais pareil et je n'avais pas la moindre idée de ce qu'est la plénitude de la plénitude.

Maintenant, je l'ai. Et je vais vous le montrer en écrivant de manière très différente. Ne remarquez-vous pas que je suis très différent ? Non, vous ne le remarquez pas parce que vous n'êtes pas capables de mettre entre parenthèses vos "moi" respectablement mutilés ou privés de la lumière révélée à celui qui est tombé amoureux d'une fille infiniment neuve, fondement de toute nouveauté et de tout récit qui ne veut pas rester dans l'indirect et le peu ; parce qu'il n'est pas vrai, messieurs les candidats, que le peu plaise et que l'abondance irrite : c'est tout le contraire : le peu déplaît et nie et déforme la réalité de *A à Z* et seule l'abondance maintes et maintes fois réitérée parvient à nous donner une idée de la création continuée dans laquelle nous vivons, nous évoluons et nous sommes... » Ce discours imaginaire, avec ses côtés ridicules et son escroquerie philosophique, lui semblait (malgré son désir de rester pour le moment clair et silencieux) une illustration des mots accréditifs de sa nouvelle manière de raconter le monde : la manière victorieuse qui partait des anges auréolés de bonheur et de louanges et de métaphores des cimes pour accéder aux plus hautes cimes mu par une fureur héroïque et, bien entendu, inexplicable, pour les mauvaises langues de la faculté...

Il fallait avancer point par point : il fallait avancer pas à pas (le réel concret s'énonce peu à peu) : il *ne* fallait *pas* se présenter à des concours : il fallait se débrouiller à coup de théologie naturelle. Et il fallait faire une place à la voix sourde et mélodieuse du bonheur : il fallait prendre au sérieux ce qui s'avérait déjà irrépressible : le sentiment d'être en état de grâce et, en outre, de trouver grâce auprès de la famille de la seule femme qui était parvenue — pour un temps du moins — à ce qu'il ne songeât plus à écrire un roman. Martín trouvait très curieux — presque incompréhensible mais pas désagréable — que toutes ces choses qu'il fallait faire ou vanter ou dont il devait tenir compte parussent faisables en bloc et en revanche compliquées si on les prenait isolément. À titre d'exemple : de quoi allaient-ils vivre si Martín ne se présentait pas à des concours ? Il était clair que, en théorie, ils pouvaient se débrouiller avec peu. Mais à combien s'élevait ce peu ? Le peu que Martín gagnait comme chargé de cours était, sans aucun doute, si peu qu'en une année entière il ne représentait même pas la moitié de ce que ses beaux-parents allaient dépenser pour meubler l'appartement. Quelle importance ? María n'en parlait jamais. Elle semblait donner pour acquis que, avec de l'amour, vivre avec peu serait un enchantement. Peu — même très peu —, combien cela faisait-il de pesetas ? À vrai dire, une misère. Martín était à cette époque fasciné par le mot « peu ». Chaque fois que l'un des deux ou tous les deux à la fois déclaraient que, avec peu, ce serait déjà trop, Martín était secoué d'un grand frisson pareil aux cieux étoilés. Vu de l'extérieur, peu c'était beaucoup. Et ce n'était pas une façon de parler pour parler : c'était une impulsion lumineuse qui unissait l'être et le paraître en une seule intention : l'intention de vivre dans la vérité et de gagner sa vie à la force du poignet. Parfois María plaisantait à propos de ces images titanesques que Martín glissait désormais dans le fil de la conversation. María était d'une très grande élégance : tout comme ses beaux-parents, ou même, plus encore, parce qu'elle se livrait sans compter en échange de l'amour. C'était un spectacle magnifique que de la voir se lancer à corps perdu dans le mariage ! Et, par ailleurs, il était impossible de pas tenir compte du fait que María et ses parents étaient riches. Idée à laquelle Martín n'osait songer vraiment, ni repousser tout à fait. Ne pas y songer aurait équivalu à ne pas savoir avec qui il se mariait. Ils allaient devoir dépendre, du moins au début, des beaux-parents. Martín comptait se frayer un chemin avec ses livres, pour le moment au nombre de deux : un ouvrage court, déjà écrit et déjà publié, aux accents autobiographiques ; et un autre, *Voyage de noces*, qui restait encore à écrire et à publier. C'était encore bien peu ! Et pourtant, presque plus encore qu'avec tous les autres « peu » de sa nouvelle vie, il pouvait se bercer de tant d'espoirs ! María voyait déjà des rayonnages entiers ployant sous les livres écrits par Martín. Pour le moment, elle se satisfaisait du seul livre publié qu'elle avait lu plusieurs fois en quête, disait-elle, de signes tangibles de ce qui devait advenir. C'était un enchantement total — plutôt simplet pour tout observateur non amoureux — dans lequel, chose encore plus remarquable que tout le reste, Martín s'immergeait de façon de plus en plus consciente. Maintenant, il niait que le simplet fût le parent pauvre du simple. Le rapprochement était purement formel. Cet après-midi-là, Martín avait rendez-vous avec María : ils passeraient l'après-midi ensemble sans rien faire d'autre que se promener et prendre un café au lait au *Yago-Princesa.* C'était bien peu !

María arriva avant Martín. Elle aimait arriver un peu avant lui parce que ce court laps de temps pendant lequel elle était seule lui donnait le loisir de méditer. Méditation sans pensée, comme si le lieu à lui seul — en l'occurrence la Moncloa — était une pensée matérialisée au sein de laquelle on pouvait aller et venir. Et une lente promenade ensemble sous le soleil vert clair du printemps était une façon de s'offrir à tout moment le spectacle de la vie qui commençait. María se rendait parfaitement compte de la gravité de ce qui commençait maintenant. Le mariage était le signe tangible d'un engagement dont on ne pouvait calculer les ultimes conséquences. On ne pouvait quasiment rien calculer : on pouvait uniquement donner un sens à un sentiment puissant qui s'était manifesté la première fois qu'elle avait parlé avec Martín à la faculté. Il lui avait fait l'effet d'un jeune homme romantique qui avait l'air de venir d'un monde beaucoup plus véhément et beaucoup plus difficile que le sien. C'était Martín qui, un matin, lui avait adressé la parole au bar de la faculté. Cette conversation — tous deux debout devant le comptoir — n'avait eu probablement rien de significatif : ni l'un ni l'autre ne se souvenaient maintenant de quoi ils avaient parlé. La seule chose significative avait été que tous deux étaient revenus les jours suivants à la même heure et au même endroit. Martín lui plaisait physiquement. Ses cheveux drus et noirs, un peu ondulés, partagés par une raie. Son visage tendu, au teint foncé et à l'ossature ferme.

Martín était de cinq ans son aîné et cela aussi rendait fascinante une relation dont il ne permit jamais qu'elle fût fortuite. Martín faisait en sorte que chaque rencontre fût nécessaire. Le moindre sujet était essentiel, tout était essentiel : Martín s'emparait de chaque mot et le décomposait, en déployant de grands éventails de certitudes et d'erreurs. L'une des choses qui avaient fasciné María au départ était l'habileté avec laquelle il faisait exploser chaque mot en tirant parti de son ambiguïté cachée : tout se passait comme si le langage dans la bouche de Martín servait davantage à se perdre et à se tromper qu'à s'orienter et à communiquer. Par ses jeux de mots, Martín voulait simplement — comme il l'avait solennellement déclaré deux ou trois jours après leur rencontre au bar — montrer à María qu'entre les mots et les choses il n'y avait pas toujours de concordance parfaite. La concordance, disait-il, exige l'action continue et réflexive de la conscience concordante : que nous parlions et que tout en parlant à propos de telle ou telle chose nous tombions juste est un phénomène un peu surprenant : que le mot « table » soit le signe d'une table est un prodige quotidien. Mais c'était surtout la sombre véhémence qu'il mettait dans tout ce qu'il disait qui lui valut la tendresse de María : elle se rendit très vite compte de ce qui, malgré son intelligence, lui manquait : elle même : une certaine bonne humeur toute simple, un monde pas très extraordinaire, confortable et sûr : il lui manquait la tendresse qui rend la plupart des difficultés de la vie compréhensibles et maîtrisables. Il lui fit l'effet d'un homme de grande valeur : toutefois, tomber amoureuse ne signifia pas pour María se complaire dans des évaluations, mais se laisser petit à petit emplir par l'existence de Martín. Martín la rendait tour à tour gaie, triste, raisonneuse, agitée par des sujets auxquels elle n'avait jamais pensé : il était impossible de ne pas aimer un jeune homme qui jouait son va-tout chaque fois qu'ils parlaient, comme s'il était chaque fois indispensable de tout tirer au clair en recensant cependant toutes les difficultés et toutes les apories propres à chaque sujet qu'il abordait. María n'était pas habituée à une telle intensité intellectuelle : c'était une nouveauté, un défi et, en dernière instance, une manière tendre et tâtonnante de se sentir désirée et unique. Grâce à lui, elle se sentit capable de décision, capable de conférer une nouveauté absolue à un individu précis, en l'occurrence lui. Et le fait de se sentir indispensable se transforma en un océan d'affection et de besoin de caresser l'être qui la dotait d'une aussi puissante importance. C'était un enfantillage et en même temps la chose la plus sérieuse de sa vie. Voilà pourquoi, alors qu'elle longeait la façade du ministère de l'Air, elle avait l'impression que l'espace était plein de signes encourageants : c'était un encouragement généralisé : les pigeons gris, les jeunes soldats de garde qui la regardaient passer, des enfants à bicyclette, l'entourage tout entier étaient une formidable impulsion : une création continuée qui venait directement de l'amour qu'il lui portait. María se sentait infiniment reconnaissante et cela aussi faisait partie de l'espace et de cet après-midi de printemps à la Moncloa : une action de grâces ininterrompue, l'allégresse du monde devenue silence, simplicité, attente et envie que Martín arrivât une bonne fois pour toutes : il était déjà là : ses enjambées clôturaient à toute vitesse la distance qu'il y avait encore entre l'imaginé et le réel : Martín était toujours surprenant, presque inconcevable dans son apparence concrète : voilà pourquoi María désirait l'avoir toujours auprès d'elle et continuer désormais de le voir jusqu'à leur fin sans fin à tous deux...

« Vivre est plus important qu'écrire », dit Martín. C'était le saut de la mort. Il était surpris. Il était sûr d'avoir dit la vérité. Ils étaient tous les trois sur la terrasse : Martín, María et Gonzalo, le frère de María. Gonzalo venait de dire juste le contraire. Et Martín s'était senti dans l'obligation de contredire son beau-frère en puissance. « Vivre n'a strictement aucune importance », avait déclaré le garçon, peut-être stimulé par le xérès tiède qu'ils buvaient tous les trois, ou excité par l'occasion insigne d'avoir à donner la réplique au fiancé-philosophe de sa sœur. Gonzalo était en première : sa condition de lycéen l'auréolait d'imprécision et lui donnait un petit air de footballeur s'agitant dans les cours de récréation. Très belle allure, encore brouillonne ; il rougissait encore, comme maintenant, où il ajouta : « Nous vivons tous. Tous les gens vivent jusqu'à ce qu'ils cessent de vivre. Nous vivons parce que nous sommes forcés. En revanche, nous ne sommes pas forcés d'écrire. Tout le monde n'écrit pas. Presque personne n'écrit. Ce qui est normal, c'est de vivre, aussi je ne comprends pas pourquoi tu donnes une telle importance à la vie... » Devait-il en discuter en détail ? Martín se sentit mal à l'aise. Encore plus mal à l'aise, s'il se peut, qu'avant de dire que l'art est bref et la vie éternelle. Il avait dit cela pour dire quelque chose de choquant, faire un mot : Gonzalo avait une façon si intense de le regarder qu'il avait fini par se sentir un peu bizarre. Il y avait entre le frère et la sœur une étonnante ressemblance. Deux versions sexuelles divergentes d'une même beauté, pensa Martín. Ou peut-être convergeant confusément dans ce visage encore lisse, imberbe, où aucun trait ne s'était encore tout à fait affirmé. Une beauté équivalente qui bifurquait tout à coup lorsqu'ils ouvraient la bouche, lorsqu'on observait leur silhouette... Martín avait eu, en les voyant arriver ensemble, l'impression de se trouver à la lisière d'un secret honteux. S'il s'était exprimé ainsi sur la vie, c'était parce que désormais il le pensait, mais aussi influencé par le tour adolescent pris par la conversation. En vérité, la présence du garçon était à l'origine du ton pris par tout ce qu'ils disaient : avec María il ne parlait jamais ainsi. Asséner que la vie était plus importante que l'écriture engendrait toute sorte d'évidences banales si on ne nuançait pas sa pensée. Et on ne pouvait nuancer sans tomber dans une pédanterie hors de propos. Ah, la voilà bien, la confusion de l'adolescence ! Cette façon de penser au pifomètre ! N'empêche que María était ravie, tout à fait à l'aise, en leur servant du xérès dans des verres qu'ils étrennaient juste ce jour-là. Il était presque midi : tous trois iraient ensuite en autobus à La Moraleja déjeuner avec les beaux-parents, les parents, la réalité entière déjà définie et convertie en horaires, projets et conversations avec le jeune beau-frère, que María adorait. C'était un peu fort ! : être obligé de donner des explications à un gamin de seize ans à propos de quelque chose qui avait été pour Martín une révélation : cela revenait à être obligé de préciser pourquoi un tel préfère la douche au bain, ou pis, être obligé de dire en termes concrets pourquoi un tel croit ou ne croit pas en Dieu, ou pourquoi Paul Klee lui semble un peintre plus décisif que Murillo... Agacé, Martín pensa, tout en éclusant son xérès, que l'adolescence devrait se dérouler dans des prisons, tous les jeunes, garçons et filles, entre parenthèses et réduits au silence jusqu'à leur majorité : sa propre adolescence s'était beaucoup approchée de cet idéal. Martín avait eu bon espoir que tous pussent comprendre son renouveau radical : la grandeur d'avoir changé d'avis. Et il fallait qu'un adolescent le contredise ! Ils étaient tous les deux seuls sur la terrasse : María allait et venait dans l'appartement. Ils étaient assis par terre, comme des Indiens, jambes croisées, comme dans un campement, comme dans la cour d'un lycée ou d'une école, comme des gamins imprécis qui ne pensent pas encore aux conséquences de leurs actes... Soudain, une curieuse intimité s'était établie entre eux, comme l'intimité qui règne entre des camarades de gymnase ou des coéquipiers qui se connaissent depuis très longtemps, bien qu'ils discutent pour la première fois sérieusement entre eux... L'intimité ajoutait à l'impression de familiarité une certaine acuité, un tranchant unique : Martín n'était guère habitué à l'intimité et encore moins à l'intimité partagée avec un gamin si jeune. En fait, María était la seule personne avec qui il avait ou désirait avoir de l'intimité. Martín étira ses jambes et Gonzalo fit pareil : ils se regardèrent. C'était un peu choquant, très choquant d'être regardé fixement par quelqu'un avec qui on n'a aucune intimité : on avait l'impression que Gonzalo ne pouvait pas ne pas le regarder fixement : c'étaient les yeux de María, dans un genre différent : tout cela était un petit peu troublant. Les hommes ne se regardent pas dans les yeux. Il n'empêche que

Gonzalo le regardait, et non pas comme quelqu'un qui regarde avec assurance, mais comme quelqu'un qui est lui-même troublé et désire être rassuré, aimé. Qu'est-ce que cela voulait dire ? Martín détesta son habitude invétérée de revenir mille fois sur les mêmes choses. Gonzalo dit : « Moi, j'aimerais écrire, être écrivain, pour un écrivain, écrire est la seule chose qui compte : tout le reste se fait en fonction de ça, en fonction de l'écriture, tu ne crois pas ? Moi, il me semble que tu en es persuadé, mais voilà, avec le mariage et tout ça, tu ne dis pas ce que tu ressens... » Où était donc passée María ? Il était ridicule de discuter ainsi avec un gosse ! Martín regardait fixement devant lui. À ce moment-là, il désira ne pas se tromper et ne pas tromper qui que ce fût : il voulut être utile : être vrai, intègre, digne de l'amour qu'en fait tout le monde lui portait, y compris son beau-frère adolescent, grâce à María, grâce à la lumière de ce midi madrilène avec, dans la conscience, sa petite brise venue des pins du parc de l'ouest... La chose était claire, il devait faire des efforts et donner des explications ; n'importe quelle explication, même la pire, était préférable à l'entêtement, à l'absence d'attention, au manque d'intérêt ! « J'ai voulu dire que si on compare les deux choses, vivre et écrire, écrire est évidemment un luxe... De plus, on remplace quelque chose d'immanent à chacun d'entre nous, à la vie elle-même, par quelque chose d'extérieur, un résultat, une œuvre... On peut être très obsédé par ses œuvres. Mais c'est une erreur. C'est pourquoi il convient de mettre la vie avant toute chose qu'elle permette de faire, par exemple écrire... » Maintenant, Gonzalo ne le regardait plus. Il fronçait les sourcils comme si les phrases de son beau-frère lui semblaient fausses ou décevantes. « Peut-être, ajouta Martín, est-ce une sottise d'opposer les deux choses. En fait, il est facile de les combiner, c'est facile si on est sûr de soi... » Il se sentait une fois de plus confus, comme s'il parlait sans penser à ce qu'il disait, comme s'il était mis en examen et se trouvait dans l'obligation de dire des choses sans pouvoir reprendre son souffle, de produire du sens, de rendre signifiants des états d'âme qui ne l'étaient pas encore : les nouveautés étaient encore isolées, inachevées, innommées, sans lien avec le reste de sa vie (qui, fait curieux, était en l'occurrence mieux formulé par Gonzalo que par Martín lui-même). María réapparut sur la terrasse. C'était déjà l'heure de partir. Martín pensa qu'il avait perdu une chance de parler sérieusement avec Gonzalo. Pourquoi devait-il parler sérieusement avec Gonzalo ? Quelle importance ? Jamais jusqu'alors il n'avait été perturbé par quelque chose de semblable. En fait, l'amour s'accompagnait d'un affaiblissement du caractère. Martín pensa, tandis qu'ils descendaient l'escalier, tandis qu'ils montaient la bouche de métro, que l'amour et l'action de grâces dont il est le support impliquent une diminution de l'instinct de singularité. L'amour est un contre-instinct qui nie la joie qu'éprouve tout moi dans son arbitraire affirmation. C'est pourquoi il avait dû s'efforcer de rendre fidèlement compte de quelque chose de douteux. Avec l'amour pointait l'incohérence. Une fois de plus l'incohérence, maudite incohérence !

« Ce matin, tu as enthousiasmé Gonzalito ! » dit María. Tous deux se promenaient dans le jardin de cette fascinante maison, si peu démonstrative, presque invisible de l'extérieur, une maison élégante, à la campagne, habitée depuis toujours par les mêmes gens, des gens à propos desquels Martín ne savait que ce qu'il avait lu d'eux et qui étaient maintenant sa famille. Le déjeuner avait été, d'une certaine façon, le couronnement de tous les déjeuners antérieurs en ces mêmes lieux, une sorte de totalité ou de somme ou de concentré de tout ce que Martín pensait de la condition sociale de María. On pouvait dire qu'ils avaient tous agréablement répété leur propre personnage, tels les acteurs d'un spectacle de bienfaisance qui répètent les drôleries que tous les spectateurs attendent qu'ils répètent gentiment. Maintenant Martín se sentait bien. Il se sentait reconnu et capable à son tour de reconnaître les autres, le monde entier. C'était la nouvelle vie. Le fruit de ce bonheur paisible et somnolent qui avait déjà commencé. Il lui était agréable de s'entendre dire qu'il avait enthousiasmé Gonzalito. À cela près qu'il n'arrivait pas à y croire. María exagérait. Il le lui dit tel quel. « Je n'exagère pas. Je le connais bien et je sais que cette discussion l'a enthousiasmé... Sinon il n'aurait pas discuté comme ça, je le connais très bien. » Bien connaître Gonzalito était devenu une tâche lourde et clairement définie à mesure que le frère et la sœur grandissaient et que Gonzalito adressait de moins en moins la parole à ses parents. Il avait été un enfant craintif mais confiant : maintenant, à seize ans, il s'était refermé sur lui-même tout en devenant plus discutailleur, et même agressif — voire violent, à la maison ou au lycée. Il avait de mauvaises notes. María se sentait responsable de lui. Il en avait toujours été ainsi. Et la tendresse qu'elle éprouvait pour lui s'entremêlait à une multitude d'attentions spéciales et constantes concernant tout ce dont son frère parlait le moins et qui, selon María, occupait le plus de place dans son esprit. Les affects : c'était l'aspect le plus caché, le plus contradictoire de Gonzalito. Et, comme par hasard, le moins compliqué de María : éprouver de l'affection pour les gens était, pour elle, la chose la plus simple du monde. Et s'impliquer dans chaque cas particulier presque à son insu : guidée uniquement par tout ce que chaque connaissance, chaque membre de sa famille ou chaque amie avait d'incroyablement unique et réel. María s'était habituée à percevoir la réalité immense et détaillée de chacun d'entre eux, elle savait même quelle importance avaient les détails les moins importants, se ressemblant davantage chez à peu près tout le monde. Tout était essentiel et il fallait faire attention à tout. María pensait que cet instinct qui la poussait à faire attention aux personnes de son entourage était presque un défaut, à cause de ce qu'il y avait en elle d'excessif. Parfois elle prêtait une telle attention à des vétilles — par exemple aux éternuements de tel ou tel habitant de la maison ou à ses silences subits au cours d'une conversation banale — qu'elle en arrivait à lasser l'intéressé lui-même par son intérêt démesuré. « Je suis démesurée », se disait María sans pouvoir cesser de l'être chaque fois qu'elle intervenait. Elle se considérait souvent, à cause de cette sorte de diligence affective involontaire ou spontanée, comme une vraie enquiquineuse. Son amour pour Martín changea tout : maintenant, en revanche, elle se sentait parcimonieuse, pas assez démesurée et attentive pour être attentive à tout ce que Martín était, et faisait, et disait, et taisait. Maintenant, elle craignait parfois d'être inattentive et de passer à côté ou de ne pas profiter de tel ou tel aspect du personnage. De plus, l'aimer, c'était non seulement vouloir ne passer à côté de rien mais aussi vouloir le trouver partout comme elle était partout elle-même, grâce à Martín, radieuse comme elle ne l'avait jamais été, au diapason de la vie entière. Vouloir que Martín la voulût était aussi vouloir être toujours digne de cet amour, comme un pot à eau qui ne perd jamais sa cavité, la ferme protection de son ventre paisible qui est le lieu de l'eau claire, consistante et fraîche pendant que tout le monde dîne et de temps à autre en boit. Ce qui faisait la différence entre aimer Martín et aimer tous les autres — et tout spécialement Gonzalito — était, selon elle, que Martín faisait qu'elle se sentait toujours indispensable, comme un pot à eau rempli d'eau pendant que tout le monde dîne. Maintenant, María et Martín faisaient, tous deux, les cent pas dans la partie la moins arrangée du jardin, tout en bas, près du mur qui séparait leur propriété de la propriété voisine. C'était un endroit romantique, encore hanté par les jeux du frère et de la sœur, les planques du temps où ils jouaient à cache-cache et les heures ensoleillées d'été quand les guêpes étaient à la fois bienveillantes et malveillantes : bienveillantes parce que c'étaient de simples guêpes, comme chaque chose est ce qu'elle est, et malveillantes parce qu'elles agressaient sauvagement Gonzalito. Maintenant l'enfance était loin et l'amour si proche que María pensait qu'elle devait s'efforcer de n'oublier personne — et surtout pas son frère — au beau milieu de cette formidable impulsion qu'était la volonté d'aimer Martín et qui l'éloignait sans qu'elle le voulût des autres. Voilà pourquoi elle avait dit qu'elle connaissait très bien Gonzalo et qu'elle était sûre que la discussion sur la littérature et la vie était une preuve de l'enthousiasme que Martín suscitait en lui. Était-ce vraiment le cas ? María était sûre que Gonzalito ne s'était pas lancé dans une discussion avec Martín pour le simple plaisir de discuter : elle était sûre qu'il y avait au fond de tout cela l'intention de se faire connaître, de se faire voir, de donner beaucoup d'importance à une phrase de Martín pour être aimé et reconnu. María était sûre que cette impulsion était l'impulsion la plus fréquente chez son frère : vouloir être aimé. Il fallait que Martín vît les choses ainsi, afin de voir au passage le cœur de Gonzalito et de l'aimer comme elle l'aimait. María était convaincue que la seule chose essentielle était de s'aimer, la seule chose qui en définitive valait la peine et résolvait toute singularité dans son meilleur accord, son accord le plus unique. Cependant, il n'était guère facile d'y parvenir. Et encore moins avec Martín qui, sauf avec María, se méfiait instinctivement de ses semblables ou les ignorait presque complètement. Martín avait raison d'être difficile : au lieu d'être mollement complaisant vis-à-vis d'autrui, comme elle — d'ordinaire, une belle enquiquineuse —, il était distant, exigeant et unique : un écrivain, un homme très intelligent qui soupesait toute chose. « C'est curieux comme vous vous ressemblez, Gonzalo et toi ! » dit Martín. — « C'est surtout sur le plan affectif que nous nous ressemblons. Tant pour l'un que pour l'autre, c'est ce qu'il y a de plus important dans la vie. » Était-ce vrai ? Il était difficile de parler de Gonzalito sans que tout se présentât en bloc : « tout » signifiait tout ce que María savait de son frère et tout ce qu'elle craignait qu'il pût lui arriver si on ne tenait pas compte de tout et tout ce qu'elle souhaitait qu'il arrivât pour qu'il soit enfin heureux. Ce dernier point était, bien entendu, un petit peu flou : « tout » impliquait, en l'occurrence, une totalité lumineuse, exaltante et constante se développant pour atteindre enfin une réalité absolument indiscutable, atteindre une réalité éternelle qui, à son tour, devrait être terrestre, temporelle et appartenir exclusivement à Gonzalo — moyennant quoi, María s'empêtrait dans une certaine invraisemblance biographique. María se rendait compte que souhaiter que Gonzalito fût heureux, c'était friser l'invraisemblance parce qu'on ne pouvait pas voir le bien d'un être individuel sans voir aussi les circonstances détaillées de chaque vie humaine, dont on ne pouvait pas ne pas tenir compte. En dernière instance, il fallait s'en remettre à Dieu pour éviter que l'invraisemblance du bien ne dupe les intéressés. María constata encore une fois qu'il était difficile de parler de Gonzalito avec Martín en l'absence de ce que l'on pourrait appeler des sous-entendus : María avait eu beau essayer d'expliquer comment était son frère, et cela à peu près depuis le premier jour de sa liaison avec Martín, tout restait encore à dire. C'était difficile et en même temps de la plus haute importance. María observa d'un air déterminé le profil sévère de son fiancé et s'arrêta. « Il est beaucoup plus sensible qu'il n'en a l'air : il faut que tu l'aimes pour pouvoir voir ce dont il est capable si on l'aime » était une formule qui manquait totalement de précision mais, à ce moment-là, María n'en trouva pas de meilleure. Martín ne fit aucun commentaire. Cette façon de se taire et d'avoir l'air absent était tout à fait caractéristique du personnage. María excusait cette attitude en se disant que personne ne peut être partout et que maintenant il était surtout en elle, dépendant d'elle, excluant involontairement à peu près tout le reste. Le fait qu'il fût gratifiant d'être prise en compte de la sorte estompait un autre fait, lié au caractère de Martín, qu'elle estimait dangereux : qu'il n'accordât qu'un très faible intérêt à autrui, y compris à la famille de María, au personnel de service, à ses étudiants, à Virginia et à ses amitiés universitaires ou littéraires. Il ne parlait d'eux qu'en passant. Comme si seules leurs bizarreries étaient intéressantes et qu'il était superflu — au cas où l'occasion se présentait — de parler de chacun en particulier. María était convaincue qu'un tel comportement était le fruit des efforts que Martín avait dû fournir pour se frayer un chemin. L'effort, à son insu, s'oppose à l'aimable. C'était à elle d'être aimable en toutes circonstances parce qu'elle n'avait jamais eu à fournir le moindre effort. Martín n'était pas égoïste : son désintérêt précédait tout égoïsme ou tout altruisme : c'était le résultat d'une volonté de parvenir à être qui il était parvenu à être sans jamais avoir pu compter sur des circonstances faciles. María pensa à tout cela en pensant à son frère et en se disant combien il serait important pour lui que Martín l'appréciât. Elle était si convaincue de l'importance de cette relation qu'elle craignit d'avoir peut-être trop insisté durant ses fiançailles sur l'extrême sensibilité de Gonzalito. Martín s'en était sûrement rendu compte. Lui aussi était extrêmement sensible et au fond fragile. Inutile d'insister : pis : insister, c'était céder à une fébrilité d'origine indéterminée, une angoisse de fausse mère, de mère poule : María essaya de mieux comprendre cette dernière image qui lui déplaisait comme une photo retouchée et falsifiée d'elle-même : María ne pensait pas qu'être une « mère poule » fût bon pour quiconque ou excusable : dans toutes les circonstances, il fallait être une véritable mère : dans le cas contraire, il s'agissait d'une affectation de la maternité, d'une ridicule manifestation d'orgueil. Toute la tendresse qu'elle ressentait pour Gonzalito devait correspondre à la vérité : dans le cas contraire, ce serait le contraire de l'amour : un fantasme déformant. Il était très important que Gonzalo ne fût pas déformé dans sa conscience : Maria considérait la conscience comme le sable fin et blanc d'une plage solitaire : on découvrait dans ce sable, si on l'examinait de près, des milliers de coquillages, de créatures, chacune d'entre elles dotée de sa forme propre, minuscule, presque insignifiante, mais bien à elle. Il était agréable d'aller et venir pieds nus sur le sable de la conscience silencieuse mais il fallait savoir qu'on ne pouvait marcher qu'à petits pas, avec une légèreté de mer paisible, parce que toute autre manière de se déplacer revenait à nier les réalités qui y étaient mytérieusement contenues. Voilà pourquoi María préférait la bonne humeur à toute expression sentimentale : la bonne humeur, c'étaient les pas doux, réguliers et muets qui n'imprimaient pas de traces inutiles ni de formes brutales et différentes de ce que tout cet immense banc de sable soumis donnait à voir si on le regardait bien, si on se déplaçait lentement, si on souriait, si on laissait libre tout l'air libre. Martín se tourna alors vers María. Ses yeux sérieux, très noirs, semblaient disposés à tout dire : María eut l'impression que quelque chose d'essentiel allait lui être révélé. Martín dit : « C'est vrai que Gonzalo est très sensible. Je m'en suis rendu compte tout de suite et je me suis rendu compte que sa sensibilité pouvait facilement faire fausse route, s'appliquer à des objets absurdes, impossibles... C'est une sensibilité qui frise l'incongruité. Je ne le connais pas encore très bien. Mais je suis presque sûr d'avoir raison sur ce point. Ce genre de sensibilité risque de mal tourner et une fois qu'elles ont mal tourné, de s'obstiner dans la voie qu'elles ont prise et de nier la réalité. C'est de là que viennent les poètes mais aussi toute une engeance de flemmards et de vagabonds, amateurs de tangos et autres musiques planantes qui se sont fait une profession, toute une vie, de leur manège à eux et de leur réputation de délaissés... Ton frère appartient, me semble-t-il, à cette catégorie imaginaire de perdants qui s'accommodent de leur perdition. Moi-même, si je ne me surveillais pas, je serais comme ça : enkysté dans certains aspects de ma sensibilité qui sont, comment dirais-je, maladifs... » C'était la première fois que Martín s'incluait lui-même dans ses réprobations. C'était la première fois qu'il se livrait : María eut le sentiment d'être au centre d'une existence puissante et nouvelle, une nouvelle vie où l'on disait la vérité. Désormais tout le monde dirait toujours la vérité : les mensonges les plus infimes seraient superflus, même ces quelques mensonges pieux qui, jusqu'alors, avaient semblé indispensables. Inutiles également les silences qui omettent ou qui dissimulent... Il n'y aurait plus à changer de conversation, ni à regarder ailleurs, ni à jouer à l'idiot, ni à faire la sourde oreille, ni à cacher, ni à prétendre n'être pas au courant... Il serait désormais possible de vivre dans la vérité : qu'on souhaitât vivre ailleurs deviendrait alors invraisemblable — une sorte de plaisanterie. Tout cela s'énonça d'un trait dans la conscience de María : tout en même temps et riche de tous ses détails, en un instant. Elle aurait cependant été embarrassée si elle s'était trouvée dans l'obligation d'énumérer ses impressions ! Elle n'avait pas envie de parler. La seule chose dont elle avait envie était que Martín continuât à parler ainsi, comme s'il marchait à grands pas, avec la sereine détermination de qui ne songe guère à revenir. La seule chose qui, en cet instant, l'éloigna de cet enthousiasme magique fut une idée — également une impression, une très rapide émotion — de prudence. Il fallait faire preuve d'une grande prudence si l'on ne songeait plus à revenir et qu'on pénétrait à grands pas dans un lieu nouveau et inconnu... Il fallait faire preuve de prudence pour que Martín — le véritable aventurier — ne soit pas désemparé. (Il était curieux que María, quant à elle, n'eût pas le sentiment de s'être aventurée dans l'aventure suggérée par les nouvelles phrases de Martín : tout se passait, en ce qui la concernait, comme si elle était déjà arrivée sans avoir eu à vivre de grandes aventures, comme si c'était déjà la fin du périple dans une nouvelle maison tout à fait intelligible, lumineuse et ouverte... La fin ouverte était tout ce qui dans la complexité et la nouveauté de toute l'aventure faisait que María se sentait, elle aussi, maintenant, exaltée et émerveillée.) Martín dit : « Le jardin de la maison de tes parents me rappelle le jardin du paradis : sans doute parce que je l'ai toujours arpenté guidé par ta main et parce que l'amour fait de nous des enfants : la nature me semble plus vaste, pleine d'énergie, antérieure à elle-même, aucune erreur ne l'assombrit, il n'y a pas de monstres, les serpents sont des signes familiers et leurs apparitions amicales ne nous effraient jamais, en ce moment même, María, il n'y a rien dans ma conscience, alors que nous nous promenons à la tombée du jour dans ce jardin déjà si familier, qui ne soit pas source de joie, je ne désire m'arrêter sur aucun reflet, sur aucune manière indirecte de sentir, de voir ou de comprendre les choses : je désire être en bons termes avec Dieu et avec tout ce qui existe. Je veux dire que je suis heureux. » C'était la première fois qu'il le disait. C'était splendide de le lui entendre dire. « Gonzalo finira par vivre la moitié du temps avec nous... Ou tout le temps. Il va falloir que nous nous occupions de lui jusqu'à ce qu'il se marie... Ça te plairait, n'est-ce pas ?... » — « Ce qui me plairait, ce serait que vous deveniez très amis, qu'il apprenne des choses de toi. Tout lui sera bénéfique, tout ce qu'il apprendra avec toi... » Martín souriait. C'était si agréable à entendre ! Il se dit alors qu'il y avait deux aspects dans le fait de se sentir heureux : le premier, la réussite : le bonheur s'obtient, c'est un état qui est un résultat. Mais ce qu'il y avait de vraiment fascinant dans le bonheur était l'autre aspect, l'aspect actif : de ce point de vue, réussir à être heureux était presque secondaire : l'essentiel était le cheminement de la conscience tout entière vers le bonheur, le fait de le désirer, d'être toujours prédisposé à le percevoir et à s'y abandonner. Être disposé à être heureux changeait tout : le monde prenait un nouveau visage : le bonheur rendait les choses photogéniques, leur donnait de l'éclat, les... magnifiait : voilà ce que c'était : Martín eut soudain l'impression que le désir de bonheur était un processus qui apportait au monde une information, une information qui — sans parvenir à le falsifier — allait au-delà de l'information que reçoit d'ordinaire le monde de lui-même.

Ils étaient revenus à la maison, sur la grande terrasse qui s'étendait devant le salon. Martín désira être capable de résumer cette promenade et tout ce qui avait été énoncé tant sur le plan verbal que non verbal. Il lui sembla qu'il s'était passé entre eux beaucoup plus de choses que ce qui s'était traduit par leurs gestes et leurs mots : ils existaient liés l'un à l'autre. C'était bien cela. Et il voulut alors tout répéter : s'entendre dire : « Nous n'oublierons jamais cet après-midi, María. Soudain, tout autour de nous s'est mis à rayonner. À partir de maintenant, je serai bien meilleur. Et j'écrirai mieux aussi... soit dit en passant. Tu ne crois pas ? » Oui, elle le croyait. Si bien que Martín répéta quelque chose qu'il avait déjà dit maintes fois : « Ce nouveau livre, *Voyage de noces*, sera une nouveauté absolue. Je suis sûr que le bonheur est infiniment plus éloquent que son contraire. »

Bref, tout allait pour le mieux, tout devenait facile et les rendait tous deux heureux. On ne pouvait en demander davantage. Et de plus, soit dit en passant, Martín écrirait comme il ne l'avait jamais fait. Il écrirait mieux qu'avant, mieux qu'il ne l'avait jamais fait, à partir de maintenant, à partir de l'amour et de la béatitude, que Boèce...

... définit ainsi : *status omnium bonorum agregatione perfectus.* Cette définition lui avait toujours déplu. Ce faux air de grands magasins, cette idée d'« agrégation » avec ses accents d'additions et de centuples stupides. Et la notion de *status* qui suggérait une combinaison d'immobilismes satisfaits d'eux-mêmes : les trois états, l'État espagnol, être en bon état, femmes en état. « État » était un terme du régime : la nef de l'État, l'homme d'État, le parfait état de santé de Son Excellence... Toute une sémantique d'états qui se faufilait comme un vent froid par la première fente venue. Un échauffement cérébral auquel s'ajoutaient les pieds froids de la légitimité des épouses et des enfants conçus dans les liens sacrés du mariage. La famille et l'État… Martín pouvait poursuivre inlassablement à ce train, savourant avec dédain les analogies étatiques de la vie espagnole du moment. Actualités présentant des inaugurations, des beautés naturelles, les céramiques de Talavera de la Reina, le damasquinage tolédan de toute fidèle épée victorieuse, les crus de La Rioja, les selliers espagnols, les taureaux, les semaines saintes, le stade Bernabeu… Un *status perfectus* lubrifié à la graisse froide d'agneau de lait… Immobilité se confondant avec majesté et grandeur. Clichés de toute une opposition cachée que Martín acceptait tout en aimant, dans les discussions à la faculté, se donner l'air sceptique d'un homme féru d'abstraction et libéré des préoccupations sociales et politiques. Il ne se sentait engagé que vis-à-vis de l'activité de sa conscience ; et lire Sartre — ce fut à cette époque qu'il lut pour la première fois *Qu'est-ce que la littérature ?* — l'émut pour des raisons que peut-être Sartre lui-même considérait comme négatives. De fait, Martin retrouvait un vague reflet de lui-même dans l'« écrivain bourgeois » décrit par Sartre dans son pamphlet. Il était étrange de se sentir reflété et en même temps rejeté et condamné. Sa passion pour Sartre redoubla grâce à cette image négative, au lieu d'en prendre ombrage ou de s'étioler. En tout cas, la *beatitudo* de la définition de Boèce lui parut passablement malencontreuse tout au long de ses études et durant les premiers mois de ses fiançailles. Il n'y avait pas moyen de doter de spiritualité ce bonheur de boutiquiers. Tout avait changé quand il avait conçu *Voyage de noces*, quand il s'était livré ou avait essayé de se livrer à son bonheur présent et à l'enthousiasme affirmatif qui mettait tout en relief et rendait ce monde courageusement significatif.

Additionner tous les biens, ce n'était plus les entasser, mais les hisser, transfigurés, jusqu'à l'hymne flamboyant de l'éther et du feu. Maintenant que Martín se sentait aérien et qu'il tenait entre ses mains ou sous son bras les douces épaules de María, de plus en plus prisonnier de la sévérité fougueuse de son amour, l'idée que tous les biens s'agrégeaient et, ce faisant, niaient tous les maux dans un cosmos ivre de pure sobriété et débarrassé de contraires, avait commencé à lui paraître gigantesque, adéquate, féconde, comme une fertile maturité, un costume croisé bleu marine adapté à toutes les tailles, garantissant une élégance naturelle aussi bien le matin que le soir. Tous les biens sans tous les maux. Une chose impossible ! Et pourtant, comme elle semblait possible et réalisable, envisagée du point de vue de l'amour ! Maintenant la définition lui semblait déictique : elle délimitait le champ d'exercice de l'amour où toutes les choses nous semblent bien. Les biens terrestres avaient chaque jour de plus en plus de charme. Et Martín ne se sentait pas pour autant vulgaire ni vulgairement intéressé : au contraire, il se sentait maintenant plus désintéressé que jamais : ce n'était pas pour lui qu'il les désirait : il désirait simplement qu'ils existent : que l'univers en eût à revendre ! Il avait l'impression d'avoir perdu pour toujours le sens du ridicule. Et il s'en réjouissait.

Le jour de la noce approchait à grands pas. Fort de son nouvel état d'âme, Martín désirait faire la paix. Et « faire la paix » était plutôt la forme d'un désir que le désir de quelque chose de défini. Quelle paix devait-il faire et avec qui ? Il avait déjà fait la paix avec lui-même : l'incohérence avait enfin cessé de le perturber. Il avait accepté sa belle-famille, aussi bien chacun d'entre eux pris isolément que tous ensemble. Il ne restait plus que Virginia. Avec Virginia, il y avait eu, en effet, dès le départ, une forte hostilité : une sorte d'hostilité ironique, moyennant quoi aucun des deux, pas plus Virginia que lui, ne se décidait à prendre l'autre en tant que tel au sérieux. En tant que telle, se disait Martín, cette Virginia est une frivole. Par le biais de cette malheureuse expression, tout à fait dans le goût de la philosophie espagnole de l'époque, toute chose désignée était pour le penseur mise entre parenthèses. En pensant à Virginia en tant que telle, Martín pouvait penser à elle indépendamment du fait qu'elle était la meilleure amie de María, ou une beauté exotique, ou encore une fille de bonne famille affublée d'un roman familial insensé... En fait, « en tant que tel » était une formule parfaite pour asséner des coups. Que Virginia fût une fille frivole, on s'en rendait mieux compte, cela sautait aux yeux, si on l'examinait « en tant que telle », indépendamment de tout le reste. Penser à elle parmi d'autres filles de son âge ou en tant qu'amie de María engendrait une idée hybride, une Virginia marquée du sceau de l'hésitation : les ressemblances ne ressemblaient plus à des ressemblances : la photo avait bougé. « En tant que telle » garantissait une immobilité gratifiante. Mais maintenant Martín se rendait compte que tout « en tant que tel » appliqué à quelqu'un de concret pouvait entraîner de grandes injustices. Il était clair que Virginia était la seule personne avec qui il devait non seulement faire la paix en tant que telle, mais aussi, et surtout, à qui il devait donner une place suffisante dans sa conscience. Martín avait bien l'intention de loger Virginia avec tous les soins que son cas requérait maintenant que l'amour l'avait enfin rendu sensible à la valeur de l'imprécision et du flou caractérisant les images d'autrui. Il n'arrivait pas du tout à se rendre compte — pas même maintenant — du rejet dont il avait dès le départ fait l'objet de la part de Virginia. Virginia aussi, sans utiliser l'expression, observait Martin en tant que tel. Pour résumer, sombre hostilité d'un côté comme de l'autre.

Virginia avait changé plusieurs fois d'attitude vis-à-vis de Martín. Elle l'avait haï, trouvé sympathique, de nouveau haï, d'une haine un peu moins vive, s'était sentie humiliée par lui, examinée froidement, examinée non pas froidement mais du coin de l'œil, avec une certaine chaleur. De son côté, elle l'avait examiné de biais, froidement, chaleureusement, de profil, examiné sa tête ou seulement ses mains, ou bien ses longues jambes qui n'avaient rien de sportif... Martín était très peu sportif. Il était beau mais pas sportif. Durant les semaines qui avaient précédé la noce, Virginia s'en était tenue uniquement à ces deux caractéristiques. Et il y avait, bien sûr, autre chose, autre chose que Virginia avec une grande solennité et une grande sincérité estimait relever davantage de l'âme et du mariage : María et Martín ne lui donnaient pas l'impression d'être faits l'un pour l'autre. Et tout cela s'agitait en permanence dans sa tête. Il eût mieux valu que Martín fût non sportif et laid, par exemple. Ce qui compliquait les choses, c'était que Virginia, lorsqu'elle regardait Martín, se sentait à la fois satisfaite et insatisfaite. Virginia avait l'habitude de considérer la vigueur physique comme un attribut essentiel de la beauté du mâle. Une belle apparence masculine impliquait que l'on parût raisonnablement bien développé. On ne pouvait dire d'un garçon dépourvu de tout embryon de musculature qu'il était beau. Ses frères, ses cousins, toute une vaste ribambelle de garçons de son âge, avaient pour point commun d'être forts. Personnellement, les sports l'ennuyaient au plus haut point. Mais elle aimait qu'un homme eût l'air sportif. Ce qui faisait cruellement défaut à Martín. Tout en lui suggérait le contraire, le contraire des exercices en plein air, le contraire des bonnes couleurs. Et pourtant, elle était bien obligée de reconnaître qu'il était beau garçon. Il était très maigre. Il était bleuté. Il avait une peau blanche qui, rasée, renvoyait un reflet gris bleu légèrement mat. Était-ce agréable ? Au tout début, non ; après, oui. Virginia était passée, en tout ce qui concernait le physique du fiancé de son amie, d'une sorte de dégoût secret à une sorte de bon petit goût tout aussi secret. Maintenant Martín lui plaisait secrètement : voilà comment elle en était arrivée à élargir son esthétique sexuelle. Ce qui voulait dire que Virginia *voyait* maintenant ce qui plaisait à María, alors qu'avant elle se contentait d'y croire ou de le comprendre. Ce devait être cette pâleur et ces cernes qui donnaient à son visage un élégant rayonnement d'ascète. Ces variations au sujet du physique de Martín en étaient arrivées à peser très lourd dans la conscience de Virginia. Et le fait que le physique fût, d'une certaine façon, un aspect superficiel (comme elle se le rappelait fréquemment à elle-même) n'empêchait pas qu'il lui semblait, presque involontairement, un indice fiable, l'indice le plus fiable. Virginia estimait non seulement que le visage est le miroir de l'âme mais que le corps aussi, le corps pris dans son ensemble, de la tête aux pieds, en mouvement comme au repos, est un indice de ce qu'est chaque être humain. Les indices sont comme les symptômes : ils révèlent quelque chose sans tout montrer. « Le corps, se disait Virginia, est un symptôme de l'âme. Mais en même temps, il est superficiel : c'est ce qui est dehors, c'est ce qui est donné à voir, ce que l'on peut voir d'un simple regard. Et il est des corps qui contredisent leur âme. » Le physique de Martín en vint à se transformer en très légère obsession. Elle en vint à penser que Martín tout entier pouvait en toute clarté s'expliquer à partir de son physique. Face à Martín, Virginia avait l'impression d'être en permanence informée de ce qu'il y avait de plus individuel et confidentiel en lui : il suffisait d'interpréter correctement l'expression de son corps. Une conséquence claire de ces considérations fut que Virginia oublia — ou si elle n'oublia pas, elle le fit moins intensément — de s'inquiéter de l'avenir de María. Elle était sincère quand elle avait craint que Maria ne se livrât sans réserve à Martín. Elle l'était autant quand elle laissait maintenant son inquiétude s'étioler. La sincérité avait toujours été chez elle synonyme d'immédiateté. Dire ce qu'elle ressentait au moment même où elle le ressentait, c'était cela, être sincère. Son inquiétude au sujet de María avait été quelque chose d'immédiatement oppressant, se combinant — ce qui l'était déjà moins — avec la fâcheuse idée qu'elle s'était faite du mariage de ses propres parents. Mais maintenant, la seule chose immédiate, c'était le physique. Virginia découvrit que penser à Martín en tant que corps expressif faisait qu'elle pensait aussi à son propre corps, en tant qu'expression permanente d'elle-même. Que pensait-il d'elle en tant que corps ? Cette question avait pris les formulations les plus diverses pour revenir au bout du compte au même point : son physique. Que pensait Martín de son physique ? Elle le découvrit en lisant son premier livre. Virginia ne douta pas un seul instant que tout était autobiographique. Lu comme une autobiographie, ce roman était fascinant : le héros du roman de Martín — et, par voie de conséquence, Martín lui-même — s'était considéré comme misogyne dans sa jeunesse tout en se sentant, contre son gré et contre tout sens commun, horriblement intéressé par les femmes très maigres. Virginia eut l'impression que la maigreur était la seule femme de ce récit. Virginia était très maigre. Une grande partie de son charme venait de la délicatesse de sa maigreur : exactement, à en juger par son livre, ce que Martín admirait le plus dans les corps. Comment avait-il donc pu s'éprendre de María ? María était jolie fille, mais elle n'était pas « très maigre ». Elle était, au contraire, sportive : elle avait de bonnes couleurs : il n'y avait en elle nulle maigreur. Étrange ! Se contentait-il d'aimer regarder l'extrême maigreur sans pour autant l'aimer en elle-même ? C'était bien ce qui avait l'air de se passer : il aimait María, alors que Virginia ne faisait que lui plaire. Mais lui plaisait-elle vraiment ? Elle n'avait pas l'air de lui plaire beaucoup car il ne manquait pas de la critiquer. Jamais elle ne s'était sentie aussi critiquée. Il était sarcastique et sévère à son sujet, à l'exception de son corps auquel il ne faisait jamais allusion. Pourquoi ? Mystère insondable, dont Virginia savait qu'il ne serait jamais vraiment dévoilé ! Il était impensable qu'ils parlent, assis en tête à tête, de leur corps respectif. Et pourquoi ? Parce que c'était impensable : tout simplement : cela eût équivalu à s'embrasser brusquement : parlant de leurs corps, il leur aurait suffi d'ouvrir la bouche pour qu'ils s'étreignent et, par conséquent, ils auraient été contraints de s'embrasser si Dieu ne les en empêchait : autant dire que Virginia faisait tout pour éviter une telle situation. Sur ce point, elle avait une seule certitude : elle ne voulait pas se retrouver avec

Martín, l'enlever à María. Virginia était persuadée que ses pensées à ce sujet s'opposaient en tous points à l'idée d'enlever son fiancé à qui que ce fût. C'était un problème purement physique, relevant du physique. Elle n'allait pas chercher plus loin et faisait une moue dubitative. Martín était maigre, il aimait la maigreur et Virginia était très maigre... Fallait-il en tirer une conclusion ? Peut-être pas. Mais Virginia en tira sûrement une : que Martín feignait ou dissimulait en tout ce qui la concernait. Ce qui expliquait, en fait, les critiques exagérées qu'il lui adressait. Martín disait que dans la légèreté des sentiments de Virginia il y avait beaucoup de frivolité. Dans la légèreté, il peut y avoir de l'agilité mais il n'y a bien souvent que de la fourberie, de l'inconsistance, de la frivolité. À vrai dire, Martín avait tendance a beaucoup exagérer, mais il avait, au fond, un petit peu raison. Virginia, en l'écoutant parler, ne pouvait pas ne pas se reconnaître un tant soit peu. Virginia ne pouvait nier que, sauf avec María, elle se comportait avec autrui tout à fait à la légère. Et en particulier avec les garçons. Virginia leur jetait un coup d'œil et, une fois qu'elle les avait vus, tout était vu : ils étaient tous exactement pareils. Elle aimait, cependant, qu'ils s'occupent d'elle. Aussi en avait-elle beaucoup en vue sans qu'aucun l'étonne. « Il n'y a pas de garçons particuliers », disait-elle souvent. « Le particulier, c'est la femme qui l'apporte, car, en fait, c'est elle qui est particulière en tout. » C'était une phrase — il ne fallait pas y voir autre chose — que Virginia répétait très souvent parce qu'elle faisait intelligent. N'aimer aucun garçon en particulier, était-ce de la frivolité ? Peut-être. En tout cas, Martín était la seule personne qui aurait pu lui convenir mais il n'était pas disponible, toute intimité était impensable... Elle s'était fait faire pour la noce une robe d'une rare élégance chez Balenciaga !

Soudain la noce se montra au coin de la rue. Soudain il ne restait plus qu'une semaine, Virginia n'avait toujours pas essayé sa robe et la première de chez Balenciaga-Madrid était furieuse parce qu'elle avait raté le deuxième essayage. Il n'y avait plus guère de temps pour penser au physique de qui que ce fût : il fallait penser uniquement aux gants jusqu'au coude et aux autres accessoires. Virginia mit ainsi un terme définitif à la réflexion strictement théorique. La robe de mariée de María allait être, bien entendu, blanche mais très simple. Maintenant Virginia plaçait la simplicité au-dessus de toute autre qualité morale. Elle était dans le ton. La famille de Martín était simple — des gens très simples et, à vrai dire, un petit peu culs-terreux —, les parents de María étaient simples eux aussi, quoique dans un genre différent. Gonzalito se devait d'être simple parce qu'il n'avait que seize ans et qu'à cet âge on n'a pas le droit d'aller se chercher des complications. Et la cérémonie elle-même serait d'une pénétrante simplicité. Et le déjeuner qui suivrait la cérémonie et se déroulerait en toute simplicité dans le jardin de la maison des parents de la mariée se composerait en tout et pour tout d'une coupe de champagne français et d'une huître. Virginia se voyait déjà en train de dévorer d'un trait son huître toute simple, puis, au titre de meilleure amie de la mariée et de témoin, de faire ici et là la conversation. En fait, il n'y aurait que quatre pelés et un tondu : quoi de plus simple ! Virginia avait emprunté cette idée de parfaite simplicité directement à Martín qui, indirectement, faisait souvent allusion à la simplicité comme s'il s'agissait d'une meringue sans pareille fondant à une vitesse folle sous le palais, d'une *mousse au chocolat** d'une exquise perfection au cacao très lointain, de l'arrière-goût d'une dégustation unique au monde : simplicité. Virginia avait accéléré le pas afin d'être au diapason de tous les épithalames impulsifs de cette dernière semaine et, maintenant, elle ne pensait qu'à des choses nobles et simples — surtout simples — qui, sans qu'elle sût pourquoi, lui venaient toujours à l'esprit associées à des desserts. Étrange ! Très étrange, parce que la grande cuisine, la cuisine française, est tout, sauf simple. Comme Martín qui, sans être simple, parlait de simplicité en toute simplicité. Admirable ! Moyennant quoi, Virginia écarterait tout bijou, toute fleur ou tout *pendentif** : tout superflu qui, de surcroît, n'est guère seyant le matin... Elle porterait à midi la robe de cocktail Balenciaga la plus austère et la plus simple de l'année. Il se pouvait que personne n'eût parlé de simplicité — pas même Martín — et que Virginia se fût mis dans la tête que c'était ce dont il était question alors qu'il n'était question que de se marier, comme disait Martín, tout simplement de se marier en paix. La simplicité — aussi bien la qualité que son expression — était en quelque sorte le point sur le *i* de cet instant : pour que tout fût à point et la noce très brillante, joyeuse, blanche, altière, vraie et, en sus, pareille à d'autres noces, et non une noce bizarre ou sinistre, il fallait qu'il y eût chez tous une vraie simplicité. Mais, comme Virginia l'avait, elle-même, à plusieurs reprises expliqué : être simple n'est guère simple. Et s'obstiner à l'être peut mener à l'absurdité. Toutefois Virginia avait vu juste sur un point : le fait que Martín ne souhaitait pas un grand mariage venait de l'idée qu'il se faisait de lui-même et de son avenir. Martín était persuadé que la vie d'un écrivain devait se dérouler dans une certaine austérité. À cette idée d'austérité, il associait une image de lui-même et le besoin d'aller à l'essentiel. Un mariage élégant non seulement tournait le dos à l'essentiel, mais, de surcroît, défigurait tout : Martín détestait s'imaginer en jaquette. La seule chose essentielle était l'amour : il avait l'amour : tout le reste était superflu. La simplicité des parents de María consista surtout à accepter sans broncher les volontés de leur gendre. Ils auraient aimé marier leur fille comme tout le monde. Mais ils acceptèrent de faire un mariage aussi intime et aussi bref que Martín l'avait souhaité. María ne se soucia guère de la noce. D'une certaine manière, ce qui venait après, la vie entière aux côtés de Martín, était plus visible et plus immédiat que la cérémonie proche. Sur ce point, María se départit de son enthousiasme habituel envers toute chose et toute nouvelle journée pour considérer son mariage comme une simple formalité. Sous l'influence de Martín qui déclara détester les cérémonies au nom de l'accès direct et vrai à toute chose en soi. Le véritable amour ne requérait point de cérémonies. Le cérémonial n'était rien d'autre qu'une donnée de la socialisation qui voulait se faire passer pour de la métaphysique. Les phrases de Martín étaient toutes de la même eau que cette phrase qui lui revenait à l'esprit alors qu'elle allait essayer sa robe de mariée et d'autres choses dont elle avait passé commande. L'intensité verbale de ces phrases était très supérieure à leur aptitude à désigner des choses ou des problèmes. Parfois, María avait l'impression que tous les problèmes perdaient de leur importance lorsque Martín les formulait à l'aide de ses brillantes phrases. Il en avait été de même pour la noce. C'était une bonne chose de la célébrer comme Martín le souhaitait. Une célébration pompeuse aurait déplu à María. Mais ses parents — et surtout sa mère — avaient dû faire de gros efforts pour comprendre les raisons de cette non-célébration à quoi la noce se résumerait. María se rendit tout de suite compte que le surprenant comportement que Martín appelait de ses vœux était pour ses parents quasi incompréhensible. Martín ne fut pas tenu d'en discuter avec eux. María leur fit avec exactitude part de son point de vue. Pour les voir s'y plier, il fallut passer, en *decrescendo* et à pas comptés, de la perspective d'une noce d'une centaine d'invités à celle d'une noce ne regroupant que les amis intimes et la famille, puis uniquement la famille, dont les cousins et à la rigueur un ami, pour en arriver enfin à celle qui serait célébrée en présence des tantes de Martín, des parents de María, de Gonzalito, de Virginia et de la nourrice Rosi. Ses parents cédèrent, consternés. C'était une étrange lubie : impossible de leur ôter cette idée de la tête. C'était comme s'ils se mariaient dans la clandestinité. María essaya de leur montrer que, comme ce n'était pas le cas, il était plaisant que les gens pussent voir les choses ainsi. Il est vrai que c'était plaisant. Martín l'avait dit et redit. Ce n'était pas, bien sûr, le genre de plaisanterie qui amusait particulièrement María. Il impliquait un type de réflexion avec lequel elle n'arrivait guère à sympathiser. « Les gens sont stupides. Laisse-les penser à tort et à travers et se tromper. On va tous les faire marcher », avait dit Martín.

María n'était pas sûre que cela en valait la peine. Elle fit des efforts pour percevoir l'aspect le plus clair et le plus positif de l'affaire : c'était un geste d'indépendance par lequel le couple s'engageait sur la voie d'une vie authentique. Une bonne chose. Ses parents ne voyaient pas le côté plaisant de l'affaire, parce que pour eux — même en faisant abstraction de l'idée de clandestinité — une noce sans public — et précisément cette noce-là, celle de leur fille — les rendait tout tristes. Aussi grande que fût la joie intime des nouveaux mariés, l'événement aurait pour les simples assistants et les témoins quelque chose d'invraisemblable. María était tout à fait consciente de cet aspect des choses : cette sorte d'invraisemblance que confère le simple fait de ne pas faire comme tout le monde — ou comme toute la classe sociale à laquelle on appartient —, y compris aux événements les plus réels et les moins équivoques : une brutale irréalité : une invraisemblance de phrases hyperboliques : des exagérations qui vont jusqu'à perturber la sérénité de ce qu'il y a de plus vrai. « Il ne faut pas paraître ce que l'on est. Ce n'est qu'ainsi que la vie finira par nous paraître réelle », disait Martín. Telles étaient ses phrases. Même maintenant où, comme il le disait lui-même, toute ironie avait été anéantie par la joie, ses phrases rebondissaient instantanément sur toutes les choses de la vie quotidienne à l'instar de martinets qui esquivent à toute vitesse un mur blanc. Que les cérémonies fussent des données de la socialisation à prétentions métaphysiques semblait à María un instantané verbal qui rebondissait sur la surface concrète de son mariage à venir sans s'immerger dans l'événement et qui le désignait à la va-vite. Par ailleurs, il était inutile de réfléchir à quoi que ce fût : tout était déjà décidé : ses parents avaient accepté :

tout se passerait comme le souhaitait Martín. Et ce fut ainsi que tout se passa.

Ce fut une formalité. Vu et pas vu : un signe sensible et, l'espace d'un instant, la gigantesque solennité de se promettre pour toujours un mutuel amour. Rien, en effet, n'était essentiel : Martín avait eu tout à fait raison de se soustraire à la routine. La seule chose essentielle fut la promesse et son solennel — joyeux, sans aucun doute, mais aussi empreint de sévérité — « pour toujours ». « Jusqu'à ce que la mort nous sépare », répéta María en son for intérieur : c'était la vie déjà consommée et achevée à l'instant même où ils allaient commencer à la vivre. Tous les assistants versèrent une larme, sauf la nourrice Rosi qui regardait fixement l'horizon comme si, témoin du bonheur et de la prospérité du nouveau couple, elle entrevoyait déjà la fin. Ils déjeunèrent dans le jardin, sur la terrasse, éclairés par l'amical soleil de mai. Le couple partit en voyage l'après-midi même. Un petit voyage en Espagne, moins d'une semaine. Et il revint directement dans le nouvel appartement. Martín se mit à écrire *Voyage de noces.*

Il envoya *Voyage de noces* au jury du prix Nadal. Il avait écrit contre lui-même. Il se dit à lui-même — et c'était un résumé de tout ce qui précédait qui était, en même temps, un grand épithalame : « Dans ce récit, les choses brillent et le narrateur ne met rien en doute : il est convaincu de la beauté de ce monde et le dit tout net. La conscience du narrateur est, avant tout, conscience des choses et, seulement après et comme en passant, conscience réflexive. D'où une nouvelle manière de sentir et d'écrire. Mon nouveau style. Mon nouveau roman exprime la joie de mon nouveau cœur, de ma nouvelle vie et de mon nouveau foyer : tout a commencé pour toujours. Il se peut que mon caractère ne coïncide pas en tous points avec la joie liée à une telle nouveauté. Mais moi, j'ai décidé d'être le maître de mon caractère pour qu'il ne me tienne pas lieu de destin. Mon joyeux destin, c'est moi qui l'ai décidé. J'ai préparé mon âme, je suis revenu à l'enfance des oliviers et des champs de ma terre et à l'enfance, encore plus simple, où l'on veut être aimé par qui on aime. J'ai reçu le prix de tous mes efforts. Et un aspect de ce prix, une partie collatérale de cette grâce, a été la grâce de pouvoir écrire autrement et mieux que jamais : je vais gagner le Nadal et je pourrai ainsi abandonner la faculté pour me consacrer à la littérature. Impossible — ce serait absurde — qu'il m'arrive le contraire ! » Martín se sentit heureux et amoureux durant tout le temps — à peu près huit mois — que prit la rédaction de son roman. Il finit par envoyer le manuscrit à Barcelone. Pause. Il n'y avait plus qu'à attendre le jour des Rois. Les Rois mages lui apporteraient le contraire de l'absurde : le prix et la confirmation définitive de son importance littéraire. Les choses étant ce qu'elles étaient, il était impossible de ne pas être dépendant de cette date. Et María et Martín en furent dépendants, embarquant au passage dans leur lumineux espoir Gonzalito, Virginia et tous les autres. Le temps passa à la fois très lentement et très vite. On fut tout à coup transportés en janvier, ce fut tout à coup le cinq janvier, ce fut tout à coup la soirée de remise du prix Nadal, l'explosion d'être enfin... et l'échec. *Voyage de noces* ne gagna pas le prix Nadal et ne figura même pas sur la liste des derniers romans retenus.

Ce fut un coup dur. Sans conséquences immédiates. D'une certaine façon, Martín n'en prit pas ombrage. Il accusa le coup en silence. Son silence inonda l'appartement, comme une inondation qui défigure les rues, les maisons et les boutiques d'un village qui se trouve près d'un fleuve. La présence de l'eau étonne davantage lorsqu'on l'imagine les yeux clos que lorsqu'on lutte contre elle pour traverser la grand-place et se rendre au marché. C'était ainsi que le silence de Martín résonait sans arrêt dans l'imagination de María, troublant son sommeil et rendant insignifiantes toutes les tâches insignifiantes de la vie quotidienne. « Si je gagne, ils me téléphoneront. Ils ont mon adresse et mon numéro », avait dit Martín. Impossible de ne pas attendre cet appel. Impossible de feindre tous les deux d'accepter sportivement le résultat, quel qu'il fût. Pour se comporter de façon sportive, il faut que le sport soit un jeu qui se déroule en toute liberté et que les joueurs jouent librement pour pouvoir perdre. Tout se passe comme si perdre résumait tout et était le seul résultat possible. Et gagner un écart infinitésimal, un clin d'œil de la chance éprise de l'audace, une mise entre parenthèses momentanée, presque imaginaire, du véritable résultat et du temps. Martín ne s'était jamais dit qu'il pouvait perdre. Il n'y avait pas pensé. Il n'avait rien imaginé de négatif en tapant son manuscrit, joignant à chaque feuille quatre carbones qui se froissaient au point de devenir merveilleusement inutilisables, ni en empaquetant les exemplaires requis par le règlement du prix, ni en les envoyant par la poste... Il n'avait pas pensé une seconde que cette entreprise compliquée, commencée lorsqu'il avait eu l'idée de ce livre et terminée au petit matin du six janvier pouvait n'être suivie d'aucun effet extérieur. Comme il ne gagna pas le prix, toutes les activités qui avaient pour objet de le gagner s'avéraient, en effet, sans effet. Et l'absence d'effet dévalua toute l'activité antérieure. Qu'il n'ait pas gagné signifiait qu'il ne s'était rien passé. Rien ne modifiait leur vie. Il n'y avait rien à faire de particulier. Personne à appeler, aucune décision à prendre, rien à différer, rien à avancer, rien à changer dans la routine. Il n'y avait rien de neuf. S'il avait gagné, il y aurait eu au moins quelque chose de neuf dans toutes les librairies d'Espagne. Il sembla tout à coup que le seul comportement adéquat était de ne pas faire allusion à ce non-événement. Car n'est-il pas vrai que ne pas gagner est une manière de ne pas être ? Le silencieux coup de téléphone qui ne sonna pas ce matin-là sembla exiger de Martín tout le silence dont il était capable et même davantage. Martín resta donc silencieux et son silence les inonda tous les deux jusqu'à ce que María, s'efforçant de prendre une voix insouciante, sortît la première sottise de la soirée : « Ils n'ont pas compris ton roman, ces imbéciles ! » Martín laissa passer un long moment — peut-être plusieurs minutes —, puis, sans regarder María, il déclara : « Tu te trompes. Ils l'ont compris et il ne leur a pas plu. Ce roman est une grave erreur. » María eut alors l'impression que le niveau de l'immense flot de silence était en train de baisser : elle parvenait déjà à voir le blanc des pavés des ruelles et les chats paisibles qui prenaient le soleil. Si le silence était brisé, il en irait de même de la gravité de la chose. Mais María se trompait. Une fois brisé, le silence éclaté en miettes recouvrit toutes les conversations qui suivirent. Maintenant le silence, au lieu d'être absolu, s'était fragmenté et, semblable à de petits morceaux de verre, il se glissait entre les phrases, entre les bribes de conversation, entre les déplacements d'un endroit à l'autre, entre eux deux, comme une faute inavouée. Toutes les phrases qui, entrecoupées et discontinues, s'interposaient maintenant entre eux se référaient au prix non gagné et ressemblaient à des îlots ou à des récifs dans le grand océan vide du silence absolu qui, se voyant brisé, se retournait, avide de vengeance, contre les auteurs de l'infraction. María aurait-elle dû ne pas rompre, la première, le silence absolu et donc le respecter ? Ou, au contraire, avait-elle bien fait de le briser avec la première chose qui lui était passée par la tête, une bêtise, une vulgaire phrase de consolation ? Les phrases de consolation doivent-elles être toujours extraordinaires, jamais vulgaires ? María revenait mille fois sur le sujet mais ses doutes ne s'estompaient pas. Elle ne pouvait les estomper toute seule. Et, apparemment, aucun doute n'effleurait Martín (il n'était, donc, pas en état de rassurer María) : pour Martín tout était clair maintenant : *Voyage de noces* était un roman écrit à *contrecœur**, contre lui-même, contre son propre style, contre tout style en général puisque tout style est le fruit de la singularité de chaque styliste et Martín avait écrit contre sa propre singularité, c'est-à-dire contre son comportement spontané, réflexif et ironique. Il s'était abandonné aux délices de la simplicité, des bonnes intentions, de la joie et de la plénitude, et était tombé dans le vide : son entreprise s'était désamorcée d'elle-même et avait été sans effet parce que sa cause n'avait pas de racines en lui. Le sentiment de bonheur d'où tout avait surgi n'avait en lui, selon ce que lui-même affirmait maintenant, aucun fondement. Si on est heureux, on est heureux et on se tait. Écrire au sujet du bonheur ou à partir du bonheur ne peut même pas être qualifié de geste audacieux, c'est une simple sottise rose bonbon qui engendre des morceaux de prose poétique de la pire espèce : toute l'insipide prose du bonheur et ses malheureux résultats... « Il vaut mieux laisser tomber », répétait Martín. Et, au lieu de laisser tomber, il se taisait, un silence brusque s'ouvrait et Martín continuait d'énumérer telle partie ou telle autre ou telle autre encore de cette totalité infinie : entreprise méticuleuse et prolongée restée sans effet. C'était terrible. Et en même temps ridicule. Il découvrit alors combien il était délicieux de savoir que l'on est ridicule au moment même où on l'est. Et combien il est délicieux de s'être trompé. Et d'avoir perdu et de savoir que l'on sait tout cela et que seul le sait vraiment celui qui perd parce qu'il se trompe, parce qu'il est ridicule et qu'il le sait et, le savoir, c'est une manière de savoir qui se réinstalle à notre réveil et qui relie le jour et la nuit dans une même configuration — une espèce de tapisserie monotone qui fait taire tout mouvement extérieur, tout bruit, toute voix humaine qui n'est pas celle de l'intéressé, tout risque inopportun qui est peut-être, en soi, une chance de cesser de voir, à toute heure, la configuration configurée, pleine de délices, de supplices et de métaphores, d'un moi qui existe parce que, s'il se moque de lui-même, il existe...

Martín sentait, renouvelées, les forces de toute l'existence qui avait précédé le bonheur et la grave tentation d'en parler tout en le ressentant. Car il était vrai que Martín s'était senti heureux — il était, de fait, suprêmement heureux dans toute l'étendue de son mariage réussi. Et il était vrai aussi — pour donner encore plus de relief au paradoxe — que, même maintenant, alors qu'il avait renoncé à l'esthétique du bonheur, il continuait d'être et de se savoir heureux, et également d'imaginer des hypothèses stylistiques permettant de dire « je suis heureux » — ou quelque chose d'équivalent — sans que l'énoncé fût banal ou tournât en ridicule celui qui l'énonçait. Était-il possible d'imaginer une phrase qui aurait contenu tout ce que contient « je suis heureux » et qui aurait contenu en même temps « toute phrase qui contient “je suis heureux” est une phrase banale » ? Cependant, au fur et à mesure que le temps passait, Martín se sentait de moins en moins disposé à formuler ce type d'hypothèses ou à mettre à l'épreuve par écrit l'éloquence du bonheur. « Celui qui est heureux, pensait-il, désire peut-être se le dire à soi-même, ou peut-être a-t-il besoin de se le dire, à l'instar de celui qui prend sa température ou examine sa langue dans le miroir de la salle de bains. Ce sont des gestes dépourvus de la moindre note d'intimité. Ils ne dénotent rien de singulier. Ils dénotent ce qui est commun de la manière la plus commune. Et ce n'est que mieux : sinon, le commun serait incompréhensible. Ce qui est absurde. Le fait que notre intimité (être heureux, se sentir fébrile ou avoir la langue chargée) soit individuelle ne l'empêche pas d'être commune. De l'individuel au commun, il n'y a qu'un pas et ce pas est une question de nombre. Le contraire du commun n'est pas l'individuel mais le singulier : notre intimité est commune (de fait, il s'agit souvent de vulgarité), seules nos vraies singularités nous séparent des autres et c'est parce que tel ou tel n'est pas quelqu'un d'autre qu'il peut voir et surtout dire ce qui est et ce qui n'est pas singulier en telle ou telle chose. Et c'est de là qu'il faut partir : de la singularité mise en valeur par la réflexion et par un état permanent de qui-vive énonciatif : voilà le style. Et c'est le style que j'ai abjuré par erreur en essayant de parler de mon intimité. C'est clair. » C'était clair, mais tout le panorama de sa nouvelle vie en était curieusement assombri. Vivre en ménage avec María en faisait le propriétaire d'un bonheur implicite. Et il se trouvait que cet implicite n'était pas seulement une supposition dont l'analyse passait au second plan, mais un pouvoir réel, un fait puissant et quotidien, qui lui était chaque jour octroyé et dont chaque jour, sans le vouloir, il jouissait. Martín jouissait vraiment de ce pouvoir que lui donnait la possibilité de pouvoir être heureux. Tant et si bien que le bonheur était un implicite qui, pour ne pas être mentionné, requérait non seulement qu'on n'en parlât pas, mais aussi qu'on niât qu'il était ce qu'il était. Martín était contraint de nier que le bonheur était le bonheur et, comme cette négation était impossible — ou ridicule —, il fut obligé de nier que le bonheur était un sentiment agréable. Il se sentait heureux, mais contrarié : ainsi, la singularité était-elle garantie. Il commença à se croire malade. Non pas atteint par une maladie — il avait une santé de fer et n'était même pas sujet aux rhumes — mais, tout simplement, atteint par la contrariété. Et tout d'abord, il devint un peu plus difficile qu'il ne l'était avant de se marier. Ce fut facile : il lui suffit d'en rajouter un peu chaque fois qu'il était difficile ou que telle ou telle chose lui était difficile. Ainsi, lui fut-il, par exemple, difficile de rapporter un salaire à la maison.

Martín rapportait chaque mois à la maison son invraisemblable salaire de chargé de cours de théologie naturelle à la Complutense et, à cette somme, il ajoutait chaque mois l'appoint fourni par l'héritage de ses parents dont la première moitié avait été investie dans l'achat de l'appartement. L'autre moitié fondait à la vitesse de la lumière — avec, toutefois, le calme plat du peu qui s'éternise jusqu'à ce que les privations commencent à se faire sentir. María et Martín n'avaient pas encore eu à se priver pour de bon. Le peu qu'ils avaient — qu'ils dépensaient — était suffisant. Mais leurs insuffisances, et non pas parce qu'elles ne se faisaient pas sentir pour le moment, ne laissaient pas d'être évidentes. Le plus évident, c'était qu'avec la naissance de l'enfant — María était tombée enceinte — ce peu serait trop peu. Alors commenceraient les privations. « Je prendrai un poste de secrétaire. Je sais taper à la machine et j'ai l'esprit vif. De plus, je présente bien. Je suis sûre que je serai une secrétaire hors pair », suggéra María. Suggestion absurde. En outre, le bébé aurait besoin des soins d'une mère ou de quelqu'un d'autre. Et s'il fallait payer un salaire à quelqu'un d'autre, quelle serait l'utilité d'un salaire de secrétaire ? Martín dit : « Je vais me présenter à des concours. C'est le bon moment. J'ai vu les programmes et je sais que je les connais, y compris les sujets de remplissage ou à la mode. Je suis sûr que je peux obtenir un poste de lycée dans l'année, mais peut-être pas à Madrid ou près de Madrid. » María dit : « Peu m'importe que ce soit à Madrid ou dans un trou. Et pour tout dire, être l'épouse du professeur de philosophie d'un lycée encore en construction dans un trou me paraît déjà ce qu'il y a de mieux. Les mamans de tous les débiles viendront me rendre visite et moi, très élégamment, je les inviterai à boire du café au lait et, si ça se trouve, à manger des gâteaux secs, puis je discuterai avec elles des problèmes des adolescents dans les régions agricoles. » Tous les deux rirent des goûters organisés par María à Mataporquera ou à Cambados (Pontevedra), ou bien à Chinchilla, lieux d'où proviennent les meilleurs échantillons de l'espèce. Ou bien encore à Gérone, accent catalan serré et formidables apéritifs au saucisson de Vic les jours de fête, quand Martín reviendrait du cercle municipal vers deux heures ou deux heures et demie de l'après-midi. Et María dépenserait des sommes extravagantes en blouses de percale et en espadrilles à talon compensé... Cela en été, et, l'hiver, ils allumeraient la cheminée, parce qu'ils n'habiteraient pas dans un appartement, mais dans une maison, genre petite maison de garde-barrière, pour plus de précision, dans les alentours de Tuy ou de Brazatortas et qui, bien entendu, ne serait qu'à deux ou trois kilomètres du portail du lycée récemment inauguré, d'une laideur sans pareille, où il n'y aurait même pas de méchant laboratoire permettant à la dame qui enseignerait la physique et la chimie — et qui se lierait d'une grande amitié avec María — de faire des expériences qui empesteraient entre le grand déploiement de sa blouse blanche et les pieds gelés traînés par les élèves de seconde, parce que le chauffage n'aurait pas encore été installé, tous gèleraient, et María et Martín et leur bébé emmitouflé et transporté comme une sorte de paquet dont on ne verrait, seule chose visible, que le bout du nez tout bleu, se gèleraient encore plus que les autres parce que la cheminée de la maison du garde-barrière qui les aurait devancés aurait hérité de couches de suie terriblement noires venues d'hivers déjà oubliés et, par conséquent, tout le monde, professeurs hommes et femmes accompagnés de leurs conjoints légitimes et même illégitimes, se retrouverait l'après-midi dans le seul café de cette bourgade paumée et boirait de grands verres de café au lait brûlant et de petits verres de *pacharán*, de marc et de *Licor 43* tout en parlant beaucoup pour dire aussi combien ils étaient mal... Et ce serait le bonheur, y avait-il à en douter ? María — pendant tout le temps où Martín parla de se présenter aux concours — n'en douta pas un seul instant. Tous deux s'en amusèrent, ils riaient sans réserve et s'aimaient sans réserve. La seule difficulté surgit à la fin — parce qu'il y eut une fin, brutale, inattendue, du moins pour María — lorsque Martín déclara que tous ces rires, toutes ces images provinciales de professeurs au teint violacé par les froids pédagogiques, anonymes, étaient des « tableaux de mœurs » de la pire espèce. L'individuel-commun exalté par les êtres les plus communs dans le chœur final d'une *zarzuela* avec Martín comme ténor et María comme contralto chantant en duo et le petit bambin entre eux dans son couffin de jolie paille, tels l'Enfant Jésus, saint Joseph et la Vierge, tous en train de faire, en poussant de jolis cris, les délices d'un public qui, pour ce qui est de lire, n'ouvre même pas le journal, le public mortel d'une Espagne en paix qui voyage en train de plaisir et aspire à la possession d'une Seat 600... Cette fin fut si brutale, si tributaire d'un instant, l'instant de bonheur propre à ce projet, que María en fut effrayée. Qu'est-ce que les tableaux de mœurs avaient à voir avec le bonheur et les deux choses avec eux deux ? Martín répondit — en mettant toute sa bonne humeur entre parenthèses et en adoptant son air le plus difficile, un air songeur avec en arrière-plan l'intensité aiguë du chercheur qui s'est penché sur un problème et sort en trombe de son bureau pour exposer, en termes provisoires, à sa femme diverses conclusions : « Tout ceci, vois-tu, est plaisant à cause de ce qu'il y a d'invraisemblable dans cette situation pour nous, il est tout à fait invraisemblable que nous nous retrouvions fourrés dans ce genre d'aventures. Les lycées ne sont pas ce que tu crois, les provinces espagnoles n'ont rien d'enchanteur, les concours n'ont rien d'amusant. Tout cela est amusant uniquement parce que ce ne serait pas amusant d'avoir à le faire. Mon point de vue à ce sujet — et pardonne-moi d'insister autant — est double : *primo* :

l'état de choses qui, décrit, nous amuse n'existe pas. *Secundo* : au cas où il existerait, et à supposer que nous y soyons mêlés, soit nous serions heureux au prix d'une chute dans la vulgarité, soit nous serions malheureux — moi, du moins — et ce malheur n'engendrerait aucune œuvre — littéraire, j'entends —, mais la simple perte de ce temps précieux et limité dont tout un chacun dispose pour écrire. Réfléchis-y bien, María, n'est-il pas vrai que nous rions tant parce que, d'entrée de jeu, nous sous-entendons tous les deux, sans aller jusqu'à l'expliciter verbalement, que tout cela est absurde ? » María répondit : « Nous avons beaucoup exagéré, bien sûr, surtout moi. Peut-être les choses sont-elles différentes et, en plus, peut-être est-il absurde que tu te présentes à des concours et, de surcroît, je ne te vois pas philosophe mais écrivain, ou, en tout cas, écrivain-philosophe... La seule chose qui ne soit pas absurde, ni même invraisemblable, même pas un tout petit peu invraisemblable, c'est de dire que nous serions heureux *aussi* en faisant cela, parce que nous nous aimons, ce qui fait du bonheur une certitude, quel que soit l'endroit. Le bonheur n'est ni invraisemblable ni absurde, parce qu'il est déjà entre nos mains et qu'il nous plaît, n'est-ce pas formidable ? » Martín répondit que oui. Ils étaient dans le salon du nouvel appartement. Tout allait pour le mieux. Cependant, pour Martín, répondre oui était une porte de sortie et non une façon d'acquiescer. C'était clair : María devait rester en marge de sa grande passion : être écrivain. Il serait heureux, il se laverait les dents, il serait respectueux avec ses beaux-parents, mais il se sentirait toujours mal à l'aise parce que, s'il arrivait à se sentir tout à fait à l'aise, il n'arriverait jamais à bien écrire. Cette conversation clôtura *sine die* toute idée de concours.

Tout ce qui demeurait encore dans l'incertitude (tout ce qui se rapportait au *modus vivendi* du jeune ménage joint au *modus operandi* du jeune écrivain) fut résolu grâce aux beaux-parents qui, grâce à Gonzalito, eurent la bonne idée de verser une somme mensuelle — un chiffre digne et respectable — sur le compte joint des deux conjoints. Maintenant, l'enfant pouvait arriver et Martín devenir un écrivain accompli.

Martín pensa qu'il avait été magnifique. Ses beaux-parents aussi le pensèrent. Et Gonzalito aussi. Et María aussi. Accepter l'offre eut toute la magnificence du « magnifique » de *l'Éthique à Nicomaque.* Accepter ne fut pas seulement affaire de logique — et, par ailleurs, la seule solution possible —, ce fut aussi affaire d'élégance. Les beaux-parents laissèrent entendre que l'élégance dont avait fait preuve Martín en acceptant leur offre les avait agréablement surpris — même si, bien entendu, en gros ils s'attendaient à cette élégance, Martín étant sur tous les plans une personne d'une grande sensibilité et de grand talent.

Martín accepta l'aide de ses beaux-parents sans entrer dans les détails. Ne pas entrer dans les détails, ce qui pour ses beaux-parents se fit tout naturellement — il suffisait de donner un ordre à la banque —, impliqua pour Martín tout un art de *ne pas entrer* : une action que, durant des jours et des jours, durant toute la première année du moins, il dut maintenir en activité : exécuter l'acte de nier que les détails, les conséquences détaillées, de ce virement bancaire, fussent dotés d'une quelconque importance. Il est difficile d'élider ou d'omettre certaines choses. Il est difficile de se sentir comme Martín, par exemple, se sentait maintenant, sans angoisses d'ordre financier et l'acceptant comme chose normale. On s'habitue aux situations les plus étranges — telle est l'immense force de l'habitude, de la coutume —, mais Martín était — façon de parler — un professionnel des étrangetés (sa méthode narrative consistait en grande partie à rendre compte des côtés inopinés de toute manière de se sentir humain en général), par conséquent pour ne pas se sentir bizarre dans une situation un peu bizarre pour un homme de son âge et d'origine si modeste, il dut refuser de se rendre compte qu'il se rendait compte que sa situation était un peu bizarre. Normale — car les parents de María étaient des gens fortunés et il était normal qu'ils ne désirent pas voir leur fille dans la gêne — mais bizarre, parce que la norme est qu'un mari rapporte un salaire à la maison, sauf s'il est lui-même riche. Il est évident que tout cela, pris en vrac, était insignifiant. Y avait-il un point plus important qu'un autre ? Tout était en effet sans importance, mais était-il sans importance que Martín fît comme si tout était pour lui sans importance ? Car ce qui était incontestablement clair, c'était que Martin devait faire quelque chose en cessant de faire quelque chose. C'était donc imprimer une certaine torsion à son attitude générale devant la vie. Il est curieux que ce galimatias, *faire pour ne pas faire*, qui était le classique galimatias qui, en d'autres circonstances, ou à propos d'autres personnes, aurait longtemps retenu son attention — disons, deux feuillets —, ne lui inspirait pas une seule ligne. Il continua de donner des cours à la faculté et commença une série de nouvelles dont le thème serait la forêt obscure de Dante mise au goût du jour et appliquée au cas d'un narrateur qui était et n'était pas Martín. Être et ne pas être : tout le secret est de ne jamais choisir. Martín pensait maintenant — en faisant, pour sa gouverne, un bon mot facile — que tout acte d'écriture est copulatif. Ceci, cela, et encore cela, plus tout le reste pour ne plus jamais avoir à ressentir la déception liée à l'échec soudain consécutif à tout engagement vis-à-vis d'une seule chose, aussi parfaite soit-elle. S'engager, ajoutait-il, déjà suprêmement copulatif en tout points, quels qu'en fût l'insignifiance stylistique. Stylistiquement, tout en espagnol est « copule ». Finalité sans fin de tout texte. Et par conséquent, se désintéresser du fait que ses beaux-parents entretenaient sa famille était, tout au plus, un détail s'ajoutant à un texte dans lequel on parlait de mille autres choses, de tant de choses, en fait, qu'aucun détail, en lui-même, n'avait d'importance décisive : il n'y avait pas de détails décisifs, il n'y avait pas d'arrêts : continuer se continue par continuer et la seule chose cohérente est l'expression « continuons ainsi » jusqu'à ce que la mort, par exemple, arrête tout. L'écrivain vraiment sérieux ne fera pas comme si cet arrêt accidentel ne devait jamais arriver... et jamais n'arrive parce que, comme nous le savons tous, ce n'est pas à moi qu'arrive, mais à mes proches, la nouvelle que je ne continue pas à écrire. Martín se sentait maintenant monotonément héroïque, doté de l'héroïsme infinitésimal de tous les écrivains qu'il admirait, à commencer par Kafka, à commencer par Proust, à commencer — par qui commencer, sinon ? — par lui-même...

De l'ébriété provoquée par toutes les « copules » correspondant au « continuer et continuer » de sa nouvelle manière de continuer à écrire, lui vint une certaine sécheresse — une sorte de tic — qui accentua ses traits fins et secs d'écrivain brun et espagnol. Il avait maintenant vraiment belle allure, une tête noble, fine et accusée, qui dénotait toute l'acuité et tout l'art de son talent philosophico-littéraire, mais surtout littéraire. De tous les détails qu'il omit en n'entrant pas dans les détails, il y en avait un — l'intervention de Gonzalito — qui était très curieux. C'était Gonzalito qui, de fait, avait dit à la maison qu'il fallait mettre à la disposition de María et de Martín une somme mensuelle et qu'il fallait le faire dès ce mois-ci. Ce que Gonzalito avait dit fut fait. María le remercia vivement. Et tous deux décidèrent qu'il valait mieux ne pas raconter à Martín comment tout cela s'était passé. Eux non plus n'entrèrent pas dans les détails, bien que, dans leur cas, ce fût plus par délicatesse que par manque d'attention aux détails.

Gonzalo était un grand détail, un vrai détail, tant par lui-même que par l'importance qu'il avait dans la vie de María. Gonzalo était le détail flou que Martín avait perçu dans tout son flou peu de jours après avoir fait la connaissance de María et à propos duquel il n'avait pas encore pris de décision. Mais y avait-il une décision à prendre ? Peut-être suffisait-il de prendre les gens tels qu'ils étaient — ou tels qu'ils se présentaient — sans avoir à prendre de décisions particulières. Martín devait cependant décider, à propos du frère de sa fiancée, si l'admiration que celui-ci lui vouait était acceptable ou inacceptable. Se sentir admiré — pour ne pas dire idolâtré — nous oblige à faire quelque chose de décisif vis-à-vis de notre admirateur. Peut-être la seule chose décisive est-elle de ne pas accorder d'importance à l'admiration elle-même et de considérer qu'il s'agit d'une exagération, d'un culte que nous ne méritons pas. Le malheur était que Martín se rendait compte que Gonzalo l'admirait et en même temps ne se rendait pas compte de sa personne. Cette admiration lui semblait un effet sans cause, un rythme musical qui nous submerge tout à coup au beau milieu de la rue.

Gonzalito était maintenant au beau milieu de la rue. C'était une émotion particulière, incomparablement plus satisfaisante que celle que l'on ressent en rase campagne. Madrid avait pour Gonzalo, dès la tombée de la nuit et jusqu'au petit matin, jusqu'à la lisière de l'aube quelle que fût la saison, le charme d'une glissade. Se promener, c'était glisser. Une sensation qu'on n'avait que la nuit… Glisser dans Madrid pendant la nuit… Gonzalo répéta mentalement l'image que suggérait le mot « pendant ». « Pendant » convenait mieux qu'« à travers ». C'était comme si l'expression devait être elle-même traversée au moment où elle était utilisée. « Pendant », en revanche, était une pure glissade. En déambulant dans Madrid, Gonzalo se sentait l'équivalent d'une longue phrase musicale. Une mélodie pas complètement énoncée qui contenait son cœur tout entier, chacun des désirs logés dans son cœur sans en oublier un seul ni parvenir vraiment à en formuler aucun. Telle était la musique. Telle était toute musique. Le cœur se hissait et devenait pleine mer sans qu'on eût rien à se dire. Pour Gonzalo, la musique était l'art le plus parfait parce qu'elle brouillait toute délimitation, tout concept. Le désir formulé sans formules était un informulé formulé qui, d'une certaine façon, vidait, tout en restant temporel, le temporel de sa substance. Gonzalo était persuadé que, lorsqu'on écoutait de la musique, se produisait dans la conscience — du moins dans la sienne — une continuelle ascension sans descente. Toutes les mélodies vont plus haut. Elles n'arrêtent jamais de monter. Il n'y a pas d'arrêts. La conscience musicale ne connaît pas de terme. Tout cela, ajoutait Gonzalo à contrecœur, est faux, parce que, de fait, on descend. Cette descente de tout ce qui monte avait un étrange accent réflexif. Avec la musique monter est un infinitif irréflexif. Toute descente revient à s'abaisser. Tout cela constituait son système. Il aimait à s'imaginer que ses pensées constituaient un système qu'un jour ou l'autre, peut-être pas très éloigné, il coucherait par écrit. Ce serait un long essai intitulé soit *Le Système ascendant*, soit *Le Système de la musique*. On y trouverait une description minutieuse et une analyse des paradoxes de la musique : le paradoxe du formulé informulé et le paradoxe de la perpétuelle ascension sans descente. C'était plaisant, c'était suprêmement musical, ces déambulations nocturnes dans Madrid tout en s'imaginant qu'on composait un système philosophique plus original et beaucoup plus complet que tous les systèmes philosophiques antérieurs. Le type de philosophie qu'on écrit dépend du type d'homme qu'on est. Et Gonzalito se considérait comme un homme musical. La musique fervente de son cœur, la musique des sphères, la musique de rue et tous les types de musique classique et non classique se réduisaient à une seule et même chose : la musique était tout. Et il n'était pas nécessaire de connaître la musique, ni d'écouter telle ou telle musique, ni d'apprendre à jouer, fût-ce quelques notes de mandoline : la musique est le mouvement ascendant et illimité de mon cœur transfiguré par les rues. Attrape ! Cette définition lui était venue à l'esprit sans effort aucun : cette définition était, évidemment, une partie de l'ascension : la partie, la petite partie qui devait forcément être dite parce qu'il est impossible d'écrire et en même temps de ne rien dire. On cite des exceptions, mais c'est au fond impossible, quelques essayistes d'une exceptionnelle idiotie ne faisant que confirmer la règle. Gonzalito ne sera pas un essayiste idiot : c'est pourquoi une partie de l'ascension silencieuse de la musique fusant de son cœur amoureux sans objet dans Madrid devait être langage : une partie de la musique se faisait langues d'elle-même par le truchement de la langue espagnole du sujet musical en chair et en os. Être ce sujet était terriblement fascinant. Les héros de Gonzalo étaient des philosophes qui étaient en même temps musiciens qui étaient en même temps suprêmement beaux. Tout et tous devaient être ou bien « suprêmement » ce qu'ils devaient être ou bien rien du tout. Le rien était mille fois préférable au quelconque. Et presque tout le monde, aux yeux de Gonzalo, était quelconque ou, ce qui revient au même, imparfaitement musical, non-beau. Gonzalito avait inventé cette expression, « non-beau », pour désigner l'immense masse de ceux qui, ne pouvant être dits laids ou idiots, n'accédaient cependant pas à la condition suprême, être musiciens, c'est-à-dire beaux. Juste à ce moment-là, un non-beau de son âge lui demanda du feu. Gonzalo ne fumait pas. Ce non-beau avait toutes les caractéristiques d'un insupportable baratineur. Il pensa que ce non-beau était un cas exemplaire. Il refusait alors d'engager la conversation, il optait pour ne pas-ne pas engager la conversation ; en niant ainsi la négation, Gonzalo pouvait rester sur le qui-vive et examiner son spécimen sans donner l'impression qu'il avait en fait besoin de parler avec quelqu'un. Ils étaient presque arrivés à Atocha, en longeant le Jardin botanique. Certaines nuits, Gonzalo aimait s'asseoir sur ces bancs de pierre dont la fraîcheur le faisait toujours frissonner. Que faire de ce casse-pieds ? Maintenant, Gonzalo n'avait plus envie d'observer un cas typique de non-beau. Maintenant, il avait envie de le voir partir. Maintenant, il voulait s'asseoir sur la pierre profonde et polie des bancs nocturnes du Jardin botanique, étendre ses jambes et regarder le ciel — un léger firmament vert menthe parsemé d'îlots de nuages très ronds. Maintenant il avait envie de s'immerger de nouveau dans la grande musique du ciel assombri, immanent et léger comme les andantes des nouvelles symphonies philosophiques qu'il composerait sous peu. Sous peu : « Moi je reste ici. Salut. » Gonzalo s'était arrêté net et le garçon le regardait de ses yeux ronds et noirs de chiot. « Excuse-moi. Je m'en vais, si je te dérange. » — « Tu ne me déranges pas. Mais va-t'en. Maintenant j'ai besoin d'être seul. » — « Comme tu voudras. » Le garçon s'éloignait déjà en tournant la tête comme s'il regrettait d'avoir à s'en aller. Gonzalo pensa minutieusement : « Il n'était pas indispensable de l'envoyer paître comme ça. Mais je devais d'une manière ou d'une autre l'envoyer paître. Et, à vrai dire, la pire manière d'envoyer paître les gens est toujours la meilleure. » Il fut ravi de sa phrase négative et alambiquée : le meilleur, le pire : intéressant. Tout était tellement intéressant ! L'intérêt est l'éclat spécial que prend pour celui qui monte ce qui est en bas. Ne nous intéresse que ce que nous perdons enfin de vue : une nouvelle phrase. Musicale également. La musique absolue de tout ce phrasé, de cette pure glissade ivre dans Madrid. Ivre : voilà où il fallait en arriver. Gonzalo dut alors se dire, en un murmure, en étendant d'un geste brusque ses longues jambes tout en levant les yeux vers le ciel zébré par la course des nuages : les amphétamines. C'était bien le problème : maintenant Gonzalito entrait, comme la lune, dans la délicate phase de son dernier quartier. Monter sans descendre, formuler sans formuler, être et ne pas être avec un même aplomb et un même enthousiasme ne s'obtenaient — telle était la vérité — qu'en absorbant vingt comprimés et en ne mangeant pratiquement rien de la journée. C'était, par conséquent, un état d'âme artificiel. Un truc. Un piège. Un truc n'est pas la même chose qu'un piège, parce qu'un truc est un recours et qu'un piège est un leurre : Gonzalo se dit juste à ce moment-là, en son for intérieur, qu'en prenant autant d'amphétamines il ne trompait personne : il ne faisait qu'avoir recours au seul type possible d'ivresse intelligente : seule l'absorption de comprimés donnait un sens au parler ou au vivre avec une *sobria ebrietas.*

Juste à ce moment-là, Virginia cessa de regarder ses voisins de table, fixa des yeux son compagnon et fut sensible à l'ivresse que lui procurait son envie de se lever de table et de le laisser planté là, avec son petit visage de chocolat à la liqueur et ses manières impeccables. « Pauvre Rodrigo Arriola et pauvre de moi, qui ne lui veux aucun mal mais aucun bien non plus, parce que la seule chose que je veux c'est me tirer, parce que cet Arriola m'ennuie d'un ennui d'huître empoisonnée, parce que je n'ai rien à lui dire, parce qu'il n'a rien à me dire, parce que pourquoi répondrais-je oui chaque fois qu'ils me demandent si je veux bien aller dîner avec eux, alors que je ne sais même pas si je veux ou ne veux pas parce qu'ils me font tous exactement le même effet, parce que j'en ai par-dessus la tête de cet endroit sordide et de ce fond sonore avec pianiste, altiste, violoncelliste, contre-soprano, ou quel que soit le nom qu'on donne à cette vipère corsetée, comment ça s'appelle, eh bien je n'en sais rien et je ne le saurai jamais parce que tout me fait le même effet... ! » Ce courant de conscience était si injuste que Virginia se sentit de nouveau honteuse et observa Rodrigo Arriola encore plus fixement. Arriola pinça nerveusement son petit pain et dit : « Virginia, je considère que tu es une intellectuelle, comme ma mère qui a écrit un recueil de poèmes dans la veine de Gabriela Mistral, tu vois, elle était encore très jeune, maintenant l'édition est épuisée et elle n'a plus jamais montré à personne ce qu'elle écrivait. Elle dit qu'elle préfère ne pas le montrer parce que ce sont des choses intimes et c'est sûrement sur une passion qu'elle a eue, déjà mariée et tout ce qui s'ensuit, avec un type du ministère de la Marine qui doit être maintenant contre-amiral... » — « C'est sûrement une femme merveilleuse ! » murmura Virginia absorbée maintenant dans la contemplation de sa sole meunière que le serveur, avec un geste fleuri, venait de déposer devant elle. « Ma mère est une intellectuelle, tout comme toi. Vous avez le même genre de sensibilité à mon égard, c'est-à-dire un mélange de proximité et de distance qui, en ce qui te concerne, Virginia, est, bien entendu, extrêmement prononcé... » — « Qu'est-ce qui est prononcé ? Excuse-moi, je n'ai pas très bien compris. » — « Eh bien, je te disais qu'il y a chez toi un mélange de distance et de proximité dont le résultat est quelque chose de merveilleux... ! » Virginia donna une chiquenaude à sa sole qui révéla les bas-fonds jaunes d'une énorme quantité de beurre. Quelle horreur ! « Je déteste le beurre et l'ai toujours détesté depuis qu'une nurse que j'avais toute petite et que mes frères et moi appelions miss Grillon parce qu'elle était complètement à côté de ses pompes s'obstinait à tout manger avec du beurre, et du beurre ici, et là, et encore là, et cette mule mettait même du beurre sur les calmars et dans leur encre, c'était une obsédée, et elle rajoutait du sel et elle mettait de la confiture de framboises par-dessus, moyennant quoi le choc du salé et du sucré rendait forcément le palais dingue encore plus dingue qu'elle ne l'était elle-même, moyennant quoi je suis devenue moi aussi complètement folle et, un soir je me suis levée, je suis allée jusqu'au garde-manger, j'ai fait un paquet de toutes les plaques de beurre et je l'ai jeté par la fenêtre des cabinets dans la cour, comme je te le dis... » — « Tu as tout à fait raison, Virginia. Ma mère dit qu'il n'y a qu'en France qu'on connaît le beurre. Pour ma sole, par exemple, ils n'en ont pas mis assez et elle a, tu vois, le dessus tout grillé » — « Mais quelle conversation incroyablement idiote nous avons, Rodrigo, excuse-moi, c'est moi qui ai commencé avec cette litanie au sujet de miss Grillon et de ses épouvantables plaques de beurre, excuse-moi, tu n'y es pour rien... ! » — « Mais je suis ravi,

Virginia, mais je suis ravi, mais ça me fait très plaisir de t'entendre parler comme ça de ton enfance... ! » — « Mon enfance est une immense motte de beurre et j'en ai jusque-là... » — « Laisse donc, si ça ne te plaît pas n'en mange pas, inutile de faire des efforts, ce dîner est spécial, très spécial, Virginia ! Je parie que l'endroit te plaît ! » Virginia était à deux doigts de répondre que l'endroit était encore pire que toutes les plaques de beurre de la planète réunies. Mais elle se retint. Elle devait s'efforcer d'être aimable avec Rodrigo Arriola qui parlait de ce dîner depuis des mois. Virginia soupira et sourit, et Rodrigo s'illumina comme un carré de marguerites jaunes et blanches lorsque le soleil revient après l'orage. Il était amoureux d'elle depuis plus d'un an et c'était la première fois qu'il avait réussi à obtenir son accord pour qu'ils dînent ensemble, tous les deux seuls, au *Palace.* La salle était presque pleine. Virginia pensa qu'elle n'avait jamais dîné dans un endroit aussi absurde avec une personne aussi absurde que Rodrigo Arriola ou une sole aussi absurde que celle dont elle avait déjà goûté deux ou trois petits morceaux. Une vague imitation de cuisine française, l'horreur ! Ses relations avec les garçons finissaient toujours ainsi : un dernier dîner dans une salle à manger grandiloquente et une sole jaunâtre, digne de miss Grillon. Tous les hommes qui l'avaient courtisée, aimée, poursuivie désespérément jusqu'à ce qu'ils finissent par l'avoir assise dans une salle à manger, affrontant une sole baignant dans le beurre, avaient fini par devenir irréels ! Heureusement que, demain, elle raconterait à María au téléphone avec un grand luxe de détails ce dîner au Palace avec Rodrigo Arriola ! L'idée de pouvoir tout raconter à María le lendemain lui donna l'énergie nécessaire pour pouvoir déclarer, presque avec douceur : « Tout est formidable, Rodrigo, vraiment formidable... Je suis ravie de dîner ici... » — « C'est un endroit que j'aime beaucoup. J'y reviens toujours. J'y venais toujours avec ma mère. Ma mère y venait chaque fois qu'elle arrivait de Saint-Sébastien pour me voir. Moi, j'étais à la cité universitaire et nous déjeunions ici, et même nous y dînions. Je me rappelle que ma mère aimait cette ambiance multicolore et ce mélange bien catalan d'hommes d'affaires et d'écrivains. Ma mère adorait Barcelone. Il y avait des écrivains qui habitaient ici, y séjournaient, ce que je comprends fort bien, moi aussi j'adore le vie d'hôtel, tout comme ma mère, toutes ces allées et venues qui font qu'on sent la vie palpiter. Parfois, ma mère s'installait dans une chambre avec salle de bains et vue sur la place de Cibeles et elle y passait quatre ou cinq mois, nous avions l'habitude de descendre manger quelque chose à la rotonde et nous passions tous les deux l'après-midi à regarder passer les gens, cela suffisait à nous distraire, les regarder passer avec leur grande clé toujours à la main... Il se peut que je t'ennuie avec tout ça... » — « Pas du tout, au contraire, tu racontes tout ça si joliment ! »

C'était inutile. C'était pareil que toutes les autre fois. Rodrigo Arriola était pareil à tous les autres. Ils faisaient tous des efforts, tous finissaient par lui demander si elle s'ennuyait avec eux, tous faisaient qu'elle se sentait à la fois cruelle et absurde. Virginia avait maintenant l'impression que le temps passait prodigieusement vite. Ils avaient déjà pris le dessert et le café, et Arriola, qui ne fumait pas, avait déjà allumé la cigarette de Virginia et tout avait enfin pris fin. Heureusement !

Le jour avait été beau et musical. Tout était enveloppé, retenu et énoncé dans cette phrase avec toute l'élévation, toute la sécheresse et toute la concision de la vraie pensée. Gonzalito ne serait pas écrivain — même si, bien entendu, il allait devoir écrire de temps à autre de petites choses, peut-être des aphorismes, ces admirables pensées-pinçons de tous les grands vitalistes ! — ou peut-être un journal fragmenté, brisé et fissuré, aussi bien durant des décennies entières, aussi bien toute la vie, ou peut-être quelque chose de différent, d'un genre différent de tout genre philosophico-poétique antérieur qu'il n'écrirait même pas lui-même, mais qui serait écrit par quelques amis comptés sur les doigts de la main, les plus fidèles, un, deux, trois, quatre, cinq au grand maximum, l'un d'eux serait un violoniste suprêmement jeune et très timide qui jouerait aussi de la flûte douce dans leurs réunions, et tous les quatre, au grand maximum cinq, seraient les uniques témoins du crédible « enfin » de Gonzalo : non, il ne serait pas écrivain parce qu'il n'écrirait rien : au lieu d'écrire, il inspirerait ses amis. Gonzalito inspira alors une grande bouffée d'air. Ô nuit cosmiquement respirable ! Gonzalito eut l'impression — une espèce d'image extrêmement rapide vue-et-non-vue entre deux instants, tous deux antérieurs au présent, antérieur à ceci et à ceci et à ceci (toute l'antériorité suspendue à un point dépourvu de dimension et qui nous coupe le souffle), une sorte d'image où tout Madrid et toute autre capitale du monde étaient une seule et même capitale ; ceci serait le recensement capital de tout le vécu et, en général, de tout le réel et de tout le possible en une seule note inaudible pour l'unique et ultime chauve-souris qui s'effondrerait, morte, en l'entendant : fin : il fallait mettre fin : Gonzalito avait l'impression qu'il devait mettre fin à tout ce système parenthétique qui était en même temps indiciblement délicieux (parce qu'il avait l'intention de démontrer sous peu que la plus profonde, l'ultime structure de tout délice et de tout ce qui était doté, fût-ce pour un seul instant, et en passant, de délice, n'est que l'accessoire d'un accessoire d'un accessoire d'un accessoire d'un accessoire — on ne répète les mots que selon un nombre impair — parce que le modèle de tous les délices est *Le Jardin des délices* de Bosch dont l'énumération, en ce qui concerne l'activité de la conscience du peintre et du visionnaire, ne s'achève jamais) : à ceci près que maintenant il devait partir : Gonzalito voulait mettre un point final parce qu'un infini comme cet infini de l'activité verbale et parenthétique de sa conscience à minuit vingt-cinq cette nuit-là commençait à devenir une gêne. Cela dit, cette même gêne avait quelque chose — beaucoup — d'un délice (c'était comme avoir la bouche sèche, ou être tout à coup presque aphone : dire le mot « mot », pour prendre un exemple, est un martyre, mais en même temps il est assez agréable d'être ainsi, d'être vu dans un état où l'on peut à peine prononcer de façon audible le mot « mot »), cela dit, tout infini appelle une fin — n'importe laquelle, la plus vulgaire — pour n'être pas une simple danse de Saint-Guy où le penseur se change brusquement en toupie et, devient, par conséquent, incapable de pénétrer dans la petite chambre très sobre de cette maisonnette des faubourgs de la capitale où l'attendent pour l'écouter, pour le voir, quatre amis fidèles — quatre ou cinq —, cela dit, pensa alors Gonzalito avec une immense lucidité d'esprit, « cela dit, il faut que je rentre à la maison ». C'était on ne peut plus facile. Il n'avait qu'à se lever de ce banc prolongeant la grille du Jardin botanique, faire quelques pas, se planter au bord de la chaussée du Paseo del Prado, tourner ses yeux vers Atocha, surveiller si un taxi arrivait, l'arrêter, monter, donner son adresse et mettre un point final : ce que l'infini qu'il avait dans la tête avait de fâcheux, c'était qu'il était ce qu'il était et qu'il ne semblait pas possible d'y mettre un point final : Gonzalito imposa vaguement une fin provisoire en se relevant et en se mettant à marcher d'un pas saccadé vers la place de Cibeles. Et il marchait d'un pas saccadé parce qu'il était empli de la figuration infinie de sa conscience et toute forme qui passait le stupéfiait. Tous les énoncés grammaticaux étaient devenus passifs : sa nuit avait été entièrement coupée en tronçons comme le firmament avait été tout d'abord sillonné par des nuages moutonneux et avait fini par être lavé de toute blancheur et par devenir uniquement maintenant respirable, firmament de menthe léger vif très haut et infini de tout imaginaire stratosphérique et qui n'avait eu de cesse de s'éloigner. Le ciel, par conséquent, était le sombre et clair accessoire de Gonzalo qui se trouvait déjà sur la place de Cibeles, occupant tout l'espace devant les bureaux d'Iberia.

Virginia et Arriola avaient préféré faire un petit tour plutôt que de héler un taxi juste à la porte de l'hôtel — Rodrigo Arriola ne savait pas conduire, ce dont il avait honte, bien que ce fût une tranquillité pour sa mère. Mais Virginia fut tout à coup prise d'un tel accès d'impatience qu'elle s'arrêta net et dit : « Arriola, arrête un taxi ! » Et Rodrigo Arriola avait maintenant l'œil aux aguets juste au coin du *Palace* où il agitait la main dès qu'un taxi, libre ou non, peu importait, faisait irruption tout en haut de San Jerónimo. C'était un tableau très nocturne avec un couple élégant, de ces années-là, qui était allé dîner et s'était disputé. Virginia et Arriola ne s'étaient pas disputés parce que Arriola ne se disputait jamais avec personne et Virginia était trop impétueuse, précipitée et impatiente pour s'attarder sur des détails avec la minutie qu'exige une dispute. Elle s'était simplement impatientée : l'impatience provoquée par toutes les plaques de beurre, toutes les soles, toutes les miss Grillon, tous les demi-fiancés et tous les garçons désireux de lui faire plaisir devenus tout à coup étrangers, tout à coup ne fut qu'impatience et une seule vague omnicompréhensive de ne plus pouvoir supporter Rodrigo Arriola, fût-ce une seconde de plus. Non, pas une seconde de plus. Taxi, taxi, taxi ! Où donc ont pu aller se fourrer tous ces taxis d'une inexistence infinie ? ! Rodrigo Arriola était désolé parce que son terrible horizon n'était pas libre. « Aucune femme, pensait Arriola, et encore moins Virginia, qui est presque du calibre de ma mère, ne peut supporter un homme incapable de trouver un taxi. » Virginia avait décidé de ne pas rester plantée comme une dinde au coin de la rue et d'aller faire un petit tour jusqu'à l'autre coin tandis qu'Arriola avait l'air de dire au revoir à toute voiture qui passait. Virginia s'était impatientée parce que se promener avec Arriola et l'entendre répéter pour la millième fois : « Aimerais-tu aller prendre un verre dans une boîte tenue par des amis ? » avait fait déborder le vase. Elle vit, à ce moment-là, le gamin beau, grand et blond qui s'était arrêté à moins de dix mètres d'elle et qui était, mais comment était-ce possible, mais comment était-ce possible, et pourtant ! Gonzalito. C'était Gonzalito planté là en chair et en os et elle s'apprêtait à lui parler. Tout d'abord à le saluer. Elle s'arrêta. Non. Tout cela n'était pas très clair. Bizarre que Gonzalito apparût à cet endroit à une heure pareille avec cette étrange tête d'allumé. Que faisait-il à une heure pareille ? Il valait mieux faire comme si de rien n'était. Bizarre, bizarre. Vraiment bizarre. À ce même instant, un taxi passa enfin. « Dieu soit loué ! » murmura Arriola.

Ils étaient dans la voiture. Arriola avait donné l'adresse de Virginia. L'intimité de la voiture ne l'intimidait pas. Virginia se sentait bien maintenant : maintenant qu'enfin elle touchait le bout. Demain matin, elle téléphonerait à la première heure à María. Et lui raconterait au téléphone, un peu à la sauvette, ce qui s'était passé : la comparaison qu'Arriola avait faite entre elle et sa mère était inévitable : impossible de ne pas éclater de rire. Et Virginia aimait que María éclatât de rire. La voir rire remettait les choses à leur place : il y avait une solution à tout : tout ce qu'il y avait d'embrouillé, d'épineux, de bizarre dans tout ce qui arrivait à Virginia — des choses parfois vraiment inquiétantes — était adouci par la bonne humeur de ces éclats de rire sans malice qui dissolvaient toute la malice, réelle ou possible, inventée ou soupçonnée par Virginia, qui régnait dans cette rue paisible qu'était la façon d'être de son amie. Virginia pensait que María était une rue, la partie ensoleillée d'une rue où l'on va lécher les vitrines, où l'on peut s'attarder à bavarder sans que personne n'y prête attention ou ne fasse de commentaires, où tout prend du lustre avec la monotonie habituelle, où personne ne dit qu'il faut se dépêcher, où chaque platane et chaque acacia ont chacun leur banc avec ses visiteurs assidus qui changent au fil des heures, femmes mariées le matin accompagnées de leurs enfants et, à la tombée du jour, vieux qui ont fait la sieste et qui sont venus s'asseoir sur le banc du platane ou de l'acacia, selon leurs habitudes, pour faire la conversation avec d'autres vieux et vieilles venus faire la même chose. Virginia était capable de donner des détails sur toutes les façades de cette rue qu'était le caractère de María. Virginia se croyait capable de *voir* ce caractère comme quelqu'un qui perçoit une chose dans l'espace. Le caractère de María était spacieux. Virginia pouvait le parcourir. C'était sa grande certitude. Et cela depuis qu'elles s'étaient connues bien des années auparavant au collège. « Raconter à María » était une expression que Virginia avait fini par utiliser comme une prière ou comme une armoire, ou encore comme un tiroir où l'on range tout ce qui ne doit pas se perdre et qui n'a cependant de place nulle part. À titre d'exemple, l'un après l'autre, l'un avec l'autre, l'un se confondant avec l'autre, chacun d'entre eux et tous ensemble avec le même, tous ses prétendants et chacun d'entre eux pris séparément. Tous finissaient par devenir des cas qui n'avaient pas de place en Virginia et qu'il fallait donc expulser ou dissoudre mais qui ne pouvaient être dissous que s'ils avaient au préalable fait l'objet de commentaires et, surtout, d'éclats de rire de la part de María. María n'était pas ironique. Elle était joyeuse.

C'était une rue animée. Virginia se sentait, elle aussi, de plus en plus animée à mesure que le taxi s'approchait de chez elle. Arriola était déjà l'Arriola des commentaires et des images comiques et pacifiques que Maria inspirerait, en riant, à Virginia. Maintenant que c'était fini, Virginia avait envie que cela finît bien. En finir une bonne fois pour toutes avec Arriola et finir bien : Virginia voulut laisser une bonne image d'elle : laisser dans la mémoire de Rodrigo Arriola l'image de la merveilleuse fille qu'il croyait qu'elle était. Telle une piqûre inattendue, Virginia désira que l'humilité et toute l'indispensable vérité renferment toutes ses paroles, passées et à venir, toutes les phrases qu'elle n'allait pas tarder à dire en partant, dans un échantillon définitif ou une marque ou un souvenir diamantin qui serait pour Arriola, à jamais, une consolation. Qu'il pût penser : « Virginia ne m'a pas aimé mais moi je l'ai aimée et elle a été bonne avec moi et tout le contraire de cruelle. » Arriola, qui n'avait pas dit trois mots depuis qu'ils étaient montés dans la voiture — peut-être était-il épuisé ou peut-être était-il très heureux d'avoir été capable, comme tout un chacun, d'arriver à ce qu'un taxi libre s'arrêtât et les prît en charge —, dit alors : « Virginia, comme tu es belle de profil, tu as un profil si audacieux, si exotique, comme si tu allais céder et comme si tu étais ravie d'être dans un taxi, d'être en ce moment même avec moi dans ce taxi ! » — « Je suis ravie d'être en ce moment même avec toi dans ce taxi, n'en doute pas, n'en doute pas ! Je suis ravie. » Virginia était en effet ravie de pouvoir se montrer ravie et que cette histoire finît bien. Arriola dit : « Près de chez toi il y a un endroit qui devrait te plaire, on y sert des cocktails, des whiskies et de toutes petites soucoupes de noisettes. L'endroit est peut-être un petit peu ringard, mais les patrons ne sont pas ringards du tout et ils ont voulu que tout soit un petit peu ringard, pour que la clientèle fasse peu à peu la distinction entre ce qui est à tous points de vue élégant et ce qui a un petit côté ringard, c'est leur façon de mettre en pratique une idée de quelqu'un, un lord anglais je crois — parce que pour ce qui est d'être snobs, ils sont très snobs — qui soutient qu'il n'y a pas de bon goût sans une touche de mauvais goût. C'est comme si le mal, à doses homéopathiques, était indispensable pour faire bien ressortir le bien, Virginia, ça ne t'amuserait pas d'aller voir cet endroit qui s'appelle *La Pince du Crabe* ou, plus familièrement, *La Pince* ? » — « Non. Merci », répondit Virginia. Ce « non », modifié par le « merci », ne dut pas avoir l'air tout à fait négatif. Toujours est-il que Virginia était bien décidée à ne pas aller à *La Pince* ni cette fois ni une autre. Jamais. Ce qui s'appelle jamais. « J'ai voulu dire qu'il était l'heure de te coucher. Ta mère ne doit pas aimer que tu veilles si tard... » — « Qu'est-ce que ma mère a à voir avec ça ? Je ne vois pas le rapport. » Rodrigo Arriola ressembla tout à coup à un gamin de quinze ans qui a enfilé son premier pantalon long et qui, du coup, n'ose plus embrasser sa mère en pleine rue pour lui dire au revoir. Dans la pénombre de l'intérieur de la voiture — qui venait de s'arrêter devant le porche de l'immeuble de Virginia —, Arriola avait l'air d'un éternel adolescent, tiré à quatre épingles, contrarié, contrit et sans grâce. Virginia était sûre d'avoir dit ce qu'elle avait dit de sa mère sans la moindre intention de froisser. Arriola poursuivit sur le même ton — un ton cassant qui dénotait une violence inattendue : « J'imagine très bien ce que tu t'imagines, et que toi, tu me sortes ça, eh bien ça me fait très mal ! Ça m'a fait mal. Ce n'est pas parce que je t'ai parlé de ma mère que je suis fourré dans ses jupons. Non. Je ne suis pas un fils à sa maman, et, si c'est ce que tu crois, tu t'es trompée... » Virginia lui aurait bien donné une gifle. À la place, elle ouvrit la portière de la voiture et se planta en deux enjambées devant la porte de chez elle en cherchant précipitamment sa clé dans son sac. Rodrigo Arriola s'était lancé dans une petite discussion avec le chauffeur du taxi. Ouvrir la porte, se faufiler sous le porche, claquer la porte. Adieu. Qu'il pense ce qu'il voudra ! Où sont donc passées ces maudites clés ? Arriola se planta à côté d'elle juste au moment où elle ouvrait la porte. « Tu t'en vas sans me dire au revoir ? Ce que tu m'as dit m'a fait très mal et, en plus, tu l'as dit pour que je me sente un petit con. Ça te plaît. Une chiffe molle ! Je ne m'attendais vraiment pas à une chose pareille de ta part. À ça, précisément, je ne m'attendais pas à ça de ta part ! Se moquer de quelqu'un qui t'aime, se moquer et le planter en lui laissant entendre que tu penses que c'est un petit con, quoi de plus facile ! C'est très facile et très cruel. Je ne m'attendais pas à ça de toi... » Virginia se faufila sous le porche tout en criant : « Petit con idiot et blanc-bec stupide, va coucher avec ta maman ! » Elle gravit les marches quatre à quatre. C'était un petit con, bien sûr que c'était un petit con, ce n'était que ça, un petit con, de la tête aux pieds et vice versa ! Un idiot ! Maintenant, à l'intérieur de l'appartement, elle eut envie de blesser Arriola, l'Arriola tiré à quatre épingles, de le blesser grièvement en lui disant à dessein et froidement quelque chose d'irréparable, destiné à le blesser. Elle était cruelle. « Je suis très cruelle », dit Virginia tout haut à la Virginia qui se reflétait dans le miroir de sa coiffeuse.

« Je suis très cruelle », répéta Virginia pour la quatrième fois en une demi-heure. Cette phrase s'était répandue sur toute l'étendue de sa conscience entre le moment où, jetant un coup d'œil à son étrange image reflétée dans le miroir de la coiffeuse, elle l'avait prononcée pour la première fois, et maintenant, où elle était en présence de María. Virginia sentit qu'elle était davantage en présence de María qu'en compagnie de son amie, ou, simplement, avec María dans son nouvel appartement. María était enceinte et sa présence était tout à coup devenue une immense nouveauté pour Virginia. Il était curieux que María apparût tout à coup ainsi : comme une présence devant laquelle on se trouve et qui d'une certaine façon nous dépasse, d'autant plus que Virginia avait passé un après-midi avec son amie dix jours plus tôt sans rien remarquer de particulier. Peut-être que sa tumultueuse nuit où elle avait à peine fermé l'œil la prédisposait à voir, dans chaque chose, son côté le plus étrange. De fait, au cours de son périple en taxi, Madrid lui avait semblé plus criard qu'à l'ordinaire, comme si toutes les façades de la Gran Vía et d'Argüelles avaient été repeintes en une nuit. Répéter cette phrase, insister sur le « moi », « moi, je suis très cruelle », c'était un soulagement. L'idée qu'elle était cruelle, qui avait été presque tout au long de la nuit une sorte de mélodie intermittente, changeait maintenant de sens : maintenant c'était le message, l'information, la nouvelle qu'elle apportait : Virginia ne se sentait plus coupable : maintenant elle était simplement quelqu'un qui rend minutieusement compte d'une situation à quelqu'un d'autre qui, de son côté, prend note, bonne note et, pour ainsi dire, annule tout : tout dire à María, c'était se sentir libérée de toute responsabilité ultérieure : il s'agissait simplement de tout dire : elle venait de tout dire : elle venait de tout répéter : affaire conclue. Seule différence entre cette fois-ci et toutes les autres fois, elle n'avait rien fait pour faire rire María. Elle n'avait inventé aucun détail comique, n'avait pas exagéré, n'avait pas imité la voix d'Arriola ni les mimiques des serveurs, ni ses propres mimiques alors qu'elle essayait de bavarder avec un prétendant ennuyeux comme la pluie. Elle s'était contenté de dire qu'elle était très cruelle. « Est-ce tout ce que j'ai dit ? » se demanda Virginia. Elle ne se souvenait pas d'avoir dit autre chose. Mais il lui semblait impossible d'avoir passé plus d'une demi-heure à ne dire que cela. María était tout à fait capable d'écouter sans broncher et sans cesser de sourire une même phrase répétée pour la millionième fois. « Je sais bien que je te déçois. Toi aussi, tu penses que je suis très cruelle. Je le suis. Je ne suis pas une femme normale, une femme comme les autres, ou comme toi. Je n'ai pas de sentiments. Je ne sais pas ce qui m'arrive... » Virginia avait perdu le fil pour de bon. Maintenant, elle ne savait, une fois de plus, quoi dire : elle ne savait pas ce qu'elle voulait dire avec sa maudite phrase. « Toi, María, crois-tu que je sois très cruelle ? » — « Moi, non. Je n'ai jamais cru une chose pareille. Ce qui t'arrive, c'est ce qui arrive à tout un chacun jusqu'à ce qu'il tombe amoureux. Si tu tombais amoureuse de tous les garçons qui tombent amoureux de toi, tu serais déjà timbrée. Tu n'es pas cruelle. Cet Arriola est tout simplement un balourd. »

Telles étaient les phrases de María. C'était le ton de la sérénité. Un midi sans fantômes, sans mauvaises intentions, l'heure d'aller faire des courses, des allées et venues, de se sentir quelqu'un d'important et à la fois sans importance, comme une femme mariée et mère de famille qui demande un quart de fromage frais de la Manche au garçon boucher tandis que le patron finit de lui couper des côtes de veau. Une cliente parmi d'autres et, en même temps, une dame qui a décidé d'acheter un peu de fromage, en plus de la viande. La voix de María faisait naître en Virginia ce sentiment : au diapason de la vie, des rues, des coutumes des gens : sans importance et importante. Il était difficile de dire en quoi consistait au juste ce sentiment de familiarité que María faisait partager à son insu, uniquement par le ton de sa voix, et qui mettait Virginia en accord avec le monde, faisait qu'elle se sentait prise en compte et insouciante. Ce qu'elle avait dit de l'amour et de son absence de cruauté, Virginia l'avait déjà entendu à diverses reprises. María était incapable de s'imaginer qu'une personne, cruelle ou pas, ne finît par tomber amoureuse d'une autre. Virginia se sentit de nouveau seule, isolée, dans la même solitude que la nuit d'avant, quand elle avait tourné en rond dans son immense appartement. Elle devait expliquer à María que le problème était vraiment compliqué, que ce qui lui arrivait ne se terminait pas par des amourettes, ça ne se terminait jamais comme elle-même, Virginia en personne, parvenait à se le représenter... Tout, qu'est-ce que cela voulait dire ? Elle aurait beau dire beaucoup de choses au sujet d'elle-même, elle ne parviendrait jamais à tout dire : il restait toujours quelque chose à dire : il restait toujours quelque chose de caché : quelque chose gisait, s'agitait toujours au fond,

« tout » était tout le fond brassé chaque fois que Virginia disait quelque chose (par exemple, « moi, je suis très cruelle ») qui restait à dire et qui devait être dit (sans pouvoir être dit) pour que María se rende bien compte de tout ce qu'il y avait au fond de tout parce que, en outre, tout ce que Virginia n'était pas faisait partie de tout ce qu'elle était, de même que tout ce qu'elle ne pouvait dire faisait partie de tout ce qu'elle pouvait dire et tout cela côte à côte lui mettait les nerfs à fleur de peau. Elle se sentit tout à coup les nerfs à fleur de peau et voulut changer de conversation. Tout effacer comme on effaçait d'un coup d'éponge humide tout ce qui avait été écrit sur les tableaux des salles de classe. Elle se souvint à ce moment-là de la surprise qu'elle avait eue la veille en voyant Gonzalito devant la vitrine d'Iberia. « Hier soir, j'ai vu ton frère en sortant du restaurant. Lui, il ne m'a pas vue. Et je n'ai pas osé lui parler. Il regardait fixement la vitrine d'Iberia, mais il n'y avait rien à voir, sauf la maquette de l'avion de tourisme que nous avons déjà vue mille fois... »

María enregistra cette variation inattendue sans s'alarmer. Ne pas s'alarmer quand elle entendait parler de son frère, c'était un ordre qu'elle s'était donné à elle-même bien des années auparavant. Si elle s'alarmait, elle comprendrait mal les choses : s'alarmer revenait à se privilégier comme objet d'attention par rapport à ce qui n'était pas elle-même et qui requérait toute son attention : ce qui se disait de Gonzalo. Ce que Virginia venait de lui dire était inquiétant. Que faisait-il là à une heure pareille ?

On entendait la machine à écrire de Martín. Tous les maintenant étaient pleins de Martín, même si, comme maintenant, ils étaient pleins de Virginia, même si, comme un instant plus tôt, comme maintenant, ils s'étaient remplis de Gonzalo. Admirable aptitude du temps, fait de maintenant, à tout inclure et à tout présenter à la fois. Ce fait prenait maintenant une importance particulière parce que María venait de contempler, en un même instant, les trois vies les plus constamment présentes dans sa vie. Se sentir pleine de son fils, sentir son poids et sa croissance à l'intérieur d'elle-même, c'était, à peu de chose près, sentir en un même maintenant ces trois présences qui, elles aussi, croissaient, pesaient et se nourrissaient, chacune à sa manière, d'elle : ne pas s'alarmer à chaque nouvelle inattendue, à chaque nouveauté, aussi minime fût-elle, concernant chacun des trois, équivalait à se rendre en permanence compte qu'elle était enceinte et que, dans quelques mois, dans très peu de temps, il y aurait un maintenant aussi vaste qu'une grande plaine éclairée à la fin du mois de mai par le vert et le bleu léger du ciel et de la terre monotonément inspirés par un même midi qui contiendrait l'enfant, la forme séparée qui, à son tour, croîtrait et apprendrait peu à peu les mots paisibles désignant les choses paisibles qui opposent leur résistance et qui scintillent, légèrement différentes les unes des autres, se ressemblant les unes les autres, réunies, les maintenant se succédant, dans l'immense plaine familière de ce monde. María était convaincue — elle s'était peu à peu convaincue elle-même, sans efforts, comme qui longe à petits pas une large ligne droite et blanche qui divise une route en deux parties et lève les bras, tel un équilibriste qui a l'air de prendre mille précautions pour garder l'équilibre alors qu'il sait fort bien qu'il ne peut pas tomber parce qu'il n'y a pas de dénivelé entre la ligne blanche et la route droite qui s'éloigne — que l'inquiétude était toujours une réaction dont elle était responsable, une réaction qui feignait d'être une réponse à un événement réel, à une nouvelle, à une nouveauté, mais qui n'était que l'enveloppe de la réponse, une tentative d'avoir le dernier mot, et non quelque chose appartenant à la réponse elle-même dictée par l'événement, la nouvelle, la paisible plaine de ce monde ouvert. Voilà pourquoi María fit tout ce qu'elle put pour ne pas retenir dans sa conscience ce que provoquait l'inquiétude, ce dernier mot qui ne correspondait à aucun côté, aucun aspect, aucune nuance de cette plaine qu'était la nouvelle que Virginia lui avait donnée au sujet de Gonzalo. S'alarmer était tout d'abord une façon douteuse de penser. Et se demander — comme elle venait de le faire avec une phrase impromptue, mentale, muette, inexistante et aiguë comme une piqûre d'épingle dans le doigt — « Que faisait-il là-bas à une heure pareille ? » était visiblement le dernier mot — écholalique — procédant de la simple inquiétude et non de ce qui avait été énoncé par Virginia : parce que ce qui avait été énoncé était connu, se trouvait dans la plaine depuis toujours, vibrait avec le bleu, le vert et l'air à nul autre pareil de l'intense maintenant et maintenant et maintenant de María : l'énoncé, c'était Gonzalito lui-même, voilà tout, et la présence de son frère dans une conversation ordinaire avec Virginia ne devait en aucun cas l'alarmer : qu'on ne le vît pas, qu'il se fût caché, qu'il ne ressemblât en rien à Gonzalito lui-même, voilà ce qui pouvait, à la rigueur, l'alarmer : mais ce n'était pas le cas, par conséquent, s'alarmer était une réaction inadéquate, une pensée mal pensée, une pensée douteuse. Était-ce sûr ? Était-il sûr que, dans ce que Virginia venait de dire, il n'y eût rien qui n'appartînt au Gonzalito habituel ? Virginia venait de dire : « J'ai été choquée qu'il ne me voie pas. » Peut-être l'avait-elle déjà dit deux ou trois fois parce que, ce matin-là, elle n'avait de cesse de tout répéter, comme si elle était victime d'un trou de mémoire, phénomène dont elle était coutumière après avoir passé une nuit blanche consécutive à l'énième éviction d'un demi-fiancé. Virginia avait été très choquée que Gonzalo ne se rendît pas compte qu'elle était à moins de dix mètres de lui sur une place publique et vide, à plus de une heure du matin. C'était, en effet, choquant : peut-être caractéristique de Gonzalito, mais il y avait en même temps de quoi s'alarmer à cause de ce que cela avait d'éminent, ou tout simplement de saillant, ou encore de contraire à une grande plaine intensément bleue et verte en mai. On ne peut plus étrange. L'étrange, c'était aussi le familier, ce que l'on savait de Gonzalo, qui sortait tout à coup de ses gonds, sautait comme un ressort et donnait lieu à des inquiétudes qui n'étaient pas simplement un manque d'attention de la part de María ou des pensées mal pensées ou de mauvaises pensées sans lien avec son frère. Sa présence, là où il était ce soir-là, était tout à fait caractéristique du personnage, il n'y avait pas de confusion possible : María ne pouvait pas ne pas le reconnaître et, par conséquent, elle ne pouvait pas ne pas reconnaître qu'elle avait eu de bonnes raisons de s'alarmer. Il y avait un Gonzalo qu'on ne pouvait confondre avec nul autre et qui se confondait facilement avec toute l'étrangeté de ce qui, pour María, ne se manifestait ni dans son maintenant ni comme plaine. María était persuadée qu'elle n'était pas une sœur possessive, elle était persuadée qu'elle n'éprouvait ni curiosité ni inquiétudes gratuites au sujet de la vie de son frère. Il était clair que ni Gonzalito ni personne ne peut se réduire à cet espace lisse et plat qui apparaissait maintenant devant nous. Quand Gonzalito était parti, quand il n'était pas visible, cela ne voulait pas dire pour autant qu'il était en danger. María n'était pas craintive, parce qu'elle n'était pas méfiante : en effet, pour elle, tout le visible et tout l'invisible finissaient par se réunir en une grande affirmation pleine de vie. La confiance lui était naturelle. Mais, en même temps, María butait sur des points négatifs qui réfutaient toute affirmation : ainsi les enthousiasmes successifs de Gonzalo pour tel ou tel ami, y compris pour Martín ou María elle-même, recélaient des mouvements de retrait subits, de brusques désastres, des chutes en piqué ou des accès d'aversion dont la négativité excédait toute bonne humeur possible, toute paisible confiance en cette plaine qu'était une conversation tranquille avec María. La plupart de ses déambulations nocturnes offraient ce caractère négatif. C'était comme si Gonzalito ne pouvait pas rentrer chez lui, ne pouvait pas ne pas continuer à rabâcher mille fois les mêmes phrases dans sa tête, les quelques phrases qu'il répétait : le bonheur est impossible : même si on croit, ma chère sœur, que je te ressemble, je ne ressemble à personne : plus ça ira, plus je m'éloignerai des ressemblances familiales, quelles qu'elles soient : je ne peux pas être heureux : ma vie n'a pas de solution... Telles étaient les phrases de Gonzalo que María considérait comme purement négatives : elles n'exprimaient rien de défini, rien que María pût reconnaître ou comparer à autre chose ou examiner en détail ou, tout simplement, attribuer, comme elle le ferait d'une qualité, même s'il s'agissait d'une mauvaise qualité, d'une sorte de défaut, à Gonzalito : la phrase « ma vie n'a pas de solution » était, à son tour, sans solution : elle ne contenait aucun fait tangible : c'était quelque chose que, lorsqu'il le disait lui-même de sa propre vie, Gonzalito se refusait à résoudre : María pensait que la seule chose qui n'avait pas de solution était de continuer à le dire : il fallait cesser de le dire pour qu'une solution s'impose d'elle-même : le pire était de le dire : et Gonzalito disait souvent des phrases de ce genre qui étaient purement négatives : tout à la fin, il revenait mille fois sur ce qui avait été nié qui se transformait en un point noir désormais dépourvu de dimensions. Que lui arrivait-il ? Sa vie n'aurait donc pas de solution ? María savait ce qui arrivait à son frère. Et ce qui lui arrivait devait pouvoir trouver une solution ou se résoudre. María retint un instant l'expression qu'elle venait d'employer : « devait pouvoir » : c'était un grand oiseau, une sorte d'outarde qui survolait lentement la plaine avant de se poser dans un lieu semé de pois chiches ou de gesses : tout problème de Gonzalo « devait pouvoir » se résoudre ou se dissoudre. La détermination, le schématique tracé aérien de l'outarde qui survole une plaine immense à midi donnaient davantage confiance dans le pouvoir du réel que la réalité elle-même ne le permettait. María eut honte de privilégier la conviction que tout marche bien — ou que tout marcherait bien si l'on s'efforçait de parler calmement et tendrement — et de faire passer ensuite le fait que, parfois, les choses marchent mal et sont, que cela nous plaise ou non, menaçantes. Et ce qui menaçait Gonzalito… Que venait de dire Virginia ? María dut reconnaître qu'elle avait cessé de prêter attention à son amie : ce que rapportait Virginia, en longues tirades sans reprendre haleine, devait aussi pouvoir trouver une solution, mais il était injuste, il était insubstantiellement optimiste, de trop s'attarder sur le « devait pouvoir » de service. « Il n'est pas permis d'être comme je suis, était en train de dire Virginia, je vais finir comme ma tante Pano... Tu te souviens, María, de ma tante Panoja, la sœur de ma mère, l'aînée, qui venait de temps à autre me voir au collège et qui nous emmenait goûter ? Je suis en train de me rendre compte que je lui ressemble de plus en plus : quand elle était jeune, elle avait, elle aussi, des milliers de prétendants et elle n'en a, elle non plus, épousé aucun, et elle aimait, elle aussi, comme moi, qu'on lui téléphone, qu'on l'invite à dîner et même qu'on lui parle d'amour et tout ça, parce qu'elle se trouvait très moderne, mais après, elle pensait que les hommes ne se lavent pas, qu'ils sentent mauvais de la bouche, qu'ils portent des slips horribles et qu'ils sont tous les mêmes, au fond de sales bêtes, ils ne pensent qu'à eux et finissent par devenir insupportables, il faut les envoyer paître, exactement ce que je pense, moi aussi... Un jour, elle me l'a dit clairement : on était toutes les deux allées faire des courses, on s'amusait, on allait et venait dans la rue Goya et la rue Serrano, il faisait soleil et on s'est assises à une petite terrasse, tout le monde nous regardait, et il y avait à côté de nous des frimeurs, les classiques rejetons de la rue Serrano à l'heure de l'apéritif, nous avions commandé chacune un Martini et on les avait déjà apportés avec des olives farcies que tante Pano adorait et moi j'étais aux anges, sachant que les garçons me regardaient et que moins je les regardais, plus ils me regardaient, tout à coup tante Pano me regarde droit dans les yeux et me sort : imagine que tous ces types te lèchent et t'embrassent avec leurs trente-deux dents, te pelotent, te mordent, et que sais-je encore ? toutes les horreurs possibles, ils te mordent, te réduisent en miettes, tu imagines ce que ce doit être ? en fait, c'est horrible, si tu y réfléchis une seconde. Sur le moment, je me suis mise à rire, mais au fond, je pense la même chose qu'elle : j'aime qu'ils me regardent et j'aime parler, parler, c'est ce qui me plaît le plus, et plutôt avec des garçons qu'avec des filles, toi exceptée, les filles sont en général à mourir d'ennui, et vois-tu, María, j'aime même qu'ils deviennent idiots, qu'ils tombent amoureux et le reste, plus je leur plais, plus je les trouve intéressants, et plus je parle, plus j'ai envie de parler, et je trouve, comme tu le sais, des milliers de choses à dire, je joue sûrement les allumeuses, je ne dis pas le contraire, ce que je veux dire, c'est que je ne peux pas m'en empêcher, et en plus, ils aiment ça, les types aiment ça, ils croient qu'enfin, enfin ! enfin ! hop ! c'est dans la poche, eh bien, non ! Plus ils se croient près du but, plus ils en sont loin, à mille kilomètres : ce serait horrible de devoir tout à coup arrêter de parler et les laisser m'embrasser, tu te rends compte ? Avec leurs trente-deux dents, avec la langue... Ça ne m'a jamais plu de penser que quelqu'un avait envie de me caresser : je préfère leur parler et les voir faire les paons, parce qu'ils se transforment tous en paons, tu as remarqué ça, María ? L'expression est connue : faire la roue ! Ils font la roue, la défont, la refont, la redéfont, et ainsi de suite jusqu'à ce que je finisse par sortir avec eux, ils m'emmènent dîner dans un endroit absurde, me regardent, me regardent, me regardent et m'assomment et me font toujours commander une sole et résultat, je suis cruelle, oui, je suis cruelle :

c'est vrai : je suis très cruelle... » Virginia s'interrompit et alluma une cigarette. María entendit de nouveau le bruit monotone, pas très rapide, de la machine à écrire de Martín. Elle avait déjà vu Virginia ainsi en d'autres occasions. Aucun garçon n'arrivait à lui plaire, mais quelle importance ? Elle était encore très jeune. María était persuadée qu'un jour, alors que tout suivrait son cours habituel, en pleine conversation, voire en pleine roue, un garçon absorberait l'attention de Virginia, la tendresse prendrait le dessus et les dents seraient insignifiantes, et Virginia — qui n'était nullement cruelle — cesserait de se demander si elle l'était ou si elle ne l'était pas, ou si les garçons se douchaient, ou se lavaient, ou ne se lavaient pas, et tout se dissoudrait dans l'amour : le véritable amour qui met un terme aux hésitations. María marqua, elle aussi, un temps d'arrêt, un peu surprise par la force de son désir de vouloir tout résoudre par l'amour : que tout se dissolve, tous se dissolvent, le monde entier se dissolve dans le plus parfait séjour de la vie : le séjour simple, clair, lisse, ensoleillé de l'amour : un roman rose : soudain, la couleur rose — une couleur pour laquelle María n'avait pas de passion particulière — finit par dissoudre toutes ses pensées dans l'imbécile facilité d'un optimisme universel. María dut reconnaître que son obstination à voir le bon côté des choses et à se laisser guider par son instinctive confiance en la lumière du réel et du quotidien pouvait très bien être intolérable, une intolérable falsification du monde réel. Virginia, qui était restée quelques minutes silencieuse, dit alors : « Je te déçois sûrement en te racontant tout ça. Toi, tu m'as toujours prise pour ce que je ne suis pas : quelqu'un qui te fait rire, se moque de tout, une personne forte qui sait ce qu'elle veut et qui se moque de tout et qui finira par se marier avec quelqu'un de formidable. Et moi-même, j'ai fait tout ce que j'ai pu pour que tu croies que je suis cette personne et uniquement celle-là. À présent, tu vois que ce n'est pas comme ça : je te fais rire, moi-même je ris et m'amuse beaucoup, et, quand je parle avec toi, c'est comme si je sortais faire un tour dans la rue à midi, par un jour de printemps, pour lécher les vitrines, mais je ne suis pas heureuse : je ne peux pas être heureuse et c'est sans solution : je n'ai aucune solution : pour ce qu'avait tante Pano, pour ce que j'ai, il n'y a pas de solution. » Virginia avait alors sorti un petit mouchoir et séchait ses larmes subites qui résumaient tout ce qui précédait en une supplique. María sentit que Virginia demandait en suppliant un peu plus qu'une consolation, un peu plus qu'un reflet du bonheur dont María jouissait. Que devait-elle dire ? Existait-il une phrase qui fût vraiment la phrase adéquate, la phrase qui devait être dite juste à ce moment-là ? María eut l'impression de se trouver au bord d'une falaise et de ne pas pouvoir tomber : elle eut l'impression qu'il valait mieux se laisser tomber la tête la première que se jeter à la recherche de la phrase nécessaire. María dit : « Virginia, moi, je t'aime beaucoup. Tu es toi-même et c'est déjà beaucoup, et cela ne se réduit pas à ce que tu es sympathique, ou amusante, ou belle, ou à telle ou telle autre qualité : et tout ce que tu es, à mesure que le temps passe, prend un tour de plus en plus personnel, je t'aime de plus en plus et, pour moi, c'est la seule chose qui compte : voilà pourquoi il est impossible que tu me déçoives... » Était-ce ce qu'il fallait dire ? C'était la vérité et c'était, bien sûr, l'une des choses que Virginia devait savoir : Virginia devait être sûre de l'affection que María éprouvait pour elle : à partir de là, tout pourrait se comprendre. Et c'était, en effet, une partie de ce que Virginia avait besoin d'entendre parce qu'elle fut visiblement rassurée en l'entendant. Virginia pensa : « Ni María ni personne ne peuvent résoudre quelque chose dont je ne connais ni l'origine ni le dénouement, pas plus que je ne sais si c'est la même chose que ce qu'avait tante Pano ou simplement quelque chose qui y ressemble en apparence : tout ce que je sais, c'est que maintenant je suis rassurée et pour tout ce que j'ai dit, pour tout ce qui s'est passé avec Arriola ou avec les autres, on verra plus tard : le présent est une rue ensoleillée et María et moi, nous ne sommes pas pressées. » Cela dit, c'était déjà presque l'heure du repas et Martín avait glissé sa tête par la porte du salon. Virginia n'avait pas envie de rester manger avec eux. À présent, elle se sentait bien, elle avait envie de retourner chez elle, pour faire la sieste.

Tout à coup l'enfant naquit. Il y avait tout à coup un enfant dans la maison. Tout à coup ce qui précédait était présent, toute une jeunesse, toute une vie, la vie de tous deux, Martín et María, et, comme une soudaine mise entre parenthèses de tout, un saut inattendu, un enfant : un être incroyablement repoussant, violacé, rougeâtre, inattendu : l'enfant que tous deux attendaient depuis neuf mois. Martín n'avait jamais fait attention à un nouveau-né. Maintenant, il y faisait attention : c'était répugnant. Ou alors, c'était une entité si suprêmement incompréhensible, aux lèvres ou aux doigts si suprêmement légers, chaque doigt assorti de son ongle incroyable et parfaitement dessiné, que Martín ne se remettait pas de sa surprise. Il était ébahi d'être à ce point ébahi en voyant cet enfant, à quoi s'ajoutait le fait que c'était le sien. Se faire à l'idée d'être père ébranla de nouveau — comme un écho lointain des sentiments malheureux qui avaient inspiré *Voyage de noces* — son idée du style littéraire. Si on observait attentivement l'enfant dans les bras de sa mère, ou dans son berceau, toute idée de singularité demeurait un peu inaccessible. Le spectacle de l'enfant, surtout au début, était un spectacle vulgaire. À l'hôpital, dans une salle de maternité, que Martín dut traverser accompagné d'une gigantesque infirmière au caractère très chatouilleux, qui se révéla par la suite douce et capable de bercer et de manipuler le nouveau-né bien mieux que sa propre mère elle-même, il eut l'occasion de voir une centaine de nouveau-nés identiques au sien : tous identiquement répugnants et dotés de cette curieuse identité générique de ce qui est produit par la nature. Voilà qu'ils étaient tous bien moins compréhensibles et humains qu'une portée de petits chats noirs ou une tribu d'amusants canards qui, à peine nés, se mettent déjà à nager ; voilà qu'ils étaient alignés dans leur berceau, ces cent êtres humains exsudant l'inachèvement, l'imperfection et donnant à Martín l'impression d'être le fruit du hasard. Ils donnaient l'impression de procéder par un pur hasard d'une mère et d'un père déterminés. Ils donnaient l'impression d'être venus au monde par miracle et d'être tous les cent à deux doigts d'expirer : tous donnaient l'impression qu'ils allaient s'asphyxier ou qu'ils s'étaient déjà asphyxiés et qu'ils s'apprêtaient à redevenir d'un violet intense, trouble, avant que ne leur sorte par la bouche un pédoncule formé par leurs entrailles. Martín avait l'impression que son fils ne cesserait jamais d'être un nouveau-né. C'était vulgaire : il n'y avait là rien de singulier. Martín ressentit de nouveau, comme un lointain coup de tonnerre au cœur de l'été, les sentiments narratifs qui avaient donné lieu, par erreur, à ce livre erroné qui n'avait pas gagné le prix Nadal. Ces sentiments, qu'il éprouvait avec une grande intensité, se mêlaient à d'autres, plus diffus, mais peut-être plus constants, de tendresse, bien qu'il n'employât pas ce mot, craignant de découvrir la moindre bribe de sentimentalisme dans son personnage littéraire (il avait si peur de ce défaut qu'il le voyait surgir de partout : il y avait des complaisances sentimentales condamnables non seulement chez Rilke et, forcément, chez les rilkiens espagnols, catholiques, clercs et éclairés, mais aussi, à de brefs moments, chez le féroce Juan Ramón, dans toute douce plainte de deux bergers garcilasistes et non garcilasistes, ainsi que dans l'usage des diminutifs à Madrid : le sentimentalisme se logeait dans l'arrière-plan bavard de presque toute œuvre de qualité, de l'amour de son prochain, de tous les angelots noirs, de tous les petits bébés et de tous les toutous qui l'assaillaient chaque fois qu'il allumait la radio ou allait au cinéma avec María : l'Espagne de Franco était insensible et débordante de sensiblerie et Martín condamnait en bloc toute effusion sentimentale, y compris celles que lui-même ne pouvait à l'occasion ne pas s'empêcher de ressentir). Martín ressentait donc, en jetant un simple coup d'œil à l'enfant et à sa mère et en voyant qu'ils lui appartenaient, un sentiment diffus de satisfaction : pour ne pas tomber dans le sentimentalisme, il ne parlait jamais de tendresse : il ne donnait aucun nom à ce sentiment, mais comme il le ressentait, et de façon d'autant plus insistante qu'il ne lui donnait jamais de nom, il se remit à songer à la possibilité de dire la chose la plus commune de la manière la plus stylisée et la plus singulière possible : ainsi en peinture, par exemple, en dépit de la sévérité et de l'impersonnalité des peintres et des sculpteurs médiévaux, on avait parfois réussi à représenter la chose la plus commune, une mère qui contemple amoureusement son enfant, avec la stylisation la plus absolue. Martín ne parviendrait-il pas à donner l'équivalent littéraire de ces images fermes et symboliques, à la fois tendres et puissamment expressives ?

Ce samedi-là, Gonzalito et Virginia venaient déjeuner. Ils venaient déjeuner le samedi, c'était devenu une habitude. À cette occasion, il y avait des cannellonis et un sauté de veau, dont María avait inventé la recette. C'était un ragoût qui avait l'avantage d'être très fin, grâce à une recette que María avait prise chez sa mère. María était bonne cuisinière. L'ayant découvert en se mariant, c'était un motif constant de satisfaction, c'était formidable de réussir si bien les plats. Parfois des choses compliquées qui se faisaient à la toute dernière minute, quand tout le monde était assis à table. María disait toujours « tout le monde », même si la plupart du temps il ne s'agissait que de Martín et d'elle-même, plus le bébé trônant dans son couffin, qui avait son horaire personnel et qui, en général, dormait pendant le repas de ses parents. En général en toute clarté, pensait María. En toute clarté, ce qui voulait dire à ses heures, aux heures où il eût été extrêmement pénible qu'il ne dormît pas ou qu'il pleurât. Tout se passait comme si le bébé *savait* qu'il était encore plus gracieux endormi qu'éveillé aux heures où ses gracieusetés eussent été, bien entendu, assommantes. María pensait que son bébé se rendait déjà compte de tout et qu'il se pliait en toute clarté aux horaires de la famille — il était clair qu'une telle clarté voulait dire aussi qu'il se transformerait en un enfant clair, puis en un clair adolescent, puis en homme résolu et paisible, et enfin en beau vieillard plein de clarté jusqu'à l'instant ensoleillé de sa mort. « Je pense des sottises, et tous les jours, ça empire ! » — ce qui voulait dire que, ces derniers temps, avec le mariage et, surtout, avec l'enfant, il y avait abondance de mots — « clarté » était l'un d'entre eux — auxquels María revenait comme si c'étaient des minéraux jamais vus, comme ces minéraux poussiéreux de la grande armoire de l'étude des grandes, durant les deux dernières années du secondaire, qui étaient nimbés, vus à travers les vitres, d'un vague air de ressemblance en plus de leur étrangeté propre et unique qui était, selon María, ce qui avait poussé mère Carmen à les ranger dans de petites boîtes sans couvercle, un par boîte, avec une petite étiquette sur laquelle une écriture microcospique indiquait ce qu'ils étaient et, d'une certaine façon, amplifiait, avec ce qu'ils n'étaient pas, leur auréole d'oxyde de fer, ou de pyrite, ou de basalte, ou de soufre, ou d'obsidienne, ou d'orpiment, ou de réalgar, ou de sel gemme, ou d'une montagne entière par un jour d'excursion géologique avec mère Carmen et ses lunettes cerclées d'or de géologue — des minéraux, partant, des pierres, partant, des pierres presque précieuses parce que, bien que mère Carmen en fût venue à avouer en rougissant qu'elle n'avait dans sa collection aucune pierre fine, aucune pierre précieuse, ni même aucune pierre proprement dite (« proprement dite » était aussi une expression que mère Carmen employait à peu près à tout bout de champ et que María considérait en tant que telle comme presque minérale), toute pierre non précieuse ou semi-précieuse, ou toute pierre proprement dite, ou en tout cas toute « petite pierre » (mère Carmen réservait ses diminutifs pour l'évocation des pierres) étaient dotées d'une identité précieuse, voire magnétique, qui faisait oublier les améthystes, les jais, les béryls, les émeraudes, les girasols, les péridots, les opales, et même les rubis, et même les turquoises ou les saphirs pour n'être, selon l'opinion non déclarée mais suggérée avec véhémence par mère Carmen, véritable spécialiste de l'implicite, que des aérolithes, parce que, en dernier ressort, toute pierre, quelle qu'elle fût, venait du ciel. María riait chaque fois qu'elle se souvenait de ces cours cristallographiques et absurdes de l'inoubliable mère Carmen et pensait que quelque chose de l'absurde véhémence et de la clarté de ce quartz si lointain s'était fixé à elle pour toujours, à cela près qu'elle l'appliquait davantage aux mots, aux phrases, au bébé, à Martín, à Gonzalito, à Virginia qu'aux pierres...

Ils venaient d'entrer. Ils s'étaient rencontrés sous le porche. Ils étaient montés ensemble dans l'ascenseur en riant et en bavardant et tous deux s'étaient enfin assis sur le canapé, arborant leurs visages gais clairement dotés du très profond mystère des visages — il n'y a pas de visage, aussi vulgaire soit-il, pensait María, qui ne soit mystérieux et les plus mystérieux de tous sont évidemment ceux que l'on connaît le mieux — et ils arboraient, en plus, un visage de gens en visite, feignant d'être surpris de trouver un bébé si gros : en vérité, quand Virginia et Gonzalito étaient ensemble, ils étaient très amusants, formaient un duo improvisé très comique, tout à fait conscients de ce qu'ils faisaient, ce qui les rendait encore plus amusants, et même Martín, que les sottises en général ne faisaient pas rire, était maintenant en train de rire : ces déjeuners du samedi étaient un succès. Toute la clarté d'un midi de juin — presque juillet — semblait s'être rassemblée dans ce maintenant. María pensa qu'elle désirait que la vie fût ainsi : pareille à ce maintenantt : autrement dit, toujours pareille. Ils buvaient un verre de xérès et grignotaient quelques amandes. Il restait un quart d'heure, moins d'un quart d'heure, pour que tous quatre passent à table. María emporta son xérès à la cuisine. La dernière minute était essentielle. Martín dit, tout en se penchant sur le berceau : « Les bébés sont absurdes ! Celui-ci, par exemple, va finir par nous rendre, aussi bien sa mère que moi, gélatineux. » — « Les parents, vous êtes tous gélatineux, ça doit être la fonction qui veut ça ! » ajouta Gonzalo. « Je ne suis absolument pas d'accord ! » s'écria Virginia qui, au fond, n'était pas contre l'idée que les bébés rendent leurs parents un peu bêtes, mais elle se sentait encline à s'opposer à n'importe quel propos, ou presque, que n'importe lequel des deux prononcerait en l'absence de María. Cette inclination était très vive — du moins à ce moment précis — mais incompréhensible pour l'intéressée elle-même. Une façon de bondir qui ressemblait au bond fait par le ressort d'un pantin articulé. « Peut-on savoir avec quoi tu n'es pas d'accord ? » Martín s'était tourné vers Virginia ; il était toujours légèrement penché sur le berceau. Virginia pensa que la seule façon, ou presque, de parler directement avec Martín, c'était de s'opposer à lui : « Je ne suis pas d'accord pour dire que les bébés sont absurdes. C'est nous qui sommes absurdes, les adultes, qui ne les comprenons pas. » Gonzalito dit : « Moi, je suis d'accord avec Martín ou, disons, avec ce que je crois qu'il veut dire. » — « Eh bien, moi, je crois qu'il ne veut rien dire : il parle pour parler. » — « J'ai voulu dire que tout bébé est, en tant que bébé, inévitablement écœurant : c'est le douceâtre dulcifié : le joli puissance dix : le mignon puissance dix : tout ce qui nous met au bord du précipice niais de l'évidence et qui, par-dessus le marché, nous plaît : les enfants couchés dans leur petit berceau sont à cet âge-là absurdes parce qu'ils nous font ressentir les sentiments les moins singuliers, les moins élaborés de chacun d'entre nous, les plus communs, les plus faciles et, en fin de compte, les plus faux : un bébé est absurde parce qu'il incite à croire légitime la fausse tendresse des gens, la fausse toute petite tendresse qui imprègne le lieu commun, les lieux communs, parce qu'il y en des milliers au sujet du petit et du joli. » Virginia pensa à ce moment-là que Martín était en train de déclamer, ou bien, sans s'en rendre compte, qu'il se croyait en train de prononcer une conférence. Elle se sentit, par conséquent, encline à s'opposer encore plus, mais, en même temps aussi, suprêmement amusée, excitée, comme si Martín s'était mis, tout à coup, à faire la roue à son intention. Virginia pensa que tout cela, pensé et senti en bloc, d'un seul tenant, était on ne peut plus bizarre. Très bizarre. C'était très bizarre. Et agréable. C'était, sur le plan philosophique, l'équivalent exact d'un *amontillado* sec et exquis. María était revenue pour dire qu'ils pouvaient passer à table. Virginia se leva la première. Suivie de Gonzalo, suivi de Martín. Le couloir de cet appartement était le couloir le plus étroit qu'elle était capable de se remémorer de sa longue expérience de couloirs tout en traversant la fumée d'une nouvelle cigarette et en allant du petit salon à la petite salle à manger. Tout, dans cet appartement, était « petit ». Il était compréhensible, estima-t-elle, du moins un petit peu compréhensible, que Martín en eût plus que plein le dos. Mais pourquoi le dire ? Il n'y avait aucune raison de le dire. Aucune raison au monde. Et encore moins au sujet de son propre et unique petit bébé. Et encore moins au sujet d'un enfant de María, ou, plutôt, précisa-t-elle mentalement, de tous les deux, étant donné que María n'est pas vivipare. Elle est vivipare ? Oui ? Non ? Alors ? Vivipare ou ovipare ? Virginia s'arrêta devant la table, s'assit à sa place habituelle et demanda ce qu'en définitive elle devait demander et ne pouvait pas ne pas demander à cet instant-là, parce que ne pas savoir en quoi au juste les ovovivipares se différencient des ovipares et des vivipares était une obstruction pire qu'une constipation d'un mois. « Moi, je dis que les vivipares et les ovovivipares, il arrive que les gens les confondent, et il ne faut pas les confondre, n'est-ce pas ? Je parie que toi, par exemple, Gonzalito, tu ne sais pas en quoi ils se différencient. » Martín servait le vin. María sortit du four un grand plat de cannellonis. Pause. Obstruction ou pas, mieux valait laisser tomber ; à quelques exceptions près, n'importe quelle fille élevée dans n'importe quel collège de religieuses finissait par devenir une constipée chronique. Virginia estima qu'elle était constipée et, par conséquent, sans le moindre appétit. Il ne lui resterait à peu près que le vin rouge pour se consoler.

Quel plaisir ! : ils avaient tout mangé : tous les cannellonis, tout le ragoût de veau, tout le riz au lait... Il était vraiment impossible d'imaginer un déjeuner plus lourd. Comme Virginia n'avait pas d'appétit, tout le poids de l'ingestion avait pesé sur les hommes : comme il se doit : le sexe masculin mange plus, parle plus et marche d'un pas plus résolu que le sexe féminin. En outre, il est moins sensible. Pour la femme l'amour est tout (c'est pourquoi elle cuisine jusqu'à exterminer le sexe masculin) : pour l'homme, en revanche, l'amour est toujours secondaire : quelque chose qu'on subit ou, dans le meilleur des cas, dont on jouit comme d'un copieux déjeuner, jusqu'à la lassitude. Une fois las, adieu l'amour, adieu jusqu'à la mort ! La femme, en revanche, ne se lasse ni de manger ni de l'amour : elle persiste et signe, et est, d'une certaine façon, une métaphore de la flexible résistance de la vie en cessant de l'être. La femme porte la vie dans ses entrailles et est, en même temps, une métaphore — ou, si l'on préfère, un symbole — de l'harmonieuse conjonction des deux vies : la sienne, individuelle, et l'autre vie, la grande vie, la vie de l'espèce. Aucune femme ne s'est jamais accordé la grande vie : la grande vie est plutôt une affaire d'hommes. Il se peut qu'il y ait, *de facto*, des femmes licencieuses, mais, *de iure*, il n'en est aucune qui le soit : il n'est pas de femme futile ou frivole ou fourbe et s'il y en avait une, ce ne serait pas une femme : ce serait une n'importe qui ou n'importe quoi, mais pas une femme. Tout homme pressent, et cela depuis sa plus tendre enfance, que les prostituées sont, en tant que telles, ou des non-femmes, ou alors moins femmes que les autres femmes : point de vue qui découle de l'idée même de femme, claire et distincte, qui coïncide très exactement avec celle de vie et avec la synonymie des codifications linguistiques les plus universelles. Par conséquent, dire « femme » ou dire « vie » revient au même, parce que les femmes sont la vie : elles sont la vie, elles la possèdent, la transmettent, l'illustrent et, en dernière instance, en sont le symbole parfait. L'homme, en revanche, comme la logique nous l'apprend, est mortel : tous les hommes sont mortels. Aussi, parce qu'ils ont la nostalgie de la vie, les hommes sont-ils beaucoup plus enclins à se féminiser que les femmes à se masculiniser : Sappho de Lesbos était, en fait, un Grec qui, préoccupé par le grand nombre d'hommes qui avaient déjà chanté l'homme (parce que ce qui est grec est, par définition, masculin), se mit à chanter la femme : ce ne fut guère facile, même si le succès obtenu fut une apothéose : la femme n'est pas un objet esthétique parce que l'esthétique est le contraire du vivant : ce sont les femmes, et non les hommes, qui préfèrent le vivant au peint : ils aiment que les femmes se peignent, se maquillent, dans le but de les voir se transformer, falsifiées, en quasi-objets : les hommes se peignent : il est arrivé à tout homme de se peindre, de se maquiller les lèvres ou bien d'avoir désiré le faire ou d'avoir désiré voir comment un autre homme se les peignait : les femmes ne se peignent pas de leur propre initiative : elles sont la vie et, de plus, elles préfèrent la vie à la peinture, à la sculpture, à l'architecture, à la littérature et à la musique. Combien de Beethoven femmes ? Combien de Michel-Ange ? Combien de plumes femmes ont-elles accédé à l'histoire de la littérature universelle ? Disons une, Sappho, qui était un Grec mal pédonculé. Aussi, toute beauté artistique est-elle virile et stérile. Aux femmes il revient seulement une beauté dite improprement vitale, la beauté vitale ou naturelle qui, en fait, n'est que vie : la beauté de la vie, c'est-à-dire la vitalité. Il n'y a pas de femmes belles : il n'y a que des femmes vivantes. Vive la vitalité de la femme qui en a tant que même les laides nous paraissent jolies parce que plus elles sont laides, plus elles sont vitales — non pas par hasard mais par pure nécessité vitale : vitalité ! Vive la vitalité ! Ç'avait été un discours à quatre voix — ou à trois voix, accompagné par les éclats de rire de María. Gonzalito, Virginia et Martín — et même María, bien qu'elle eût plutôt ri que parlé — avaient composé ce qui précède pendant que les deux hommes et María, femme et mère, mangeaient d'un excellent appétit et que Virginia, en contrepoint, picorait avec ce profond appétit inappétent des grandes maigres et des anorexiques les plus profondes : ne pas avoir envie de manger n'était pas ne pas avoir envie de manger mais, pour Virginia, avoir décidé de ne pas manger : tout le plaisir direct du désirable cannelloni désiré et mangé n'équivaut qu'au tiers du désirable désiré et non-mangé. De la même façon, au sujet des garçons, Virginia n'avait vraiment de désir, de loin, de près, ou par dessus, que pour le tiers de leur personne. Ils avaient toujours été bons. À ce déjeuner, par exemple, elle avait pris les deux tiers de deux cannellonis avec leur béchamel, un tiers de part de ragoût ; et trois petites cuillères de riz au lait, dont l'une était restée dans l'assiette. Mais elle s'était beaucoup amusée. Pourquoi s'était-elle tant amusée ? Virginia but une gorgée de café et se demanda pourquoi elle s'était amusée pendant ce déjeuner et pourquoi autant. Elle n'eut pas l'occasion de répondre parce que la voix de Gonzalito, s'emballant, avait rendu tout monologue intérieur impossible. « C'est clair, on ne peut plus clair, les hommes sont plus singuliers que les femmes ! » Virginia pensa que, pour elle du moins, c'était clair, parce qu'elle n'était pas tout à fait une femme : elle ne se sentait pas très femme ou trop femme, ou aussi femme que María : elle n'aurait, cependant, guère aimé être un homme, c'est-à-dire complètement. « Complètement, il n'en est pas question : exception faite de María, rien ne me plaît complètement : moi, je suis un être de mélanges : j'adore les pulls faits de sept laines à la fois. » Elle avait l'impression de s'être beaucoup amusée et d'avoir froid aux pieds, et que cette dernière impression conférait à celle de s'être beaucoup amusée un petit côté intellectuel : comme un morceau de tissu mental, une étoffe mélangée qui servait aussi bien à se faire une jupe droite qu'une sorte de petit tapis ou de fichu. Tant d'audace, tant de mélanges, quatre verres de vin rouge plus le xérès plus le manque d'appétit plus son désaccord avec Martín et avec Gonzalito, il y avait de quoi s'échauffer et suffoquer ! C'était trop ! « N'est-ce pas, María, qu'ils vont trop loin ? » Gonzalito prit la parole avant que María eut le temps de répondre : « Nous sommes tout simplement cohérents ou logiques par rapport à notre point de départ : c'est peut-être exagéré de dire que tous les hommes sont mortels et que la mortalité est le propre de l'homme, comme la beauté. Mais c'est une conclusion irréfutable : non, nous n'avons pas exagéré du tout. N'est-ce pas, Martín ? » Martín se sentit tout à coup agacé. Il s'était amusé et tout à coup sa bonne humeur s'était brisée, comme du verre.

« Moi, bien entendu, non ! Je n'ai pas l'habitude d'exagérer. » Le ton sec de Martín leur parut à tous, y compris Martín, exagérément sec. Étant donné les circonstances, cette sécheresse subite coupa net la conversation. María savait que l'humeur de Martín était fragile. Elle ne fut donc pas surprise de voir Martín changer brusquement de ton. Cela dit, elle regretta que ce changement se fût produit juste à ce moment-là, juste au moment où Gonzalito — qui, en fait, avait parlé tout au long du déjeuner — comptait sur le soutien de Martín. Le visage de son frère reflétait un mélange de consternation et d'humiliation. Sans doute, deux sentiments exagérés. Sans doute, compréhensibles. María pensa : « Il faut que je dise quelque chose. » La seule chose qui lui vint à l'esprit fut : « Tous les gens exagèrent quand ils sont de bonne humeur. Toi aussi, Martín, il t'arrive d'exagérer quand nous parlons ensemble. Parler n'aurait aucun charme si parfois on n'exagérait pas. » Trop long. María eut l'impression que ses mots ne s'envolaient pas, mais, au contraire, se matérialisaient et restaient en l'air, comme des ballons, frôlant le plafond de la pièce. Si ses mots avaient pu être des ballons ! María s'imagina en train de grimper sur la table et de les récupérer un par un. C'était une idiotie, bien entendu, comme un rire idiot, quelque chose qu'on s'imagine sans le vouloir, quand on a les nerfs à fleur de peau. Les phrases de María donnaient l'impression de ne pas s'être dissoutes à cause du silence qui les avait précédées et de celui qui avait suivi, le second plus long que le premier. Virginia dit : « Un ange passe. » Puis elle se mit à rire, moyennant quoi la fumée de sa cigarette prit une mauvaise direction et la fit tousser. Le silence enfin brisé, Martín dit, en s'adressant indirectement à Gonzalito (il s'adressait à lui sans le regarder, sans regarder personne, en regardant les ongles de sa main gauche) : « Nous ne parlons pas de la même chose. Toi, tu ne tires pas de conclusions : tu les assènes. Je ne crois pas avoir dit — parce que je ne le pense pas et il n'est pas dans mes habitudes de dire ce que je ne pense pas — que la femme n'est pas ou ne peut pas être un objet esthétique ou artistique. C'est évident qu'elle en est un. La beauté artistique n'est pas le contraire de la vie. Au contraire. La vitalité est une qualité de l'objet esthétique de valeur. Et c'est à dessein que je dis de valeur. Je souligne. Et si je souligne, Gonzalo, c'est précisément pour toi, pour ta gouverne : parce que j'ai cru déceler — ou, plutôt, je suis sûr d'avoir décelé dans ton argumentation, mis à part, bien sûr, tout ce qu'il y avait en elle de spirituel, d'improvisé, de charmant, d'espiègle et d'approprié à une conversation —, mis à part tout ce qui peut être mis à part, j'ai décelé une erreur — dont tu n'es, bien sûr, pas responsable, parce que c'est quelque chose qui se dit dans certains milieux et qui est devenu un lieu commun doté d'un certain vernis de raffinement paradoxal : cette erreur consiste à opposer radicalement vitalité et beauté. On dit dans certains milieux et la chose en est venue à se dire même dans la rue, ou dans les facultés de philosophie et de lettres, qui ressemblent de plus en plus à la rue, le pédantisme en plus, que le principe de la beauté et de la forme ne procède pas du règne de la vie. Il s'agit là d'une inversion caractéristique : ceux qui le disent sont homosexuels : de grands artistes, de grands critiques, aussi grands et grandioses que tu voudras. Mais, ils sont, surtout, homosexuels. Premier point : dernier point : tout y est, c'est le cercle stérile et maniaque de l'identité absolue. Ils opposent la vitalité à la beauté avec une suprême cohérence : ils sont cohérents : être homosexuel, c'est être cohérent : tautologique : tel est leur bonheur qui est aussi leur malheur : ils ne peuvent ni continuer ni ne-pas-continuer : c'est l'immobilité de la mort : de fait, la seule chose qu'ils opposent à la vitalité est son contraire : la mortalité. Le funèbre, je le concède, est beau : tous les cadavres sont beaux cinq minutes : leur être et leur non-être composent une seule et même apparence : naturel et apparence sont une seule et même chose : ils ont fini et leur finitude nous plaît. Peut-être te dis-tu que c'est maintenant que j'exagère vraiment... » Cela ne faisait pas l'ombre d'un doute, maintenant il exagérait : María pensa que Martín se déchaînait injustement : Gonzalo était un prétexte : tout était un prétexte pour que Martín se déchaîne : María se sentit troublée : tant d'énergie brutalement libérée à la fin d'un déjeuner amusant dans le seul but apparent de réfuter un argument énoncé sur le ton de la plaisanterie... La voix de Martín, un peu plus basse que d'habitude, avec son intonation précise pleine d'arêtes inattendues, altérait la pièce, rendait incompréhensibles les assiettes à dessert sales que María n'avait pas encore ôtées : « ... Je n'exagère pas : ton argument, Gonzalo, par bonheur, ce n'est pas toi qui l'as inventé. Je répète, par bonheur. Et ce n'est pas moi, non plus. Tu m'as mal compris. Peut-être que tu penses, je suis sûr que tu penses que j'exagère : il n'y a rien de plus dangereux, rien de plus grave que de dire, tout en rigolant à moitié, tout en déjeunant, tout en bavardant, des demi-vérités qui sont, en fait, des demi-erreurs : tu n'y as pas assez réfléchi : ce sont des choses qui se disent : toi, tu n'es pas responsable, je sais bien, de l'orientation homosexuelle prise par l'art de ce siècle : je ne te reproche rien : qui peut penser sérieusement que la vitalité ou la beauté féminine s'opposent à l'idée de beauté ? Un homosexuel, personne d'autre. Des gens qui, bien entendu, sont ou peuvent être très facilement héroïques. Il y a un vers d'Eliot qui, je crois, n'a jamais été commenté par qui que ce soit et qui dit la même chose que ce que je viens de dire : *Unnatural vices are fathered by our heroism.* Que j'aie pu, à la rigueur, affirmer que la création littéraire dépendait étroitement de la singularité — et même des singularités — du créateur est une chose, mais que l'esthétique soit le contraire du vivant, qu'elle s'oppose au vivant et que seule la femme préfère le vivant au peint en est une autre — que je ne dis pas et que je ne pense pas —, et très différente. Moi, je ne suis pas une femme et je préfère le vivant au peint. C'est-à-dire : je préfère la peinture de la vie à la peinture de la mort. La vie vaut mieux que la mort. Il est absurde de prétendre le contraire ! María, je prendrais bien une autre tasse de café, s'il en reste. » Il en restait un peu plus d'une demi-tasse, mais froid. Martin but son café d'un trait. Virginia dit : « Ah, Martín, comment vous êtes, vous, les écrivains ! Moi, j'adore ! J'adore à la folie cette discussion, je suis d'accord avec tout, ce qui s'appelle tout ! » Tous se levèrent. C'était fini. Tout restait à dire.

Seule Virginia eut l'impression, dans les jours qui suivirent, d'avoir, tout au long de ce déjeuner et, plus concrètement, au café, été informée de l'essentiel. Le fait d'être incapable de se souvenir de la moindre idée précise, — sauf que Sappho était un poète grec —, non seulement ne dissipait pas, mais plutôt confirmait son impression générale d'être au courant du problème. Quel problème ? Plusieurs problèmes. Qu'il y en eût plusieurs en même temps — quoique très embrouillés — revalorisait cette conversation dans sa mémoire et lui donnait un tour philosophique. Elle aussi se sentait philosophe. Et concernée. « La philosophie, se disait-elle, a ceci de bon : elle nous concerne tous. Ce n'est pas comme la poésie ou les sciences qu'on ne comprend pas, soit parce qu'elles sont abstraites, soit parce qu'elles sont concrètes. La philosophie, en revanche, parle de nous : de moi, de nous, de tout le monde : on se sent concerné et impliqué. Soudain, pof ! notre problème est posé. Pour les réunions, rien ne vaut un philosophe ! » Outre le poète Sappho, Virginia se souvenait du mot « homosexuel ». Très impressionnant. Elle se souvenait que tout à coup, entendant Martín dire homosexuel-homosexuel-homosexuel, elle avait eu la chair de poule. Qui était homosexuel ? Sappho, sans aucun doute. Mais, outre Sappho, qui d'autre ? Elle aurait aimé téléphoner à Martín et le lui demander. Mais elle n'arrivait pas à s'y résoudre, cela ne lui semblait pas correct : tout compte fait, c'était un problème intime. Étant donné que Martín ne parlait jamais à la légère, s'il disait le mot « homosexuel », c'était forcément à propos de quelqu'un. Qui ? Ce ne pouvait être que Gonzalito. Gonzalito était-il homosexuel ? Songer à une chose pareille, même seule, la scandalisa. Cela la fit rire. Les pensées tordues faisaient-elles rire ? En fait, elle n'avait pas l'esprit tordu. La chose était claire : ce n'était pas à propos de Gonzalo. Martín parlait en général, sur le plan philosophique : tout le monde avait le droit de se sentir plus ou moins concerné. « Homosexuel », à bien y regarder, était un mot fascinant. C'était là qu'était la clé de toutes les paroles de Martín et non dans Sappho. Pourquoi ce nom, Sappho ? Sappho ou non-Sappho, aucune importance. « Homosexuel », en revanche, était une sorte de parasol à raies jaunes et pourpres qui voilait et en même temps dévoilait tout cela. Mais quoi ? Gonzalito, bien entendu, n'avait rien à voir avec ces choses. Ni de près ni de loin. À ceci près que « homosexuel » n'homologuait pas que la vie sexuelle, mais beaucoup d'autres choses : la vie nocturne, par exemple. « Homosexuel noctiflore », dit Virginia à voix haute. L'effet était réussi : une expression très homogène : avec, en même temps, un petit quelque chose de dangereux et de noctambule. Gonzalito n'était pas homosexuel, mais noctambule, certainement. Elle allait devoir en reparler avec María : cette étrange rencontre à la fontaine de Cibeles, Gonzalito à quelques mètres de Virginia et ne la voyant pas.

María sourit et mit à l'enfant ses petits chaussons de laine, des chaussons de poupon. L'enfant était, chaque jour, la surprise réitérée, le grand délice d'exister, de lui donner à manger, de le laver, de l'habiller et de le voir se faire petit à petit au monde : comment, à partir de la succion, des tâtonnements, à partir des émotions et des sensations confuses, les visages, les sens se multipliaient pour le bébé : la clarté de l'enfant était, pour María, l'image de la clarté de l'amour, la fin dernière de tout ce qui a trouvé sa voie et aussi — sans aucun doute — de tout ce qui, volontairement ou involontairement, dévie momentanément. Aujourd'hui, María et l'enfant allaient passer la journée chez les grands-parents. C'était un événement hebdomadaire, planifié avec la plus grande précision et un grand luxe de détails par le père de María qui, à l'évidence, donnait l'impression de se prendre pour le général en chef d'une division motorisée dont l'objectif était le déplacement ultrarapide et dans le plus grand confort de son petit-fils depuis Argüelles — qui était apparemment le champ de bataille — à La Moraleja, qui faisait office d'arrière-poste douillet et protégé. María riait lorsqu'elle voyait se déployer la spectaculaire tactique paternelle. La voiture, vingt-cinq minutes à l'avance, devant le porche. Le chauffeur au volant. La bonne, montant à l'appartement, sonnant à la porte et n'ayant en tout et pour tout rien d'autre à faire que de redescendre avec María et le bébé par l'ascenseur en disant : « Chaque semaine, il est plus beau ! » À l'en croire, la beauté du bébé croissait si vite que, sous peu, tout Hollywood rassemblé chercherait à l'enlever et il allait falloir le transporter dans un fourgon blindé précédé et suivi d'un escadron au complet sans compter la garde civile et les massiers de la mairie. En fait, quand ils s'étaient retrouvés grands-parents, les parents de María avaient rajeuni au point, comme disait Gonzalito, de retomber pratiquement en enfance. Tous étaient déjà prêts. La bonne avait déjà allumé la lumière du palier, elle avait déjà ouvert la porte de l'ascenseur et ils partaient enfin. Martín sortit de sa petite pièce pour dire au revoir au cortège. Cet au revoir devenait, lui aussi, une habitude. Martín souriait. Aujourd'hui, il allait devoir déjeuner seul. L'horreur que lui inspirait une telle solitude — jointe au fait qu'il n'était même pas capable de faire bouillir une casserole d'eau — avait dû céder la place à l'irrévocable nécessité de voir l'enfant déclarée par les grands-parents presque comme une guerre. Par bonheur, chaque chose trouvait sa place. Ils démarraient déjà. Ils laissaient déjà dans leur sillage l'Arc de triomphe. Contournaient déjà la Puerta de Hierro sur leur gauche. Déjà à la bonne vitesse. Arrivaient déjà. Entraient déjà dans le jardin. La voiture s'arrêtait déjà devant la porte. Le comité de réception, qui incluait aussi le jardinier et sa fille de six ans, acclamait et applaudissait déjà le visiteur. Et, pour finir, Maria s'installait déjà sur un canapé et posait ses pieds sur un tabouret de velours grenat un peu élimé. C'était toutes les semaines la même chose. Et chaque semaine, tout était aussi charmant que la semaine précédente, si ce n'est plus.

« L'amour doit être le but aussi bien de tout ce qui tend à y accéder que de tout le reste », pensa méticuleusement María. Cette expression, « tout le reste », était d'une immense importance. Il n'y avait pas que le fils prodigue et les vierges sages, mais aussi ces incompréhensibles invités qui ne s'étaient pas rendus au banquet, et même Hérode, même Barrabas et le mauvais larron, tous devaient poursuivre le même but. L'amour de Jésus-Christ appartenait à tous. Voilà à quoi il fallait s'attacher : voilà d'où il fallait partir : voilà vers quoi devait retourner quiconque pensait sérieusement à emprunter telle ou telle déviation. « Par conséquent... », María, songeuse, entendit de nouveau les applaudissements, revit le vert ferme, le bleu ferme et triomphant de tous les reposoirs et de tous les lauriers que pouvait contenir l'univers, elle sentit de nouveau la quotidienne exaltation que lui procuraient son bonheur, son enfant, Martín à la maison et repensa à Gonzalito. « Par conséquent… » signifiait que, en dernière instance, le contraire de l'amour ne pouvait être suivi de l'amour lui-même. Par conséquent, il n'y avait pas à s'angoisser. Mais il était impossible de ne pas momentanément s'angoisser. « Momentanément » était un adverbe consolateur. Non. Qu'il fût consolateur ou non revenait au même : « momentanément » était un adverbe qui servait à mettre, à voir, à imaginer les choses à leur place : à penser la véritable place des choses. María se leva, faisant sursauter sa mère qui venait de découvrir apparemment un sortilège, que le hochet s'était mis à tinter et que son petit-fils souriait aussitôt. « Je vous laisse, car je vais rendre une petite visite à Gonzalito », dit María en sortant de la pièce.

Gonzalito était encore en pyjama. En entrant dans la chambre de son frère, María se sentit de nouveau acclamée et applaudie : l'accueil aimable que lui réservait son frère était une acclamation moins bruyante mais, peut-être, plus profonde : Gonzalito aimait qu'on vînt le voir : il aimait sentir qu'on lui rendait visite : depuis sa plus tendre enfance, cloué au lit par un rhume tenace, une indigestion ou une grippe, il avait toujours été manifestement ravi de faire les honneurs de sa chambre, de montrer ses jouets ou, comme maintenant, d'offrir à sa sœur un chocolat à la liqueur. Il lui en restait quatre et il lui offrit les quatre. María en prit un et pensa que, momentanément, tout allait bien. Et surtout qu'il était bon d'être là et que tous deux réunis fussent déjà, comme ils l'avaient toujours fait, en train de bavarder.

Elle se rendit compte qu'elle marchait sur la pointe des pieds. Elle parcourait la conversation comme une fourmi, sortie de la file, qui transporte un grain d'orge plus gros qu'elle. Images successives, se chevauchant les unes les autres, naissant les unes des autres, s'arrêtant sans s'évanouir tout à fait en chaque instant, comme si tout à coup l'oubli n'arrivait pas à la libérer, simultanément, des images striées, des raies qui parfois ne s'enfonçaient même pas et qui zigzaguaient à la surface de concepts tantôt trop vastes et par conséquent trop grands pour la circonstance, tantôt trop lourds d'informations, de macules, de petites taches et de notes pour ne pas être embrouillés et par conséquent semblables à de jolies paires de chaussures d'une pointure toujours trop juste et, dans tous les cas, chargés de la bruine électrique et de la force des sentiments qu'elle avait toujours éprouvés pour son frère et, donc, griffonnés, bien qu'ils fussent peu nombreux, bien qu'ils fussent un seul et même sentiment, ou un seul et même courant de conscience, ou encore un seul et même déversoir multiple d'eau limpide, claire et constamment renouvelée qui moutonnait momentanément et constamment à gros bouillons au soleil, d'une seule et même chose : l'amour qu'elle avait toujours éprouvé pour Gonzalo et qui, maintenant, dans cette chambre de la maison paternelle, la même que lorsqu'il était petit, se montrait au soleil et démontrait qu'à chaque instant il était plus fort, toujours plus fort, et en même temps qu'il était de plus en plus clair et distinct, vivant, à nul autre pareil, de plus en plus difficile à appliquer dans les circonstances présentes, et María ne sachant pas très bien comment l'appliquer, le transformer en une seule action réelle qui illuminerait et protégerait Gonzalito, il se peuplait d'emberlificotements de plus en plus insensés, d'images moroses, dont la vibration persistait comme antériorité intérieure ou comme intimité insignifiante de toutes les images successives et de chacune d'entre elles et serpentait ainsi sur le lac de tous les concepts et, surtout, pour le malheur de María, sur l'exaltante surface immémoriale de ce quartz qu'était le concept de l'amour, c'est-à-dire de cet amour qu'à cet instant précis, telle une fourmi qui a perdu le pas, elle éprouvait pour son frère. Gonzalo venait de dire : « En fait, l'autre jour, il me restait tout à dire. Martín a été, reconnais-le, assez insupportable et, en plus, il a menti. » Gonzalito souligna « a menti » en enlevant d'un geste sa veste de pyjama, sans la déboutonner, comme un pull, par la tête. « Après tu t'étonneras que maman se fâche parce que tu n'as jamais de boutons, je t'ai surpris *in fraganti* ! » María se mit à rire : « *In fragantis* — *in fragantes* — *in fragantas* — pluriel-de — *in fraganti* — *in fragante* — *in fraganta* ! » Ce qui revenait à ne rien dire, à prendre la tangente, mais rire ensemble les soulageait, du moins à ce moment-là. Faire des jeux de mots absurdes à partir de n'importe lequel, le décliner en chœur dans une espèce de latin clinquant était un divertissement qu'ils avaient toujours pratiqué. Maintenant il ne servait à rien, juste à les soulager, rien de plus. Il n'y avait peut-être qu'à l'extrême fin de tout, de tous les deux, au dernier souffle de la vie, aux dernières braises, qu'il pourrait servir. Gonzalito saurait et sentirait que María était là, à ses côtés, et qu'elle l'aimait. Pour le moment donc, ce n'était qu'un soulagement. Tous les mots et toutes les phrases que Gonzalito avaient dits étaient déjà invisibles et inaudibles. C'était toujours pareil. Mais María ne regrettait qu'il en fût ainsi que lorsque quelque chose de très important se disait, elle songeait alors à une fourmi à la taille infinitésimale, à la tête volumineuse et dont le corps ressemblait à une boule vernie et elle se sentait mal à l'aise. Gonzalito avait répété durant toute la dernière demi-heure que le discours de Martín — il se contentait de l'appeler ainsi —, le long discours de Martín au moment du dessert, l'avait fait beaucoup souffrir. Par moments, il insistait sur la souffrance et à d'autres, comme il venait de le faire un instant plus tôt, sur le mensonge. Et la souffrance venait du mensonge et le mensonge venait de la souffrance, et il y voyait la volonté délibérée de le faire souffrir, lui, Gonzalo, d'autant plus que Martín avait feint de n'y être pour rien et d'être étranger à toute intention pernicieuse, puisqu'il parlait en général. Un bel hypocrite ! Gonzalito résuma alors tout ce qui s'était dit en enfilant un pull bleu marine à col roulé et en répétant, juste au moment où il sortait la tête : « Martín est un parfait hypocrite ! » María se dit précipitamment que défendre Martín contre une telle accusation était hors de propos. Il était évident que Gonzalito se servait du mot « hypocrite » comme qui transforme en arme de jet une précieuse assiette de porcelaine chinoise. Peu importe qu'elle atteigne ou non la cible, puisqu'il n'y a que l'effet et l'attaque qui comptent et qu'elle soit l'objet le plus précieux à occuper la pensée de l'interlocuteur à cet instant-là. Gonzalito était parfois infantile. María pensa, comme une piqûre : « Soulagement. Je veux un soulagement : oui, un soulagement infantile. » Les mots « infantile » et « soulagement » suffisaient pour éviter tout et se dissimuler dans la paix superficielle de l'évidente fratrie formée par tous deux. Ne pas se dissimuler. Ne pas esquiver le coup et ne pas esquiver la chute si, à supposer que ce fût le cas — et maintenant, c'était bien le cas —, il fallait tomber et se tuer. « Peu importe, pensa María, maintenant : ceci. » — « Ceci veut dire, dit Gonzalito qui s'était rassis sur le bord de son lit et qui parlait, les yeux écarquillés, en regardant fixement sa sœur, de deux choses l'une : soit il n'aime pas qu'on soit conséquent avec ses propres phrases parce qu'il est, lui-même, inconséquent, soit il a menti. Et moi, personnellement, je crois qu'il a menti. Martín a menti. Il savait pertinemment que ce que je disais était la conséquence de ce qu'il avait répété mille fois. Mais, tout à coup, pour agacer, pour emmerder, pour m'emmerder, il a dit exactement le contraire. C'est un faux jeton. Je suis désolé pour toi : c'est un faux jeton. » Parfois, on avait l'impression que Gonzalito, fixé à un point, tournait à toute vitesse. María eut alors cette impression. Il fallait attaquer, le faire sortir de là. « Tu te trompes. La seule chose que Martín ait faite, c'est de dire que toi, précisément toi, tu devrais faire attention en disant ou en pensant qu'il y a d'un côté la vie et de l'autre côté l'art et qu'ils n'ont rien à voir entre eux. Moi, je suis persuadée que Martín pense ce qu'il a dit : c'est-à-dire : que oui, que l'un a à voir, a vraiment à voir avec l'autre. C'est ce que pense Martín, et moi, je suis persuadée que c'est ce qu'il pense vraiment, Gonzalo, trêve de chichis, de niaiseries, d'arguties, de chinoiseries et de pinailleries ! » Dehors. Maintenant ils étaient tous les deux dehors et étaient sortis en même temps : hors des caves, des cachettes. En était-elle sûre ? Avait-il menti ? Pour le moment, c'était sans importance parce qu'ils étaient désormais dehors. Dehors, que diable ! Dehors est quelque chose de formidable : nous sommes tous les deux, nous sommes tous et tout est ici même : que meurent les caves et les corridors et les taupes et tout intérieur qui n'est que dedans, sans dehors. Dehors dedans ! Joie instantanée résolue-résolution-résultat : María eut à ce moment-là l'impression d'ouvrir les yeux comme si, juste avant, elle les avait fermés sur indication de Gonzalito (qui allait et venait et posait un cadeau devant eux) et que maintenant, en les ouvrant, elle voyait l'intense éclat de l'argent du papier d'argent enveloppant le cadeau. (Elle ne devait pas, bien entendu, se laisser toujours séduire sans demander son reste par ces très étranges images engendrées instantanément par sa conscience, pures expectatives, désirs désirants qui s'étaient révélés tout à fait inadéquats en d'autres circonstances.) Inadéquats en cette circonstance aussi : ils étaient encore dans la cave et cette cave était un intérieur qui ne donnait que sur un autre intérieur. Gonzalo poursuivait : « On ressent les sentiments et on ne peut pas les éviter : on les ressent, oui, on les ressent. Et pour les désirs, il en va de même, et en soi c'est très bien et toi aussi, tu le crois aussi bien que moi, et toi, tu sais bien ce qui m'arrive et vous vous en êtes sûrement parlé à l'oreille, conjoint et conjointe faisant des mamours et chuchotant, tous deux couchés sur leur chaste grand lit double. Oui ou non ? Dis la vérité, María, allons, dis-la, ne te transforme pas toi non plus, non pas toi, en menteuse et en faux jeton parce que tu ne l'as jamais été et, en plus, que tu m'aimes beaucoup ! N'est-ce pas que tu m'aimes beaucoup ? Mais bien sûr ! Alors, dis-moi si vous en avez, oui ou non, parlé, plus d'une fois, plus de deux fois, plus de mille huit cent vingt-cinq fois ? Martín m'a montré qu'il était arrivé au bout de la rue de ce que je suis et ce n'est possible que si toi, tu lui as parlé de moi. María : réponds simplement par oui ou par non : parlez-vous, oui ou non, souvent de moi, Martín et toi ? »

María répondit : « Bien sûr que nous parlons de toi ! Si je ne parlais pas de toi, de qui parlerais-je ? Et je parle de toi plus que de n'importe qui d'autre. Donc, oui, nous parlons de toi. » Gonzalito, qui n'avait pas bougé, assis sur le bord de son lit, se coucha et, regardant le plafond, les mains sous la nuque — posture qui, comme il avançait un petit peu la tête, lui donnait un vague air de gymnaste —, dit : « Franchement, je ne sais pas si ce que tu viens de dire me paraît bien ou mal. Plutôt mal. C'est très bien que tu parles de moi, à supposer que tu puisses parler de moi en bien à tout le monde, mais c'est très mal que tu parles de moi, même si c'est en bien, avec quelqu'un qui ne m'aime pas bien : ou plutôt : qui m'aime, à l'inverse, mal. Martín me voit à l'envers. Martín m'inverse : pas seulement moi : tout ce qu'il voit, il le voit inversé : reflété : imité : reproduit, revu, retourné, répété et éloigné. Voilà comment est Martín et il sera toujours pareil parce que c'est, bien sûr, un vrai écrivain : odieux, mais vrai : tu peux être sûre, María, que tu as fait l'acquisition d'un objet artistique total : garanti, certifié, connu et reconnu pour la vie entière par toute la corporation. Félicitations. » Il y avait dans sa voix une immense satisfaction : la gratitude ampoulée de qui a pensé mal, a touché juste et rend à l'univers le mal pour le mal. Il y avait là de la ferveur. Une volonté de vérité et d'évidence : il y avait aussi suffisamment d'admiration et d'affection à l'égard de Martín pour que tout ce qui avait été dit reste encore en suspens, sans effet, comme une sorte de bon mot douteux ou de plaisanterie lourde, dont, lors d'une réunion familiale où ils sont dits à cet effet, personne ne tient compte ou que personne ne prend au sérieux. María ne pouvait pas, bien entendu, ne pas prendre tout cela au sérieux. Et si elle ne pouvait pas, c'était parce que « tout cela » était un ensemble accéléré de détails qui collaient d'une part avec tout un aspect de Martín — ou d'une certaine idée de Martín à laquelle elle pouvait de moins en moins s'empêcher de penser — et, d'autre part, avec tout un aspect de Gonzalo, le plus nocturne, le moins communicatif ou, pour María, le moins intelligible. Deux aspects, deux personnes avec toute leur complication, leur existence concrète et leur opacité réelle, occupaient en même temps, à cet instant précis, sa conscience : le fait que la complexité singulière de deux ensembles se réduisît en tout et pour tout à leurs prénoms, était la seule chose qui — à ce même instant aussi — ne l'inquiétait pas. Il suffisait de dire, comme dans les mémentos des vivants et des morts des messes, « Martín », « Gonzalito ». Que ce fût suffisant était d'une suprême importance : pour que María puisse à tout moment les voir, pour se référer clairement à eux, pour les recommander à Dieu et, surtout, pour en prendre soin et les aimer, il fallait chaque fois et dans chaque cas trouver l'essentiel, il fallait instantanément, constamment, toujours trouver ce qui leur était propre : leurs deux prénoms livraient à María leurs deux existences uniques, une répétition de centaines de détails qui différenciaient chacun d'eux du tout, en le retenant dans la clarté du tout constitué dans la conscience de María par l'énergie totalisante de ce qu'elle appelait, comme presque tout le monde, « amour ». « Tu te trompes au sujet de Martín : il se peut qu'il ne te comprenne pas, reconnais que tu n'es pas, toi non plus, si facile à comprendre, mais il n'est pas vrai qu'il te voie mal ou, comme tu dis, à l'envers. Tu te fais des idées. » Mais María, au moment de dire cela, reconnut que même si ce n'étaient que des idées que son frère se faisait, l'idée de Martín qui se voyait en elles, comme à travers une longue-vue, correspondait à la réalité : Martín était clairement reconnaissable dans ce que Gonzalito disait de lui. Ce n'était pas tout : mais c'était tout à fait lui. María reconnut que Martín avait tendance à tout voir dans le miroir permanent et le reflet de ses phrases. À son tour, Gonzalito s'engageait dans une existence non heureuse. María se rendit compte à cet instant (peut-être pour la première fois) qu'elle n'était capable de s'imaginer que des états positifs de la conscience : le bonheur, la bonne humeur, le bon amour, le bien : ce n'était pas des concepts : ce n'était pas des mots : bien que María dût les penser par le truchement de concepts et de mots, ce n'était pas non plus que des états : c'était la conscience, sa conscience, pleine des choses les plus courantes, qui en réalité transfigurait tout : transfigurée de la sorte, la réalité était indépendante d'elle : être heureux était déjà un être indiscutable. Voilà pourquoi, étant donné la force de ces êtres — ces états de conscience qui étaient des êtres réels —, elle n'utilisait jamais pour désigner leurs contraires de mots contenant de furtives négations, tels que infidélité, infortune, inexact, impossible... Elle préférait utiliser les grands mots qui traduisaient toutes ces grandes choses, chacun d'entre eux fort de son immense affirmation, comme une semence. Et, dans l'impossibilité de le faire, mettre devant, de temps à autre, le « non », comme une prothèse dentaire, un truc, un petit mécanisme amovible qui ne nie ce qu'il nie qu'à l'occasion. Que Gonzalito fût « non heureux » était infiniment moins durable que « malheureux » : de même que « malchanceux » ou « infortuné » étaient mille fois pis que « non chanceux » ou « non fortuné »... Utiliser le « non » tout court pour parler ou penser en espagnol, cette étrangeté était, selon María, on ne peut plus pratique : ainsi, jamais la négation ne contaminerait les affirmations. Gonzalito était, donc, non heureux, ce qui signifiait qu'il était heureux, mais handicapé par un certain empêchement, à l'instar des yeux de verre, des fausses dents, des jambes de bois, des bras articulés se terminant par un crochet — tel ce buraliste de la rue Ponzano que María vit un jour et qui, à l'aide d'un crochet, rendait la monnaie, tendait les paquets de cigarettes et même comptait les timbres parce que le crochet avait déjà mémorisé ce que, en son temps, avait appris à faire la main non présente. Il était mille fois plus juste de dire de la main du buraliste qu'elle était non présente que de dire (comme qui ne se rebelle pas, comme qui se lasse ou se résigne) qu'elle manquait. « Pour qu'il soit tout à fait vrai, il ne manquait à Martín que la qualité la plus répandue chez les écrivains : maintenant, il l'a enfin : il ment enfin avec aisance : la démonstration de l'autre jour était concluante : affaire conclue : nous avons enfin un vrai écrivain dans la famille. » L'amertume de ces phrases était si exagérée, si tranchante et, en même temps, si agressive qu'elle fit à María l'effet d'une hyperamertume de gamin, une amertume qui, telle une entaille superficielle au doigt, fait atrocement souffrir et se soigne avec du mercurochrome. « Gonzalo, ne sois pas infantile. Pourquoi toutes ces sottises ? D'accord, Martín a été odieux. Mais toi aussi, en ce moment même, tu es odieux et je n'en fais pas une tragédie. » — « Comme tu biaises, María, comme tu sais prendre des sentiers détournés, tu as bien appris ta leçon, et en fort peu de temps : la fidèle dissimulation de l'épouse fidèle qui a découvert le jour même de son mariage, la nuit même, que la seule chose impardonnable dans un couple uni par les liens sacrés du mariage est d'appeler les choses par leur nom : dorez la pilule, avalez-la jour après jour, à partir d'aujourd'hui jusqu'à la fin des siècles, ou, ce qui revient au même, jusqu'à ce que la mort miséricordieusement vous sépare ! » María se leva d'un bond. Gonzalito méritait une gifle. « Tu deviens trop bête, Gonzalo ! Tu as tort, tu es injuste, tu dis des énormités, je viens te voir, j'aime être avec toi, nous nous amusons ensemble, nous nous amusions beaucoup quand nous étions petits, et maintenant tu m'ennuies. Tu as tort. Martín s'est mal conduit, je suis d'accord. Mais toi, tu es pire, tu empires les choses, tu as décidé, je ne sais pourquoi, de me faire du mal, et comme tu vois que je ne te prends pas au sérieux, tu deviens de plus en plus amer, tu es un gamin... S'il te plaît, ne fais pas le gamin ! » Gonzalito rendit tout à coup les armes. Soudain il céda. Soudain, toute son obstination, toute sa résistance fléchirent. María perdit pied. Et immédiatement après, comme sous l'effet d'une drogue, elle se sentit soulagée. Si María avait eu l'esprit tordu, elle aurait pensé que son frère feignait peut-être de céder pour regagner plus tard du terrain, pour gagner du temps, pour désorienter ou affaiblir son impétueux adversaire. Mais María n'avait pas l'esprit mal tourné. Gonzalo venait de dire : « Tu as raison. Excuse-moi. Je regrette. Je regrette vraiment beaucoup. J'ai parlé comme ça parce que je ne suis pas heureux, parce que je me sens malheureux. Je n'ai rien contre Martín. Tout ce que j'ai dit, c'est pour emmerder, pour agacer, pour tout envoyer chier, parce que je ne suis pas heureux et parce que je sais que je ne le serai jamais. Et parce que je suis plein d'amertume. Excuse-moi. » Maintenant, il tournait le dos à María, regardait le jardin à travers les vitres. Il s'était levé pour dire ce qu'il venait de dire, en était même venu à s'accroupir près du fauteuil de María. María avait observé ses yeux bleu clair désolés, puis, presque d'un bond, Gonzalito s'était dirigé vers la fenêtre et s'était adressé à María de là, puis, au dernier mot, il lui avait tourné le dos. Tout cela était théâtral. Presque maniéré. Doté de la théâtralité à effets du mauvais acteur qui déclame. Peut-être était-ce dû à l'âge de Gonzalito, auquel s'ajoutaient peut-être la véhémence et l'imprécision de ses sentiments contradictoires. Pour María, ne pas avoir l'esprit tordu consista en cette circonstance à ne percevoir aucune théâtralité dans les gestes et les mimiques qui soulignèrent les dernières phrases de son frère. María était incapable de garder délibérément ses distances avec son frère : tout, par conséquent, devait être pris au sérieux, y compris les effets et les ridicules. María ne pensait du mal de personne parce qu'elle était, entre autres, insensible à la laideur de ceux qu'elle aimait. À propos de son frère, sa simple affection était simplement un signe de gravité. Et María était consciente — elle l'était depuis l'adolescence de Gonzalito — des graves difficultés que son frère aurait à endurer pour parvenir à être heureux. Les sentiments de Gonzalo : une forêt minutieuse que María s'était habituée à parcourir tant bien que mal depuis tout petite. Parmi ces sentiments, avaient fini par prendre le plus de relief, à partir de seize ans, ses engouements pour ses camarades. Gonzalito employait cette phrase : il disait « je suis amoureux de... » et ajoutait le nom du camarade en question. María crut pendant quelque temps que Gonzalito employait cette phrase, en bon farceur, pour se moquer d'elle. Puis, elle comprit que c'était sérieux. Et, plus tard, elle comprit combien ce sentiment était sérieux. Pour comprendre combien il était sérieux, elle se servit de la seule méthode qu'elle connaissait : elle compara les sentiments déclarés de son frère aux siens : le sérieux de ses sentiments devait être l'équivalent du sérieux des sentiments de son frère. De tels sentiments, à ses yeux, ne pouvaient être ressentis que sérieusement. D'une certaine façon, María s'en tint là, à ce sérieux qu'était le fait d'être amoureux, sans s'arrêter sur quoi que ce fût d'autre, à l'exception des difficultés et de la souffrance que Gonzalito devait endurer. La violence de son frère, depuis son plus jeune âge, verbale ou non verbale, avait toujours été ainsi : comme cette dernière violence, s'exerçant à l'encontre de Martín et suivie de repentir et de la négation de la validité de tout ce qui précédait, qui subsistait ainsi comme une chose évoquée en douceur, élidée, dominée par la nouvelle langue clémente et pour l'un et pour l'autre qui les réunissait, qui rapprochait une fois de plus le frère et la sœur, panacée infantile, telle une cataracte sans séquelles. Maintenant non plus, elle n'en laissait pas. Maintenant aussi, elle fondait avec le vacarme gigantesque de vols d'oiseaux migrateurs qui tournoient autour du village, noircissent les clochers, le faîte des peupliers jusqu'à ce qu'ils s'envolent et, vertigineusement rassemblés, se perdent dans l'amicale lumière aveuglante du ciel accueillant, du midi ouvert. María dit : « Ce n'est pas la peine que je le dise, mais je vais le dire pour que les choses se passent comme les autres fois : je te pardonne de tout cœur et souhaite que toi aussi, tu me pardonnes de tout cœur toutes les dettes passées présentes et à venir que j'avais envers toi, même si je ne m'en souviens même plus, et celles que toi, de ton côté, tu avais envers moi, même si maintenant, aussi loin que tu remontes, tu ne t'en souviens même plus... » María dit tout cela d'une traite, comme une litanie en latin parce que c'était, en fait, pour elle une prière et c'en avait été une aussi pour Gonzalito, quand ils étaient enfants et se pardonnaient mutuellement en se servant de ces phrases ou de phrases analogues. Gonzalito — qui s'était rassis sur le bord de son lit et avait écouté sa sœur, les yeux écarquillés, sans bouger — dit alors, comme il avait appris à le dire enfant au catéchisme, la phrase adéquate qui clôturait toute cette discussion sans laisser la moindre trace : « Amen, qui signifie ainsi soit-il. » — « Ainsi soit-il », répéta María, comme il était demandé. Il était également « demandé » qu'en de telles situations le frère et la sœur changent de conversation et, si possible, d'endroit — il suffisait de se déplacer d'une pièce à l'autre ou, à l'intérieur d'une même pièce, d'un coin à l'autre — : María ajouta, par conséquent : « À table, passons à table, lave-toi les oreilles, le nez et les dents, Gonzalito, car tu es un cochon, c'est l'heure du repas et à force de parler et de reparler avec toi, le bébé n'a pas encore mangé, je file ! » Gonzalito riait en voyant sa sœur sortir de la chambre au pas de course. Cependant, il se contenta d'enlever son pull et le pantalon de son pyjama et se recoucha tout nu sur son lit défait. Il restait encore un quart d'heure avant de descendre à la salle à manger. Largement assez pour se dédire et contredire, en rebroussant chemin, la prière que venait de dire sa sœur, d'une vive foi. Gonzalito pensa : « Moi aussi, j'ai la foi : la même foi que María : mais elle est morte : elle est égale à la vive, égale-égale-égale et dure également, jusqu'à la mort : mais alors la morte s'unit à la mort : deux égaux unis : un égal plus un égal forment une égalisation si égalisée et si privée de soubresauts et de vie que pour ce qui est de ne plus rien avoir, elle n'a même plus de sexe : dire asexué ou égalisé ou amélioré ou mort revient au même, dire la morte mort ou l'égalisation revient au même. Et il vaut mieux dire ce qui est le plus spirituel, le plus étrange et le plus médical : l'égalisation : la résultante de deux égaux ! » Il se sentit inspiré : cette boutade si spirituelle donnait lieu à son tour à une suite : à savoir : « Deux égaux pour aujourd'hui ! » claironna Gonzalito, comme un aveugle.

María pensa : « C'est ainsi, c'était ainsi, ce sera toujours ainsi. » De ce « c'est ainsi » semblaient provenir non seulement tout ce qui précédait, le passé, mais aussi tout ce qui adviendrait, encore endormi comme l'enfant, le futur. On entendait la machine à écrire de Martín de la chambre à coucher et du salon et même du couloir qui donnait d'abord, à droite, sur la salle de bains, puis, toujours à droite, sur une pièce qui, pour le moment, servait de salle à manger et qui, plus tard, sans cesser d'être la salle à manger, serait la chambre de l'enfant, chambre qui, même si elle était, selon María, très émouvante et immense, n'était qu'un rectangle d'une longueur de trois mètres et demi sur deux mètres de large avec deux fenêtres donnant toutes deux sur une cour très différente et qui, pour résumer, permettait d'accéder à une cuisine, rectangulaire également, quoique plus petite. Que la machine à écrire de Martín pût s'entendre toute la sainte journée avec ses accélérations, ses arrêts, ses silences subits qui parfois s'éternisaient et ses pauses qui étaient les silences préférés de María, comme les clairières d'un bois tout proche, était dans l'ensemble une présence vivante de Martín, ce qui revenait à peu de chose près à s'asseoir à côté de lui dans le salon en début de soirée, avant le dîner, en regardant jouer l'enfant qui, tout sale, allait et venait à quatre pattes dans la maison. Ce « c'est ainsi » désignait aussi cette intense sensation de bonheur qui unissait les jours et les nuits en un même présent. « Un présent est un cadeau », pensait María, en voulant jouer les esprits fins, et enchantée de son jeu de mots qui faisait partie, sans qu'elle en fût consciente, des jeux de mots de son enfance et de ses années de collège, une coutume qui joua indirectement un rôle essentiel au début de sa liaison avec Martín, quand les jeux de mots de ce dernier, son habileté verbale, la fascinaient. Outre tout le reste, par exemple une force et une audace indépendantes l'une de l'autre (mais, bien sûr, complémentaires), Martín s'exprimait merveilleusement bien. Il écrivait merveilleusement bien aussi, mais María — sans se l'avouer — accordait encore plus de prix à sa façon de parler. On avait plaisir à l'écouter raconter n'importe quelle petite chose, puis à l'analyser. Voilà pourquoi, quand elle entendait sa machine à écrire, sans le voir, María se souvenait de sa voix, de la continuelle mobilité de sa voix qui enchantait tout. María se sentit aussi vieux jeu et satisfaite que peut se sentir une femme mariée quand elle dit tout haut, s'adressant à l'enfant qui à ce moment-là venait de découvrir les charmes d'une carotte quand on la frappe contre un pied de chaise : « La voix qui parle est la voix qui chante parce que c'est la voix qui enchante. » À ces mots, elle ajouta : « Bébé, ta maman est prétentieuse et vieux jeu. » Comme l'enfant avait grandi ! Comme tout allait vite ! À quelle vitesse folle, avec tous les détails, entre le moment où ils s'étaient connus et maintenant ! María dit lentement à voix haute : « Merci, Seigneur, parce que c'est ainsi et parce que c'est maintenant... » Elle s'arrêta, hésitant entre dire « maintenant, c'est maintenant », « ce sera toujours ainsi » et « on dirait que le temps n'a pas passé, et tout à coup, c'est maintenant, et tout est pour le mieux, exactement ce que je voulais ». Parfois — et ce fut ce qu'elle fit cette fois —, María faisait un effort pour ne pas parler : elle essayait de faire en sorte que les mots et les phrases ne s'obstinent pas à être dits juste avant les choses qui devaient être dites et qui peut-être gagnaient en force et en clarté en étant pensées ou senties sans avoir recours à des phrases. C'était ce qui se passait, cela ne faisait pas l'ombre d'un doute, avec Dieu, avec le désir de remercier Dieu et avec le désir de mettre la vie elle-même avant Dieu ou avant la conscience elle-même. Tous les mots et toutes les phrases semblaient alors tronqués. Des fragments de ce que l'on voulait dire qui, formant un tout, devait presque toujours se contenter de n'être dit qu'à moitié. « Parler, c'est se contenter de l'indispensable », pensa María. Sur ce point, elle dut se contenter de penser, évitant soigneusement la bousculade des mots et du tout multiple qui, en principe, devrait être pensé et dit : « Oui, Seigneur, ce sera toujours ainsi. » Ils emmenaient promener le bébé dans une poussette qui, apparemment, avait appartenu à Gonzalo. Et cette poussette avait une ombrelle, bordée de franges, d'un bleu déteint. María l'appelait le « palanquin » à cause de son air mauresque, son air de vieillerie, d'objet d'occasion, de bonne affaire acquise dans un bazar du Pakistan en écoutant les tambourins alertes, les flûtes de roseau monocordes et aigres douces, les narines brouillées par la complexité de la forte odeur d'un fleuve, d'un marché et d'un palais construit en grosses pierres rondes comme des bouddhas, et qui recélait tout le rance des fritures et regorgeait de paprika doux et d'autres variétés. Le bébé était un bouddha affublé d'un bonnet, Martín un sage sefardi qui avait habité et donné des cours de philosophie à New Delhi et, quant à elle, une princesse venue du fin fond des terres, à deux pas du Tibet, près de l'extrémité de la Grande Muraille de Chine. C'était tout cela, et en même temps « ainsi soit-il ». María pensait qu'elle ne parvenait jamais à dire des prières proprement dites — à l'exception peut-être du Notre Père — parce que dans l'oraison s'amoncelaient toujours, comme des Chinois, des milliers et des milliers d'idées qui ne correspondaient pas toujours à l'oraison principale de son oraison. Ainsi, maintenant, s'imposa une autre oraison : « Maintenant, tout est vrai. » Elle ne laissait pas d'être étonnée, le joyeux étonnement quotidien de trouver tous les matins dans son placard, par exemple, les silencieuses tasses du petit déjeuner. Une façon de vivre sans soubresauts. Préfigurée par les jeux d'enfant : María se souvint de la dînette : maintenant, c'était rejouer à la dînette, à cela près que c'étaient de vraies tasses, du lait qui se mettait tout d'un coup à bouillir et débordait de la casserole, de vraies casseroles, de vraies poêles et de vraies baignoires qui se remplissaient et se vidaient où tous deux se baignaient, à tour de rôle, et où l'enfant était baigné par María. Être baigné par ; pour la pomme de terre, être aimée par, être frite par… que diable ! par María, quelle passive élégance dans tout cela ! Charme, enchantement, charme de la réalité, de ce que tout fût vrai maintenant, ayant crû au fil des jours, des mois et des années et continuant encore à croître, comme si ce nouvel attribut, la réalité, en plus d'être le prédicat de chaque action et de chaque chose, était une certaine somme, une sorte de dénouement instantané de tout je vois-je vois, dont les instants, les actualités perçues, les dénouements qui à tout moment faisaient de chaque chose, « cette chose », étaient les termes, termes qui gravissaient donc les marches en concentrant de plus en plus la somme entière pour en arriver — María tenait la chose pour évidente — à cette somme qui était la perfection suprême. María se sentait souvent émue par cette idée d'une somme qui, sans répit, faisait la somme de tout, du minuscule aussi bien que du majuscule, pour finir dans l'océan de la réalité la plus familière : la réalité tout court. Être amoureuse de Martín consistait en ceci : en ce que la réalité fût de plus en plus réelle. Monotonie fertilisante, variété immobile, en quoi consisterait cet être vrai du présent des choses qui se répandait comme un gigantesque océan Pacifique du bouton d'une chemise de Martín correspondant à la troisième boutonnière en comptant à partir du cou jusqu'à l'enfant qui grimpait déjà avec une grande aisance sur toutes les chaises et sur tous les fauteuils ? Il était étrange que dans ces deux derniers exemples, par exemple, la réalité fût un pouvoir si fort que, pour ne pas le voir, il fallait refuser de le voir. Sans refus explicite, ni le bouton ni l'enfant ne s'éloignaient. Les choses réelles ne pouvaient s'éloigner de la conscience parce que, si elles s'en allaient, elles revenaient toujours à petits pas à l'endroit où María se trouvait, comme des animaux domestiques. Les vraies choses, à la différence des choses du temps où elle jouait « à la dînette », protestaient avec véhémence au moindre signe d'oubli. En revanche, comme ils battaient en retraite les pauvres jouets, comme ils devenaient laids, comme ils s'agitaient, alignés sur les étagères de la salle de jeu de Gonzalito et de María, comme ils se tordaient les poupons et les polichinelles, et même les solides et réconfortants petits ours qu'on emporte au lit finissaient la patte en l'air, la tête à l'envers, leurs gros yeux de verre jaune cassés, perdus parmi les billes de verre, submergés par une immense timidité de chapeau riquiqui, de cravate élimée, de souliers sans talon, d'habitants du haut des placards du couloir qu'on ne regarde qu'une fois l'an ! Aucun jouet n'en réchappait, pas même la poupée la mieux pourvue en battements de paupières, en petites robes ou en fines dentelles, tous devenaient des simulacres, des signes à peine identifiables de l'enthousiasme qu'ils avaient peut-être un jour suscité : maintenant, en revanche, les choses vraies, au lieu de battre en retraite, s'imposaient, exigeaient d'être vues, d'être visibles, et chacune d'entre elles se dressait devant María, séparée des autres, avec une grande impertinence, à toute heure du jour ou de la nuit, que ce fût ou ne fût pas à bon escient, catégoriques, définitives, sommes consommées et friponnes, conscientes du pouvoir que chacune d'entre elles possédait du simple fait d'exister. Ce matin-là, tandis que le soleil rendait toutes les pièces de l'appartement démesurées, tout en entendant la machine à écrire de Martín et en remettant pour la centième fois à l'enfant son petit chausson qu'il avait la manie de s'enlever tout seul, María dit tout haut : « Je suis heureuse. Je T'en suis reconnaissante. Ce sera toujours ainsi. Ainsi soit-il. » C'était une grande audace de parler ainsi, peut-être une transgression, une action de grâces, un acte d'enthousiasme, exécuté pour qu'il soit encore plus compliqué et paradoxal à une heure moins vingt-cinq d'un midi quelconque, dans un petit appartement du quartier familier d'Argüelles.

Martín revenait de la faculté. La nuit tombait. Il aimait ce parcours : il était en train de penser qu'il faudrait que quelqu'un — peut-être lui-même — se révoltât sérieusement contre la définition donnée par Boèce du mot *beatitudo.* Toute la tension, cet air de boutique, ce côté nouveau riche, prébendiers du Caudillo et de l'Église, provenaient du *agregatione.* Le crépuscule juanramonien de la cité universitaire, vert et mauve, après la dissolution brutale de l'or de l'ouest, du cœur épris, de tout ce profond printemps, tel le feu follet de la vie et de la mort chues avec le soleil, avec sa réverbération, avec les imaginations vagabondes, vers l'horizon d'un dernier paysage non regardé, pensé, éclairé par la lumière de la conscience sur le qui-vive, engourdie et légère, mais sur le qui-vive, nostalgie sans nostalgie de la fin, purement mentale, du mois d'avril. Martín, comme quelqu'un qui ramasserait avec une pince, l'un après l'autre, tous les cheveux coupés sur le sol d'un salon de coiffure, pensa l'interminable avec l'interminable méticulosité d'un personnage invraisemblable, d'un pauvre névrosé : « Je ne désire pas être heureux. En ce moment même, je suis en passe de l'être, j'aime ce parcours, je serai content d'arriver à la maison, je serai content de retrouver María, que nous dînions tous les deux après que le bébé se sera endormi, et enfin que nous nous couchions et que, comme d'habitude, nous fassions l'amour. Je jouirai de tout cela. Et, en ce moment, je jouis du charme habituel de ce parcours entre la faculté et la maison, tout au long de ce crépuscule de printemps, tant pour ce qu'il recèle de présent et de passé que pour ce qu'il recèle, étant donné les circonstances dans lesquelles je me trouve, de futur. Ma béatitude est assurée parce que je possède, un à un, tous les biens qui rendent les hommes heureux, et tout spécialement ce bien : être sûr du lendemain. Fort bien : dans un tel état, je ne suis pas dans l'état narratif, je suis simplement dans l'état délectable ou dégustatif ou postérieur ou, si l'on préfère, préalable à tout désir d'écrire, quel qu'il soit. Je ne désire pas écrire. C'est normal. Ce n'est pas écrire qui est naturel, c'est vivre. Mais moi, je désire écrire : je désire ce désir. Voilà pourquoi, en fait, je ne désire pas être simplement heureux. Prenons cette tombée du jour : je suis heureux : il ne m'arrive rien de particulier : ni sa mélancolie, ni l'intense inquiétude des mauves, des ors, des verts changeants qui amplifient les tourbillons terrorisés des cris des oiseaux ne me disent quoi que ce soit : le bonheur est un état en ce sens qu'il est une cloche de verre : une fois dedans, rien ne nous émeut. Il n'y a ni cause, ni finalité. Ni occasion. Ni besoin impérieux de dire quoi que ce soit : il suffit d'être heureux. Ainsi, par exemple, en ce moment même, si j'étais inquiet, l'inquiétude me hisserait jusqu'à l'âme de ces moineaux terrifiés qui fuient la nuit et le léger firmament de plus en plus ténu s'emplirait de phrases et de symboles. María est trop douce pour moi : comme d'ailleurs la vie : je suis, d'une certaine façon, dans un état bien pire que celui dans lequel j'étais, parce que je vais de mieux en mieux... » Il était déjà arrivé au coin de l'avenue des résidences universitaires et décida d'allonger son parcours en descendant jusqu'au bout de l'avenue pour monter ensuite par la route qui traverse le parc de l'Ouest et mène à l'avenue Rosales. Il remonterait chez lui par l'avenue Marqués-de-Urquijo. Une demi-heure de plus ; trois quarts d'heure, tout au plus. La nuit était tombée. De minces silhouettes d'étudiants. Tout à coup, Martín s'arrêta. Gonzalito. C'était à coup sûr Gonzalo, ce garçon qui venait de traverser l'avenue, qui avait l'air de sortir du *Nebrija* et qui venait de se faufiler par un trou — que Martín distinguait maintenant clairement — dans la grande haie de buis dans le parc humide et sombre, haut et impétueux au faîte des derniers peupliers bercés par le vent, par la nuit magnifique et sylvestre. C'était Gonzalo. Sûr et certain. C'était Gonzalo. Que diable faisait-il là ? Martín pensa : « Ce Gonzalo ne va pas bien. Il ne va pas mal. Il ne va pas bien. À vrai dire, moi, ça m'est égal. Je n'ai aucune affection pour lui et c'est injuste, parce que lui, en revanche, dit qu'il en a pour moi. Et sa sœur le confirme. Ce doit être vrai. Ça m'est égal. Il y a là une abstraction émotionnelle : ce « ça m'est égal » est, bien entendu, une émotion. Mais il s'agit d'une émotion entièrement négative faite de A à Z de l'absence de sensations : Gonzalo représente pour moi, au degré suprême, le manque d'émotion avec lequel je ressens les choses. Il n'y a qu'avec María que je suis sûr de ressentir des émotions pleines d'émotion. Et avec la littérature. Et c'est tout. » La côte l'emportait très vite, presque plus vite que ses propres pensées et sa phraséologie. Il se sentit tout à coup immergé dans une étrange vallée ou un talweg impossible à reconnaître : il savait où il était et, en même temps, il ne se souvenait pas d'y être déjà venu un jour. Ça sentait le pourri. La nuit était tout à coup devenue une négation aiguë de tout éclat et de toute forme définie : la nuit était l'informe, l'indécis, l'impur, le nul, l'inutile : une vie inutile, sans égards, tel un animal affolé, tel un chien terrorisé qui hurle. Martín se sentait en nage. Sous l'empire de la peur. Tout à coup, la peur, comme une agression infinie, comme quelqu'un qui n'a plus pied bien qu'il ne soit pas loin de la plage. Il se mit à marcher. Très vite. En rebroussant chemin. Vers le haut. C'était une fuite. Il fuyait. Il était conscient d'être conscient de fuir. De nouveau presque en haut. Par le trottoir de gauche. En face du péristyle éclairé du *Rideau d'Arrese.* Il murmura : « *Le Rideau d'Arrese.* » La banalité était un soulagement. La vulgarité, les bons mots, le syndicat des étudiants, l'épouse de Son Excellence le Chef de l'État, lui-même, Martín en personne, magiquement à l'abri de ce mouvement tortueux, l'inflexion non préméditée d'une voix autoritaire procédant d'un monde invraisemblable, un talweg ondulatoire, une imbécillité, une folie, un mauvais rêve, le génie malin de Descartes. En face du ministère de l'Air, le nom Descartes le fit se souvenir de Sartre et de sa théorie des émotions. L'émotion confère *ad aeternum* ses attributs à ses objets. Maintenant, la peur qu'il avait ressentie était un extrait : Martín le fit rapidement tourner dans sa conscience : rien : il n'y avait rien : demain matin, s'il descendait voir, il n'y aurait rien : déblais, deux ou trois routes qui se croisent : la voie ferrée, l'un des accès à la Casa de Campo : un lieu de passage, un endroit de Madrid quotidien, estompé : l'attribut qui était apparu allait infiniment plus loin que le visible : une substance se répandant sur toute la substance : une horreur.

L'ascenseur. Le palier. La petite clé du verrou. María

sortant de la chambre à coucher, l'enfant à quatre pattes : toutes les lumières allumées, toutes les substances dûment illuminées, chacune d'entre elles montrant, dans la perspective qui était la sienne, ses attributs primaires, ses attributs secondaires, ses propriétés domestiquées déjà prêtes pour le *tour du propriétaire** : sa maison. Ils dînèrent. Se couchèrent. María avait raconté quelque chose au sujet de Virginia : qu'elle avait un fiancé : un nouveau fiancé : le même fiancé : c'était pareil : le mot « Virginia » lui servait à indiquer qu'il pouvait penser à autre chose : Martín n'avait donc pas vraiment prêté attention aux anecdotes que María lui avait racontées pendant qu'ils dînaient. Maintenant il voulait parler. María parcourut de l'index de sa main droite le profil de Martín comme si elle modelait une grosse tête d'argile. María dit : « Laid comme un pou. Si je t'attrape par le nez et si je tire fort, il va se détacher, tu iras faire tes cours sans nez et tes étudiants te chanteront la comptine, "Pegotín est un chevreau". Tu as le profil d'un chat. » C'étaient les phrases de l'amour, les sottises qui se disent ou que María, du moins, lui disait comme s'ils étaient tous les deux, deux enfants. Parler. Maintenant il voulait parler. Une voluptueuse envie de parler s'emparait de lui.

María pensait que cette immense somme aveuglante, être mariée avec Martín et avoir un enfant qui savait déjà dire « ssures-ssures » quand on lui mettait ses chaussures, était un don. Maintenant, il était évident que Martín s'apprêtait à raconter quelque chose : María reconnut les brusques contreforts de cette cordillère qu'était l'envie de parler : Martín pouvait être lu comme un livre pour enfants, grand ouvert et entièrement rédigé en grosses lettres : il parlait déjà : ils longeaient déjà un sentier déjà assez escarpé : il y avait déjà de moins en moins d'arbres, de moins en moins de buissons et de plus en plus de rochers, de plus en plus de neige : toute la montagne a la parole : bravo : un héros : mon héros, mon personnage : ce personnage est un personnage très différent de moi : très semblable à moi : tout le charme de l'histoire est qu'il soit, en même temps, moi et pas moi : María, tu te rends compte ? María se rendait compte que ce personnage serait un roman-fleuve : par conséquent, il s'intercalerait entre quelques nouvelles et quelques romans qui seraient publiés entre-temps pour maintenir en éveil l'attention des lecteurs : un roman, entièrement fondé sur la connaissance qu'aurait le héros de lui-même, même s'il s'agissait d'un simple employé de bureau : un employé, par exemple, de la banque espagnole de crédit, consacre sa vie à se connaître lui-même, moyennant quoi, plus il s'analyse, moins il se connaît, parce que la conscience est un flux continu, divisible à l'infini, dans lequel plus nous pénétrons, moins nous sortons : il se pouvait que tout cela parût bête à María parce que, partout, pénétrer est le contraire de sortir : expression fortement soulignée pour que l'on comprît qu'elle était utilisée à dessein : María perdait parfois le fil : elle venait de le perdre : qu'avait à voir Parménide avec la conscience du héros de Martín ? Qu'avait à voir la phrase « il est d'une certaine manière possible d'obliger le non-être à être » avec le fait que la conscience soit à la fois une force aspirante et un vide, ou uniquement un vide ? Heureusement que Martín non plus n'y voyait pas clair : je veux dire qu'il entre et ne sort pas : pour ce personnage singulier le mot « dedans » perd toute connotation spatiale : dehors il n'y a rien parce qu'il n'y a pas d'abords : une fois dedans, tout est dedans :

María s'imagina un petit gamin à culotte courte rappelant le Martín enfant d'une photo devant l'alcazar de Ségovie que ses tantes lui avaient montrée, comme si c'était un trésor, peu avant leur mariage : et on pouvait, en effet, reconnaître dans la tendresse déjà exorbitée de la photo le Martín le plus essentiel, le vrai, le surnaturel Martín d'où provenait le Martín réel qui parlait jusqu'à des heures indues, de profil, en faisant de la main droite, de tout son bras droit, de grands cercles dans l'air de la chambre à coucher plongée dans la pénombre... Il ressemblait tellement au petit gamin de la photo que María l'interrompit et lui demanda comment finissait le roman : il finissait dedans : la conscience est une forêt pleine de vide : mon héros tentera, cela va de soi, d'être partout en même temps, et, ne pouvant y parvenir, cela va de soi, il ne pourra renoncer : l'analyse ne finit jamais : Et le roman ? Le roman non plus : toutefois, il se peut que, *per accidens*, on en publie des fragments : il faudra insister sur le caractère fragmentaire de ce qui sera publié : il faudra mettre des points de suspension, il faudra éviter les majuscules et les points à la ligne, et aucun fragment ne sera jamais considéré comme définitif, afin de signaler, de façon visible, graphique, qu'aucune bonne analyse ne finit... María ne put résister à la tentation de poser une question d'un goût narratif douteux : Et pourquoi, grand diable, y analyse-t-on autant ? Il pourrait faire une pause, tomber follement amoureux de la fille de la concierge qui est, disons au hasard, standardiste à la banque Banesto, ils font connaissance, parce qu'ils se croisent tous les matins à onze heures vingt-cinq dans une toute petite cafétéria du, disons, début de la rue Echegaray, ils tombent donc amoureux l'un de l'autre et la fille de la concierge lui sort :

écoute, tu m'emmènes en matinée au Capitole, y a un film avec Clargable... Non, il ne tombe pas amoureux, il ne tombe pas amoureux : à supprimer : tomber amoureux, à supprimer : s'il tombait amoureux, il s'interromprait, il sortirait et c'est précisément ce qu'il ne veut pas : s'interrompre : il ne veut pas s'interrompre : ça ne vaut pas le coup, c'est tellement fascinant comment il est, ce qu'il est et ce qu'il n'est pas, ce qu'il voit, la conscience ne finit jamais... María s'écria : « Mais quelle barbe ! Martín, quelle barbe ! » María pensa : « Ne deviens pas comme ça, que ce soit le personnage et non toi, délivre-nous du mal, que ton personnage soit à tout crin la conscience si tu le veux ainsi et que toi, Martín, tu sois uniquement Martín pour les autres ! » Elle demanda à voix haute : « Crois-tu, Martín, que dans les romans, je veux dire les bons romans, les personnages fassent l'effet d'une purge ? Ne me regarde pas avec cette face de carême, tu as les oreilles qui se redressent : une purge, eh bien qu'ils meurent, mais ce ne sont pas eux qui meurent, les auteurs de romans tuent n'importe qui et à qui mieux mieux, le personnage principal, l'héroïne douce et déshéritée, voilà comment vous êtes, mais remarque que j'en suis ravie... ! » Il était vrai qu'elle était ravie — avoir dit tout cela ainsi, sans finasser, valait mieux que de se contenter de le penser. Il était vrai aussi que les oreilles de Martín semblaient vertes ou rouges ou bleutées ou pointues, il était vrai qu'elles ressemblaient aux petites oreilles des chats quand ils sont surpris, chacun d'eux regardant un endroit très différent de celui que regarde son voisin : l'expression de Martín, l'auréole qui auréolait en permanence sa tête adorée, fruit du regard de María qui emplissait de douceur sa conscience chaque fois que tous deux se regardaient, la couronne d'or n'était pas d'or : il y avait, sans aucun doute, quelque chose autour de la tête de Martín, un cercle, une aura, ou une vibration rougeâtre qui tournait très vite comme d'autres auréoles en d'autres circonstances, mais avec des propriétés différentes : avec des oppositions — profondes, oui, aussi profondes, mais avec des couleurs définies par l'absence de couleur, inquiétant : tout ce qui était inquiétant : tout ce qui était en suspens et qui voulait tomber : que lui arrivait-il ? Qu'avait dit María ? María allait dire : ne fais pas attention à ce que je dis, je ne connais rien à la littérature ni à quoi que ce soit, je suis une oie qui n'a aucun sens de l'humour : elle allait tout dire : dire ce qu'il fallait à condition que le nimbe de cendre, de doute et de chute, couleur de non-couleur, disparût. Mais Martín prit les devants : « Tu te trompes, vois-tu, c'est très étrange, c'est une étrange erreur que tu viens de faire, María, une erreur très répandue. Et en fait, très grave : ce que tu viens de dire est une idiotie : une bêtise : cette sottise est le fruit de l'ignorance la plus crasse et la plus épaisse dans laquelle vous vivez, vous autres, l'inqualifiable haute bourgeoisie du XIXe siècle le plus vulgaire d'Europe, l'espagnol, parce que en fait, pas même à Bilbao, qui fait tant jaser, vous n'avez été capables de faire démarrer un embryon d'industrie, vous êtes crasseux dans la haute bourgeoisie espagnole, tous des ploucs ! Pardon : sauf toi, toi non, pardonne-moi. Sauf toi, toi, María, tu n'es pas plouc : toi, tu es très intelligente et peut-être que ton plus grand charme est que tu sois toujours, je dis bien toujours, sans la moindre exception, intelligente : intelligente. Tu es très intelligente, María. Si l'expression "la lumière de l'intelligence" a une seule fois coïncidé intégralement avec la chose transcendante qu'elle désigne, ç'a été avec toi, c'est avec toi. Cela dit : tu te trompes. Et ce que tu viens de dire n'est ni fait ni à faire, et plouc, et en plus un mensonge : c'est un mensonge : c'est un mensonge... ! » María sourit, dit : « Mon bon Martín, je suis désolée d'être tout à la fois une ânesse de la haute bourgeoisie bilbaïne et une plouc, vraiment, mon beau, te voilà furibond ! C'est maintenant que ton nez va pousser et faire un petit trou dans le mur d'en face, voyons, explique-toi, explique-toi, Martín, explique-moi bien tout : dès le tout premier instant où je t'ai vu, j'ai arrêté d'être qui j'étais et ai commencé ma formation de base... » Maintenant, María riait franchement et Martín aussi, quoiqu'un peu moins. Maintenant, l'auréole était dorée. Et Martín, Martín. Enfin ! « Tu es moqueuse, tu es très moqueuse, je le sais fort bien, María, tu es très moqueuse ! » — « Je ne suis pas moqueuse pour un sou, allons donc, mon bon Martín, je ne suis pas moqueuse pour un sou, ce qu'on appelle un sou, juste-en-cet-instant je t'aime et à l'instant-qui-arrive je t'aimerai aussi, et je t'aime plus que je ne t'aimais juste un instant plus tôt, un milliard de fois plus, comme je te le dis, grand sot ! » — « María, tu as beau dire, tu es moqueuse, tu es très moqueuse. Et je m'en réjouis. C'est ce dont je me réjouis le plus, l'intelligence sans l'ironie et la moquerie, comme la lumière de l'intelligence sans malice, est fade. Et toi, tu es tout, sauf fade. Tu n'as rien de fade ! » — « Eh bien, Martín, je me réjouis que tu m'aimes ! La merveille est que, fade ou salée ou quoi que ce soit d'autre, tu m'aimes. » À force de parler, ils avaient fait tomber l'édredon par terre. Ils s'étaient tous les deux échauffés, de leurs pieds ils avaient repoussé la couverture au pied du lit et maintenant, ils étaient tous les deux en pyjama, chacun d'un côté du même lit double, les pieds nus posés sur le sol, se tournant le dos comme dans les scènes conjugales interprétées par Doris Day et Rock Hudson. Martín fit un petit tour sur sa descente de lit, tête basse. María alla voir si le bébé qui dormait au salon s'était réveillé. Elle avait l'impression d'avoir crié. Elle entra dans le salon, alluma une petite lampe à abat-jour rouge diffusant une lumière apaisante et tamisée qui suggérait la réunion de l'âme et du corps dans une même chambre tranquille. Très bien. Il dormait comme une souche. Mon petit bébé. Petite souche. María éteignit la lumière, revint dans la chambre à coucher, arrangea draps et couvertures et se glissa dans le lit comme un grand chat se glisse dans un grand sac. « Maintenant, je suis un chat », pensa María, en s'emmitouflant très bien. Martín était toujours debout. Il avait mis un pull trop grand, un pull de célibataire marron, œuvre des tantes, que María, après l'avoir déclaré leur bien commun, protégeait tout particulièrement. Martín avait ses deux mains enfoncées dans les poches de sa veste de pyjama et on aurait dit qu'il avait retroussé son pull. Il avait autour de lui une couronne qui le nimbait encore mais ne rayonnait plus. María se mit sur son séant. Pourquoi sa couronne ne rayonnait-elle plus ? « Cela dit, María, être intelligent n'est pas tout : l'intelligence est le grand piège de l'âge mûr : l'intelligence se soumet, peu ou prou, avec une grande facilité à tout : toi, tu cours le danger de finir si adaptée, si acclimatée et si soumise à ce que l'on appelle la norme qu'au dernier moment tu ne pourras plus, ni moi non plus d'ailleurs — prends-y garde, María, ni moi non plus, pour autant que tu m'aimes, pour autant que tu souhaites que je t'aime, ni moi non plus —, t'extraire de l'immense vulgarité de ce que toi, tu appelles, avec des étincelles dans les yeux, la réalité de la vie quotidienne : un lieu où il n'y a rien : on peut, bien sûr, tirer parti à l'occasion de ce qu'il y a là, certains y sont parvenus : même ici, en Espagne, quelques poètes l'ont fait : on les compte sur les doigts de la main : Luis Felipe Vivanco, par exemple, pourrait être l'un d'entre eux : Thérèse de Jésus un autre, ou plutôt une autre : facile à comprendre : les évocations de pot-au-feu et tout ce qui s'ensuit : la langue rude de cette époque, puis tous nos réalismes successifs agrémentés de "merde", de "con", d'aïoli en veux-tu, en voilà, et les pommes de terre en sauce et les tripes et les putains et tout ce qui s'ensuit : à savoir : tout commence par le champ de maïs et les enfants jouant à la cabane et ça finit dans le pire lupanar avec des chansons à boire et sainte Thérèse en petite culotte, ou bien par des berceuses et, bien entendu, tous les garçons couverts de morpions. Ces mêmes garçons qui retournent chez leurs parents, chantent des chants de Noël, boivent, boivent et reboivent, mais la belle-fille est, dit-on sous cape, une imbécile qui ne comprend pas le fils aîné et la belle-mère est, elle aussi, une autre imbécile, et, comme si c'était trop peu, elle est en plus radine et méchante comme la gale, et les fiancées des garçons, toutes des putains, ou toutes des couturières, ou toutes des filles de trous paumés, quoi qu'il en soit, tout finit... María, sais-tu comment tout finit ? Non pas en eau de boudin, ce serait presque lyrique, non pas simplement au bordel ou au bistrot ou au confessionnal du père Feliciano, avant, pendant et après l'exposition avec force encens, force hymnes et force puanteur de laine de bigotes du saint sacrement de l'autel, car ce serait déjà presque presque presque une scène picaresque stylisée : tout finit par devenir d'un ennui mortel : inexpressif : dérisoirement réel : réel, parfaitement, du réel en veux-tu, en voilà : de la réalité à foison : et à la fin des répons : à la fin des faire-part : à la fin, on se retrouve dans *ABC* : c'est la présence, comprends-moi bien, María, parce que toi, tu es très intelligente : c'est la présence réelle et vraie de toutes les facettes de ce que tu appelles, toi, la réalité, avec des étincelles dans les yeux, de la passivité, du conformisme, de la bêtise, de la mauvaise prose, de la pire des littératures et pour faire gober le tout, comme s'il s'agissait de dégraisser une ration de tripes, du recueil des proverbes espagnols avec son insipide malveillance et son ennui : *acidia* : la réalité de ce tout réel où personne ne donne ce qu'il n'a pas : ni n'est obligé d'en faire plus : plus de quoi s'il n'y a pas de quoi : *ex nihilo nihil fit*, María. » Il n'avait pas bougé. Maria trouva qu'il avait l'air plus grand, comme quelqu'un qui se hisse sur la pointe des pieds pour regarder par-dessus un mur. Il était presque deux heures du matin. María sentit tout à coup le froid de la nuit venant de la rue : les pieds gelés qui pèsent ou qui brûlent comme dans les longues promenades d'un noctambule : le malaise : les phrases agressives de Martín : le nouveau cantique, face à l'époux, des vierges, comme un œil exorbité : le ridicule des couronnes d'or : la béatitude des mouches : les plaies des mules et les taons gris, immobiles, dessus. Elle s'était assise et appuyait maintenant son dos contre la tête du lit. Martín ne donnait pas l'impression d'avoir réussi à se soulager. Même pas. On aurait dit, au contraire, qu'il lui restait encore tout à dire. María pensa : « Trêve de sottises : maintenant il faut que je l'aime : c'est maintenant le moment : c'est maintenant : maintenant : tout écouter : l'aider : qu'il dise tout : nous avons tout devant nous : toute la vie pour tout écouter : c'est mieux ainsi : la réalité, c'est cela aussi : c'est maintenant le moment. » Martín n'avait pas l'air d'être dans son assiette ni de savoir exactement quoi faire. Il fit quelques pas dans la chambre, contournant le lit, et observa, le regard fixe, les flacons de la coiffeuse de María en posant l'index de sa main droite sur le bouchon d'argent de chacun d'eux, l'un après l'autre, comme s'il voulait les compter. « Couche-toi, Martin, tu vas geler si tu restes comme ça debout », dit María d'une voix ferme. Martín était de profil. La tête penchée, le menton dans la poitrine. C'était une silhouette désolée et d'une grande tristesse, maintenant il avait l'air très mince, très jeune : María laissa la tendresse submerger tout : « Couche-toi, chéri : moi, je ne vais me soumettre à rien : seulement à toi : la réalité, c'est toi : nous deux : je vais, bien entendu, me soumettre à nous deux, et tu ne dis pas, bien sûr, que c'est vulgaire : tu as raison : je confonds tout : je te confonds avec tes personnages : que je suis cruche, bon sang ! Mets-toi une bonne fois pour toutes au lit, mon chéri... » María sauta à terre, s'approcha de Martín et le prit dans ses bras. Tous deux tremblaient. C'était formidable. Puis ils se couchèrent. Il n'y avait eu qu'un simple malentendu. Ils s'embrassèrent. Firent l'amour. S'endormirent. Le lendemain, María vit une auréole blanche sur la terrasse : c'étaient, bien entendu, les nuages, ce n'étaient que les bienheureux nuages poussés par un tourbillon invisible venu de la sierra de Guadarrama. Tout allait bien. L'enfant riait en donnant des taloches à son canard bleu de caoutchouc — un cadeau de la grand-mère — tandis que María le baignait. Martín se réveilla vers dix heures. De bonne humeur. Tout à fait bien. Tout allait bien. Plus de corolles, ni d'auréoles, ni d'angoisse : rien que la vérité :

c'était plus qu'il n'en fallait : María installa l'enfant dans une sorte de parc qui occupait tout le centre du salon : c'était l'heure d'aller faire les courses : Martín n'avait pas cours. Une formidable journée ensoleillée. « Martín, je file au coin de la rue acheter des fruits et du lait, tu as bu toute la bouteille. J'en ai à peu près pour une heure, pas une minute de plus ! » Elle lui fit en vitesse un baiser sur le nez pour bien montrer que tout avait repris sa place, très rapidement et en des termes qui n'avaient jamais été aussi heureux : jamais rien ne lui avait semblé aussi réel, aussi pur et aussi clairement hissé au sommet d'une montagne que le salon de son petit appartement avec le bébé et avec Martín debout, disant au revoir, en attendant qu'ils se revoient une heure plus tard. Elle partait déjà. Martín dit alors : « S'il te plaît, María, j'ai passé une nuit très agitée : laisse tomber les courses : j'aimerais que tout soit clair. » María s'assit dans le fauteuil. Martín aussi. « Moi, vois-tu, je ne suis pas un finassaud. Je n'en ai jamais été un. » Martín prononça ses deux phrases sur un ton si solennel, d'un air si sérieux et si déterminé que María se mit à rire, le prit dans ses bras et s'écria : « Finassaud finassaud finassaud tu es un vrai finassaud ! » Apparemment, le nouveau nom de son père rendait également le bébé jovial, car il ajouta pour son propre compte un charabia supplémentaire, debout, les deux mains accrochées à la balustrade de son petit parc. Ce fut un moment retentissant jusqu'à ce que Martín, regardant les ongles de sa main gauche avec une attention feinte, reprit la parole. « Je ne sais pas si tu sais ce que signifie finassaud : ça signifie pointilleux : ce n'est pas que tout me semble mal : la plupart des choses ne m'intéressent guère et je ne pense à elles que de loin en loin : ce sont les chosesformalités que je résous comme je peux et que j'oublie. Vite et sans plaisir. Toutefois, il y a des choses que j'aime faire et dont j'aime m'occuper, mais pas comme des formalités, sans me hâter et avec plaisir : l'une, comme tu ne le sais que trop, María, est la littérature, pour employer un terme vague, et l'autre, comme tu le sais aussi, c'est toi, toi-même, tes pensées, tes goûts et ta curieuse sensibilité, ce que moi, j'appelle — et je te le dis pour la première fois, mais il y a longtemps que j'y songe — tes procédés malhonnêtes, car tu en as, n'écarquille pas comme ça les yeux, ce n'est pas indispensable, et ces procédés malhonnêtes proviennent tous, mais alors tous, María, de ta sensibilité ou, si tu préfères, de ton goût, tu as une sorte de mauvais goût chichiteux, caractéristique de certaines catégories de gens de la classe à laquelle tu appartiens, qui te rapproche de la cruche, de l'agneau, de la nature morte, de l'angelot chéri et du quotidien un peu chichiteux : tu es, comment te dire, tu es le moment réflexif du haut de la haute classe qui s'abaisse jusqu'à la basse et qui, dans le métro, parce que tu adores le métro, laisse toujours sa place aux ouvrières et, surtout, à toute sorte de mercières, de femmes de ménage et de couturières et autres échantillons du petit peuple : ton domaine, c'est la simplicité, mes tantes en sont l'exemple le plus parfait, les gens de peu et tout simples, du moment qu'ils ne sont pas déjà réduits à la misère, ou marginalisés, ou flemmards et malveillants : il faut qu'ils travaillent : c'est le point essentiel : qu'ils soient travailleurs et simples : et qu'ils appellent, au passage, pour qu'on leur donne un tout petit quelque chose, un rien du tout très intelligent, très difficile à donner, et que toi, tu donnes, il faut aussi qu'ils appellent les choses par leur nom : c'est important, comme tu le sais fort bien, je ne te raconte rien de nouveau, c'est important pour que se constitue cette totalité esthétique dans les objets élus par ton goût, le gnomique assaisonné d'une bonne dose de piment rouge : il est indispensable de dire pain, de dire vin, de dire piment rouge, simplicité et bébé, il y a des milliers et des milliers de variations, cependant il n'y a qu'un seul noyau essentiel qui demeure imperméable aux variations : une féroce idée esthétique : une décision esthétique... » María perçut l'inhabituelle accélération, le fil ayant été renoué après le repos de l'amour, après les neuf heures de sommeil et un long petit déjeuner, prise par les difficultés, ou, quel que soit le nom qu'on leur donne, les convictions, ce qui s'était passé pendant la nuit. Elle perçut cette accélération et perçut qu'il fallait beaucoup de bon sens, beaucoup d'attention, pour que Martín, incapable de s'arrêter, ne s'écrase pas contre le mur de sa conscience. Il fallait viser juste, bien que concrètement il n'y eût aucune action, aucune cible précise, aucun frein, aucune côte à monter. Martín dévalait à toute vitesse la côte, plein de lumière confuse, de lumière qui lui était propre et, en même temps, sans lumière, sans source de lumière permettant de voir, de se voir : c'était une claire matinée avec une petite brume très caractéristique du plateau de Castille qui rappelait des après-midi de promenade : il se faisait tard pour aller faire des courses : il était déjà presque midi et demi : les courses, le repas de l'enfant, le repas tout court : il était absurde de ne pas tenir compte de ces détails : il était absurde, pour écouter Martín, de tout mettre entre parenthèses. Un frein. Martín devait s'arrêter parce qu'ils devaient manger. Elle s'apprêtait à le dire : Martín, je dois sortir, nous reprendrons plus tard : elle se mit debout, presque debout, comme un contorsionniste dont les mouvements s'enchaînent sans heurts : elle souriait : elle était sûre d'elle-même, elle était sûre de Martín : pour finir la lumière solaire de la fin du tout et aussi de cet instant précis, de ce moment critique. Mais Martín arrêta María de la main droite, des deux mains, faisant en sorte qu'elle se rassît, bougeant avec la persuasion sinueuse, l'efficacité muette de ce que l'on désire absolument, faisant en sorte que María fût de nouveau prisonnière de l'immense nœud, du nid, de la vaste attention, de la corporéisation de tout son être avec ses milliers d'attentions en une seule attention présente, toujours plus présente : María comprit aussi, en voyant les gestes de Martín pour qu'elle se rassoie, combien il était important de ne pas faire de gestes, et l'importance de son attention. Et elle se sentit bien. Elle se réjouit qu'il eût besoin d'elle. Martín était revenu à ses minuscules gesticulations narratives : tout se passait comme s'il indiquait de ses doigts, très haut, en les pointant, le rythme de ses phrases et, surtout, le rythme de l'ensemble : le long geste narratif et entrouvert d'une parole qui se place avant tout...

« ...Tes goûts : voilà ce qui est derrière tout, à l'arrière-plan et au départ et, pour abréger, à la fin : fin tant comme *eidos*, que comme... comme lorsque avec la mort arrivera la dernière extrémité de la série : ton goût sera resté intact, ce sera ta certitude, un orgueil secret, ton seul orgueil, María, ton seul secret, le seul que tu te caches à toi-même (aussi, attention, une étrange mauvaise foi d'âme, bonne, lisse et claire, pourrait s'emparer de toi), le jugement dernier d'un bout à l'autre esthétique qui procède, en même temps, de l'excès moins conscient et plus délibéré — et c'est très choquant —, source de déséquilibres on ne peut plus simples, je veux parler, María, de l'ambiguïté finale de ta pure et simple singularité : tu es toi : ce qui me semble bien. Tu me plaîs telle que tu es : je n'aime que toi : jamais, je ne pourrai aimer quelqu'un d'autre : uniquement toi : j'ai connu des filles, d'autres filles, comme tout le monde, autant que n'importe qui : elles sont sottes : elles sont vulgaires, elles sont sottes, jamais je n'ai désiré les caresser, pas même les toucher : uniquement toi : ton intelligence est comme une peau imaginaire qui te recouvre et te rend douce et tendre : si je sais quelque chose de la tendresse, c'est par toi : cela dit, ne t'applaudis pas toi-même : tu es inapplicable : ton goût ne se traduit pas par des jugements de valeur : sa validité s'achève en toi : il est en trop : ne l'applique pas : sois cohérente, María, avec l'absurde amour que je sais que tu éprouves pour moi : *amo quia absurdum est* : telle est ta devise, n'est-ce pas, María ? Oui, c'est bien ta devise, alors sois cohérente, n'essaie jamais, même en plaisantant, même quand tu te sens en confiance, même seule ou avec moi, de juger : n'essaie pas de juger : n'applique ta singularité à aucune situation, aussi semblable à la tienne, à la nôtre, qu'elle puisse paraître : en fait, elle sera toujours différente : laisse, en revanche, mon amour — et c'est à dessein que je fais, ici, usage de cette dernière expression, à des fins déclamatoires et poétiques —, laisse, en revanche, María, tous tes sens s'ouvrir sur le goût comme s'ouvrent sur une clairière inattendue, au terme du parcours, les lumineuses allées de rosiers, couvertes çà et là par les îlots d'ombre de treilles de vigne vierge : que tes sens te conduisent, avec la légèreté d'un beau profil esquissé au crayon, avec l'intense acuité d'une aquarelle ou d'un son, d'un seul son, qui est tout à coup la vallée tout entière, la rivière et la montagne s'enfonçant dans la nuit, enrichie par les zigzags de la vermine et des renards, vers un seul sens : ton sens du monde : María, intéresse-toi à moi parce que moi, je t'aime, reste fidèle à ton goût qui ignore tout sauf moi, parce que, aussi absurde que cela puisse paraître, je suis à ton goût... » — « Oui, c'est bien vrai, Martín : tu es plus à mon goût que n'importe qui : c'était ainsi la première fois, c'est ainsi maintenant, ce sera toujours ainsi ! » María prononça cette phrase comme quelqu'un qui dit amen : l'effet était le même. Elle souriait, détendue, comme quelqu'un qui a atteint la toute petite gare d'un village estival et salue le chef de gare — qui vient d'ôter, pour répondre à son salut, son képi rouge et galonné et exhibe au soleil, telle une orchidée, sa calvitie blanche —, ou comme quelqu'un qui s'assied à table et commence à servir les hors-d'œuvre à tout le monde. Il était très tard, et tous les trois, le bébé et eux deux, avaient donc faim : ils allaient devoir se débrouiller avec ce qui restait de la veille, ouvrir une boîte de conserve.

Tout restait à dire. Et s'était dit sans se dire. Tout s'était volatilisé en se déposant. Replié, compliqué. Inverti, démoli, désuni : trop près pour être répété, trop loin pour être vu en toute clarté. Volatilisé en se déposant. Tout, tous s'étaient volatilisés en se déposant : volatilisés déposés comme des pas dans une rue impromptue, au petit matin, après une fête, après tout : tous enfermés dans des temps simultanés : enfermés dans des temps aux durées si différentes que leurs instants ne semblaient pas les unités de mesure d'un même mouvement mais des saturations, des explosions, des cas uniques, des échos impossibles à répéter d'une même voix : il y avait une seule voix : c'était la même voix : un même son : une même voix : peut-être toujours différente, peut-être toujours la même, peut-être seule la corde tendue était-elle la même... María avait le sentiment que tout avait été dit une bonne fois pour toutes et que tout restait en même temps à dire, en s'étant volatilisé et déposé replié, unifié dans la perduration d'un seul mouvement, un intense amour, dans sa conscience. Tout était dans tout. Et en même temps, chaque chose, chaque être, chaque aspect et chaque détail, parmi les milliers de détails, allait de son côté. Tout se défaisait. Tout demeurait uni dans sa conscience, connu, aimé d'un amour qui pouvait n'être parfois qu'une intention pugnace de rendre à chacun sa propre vie, comprise, facilitée, aimée... Parfois, María ne savait pas très bien que faire : c'était cela, le zéro : le déséquilibre né du fait de les aimer et de savoir qu'en se contentant de les aimer, on n'en faisait pas assez. Lorsqu'elle en arrivait là, María pensait toujours confusément à Dieu : précipitamment, parce qu'elle ne pouvait pas ne pas penser à Dieu et parce qu'elle ne pouvait rien penser de Dieu qui ne revînt à penser que son amour, quand elle arrivait à zéro, était une action accélérée, presque méconnaissable, une action qui pouvait exister et qui, de fait, existait déjà indistinctement avec ses quelques personnages. Et tout restait à dire dans le présent intensément présent de la conscience de María. Toujours est-il que le bébé disait déjà presque tout. Et tout ce qui lui restait à dire était infiniment petit, pas grand-chose, comparé à tout ce qu'il disait déjà, maintenant qu'il jasait comme une pie : c'était un bébé qui n'était pas un bébé parce que tous deux, la maman et son bébé, parlaient sans arrêt. Tous deux étaient passés par les grandes forêts et les gouffres de tous les bouu, mouu, ouu, méé, bééé, pa, ma, mi, pi, sans oublier les regimbements dus aux milliers d'embrouillements, d'égarements, malgré d'heureux événements et tant d'autres choses, tant d'autres choses, tant de fascinants cacas avec le même son s pour rose et rosse ou rase et race, pour en arriver enfin à vitesse grand *V* au stade grandiloquent des papas, mamans, tontons, étes et ites comme dans pépètes et pépites ou au *z* de zoo et de zigoto : un vrai flux de plus en plus infiltré d'abécédaires, d'accélérations et de décélérations, de mots courants et coulants de la langue, de l'estuaire du savoir parler, parler parler et tout dire sans qu'il restât rien à dire jusqu'à ce que vînt enfin l'été, aussitôt dit, aussitôt fait, et on pouvait compter, papa, maman et Martín assis, en *mi* mineur en *si* bémol, les martinets par milliers et par milliers comme des flèches brutalement lancées et brisées, hissées, coupées et chiffrées — dis maman, combien peut-il y avoir de martinets ? Des milliers, des milliers, des milliers et, en plus, le martinet bleu indigo, le plus vif et le plus rapide de tous, qui vivait avec son petit dans le trou du haut de la balustrade blanche de la petite terrasse, le dernier miracle dont Martín avait été témoin qui annonçait tout ce qui restait encore à voir et à savoir, à visiter, et, bien sûr, à partir de maintenant, tout pouvant être enfin dit et dédit, María pensait, façon de dire, en entendant parler Martinín, que dans le fait que tout restât à dire, il y avait une prodigieuse exception, cette merveille, entendre la voix de son fils et parler, parler, sans jamais s'arrêter, avec lui tous les jours. Cette façon d'additionner conférait à la grande somme qu'était sa vie une perpétuelle lumière de multiplication et de quantités qui devenaient des qualités astronomiques parce que la claire lumière du mur de la terrasse, plus le nid du martinet s'additionnant à Martín, père et fils, et au Saint-Esprit en forme de colombe marron clair gagnée par l'âge, de loin la plus vieillie, et, comme si c'était trop peu, à Gonzalito, qui venait régulièrement, et à Virginia, qui venait régulièrement, et à la nourrice Rosi, qui ne venait pas régulièrement, mais avec qui María s'entretenait longtemps au téléphone de la persistance de la température, d'une toux bizarre et des rhumes, et d'un rhume, différent, celui-ci, de tous les autres parce que, tout à coup, chaque fois qu'elle toussait, on entendait une sorte de sifflement suprêmement pulmonaire, de pleurésie, tout et tous, donc, joints, certifiés, estampillés et chiffrés, comme les chiffres ronds des dés du hasard, et donc exclus de la fatalité du mal, de tout mal, et de tous les maux passés, présents et futurs... pour le moment du moins. Tout se défit en un instant. D'un instant à l'autre, tout devint inopiné mais, surtout, le cours des jours de Gonzalito et de Virginia. Maintenant, il ne restait plus qu'à dire adieu et à s'assurer qu'ils écriraient, appelleraient, reviendraient le plus vite possible. Et ce fut ce qui se passa. Et María, un temps, ignora si leurs adieux à tous deux étaient des termes de la même somme que la sienne, ou bien les facteurs d'une autre opération, une nouvelle, incalculable opération, dont elle recommandait souvent la fin à Dieu, afin qu'elle fût la meilleure possible... Tout le reste devait être vive foi en ce que tout, et cela valait pour chacun d'eux, s'achevât tout à fait bien. Du jour au lendemain, Virginia se maria et Gonzalito s'en alla vivre à Londres.

Virginia appela en début de soirée pour dire qu'elle se mariait. Lors de sa dernière visite, elle avait parlé à peu près pendant quatre heures de suite sans mentionner le moindre mariage. Et maintenant, tout à trac, elle se mariait : María dit : « Tu es idiote. Impossible de te prendre un tant soit peu au sérieux, histoire d'être polie, parce que je crois que tu es timbrée. Virginia : tu es timbrée. Et ce n'est pas vrai que tu vas te marier. Je ne te crois pas. » — « Et pourquoi pas ? Si toi, tu t'es mariée, pourquoi pas moi ? » — « Parce que toi, tu es timbrée et moi non. Voilà pourquoi. Et parce que, en ce moment précis, je sais que tu n'as ni fiancé, ni prétendant, ni soupirant. Voilà pourquoi ! » — « Eh bien, tu as tout faux, et sur toute la ligne, d'accord ? Et je vais me marier sans tralala, sans l'ombre d'une hésitation, sans en informer ma famille, sans m'attendre à plus, ni plus ni moins, pareil que toi, exactement comme toi ! » Virginia s'esclaffait au téléphone, avec sa voix des jours drôles, la voix de ses exploits, de ses accès d'optimisme et de son meilleur sens de l'humour : ce fut précisément à cause de ce dernier éclat de joie un peu absurde mais libre de toute inquiétude, que María, même si elle déclara à maintes et maintes reprises qu'elle n'en croyait pas un mot, crut dès le départ que, cette fois-ci, Virginia allait se marier pour de bon. Virginia répétait : « Comme toi, je me marie comme toi, sans m'attendre à plus, ni plus ni moins, parce qu'il n'y a aucune raison, comme toi, comme toi, de but en blanc, parce qu'il n'y a aucune raison, María, aucune raison, ni plus ni moins. » — « Virginia, arrête, s'il te plaît, de répéter comme une oie, comme toi, comme toi, comme toi. Moi, je ne me suis pas mariée, loin s'en faut, comme toi, d'un jour à l'autre. Fais-moi le plaisir de tout reprendre point par point et de tout m'expliquer de A à Z, comme il faut. » — « Eh bien, voilà, je connais mon futur époux ou mon fiancé depuis hier et il m'a déjà promis mille huit cent vingt-cinq fois pendant ce qu'ont déjà duré nos fiançailles de m'aimer éternellement et, plus tard, nous irons habiter plus de la moitié de l'année à Buenos Aires ! Tout est décidé, nous sommes fiancés, et moi, je pleure ma jeunesse perdue, parce qu'il n'y a aucune raison, voilà pourquoi je pleure, parce qu'il n'y a aucune raison de retarder, ne serait-ce qu'une minute de plus, l'occasion de montrer que je suis sur tous les plans une femme normale qui mène sa vie et se marie, et vlan ! comme n'importe qui, voilà pourquoi, parce qu'il n'y a aucune raison ni pour ni contre, je vais me marier en tailleur avec Rómulo Hidalgo Waitzenbecker. » María décida que le mieux était de se voir et d'en parler. Virginia répondit qu'elle était ravie, qu'elle serait là en moins d'une demi-heure, juste le temps qu'il faudrait au taxi pour aller « de porche à porche ». Martín avait glissé sa tête par la porte du salon pour savoir s'ils dînaient déjà. C'était l'heure du dîner. Tout était prêt. L'enfant avait déjà dîné. Ils attendirent un petit peu Virginia, encore un petit peu et encore un petit peu, et trois quarts d'heure plus tard, Martín déclara qu'il fallait passer à table, avec ou sans Virginia. Ils dînèrent. Comme toujours, ils bavardèrent longtemps après le repas. L'enfant dormait déjà. Martín alla se coucher. María téléphona à Virginia. Elle ne décrochait pas. Minuit sonna. À une heure, María alla, elle aussi, se coucher et dormit jusqu'au lendemain. Ils prirent leur petit déjeuner. Puis María rappela Virginia. Rien. Elle était en train de baigner l'enfant quand le téléphone sonna et Virginia resurgit, la voix très rauque, donnant l'impression d'être saoule. « Tu es saoule ? » — « Qui ? Moi ? C'est juste le contraire. C'est précisément juste ce que je ne suis pas : hélas, non : quelle aubaine, si j'avais pu l'être ! Tu sais quoi, María ? Eh bien, il se trouve que j'étais persuadée que mon père, ma mère, les autres, autrui, parsemés dans nos diverses maisons et nos divers pays, allaient au moins, plus ou moins, se formaliser, au moins s'étonner, ou être ébahis, ou encore s'estimer offensés étant donné que je n'ai même pas envoyé de faire-part de mariage, à la place de tout ça, le minimum, le strict minimum, juste le contraire : personne ne veut rien savoir : ma mère ne veut rien savoir : mon père ne veut rien savoir, ils n'ont même pas remarqué que, cette fois-ci, j'allais me marier pour de bon avec quelqu'un : je leur aurais dit que je m'en allais vivre dans un monastère tibétain ou acheter une livre de coings, ou encore que j'allais me jeter du pont de Segovia, l'effet aurait été le même : il n'y a que toi qui veux savoir et moi, je pars, puis ne pars plus, même quand je dis que je vais venir te voir, et au moment où je te parle, j'ai déjà fumé dix paquets de

Bisontes sans avoir avalé une bouchée depuis hier matin, des cafés, rien que des cafés, plus l'expédition de huit télégrammes à Rómulo Hidalgo Waitzenbecker à Milan et un à Venise où il est allé passer une journée pour affaires : María : je n'ai que toi au monde. Que toi. »

Gonzalito de nouveau dans le treillis des amphétamines et du crépuscule. Ayant mis un terme définitif à ses études de philosophie, il se voyait comme une finalité sans fin. C'était inquiétant d'avoir une telle image de soi. Et l'inquiétude se guérissait mieux dans la rue qu'à la maison. Il ne désirait pas passer son doctorat : il désirait continuer : passer son doctorat, à en juger par la mine rancie des étudiants qu'il connaissait, c'était, à l'évidence, rancir et non continuer. D'où l'idée de partir : d'abord, comme incarnation parfaite du désir de continuer, puis, comme confus défi, *no man's land* où il serait plus à son goût avec lui-même et moins seul. Le fait que très probablement il se sentirait plus seul n'importe où qu'à Madrid, où il connaissait beaucoup de monde, où était María, où il habitait avec ses parents, ne lui semblait pas, paradoxalement, sûr et certain. Gonzalo était, au contraire, sûr et certain que le sentiment de solitude était plus vif lorsqu'on est entouré de proches et de connaissances qu'au milieu d'étrangers. Il désirait être seul dans une ville inconnue pour se sentir moins seul qu'à Madrid. Mais il y avait d'autres raisons : il y avait beaucoup plus de choses tant dans le crépuscule que dans son cœur que dans l'idée de territoire étranger que dans son inclination à rechercher en permanence une stimulation : il y avait plus de choses n'importe où qu'à Madrid : et les idées qui lui passaient par la tête étaient des agglutinations spontanées : de sempiternelles masses de mots dont les sens et les nonsens se contaminaient entre eux sans qu'il fût à la fin possible de les distinguer. Tout avait un sens : tout manquait de sens. Par ce paradoxe, Gonzalito voulait dire que tout ce qu'il faisait était à la fois compréhensible (si on prenait ses actes un à un) et incompréhensible (si on les prenait en bloc). Chacune de ses allées et venues, chacun de ses actes, aussi bien se doucher que refuser de passer son doctorat, pouvaient être aisément intégrés, comme une note en bas de page, dans le livre, encore inachevé, de sa vie. Mais pris en bloc — et sous l'effet des amphétamines, ils fondaient souvent tous en même temps sur lui —, ils étaient un pur chaos, *le* chaos. Pour continuer, pour se sentir vivant, pour s'organiser, il devait partir. L'ébriété était impossible à Madrid. Il était impossible d'être en paix avec soi-même à Madrid. Il irait à Londres. Londres, tout compte fait, s'avérait plus raisonnable que Paris. Il y avait chez lui une certaine tradition anglophile, surtout du côté de sa famille paternelle, qui rendait par définition toute chose anglaise — de telle ou telle confiture à un séjour prolongé à Londres — radicalement compréhensible. L'Angleterre était un endroit sensé. Son père affirmait souvent que les Anglais, tous les Anglais, à peu près n'importe quel Anglais ou Anglaise qui avait l'air très anglais — ce « avait l'air très anglais » était très important —, savaient ce qu'ils faisaient. Gonzalo soupçonnait l'Angleterre et les Anglais de son père d'avoir pratiquement disparu de la surface de la terre. Mais il était content qu'on pût dire à la maison que, en partant pour Londres, il partait pour le meilleur endroit qui fût. Toutefois, il n'arrivait pas à partir. C'était étrange. María, ses parents, toutes ses connaissances savaient déjà qu'il devait partir sous peu pour Londres : c'était chose admise. Toutefois, Gonzalito n'arrivait pas à partir : cela durait depuis la fin de l'été : c'était déjà la fin du mois de février et Gonzalito, pendant ces cinq longs mois, n'avait rien fait : il était sur le point de partir, c'était tout : une situation, d'une certaine façon, équivalente à celle que les amphétamines engendraient la nuit : intense excitation, très intense activité de la conscience mais sans substance : dans une telle situation, Gonzalito se sentait incapable d'établir des liens non équivoques et orientés dans une seule direction entre ses différentes idées ou entre ses idées et les exigences normales de sa vie. L'une de ces exigences était, par exemple, qu'il revînt tous les soirs chez lui. Cela faisait bien des années que Gonzalito avait été libéré des horaires monotones et réguliers de ses parents. Il n'avait pas d'heures fixes. Mais ses parents s'inquiétaient — tous les deux à la fois, comme deux paisibles lapins, très blancs et anxieux — s'il ne revenait pas dormir à la maison sans avertir. Mais avertir était, en soi, de l'ordre de l'impossible. Voilà en quoi consistait ce moment critique : à ne pas être capable de fixer la moindre trame. Téléphoner et dire à la bonne de dire à monsieur et à madame que cette nuit il ne rentrerait pas dormir à la maison, en ajoutant peut-être — encore que cela ne fût pas indispensable — un prétexte quelconque, inventé à titre miséricordieux, revenait à décider — pourrait-on dire, de l'extérieur — que quelque chose, le coup de téléphone, pût être la cause de quelque chose de différent, d'un effet, par exemple la tranquillité de ses parents. Mais ce qui caractérisait l'activation de sa conscience était son impossibilité de se désactiver : de manquer d'extérieur et, par conséquent, de tout embryon de lien de cause à effet entre elle-même et tout le reste, le monde. Non pas que Gonzalito ne voulût pas téléphoner : il n'arrivait pas à se décider : ce n'était pas une question de volonté mais d'être : dès que sa conscience hyperactivée était quelque chose, tout était pareil, de la même eau ; téléphoner ou ne pas téléphoner, aller de la place de Castilla à la place Atocha d'une seule traite ou lentement, rester trois heures de suite devant l'entrée principale de la poste revenaient au même. Pour donner un exemple, Gonzalito était maintenant place de Cibeles. Onze heures du soir venaient de sonner. C'était l'heure de rentrer. Ou bien le moment de téléphoner et de dire qu'il rentrerait tard, ou très tard, ou encore qu'il ne rentrerait pas de la nuit. Gonzalito se mit à marcher vers la place de Castilla. Se mettre à marcher n'était pas vraiment décisif, parce que, dans son état, la finalité objective était confuse, voire inexistante : l'unique objet de sa conscience était l'état de sa conscience lui-même : la finalité de l'activité tournait à vide et toute fin avait été exclue : ne restait que la pure forme de la finalité qui, rendant compréhensibles, formellement adéquats les différents moments de l'action, occultait la signification globale de toute l'activité prise dans son ensemble. Il y avait, au fond, dans cette finalité sans fin de cet état de conscience, de quoi devenir fou. Et de fait, ce soir-là, il ne se sentait pas bien du tout : il y avait dans l'excitation habituelle une très sourde — mais persistante — pointe d'agacement, comme un brusque frisson. Gonzalo s'arrêta au début de la Castellana, au coin du jardin de l'hôtel Fénix. Il se sentit tout à coup à bout de forces. Comme il était conscient du lieu, la nuit précoce se dressa devant ses yeux, occupant quasiment tout le champ de son regard, olfactive, bruyante, en correspondance avec la sécheresse de sa bouche et l'aura qui semblait émaner de la pointe d'agacement, du crissement intérieur de sa tête. Comme s'il se débouchait les oreilles : isolé durant sa longue promenade dans une ville qui n'était que visuelle, une conscience vitrée, maintenant l'odeur fraîche, presque printanière du crépuscule, la tuméfaction génitale, l'érection, l'extériorisation de son propre corps qui maintenant était la chair, l'abstraite concupiscence de la chair, la pléthore impersonnelle de sa conscience soudain traduite en *res extensa.* Gonzalito se sentit bien — mal. Mal : comme si ses bras s'étaient allongés ou ses oreilles avaient grandi : invraisemblable. Bien : comme quelqu'un qui maigrit beaucoup et peut se caresser les os du pubis. Et mal en raison de ce malaise flou qui était, de fait, un nimbe, l'aura à peine suggérée du grand mal, du grand assaut, le petit sursaut, le petit mal, métaphorique, l'épiphanie induite par une légère épilepsie. Il se sentait si mal qu'il s'assit par terre. Il se sentit pris de nausées et appuya son dos contre le mur du jardin du Fénix. La nuit était son affaire : il n'y avait personne : les voitures roulaient à toute vitesse. Il pensa : il faut que je prenne un taxi : il se leva. Se sentit un peu mieux. Tout à coup, une voiture s'arrêta devant lui. Il recula sans comprendre ce que lui disait le conducteur qui avait baissé la vitre et qui lui adressait la parole à profusion. « Qu'est-ce que vous dites ? » Gonzalito se pencha jusqu'à ce qu'il vît le visage du conducteur. Une tête vaguement familière. « C'est moi qui t'emmène, allez, monte ! » Il ouvrit d'un geste brusque la portière. « Tu rentres chez toi, oui ou non ? » Le ton du conducteur, un peu impatient, un peu cajôleur, semblait, à lui seul, lui donner le droit de poser cette question. « Oui, je rentre chez moi. » Gonzalito se sentit excité : maintenant, tout mal, petit ou grand, avait disparu, toute aura avait disparu, il ne restait plus que la gentillesse chamarrée, le magasin de fleurs un petit peu invraisemblable qui, au sein de la normalité générale de la nuit, faisait monter, comme si elle faisait lever les sourcils, la tension. Une stimulation surajoutée que Gonzalito, sans savoir pourquoi, considérait maintenant comme bienvenue. L'incident, une fois de plus, rehaussait la nuit, récupérait l'attention dispersée et l'énergie. Quel personnage farfelu que ce garçon ! Parce qu'il s'agissait en effet d'un jeune homme qui n'avait peut-être que cinq ou six ans de plus que Gonzalo : pas plus : un extravagant de l'espèce la plus courante. Et il était à découvert. Tout — la totalité fleurie de tout ce qu'il y avait à cet instant-là, tant du côté de la nuit madrilène que du côté de la conscience de Gonzalo —, tout était à découvert et de circonstance. En cette circonstance, Gonzalo se sentait flatté. Il fit semblant d'être contrarié : en de telles circonstances, il est logique et normal de se formaliser. Ou, du moins, de signaler une toute première répugnance : signes que, cela va sans dire, nous adressons quand nous sommes désireux de désirs : les répugnances montrent que l'on est et que l'on désire être désireux. Gonzalito fit donc semblant d'être mal à l'aise. Le conducteur venait de dire : « Si tu rentres chez toi, monte que je t'emmène, allons, monte ! » — « Mais dites donc, que se passe-t-il, que signifie tout ça ? » s'écria Gonzalito et il s'engouffra dans la voiture.

« Comment que signifie tout ça ? Ça signifie que tu es seul, qu'il est très tard, que tu es mineur et que je te ramène chez papa et maman ! » Ils démarrèrent, remontèrent la Castellana, dans un hurlement prévisible de pneus extravagants : tous deux s'étaient reconnus, les deux fils de bonne famille du moment. Et ils freinèrent, sans crier gare, également au premier feu, comme dans un film italien. Il y avait dans la *res extensa* de l'un comme de l'autre un recueillement terrestre, sous-cutané. Et chaque *res cogitans* se sentait, uniquement pour soi, privée, privilégiée et les coudées franches. Gonzalito, exhibant ses genoux posés de façon très inhabituelle sur le tableau de bord, dévisagea son prédateur ; tiré à quatre épingles, raie sur le côté de *señorito*, doté, dans l'intimité de sa voiture, d'une légère mais irrépressible transparence olfactive d'eau de Cologne venue d'ailleurs. « Où veux-tu aller ? Je t'emmène où tu voudras... » — « Nulle part. » — « Tu ne voulais pas rentrer chez toi ? Il vaut mieux que je t'emmène chez toi... retrouver papa et maman. » — « Arrête de répéter papa et maman ! » — « Alors comment veux-tu que je les appelle ? » Ils avaient laissé dans leur sillage la place de Castilla. Il ne restait qu'eux deux en voiture, la nuit indistincte de cette route qui menait à Burgos et une situation agréable. Toutes les phrases qu'ils prononçaient, lentement et séparées les unes des autres, se divisaient en deux : d'un côté la partie sous-jacente faite de leur similitude et de tous les oui, et de l'autre, la partie restante, momentanée et plus visible, formée par tous les non, à l'aide de laquelle chacun devenait pour l'autre une nouveauté et une énigme. Un florilège d'énigmes : deux identités disposées et non disposées en même temps à se laisser voir et à ne pas se laisser voir : cette intimité intense et improvisée fit qu'ils se lièrent d'amitié avec les réserves propres à leur sexe. « Tu sais donc où j'habite, ou quoi ? » glissa Gonzalito en voyant qu'ils s'approchaient de l'entrée de la Moraleja. « Oui, mon petit, peut-être penses-tu que je ne sais pas ? » — « Qu'est-ce que j'en sais, moi ! » — « Je le sais parce que je le sais parce que je vous ai vus aller bien sagement à la messe, à droite et à gauche de papa et maman, une famille superbe, quatre perles blondes ! » — « Arrête tes chichis ! » — « Mais non, mon beau, ce ne sont pas des chichis, il se trouve que je vous ai très souvent, mais alors très souvent, vus aller à la messe, petits à San Estanislao et maintenant à San Luis, des maisons où il y a tout, tout pour la maison et même, je sais comment tu t'appelles ! » — « Comment je m'appelle ? » — « Gonzalito, mon grand, Gonzalito. » — « Où habites-tu ? » — « Ici, où irais-je habiter ? Là-bas, un peu plus bas, il y a la maison de mes chers grands-parents, tout le monde est diplomate à la maison, sauf moi. » — « Je te le dis tout net, j'en ai par-dessus la tête de tant de persiflage, de tant de moqueries, de tant de chers grands-parents et de tant de conneries... » La voiture s'arrêta devant le portail du jardin de sa maison. Gonzalito pensa : continuer : j'aimerais continuer à bavarder : ne pas le dire : ne pas reconnaître que ça m'amuse : une tapette : ça m'amuse : ne pas le dire : mieux vaut qu'il ne le sache pas : je dois lui plaire : en général, je leur plais. C'était une seule vague de pensée qui accédait à peine à la formulation : Gonzalito s'était déjà trouvé dans des situations semblables : il avait toujours dissimulé : il avait toujours fait comme si tout cela, en fait, le laissait indifférent. « Moi, je m'appelle Alfonso Vélez. Et j'espère qu'à partir d'aujourd'hui, puisque nous nous connaissons, nous nous reverrons. Il faut que nous nous revoyons le plus souvent possible, toi et moi. Tu me raconteras ce que tu faisais là, si seul, en pleine nuit, un jour on va t'enlever, mon beau ! » — « Moi, et tiens-le toi pour dit, je ne donne jamais d'explications. » C'était vrai et en plus il semblait indispensable de marquer des limites dès le départ. « Eh bien, moi, au contraire, j'en donne toujours : j'en donne tant que ce ne sont plus des explications, mais des choses : ce sont mes choses à moi que personne ne comprend ni tout à fait bien ni tout à fait mal non plus : je crois que, sur ce point, nous nous ressemblons vraiment beaucoup tous les deux, toi, parce que c'est non, et moi, parce que c'est oui, on ne nous voit jamais, ni l'un ni l'autre, entièrement : et ce n'est pas indispensable : aussi, que nous nous voyions l'un l'autre est déjà largement suffisant : je mettrais ma tête à couper que tu es ravi à l'idée qu'on se reverra, n'est-ce pas ? » — « Ça m'est égal. » — « Hé, hé, je te vois venir, je te vois venir, hé, hé, hé, ne joue pas les insupportables, mon beau : je t'avertis que je suis très sentimental : ne joue pas les insupportables. » — « Et toi, ne sois pas lourd : moi, je ne suis pas sentimental et te voir ou ne pas te voir, moi, ça m'est égal, tu as compris ! » — « Mais tu me permets de t'appeler, n'est-ce pas ? » — « Fais ce que tu veux ! » Gonzalito comprit qu'il était impossible de le déstabiliser, ou de le vexer, ou de lui faire perdre contenance, tandis qu'au lieu de rentrer à la maison il restait assis, à l'aise, à l'intérieur de la voiture. Il se sentait, en effet, tout à fait à l'aise et Vélez devait s'en apercevoir. C'était clair : Vélez feignait d'être contrarié tout en se sentant en même temps sûr de lui et sûr d'avoir indirectement réussi à peu près sur tous les plans. Il était agréable d'être regardé et comme léché par les yeux efféminés de ce

Vélez qui appartenait, à l'évidence, à la même classe que lui, à ceci près que c'était une tapette. Rien d'extraordinaire. Pendant ce temps, Gonzalito pensait à tout ce qui venait de se passer et contemplait la nuit sans attouchements, y compris sans frôlements, sans la moindre odeur, presque sans bruits, de l'intérieur de la voiture : la campagne plongée dans le noir était, tout autour, une transparence imaginairement crépitante : l'intense impression d'être à la campagne en pleine nuit. Maintenant, Vélez parlait de lui-même : il habitait chez ses grands-parents comateux, portait tout le poids de la maison sur ses épaules, les emmenait à la messe, emmenait sa grand-mère chez la couturière, faire des courses, courir les boutiques et de temps à autre prendre le thé avec des amies encore plus comateuses qu'elle qui s'en mettaient jusque-là de petits fours, d'entremets et de douceurs, quant au chauffeur, il passait la journée à faire l'imbécile, à regarder les carrés d'asperges et à rapporter à la cuisine des quantités astronomiques de carottes parce que, aux dires de la grand-mère, sa véritable vocation était l'horticulture et non le volant, de la même façon que la véritable vocation de Vélez lui-même n'était pas et n'avait jamais été la diplomatie ni le droit, et après avoir été plusieurs fois recalé en droit civil, en droit pénal et en droit administratif, une vraie poisse ! il était avocat, profession qu'il n'avait pas la moindre intention d'exercer, pas plus qu'il n'avait envie d'entrer comme stagiaire chez son oncle Luis María, ni dans son cabinet, ni dans aucun autre cabinet, ce qui était bon, c'était de vivre, *primum vivere*, et de laisser les bonnes choses venir à soi...

María voulut y aller. Elle aussi. Pourquoi n'y serait-elle pas allée, elle aussi ? Et de plus, il fallait qu'elle y aille, parce que ce serait bon pour lui, pour Martín aussi, et aussi pour, comme il disait, l'*opera omnia*, entière et vraie, et presque plus pour elle que pour tout le reste, María devait aller dîner avec l'éditeur de Martín et Martín, et pourtant, au bout du compte, elle se retrouva confrontée à son envie, à son bébé et au refus. Ce dîner était certainement très important pour Martín et elle se sentait maintenant honteuse d'avoir désiré quelque chose de si trivial. Pour la première fois, Martín avait dû répondre à des démarches, des lettres, des télégrammes et des voix de secrétaires lui demandant au téléphone de remettre à cet éditeur à grands moyens et jouissant d'un grand prestige dans la péninsule et — ce qui est plus important — dans tout le monde hispano-américain, peu importe comment, par livraisons, par chapitres ou par feuillets, tout ce qu'il écrivait, tout, tout, tout, y compris les petits bouts de papier jetés dans la corbeille de la petite pièce vide et blanche. María avait suivi de si près durant ce dernier mois l'émergence de ce nouvel être qui était devenu, pour Martín, à peu près le seul à lui manquer encore, que lorsque, enfin, arriva la fin, le grand principe princier, l'éditeur incontestable qui abolissait tous les soucis précédents, les sottes, stagnantes et fumeuses lourdeurs des éditeurs précédents qui jamais ne savaient lire les manuscrits de Martín ou ne l'admiraient point, sauf comme un membre de plus d'un groupe littéraire (vainement constitué, aux dires de Martín, par la critique et la presse pour, au fond, leur vulgaire promotion), contrairement à celui-ci, ce nouvel éditeur, inattendu et bienheureux : celui-ci, en revanche, admirait, bien sûr, tout ce que faisait Martín sans tenir compte du reste ; de plus, il était catalan, ce qui était encore mieux car, apparemment, d'après ce que disait Martín — avec, certes, une façon de s'exprimer un peu inhabituelle chez lui —, « c'est à Barcelone que se mijote la vraie littérature et non à Madrid, qui demeure une ville provinciale et irréelle ». Cet éditeur était réel et l'oreille percevait au téléphone sa royale réalité dans les voix variées, douces et efficaces des épatantes secrétaires que María, pour lors première et presque unique réceptrice de ce réseau supraprovincial et international, mondial, admirait pour l'élégance avec laquelle elles disaient « veuillez m'excuser, madame, je suis dans l'erreur, aujourd'hui ce n'est ni le vingt-deux ni vendredi » ; ou « il serait préférable de faire figurer les deux noms et le prénom de l'auteur... » ; ou encore, avec une pointe d'accent catalan, « voyez-vous, madame, les bureaux se trouvent sur la Diagonal... » ; ou, tout simplement, « oui, s'il vous plaît », « non, s'il vous plaît » ; ou, de façon encore plus simple et épurée, tout simplement oui ou tout simplement non : María admirait ces voix qui, tout en restant personnelles, donnaient la magnifique impression de ne plus être individuelles, mais vraiment royales, et de représenter enfin la reconnaissance publique de tout ce que Martín avait fait et allait désormais dire et publier. Ce fut un mois d'exaltation. D'exaltation croissante. Une croissance continuée : chaque fois que le téléphone, avec une euphorie exclamative en permanence renouvelée, se manifestait, María décrochait en pensant qu'on allait entendre et qu'il allait se passer encore quelque chose, qu'il y aurait encore quelque chose de nouveau. Et, de fait, il en avait été ainsi le mois durant : tout était passé de son degré le plus faible à son degré le plus fort avec une admirable élocution, un admirable bon sens et au rythme qui convenait, toujours agrémenté de quelque accès de drôlerie ; d'une certaine façon, toute cette euphorie avait contribué aussi à ce que Martín fût avec María et le bébé (qui, bien entendu, était déjà presque le contraire d'un bébé, un garçon chaussé de bottines et vêtu d'un pantalon de velours, qui faisait déjà bien grand avec sa petite cravate) aussi tendre, simple et doux qu'il savait et pouvait l'être s'il le voulait et, comme si c'était trop peu, l'euphorie contribua aussi à ce que María ne pensât pas tant au voyage, encore au stade de projet, de Gonzalito en Angleterre, à Londres, qu'elle trouvait, quelles que fussent les raisons avancées ou cherchées, toujours aussi absurde et aussi tiré par les cheveux que la première fois qu'il avait dit qu'il s'en allait. Ce que ce mois eut de bon, aux yeux de María, c'était que le monde, étincelant, ne doutait pas, et que même les choses les plus simples, comme laver les chaussettes ou ses propres bas d'une grande finesse et du meilleur effet, tout, tous, et Martín surtout, simplifiés, semblaient abriter un cœur pur et, par conséquent, voir Dieu. « Bien sûr », se disait María en récitant le plus attentivement possible un Notre Père, « bien sûr », ce n'est pas parce que les choses prennent un tour heureux et que nous dînons avec l'éditeur que Dieu viendra, lui aussi, qu'au passage nous le verrons de nos yeux et que nous pourrons aller vers lui et lui raconter que, ce mercredi, ma paella était un peu fade : bien sûr-bien sûr-bien sûr répétait María en même temps que « que votre nom soit sanctifié, que votre règne arrive, que votre volonté soit faite sur la terre comme au ciel... ». Et les bien sûr se joignant aux voix des secrétaires, aux prières et aux bonjours de Martín, tout cela joint, exalté, illuminé et en position d'expectative, fit que lorsque Martín, avant de se mettre sa cravate grenat de soie naturelle, dit qu'il valait mieux qu'elle ne l'accompagnât pas, María se sentit toute triste et, en réalité, furieuse. Et pourquoi non ? Parce que non, voilà. En tout cas : ou oui, ou non, ou l'un, ou l'autre, mais pourquoi donc ou l'un ou l'autre ? C'était hors de question ! Y aller. Elle devait y aller. Et c'était ce qui allait de soi, ce qui était normal, naturel, juste, dans l'ordre des choses, et ce que María préférait et voulait sans la moindre hésitation, sans la moindre réserve : y aller. « *Primo*, parce que je suis prête et que nous avons toujours dit que nous irions tous les deux, qu'il s'agisse d'un déjeuner, ou d'un dîner, ou d'aller boire un verre, ou quoi que ce soit d'autre. Et, *secundo*, je veux le voir de mes propres yeux et justement, toi-même Martín, tu as beaucoup ri de la tête que je prêtais à cet éditeur de Barcelone : tu en riais toujours : cela dit, la vérité, bon, la vérité, c'est que ça me fait plaisir de venir et de voir en quoi j'ai vu juste et en quoi je me suis trompée : à en juger par sa voix, je suis sûre que c'est un homme de grande taille, qui va droit au but et qui a, bien sûr, un accent catalan très prononcé, ça j'en suis sûre, un très joli accent catalan, je pense, des Catalans cultivés qui se rendent périodiquement au monastère de Poblet, vont aux concerts, parlent de la guerre, de Casals et maintenant aussi beaucoup de toi ; de grands sourcils noirs mettent son visage en valeur et c'est un monsieur qui a déjà un certain âge et une sorte d'air las, à en juger par sa voix je suis à peu près sûre qu'il est comme ça, Martín. Comment se fait-il que, tout à coup, tu ne veuilles plus que je vienne, alors qu'hier encore tu disais nous et quand nous nous verrons, nous lui dirons... ? » Martín répondit par une phrase étrange : « Je vais me sentir plus contraint avec toi que seul. » María se dit que « contraint » était le mot le plus bête de la langue. « Comment contraint, qu'est-ce que tu veux dire, qu'est-ce qui contraint quoi ? Je ne comprends pas. » — « Si tu viens, on va nous prendre pour le couple qui sort de la grand-messe, bras dessus bras dessous, le dimanche et les jours de fête, et qui achète en rentrant une douzaine de gâteaux. C'est un peu ridicule. » — « Mais c'est ce que nous sommes, Martín, c'est ce que nous sommes et puis c'est tout, non ? » — « Ouais-ouais-ouais, évidemment, nous sommes un couple qui s'entend bien et tout ce qui s'ensuit, mais enfin, je préfère ne pas me sentir diminué ou limité, cette première fois, par cette sorte d'idée contraignante qui vient à l'esprit si on est vu avec quelqu'un d'aussi, disons, d'aussi banal que sa femme, si on est vu comme un homme marié, tu me comprends fort bien, María, tu me comprends... » — « Non. Eh bien non, Martín, je ne te comprends pas ! Contraignant, tu parles ! Bien sûr que tu es marié, bien sûr, tu es marié, et tu vas emmener ta femme ! » À ces mots s'ouvrit tout à coup un blanc, il y eut entre eux une réalité invisible, comme un petit animal sauvage, jamais vu, ressemblant à un chat qui fait le gros dos : Martín avait déjà mis son manteau et sortait de la chambre : María était toujours assise sur le bord du lit, fin prête pour sortir mais pieds nus. Ce fut l'histoire d'un instant. Une réalité qu'il est d'usage de dire invisible, non pas parce qu'on n'arrive pas à la voir, mais parce que, comme totalité, elle est vue et non vue en un clin d'œil : Martín vit qu'il obtenait gain de cause et qu'il valait mieux qu'il en fût ainsi, lui tout seul, parlant avec l'éditeur. María vit que le mieux était tout simplement de céder. Et c'est ce qu'elle fit. Martín partit pour son rendez-vous, satisfait. María dit tout haut à son fils qui était en train de faire une montagne avec les cubes du puzzle, assis sur le sol du salon : « Il vaut mille fois mieux s'aimer que passer son temps à se faire des reproches et à réparer les dégâts : nous trois, nous nous aimons : papa, toi et moi, et par conséquent, tout ira bien, maintenant et à jamais, et fais-moi le plaisir de dire maintenant ainsi soit-il, sans faire cette tête de renard bleu et noir, mon bébé... » Martín eut beaucoup de succès ce soir-là. Oui, l'éditeur eut l'impression d'avoir affaire à un génie solitaire, peut-être déséquilibré, mais incroyablement singulier, authentique, incontestable et apparemment marié et père d'un enfant...

Ce serait — et elle n'en démordait pas — plus étrange qu'un pois chiche d'une livre. Et ce serait ainsi, non seulement parce que ce serait ainsi, mais aussi pour leur montrer clairement qu'elle faisait les choses comme elle l'entendait et qu'elle se fichait de tous ces gens comme de l'an quarante, sans exception aucune, et en particulier de ses parents. Virginia avait maintenant une conception globale du cosmos face au chaos. Le cosmos, c'était, les derniers détails réglés, sauter le pas : et le chaos semblait être, sans qu'il y eût lieu d'en douter, ce qu'il y avait avant. « Le chaos », se disait Virginia en son for intérieur, et elle le répétait à María au téléphone, « c'est le passé ». Et cette pensée était globale en ce sens que l'on pouvait tout voir comme on voit la campagne, les champs qui se succèdent, du haut d'un ballon : un puzzle aux pièces et aux formes irrégulières — cette histoire de pièces de la vision globale et du passé étonnait beaucoup Virginia — qui, alors qu'elle s'élevait majestueusement, silencieusement et lâchait du lest de plus en plus vite — ce lest, c'étaient des sortes de sacs de toile blanche de dix et de cinq kilos pour rendre l'ascension régulière —, donnait l'impression d'être de plus en plus éclairé. Éclairé et oublié, séparé, susceptible d'être connu juste au moment où il cessait d'être la zigzagante, hasardeuse et épineuse chose incompréhensible qu'il avait été. Maintenant, Virginia se disait que tout n'avait été qu'un rêve : tout ce qu'elle savait devenait maintenant l'équivalent, les derniers détails réglés, le pas sauté, de tout ce qui avait été rêvé, peut-être pas tout par Virginia elle-même mais par toutes les Virginia que le monde avait connues : un rêve gentiment collectif d'uniformes différents, de collèges différents, de religieuses, d'amies intimes déjà mariées, comme María, et d'intimes inamicales, dont les trajectoires se terminaient par des adieux et des jardins élégants où soudain, désormais mariées, elles constituaient un exemple vivant, fugitif mais détaillé, de ce qu'il ne fallait pas faire : se marier, certainement pas : pas question de se marier : qu'ils se marient, eux, si ça leur chante : qu'elles se marient, elles, les non intimes inamicales qui, n'ayant pas une seule idée précise dans leurs légères petites têtes d'ail, aux cheveux blonds, bruns ou châtains, maquillées, allant et venant entre les salons de coiffure et les ateliers de couturières et, pour certaines choses, se rendant chez le plus grand couturier de Madrid, de Paris, puis rien, puis tout se résumait à avoir été soudain incroyablement critiques et perfides à l'égard du grand garçon à moustache ou sans moustache, les Ponts et Chaussées terminés ou sans Ponts et Chaussées, avec lequel elles réapparaissaient à la fin, complètement mordues et idiotes, jeunes mariées, mariées tout court, pieds et poings liés, favorables à la communauté réduite aux acquêts et disposées à montrer à la souillon Filiberta comment il fallait faire le thé, dire oui madame, non madame, qu'en pense madame ? puis l'enfant, puis la belle-mère, puis le minuscule néant d'un bel appartement dans une belle rue de Madrid et les dîners avec les autres couples et les crèmes et l'embonpoint qui guette certaines, ou, au contraire, les rides qu'on commence à étudier dans les petites glaces à main, les coiffeuses et le rétroviseur de la voiture de plus en plus dernier modèle et la top model dont le mari a fait la connaissance juste le jour de leur anniversaire de mariage, ou, plutôt, la veille dans la boutique de sacs en peau de crocodile, c'était là, en contrepoint, qu'avait commencé l'histoire qui générait ensuite une tension constante chaque fois qu'ils allaient dîner ensemble avec des amis, et puis rien. En revanche, Virginia, elle, avait tranché dans le vif, et plus encore maintenant où elle voyait du haut du ballon, en s'éloignant de plus en plus, la vallée pleine de roses, toutes les villes nivelées par cette intense lumière dont la source était sa difficulté croissante à s'en souvenir, et toute l'étrangeté que l'on voudra, toutes les difficultés que l'on voudra, surtout celles qu'elle avait connues avec les garçons, elle prenait joliment le large en raflant tout, sans piper mot et sans le claironner, sans papiers, sans mémoire, submergée par les fleurs incroyablement parfumées d'autres nouveaux mondes où tout serait compréhensible, praticable, aimable et on ne peut plus plaisant, c'est-à-dire : pareil à ce qu'avait toujours été son amitié de toujours avec María, une sorte de roman oral où tout ce qui était conté était décompté, dégagé, détaché, dit et retenu par de grandes épingles à destination de María, c'est-à-dire, adieu, adieu, je suis sauve, sauf si Rómulo Leonardo Waitzenbecker meurt subitement, ce qui n'a pas la moindre chance d'arriver, passe-moi l'expression, vive la mariée, vive l'élégance de la mariée, extravagante certes, mais sauve, car elle se marie aujourd'hui, parce que, en effet, elle se marie avec un monsieur un peu plus âgé qu'elle, un homme d'affaires qui a fait sa connaissance à la Puerta de Hierro, où elle déjeunait et où il venait de faire je ne sais combien de trous, parce qu'il a aussi la trempe d'un champion de golf, bien qu'il ne dispose que de très peu de temps pour le jeu, les femmes ou le sport et tout ça... « María, comme tu vois, je n'ai pas dormi cette nuit, ni la nuit dernière, ni celle d'avant, j'ai à peine fermé l'œil parce que j'ai passé toutes ces nuits à réfléchir : comme tu dis, toi : à réfléchir et à ne pas pouvoir fermer les lucarnes parce que, comme tu peux fort bien le comprendre, je suis surexcitée : parfait, c'est sans importance : ça passera, ce qui est naturel et normal, c'est de ne pas s'arrêter, tendue ou détendue, au moment où tu vas sauter le pas que moi, je vais sauter, oui, demain précisément, comme tu le sais puisque tu seras présente et Martín aussi, s'il veut, moi j'aimerais bien, bien sûr, j'aimerais vraiment beaucoup vous avoir tous les deux, tôt, très tôt, à sept heures trente-cinq, à l'extrême rigueur huit heures moins le quart, comme dit Rómulo Leonardo Waitzenbecker, un nom vraiment gracieux, n'est-ce pas ? tout à fait de là-bas, un mariage très costume-tailleur, rien de plus, tous les deux, comme un mariage de veufs et il n'y aura que le curé, le marié, moi, la mariée, toi, l'amie de la mariée, Martín, le mari de l'amie de la mariée si..., s'il finit par venir, et ton frère, le frère de l'amie de la mariée, Gonzalito, qui sera superbe avec son costume bleu marine, le sacristain et personne d'autre, ce qui s'appelle personne d'autre, et moi, la mariée, je me mettrai simplement un petit voile noir que j'adapterai à un chapeau que m'avait offert, adorable, en satin, un petit bonnet que m'avait offert tante Pano, il y a belle lurette, la pauvre, les témoins seront, je ne sais pas, Martín, s'il veut bien, et ton frère Gonzalito qui, lui, veut bien, il m'a dit que oui au téléphone, et que ça le faisait rêver, et puis le sacristain et le coadjuteur, étant, bien entendu, curé, je ne sais s'il est de quelque utilité, toi, qu'en penses-tu ? il faut que ce soit des hommes et qu'ils signent, les témoins sont toujours des hommes, n'est-ce pas ? mais, je t'en prie, si Martín vient, pas d'objection en public, pas question d'empêcher ce mariage, parce que le curé, j'imagine, fouine déjà, tu sais que les curés cherchent des poux, le mariage est un sacrement, non, alors adieu la noce et nous avons réglé, comme dit Rómulo Leonardo, parfois je ne sais pas comment l'appeler, nous avons réglé tous les détails, lui et moi... d'un coup, et vlan ! Comme ce qu'avait dit Jules César : la phrase en latin : *Veni, vidi, vici*, c'était *vidi* ou *vinci* ou *victi*, je ne me souviens plus si *vinci, vici* ou je ne sais quoi viennent du verbe *venio*, qu'ils viennent de ce qu'ils veulent, moi, Maria, moi, je me sauve, moi, je sors du passé, mon passé qui est un chaos et une chose étrange et je vois déjà tout globalement éclairé et tout dit et fait et surtout dit parce que je t'ai toujours tout dit à toi, oui ou non, je parie que c'est oui, María, je t'ai toujours tout dit à toi, et ça, c'est la vérité vraie, ce que je t'ai dit, ce que je t'ai raconté, dont je me souviens à peine : tu vois, María, moi, je crois que la vérité peut être définie ainsi, ce qu'on a laissé, une fois dit, avec bonheur derrière soi, ce qui s'oublie : la vérité, ce sont les choses oubliées qui ont été dites, toi, cette définition, comment la trouves-tu ? je parie qu'elle te plaît, je ne sais pourquoi, moi, je crois qu'il y a là quelque chose, eh bien, qui est la vérité ou, disons, la véritable Virginia, moi, toute l'étrangeté et toutes les impossibilités, et toute la distance, et toute la froideur vis-à-vis des garçons, la vérité, donc fausse, ou plutôt la frivolité, ils étaient tous plus ou moins un seul et même personnage et ce seul et même personnage, ou avocat ou ingénieur, je ne pouvais pas, maintenant je peux, maintenant je veux, María, quand on dit que la mariée ne se tient plus de joie, eh bien, c'est ce qui m'arrive ! »

« Moi, je suis le sexe opposé », déclara Virginia sans regarder Gonzalito. Et les murs de cette salle confortable et désuète de l'appartement qui avait appartenu aux grands-parents de la mère de Virginia et qui était, toute la première moitié du vingtième siècle, restée pareille malgré des choses rajoutées au petit bonheur, l'entendirent. Les parents de Virginia, durant leur brève lune de miel, une histoire de cinq années à peu près, s'amusaient à aller dans tous les coins du monde et à faire l'acquisition d'objets aussi bien de valeur que sans valeur qui, une fois acquis, se transformaient sur-le-champ en vieilleries horriblement assommantes, sans compter le remue-ménage d'avoir à les nettoyer, les placer et les déplacer, sans compter, et pourquoi cet après-midi-là, dans ce qui avait été, semble-t-il, la maison d'Aristote ou de Thucydide, de nos jours un musée, avons-nous acheté cette sculpture d'albâtre rose qui a l'air faux, sculpture d'une sorte d'Hercule ou d'Apollon qui a une main, la gauche, posée sur la hanche et à qui il manque un bras, est-ce nous qui avons perdu ce bras ou ne l'avait-il déjà plus depuis l'Antiquité ? Sur le moment, il nous a plu, il nous a fait l'effet d'une très intéressante représentation et maintenant il ne nous plaît plus du tout, il nous fait, pour tout dire, l'effet inverse, mets-le au salon, à côté de la lampe et du cendrier bleu du Val-Saint-Lambert... Cependant, tout, pour Virginia, s'était transformé en un lieu à elle, tous les objets rassemblés et présents à la fois, comme une foule vue d'un balcon, toutes les petites têtes semblables, nous sommes sûrs qu'elles nous voient parce que c'est nous qui faisons le discours et ainsi Virginia était-elle sûre que les étrangetés figées de ses parents et le fond surchargé d'une salle de la fin du siècle dernier, formaient une sorte de masse connue, affectueusement attentive et à la merci, comme María, comme personne d'autre, de ses silences, ou de son sommeil, ou de ses pleurs immotivés, ou de ses pas, ou de ses gestes amples et hauts de mannequin très original, exotique, ou de sa voix. « Que cela nous plaise ou nous déplaise, moi, ce n'est pas que ça me plaise ou me déplaise, Gonzalo, je suis le sexe opposé. Un point c'est tout. » Gonzalito observa Virginia en souriant. Il était beau cet après-midi-là. C'était la veille de la matinée secrète du mariage. Gonzalito était venu parce que Virginia l'avait appelé, pensant qu'il lui restait à régler un dernier détail, avoir un aparté avec un témoin, si Martín refusait, peut-être le seul témoin, le sacristain ou le coadjuteur mis à part, un bref mais intense aparté. Et tout devenait intense, très intense, et non pas bref, parce que Virginia n'abrégeait pas facilement. Comment abréger la vie elle-même ? Si elle ne s'abrège pas d'elle-même et dure ce qu'elle dure, elle s'abrégera encore moins en la racontant, qui est une manière de revenir en arrière : c'est de l'ordre de l'impossible, cela va de soi. Virginia se sentit tout à coup ragaillardie par le sentiment, comme une sorte de crampe, qu'elle était à deux doigts de tout se rappeler. Pour ne pas abréger et, en même temps, pour ne pas lasser Gonzalito, l'amabilité même, bien qu'à chaque minute qui passait, il donnât de plus en plus l'impression de ne pas savoir pourquoi diable Virginia avait voulu qu'il vînt la voir. Virginia se dit tout à coup qu'elle non plus n'en savait rien. Pourquoi diable l'avait-elle appelé ? Peut-être voulait-elle s'assurer que Gonzalito assisterait bien au mariage le lendemain. Ce n'était pas, apparemment, une raison suffisante. Elle aurait pu aussi bien le faire par téléphone. Pourquoi ? Pour rien, tout simplement. Pour quelque chose. Quelque chose qui avait à voir avec tout et qui procédait, sans aucun doute, de la vision globale. Une chose si difficile à délimiter, de nature si difficile à connaître avec certitude, décida Virginia, qu'il valait mieux que personne, pas même elle, ne la connût. La seule chose qui, pour ainsi dire, délimitait cette ignorance (l'équivalent d'une démangeaison) était qu'elle l'avait appelé non pas pour le voir mais pour lui parler. Tout était dans la parole. C'était que, bien qu'elle eût parlé de tout avec María, il restait quelque chose dont elle n'avait pas parlé. Virginia n'avait pas voulu, parlant avec María, aller au fond des choses. Au fond, Virginia préférait que María — la veille de la cérémonie, l'après-midi, elle avait exprimé des réserves sur ce mariage — ne fût pas impliquée dans sa décision de se marier. María mettait des obstacles. Et les obstacles retardent tout désir de tenter sa chance. « Le mariage, c'est la baraka ou le trépas », c'était une phrase de tante Pano. On a ou on n'a pas la baraka : voilà l'essentiel. Le trépas est assuré, c'est la seule certitude (certains après-midi, tante Pano était un peu lugubre : ces après-midi où tout en elle était grisaille, soie grise, crêpe gris, ses formidables foulards noués comme au hasard autour du cou, suggérant, comme au hasard, que gris seraient tous les mercredis après-midi à venir où elle retrouverait Virginia, sa nièce préférée, pour aller prendre le thé. Pauvre tante Pano, comme elle se souvenait d'elle maintenant !). Mais si la seule certitude était le trépas, le reste était une question de baraka : Virginia avait décidé de ne pas continuer dans l'incertitude — était-ce une raison ? — et de tenter sa chance : voilà pourquoi elle se mariait. Mais María n'était pas la personne la mieux indiquée pour parler sur ce mode du mariage : ou, peut-être, comme personne dans sa famille n'avait été outre mesure ému en apprenant qu'elle se mariait, Virginia avait-elle voulu, se sentant seule, se retrouver encore plus seule : pas même en parler avec María : c'était une situation sans équivalent : une solitude inouïe qui se mariait bien avec le fait de se marier, si on en croyait ce truc de saint Paul, cette épître écrite pour un couple de Romains dans laquelle il est dit que, quand on est mariée, terminé : on est seule pour toujours avec l'homme que le sort vous a désigné : le trépas ou la baraka, en fait, tante Pano était sur ce point très Nouveau Testament. Tenter sa chance était une manière de dire : ou tenter une expérience ou mourir. Mourir de l'incertitude de ne pas savoir si on a ou n'a pas tout ce qui est essentiel : dans l'incertitude on soupçonne. C'est agréable de se mettre ainsi en état d'apesanteur, mais arrivent une étape, un âge où, tout à coup, l'incertitude est source de malaise et il faut sauter le pas : le trépas ou la baraka ! La seule chose qu'à ce moment précis Virginia voyait clairement en regardant Gonzalito — qui, bien entendu, avait mangé presque tous les chocolats fourrés qui accompagnaient le café —, c'était qu'il fallait parler pour ne pas se taire et comme elle n'avait rien de précis à lui dire — elle ne comptait guère que sur la baraka, sur ce quelque chose d'indéfini qui la caractérisait —, Virginia opta pour l'énigmatique : voilà pourquoi elle venait de dire : « Moi, je suis le sexe opposé. » Ce n'était pas la première fois qu'elle parlait ainsi : Virginia parlait souvent ainsi : c'était étrange : d'abord étaient dites quelques phrases, sans y penser, puis on pensait à ce qu'elles voulaient dire : c'était comme plonger sa main dans un sac plein de boules et en retirer le six et le un. Tu as gagné ? C'était comme si l'on donnait des prix en parlant : ça correspond à quelque chose : tu as gagné : ça ne correspond à rien : tu n'as pas gagné, mais il ne s'est rien passé : recommence. Qu'avait-elle gagné — et contre qui ? — en disant qu'elle était le sexe opposé ? Virginia jeta un regard bref et insistant sur Gonzalito : c'est ainsi qu'on regarde en un moment pareil : elle devait avoir gagné quelque chose car la phrase, reconnut-elle, était digne d'attention :

Gonzalito ne pouvait pas ne pas être surpris. En effet : il était surpris. Il souriait et clignait un petit peu les yeux comme quelqu'un qui essaie de voir quelque chose au loin. Ce que, de fait, Gonzalito crut voir avait beaucoup à voir avec lui-même et pas grand-chose avec Virginia : Gonzalito se demandait si Virginia était, oui ou non, au courant de ses problèmes : peut-être les avait-elle devinés. En ce cas, mieux valait s'en assurer. Virginia venait de prendre une nouvelle boule : cette fois, la phrase amplifiait ce que la phrase précédente avait d'énigmatique par le biais de deux énigmes exposées en détail : « Moi, il me semble, Gonzalo, je ne sais pas si c'est la même chose pour toi, que dans la vie le sexe est tout : il est ce qui s'oppose toujours à la vérité : les déveines, le manque de veine, la veine qui se fait rare sont dus à ça, au sexe que l'on a. » Et elle ajouta : « Et cela parce qu'ils sont opposés, il vaudrait mieux qu'il n'y en ait aucun ou tout au plus un seul, un même sexe pour tous les hommes et toutes les femmes, tu ne crois pas, Gonzalo ? » Gonzalito riait. Il avait laissé le rire se répandre, glisser, comme un fichu de crêpe bleu outre-mer qui cache tout ce qui doit être caché. « S'il fallait choisir parmi les sexes qui existent, lequel choisirais-tu, toi, Virginia ? » — « J'hésite beaucoup, figure-toi. À tel point que, parfois, je dis le mien et d'autres fois le tien : j'ai eu, un temps, un prétendant, qui n'a même pas duré, lui non plus, une semaine, et qui faisait des études de pharmacie et de médecine pour devenir psychiatre, c'était sa priorité, disait-il, faire fortune, et alors, dès le deuxième ou troisième cours, je ne m'en souviens plus, il s'est demandé si, après tout, l'orthodontie n'était pas encore mieux, vu l'état dentaire des Espagnols de l'époque, chose que m'avait déjà dite tante Pano — dès que tu le vois, observe bien ses dents, ses gencives, le tartre et la pyorrhée qui, d'après elle, se cachaient sous la plupart des lèvres supérieures, s'il ne fait que sourire et ne rit jamais, mauvais signe, eh bien, ce garçon si savant qu'il portait deux paires de lunettes, l'une pour y voir de près et l'autre de loin, pendant cette toute petite semaine où je suis sortie avec lui, disait que le désir des filles d'avoir le pénis des garçons venait d'une sorte de gêne qui s'emparait d'elles parce qu'elles refusaient de le regarder, voilà pourquoi je l'ai laissé tomber, parce que c'était un vicieux, aussi bien voulait-il que je regarde le sien, tu t'imagines l'idée idiote qui lui était passée par la tête, que je veuille regarder ce machin, son machin à lui, c'est précisément à cause de ça que je n'ai pas voulu le revoir, et toi, Gonzalo, lequel choisirais-tu, si tu en avais la possibilité ? le tien ou un autre ? Je pose la question comme ça... » C'était une question posée comme ça qui, en fait, sur le ton de la plaisanterie, frôlait un sérieux malaise, pensa Gonzalo. S'il s'était agi de n'importe quelle autre fille, Gonzalito ne serait pas allé chercher plus loin que ce qui se dit dans ce genre de situation. Il avait l'habitude de voir les filles devenir idiotes et sexuées en toute fin d'après-midi. Mais Virginia était différente. Virginia, pensa Gonzalo, ne parle pas pour parler, tant s'en faut, mais ne parle pas non plus avec moi, ni de moi, ni pour moi. Quelle que soit la personne avec qui elle parle, évidemment ce n'est pas moi et, de plus, elle ne sait pas ce qu'elle dit. Elle a entendu dire la moitié de ce qu'elle dit, et l'autre moitié vient des phrases elles-mêmes, une matière *in vitro*, comme du sperme extrait et gardé frais dans des tubes de verre... C'était étrange d'entendre Virginia parler ainsi. C'était comme si on était à deux doigts de trouver un œuf de Pâques et qu'on entendait derrière tous les gens, s'amusant follement, tu chauffes, tu brûles, tu refroidis, tu chauffes, tu brûles... Gonzalo remarqua que la voix de Virginia changeait de ton, peut-être tout simplement parce qu'elle venait de se lever et lui parlait, dans une position différente : « Moi, je ne sais pas si je l'aime ou si je ne l'aime pas : ne le dis pas à ta sœur : je n'en sais rien : Rómulo, Rómulo Leonardo, je ne sais jamais comment l'appeler, dit qu'il ne se tient plus de joie et moi, je lui dis que c'est pareil pour moi et c'est la pure vérité, cela dit, je ne l'aime pas non plus comme María et Martín s'aiment : ce n'est pas la même chose : chez moi, c'est plus confus, plus érotique, plus, plus charnel comme on dit, ou moins charnel, aussi bien est-ce plus confus parce que c'est plus érotique et moins charnel et plus, comment te dirais-je, plus mental : je me sens très heureuse et hébétée, comme si je venais de sortir du lit et que je ne m'étais encore ni lavée ni préparée : ce n'est pas que j'accorde, je ne l'ai jamais fait, une grande importance à mon apparence : je me sens excessive : j'ai toujours été excessive : j'ai toujours été insensée : oui, bien sûr, mais maintenant, c'est comme si je devenais excessive pour et à cause de quelqu'un d'autre : c'est tout à fait ça : pour et à cause de lui : Waitzenbecker : María, ta sœur, voit ce mariage d'un très mauvais œil : elle dit que c'est trop précipité : évidemment : si je ne me précipite pas, je ne me marierai pas : toi, Gonzalito, tu dois penser, ce sont des sottises : c'est vrai et faux à la fois : dis-toi bien une chose : je suis confuse parce que je suis heureuse : voyons, pour résumer, ce qui se passe : mariage précipité, certes : mais il n'y a pas d'autre manière, soit on se précipite, soit on reste vieille fille : un zéro à gauche : comme tante Pano, la pauvre, qui, à force d'en parler et de couper les cheveux en quatre, ne s'est jamais mariée : pas la peine d'être amoureuse : ça, ce sont des trucs de María : ce qu'il faut, c'est sauter le pas : et il est sauté... » Virginia fit un pas en avant, avec une certaine raideur, comme un soldat qui sort volontairement du rang, remarque qu'il n'y a personne alentour et qu'il n'y a devant lui qu'un grand espace délimité par le sergent, le lieutenant, le colonel et le général et la raison qui l'avait poussé à faire ce pas qui ne semble désormais guère raisonnable : maintenant, Virginia ne regardait plus Gonzalo, elle regardait, au loin, le fond du salon plongé dans la pénombre et surchargé de choses, dont la seule raison d'être était d'avoir été mises toutes ensemble, avec tous les mots, au point de ne plus pouvoir se supporter et de prendre congé de la langue. À ce moment-là, à l'opposé de la pauvre Virginia, Gonzalito se sentit sûr de lui : il ressentit une tendresse très légère, comme quelqu'un qui ressent un peu le froid du soir et met un pull. « Tu vois, Virginia, il se trouve que j'ai un ami qui connaît ton fiancé, on a raison de dire que le monde est petit : apparemment, Vélez connaît ton Leonardo, il le connaît très bien, tu ne vas pas me dire que ce n'est pas cocasse... » — « Vélez ? Qui est ce Vélez ? » — « Un ami à moi qui, apparemment, le connaît, il connaît tout le monde... » Virginia dit d'un trait : « On dirait que tout le monde le connaît, aussi bien ici qu'en Argentine, à Manille qu'à New York et à Rome, Londres et Paris, c'est un homme d'affaires très célèbre, Rómulo Leonardo Waitzenbecker ! » Virginia s'était mise à rire. Comme son nom qu'il fallait dire d'un trait, il fallait aussi voir Rómulo Leonardo en chair et en os d'un trait, c'était à prendre ou à laisser, avec sa moustache et tout le reste, sa gourmette en or, tout or, et sa montre en or qu'il portait à la main gauche, les deux s'entrechoquant, sa grosse chevalière en or au petit doigt de la main droite, avec ses armoiries, des bijoux de qualité en fait, et tout à fait vrais. Et Rómulo Leonardo Waitzenbecker avait de très jolies mains, grandes, aux larges paumes, aux grands ongles larges et carrés, aux lunules très nettes, un demi-cercle parfaitement dessiné, et il était si agréable d'aller partout avec lui et d'entrer accompagnée de ce magnifique Rómulo Leonardo aux épaules larges, avec ses pantalons gris, presque noirs, et ses vestes de *sport** très voyantes, avec ses intentions sempiternellement intenses et précises, comme s'il les lisait chaque fois qu'il les énumérait, suivant un ordre préétabli : Rómulo Leonardo Waitzenbecker ne voulait pas se laisser aller à des enfantillages, ni passer sa soirée ou ses soirées, disons, à traîner, ni disposer à Madrid d'une bonne amie, ni d'une maîtresse, d'une maîtresse surtout pas, ni ne voulait non plus laisser mariner Virginia, avait-il dit, ni lui faire perdre son temps, ni en perdre lui-même, ne serait-ce qu'une minute : il voulait se marier avec Virginia : pas autre chose : rien de plus : en connaissance de cause, il savait que c'était en connaissance de cause : et il disait qu'il savait qu'il ne s'était pas trompé : il n'était pas dans l'erreur : il fallait que ce fût elle : il fallait que ce fût Virginia et il voulait en plus qu'elle sût qu'il savait toujours du premier coup ce qu'il voulait, une bonne fois pour toutes. Tout ou rien, une bonne fois pour toutes : et ainsi fut-il : ils sortirent ensemble et s'attardèrent jusqu'à plus de deux heures du matin au *Casablanca* et Virginia, voyant qu'il persévérait tellement dans son entreprise et qu'il était si sûr qu'elle serait couronnée de succès, pensa : pourquoi pas ? Elle pensa que, à la différence des autres garçons, Rómulo Leonardo Waitzenbecker n'en était pas un : pour être un garçon, il fallait être un peu bête et Waitzenbecker ne l'était guère : c'était un homme d'affaires, mais qui n'avait pas encore dépassé quarante ans, très brun, avec des cheveux suprêmement noirs, un air sportif, des yeux qui ressemblaient à ceux d'un grand chien, tirant sur le brun, qu'en séducteur il fermait à demi : des cravates et des vestes d'un goût tapageur et une suffisance d'outre-Atlantique exotique et pittoresque, un côté Gardel, un côté Hollywood, et Virginia, à bien y regarder, n'avait rien à faire, il suffisait de se laisser faire : ce sont les hommes qui font : être bien est déjà trop et Virginia s'était sentie très bien, et, par conséquent, maintenant elle ne se tenait plus de joie, et, par conséquent, n'avait pas besoin de se laisser submerger par la passion, et quoi encore ! L'érotisme n'est jamais passionné : plutôt mental : il s'agit plutôt d'être courtisée, de s'abandonner et, bien entendu, de se dénuder, et d'être amoureuse, autrement dit d'être grisée de paroles, d'être prise : Virginia avait laissé les phrases lui tenir lieu de sentiments : les sentiments viendraient après : maintenant, par exemple, elle commençait déjà à en ressentir un : elle sentait qu'elle ne se tenait plus de joie : quoi de plus naturel la veille de son mariage : non seulement elle le ressentait, mais, en plus, elle se souvenait de l'avoir ressenti tout au long des jours précédents comme une petite musique ou une démangeaison ou des alléluias qui se répètent d'autorité tandis qu'on fait une promenade : Virginia sentait qu'elle allait forcément sentir, une fois mariée avec ce bonimenteur de Rómulo Leonardo, tout ce qu'il est naturel de ressentir et, pour l'instant, elle se sentait très bien : c'était une vraie expérience et il ne pouvait se leurrer — il avait l'air si sûr de lui — ni la leurrer, dans la mesure où elle sentait clairement qu'elle ne se tenait plus de joie : elle avait sauté le pas...

Leur tête-à-tête s'acheva brusquement. Comme il avait commencé. Virginia entendit Gonzalito dire, à un moment donné, parmi d'autres choses, que cet ami, ce Vélez, avait cru comprendre que Waitzenbecker avait une réputation de don juan : sottises ! Demain, tout le monde verrait le contraire au grand jour : et puis, ce n'en était que mieux : mieux valait un don juan qu'un falot, qu'un garçon, qu'un sot, qu'un ingénieur, qu'un avocat, qu'un médecin-pharmacien-psychiatre et libidineux, que n'importe quoi : ce qu'il y avait de mieux... Gonzalito partit. Tous deux riaient beaucoup au moment de se séparer. Ils riaient pour rire : c'était très bien ainsi. Virginia prit une longue douche très chaude : tout allait bien. Puis elle se prépara. Puis Rómulo Leonardo Waitzenbecker l'emmena dîner et, comme il devait se lever très tôt le lendemain pour poursuivre son voyage jusqu'à Paris, il revint vite à la maison. Une lune de miel dans les normes, avec juste une petite valise et trois ou quatre choses dedans, parce que ce qui était tout à fait plaisant, c'était justement que, à la sortie de l'église, il y aurait, devant la porte, une grande voiture bleu foncé avec, sur la plage arrière, une rangée de gardénias : pour les conduire à l'aéroport de Barajas : pour que tout fût outre-Atlantique, pour que, compte tenu des circonstances précipitées de ce mariage, ne pas inviter les assistants à ne prendre ne serait-ce qu'un café n'eût pas l'air bizarre : l'occasion se présenterait à une autre occasion : ce serait théâtral, ce serait phénoménal, ce serait comme le mariage de deux veufs, ce ne serait ni habituel, ni conventionnel, ni traditionnel, ni déjà vu cent fois : et si les femmes lui plaisaient et qu'il avait même une réputation de don juan, c'était une bonne chose : presque mieux : ainsi, à la touche d'invraisemblance s'ajoutait une touche de réalisme et de concupiscence de la chair : un bon mariage : cet effet romanesque était essentiel : le *trousseau** se ferait à Paris : de pied en cap : de A à Z, tout à Paris : Waitzenbecker disait le « sexe faible », l'« éternel féminin », la « femme », le « parfum », ma « vieille mère », « Vénus est ma déesse », la « mère patrie », la « nature », la « douceur », la « beauté », la « bonté » et la « fleur » : un goût, bien entendu, très bigarré.

Virginia se coucha et, une fois dans son lit, eut un frisson, c'était la dernière fois qu'elle dormait seule. Par conséquent, elle décida qu'elle ne pouvait dormir. Cependant, elle s'endormit aussitôt. Elle se réveilla une heure et demie à l'avance. Elle se souvint de tante Pano : un frisson parcourut tout son être : une sorte de chair de poule : elle avait sauté le pas : Virginia allait enfin éveiller le dernier mystère, le grand mystère de citron, de menthe et de myosotis de son heureux sexe féminin, le sexe opposé.

María avait à peine eu le temps de se retourner que le mariage était déjà fait. Une noce bizarre, qui avait failli être un peu triste, n'était la personnalité expansive de Waitzenbecker. D'une certaine façon, tout se passa comme prévu : le tailleur, la messe dans une chapelle latérale ornée d'un tapis de l'église de la paroisse de Virginia, un peu avant huit heures, le chapeau, souvenir de tante Pano, le voile, la grande voiture devant la porte attendant les nouveaux mariés, des au revoir un peu brusques, un « nous reviendrons vite, vous verrez » de Waitzenbecker, une sensation volatile d'événement fortuit. C'était incroyable. María avait l'impression d'avoir participé à une farce, dont elle était par ailleurs responsable, qui recélait plus de réalité — et en même temps plus de vraisemblance — qu'il n'avait été, y compris par elle, prévu. En embrassant son amie juste avant que celle-ci monte en voiture avec ce sourire forcé qu'elle avait gardé depuis qu'elles s'étaient retrouvées sur le parvis de l'église, María pensa qu'elle aurait aimé s'opposer plus énergiquement à ce mariage. Elle aurait dû forcer Virginia à aller plus lentement, à réfléchir davantage, à s'assurer que ce personnage — par ailleurs si divinement aimable avec María et avec tout le monde, si tendre avec Virginia — n'était pas un frimeur. Mais Virginia avait décidé que les choses se passeraient comme elles s'étaient passées : dans la précipitation, une bonne fois pour toutes. Ils étaient venus tous les trois, Martín était donc là. Il était neuf heures du matin quand ils s'assirent pour prendre leur petit déjeuner dans un café, un établissement spécialisé dans les fritures de poissons très bruyant à cette heure-là. C'était fini. María revint à la maison songeuse, en compagnie de Gonzalo. Martín alla à la faculté. Gonzalito donnait l'impression d'avoir goûté le spectacle. « Vélez dit, annonça Gonzalito, que c'est un bon mariage. Et je crois qu'il a raison. Il le connaît. Ou plutôt, il connaît très bien des gens qui connaissent très bien ce Waitzenbecker. Tout un personnage. Virginia aussi. Les deux font la paire. Ils formaient un beau couple. » María acquiesça : c'était vrai. Waitzenbecker avait de l'allure, il avait l'air de quelqu'un de bien. Et il était inutile de revenir sur ce qui, même invraisemblable, était une affaire conclue. Gonzalito prit congé devant le porche. María ouvrit la porte de son appartement en regrettant d'avoir laissé l'enfant chez les grands-parents la veille au soir. Voir l'enfant, déjà si grand, parler avec lui, aurait dissipé la vive sensation d'irréalité qui s'était emparé d'elle durant toute la matinée.

Il avait rendez-vous avec Alfonso Vélez. Ils iraient dîner dans un endroit nouveau. Ils étaient devenus très amis. C'était du moins ce que Vélez répétait parce que c'était ce qu'il désirait sûrement. Gonzalito trouvait Vélez pratique. Il aimait qu'il habitât tout près, il aimait l'avoir à portée de main, bavarder de choses et d'autres avec lui. Vélez était pratique. Avec lui, il devait faire attention à ne pas se laisser connaître sous un certain aspect. Par le truchement de cette expression « sous un certain aspect », Gonzalito désignait tout un côté encore replié de sa vie. Voilà pourquoi il ne partait pas : il parlait de partir pour Londres mais il n'arrivait pas à partir parce qu'il avait l'impression qu'une fois à Londres tout ce replié se déplierait, comme de lui-même. C'était une crainte en partie irrationnelle qui recélait, au tréfonds d'elle-même, une joie malicieuse, voilée, irrépressible : le replié se déplierait fatalement : à

Londres l'attendait son destin : voilà pourquoi il ne partait pas : pour se préparer : pour savourer, tout en l'ajournant, son irrépressible nouvelle vie : un nouveau personnage libéré de toute réserve : c'était cela, l'amour : c'était encore loin : mais il ne pouvait pas ne pas connaître son heure : il connaîtrait son heure une fois qu'il se serait éloigné de Madrid, de sa famille et de sa sœur, après avoir pénétré dans une solitude délibérée qui rendrait plus faciles la communication et la vie en compagnie. Vélez ne voulait pas qu'il parte : mais il l'aidait, à son insu, à être prêt à partir à n'importe quel moment en lui racontant des merveilles sur la vie londonienne : merveilles idiotes : les libertés des *happy sixties* devenaient profondes lorsqu'elles étaient envisagées comme la liberté de jouer, d'imaginer, de transformer la réalité entière, à commencer par son propre corps partagé entre la réalité conventionnelle de sa vie à Madrid et le désir, ses désirs, que Gonzalito voyait déjà fleurir dans la solitude, installé à Londres, où, sans la moindre réserve, il était celui qu'il était vraiment, assumait son véritable être sexué : sublimer ses impulsions sans nier ses désirs, sans s'opposer à ses instincts, pour son seul bénéfice : pour être davantage, pour être vrai, pour ne pas se contredire chaque fois qu'il désirait aimer et être aimé. Il désirait être aimé : tout se résumait à cela : mais pas par Vélez, ou par María, ou par ses parents, ou à Madrid : il fallait qu'il fût immergé seul dans une nouvelle forêt où les caresses n'arrivaient pas en dernier, mais étaient la manière la plus simple, pensait Gonzalito, de commencer à connaître l'autre.

Il fit attendre Vélez près d'une demi-heure. C'était sans importance. Vélez se sentait transporté de bonheur et ses protestations en étaient la preuve : ils partaient enfin dîner : tout était formidable. Au café, Gonzalito dit : « Finalement, je pars vendredi. J'ai mon billet. » C'était vrai. On avait accepté son chèque : aussi avait-il acheté son billet. Il faisait beau en ce début de mois de mars : il remontait sur le trottoir de droite la Gran Vía, vers la place Callao, et s'était arrêté devant la vitrine d'une agence de voyages. Il avait mille pesetas sur lui ainsi qu'un chéquier neuf d'un compte qu'on lui avait ouvert pour ne pas qu'il fût toutes les semaines, ou toutes les quinzaines, ou tous les mois à court d'argent. Son père avait tendance à ouvrir des comptes partout. Il entra demander combien coûtait un aller simple pour Londres. Il se sentit élégant, beau : il se sentit éloigné de toute vie quotidienne et projeté loin d'elle. Il y avait trois employées et un homme, qui avait l'air d'être le chef, assis à un bureau plus grand que les autres, et plus au fond, encore un autre homme, de son âge, qui s'occupait de lui. Il y avait aussi un couple d'étrangers, jeunes et blonds. Tout le monde le regardait. Et les deux plus jolies filles, les plus pimpantes, parlaient tout bas de lui. Et il y avait un mur recouvert de miroirs : c'était à peine nécessaire : il était réfléchi, reverdi et converti instantanément en diables, avec le printemps imminent qui tombait le vingt et un, du platine lyrique, c'était le garçon aigre-doux à blue-jean d'un album des Beatles, quelqu'un, un remplaçant de dernière minute, un aéroport fonctionnel dans lequel entrent et d'où sortent des Américains blonds, avec leurs cigarettes blondes et leurs blue-jeans, des sacs de voyage mais pas de valises, des ceinturons mais pas de cravate, les cheveux longs, une vraie crinière, des cieux spontanés et auréolés par une jeunesse qui avait approfondi sans effort tous les pourquoi et tous les comment de l'hédonisme : tous les regards égalisés lui firent dire : « Je n'ai même pas un centime sur moi. Si vous acceptez les chèques... » L'employé de son âge lui dit oui. Oui : c'était ainsi : il avait déjà une place réservée, confirmée sur le vol pour Londres dans un immense *jet* de platine et, comme si c'était trop peu, ce n'était pas sur Iberia, mais sur British Airways : ce qu'il lui fallait. Il calcula que deux semaines seraient largement suffisantes pour dire au revoir à tout le monde. « Tu laisses derrière toi pas mal de choses, tu n'es plus un gamin, tu le sais mieux que personne... Ta sœur, par exemple. Ou moi. Pour moi, bien sûr, et ça m'est égal que tu dises que je deviens cucu, ton départ n'a rien de folichon. C'est la vérité, mon beau, la pure vérité : comme ça, tu es au courant. Fais l'idiot si ça te chante. Tu n'es pas le seul à avoir un cœur : cela dit, je suis ravi, mon beau, ce soir tu es très beau, c'est vrai, je suis ravi que ce soit Londres. Londres est l'endroit idéal pour toi. Tu t'en apercevras vite. D'ailleurs, tu as l'air à moitié anglais, ils vont te prendre pour leur compatriote, tu vois, Gonzalo, moi je n'ai jamais, ce qui s'appelle jamais, eu quelqu'un qui, bon, quelqu'un dont le départ aurait été préférable au retour, ou vice versa : il n'y a qu'avec toi : que toi : tu peux faire la tête que tu veux, la tête du bel indifférent qui se barre et largue les amarres, mais écoute ce que je dis : moi, je reste ici et tu peux me retrouver ici, et, à vrai dire, je regrette, je reconnais que je regrette que tu partes : je m'étais fait à l'idée que tu ne partirais plus, enfin c'est pire pour toi si tu ne retires de tout cela qu'une raison de plus, parmi toutes celles que tu as déjà, je suis bien placé pour le savoir, même si tu ne me l'as jamais dit clairement, de te rengorger : la beauté, ce n'est pas tout, est-ce que tu écoutes ce que je dis ?... » Il était content d'être là, dans cet endroit nouveau, avec tous ces serveurs autour, toutes ces histoires et un Alfonso Vélez de plus en plus sentimental. C'était un bon point de départ. Il se souvint de l'enfant prodigue de Rilke : Gonzalito non plus ne voulait pas de l'amour pépère — plus il était pédé, plus il était pépère — de Vélez ou de ses parents. Ni de celui de María non plus. Il ne voulait pas d'un amour comme celui-là non plus. Du moins en principe, ce n'était pas non plus uniquement ainsi que l'aimait sa sœur. Sa sœur l'aimait du même amour que les autres, un amour qui ne se distinguait pas assez de la charité et de l'amour en général, sa sœur l'aimait d'un amour, d'un amour pour son frère Gonzalito, qui n'était pas assez fort : un amour sans valeur. On verrait plus tard. En attendant, adieu Madrid. « En attendant, dis-toi, tu vas te retrouver très isolé, après non, mais au début, oui. Et en plus, tu parles un anglais médiocre. Si tu te sens seul, appelle-moi en P.C.V. » Et Gonzalito assurait que oui, qu'il appellerait et tous deux, en se partageant la tâche, firent longtemps après le repas des projets pour se voir souvent : se voir à Londres : continuer de se voir : peut-être même aller en Écosse ensemble, le premier été. Tout, ce soir-là, valait le coup, pensait Gonzalito, parce que ça ne valait pas le coup de dire à Vélez — ni à ses parents, ni à María, ni même à María — la vérité. La vérité était que Gonzalo s'éloignerait très longtemps et l'éloignement serait une substance dissuasive, persuasive, parce qu'il finirait par les convaincre tous, à commencer par le premier intéressé lui-même, que la vie avait irrémédiablement changé, était devenue brillante dans son étrangeté, inépuisable, comme les yeux impromptus de ses nouveaux amis.

L'après-midi avait commencé après le petit déjeuner : presque avant qu'ils prennent leur petit déjeuner tous les trois et entendent le coup de klaxon du chauffeur des grands-parents qui venait chercher le bébé pour qu'il passe la journée du dimanche dans le jardin. Il faisait très beau. Un mois de mars qui annonçait le printemps. Martín s'était levé et avait déclaré, en pyjama, devant la fenêtre ouverte : « Aujourd'hui, liquidation par démolition. » Ce qui signifiait qu'il passerait la matinée à lire Mallarmé, avait-il annoncé, en l'intercalant entre l'être et le néant. Quand Martín se levait ainsi, de si bonne humeur, María pensait, tout en faisant les courses, en allant, au marché du coin de la rue Tutor, de chez le marchand de fruits au poissonnier et à l'épicier, que les olives noires cassées de Tolède dans leur grand bocal de verre lui faisaient plus que jamais envie et que les fruits secs devaient craquer sous la dent avec la succulence huileuse des cacahuètes dans leur coque achetées dans des sachets à la séance de cinéma de quatre heures, le jeudi, quand elle était petite fille. Tout brillait, les gens souriaient, comme s'ils s'éventaient devant les joyeux éventaires, prêts à liquider leur existence gratis, toutes les pommes, toutes les poires, tous les radis et les kilos de pommes de terre encore barbouillées, et les yeux des daurades et les yeux bigleux du lieu glissant de la pile au moment où il était sélectionné d'un coup d'œil par le fils aîné du poissonnier, calculant qu'une fois vidé, l'arête, la tête et la peau enlevées, découpé en petits filets blancs, il pèserait exactement six cents grammes, deux très belles parts à rouler dans la chapelure pour leur repas à tous deux. Tout allait vite, tout allait et venait, tout se déroulait selon le plan prévu : aucun plan : liquider, aujourd'hui, par démolition, l'existence de la pesanteur, de l'effort et de l'insistance des gens, de Martín et d'elle-même, pour s'asseoir dans le salon, paré de pêches et de lauriers, genre bonnets de papier et casquettes de conducteur de tramway, pourquoi pas de conducteur de tramway ? Tout le monde lisant Mallarmé, dans de bons fauteuils, dans des boudoirs et des salons, intercalant la lecture, comme Martín, entre l'être, le néant et le reste : se tourner les pouces et, le moment venu, défier toute hâte et l'angoisse que les livres ne prennent pas le tour souhaité : le moment venu de démolir : aujourd'hui, c'est la fête : aujourd'hui, pas question de travailler, ni de monter, ni de descendre, ni d'entrer, ni de sortir : tout est bon : parce qu'une fois que les petits filets du lieu auront été formidablement bien roulés dans la chapelure, une fois qu'aura été résolu le problème urgent de savoir si le lieu, c'est pareil que le merlu et différent sur le plan psychométaphysicopiscifactuel du, oh, de la morue, Martín et elle iraient se promener... ! Frère Soleil était de la partie. Qui, avec un tel soleil, ne se sentirait pas au diapason de l'univers tout entier et ne se mettrait à manger des cornichons au vinaigre ? Personne ne peut résister : personne, personne, personne : loué sois-Tu, Seigneur, pensa María en remplissant le pot de sœur l'Eau, qui est très utile, très humble, très précieuse et très pure, et loué sois-Tu par frère Soleil avec sa propre réverbération et avec toute la terre, avec ses divers fruits, par exemple, ces deux uniques reinettes que nous allons manger au dessert avec des fleurs colorées et des herbes et tout le fromage que nous voudrons, sans dépasser, je pense, cent grammes, ce qui est bien suffisant, bénis sois-Tu, Seigneur, c'est-à-dire, merci... Ils déjeunèrent en jouissant de toute la bonne humeur de la matinée et Martín récitait en français, avec un accent affreux, mais de l'aplomb, avec un mauvais accent, un bon accent, sans accent, cuit, frit ou mis en daube, ou aimé, ou chaque jour de plus en plus admiré : *tout autour de moi vit dans l'idolâtrie d'un miroir qui reflète en son calme dormant**... « Ah, je sais qui, glissait María, ce cornichon que je viens de manger, n'est-ce pas ? » — « Il n'y a en ce monde personne d'autre qu'Hérodiade qui ici, ma Dame... », expliqua Martín. « Et ici un ami d'ici », avait ajouté María, en montrant de la main droite la chaise inoccupée de Martín, le petit, qui était allé voir les grands-parents, et en pensant que Martín, de bonne humeur, était, sans qu'il y eût la moindre réserve à exprimer, tout comme frère Soleil, à lui seul le bien suprême : Martín dit alors, avec son bon accent, aimable, moins courant ces derniers temps qu'au début, avec sa voix de récitant se prenant à la fois tout à fait et pas tout à fait au sérieux : « ... je fleuris en solitude pour moi-même... » — « Alors tu seras une demoiselle un peu sotte qui dans une petite salle tue des mouches avec une baguette ! » Frère Soleil était en tout et María pensa : « Loué sois-Tu, Seigneur, parce qu'en cet instant je ne peux pas me tromper. » Martín souriait et il poursuivit de la même voix, la voix des bêtises et des bons jours : « ... *Oui, oui, oui**, vous le savez, jardins d'améthyste enfouis sans fin dans de savants abîmes éblouis ors ignorés gardant votre antique lumière sous le sombre sommeil d'une terre première vous pierres où mes yeux comme de purs bijoux empruntent leur clarté mélodieuse et vous métaux qui donnez à ma jeune chevelure une splendeur fatale *et sa massive allure**, quel mot extraordinaire, si français, *allure**, n'est-ce pas ? j'aimerais avoir comme toi et comme ta mère le don des langues : jamais je ne me risquerais à traduire les poètes : il est sûr que maintenant Mallarmé ne peut plus dormir tranquille sous la légère dalle de sa vulgaire tombe, sûr qu'elle est vulgaire, quoique, aussi bien, quand on sait comment les Français savent s'y prendre pour faire connaître au monde entier les plus beaux galons des Gaulois et des Gauloises, je suis sûr que tu adores ce jeu de mots, María ; il correspond à ta tournure d'esprit, j'ai tapé dans le mille, je parie que oui... » — « Avec moi, tu tapes toujours dans le mille, mon vieux, tu n'as aucun mérite ! » — « Toi, María, née, par les œuvres des perfides étoiles au sein d'une bonne famille, dans l'Espagne du Généralissime, de son épouse, de la Seat 600 et d'autres mortels, je parie que toi, si le cas s'était présenté, tu n'aurais pas aimé l'horreur d'être vierge et de vivre solitaire, les cheveux répandus sur le sol et dans la couche nocturne d'un reptile inviolé avec le froid scintillement de ta pâle clarté et mourir intacte brûlante de chasteté et, d'une certaine façon, *quodammodo, omnia, anima omnia, incasta*, hein, que tu n'aurais pas aimé ? » — « Eh bien non, mais ne dis pas de choses bizarres ! » — « Je n'en dis pas, ou plutôt, elles n'ont rien de bizarre : toi, tu as hérité d'Hérodiade autant que moi j'ai hérité du bon larron, c'est-à-dire : à peu de chose près, de rien : c'est ce qui fait ton charme : tu ne mens jamais, ô fleur nue de mes lèvres, tu es plus vraie qu'une tomate : plus vraie même que ce petit morceau de tomate avec lequel, en le portant à ma bouche, je mets un terme à cette salade et, en même temps, j'attends une chose inconnue ou, peut-être, ignorant le mystère et tes cris, je jette les sanglots suprêmes et meurtris d'une enfance, ma vulgaire enfance, ma jeunesse bûcheuse, mon désir légitime de te serrer dans mes bras et les cerisiers en fleurs et la béchamel et le chou-fleur, tout en sentant, parmi les rêveries, se séparer enfin les froides pierreries, et ce que je veux prend un tour heureux : un tour heureux la nouvelle, l'exhaustive énumération ou narration, le nouveau roman-fleuve qu'en ce moment même j'écris, réjouis-toi, María, réjouis-toi avec moi, parce que je sais que tu te réjouis, je sais que tu m'aimes, réjouis-toi avec moi, parce que la vie ne m'offrait autrefois, à titre de victoire, que l'absence idéale des roses, et maintenant elles ont cessé d'être absentes : maintenant il y a des roses, des jasmins dans les cheveux et des fleurs sur le visage, elle marchait avec grâce et va continuer de le faire la fleur des champs : le roman... » — « Mais mon bon Martín, que tu es pénible ! tu aurais dû le dire avant à la place de ces poèmes, d'Hérodiade et de tout le reste, tu aurais dû commencer par là, tu penses bien que je me réjouis ! mais donne des détails, je veux connaître tous les détails, que veux-tu dire par un tour heureux, tout a toujours pris pour toi un tour heureux, racontez-moi tout, excellentissime seigneur don Martín, point par point ! » — « Tu sais une chose, María, puis je te parlerai du roman comme tu aimes, avec tous les détails, tu sais une chose ? » — « Oui : je sais une chose, deux choses, trois choses, mais aussi bien la chose à laquelle tu fais allusion je ne sais pas de quoi il s'agit : tant mieux si je ne le sais pas : comme ça je vais l'apprendre : dis ! » — « Tu sais ce que j'aimerais le plus cet après-midi, ce à quoi j'aimerais consacrer tout l'après-midi ? À nous promener à la cité universitaire, on irait jusqu'à la faculté et on reviendrait : j'adorerais faire cette promenade. » — « C'est comme si c'était fait ! » s'écria María. C'était frère Soleil qui, cet après-midi-là, avait commencé fort tôt, après le petit déjeuner, par faire une bonne promenade à la cité universitaire, comme des fiancés l'après-midi : c'était frère Soleil, sans l'ombre d'un doute, c'était sa petite voix qui agrandissait immensément tout et surtout cet après-midi du mois de mars qui annonçait le printemps…

Le chaud, pensa Martín, et le froid. D'une certaine façon, c'était tout : le moins : et le plus : par le biais de cette notation thermique, l'après-midi trouvait une fois pour toutes le ton juste. Il désira l'entendre à voix haute et dit à voix basse, d'une voix grave, de sa belle voix grave, que María adorait : « María, réfléchis à cela : le chaud et le froid. » Marchant d'un bon pas, ils étaient arrivés, sans parler, devant la faculté de pharmacie. Depuis le porche jusqu'à la faculté de pharmacie, du pas régulier, élégant et ample de leur jeunesse conjugale : cette façon de marcher, tous les pas s'alignant sur les plus rapides, les pas impatients des longues promenades méditatives de Martín, avait toujours été pour María, depuis qu'elle avait commencé à sortir avec ce garçon, depuis des jours, des mois, dès l'instant où ils s'étaient fiancés, un délice. Marcher ainsi, sans se parler, sans se regarder, à longues enjambées régulières, des pas d'homme, de gamin, de gamine, pensait María, très moderne, faisait partie de la promenade, partie de la profondeur, de l'ampleur, de la magnificence, de leur entente et de leur bonheur. Bien sûr, elle le regardait du coin de l'œil : elle voyait son profil : l'intensité, l'impatience, la noirceur, l'épaisseur de la barbe, la barbe bleutée du noble visage de Martín. Mais pour ce qui était de parler, ce qui s'appelle parler, elle ne parlait pas : et ce n'était pas nécessaire : le mouvement, la marche rythmée de tous deux en même temps était une langue vivante qui s'énonçait sans répit : et une langue qui était aussi bien un insolent baragouin que celle de l'Académie royale de la langue : ils se promenaient en silence ensemble pour nettoyer, pour prêter attention à tout, pour faire briller le cosmos et le chaos. María prêta alors attention à ce que Martín venait de dire, sans en comprendre le sens. Elle répéta en le regardant dans les yeux (elle aimait beaucoup les échanges de regards) : « Le chaud et le froid. » La voix de María était si chaude, ses syllabes si blanches, que Martín, un instant, se repentit de vouloir ce qu'il voulait. Il était évident que María ne l'avait pas compris et il était surtout évident qu'elle tirait grand profit de cette promenade. « Je vois bien que tu dis ces mots comme si tu parlais une langue que tu ne connaissais pas : comme si les sons ne signifiaient rien et que tu cherchais juste à les rendre audibles. » — « Mais non. Je comprends les mots. Je ne sais pas ce qu'ils viennent faire ici, c'est tout. » Martín faillit dire : « Laissons tomber. C'est une idée idiote qui m'a tout à coup traversé l'esprit. » Il voyait presque mieux la voix que le physique et la présence de cette belle fille de bonne famille, fortunée, sportive, qui lui avait tout de suite dit sans la moindre hésitation « je t'aime ». La claire beauté de María l'émut une fois de plus : c'était le chaud, le mauvais : l'émotivité des grandes bourgeoisies européennes : la grande glissade. Le froid. Il s'apprêtait à dire : « María, ta qualité, c'est la qualité du chaud. La qualité du pain sans sel qui vient de sortir du four, oui, c'est ça, du pain tout chaud. » Mais il n'osa pas. Il s'était senti ému et, en plus, à cet instant précis, il se sentait sexuellement attiré par María. Il n'osa dire que quelque chose d'équivalent, sur un plan général : « Pour que ce doux crépuscule du mois de mars ne s'étiole pas en devenant douceâtre, il faut un grand courant d'air froid : voilà ce que j'ai voulu dire. » — « Mais non ! Pourquoi faudrait-il un grand courant d'air froid ? Nous n'en avons nul besoin, ne joue pas les oiseaux de mauvais augure ! » Martín pensa : « Je ne peux pas me permettre de devenir idiot, de me laisser faire, de tout laisser passer. Ce serait ridicule. » Mais il se tut. Et se remit à marcher, plus lentement. María venait de s'agripper à son bras droit : il sentait la légère fermeté de son corps : le chaud. Ils contournèrent lentement la statue de l'homme à cheval qui prend la relève, ramasse le flambeau de celui qui est tombé à terre. « Te souviens-tu du jour où je suis venue dans une tenue pas possible, jupe serrée et talons hauts, et que mon talon s'est cassé, juste châtiment de ma perversité, quand, après avoir beaucoup marché, moi toute mignonne et à pas menus, nous sommes arrivés ici, puis nous avons dû revenir, moi en boitant, et prendre un taxi, l'horreur, tu te souviens comme on a ri ? C'était à peu près à la même époque de l'année et comme aujourd'hui un samedi, et nous avons tant ri qu'à force de rire nous avons dû nous asseoir... » Martín dit : « Oui, je m'en souviens. Je me souviens. » — « Et si nous avons tant ri, c'est parce que toi, à peine étais-je arrivée, tu m'as demandé pourquoi, diable, j'étais venue avec cette espèce, comment dire, de jupe d'uniforme et des talons aiguilles, avec cette tenue pas possible. Te souviens-tu que tu t'es fâché ? Ensuite, bien sûr, quand mon talon s'est cassé, nous avons ri ! Et c'était ici. Te souviens-tu aussi de ça ? C'était juste ici. » Martín sourit. Il regarda sa femme en silence : il l'aimait : cela ne faisait aucun doute : cela lui donnait aussi le droit de l'examiner froidement. María ajouta : « Et je me souviens aussi d'une chose que tu as dite : tu as dit, rappelle-toi, dès que tu m'as vue, que j'étais trop belle. Une sorte de moment culminant : le bonheur fou de t'entendre dire une chose pareille et la gêne d'afficher mon mauvais goût. Et je me souviens que j'ai pensé que lorsqu'une femme se fait belle selon des critères de séduction, au panier l'élégance, oubliée l'élégance, elle veut être belle, l'élégance, c'est bon pour les laides, voilà ce que j'ai pensé, Martín, je ne sais pas si je te l'ai dit... » Martín pensa que les passés, les nous-avons-dit, les souviens-toi, les tu-te-souviens, les tout-est-pareil, les pareil-pareil, les roucoulements et autres saillies amoureuses pullulaient dans la voix de María comme des taons. La mule, c'était lui : son style littéraire singulier : son meilleur style : le style, c'est l'homme et le caractère de l'homme, son style, est son destin : sa singularité déjà distillée. Un glacier ! De l'acier ! Un glacier ! : rien de personnel : rien de moral : rien contre María que, tout compte fait, il aimait : une simple question de contrepoids dont il fallait toujours tenir compte. María se tenait en équilibre sur un seul pied, le gauche, et elle avait déchaussé son pied droit pour, semblait-il, retirer un petit caillou de son soulier. Martín pensa, incapable de réprimer une pensée très aiguë : « Elle est vulgaire. » Et il ajouta une dernière remarque, claire et nette, le coloris décisif, ce qu'il craignait, sans compromis possible, réduit à sa plus simple expression : « Elle est encore très jeune : c'est pourquoi elle n'a pas encore l'air vulgaire. Mais, à quarante ans, elle aura l'air vulgaire : elle sera vulgaire et aura l'air vulgaire. J'en suis sûr. » La brutalité d'une telle idée, si aride, si dépourvue d'ambiguïté, si claire et nette, la pensée que María était vulgaire et, en même temps, qu'elle lui plaisait toujours, et même plus que jamais, caresser sa femme, coucher avec elle, fit qu'il s'arrêta de réfléchir, surpris par l'intensité de deux émotions parallèles qui se rejoignaient, comme à l'infini, dans l'expression concentrée de María qui examinait à ce moment-là l'intérieur de son soulier. « C'est un clou », annonça-t-elle. « Je me disais bien que pour un petit caillou, il ne bougeait pas beaucoup ! C'est un horrible clou, voyons si j'arrive à l'écraser, tout d'abord il faut trouver une bonne pierre ! » Une fois de plus, la voix était plus forte que son physique et sa présence réunis : cette voix, c'était María, impossible à confondre avec celle de quelqu'un d'autre, c'étaient son bon sens, sa bonne humeur, ses observations pertinentes au sujet de choses insignifiantes, son charme, qui, à présent, faisait tout à coup, tel un pétard des *fallas* de Valence, explosion en Martín, dans la rigidité de sa conscience esthétique qui avait failli, l'adoucissant, faisant en sorte que sa volonté défaillît, faisant en sorte que manquât, contrairement à toute attente, le froid souhaité. Il dit à *contrecœur** la première chose qui lui passa par la tête : « Regarde, il y en a une ici, elle devrait faire l'affaire ! » Et c'était vrai, c'était une bonne pierre, ni trop grande ni trop petite, qui entrait dans le soulier, avec un bout suffisamment arrondi pour faire office de marteau. Martín fit deux pas, ramassa la pierre et la donna à María. On entendit alors siffler un autre pétard, le feu d'artifice de la contrariété et du contraire : à l'intérieur aussi de la tête de Martín, à l'intérieur du possible : resplendit aussi le jais immobile du firmament humide, avec sa demi-lune, menstruelle lune oscillante qui régnait sur l'âme dédoublée de Martín : « domestiqué » : ce mot fit tout à coup explosion : ce fut le résumé : rien ne dit qu'il existe pour toute sorte de matières, pour les rognures des ongles, pour les cheveux qui tombent ou qui restent dans le peigne, des idées correspondantes, des formes : un clou dans un soulier, à l'instar d'un couple, a une limite : Martín crut alors avoir atteint la limite. Il détourna les yeux et observa au fond de la petite place la façade de la faculté de médecine. Il fit un effort pour changer d'idée : pour dire quelque chose d'intéressant : il y avait eu assez de « ma femme » et de « pieds » comme ça. « Il est curieux que toi et moi, nous nous entendions bien, María, alors que nous nous ressemblons si peu. C'est au sujet de ce qui précède, au sujet du passé que je dis cela : toi, tu te souviens de ce qui s'est passé, tu dis que tu le vois comme si c'était maintenant, il s'agit, sans l'ombre d'un doute, d'une illusion très répandue. Saint Augustin parlait d'*ingens aula memoriae* : une métaphore spéciale pour suggérer qu'à l'intérieur de ce lieu, la mémoire, se trouvent les choses dont on se souvient comme des livres sur un rayonnage : mais ce n'est pas ainsi que les choses se passent. Cette salle n'est que pure temporalité : une forme pure de la perception, la fantaisie, l'imagination, la mémoire et tout le reste : toi, tu parles de la scène du talon qui s'est cassé cet après-midi-là comme si tu étais en ce moment même en train de la voir : mais en réalité tu ne vois rien du tout : ce qui s'est passé est une mélodie qui a cessé de retentir et que, par conséquent, on n'entend plus : il reste quelque chose dans la conscience, il reste, prenant la forme du passé, cette mélodie qu'on ne peut plus entendre : c'est cela qui est poignant, c'est cela qui est fascinant : la forme du passé et non les choses qui se sont passées : tout devient voix passive : autant d'avoir-eu-lieu, d'avoir-été, d'avoir qu'il faut mettre au débit de la mort. C'est évident. Je n'en parlerais pas si je ne pensais pas que c'est très important : du passé, nous ne voyons que la forme qui rend conformes, uniformes toutes les choses qui se sont passées... » María pensa qu'ils allaient sous peu, presque à leur insu, retourner à la maison comme vers un lieu sûr : elle pensa que le retour était en tous points opposé à l'aller : la voix de Martín, la lenteur des pas, maintenant irréguliers, de tous deux, les arrêts, les reprises, les phrases et le phrasé si caractéristiques d'un Martín de plus en plus écrivain, sa propre affliction, la toute petite faille de son affliction subite, un chagrin confus venant avec la voix aimée, une voix familière, grave, entrecoupée par l'impatience d'avoir à trouver les mots justes, un petit peu pédante, volontairement un peu froide, comme la voix qui sonne faux de quelqu'un qui chante une chanson populaire en la stylisant : María pensait que Martín avait certainement raison mais qu'il fallait se forcer pour trouver son discours de circonstance : d'ordinaire, presque tout ce qu'il disait lui semblait intéressant : tout, du moins, avait le mérite de porter sa griffe. Ce soir-là, cependant, sur le chemin du retour, María se sentit affligée : il manquait l'énergie, l'entraînant entrain, le délicieux entrain de la matinée tout entière et de la première partie de l'après-midi : Martín avait certainement raison, mais, à ce moment-là l'émail du bon sens s'était écaillé : l'existence confuse, la lumière indécise, la mélancolie de cette nouvelle façon de marcher au pas, d'un pas différent, les bouffées de tendresse qu'elle éprouvait pour Martín s'intercalant avec la sensation d'arbitraire, de froideur, d'irréalité qu'il y avait dans ses mots... María désira arriver une fois pour toutes à la maison : l'enfant arriverait avant le dîner, un peu avant neuf heures : il restait encore à peu près une heure. Dans un quart d'heure, à ce pas, ils seraient à la maison. María pensa, clairement et nettement, comme lorsqu'on repousse une pensée indigne : « C'est le Martín d'autrefois, de maintenant et de toujours. C'est sa manière de dire les choses. Je l'aime. Il ne s'est rien passé. Rien de chaud, ni rien de froid, que diable ! C'est le Martín dont je suis tombée amoureuse et dont je suis amoureuse : le même qui s'habille et se chausse : j'insiste, je l'ai sous la main : rien d'affligeant, ni rien de triste que diable ! C'est un artiste : il parle au gré de la lumière qui change, maintenant il y a une lumière jaunâtre, comme une lumière de grilles rouillées, les crépuscules sont toujours plus moroses : Martín parle au gré, sans presque s'en rendre compte, de ce qui lui passe par les yeux : par tous les sens à la fois : voilà pourquoi il est écrivain, d'où sa sensibilité. » Le comprendre ne consistait ni à lui donner raison, ni à lui donner tort sur ce point, à savoir si le passé était une pure forme ou une pure foutaise, cela n'avait aucune importance : ce qui, en revanche, en avait une, c'était de ne pas comprendre : c'était comme si leurs pas ne coïncidaient plus sur le chemin du retour. Parce que l'important, ce n'était pas de revenir mais de continuer : là était le charme, quelle que fût la temporalité, y compris la mort, rien de confus dans la vie de l'un et de l'autre : elle était saine et sauve : c'était une maison, c'était un appartement, c'était un enfant et c'était, que diable ! être amoureuse de Martín... « Écoute, mon casse-pieds, je viens de penser qu'on pourrait acheter du jambon et peut-être aussi les biscuits que vous aimez bien tous les deux au petit déjeuner, les Gómez-Cuétara, si tu veux bien, on va faire un petit détour par l'épicerie... ! »

Des nouvelles de Gonzalito arrivaient chez les grands-parents. Ils les appelaient désormais tous ainsi, les « grands-parents » ou les « chers grands-parents », y compris Gonzalo, qui commençait ses lettres par « Mes chers grands-parents » et poursuivait sur le même ton ; ce n'étaient jamais de très longues lettres, mais elles étaient toujours truffées de petites histoires pittoresques délibérément conçues pour les faire rire. Les lettres qu'il écrivait à sa sœur étaient, en revanche, sérieuses, mais donnaient très peu de renseignements, comme si la vie de Gonzalito à Londres n'était qu'un prétexte pour écrire des lettres que María qualifiait de « philosophiques » et qui contenaient à l'occasion des extraits de ses lectures anglaises assortis des commentaires correspondants. María trouvait que c'étaient des lettres davantage destinées à Martín qu'à elle. Mais Martín ne s'était guère montré intéressé lors des lectures que María lui avait faites à diverses reprises de ces lettres. Il s'était contenté de dire qu'elles étaient bien écrites et d'ajouter « bizarre, bizarre ». Pour María, les jours filaient à folle allure, les saisons s'adaptaient de plus en plus aux rythmes scolaires à mesure que Martín grandissait et qu'il remplaçait les charmants petits travaux de l'école maternelle par des cartes de plus en plus précises et les petits bâtons par l'écriture hésitante des dictées, criblées de fautes, comme autant de mauvaises herbes du manuel d'orthographe de Miranda Podadera. On voyait déjà émerger le joli petit garçon ressemblant à la famille de María, un enfant raisonnable aux yeux ronds avec qui María bavardait tout le temps. Ils faisaient les devoirs ensemble, elle l'emmenait à l'école et le reprenait à la sortie, se confondant joyeusement avec les autres mères de son âge qui disaient « au mien » il lui est arrivé ceci, « au mien » il lui est arrivé cela. Et, bien sûr, María les imitait, feignant, elle aussi, de prendre très à cœur les dangers encourus pendant les récréations, les coups donnés par les plus grands, et se dressant sur la pointe des pieds quand sortaient enfin de l'étude les rangs des plus petits, bras croisés et pantalon en accordéon, comme des petits nains. « Une lettre de tonton Gonzalo, vois comme il écrit bien ! Il dit que, le dimanche après-midi, il sort de chez lui à pied et va jusqu'à la City sans rencontrer âme qui vive ; il dit que c'est très joli et très triste, comme dans un roman, pauvre tonton Gonzalito ! » Et l'enfant écoutait, en faisant tourner sa mappemonde, installé au milieu du salon, là où il y avait eu le petit berceau, cherchant Londres avec l'aide de sa mère et demandant si l'Espagne aussi était une île. Maintenant que l'enfant allait à l'école, María se représentait le temps comme un quadrillage, avec des emballements et des étouffements au petit matin et après manger, et de paisibles petites promenades l'après-midi pour lécher les vitrines illuminées. Les lettres de Gonzalito, tous les vingt ou trente jours, et celles de Virginia, beaucoup plus espacées, étaient la seule nouveauté dans une vie très monotone, dont Martín faisait invariablement l'éloge, et que María acceptait avec plaisir sans rien regretter. Les années passaient sans qu'on s'en aperçût et la vie domestique s'était emplie de tâches précises, tous les jours les mêmes. Martín avait publié un recueil de nouvelles qui avait eu beaucoup de succès. María aimait beaucoup l'une d'elles qui parlait de la solitude d'un homme jeune, un immigré espagnol, qui habitait en Allemagne. Et il lui sembla qu'on pouvait souligner ou corroborer la vraisemblance de ce récit avec l'une des dernières lettres de Gonzalito où il disait la même chose : la solitude devient dangereuse quand on cesse de se rendre compte de son existence et qu'on vit en elle comme dans un nid. À ce moment-là, disait Gonzalito, la solitude imprègne tout, les goûts, les promenades, les habitudes quotidiennes, la chambre où l'on habite, et les autres commencent à être de trop, on vit sans rien dépenser, comme à moitié, une sorte de demi-vie où l'on fait tout tout seul, où l'on se sent toujours seul... María lut ces réflexions à Martín, qui dit : « Ce garçon apprend beaucoup de choses, on voit que Londres lui réussit ! » Et elle, elle lui demanda si cela ne lui faisait pas de la peine que Gonzalito vécût ainsi, si solitaire. Et Martín répondit que non, pas du tout, que vivre ainsi était ce qui, à coup sûr, lui plaisait le plus et que, si ce n'était pas le cas, il pouvait revenir à Madrid dès que l'envie lui en prendrait. María comprit que Martín avait raison. Cependant, elle garda dans la bouche un arrière-goût de tristesse, comme si dans le fait même que Gonzalito s'imposât volontairement une telle solitude il y avait une sorte de symptôme, une donnée obscure et vraie concernant la manière d'être de Gonzalito, son frère.

À deux heures du matin, Virginia téléphonait à l'improviste, croyant qu'à Madrid aussi, c'était l'après-midi. María allait parler dans le salon pour ne pas réveiller Martín. Virginia affirmait, comme elle l'avait déjà fait par lettre, que tout était merveilleux, qu'elle menait une vie inouïe de grande dame féodale dans les *estancias* et de millionnaire à Buenos Aires, où l'on vivait sur un grand pied, et qu'en plus ils faisaient beaucoup de voyages sur le continent et à New York, dont elle était dingue, une ville de roman que Martín adorerait... Tout en l'écoutant, María pensait qu'il était curieux que Virginia et Gonzalito considèrent comme des villes « de roman » les villes où ils habitaient ou bien où ils allaient en voyage, comme si leur vie à l'étranger leur semblait aussi bien à l'un qu'à l'autre moins réelle que leur vie à Madrid. María comprenait, mais cette transformation progressive de la vie des personnes qu'elle aimait — y compris par excellence, celle de Martín — en une espèce de spasme romanesque, un lieu en quelque sorte capricieux, capable de changer rapidement d'aspect selon les sentiments de celui qui le décrivait ou l'observait, doté de propriétés fantasmatiques, la solitude, dans le cas de Gonzalito, ou la perpétuelle mobilité, dans le cas de Virginia, lui procurait un certain malaise. Rómulo était un mari on ne peut plus attentif. Virginia l'avait répété à plusieurs reprises et, de fait, dans la conscience de María, c'était dans cette caractéristique du comportement de Waitzenbecker que reposait la sensation de réalité. Ce que Virginia racontait avait beau briller de mille feux, tout semblait à María manquer d'envergure, amoindri même par les continuels changements dus à leurs fréquents voyages. Seule chose réelle : l'attention constante de Rómulo Leonardo Waitzenbecker à l'égard de sa femme, comme si cette attention était un noyau immobile, un endroit paisible, un foyer, qui les éclairerait à jamais. Virginia se moquait de María, riait de ses niaiseries : de ses craintes de Madrilène provinciale devant tous ces déplacements : « C'est les affaires, c'est de plus en plus comme ça maintenant ! Le dollar pour les affaires importantes, un territoire national, une langue pour toute l'Amérique ; les choses de la vie courante, on les dit en espagnol, avec leur tas d'accents différents, tous plus comiques les uns que les autres, l'espagnol, c'est pour la maison. Mais la langue que nous parlons tous, c'est l'anglais, avec des placements en dollars partout, Waitzenbecker est un sacré malin, il ne fait confiance à aucun gouvernement, sauf aux Yankees. » Et Virginia décrivait les Argentines de long en large, la passion qu'elles avaient pour Paris, leurs envolées culturelles, elles lisaient toutes Ortega y Gasset et Freud, elles étaient mille fois plus cultivées que les gens du même rang social en Espagne, et bien plus au courant de ce qui se passait dans le monde... Virginia raccrochait, laissant María perplexe, comme si un tel déploiement de qualités était de la propagande inventée à l'usage exclusif de María, ou bien, si c'était vrai, les aspects extérieurs d'une réalité complexe qui échappait aux mains délicates de Virginia. Pourquoi Virginia ne racontait-elle pas des choses plus ordinaires, qui devaient sûrement exister, ou plus personnelles, qui l'auraient davantage rassurée, par exemple elle aurait pu tomber enceinte, elle en avait déjà eu largement le temps ? D'autre part — et tout spécialement après les coups de fil de Virginia —, María jetait un regard méfiant sur sa propre niaiserie, ses goûts sédentaires de plus en plus installés, ses idées, somme toute conventionnelles, sur le mariage et la progéniture, indiscutable bénédiction. Et si le destin de Virginia était différent ? María n'était-elle pas persuadée que toute vie était différente d'une autre et chaque voie singulière, voire hétérodoxe ? Quand María se faisait de telles réflexions, elle en revenait toujours à la patience comme attribut de l'amour de la réalité, parce que, au fond, n'était-ce pas purement et simplement de l'impatience ce que les récits de Virginia lui inspiraient ? N'était-ce pas de l'impatience son désir de voir Martín mettre un terme définitif à ce roman de la vie intérieure qui s'éternisait ?

Il arrivait maintenant que Martín passât par des périodes ombrageuses, où il écrivait, disait-il, peu, mal et sans envie. Et ce manque d'envie était inquiétant, parce que, par ailleurs, il accordait au fait d'écrire une importance suprême, en faisait une affaire de vie ou de mort, d'intégrité ou de désintégration personnelle ; et, aux yeux de María, ce manque d'envie n'était plus de la paresse, qu'elle pouvait comprendre, mais devenait un abîme qui s'ouvrait dans la vie quotidienne et pouvait se manifester n'importe quand, au coucher, ou après le petit déjeuner, ou bien au beau milieu d'une conversation sur les progrès scolaires de Martinín, ou encore à six heures vingt-cinq, un vulgaire mardi après-midi, comme une envie d'éternuer sans éternuement qui mettait entre parenthèses le train-train de la maison et le conduisait à aller traîner son manque d'envie du côté de l'avenue Rosales, ou à entrer dans un cinéma permanent dans lequel, assis au premier rang qui sentait, disait-il, le retraité, il voyait deux, et jusqu'à trois films d'action, tous, semblait-il, détestables, qui lui calmaient les nerfs. María lui avait suggéré à maintes reprises d'abandonner son assommante petite pièce qui devait forcément l'oppresser et lui faire haïr même la littérature et de s'installer à son aise dans le salon qu'il était absurde de leur laisser tout l'après-midi, à elle, à Martinín et à leurs devoirs qui pouvaient être aussi bien faits, et même mieux, à la cuisine. Tout compte fait, c'était au salon qu'étaient tous ses livres et son fauteuil à bascule, il y avait de la place pour faire les cent pas et on voyait la terrasse de l'appartement, avec ses jardinières sans fleurs, les petits oiseaux effrontés de Madrid et la longue terrasse d'en face avec le vieux monsieur qui sortait prendre le soleil en pyjama aux heures propices, tout un petit monde haut en couleurs, sur lequel il suffisait d'ouvrir les yeux pour en tirer profit ; ou alors, il suffisait de ne pas tendre le cou et de tirer les deux rideaux de cretonne aux fleurs éclatantes pour pouvoir s'abstraire de nouveau et marcher, ou s'allonger, ou taper à la machine toute la sainte journée à la lumière artificielle si c'était ce qu'il souhaitait et s'il avait envie d'écrire — tout plutôt que cette trépanation crânienne du petit réduit riquiqui, car il ne donnerait jour qu'à des personnages malingres et confinés. Chaque fois que ce manque d'envie se manifestait, ou ses symptômes, l'agitation corporelle, une fébrilité contagieuse, des absences pendant les repas, un mélange de laïus confus et de silences et, pour finir, des coups d'œil coupables sur le guide des spectacles, María remettait sur le tapis cette histoire de changement de pièce. Elle cessa de le faire quand il lui apparut clairement que sa proposition faisait de nouveaux ravages sur Martín qui, apparemment, associait son incapacité à triompher de la rigueur du milieu ambiant à ses épisodiques passages à vide narratifs — à moins qu'il ne s'en sentît coupable. Il était évident que l'austère petite pièce avait pour lui une valeur symbolique et que les pannes littéraires qui, aux yeux de María, devaient provenir en partir d'un choix spatial aussi particulier et aussi rigide ne pouvaient, à long terme — et même à court terme —, trouver leur solution que dans un retour vers elle. Comme si la petite pièce était une préparation ou une potion d'un maniement délicat, dont Martín respectait mal les doses. María, qui réfléchissait très sérieusement à tout cela, était parfaitement consciente de la part de raison irrationnelle dont témoignait cette volonté de ne pas vouloir quitter sa cellule : un effort d'imagination aussi intense et prolongé que celui qu'il fournissait pouvait fort bien requérir un environnement iconoclaste et faire mauvais ménage avec l'idée d'agrément et de variété, fût-elle simplement représentée par un tout petit moineau, des rideaux de cretonne ou un vieux monsieur en pyjama. María comprenait qu'il ne fallait sous aucun prétexte mettre de frein à l'invention, même si elle pensait aussi que leur salon tapissé de livres, sans autres meubles que le fauteuil à bascule et le canapé, pouvait difficilement être considéré comme luxueux ou surchargé. Ah, les livres ! Peut-être étaient-ce les livres qui l'oppressaient avec leurs richesses repliées et leurs idées étrangères et inconstantes, un petit peu semblables aux siennes, compte tenu du *nihil novum sub sole* ; peut-être, en raison de leur prudence fictionnelle, les autres livres, en vint à penser María, étaient-ils les pires ennemis du flux narratif de Martín ; tout cela, se trouva-t-elle dans l'obligation de conclure, revenait à tout dénaturer, à en faire une histoire à s'arracher les cheveux. Il y avait, tout compte fait, quelque chose de plus sensé et de plus naturel à préférer une pièce plus confortable : le cours de la narration — ou, du moins, de l'humeur du narrateur — pouvait fort bien se révéler, dans des circonstances différentes, moins spasmodique et plus continu, moins soumis à des violences transversales, avec moins de forêts et moins de vermine, résultat peut-être, se disait María en lançant une hypothèse au petit bonheur, de ce que l'écrivain se sentait en écrivant très mal à l'aise. Pour María, autant de pensées nouvelles qui avaient surgi au fil des années sans être jamais intégralement formulées ou jamais présenter toutes leurs implications ; pensées venues de l'affection, ou teintées d'affection, avec des évidences impromptues et également les négations impromptues de ces évidences, ou des versions variables de ces évidences et de ces négations qui questionnaient la fiabilité de pensées antérieures que peut-être María avaient crues en leur temps irréfutables ; toujours est-il qu'il y avait des sujets d'une importance évidente, de tout premier plan, qui les concernaient directement tous les deux, et pas seulement la plus ou moins grande facilité avec laquelle un roman venait au jour : par exemple, Martín était-il heureux, étaient-ils heureux ? À ce sujet aussi, María s'était fait de nouvelles idées, pas toujours rassurantes. Martín se montrait malheureux quand son travail littéraire n'allait pas bien : était-il, cependant, heureux sur les autres plans ? Il sortait peu de chez lui, il était clair que, par moments, il jouissait de la compagnie de sa femme et de son fils, cela signifiait-il pour autant que son travail littéraire allait pour le mieux ? Martín lui lisait encore assez régulièrement des extraits de ses romans, mais beaucoup moins qu'avant, l'avis de María l'intéressait-il vraiment ? Il l'écoutait, certes, aimablement ; mais quelque chose dans son comportement, une amabilité ou une complaisance n'obéissant à aucune nécessité, le refus de s'embarquer dans de longues discussions montraient que Martín considérait son métier comme un métier solitaire dont l'excellence finale excluait dans la pratique la compréhension, l'interprétation et la bienveillance — ces derniers temps imprécises et gratuites — d'une compagne comme María. Il était évident, comme l'avaient montré certaines lectures à l'issue desquelles María était restée songeuse ou perplexe, ou bien non admirative, ou désireuse de demander quelque chose, que Martín considérait sa femme comme une réalité extra-littéraire qu'il valait mieux laisser à sa place. Mais toute place déplaisait à María si ce n'était le cœur de Martín, avec la littérature et tout ce qui s'ensuit et même le martyre de la petite pièce, s'il fallait qu'il en fût ainsi. Mais, apparemment, il ne pouvait pas en être ainsi : les années en faisaient la claire démonstration. L'inclination de Martín pour cette petite pièce était, en effet, le vrai symbole d'une façon recherchée et non naturelle de comprendre sa profession : María en était restée à don Ramón de la Cruz. Pour bien écrire — c'est-à-dire de façon intéressante —, il fallait imprimer une torsion à la direction de l'attention, compliquer la façon de présenter l'objet ; tout d'abord, le narrateur lui-même devait se situer dans l'irréalité vertigineuse d'une cellule imaginaire, acte qui équivalait à tomber malade à dessein, ou à prendre une drogue : la spontanéité non naturelle de la conscience ferait le reste. C'était comme si Martín, pour écrire, pensait María, avait eu besoin d'un profond malaise, moyennant quoi, déconcertante conséquence pour elle, la seule chose qu'elle pensait devoir dispenser, le bien-être, était inutile. Que la littérature les eût éloignés l'un de l'autre avec les années, c'était trop bête.

Par ailleurs, Martinín grandissait à tout allure, commençait à s'intéresser à ses parents et à leur demander des choses avec une curiosité que María trouvait beaucoup plus incisive que celle d'un adulte parce qu'elle ne présupposait aucun savoir, aucune méfiance, éludés par la question, mais une vraie ignorance que la question arrache à elle-même. Le temps où on l'appelait, à la maison, en plaisantant « Martinín » et où il poussait sa camionnette sur le tapis du salon était révolu. « Pourquoi papa est-il tout le temps dans son bureau ? » — « Parce qu'il doit écrire beaucoup de livres » — « Des livres comme les miens ? » — « Des livres pour les grands, des histoires pour les grands. » — « Quel âge ils ont, les grands ? » Cela durait des heures. Martín père assistait à ses interrogatoires le sourire aux lèvres, mais jamais il ne se laissait poser de questions. « Il m'impressionne trop, expliqua-t-il un jour. Je n'aime pas qu'il me pose des questions comme à toi, parce que je ne crois pas que ce soit, en fait, des questions : ce ne sont pas des informations qu'il demande ; et en plus, ce qu'il demande, il ne nous le demande pas vraiment à nous. C'est une illusion de l'adulte de croire qu'on dialogue avec les enfants. Il nous demande de le libérer de l'innocence, voilà ce qu'il demande ; et ce n'est pas une requête, sauf dans la forme, pas plus que ce n'est un dialogue : c'est un malaise dévorateur, comme un animal qui n'a pas encore de forme dans un œuf : sous cette apparence humaine, jointe à sa ressemblance avec une famille précise, avec toi, avec moi, il y a un esprit confus qui ne ressemble à personne, qui ne se reconnaît pas et qui s'angoisse. Toutes ces questions sont en fait des coups de bec pour casser la coquille. C'est un spectacle troublant. Et j'ai peur d'apercevoir dans ce qui sort, quelque chose de ce qui ne sort pas, le vif-argent du fond... Kierkegaard en parle : selon lui, le profond mystère de l'innocence, c'est qu'elle est de l'angoisse en même temps. L'autre soir, tu te rappelles ? tu me reprochais de ne pas assez profiter de mon fils, je ne fais pas attention à lui, disais-tu. Et tu as raison de dire que je ne profite pas de lui : je suis contaminé par l'angoisse sourde que révèlent toutes ces questions innocentes. En entendant Martín parler avec toi, je me souviens de Kierkegaard et je pense que l'enfant projette sa propre réalité et que, comme cette réalité n'est rien, notre fils, dans son innocence, trouve en permanence devant lui ce rien qu'est la coquille à laquelle il donne des coups de bec et qui l'enveloppe encore. Et même si Kierkegaard dit que l'angoisse qui existe dans l'innocence n'est ni une faute ni un fardeau, moi je n'en suis pas si sûr. Vois-tu, María, Kierkegaard dit que ce n'est pas une souffrance qui ne puisse se concilier la béatitude de l'innocence. C'est donc une petite souffrance, toute petite, si petite qu'elle peut très bien être conciliée avec la béatitude de l'innocence. Toutes ces questions, ces coups de bec, expriment une petite souffrance de l'enfant. Mais petite jusqu'à quel point ? Aussi bien n'est-elle pas aussi petite que le pensait Kierkegaard. Nous ne pouvons rien savoir avec certitude et moi je préfère, puisque ça doit se passer, ne rien voir de ce qui se passe, que ça se passe avec toi, car tu as l'innocence d'un enfant, même si tu es déjà une grande fille. Parfois, tu me regardes et tes yeux donnent des coups de bec au néant qui est devant eux, que va-t-il advenir de nous ? sembles-tu demander, et moi je ne peux te répondre, je ne sais pas ce qu'il va advenir de moi, ce qu'il va advenir de mon personnage et de moi, personne ne le sait et moi, encore moins que quiconque. Et le goût des enfants pour l'aventure, leur désir de choses monstrueuses et énigmatiques, c'est ça leur angoisse, une douce oppression dont ils ne veulent pas se délivrer, pas plus que toi, tu ne veux te délivrer de la douce oppression de ne pas savoir ce qu'il va advenir de nous, de toi, de moi, et de Martín, toute la journée tu reviens sur le sujet, María, moi je le sais, les coups de bec contre le néant, toi d'un côté, l'enfant de l'autre, et il y a des jours où je préférerais ne pas vous voir, ni l'un ni l'autre... » — « Mais Martín est un enfant très paisible, il suffit de le regarder ! objecta María que les phrases de Martín, plus chaudes et plus précises que d'autres fois, avaient beaucoup impressionnée. Moi je suis persuadée que toutes ces questions sont vraiment l'expression de la curiosité et du désir de comprendre le monde réel, de nous comprendre toi et moi, de comprendre la géographie, les autobus, les phrases dites... Cet enfant de Kierkegaard qui t'impressionne tant est un pauvre enfant solitaire qui n'a pas de gentils grands-parents, est-ce que je sais ? Il n'a pas un papa et une maman gâteaux comme toi et moi ; nous sommes la négation évidente du néant, nous sommes la réalité vulgaire — oui, tu vois, vulgaire, inutile de se creuser la tête ! —, pas le néant, et en plus, tout arrive peu à peu ; ton problème, c'est que tu ne te rends pas bien compte, avec toutes ces appréhensions, qu'en fait tout arrive, tout arrive peu à peu, et si l'innocence est ignorance, alors moi je crois que l'ignorance disparaît très lentement sans que l'innocence disparaisse. J'aimerais, tu le sais fort bien, que tu sois plus souvent avec lui, je suis sûre que ta peur disparaîtrait en voyant ton fils grandir tranquillement, détendu, étranger à tout problème insoluble... » Mais Martín avait encore dans la bouche et dans la tête le goût et la sombre mélodie des phrases de sa paraphrase improvisée de Kierkegaard. Tandis que María parlait, il se disait déjà qu'il consulterait le texte exact dès qu'il serait seul et qu'il ajouterait cette inquiétude qu'il prétendait éprouver face aux questions de son fils à l'inquiétude imaginaire de son personnage. Il reconnaissait sans contredit qu'il y avait du vrai dans les objections de María. Mais c'était une vérité à usage ordinaire, un lieu commun rassurant de pédiatrie domestique ; admettre aussi que son fils, bien qu'il fût joli comme un cœur, n'était pas d'une intelligence fracassante. Tant de placidité, tant de normalité, tant de réalité — si ce que María affirmait était vrai, et c'était sûrement vrai, car elle était bonne observatrice des choses proches —, n'étaient-elles pas un peu décevantes ? Martinín ressemblait de plus en plus à la famille de sa mère, un imbécile distingué, comme eux. Tout bien considéré, il valait mieux qu'il soit comme ça. María repensa à cette irritante conversation — presque plus irritante par ce qu'elle disait de Martín que par ce qu'elle disait de l'enfant. Et puis, en ce qui concernait ce dernier, María comptait sur chaque jour, sur son instinct maternel qui lui annonçaient que l'enfant ne souffrait pas et que ses petites questions — qui, il est vrai, ressemblaient parfois à des flèches qui tapaient dans le mille — n'étaient pas les coups de bec d'une toute petite conscience innocente et angoissée à l'intérieur d'une coquille, coups de bec donnés contre le néant. Même en faisant abstraction de ce qu'il pouvait y avoir de vain optimisme dans le caractère de María, la description de Martín était inadéquate ; quant à l'interprétation de María, selon laquelle son fils grandissait heureux, elle était correcte et serait confirmée. Ce qui était vraiment irritant, c'était que Martín s'obstinait à tout voir de façon si tordue : même son propre fils devait se plier à cette obligation d'apparaître dans le champ distanciateur d'un miroir... spéculatif — on ne pouvait mieux dire. Qu'est-ce qui l'empêchait d'observer vulgairement jour après jour le gamin, de bavarder avec lui, de jouer avec lui ? María était incapable de répondre toute seule à ces questions. Elle avait bon espoir que le temps, qui transformait si vite son bébé en adolescent, puis le transformerait en homme, transformerait aussi l'idée que Martín se faisait de ce monde. Quand il aurait seize ou dix-sept ans, et même bien avant, quatorze ou quinze ans, Martín ne pourrait plus fantasmer littérairement sur son fils. Le gosse se chargerait lui-même de critiquer au pas de charge son géniteur désorienté ! Et María souriait en pensant qu'elle aurait un allié pour éloigner doucement Martín de ses cogitations ! Le meilleur allié et le plus innocent, son propre fils, leur fils à tous deux ! Et María souriait en pensant qu'il ne restait plus grand-chose, quelques toutes petites années, deux ans, pour que Martinín jette dans son sillage, avec tous ses diminutifs, son enfance.

Un après-midi que María et son fils étaient avec les grands-parents dans le bas du jardin entre les arbres fruitiers où l'on avait installé un banc de bois sur lequel le grand-père, qui était très gros et devait prendre soin de son cœur, allait s'asseoir, la bonne descendit annoncer la visite d'un ami de monsieur Gonzalo qui partait pour Londres ou en revenait — elle s'embrouillait — et demandait si l'on avait besoin de quelque chose. María monta voir qui c'était. C'était Alfonso Vélez, tiré à quatre épingles dans un costume de flanelle grise, que María se souvenait d'avoir brièvement rencontré des années auparavant, avant le départ de Gonzalo et dont elle avait vaguement entendu parler par son frère. Elle savait, cependant, que Gonzalo considérait ce Vélez comme quelqu'un de très bien — avec ses petits côtés particuliers — et comme un bon ami. Les « petits côtés particuliers » dont María se souvint sur-le-champ en le revoyant étaient une affectation prononcée. Cette affectation avait pris une telle importance avec les années que désormais Vélez ne pouvait plus la faire apparaître ou disparaître au gré de sa volonté, comme quelqu'un qui, par négligence ou par caprice, laisse entendre un certain accent, car toute sa personne, depuis ses cheveux ondulés jusqu'au bout de ses longs mocassins de chevreau noir, n'existait que par cette affectation qui n'était plus une charmante singularité de fils de bonne famille. « María, je passe en courant, je pars ce soir pour Londres, je voulais savoir si vous aviez une commission pour Gonzalito. Comme tu es belle, María, avec ce pull à col roulé ! » María, amusée par l'apparition de Vélez, n'avait rien de particulier à lui transmettre. « Dis-lui notre bon souvenir, dis-lui que grand-père va bien, même s'il le sait déjà, je le lui ai dit il y a quelques jours au téléphone ! C'est mon père que nous appelons grand-père, il souffre un peu du cœur et il nous a donné du souci. Toi aussi, tu es beau comme un astre, viens t'asseoir un moment si tu veux bien ! » Ils allèrent s'asseoir tous les deux dans le salon, Vélez alluma une cigarette. María vit qu'il avait envie de bavarder, de fureter un petit peu partout dans la maison et de se rendre une fois de plus sympathique à quelqu'un de nouveau... María comprenait fort bien et il l'amusait. « Vraiment, le temps n'a pas de prise sur toi, tu es pareil que lorsque nous nous sommes vus il y a des siècles ! » — « Hélas, María, le temps passe, le temps passe, pour moi plus que pour n'importe qui d'autre, j'ai des douleurs partout, je ne vais pas bien, passé trente ans, ce n'est plus la même chose, mais toi, au contraire, tu n'as pas changé du tout, le mariage garde jeune, il te réussit, je le dis très souvent à ton frère, à trente ans le cinéma en couleurs, c'est fini, pourtant ton frère est superbe, je l'ai emmené dîner au *Café Royal* la dernière fois que je suis allé là-bas, on aurait dit un jeune Anglais, il était beau comme tout ! Cela dit, beaucoup plus maigre, trop, je lui ai dit qu'il était trop maigre, qu'à son âge, vingt ans bien sonnés, il faut se surveiller, il faut commencer à se surveiller, le style maigrichon-

maigrichon, la peau sur les os, ce n'est plus très joli... » Martín fils fit irruption sans crier gare, car sa grand-mère voulait son gilet, celui qu'elle portait le matin. Alfonso Vélez regardait le gosse en penchant la tête. María y vit l'occasion de montrer un peu son grand enfant. « Comment trouves-tu mon fiston, Alfonso ? » — « Ah, les bras m'en tombent, il est immense ! Et il te ressemble beaucoup, il vous ressemble beaucoup à tous les deux, beaucoup, beaucoup, c'est encore un jeune poulain, il faut manger de la soupe, mon grand, comment t'appelles-tu ? » — « Il ressemble beaucoup à mon frère au même âge, tout le monde le dit, moi je trouve qu'il a l'expression et le regard de son père, le même air renfrogné, n'est-ce pas, mon chou ? » — « Tu es une vraie mère poule, María ! Assieds-toi un peu avec nous ! » María trouvait charmantes les libertés que Vélez prenait spontanément. Gonzalito l'avait décrit exactement ainsi, sans malice, comme une sorte de cousin universel. Martín murmura qu'il devait rapporter son gilet à sa grand-mère. María aurait bien voulu le garder. Elle aimait montrer son gamin et aurait aimé que Vélez racontât à Gonzalito comment était son petit neveu monté en graine. Vélez se serait admirablement acquitté de sa tâche. Ainsi Gonzalito se serait-il décidé à revenir. Pourquoi restait-il si longtemps en Angleterre sans raison particulière ? « J'espère que tu vas lui donner envie de revenir, dit María. Il me manque beaucoup. Mais ce n'est pas le problème. Il est temps qu'il revienne, que fait-il là-bas ? Toi, qu'en penses-tu ? » Vélez lui avait tout de suite fait l'effet d'un complice. Il devait avoir beaucoup à dire sur le sujet. La conscience qu'il devait avoir beaucoup à dire se combina instantanément avec la conscience qu'il était pressé. Bien qu'en réalité il ne le fût nullement et disposât de tout l'après-midi, il se mit à parler à toute vitesse, comme s'il faisait claquer ses talons. Il lui arrivait toujours la même chose : les choses qui lui semblaient importantes — surtout si quelqu'un d'autre mettait la question sur le tapis —, il ne pouvait s'empêcher d'en parler à toute vitesse, ce qui fait qu'il en laissait une bonne partie dans l'encrier, dont il se souvenait ensuite, plusieurs jours après la conversation, et qu'il regrettait de ne pas avoir dite, ce qui l'obligeait à se lancer dans de longues explications au téléphone, encore une fois à toute vitesse, d'une voix très pressée, comme si l'importance de l'affaire l'obligeait à se hâter et que la hâte, consciente d'elle-même, contaminait l'univers tout entier. Avec l'âge — qui, malgré ce qu'il en disait, n'était pas bien grand —, l'important avait fini par accabler Alfonso Vélez à tel point qu'il le laissait presque tout entier dans l'encrier pour ensuite en parler par bribes, protégé par le téléphone et, bien souvent, en plus, protégé par l'éventuelle hâte de son interlocuteur à l'autre bout du fil qui, maintenant, lors de cette deuxième ou troisième conversation, était, en effet, vraiment pressé et ne pouvait consacrer à l'affaire, aussi importante fût-elle, guère plus de quelques minutes. Chose curieuse, en de telles circonstances, Vélez se comportait avec une totale ingénuité : de même qu'il n'était pas conscient de son affectation prononcée, il ne remarquait pas que, confronté à un problème compliqué ou, disons, important, il couraillait dans tous les sens comme une petite souris en essayant de ne pas se blesser ou de ne pas céder à... la hâte. Le tout se déroulait en pleine lumière, la pleine lumière de sa profonde ingénuité qui le faisait apparaître, aux yeux des esprits malveillants ou des vrais bonimenteurs, beaucoup plus perfide et dangereux qu'il n'était. Avec María, il pouvait être tranquille : il s'en aperçut au premier coup d'œil. Il avait justement beaucoup réfléchi au sujet de Gonzalito et de Londres et en était arrivé à des conclusions contradictoires. Il s'agissait, en effet, pour lui, comme pour María, d'un problème important et, par conséquent, assez oppressant : la contradiction rendait tout avis définitif hasardeux et il était téméraire de donner des conseils. Vélez, en se levant, en consultant sa montre et en expliquant qu'il s'était laissé distraire par sa conversation avec María et qu'il était terriblement en retard, déclara que ce qu'il y avait de bon à Londres (et de mauvais), c'était que Gonzalito était mis face à lui-même et devait décider ce qu'il attendait de la vie, mais que ce qu'il y avait de bon et de mauvais dans une telle décision à prendre, c'était qu'il fallait tenir compte d'autrui et qu'on ne pouvait le faire sérieusement dans la solitude : Londres lui convenait et en même temps ne lui convenait pas, expliqua Vélez aussi, pour rester dans le même ordre d'idées, il aurait eu intérêt à faire des allers et retours entre Londres et Madrid, le fait même de partir et de revenir lui aurait fait comprendre qui il était ou ce qu'il devait être. Et María devait comprendre qu'il était impossible d'expliquer tout cela à fond quand on était pressé. Ce qu'elle ne comprenait que trop. Et elle comprenait aussi que son frère s'était, en effet, fourvoyé dans une contradiction, au demeurant, banale. « Donne-lui envie de revenir le plus vite possible, même si ce n'est que provisoire, ce que tu lui diras l'influencera beaucoup, tu le connais bien. » En réalité, María ne pouvait pas encore savoir vraiment si Vélez connaissait bien ou non son frère. Mais elle s'en remettait instinctivement à sa bonne volonté, comme si elle avait deviné l'affection que, de fait, Vélez éprouvait pour Gonzalo. Elle prit congé de lui devant le portail du jardin, avec deux bises que Vélez attendait et dont il la remercia beaucoup. Il décida de dire à Gonzalo de mettre un terme à son éloignement et de revenir vite à Madrid. La seule chose qu'il avait, cette fois, omis de dire — et Adolfo Vélez s'arrêta au beau milieu de la route qui menait chez lui, les sourcils froncés, en ayant l'impression, déjà habituelle chez lui, qu'il devait téléphoner à María le lendemain, juste avant de prendre l'avion —, le seul détail qui manquait et que, à bien y réfléchir, une sœur affectueuse ne pouvait tout à fait comprendre, c'était que Gonzalo restait à Londres non seulement pour mieux se connaître et prendre une décision concernant sa vie, mais aussi, parce que, connaissant peut-être trop bien certains aspects délicats de sa propre personne, Londres lui servait de cachette. Gonzalo n'avait pas encore ouvert de part en part son cœur à Alfonso Vélez (Vélez lui-même avait fait habilement en sorte que rien de tel ne se produisît), mais il avait laissé entendre qu'il n'était plus le personnage confus de Madrid, qu'il avait accepté ou conquis « ce qu'il y avait d'inéluctable dans le destin » — telle était la phrase dont Vélez se souvenait — et que maintenant il comprenait beaucoup mieux Vélez qu'auparavant. Ils avaient passé des jours délicieux et Vélez avait bon espoir que, lors de sa nouvelle visite, ces jours-là se renouvelleraient et s'approfondiraient. Il était clair qu'il fallait faire revenir Gonzalito à Madrid et, en même temps, ne pas l'arracher brutalement à cette nouvelle sagesse londonienne qui décuplait son charme et le rapprochait d'un Vélez ému et nullement cynique — le vrai Vélez qui n'osait apparaître qu'en privé, dans l'intimité morose de sa chambre, son cachot, maintenant aussi, à l'occasion, une cachette de Gonzalo où tout se déroulait aimablement ! Londres était, en effet, contradictoire ; Gonzalito devait quitter cette ville alors qu'il ne pouvait plus, désormais, ou ne voulait plus, la quitter. Problème important, dont au retour — à l'évidence, il fallait que ce fût après et non avant son voyage — il parlerait avec María précisément et par bribes au téléphone.

Ils appelaient du *Ritz*. Ils étaient au *Ritz*. Ils adoraient le *Ritz*, si français, si blanc et si doré, si quoi sinon ? aussi *Ritz* qu'il avait toujours été. Ils venaient d'arriver. Et Virginia répétait Ritz-Ritz-Ritz au téléphone, comme une formule magique. Ils n'étaient pas encore installés. « Un groom vient d'entrer et me dit quelque chose, toi, comment vas-tu, dis-moi, dis-moi ! » Il était impossible de dire quoi que ce fût, ni même de demander combien de jours ils allaient rester, parce que Virginia n'arrêtait pas de parler. Elle était surexcitée. Elle répétait tout plusieurs fois, le *t* et le *z* du nom de l'hôtel formant une sorte d'essaim comique, une phonétique enfantine qui au début fit sourire María et, plus tard — il y avait déjà plus de vingt minutes qu'elle était au téléphone —, finit par l'inquiéter. Virginia avait toujours été ainsi : l'exagération faisait partie de son charme. Mais, soudain, ce n'était plus un charme : c'était un tic : exagérément haute, répétitive, la voix de Virginia faisait penser à une crise de nerfs, à une involontaire compulsion à parler et à ne pas écouter. « Nous venons d'arriver, sans avertissement préalable !

répéta Virginia. À l'improviste : je suis ici parce que je suis venue : de la meilleure façon qui soit, sans le dire, hop ! nous arrivons à Barajas, hop ! nous descendons de l'avion, hop ! nous sommes déjà au *Ritz* : ni vu ni connu : arriver sans avertir c'est ce qu'il y a de mieux je l'ai dit à Waitzenbecker hier après-midi ou hier matin ou hier soir : je ne sais plus quel jour on est, ni quelle heure il est, ni si c'est l'heure du goûter, du petit déjeuner ou du déjeuner : je lui ai dit, faisons-leur la surprise, posons-nous au *Ritz* sans avertissement préalable et nous leur ferons la surprise : je t'ai fait une surprise : je parie que je t'ai fait une surprise, n'est-ce pas ? Tout ce qui arrive de mieux arrive par surprise... » María en déduisit que les Waitzenbecker s'installeraient cette fois-ci à Madrid dans un calme relatif. Peut-être un mois, un mois tout entier : Virginia, du moins, allait passer un mois tout entier à parler, selon ses propres termes, de tout avec María : elle était venue pour cela : pour qu'elles se voient, pour qu'elles se parlent. Elles se donnèrent rendez-vous en toute fin d'après-midi. Pour prendre un verre. Ils ne resteraient pas dîner parce qu'ils avaient déjà un dîner d'affaires, avec les associés allemands de Waitzenbecker à Madrid. Des associés, ou des clients, ou des parents : l'un ou l'autre, cela n'avait strictement aucune importance, assura-t-elle : c'était un dîner comme il y en a des milliers, un dîner d'affaires. Waitzenbecker réunissait tout : familles, associations, négociations, distractions, tout cela était réuni, unifié, tout le monde à table, et en avant le bla-bla-bla ! Et Virginia devait chaque fois mettre une robe de cocktail très différente de la fois précédente et changer les pierres assorties au bleu par celles qui n'allaient qu'avec le gris ou ne porter que des perles et un petit sac dans lequel il était impossible de glisser une cigarette et une bague. Pas question de mettre cinq anneaux. Des bijoux tape-à-l'œil, les plus tape-à-l'œil, hors de prix, qui sont parfois plus chers qu'une bague sertie d'un saphir ; il arrive qu'une petite émeraude soit moins chère qu'un jeu de contrefaçons des *boutiques** de Buenos Aires : des snobs, des folles, des paniers percés que rien ne réfrène, des folles... María eut l'impression en raccrochant d'avoir tout vu en quatrième vitesse, une colossale absurdité que l'imagination de Virginia transportait, pour son propre compte, bien au-delà de toute extrémité un tant soit peu raisonnable. Elle annonça à Martín qu'ils auraient en fin d'après-midi la visite des Waitzenbecker. Il se réjouit d'apprendre qu'ils ne resteraient pas dîner. Durant les derniers six mois, ils étaient peu sortis de chez eux. Martín ne donnait plus de cours à la faculté. Contre toute attente, cette visite eut l'air de l'amuser. « Je ressens une certaine curiosité. Je ne sais pas pourquoi. Mais je ressens une certaine curiosité à l'idée de revoir ce couple absurde. Peut-être toutes ces heures de réclusion me rendent-elles plus sociable, ou peut-être, mais qu'est-ce que j'en sais ! peut-être est-ce un penchant qui te semblera, très probablement, pervers pour tout ce qui est incongru et absurde... Quoi qu'il en soit, toujours est-il que ça m'amuse et tant mieux qu'ils ne restent pas dîner ! Comme ça, nous aurons le champ libre... » Le fait que Martín fût disposé à s'amuser la délivra un moment de son inquiétude au sujet de Virginia. Martinín, qui était déjà un homme, serait présent lui aussi : ce serait une soirée agréable et facile.

Elle se trompa de A à Z. Il y avait déjà un bon moment que María faisait la conversation au petit bonheur la chance. Elle parlait au hasard, avec le faux entrain, curieusement vraisemblable, des personnes habituées à être toujours aimables. Et elle parlait ainsi pour que chaque fois que les trois autres — Martinín n'entrait pas en ligne de compte — plongeaient comme dans un étang, dans un silence pénible, une échelle d'acuité verdâtre, ils ne se rendent pas compte qu'ils se contentaient de s'observer, se méfiant les uns des autres, se comparant un à un et couple par couple, ressentant une curiosité réciproque, mais nulle affection, nulle amitié. Maintenant, c'était María — et non Virginia — qui répétait tout plusieurs fois : qu'elle adorerait connaître la pampa : voir toutes ces vaches, des milliers et des milliers de vaches, les vaches qui fournissaient la viande congelée dont on parlait tellement dans son enfance : qu'elle adorerait aller à Buenos Aires : qu'elle adorait tout ce qui était argentin. L'extravagante arrivée des Waitzenbecker à sept heures juste, tous les deux consultant leur montre comme un jour d'examen, n'occulta pas — ni même ne dissimula, fût-ce un instant — leur situation réelle. Ils ne s'entendaient pas bien. Ils se supportaient difficilement. Leur seul point commun, le seul lien sérieux qu'il y eût, semblait-il, entre eux, était qu'ils étaient tape-à-l'œil. Très tape-à-l'œil. Criards. Tels deux acteurs qui viennent de sortir de scène, encore déguisés, maquillés, qui n'ont pas encore pris toutes leurs distances avec le rôle qu'ils jouaient dans une comédie musicale. Les autres fois, les choses avaient été différentes : ils allaient à Paris et s'arrêtaient au passage deux jours à Madrid : ils allaient à Londres, même scénario : en bons Argentins, ils raffolaient de Paris. María les voyait de temps à autre : Virginia était presque toujours seule, Waitzenbecker courait de réunion en réunion, allait à la Bourse, dans les banques, ses affaires étaient un immense filet que María imaginait très serré : une incessante mise en rapport de tous les morceaux de toutes les affaires, chaque petite affaire d'un côté et toutes ensemble de l'autre, un filet formant le grand tapis de chiffres, de contrats, de maquignonnages et de tractations, autrement dit de ce que son père appelait avoir une fortune. Waitzenbecker — María le remarqua dès qu'elle le vit pour la première fois — avait, en version germano-argentine et flamboyante, de nombreux traits de son propre père jeune : lui aussi allait et venait sans répit, courait avocats et notaires, était conseiller d'une ou deux banques et de diverses sociétés : un homme entreprenant, un homme d'affaires : il était lui aussi très beau, même si, à la différence de Waitzenbecker, il n'avait pas une bonne santé et avait commencé à se retirer juste avant de fêter ses cinquante ans : le père de María ressemblait davantage à un bel Anglais, édouardien, qu'à un bellâtre de cinéma tel que le mari de Virginia : la ressemblance peut-être la plus frappante, aux yeux de María, était leur bon sens commun. María y réfléchit : Virginia avait pris la parole et donnait, au débotté, une longue conférence émaillée de « des folles-des snobs-des folles » au sujet de la grande culture des femmes de la classe huppée des beaux quartiers et des clubs de Buenos Aires, toutes propriétaires de vaches, d'*estancias*, d'amants et de *fincas* et pas une, pas deux, pas trois, des tas, affirmait Virginia, très *femmes à pédés**, très compréhensible, une évidence, toutes frigides, pas seulement quelques-unes, toutes toutes, et l'école psychanalytique de Jung affrontant celle de Freud, très différent, quant à lui, de Ferenczi, ce Ferenczi, au sujet de la sexualité spécifiquement féminine, de loin celui qui s'y connaît le mieux, et puis, bien sûr, il y a Fromm, ah, le pauvre !

Très mal vu en Argentine, et, Waitzenbecker te le dira, je n'invente rien, maintenant le top, le top du top, c'est Gianfranco Della Volpe, fils d'émigrants piémontais, qui fait fureur... Martín s'amusait beaucoup maintenant, il riait aux éclats, Martinín lui aussi riait, Waitzenbecker souriait en disant : « Quelle calamité ! Quelle calamité ! » feignant d'être désolé en secouant sa grosse tête, sa grosse chevelure qui ressemblait à une crinière noire à reflets bleus, avec déjà pas mal de mèches grises : cela aussi avait donné à Virginia l'occasion de faire un commentaire peu sympathique : « Il ne se teint pas les cheveux, tu sais pourquoi il ne se teint pas les cheveux ? Là-bas ils se teignent tous, tempes argentées, du tango à gogo, ils se teignent tous les cheveux et lui non, sais-tu pourquoi ? je le dis ? alors, je le dis, alors, parce qu'il adore, il adore à un tel point que ça l'obsède, paraître plus vieux, plus âgé, il adore... ! » En cela aussi, pensa María, il ressemble, en grand, à mon père. Plus le bon sens qui était, à bien y regarder, le point exact, peut-être le seul, vers lequel convergeaient les traits de ressemblance. Pourquoi ne s'entendaient-ils pas bien ? Elle avait toujours soupçonné que les Waitzenbecker ne s'entendaient pas, mais pourquoi ne s'en était-elle pas rendu compte plus tôt ? L'une des raisons était sûrement que, alors que les Waitzenbecker venaient très souvent à Madrid, ils se retrouvaient rarement tous les quatre : María se contentait de passer un moment avec Virginia, presque toujours au bar du *Ritz*, presque toujours en vitesse, un moment qui se résumait presque toujours aux monologues de Virginia, oui, ces deux ou trois dernières années à des monologues entrecoupés de blancs que María se reprochait maintenant de n'avoir pas su interpréter correctement : maintenant elle s'en apercevait, ces blancs voulaient dire : « Je ne sais pas dire ce qui nous arrive. » Et c'était vrai qu'elle ne savait pas le dire. Virginia était comme gavée, suralimentée par les mille picotages élégants, culturels de sa classe (la culture équivalant à des bijoux d'un luxe exquis, culture d'ambassades, de déjeuners, de salons de thé, culture bouche-trou). Et le bon sens de Waitzenbecker qui, en théorie, eût pu fonctionner comme une planche de salut, semblait — devait, presque à coup sûr, sembler aux yeux de Virginia — appartenir au monde des affaires, voire, pensa María, affligée, au monde des hommes. Virginia était désaxée. Et ce qui était sorti de son axe, ce n'étaient pas des phrases, ce n'étaient pas des opinions, c'était tout simplement Virginia. Et c'était très triste. La tristesse venait de tout ce colossal fatras, telle la quintessence instantanée d'une erreur totale. Et maintenant tous les mots de Virginia, comme un moment plus tôt tous les trous dans la conversation que María avait essayé de dissimuler, disaient la même chose : elle s'était trompée.

Waitzenbecker se regarda dans le miroir. Il se trouvait que María avait porté par hasard de la maison de ses parents cette pseudo-antiquité, ce miroir flanqué d'appliques qui avait toujours été dans le couloir du haut avec deux ampoules au bout de bougies tenues par un Cupidon tarabiscoté, et que sa mère avait décidé sur un coup de tête d'enlever : María avait rapporté triomphalement le tout à la maison et l'avait installé dans le salon à une hauteur peu commune : en face du fauteuil, de sorte que, sans se lever, en se contentant de tendre le cou, la personne en visite, ou María elle-même, pouvait jeter un coup d'œil à sa personne. La rare incongruité de ce bébé pourprin avec les deux supports pour les bougies ou les ampoules, un dans chaque main, et le miroir lui-même, avec son amusant petit côté kitsch, tout à fait dans le goût des verreries Quevedo, faisait les délices de sa propriétaire. Depuis qu'il était là, tous trois, Martín, María et Martinín, avaient contracté l'habitude de se précipiter vers lui et de s'y regarder. On pouvait voir son visage en entier et une partie du cou, et en arrière-plan, les livres de Martín qui tapissaient le mur d'en face. Une bêtise. Waitzenbecker tendit, lui aussi, soudain son cou, prit ce que María appelait « une tête à se regarder » et se regarda. Faisant le beau. Le fiérot. Un morceau de cannibale, un morceau de Beverly Hills et un faux air de Baby Pignatari, tout cela à la fois : María, qui l'avait observé, crut que Waitzenbecker voyait peu ou prou la même chose. Mais Waitzenbecker vit autre chose : sa chose : cette chose fascinante que son propre visage était pour lui : le visage de Cary Grant : le visage de quelqu'un doté d'un culot formidable qui est au fond un sentimental, un vrai gogo, le pur visage de qui fut, voulut être et parvint presque à être qui il était à cet instant-là : un Baby Pignatari — María, sur ce point du moins, avait vu juste —, un Baby mûr, changé en Pignatari, mais pas complètement : un cran audessous et pas si chauve : ni si riche ni si beau. Ou peut-être moins riche et plus beau. Waitzenbecker se regarda de nouveau. Dès qu'on l'avait remarqué, constata María avec une jouissance presque diabolique, ce miroir était fatal : il n'y avait personne qui, ayant l'occasion de se regarder, passât son chemin sans le faire, et cela quelle que fût sa résistance : personne n'oubliait de tendre un petit peu le cou, histoire de voir si l'on avait toujours le même visage, Cupidon pourprin, petit miroir de tous les soufres du diable ! pensa alors María en souriant, un peu parce que cela allait de soi, à Waitzenbecker qui porta instinctivement sa jolie main gauche au nœud de sa cravate de soie naturelle tirant peut-être un peu trop, pour le goût conventionnel de María, sur le vert grenouille. Il avait à peine pris part à la conversation. Il était ébahi. Toute la partie de son âme — une troisième partie, pour ainsi dire — qui ne dépendait pas de lui-même, contrariée et détendue à la fois, compte tenu de la dimension colossale du Rómulo Leonardo Waitzenbecker super-être, ou qui dépendait, hélas, des idioties présentes (sans compter leurs effets rétroactifs) de Virginia, sa conjointe, son erreur, s'abandonnait au pur ébahissement. Pur ébahissement de s'être rendu compte pour la première fois en ce début de soirée (il s'en était rendu bien compte auparavant, mais jamais tout à fait comme maintenant : il l'avait toujours su, mais jamais ne l'avait savouré, expérimenté comme maintenant), pure fusée de signes dans la nuit noire de son monde, pur aperçu, fin comme un cheveu, de María, de tout ce dont son être était nimbé et de tout ce qu'il donnait à voir : María était magnifique. Waitzenbecker tourna ses yeux vers la gauche, vers sa non magnifique, quel que fût le point de vue adopté, propre épouse. Pourquoi a-t-il fallu que ce soit moi ? Pourquoi le coup a-t-il raté, pourquoi a-t-il fait chou blanc, pourquoi a-t-il loupé sa cible, alors que j'avais si bien visé ? Résultat, je l'ai dans les pattes, et pour la vie. Pourquoi ai-je pu commettre une telle erreur ? Waitzenbecker avait son talon d'Achille : son apparence : être tape-à-l'œil, au fond, ne lui avait pas porté bonheur. À court terme, oui. À court terme, il n'y avait pas de femme qui, ayant à choisir entre Waitzenbecker et n'importe quel autre type, aussi bien fût-il de sa personne, ne préférât, et de loin, flirter avec

Rómulo Leonardo. À long terme, en revanche, tout change, à long terme le taux de change de la monnaie du tape-à-l'œil change. À long terme, être tape-à-l'œil donne lieu à d'étranges interchanges et c'est presque un obstacle. Virginia était quelqu'un d'impossible. Il s'était marié avec elle par erreur. Pourquoi s'était-il marié avec elle ? C'était là que son éclat avait fait une entrée en trombe. La trombe du tout à trac, la trombe du on n'en parle plus, du la chose est faite, aussitôt dit aussitôt fait, l'ébouriffante trombe de tous ses « moi je ne parle pas pour parler, moi je suis un homme de parole, moi je sais ce que je veux, moi je suis un homme d'honneur et, même si je n'en ai pas l'air, je suis quelqu'un d'extraordinairement sentimental et sensible, mon cœur fond pour un rien... ». Si Waitzenbecker n'eût été qu'un homme d'argent, peut-être pas archimillionnaire, mais suffisamment millionnaire pour n'être jamais ou quasiment jamais remis en question, si Waitzenbecker n'eût été que l'homme sensé et d'un œil avisé en affaires que, de fait, il était, s'il n'eût été, en outre, en plus et de plus, tape-à-l'œil, jamais, au grand jamais, il ne se serait marié avec Virginia. Son super-être tape-à-l'œil lui fit faire un faux pas. Il se maria — et il le fit comme il le fit, comme il convenait à Virginia, en un clin d'œil, d'un jour à l'autre, conséquence de la brusquerie d'un faux pas, ce midi où il enfla comme un paon au golf, à Puerta de Hierro : Virginia lui sembla exactement le genre de cravate chic qui devait aller avec un éclat comme le sien : quand il parla avec elle, quand des amis communs firent les présentations, quand Virginia parla de se marier avec ce qu'ils avaient sur le dos, de se faire remarquer, de faire le grand scandale, de leur claquer à tous la porte au nez, de la lune de miel et de la magie du *trousseau** à Paris et de la place Vendôme et de tout ce qui habille, habille très bien, tu t'habilles formidablement bien, très masculin, original, très original, de façon très personnelle, on dirait Cary Grant, toujours impeccable, avec une fossette au menton, des visages d'homme, des visages élégants, prenons une suite, pas question de prendre des lits jumeaux et un cabinet de toilette, tu m'habilles, je t'habille, nous nous habillons mutuellement, l'élégance, c'est de n'être ni très élégant, ni très ceci, ni très cela, foin de ceci, foin de cela : éclat dont, de toute façon, était dotée Virginia cet après-midi-là, lors de cette rencontre de Puerta de Hierro, après qu'il eut fort bien joué au golf alors qu'il était en pleine pleine lune de verroteries, de plumages et de sottises. S'il n'avait pas été lui-même si tape-à-l'œil, il se serait contenté de flirter un peu avec Virginia, puis de prendre courtoisement congé en fin d'après-midi ou de soirée, et n'aurait maintenant aucune erreur à regretter. Maintenant, il regrettait tous les jours son erreur : il s'agissait d'un regret mêlé d'autre chose, d'une déploration qui, parfois — par exemple maintenant —, était franchement polyphonique. Parce que, si se marier avec Virginia s'était révélé déplorable et déplorable de se marier comme ils l'avaient fait, plus déplorable avait été encore d'avoir cru à l'idée, ou d'avoir fait joujou avec elle, que Virginia, parce qu'elle en avait l'air, serait un jour une femme du monde. Virginia n'était pas une femme du monde : elle n'était pas ça non plus. Pour être une femme du monde, il faut être au parfum de tout, regarder où on met les pieds, calculer chaque effet, chaque chose, chaque relation, puis, bien sûr, donner l'impression de tomber des nues et d'être légèrement surprise par ce qui se passe. Virginia était une paresseuse : perpétuellement embarrassée dans un lot d'erreurs, d'emballements et de sottises toujours réitérées. María était une femme magnifique. Waitzenbecker revenait sur cette phrase sans y pénétrer, comme s'il n'osait ou ne pouvait tout à fait l'expliciter : il voulait dire que c'était une belle femme et que si, par hypothèse, elle avait été mariée, non pas avec un rabat-joie comme ce Martín, mais avec quelqu'un comme lui, quelqu'un comme Rómulo Leonardo Waitzenbecker, et non confinée chez elle, mais hors de la maison, emmenée partout, formidablement bien habillée, remontée, volant de ses propres ailes, étant donné l'irrésistible — et en même temps sensée — personnalité de Waitzenbecker, l'hypothétique mari, elle se serait épanouie et transformée en une immense fleur éburnéenne de magnolia sud-américaine, sans oublier le fond espagnol, il y avait ce qu'elle était, issue de la famille d'où elle venait, une maison fortunée, des gens qui savaient qui ils étaient : Waitzenbecker avait toujours su toutes ces choses qu'on savait d'elle dans la bonne société madrilène. Et ce qu'il ne savait pas, en se mariant avec Virginia, par la simple habitude de l'homme qui aime savoir qui il fréquente, il l'avait appris par la suite. María était quelqu'un, à la différence de ce rabat-joie de Martín, son incompréhensible mari, qui n'était personne. Un professeur, un écrivain : en fait, un rien du tout. Tout cela constituait des aspects du *magnificat* que Waitzenbecker avait épelé tout au long de la rencontre. La seule différence entre toutes les fois précédentes et celle-là, c'était que maintenant, pour la première fois, Waitzenbecker parvenait à voir María en tant que telle. « En tant que telle » signifiait unifiée dans la magnificence d'être sans se soucier d'en avoir l'air ou non. María était. Sans s'en douter, Waitzenbecker devint rilkien à mesure que la soirée avançait. Il y avait plus, regardant María, la voyant être, Waitzenbecker notait que son propre éclat allait vivre des jours meilleurs, cesser d'avoir une importance suprême et, à cet instant suprême où il était en train de la regarder, Waitzenbecker désira être capable d'être meilleur, d'être tout à fait vrai, d'être aussi vrai et aussi réel que, éclat mis à part, modestie mise à part, il pouvait peut-être l'être. « Il faut que j'arrive à avoir au moins une conversation en tête à tête avec elle, il faut qu'on parle tranquillement un petit moment, en tête à tête. » Waitzenbecker pensa cela comme quelqu'un qui dit « affaire conclue » : comme quelqu'un qui, ayant bien pensé à tout et tout soupesé, se lance dans l'action. Ce fut ainsi que Waitzenbecker, avec une extrême habileté et une extrême discrétion, parvint à ce que María promît d'aller visiter avec lui, un matin, quelques jours plus tard, le musée du Prado.

Les années avaient passé : toutes ces années : Virginia s'était améliorée avec les années : Martín considéra que, dans l'ensemble, la créature légère, impulsive, élégante, mais pas vraiment attrayante physiquement que Virginia avait été, avait pris une nouvelle physionomie, au point de se transformer en une attirante excentrique, une Edith Sitwell espagnole, encore très jeune et, par conséquent, encore très maigre et, pour tout dire, très érotisée : Martín se considérait comme un dégustateur d'érotisme. C'était un homme chaste : María lui plaisait et le satisfaisait sur le plan sexuel. Mais, par ailleurs, dans la solitude, il se considérait en tant qu'écrivain comme un fin dégustateur de sexualités féminines : celle de Virginia était visiblement étrange, excentrique : son déséquilibre verbal colorait, ou harmonisait, ou plutôt exaltait le parfum mûr et féminin de la Virginia incarnée, très maigrement débordante et repue de corporéité : éroticité. Mot qui n'existe pas, mais que Martín décida d'utiliser pour Virginia. L'éroticité de la maigre Virginia. Une étrangeté. Une nouveauté. Une agréable surprise. Très bien. Martín — qui ne s'était pas senti perturbé comme María par les creux et les blancs de la conversation — passa un délicieux après-midi.

Waitzenbecker eut la chance, deux matinées de suite, de contempler la magnifique María à sa guise. Elle connaissait bien le Prado. Tous deux passèrent consciencieusement d'une salle à l'autre, d'une époque à l'autre, en jetant des regards attentifs sur les peintres espagnols que María considérait comme les plus importants. Waitzenbecker était allé à deux reprises au musée avec Virginia : à la différence de María, Virginia enterrait sous un déluge de jugements, d'exclamations, et même de commentaires sur les autres visiteurs, le plaisir spécifique de voir des tableaux. Toutefois, cela ne l'avait guère gêné parce que la peinture ne l'intéressait pas : il se tint pour dit que le Prado était un musée de tout premier plan.

Chaque chose à sa place : toutes, d'un prix inestimable. Il ne confondit pas valeur et prix. Il vit simplement ce qu'il attendait. Maintenant, en refaisant à peu près le même parcours avec María, et surtout en revenant pour la deuxième fois afin de « terminer de tout voir à fond », selon l'expression de son accompagnatrice, il eut le sentiment que, parmi ces tableaux, certains étaient pour María des objets familiers : elle en parlait comme on parle d'endroits qu'on visite souvent : comme si c'étaient des rues avec des boutiques, ou des banques, ou des chiens, ou des enfants, ou un bar très bizarre, à la façade un peu rafistolée, sur laquelle il faut fixer son attention si on ne veut pas passer sans le voir : Waitzenbecker ne pensa pas que María eût de grandes connaissances en peinture ou qu'elle dît au sujet de ces tableaux des choses originales : tout était sûrement dans le guide : la seule chose remarquable était l'intense affection, l'intensité de son attention tant à son égard qu'à l'égard des tableaux qui lui plaisaient le plus et qu'elle connaissait le mieux. Waitzenbecker tira vraiment grand profit de ces deux journées : María était belle, très belle, mais ni criarde ni tape-à-l'œil : tout le contraire de Virginia : « tout le contraire de moi » : Waitzenbecker se sentait réconforté en se comparant défavorablement à María : c'était un curieux sentiment que, regardant María, il se sentît mieux en se reconnaissant moins bien, avec plus de dureté et moins d'autocompassion qu'il n'en avait d'ordinaire vis-à-vis de lui-même. Quelle femme ! Quel gâchis de féminité, de cordialité, mariée à un rabat-joie !

Ce fut un hasard. Les Waitzenbecker repartaient déjà. Ils prenaient l'avion le lendemain matin. Mais la veille, vers midi, Martín et Virginia s'étaient rencontrés par hasard alors qu'ils se promenaient sur la petite place où se trouvaient le cavalier, le soldat terrassé et le flambeau, au cœur de la cité universitaire pleine à ce moment-là de soleil et d'étudiants. Les deux couples s'étaient donné rendez-vous au bar du *Ritz* en toute fin d'après-midi. Waitzenbecker devait passer la matinée avec son agent de change et Virginia, lassée des boutiques et désœuvrée, avait pensé qu'il serait charmant d'aller faire un tour jusqu'à son ancienne faculté. Et Martín, qui, après le petit déjeuner, n'avait guère envie d'écrire, avait eu, lui aussi, l'idée d'aller jusqu'à la faculté, une bonne promenade lui ferait du bien.

« Quel hasard ! » s'écria Martín. « Dis quel heureux hasard, Martín, sois un petit peu aimable avec une pauvre et solitaire étudiante en philologie espagnole que tu rencontres par hasard ! » s'écria Virginia. « Un heureux hasard, sans aucun doute ! » Ils se regardaient ravis. Virginia était splendide, très déliée, son parfum délié, délégué de l'éroticité polysyllabique, pimprenelle écarlate, pensa Martín, avec une circonvolution capricieuse, indicatrice verbale — mentale — du grand plaisir que lui avait procuré cette surprise. Virginia debout, devant Martín, avait l'air d'un garçon, cet air un peu dégingandé des grands mannequins, pimprenelles qui sauvaient de la mort les obscures impulsions d'un obscur écrivain : Martín se sentit, telle la pleine lune, plein de savoir et de mensonges mélodieux, aveuglé par mille polysèmespolygamiquespolyédriques étincelants, aussi ne dirait-il rien ! Au lieu de parler il regarda fixement Virginia : longue pause : Virginia aussi le regardait fixement : la fixité des deux regards fixes fit explosion : éroticité sacralisée des hasards et des idées impromptues. Elle avait l'air de ne pas avoir de sous-vêtements. Uniquement les os et la peau, uniquement la soie couleur crème brûlée, ah, les soies italiennes... ! Martín pensa, comme quelqu'un qui fait un résumé très bref en le combinant avec un plan de conduite instantané — et explosif : « C'est un instant suprême. » Virginia ne pensait absolument à rien, mais elle sentait un vague chatouillement, quelque chose comme le pouls qui s'emballe, comme lorsqu'on est pris d'une envie soudaine de faire pipi. Tout était naturel, tout était physiologique : on ne savait pas encore ce qui s'annonçait : qu'allait-il se passer, qu'allait-il ne pas se passer : nounou, pipi, nounou, pas pipi. « Eh bien vois-tu, je suis ravie ! Le meilleur arrive, je l'ai toujours dit, à l'improviste ! » Martín s'était, à vrai dire, souvenu du corps de Virginia durant ces deux dernières semaines bien plus qu'il ne le faisait d'ordinaire. Imaginer le corps de Virginia, c'était s'érotiser sans parvenir à s'exciter sexuellement : l'image du corps de Virginia était une abstraction émotionnelle : un extrait au pouvoir érotique puissant mis à congeler et transformé en chasteté ardente d'un côté et, de l'autre, en plusieurs feuillets se rapportant à la même affaire. Très bien.

Le hasard faisait que ce midi était, en effet, un instant suprême en ce bas monde. María, qui finissait d'étendre la lessive, à l'exception des chaussettes de couleur de Martín père et de Martín fils qui trempaient encore dans un grand seau, sentit, elle aussi, que sa conscience, prenant de la hauteur, entonnait cet hymne sans devinettes, ni énigmes, ni mots, et s'y perdait presque : le mystère de cet instant suprême : ce même instant suprême qui auréolait Virginia et Martín déjà immergés dans les formidables circonvolutions de leur conversation.

« Tu me semblais insupportable, ah, la vie, tout de même ! » Virginia appuya son dos contre l'un des côtés du piédestal du cavalier et du soldat terrassé au flambeau : elle regardait droit devant elle vers la faculté de médecine : arc-boutée, un pied par terre et l'autre contre le mur, la soie à l'air libre, sans rien dessous, avec ses yeux jaspés et changeants, Virginia sembla à Martín dotée d'un air irrationnel, un mannequin international, un hybride profond, une étincelante récompense érotisée que sa conscience avait déjà extraite, transformée en mot, le mot « mannequin », et arrachée aux bruits et aux urgences immédiates de la chair : Martín pensa avec un plaisir qui, comme un frisson, étincela dans tout son corps saisi : « Un mannequin mental : une abstraction émotionnelle pure. » « J'étais insupportable, je lui suis toujours », annonça Martín, pressentant qu'on entrait dans le jardin des délices par un glissé. « Allons donc ! Tu n'as rien d'insupportable ! María a réussi coûte que coûte, on voit bien qu'elle est heureuse, tout ce qui, à l'époque, me semblait horrible a donné des fruits, et les meilleurs ; je te signale, bien que je sache que tu le sais, que je t'avais pris en grippe, il me semblait que cet abandon de María, que tout ça allait se terminer par une volée de bois vert, ah, la vie, tout de même ! » — « Virginia est ce mannequin aux grands yeux jaspés qui jamais ne se posent sur les miens. » C'était une phrase littéraire que Martín savoura en secret : peut-être un peu trop douce : une jolie phrase littéraire aux accents un peu douceâtres : « María est très heureuse », dit Virginia, phrase qu'elle répéta : « María est très heureuse. » À quoi elle ajouta : « On te lit énormément à Buenos Aires. » Délicieux. Martín se retrouva vite les deux mains occupées à dépaqueter ce paquet inattendu, festif, du « on te lit énormément ». Et Virginia, dans la foulée, donna des exemples, raconta des anecdotes, cita des noms d'amies et d'ennemies qui avaient lu Martín : c'était une avalanche de bulles de savon qui naissaient, brillaient au soleil, se défaisaient et renaissaient encore plus grosses. Virginia fit vite un impair en déclarant que, selon elle, tout ce qu'écrivait Martín était vrai, autobiographique. Ce qu'il nia. Virginia insista, avec une précision : « La seule qui n'arrive jamais à émerger tout à fait, c'est María : il y a des personnages, par exemple le commissaire de l'histoire des fiancés qui émigrent ensemble en Allemagne, qui parlent exactement comme María, disons presque exactement : ils sont à Irún : le commissaire sort de son bureau avec leurs passeports et on dirait María. Mais non, il n'arrive pas à être complètement María. Si María était un personnage, toi, qu'en penses-tu, il serait facile ou difficile de parler d'elle ? » Martín ne sut que répondre sur le moment. Tous deux firent une petite pause et, lorsque la conversation reprit, María occupait déjà toute la place, comme un événement grave survenu en pleine rue. Martín se dit que c'était la première fois qu'il parlait directement avec une autre personne de María. Instant suprême, immobile, ensoleillé, respiratoire, pacifique, avec des étudiants qui allaient et venaient : intensité instantanée, la grande tranquillité du doux espace qui semblait hors du temps : qui semblait l'essence de l'oubli. Martín pensa que c'était sans importance si Virginia et lui parlaient de María, non pas parce qu'ils l'aimaient tous les deux ou à cause de ce qu'ils allaient dire, en bien ou en mal, mais parce que tout sombrait dans l'oubli : le suprême oubli ensoleillé de se sentir bien avec Virginia : son mannequin mental. Martín pensa aussi que, au cas où quelque chose de ce qu'il disait ne serait pas complètement oublié, dans quelques heures, dans l'après-midi, quand ils se retrouveraient tous les quatre à l'hôtel, ce serait le petit matériau souriant, imprévu, de deux ou trois anecdotes insignifiantes. María, pensa Martín, était une transcendance logiquement liée aux perceptions actuelles des deux interlocuteurs. Virginia était souvent inexacte : sans importance : entendu et oublié : fondé et non fondé en même temps, comme la plupart des opinions de Virginia, comme lui apparaissaient la plupart des opinions qui ne coïncidaient pas avec les siennes. Et la María réelle, cette dernière instance qu'était la réalité de María, en cas d'embarras, était une bouée de sauvetage pour les deux interlocuteurs : il était impossible de dissoudre complètement María : elle redevenait toujours réelle après avoir, dans la parole, été et semblé très irréelle. À la Moncloa, ils se retrouvèrent tout à coup sur le chemin du retour. C'était déjà l'heure de l'apéritif. Ils s'assirent à une petite table de la terrasse du kiosque du Paseo de Moret. Ils commandèrent un vermouth, tous les deux la même chose. Alors que le serveur s'éloignait déjà, après les avoir servis, Virginia dit : « J'aurais aimé avoir eu l'occasion de parler plus intimement avec María au cours de ce séjour. Tout se passe comme si nous en avions un peu perdu l'habitude. Il m'est plus facile de parler avec toi. Sais-tu ce que je pense, Martín ? Je pense que María, maintenant que Martinín grandit de plus en plus et que toi, tu es de plus en plus écrivain, est devenue de plus en plus vraie et de plus en plus réelle, comme les bonnes onces d'or que la Banque d'Espagne paie à un taux qui ne varie jamais. Waitzenbecker en a plein, il adore les mettre dans de petits sacs qu'il sème aux quatre coins de la maison, un jour on va nous cambrioler. Et María est devenue si réelle et si personnelle qu'on n'a pas vraiment envie d'aller au fond des choses avec elle, comme si c'était un peu trop et qu'il n'y avait pas grand-chose à dire ou à ajouter, comme si le mieux était de se taire et de la regarder, comme on regarde un tableau de Vélasquez. Et il en a toujours été ainsi, même quand elle était adolescente et petite fille, et moi ça m'enchantait, sauf que j'ai un peu perdu l'habitude et maintenant, parfois, quand nous sommes seules, je lui raconte des trucs à moi, je lui fais des confidences à brûle-pourpoint, histoire de voir si elle réagit et change un peu d'attitude… Quand je parle et discute avec toi, Martín, c'est beaucoup plus facile, parce que toi, tu n'es pas aussi réel qu'elle, tu es davantage comme moi, une conscience qui va et qui vient, et qui tempère le réel brut, l'or pur, avec des alliages un petit peu malpropres de métaux moins nobles qui verdissent l'or et y coulent des veines rougeâtres, moins pures, mais préférables pour faire, par exemple, des bagues, des alliances entre le réel et l'irréel que je ne suis pas loin de préférer parce que je suis une oiselle bariolée et la voltige, Martín, me tranquillise beaucoup... » Virginia acheva son vermouth d'un trait. Elle s'était laissée aller et maintenant elle était ravie. Il était vrai qu'il était désormais beaucoup plus facile de parler avec Martín qu'avec María. Elle se demanda un instant si elle n'avait pas été indiscrète — ou infidèle à María. Le silence de Martín était peut-être une façon de souligner l'indiscrétion — ou de laisser l'infidélité se diluer dans l'air transparent de la pinède qui s'étendait derrière eux. Virginia était prête à se défendre : les indiscrétions sont parfois nécessaires, elles ouvrent de part en part les pièces fermées. « Une intimité, se dit à toute vitesse Virginia en son for intérieur, une intimité comme la nôtre peut se permettre de temps à autre une énergique aération. » Et quant à l'infidélité : Virginia n'avait pas conscience d'avoir dit quoi que ce fût contre son amie ; au contraire. « María est à sa place », dit Martín. Et il ajouta, songeur : « C'est ce qui fait son charme. » Virginia se hérissa sans très bien savoir pourquoi, sans rien avoir de définitif à dire ; sans doute l'étrangeté de se voir assise à cet endroit avec Martín en train de discuter de María la poussait-elle à poursuivre, lui faisait-elle désirer revenir une fois de plus sur tout cela, rendre tout clair et bien orthographié, une page écrite d'une belle écriture féminine, lisible par tous. Et de nouveau cette sensation d'étrangeté qui n'était pas pénible mais plutôt excitante : moyennant quoi, Virginia devait faire des efforts en parlant, pour essayer d'être précise. Parler avec Martín, c'était comme commencer une nouvelle relation, par certains aspects, une relation de longue date qui facilitait les premiers pas, et, par d'autres, une relation nouvelle et impensable quelques années auparavant qui ajoutait à chaque phrase prononcée le petit risque d'un abîme : ne pas très bien savoir comment Martín la prendrait. C'était, pourquoi ne pas le reconnaître franchement ? délicieux. « Elle est à sa place, certes ; et nous l'aimons tous. Mais il m'arrive de regretter un peu la camarade de collège qui s'entourait des amies les plus invraisemblables… Depuis combien de temps María ne voit-elle plus Tereto Pombo et les autres ? Des années. Je regrette même un peu, vois-tu, la petite fille dont parlait la nourrice Rosi, qui ressuscitait les oiseaux ou, peu s'en fallait, traversait les murs. Je sais fort bien que tout cela est absurde, mais María ressemblait parfois à l'image que la nourrice donnait d'elle. C'était la María que nous connaissons tous, pourtant, elle hésitait, sympathisait, adoptait les bizarreries de ses amies, mes bizarreries, c'était la petite fille à demi faiseuse de miracles, à demi fantôme et à demi sainte qu'avait inventée la nourrice Rosi… Elle avait plus de charme. » Au fur et à mesure qu'elle parlait, Virginia s'était échauffée, se donnant raison, ou, du moins, sentant que chaque nouvelle phrase jetée dans cet abîme circonspect qu'était l'attention de Martín qui l'écoutait de profil (et dans ses cheveux encore très noirs brillaient quelques mèches grises), éclairait et confirmait toutes les phrases précédentes, pleine de raison. Et le simple fait d'entasser une phrase sur l'autre, dans l'invisible texture d'une attention étrangère et d'un comportement mi-prévisible mi-imprévisible, la faisait frissonner. « As-tu dit tout cela à María ? » demanda Martín en se tournant lentement vers Virginia et en la regardant sans que ses beaux yeux noirs cillent. « Franchement non, Martín ! Je n'ai pas osé. Et mieux : je n'y ai pas pensé. Quand je suis avec María, je pense à l'embrasser, mais je ne pense pas à des choses de ce genre. J'y pense en parlant avec toi. C'est comme si tu me les soufflais à l'oreille… ! » — « Moi, je n'ai rien dit, que je sache ! » — « Donc, tu n'es pas d'accord ? » Virginia se sentit tout à coup isolée et offensée. Comment tout cela avait-il commencé ? Martín avait dû forcément y mettre un peu du sien ! Et puis, Virginia ne pensait pas avoir dit du mal de María. Toujours est-il qu'il y avait un problème. Que signifiait cette lâche retraite, par ailleurs si typiquement masculine ? Ce silence, ce demi-sourire de Martín étaient intolérables. Elle revint à la charge : « Es-tu, oui ou non, d'accord avec ce que je dis de María ? » — « Ton analyse m'intéresse : c'est curieux, ce que tu dis de María : c'est aussi un peu triste : il y a dans tes phrases une pointe de mélancolie : María est trop près de moi et, à vrai dire, nous nous entendons très bien, j'aime qu'elle soit comme elle est, même si je reconnais qu'on pourrait parfois parler, en effet, d'une certaine invariabilité qui a son charme tout en étant un peu ennuyeuse. Moi aussi, je suis ennuyeux, nous sommes faits l'un pour l'autre, tu ne crois pas, Virginia ? » — « Non, je ne crois pas du tout ! Toi, tu n'es pas invariable. Un écrivain ne peut pas être invariable. Il doit changer, il doit vivre les cataclysmes de ses personnages… Ton cas est très différent ! » Martín consulta sa montre. « C'est l'heure du déjeuner. Viens déjeuner à la maison. » — « Non, merci beaucoup. Je ne pourrais pas monter maintenant… » Virginia avait les nerfs à fleur de peau. C'était une catastrophe de terminer ainsi. Elle chercha un mouchoir dans son sac et, lorsqu'elle se moucha, ses yeux s'embuèrent de larmes. Elle se sentait incomprise. Martín payait déjà les consommations, il était déjà debout. « Je vais prendre un taxi », annonça Virginia. Ils firent quelques pas, traversèrent la rue. Tandis qu'ils attendaient le taxi, Martín dit : « Tu es un peu malheureuse, n'est-ce pas, à cause de María ? » — « Tu vois, Martín, je ne sais pas si tu m'as comprise. J'aime beaucoup María. J'espère que, au moins, tu t'en rends compte... » — « Je ne m'en rends que trop compte. Et peut-être as-tu raison sur bien des points. Moi aussi, je suis parfois un peu malheureux... à cause de María. Elle est à sa place, il faut la prendre comme elle est... » Un taxi s'était arrêté devant eux. Martín ouvrit la porte. Virginia s'arrêta un moment avant de monter : « Je te serais reconnaissante de ne rien raconter à María. Il faut que ça reste entre nous, d'accord ? » — « Bien sûr. Ça restera entre nous. Je n'avais pas l'intention de lui raconter quoi que ce soit, en aucun cas. Ni même de lui dire que nous nous sommes vus. » — « Ah non ? » demanda Virginia déjà à l'intérieur de la voiture. « Non. Rien. Il vaut mieux, comme tu dis, que ça reste entre nous, d'accord ? » Ils se séparèrent donc, après être finalement parvenus à un accord qui transforma de but en blanc le hasard insignifiant de leur rencontre en une occasion pleine de signes, de sous-entendus et de clins d'œil. Tous les deux avaient tiré profit de leur rencontre et de leur conversation. Et tous les deux étaient tombés immédiatement d'accord pour sceller l'occasion en la transformant en secret. C'était une petite intimité, comme un baiser. Une réserve respiratoire, paisible et intime, pareille à la matinée ensoleillée et aérienne qu'ils venaient de passer.

« La poussée de croissance. » María répéta une fois de plus ces mots à voix haute. Les dire ainsi en allant et venant dans le couloir, ou dans la cuisine, ou sur la terrasse, atténuait l'étrangeté d'avoir à reconnaître simplement qu'il grandissait. La poussée de croissance de Martinín était un dénouement abrupt que ni l'attention la plus attentive portée aux étapes qui l'annonçaient ni le suivi le plus souple du dynamisme qui les unifiait, les niait et les transcendait avec une facilité immense et silencieuse, n'avaient préparé. María dut l'accepter, adoptant l'attitude, entre l'affliction et la bonne humeur, de ceux qui, malgré les précautions, s'étant réveillés plusieurs fois, levés à l'aube, ayant fait sonner deux réveils, arrivent à l'aéroport avec dix minutes de retard. Impossible de passer. Il est déjà sur la piste. On le voit déjà voler dans les airs. L'avoir prévue n'empêcha pas qu'on aurait dit que la poussée se faisait dans son dos. Bonne humeur, avec un soupçon, sot et secret, de déplaisir-surprise. C'était tout à coup un grand garçon et non un enfant qui avait grandi. Peut-être la poussée de croissance se résumait-elle à cela, s'en rendre pleinement compte, en donner soi-même une confirmation verbale en parlant, en disant « Martín a fait une poussée de croissance ». Le premier qui le dit à María, ce fut, en fait, Martín, le père. Et María, qui en parlait déjà depuis longtemps toute seule à la maison, en parla pour la première fois avec lui un matin après le petit déjeuner et le départ du garçon. C'était une matinée singulière, argentée et pleine d'étincelles humides, le roucoulement des pigeons de la cour de la cuisine et le lit pliant du salon, encore défait, dans lequel dormait le gamin étaient un peu mélancoliques : « Avec cet enfant qui grandit, l'appartement va être trop petit », expliqua Martín. « Oui. Il a fait une poussée de croissance, expliqua María. Il ne va plus entrer dans son lit. » Martín avait allumé une cigarette et se balançait sur les pieds arrière de sa chaise. En l'entendant parler de nouveau, María remarqua le ton un peu voilé et comme rythmé qu'il utilisait pour lire à voix haute ses feuillets ou pour raconter des anecdotes dotées d'une narrativité sous-jacente, comme si ce qui formait la matière du récit pouvait être aussi fredonné ou récité en phrases isolées avant de se transformer en récit : « J'ai été si surpris ce matin en le voyant se lever de sa chaise et passer par-derrière avec ses jambes qui n'en finissent pas ! Son jean est trop serré, ou trop court. Je ne sais pas. Et toi, María, tu l'as remarqué aussi ? » — « Tu penses ! Et toi aussi, tu l'as remarqué ! Il faisait une poussée de croissance et c'est fini. » — « Moi, remarque, je n'avais rien remarqué ! Ou alors, j'avais remarqué et je n'avais fait aucune interprétation. Il grandissait… Et ce matin, c'est un jeune homme ! Très impressionnant. Je reconnais que j'étais comme endormi. Tu sais une chose, María ? J'ai l'impression d'avoir dormi à poings fermés tout au long de ces années. Ce matin, je me réveille et Martín est devenu un homme, et toi, tu replies son pyjama et tu m'expliques que son lit est désormais trop petit pour lui. J'ai dormi durant toute son enfance. Heureusement que toi, tu n'as pas dormi ! Peut-être as-tu grandi, toi aussi ! Viens que je te voie ! As-tu grandi, toi aussi, María ? Allons donc, toi, tu n'as pas grandi ! Toi, tu es pareille que d'habitude. » — « Je suis plus vieille et plus grosse, heureusement que tu dormais comme une souche et que tu ne t'es rendu compte de rien, maintenant aussi bien, tu vas filer avec une fille mince et qui en met plein la vue ! » María se mit à rire. Et Martín répéta : « J'ai dormi et maintenant je me réveille. » — « Et tu rêvais ? De quoi rêvais-tu ? » demanda María. « Dans ce genre de sommeil il se peut qu'on ne rêve pas parce que toute la réalité s'abîme dans l'inconscience et réapparaît irréalisée, comme rêvée, insaisissable et également inconséquente, on n'établit pas de lien entre ce que l'on voit se passer et l'origine de ce qui se passe comme avec une cause, on a l'impression que cette origine est fortuite ou très ténue, comme cette identité verbale ténue qui est à l'origine des amphibologies, les changements ne sont pas irréversibles et maintenant, tout à coup, je me réveille et Martín est de façon irréversible autre, différent… » María aurait aimé répondre beaucoup de choses, dont certaines n'étaient pas claires. Et l'espace d'un instant, elle envia le calme narratif de son mari, le ton de sa voix comme un arc ou un anneau par où se faufilaient unifiées et ordonnées ses impressions. Les impressions de María formaient maintenant une multitude agitée s'entassant devant cet unique passage qu'était la volonté de mettre cette circonstance à profit pour pénétrer en Martín. « Pas très différent, si tu observes bien », fut tout ce qu'elle réussit à dire. « Il n'arrive même pas à paraître un autre, différent. Il ressemble toujours au gosse qu'il était, mais avec les bras et les jambes étirés, comme un pull de laine mal étendu. » María eut un instant l'illusion d'être éloquente. Il était presque éloquent, cet effort pour représenter son fils comme un pull à la fois rétréci et distendu. C'était même drôle. Mais il était évident que, aux yeux de Martín, cette image manquait de dramatisme. *Ce qu'il y avait de dramatique* dans sa propre formulation — ce « de façon irréversible autre, différent » — devait lui sembler un effet supérieur. María se rendit tout de suite compte que l'objection et l'autre formulation qu'elle avait proposées répugnaient à Martín. Cette vision domestique du pull et de l'enfant qui perduraient avait un goût conséquentiel, comme un goût de boutique et de chou pommé, qui défigurait la poésie du réveil du père devant le fils. Martín avait proposé une anagnorèse et María d'allonger le pantalon. Et ce n'étaient pas, malheureusement, des visions complémentaires, des attitudes perméables entre elles. On ne pouvait passer du poétique et de l'onirique à ce réalisme de salle de repassage dans lequel María enterrait tout. Martín vit tout cela en un clin d'œil et regarda María qui avait fini de refermer le lit pliant avec une suprême affection. « Assieds-toi un peu avec moi. » María s'assit à un bout de la table en face de lui. « Même si nous devons en souffrir, María, nous devons nous habituer, pour le bien du gosse, à ce qu'il ne soit plus le même. Sa sexualité, ses émotions, son intelligence, sa physionomie ne sont plus celles d'un enfant. Ce n'est pas qu'il ait fait une poussée de croissance ; c'est qu'il est un autre : un adolescent fascinant qui vit à la maison. Du point de vue pédagogique, il est important que tu le comprennes, que tu l'acceptes, ou que tu me croies moi, si tu ne peux y croire par toi-même. Tu vois l'enfant encore indécis et moi, je vois déjà le jeune homme. Et Martín, lui-même, oublie son enfance à toute allure et se voit déjà comme un homme… Tu ne crois pas que j'aie raison ? » Une fois de plus, María aurait aimé que les images ne s'entassent pas. Elle réussit à dire le plus simple : « Tu as raison. Ce n'est plus un gamin. Cela dit, si ce n'est plus un gamin, ce n'est pas encore un homme, aussi va-t-il avoir grand besoin de toi. C'est une chance que tu te sois, comme tu dis, réveillé à point nommé. Maintenant, dès que vous aurez tous les deux un moment de libre, vous pourrez bavarder. Ce sera formidable. Et tu pourras lui parler de philosophie et de littérature. Et moi, je m'assiérai pour vous écouter tout en brodant un service à thé. » — « Tu es en train de te payer ma tête, María. Tu as les yeux qui brillent, tu es en train de te payer ma tête. » María se mit à rire. « Pas du tout ! Je suis ravie. Me suis-je déjà une seule fois payé ta tête ? » Ils en restèrent là.

María était prête à donner raison, sans la moindre réserve, à Martín, au sujet de la nouvelle attitude qu'il avait adoptée vis-à-vis de son fils. L'idée de les voir tous deux bavarder, le père et le fils, lui plaisait vraiment. Peut-être n'y avait-il entre Martín et elle, au sujet de la croissance de leur fils, que des différences d'expression. L'essentiel était de s'occuper de lui ; peu importait qu'il ressemblât à celui qu'il était ou qu'il fût autre, différent. L'essentiel était de l'aimer. Le plus étrange fut cependant les réactions de l'intéressé. María remarqua que le garçon avait du mal à s'habituer à un père inhabituel qui s'intéressait à ses activités sportives. Un tel intérêt sonnait un peu faux. Elle se rendit compte que les nouvelles attentions de son père laissaient, comme dans un rêve, le garçon perplexe et il ne se décidait pas, à vrai dire, à jouer avec lui. Il avait jusqu'alors joué avec María et même s'ils ne jouaient plus ensemble, le fait de n'avoir jamais joué aux explorateurs ou aux Indiens avec son père rendait maintenant un peu inconséquents les efforts que faisait ce dernier pour jouer lui aussi, mais à autre chose. María se rendait compte qu'un enfant invaincu dans l'adolescent encore indécis n'acceptait pas que son père entrât dans la bande. Ce n'est qu'une question d'insistance et de patience, pensait María. « Tout va bien se passer », se disait-elle à voix haute. Et elle alimentait son espoir qu'ils trouvent vite un intérêt commun ou, du moins, que quelque centre d'intérêt de l'un captivât l'autre. María avait bon espoir que le plus âgé, pour faciliter la reconnaissance, opterait de façon plus ou moins simulée pour un centre d'intérêt du plus petit, par exemple le football ou la course de vitesse dans laquelle l'entraîneur du collège le poussait à se lancer. Le jeune Martín ne s'intéressait pas particulièrement à la lecture, en revanche, ces derniers temps, il se passionnait pour l'action et la vie en plein air. Et María se voyait déjà en train de préparer des sandwichs à l'omelette et d'acheter des sacs à dos et des tentes de camping pour les vacances sportives que tous les trois passeraient cet été. Ah, si le réveil de Martín se confirmait, combien ils y gagneraient ! Jusqu'alors, il s'était contenté de parler à l'adolescent, après les déjeuners et les dîners, du jeu et du sport en termes si généraux que María craignait constamment de le voir se mettre à bâiller, même si c'était mieux que rien. Il fallait à tout prix faciliter les choses : aussi, un après-midi, à l'heure du goûter, qui continuait d'être pour tous deux, la mère et son fils, une heure magique depuis bien des années, une heure où Martín père, qui ne goûtait pas, ne se montrait jamais à la cuisine, María dit : « Allons, Pelé, va raconter à ton père en quoi consiste la remontée du Manzanares en canoë et à pied, ça fait déjà un mois que tu en parles ! » — « Maintenant, ce n'est pas l'heure, c'est l'heure du goûter », murmura le garçon. On lui avait donné ce surnom au collège. Et María, dès qu'elle l'avait appris, l'avait adopté aussitôt. Pelé lui-même avait fini par accepter cette dissolution joviale de son nom dans son surnom, après une première hésitation, en l'entendant dans la bouche de sa mère, si loin des cours de récréation où, claironné par ses camarades, il était entouré d'une auréole héroïque. Il en était venu à se passionner pour le football par le truchement de son surnom. Ce jeu vulgaire, qui faisait toujours l'objet de la part de son père, qui prétendait être au courant par les journaux, de commentaires ironiques (il louait par exemple son importance en tant que jeu d'équipe et se moquait des prétentions académiques des stratégies des entraîneurs et des clubs de supporters) et dont le jeune Martín, en entrant à quatorze ans en quatrième, remarqua l'importance qu'il avait au collège qui s'enorgueillissait de posséder une bonne équipe interclasses. C'était un jeu important parce que c'était un événement collectif. Même les matchs d'entraînement, même les shoots tirés au hasard contre les buts ou les cloisons qui séparaient les classes avaient un public réceptif. À la différence des élégants entraînements d'athlétisme qui se déroulaient dans la solitude et où l'on devait se débrouiller pour vaincre un chronomètre, le football arrêtait les chronomètres et agrandissait tous les espaces. Un athlète, un sprinter — ce que Martín avait souhaité être dans les classes précédentes — disposait d'un espace étroit, coincé entre deux lignes, sur des pistes solitaires. Un footballeur avait tout le terrain pour lui. Même un gardien de but, même un avant-centre, ce qu'avait été apparemment le vrai Pelé, pouvait en cas de furie espagnole ou de danger, traverser le terrain d'un bout à l'autre en dribblant victorieusement ou en marquant d'autres joueurs, ou encore crier d'une bonne position à pleins poumons « centre-centre ». Le football donnait de la vie. Et même s'il était un peu triste de renoncer à la froide élégance des chronomètres et des performances olympiques, lorsqu'on s'était corps et âme pris au jeu, toute nostalgie s'estompait dans l'explosion d'un grand but de tête tiré du point de penalty avec son cortège exaltant d'étreintes et de rugissements du reste de l'équipe. Mais ce fut surtout le fait que, sans savoir comment, tout le monde se mît à l'appeler Pelé qui lui avait ravi le cœur. Le cœur était une affaire d'importance pour le jeune Martín. Du cœur dépendait tout. En plein entraînement, il se souvenait très souvent de son grand-père qui souffrait du cœur et il auscultait le sien des deux mains après une course brillante pour vérifier si, tel le noyau d'une pêche, frais, rythmique et solaire, le cœur mythique de Pelé était toujours immobile. Son propre cœur. C'était un surnom qui brillait avec l'énergie et la noirceur d'une incarnation des forêts amazoniennes et la grâce dansante des sambas. Depuis qu'il s'appelait Pelé, le jeune Martín avait appris la géographie du Brésil, la structure de sa population et il était allé voir avec sa mère un film avec beaucoup de sambas en musique de fond. Mais, l'autre aspect, peut-être le plus étrange de cette situation qui consistait à s'appeler Pelé et à être un grand garçon blond, c'était le son de son nouveau nom à la maison, la façon qu'avait sa mère de le prononcer. Pelé et sa mère étaient déjà allés très loin ensemble avant l'apparition du football. Tous deux avaient plongé dans une enfance qui, à force d'être brillante et vaste, s'était prolongée jusqu'au moment précis où, avec la poussée de croissance et la mue de la voix, était arrivé le football. Le football n'était pas un jeu d'enfants. C'était un sport et non un simple jeu. Et c'était aussi une manière de s'habiller, de se donner tort ou raison dans les discussions aux récréations, et une façon de se peigner, ruisselant d'eau, après s'être rafraîchi à la mi-temps sous le robinet grand ouvert dans les W.C. Un footballeur, et encore plus un footballeur déjà affublé d'un surnom, était un personnage public et connu qu'acclamaient les rangs des petits en entrant à l'étude ; et, lorsqu'il allait à la messe, les grands le regardaient au passage du coin de l'œil, sachant qu'il allait faire partie de la grande équipe du collège. Le surnom de Pelé signifiait tout cela, mais aussi, dans la bouche de sa mère, il signifiait curieusement tout ce qui précédait, son enfance, tel un voyage inoubliable au cours duquel sa mère et lui étaient allés très loin. Ce « loin », c'était le jardin des grands-parents qui maintenant l'émouvait chaque fois qu'il allait leur rendre visite et que, seul ou accompagné de ses grands-parents et de sa mère, il allait faire un tour jusqu'au potager. Son cœur était ce jardin. Et le nouveau cœur sylvestre, et amazonien, et populaire, et de race noire, et blond, et grand du football était le même que le cœur silencieux du jardin, avec ses orifices par lesquels on entrait à quatre pattes dans les massifs de lauriers, et ses escaliers invisibles, toute une topographie verticale de nœuds et de trous pour grimper à la cime des platanes ou des marronniers d'Inde. Le jardin des grands-parents pouvait, lui aussi, être ausculté, voilà pourquoi c'était un cœur : on pouvait vérifier qu'il perdurait au milieu des jeux et des sentiments du passé, comme une graine secrètement préservée. Le cœur, son cœur, lui semblait une cachette du jardin des grands-parents où seuls entraient, accroupis, sa mère et lui. Et même si, maintenant, avec les nouveaux vents et les voilures footballistiques, son surnom de Pelé et les douches après les matchs où l'on poussait de grands cris collectifs, la cachette ne pouvait être visitée aussi souvent qu'autrefois — sa mère ne lui en parlait même plus avec le naturel et l'assiduité de jadis —, son souvenir changeait tout et était une amulette, comme une châtaigne séchée au four, luisante et parfaite qu'on garde en permanence au fond de sa poche. Le jardin des grands-parents s'était maintenant tout entier transformé en une cachette incroyablement spacieuse dans son petit réduit fruitier et minéral, à la fois graine et pépite d'or, qu'on visitait peut-être moins mais qui servait de repère lorsqu'il parlait avec sa mère d'autre chose : l'endroit où tous deux avaient joué aux explorateurs, aux Indiens, aux guerriers et même aux bêtes féroces, tels les loups et les panthères noires, après avoir lu des livres sur la vie des animaux. Pelé se souvenait de sa mère à quatre pattes secouant ses cheveux blonds comme une crinière de lion qui a pris en chasse un singe superintelligent qui se réfugie sur un arbre et qui maintenant rugit et lève, impuissant, la tête. Pelé se souvenait de la délicieuse terreur due à la poursuite jusqu'au bas du jardin et d'avoir été ce pauvre singe aux petites mains grises et rosées qui ne pouvait descendre de l'arbre parce que sa mère, en bas, secouait sa crinière blonde de lion affamé. Quand il se souvenait de ces jeux, Pelé devenait sérieux, comme si les successives et amusantes transformations en chacal, en Peau-Rouge et même en boa constrictor qui avaient lieu et en quoi le jeu lui-même consistait avaient été dans chaque cas précis beaucoup plus que des imitations de créatures réelles inspirées par des livres ou des films : comme si, à leur insu, elles avaient, en se matérialisant, sauté de l'autre côté d'elles-mêmes : fascinées et aimantées par le lointain référent réel, comme si elles avaient eu lieu dans un autre royaume puissant de rois et de montagnes implacables où tout ce qui se passait se passait pour de bon. Sa mère se transformait pour de bon en Peau-Rouge et en boa. De cette sensation de réalité procédait le sérieux d'aujourd'hui, à l'instar de la terreur d'autrefois : une terreur que le léger chatouillement dû au délice de savoir que tout cela était un jeu n'arrivait jamais tout à fait à neutraliser. Et, de la même façon que le jardin était son cœur, sa mère était la réalité — comme la pulpe de la pêche resplendissante et juteuse recouvrant le noyau —, et cette réalité contaminait tout, y compris le rugissement d'un lion affamé. Pour ce qui était de savoir, on savait — et plus encore maintenant que Pelé était en passe de devenir un vrai personnage — que ni lui ni sa mère n'étaient jamais parvenus à être un singe ou un Peau-Rouge ; que tous les deux ensemble fussent allés très loin ne voulait pas dire qu'ils s'étaient éloignés tant que cela un seul instant... Mais ce que l'on savait n'occupait aucune place et, par conséquent, comptait moins et demeurait beaucoup plus superficiel que les souvenirs qui incluaient la tenace conviction d'être allé aussi loin qu'on le pouvait (et même bien plus) et de s'être au moins accoudé au balcon qui donne sur l'autre lointain — le lointain silencieux et resplendissant d'où l'on ne peut revenir. Et Pelé pensait qu'une preuve tangible de la grande distance qu'ils étaient, sa mère et lui, parvenus à parcourir était la lenteur avec laquelle ils revenaient certains après-midi à la salle à manger où les grands-parents étaient déjà en train de prendre le thé ; ou plus lentement encore, avec encore plus de difficultés, si tous deux allaient dans le jardin, s'accordant un petit délai supplémentaire, après le goûter, au moment où la nuit tombait déjà : ils pouvaient alors mettre une éternité pour aller de tel ou tel endroit du jardin où ils avaient décidé d'en finir avec leur jeu jusqu'à l'angle vitré de la pièce où s'installaient les grands-parents en attendant l'heure du dîner. La distance elle-même était sans importance, car on pouvait en principe y remédier au pas de course ; la lenteur, il fallait l'attribuer à des obstacles invisibles procédant de l'irrémédiable lointain vers lequel tous les deux s'étaient penchés et dont ils avaient déjà respiré, sans le vouloir, l'odeur contagieuse, puissante et sèche de gigantesques touffes de thym et de sauge, odeur qui avait même imprégné leur pull-over et qu'on pouvait encore sentir quatre heures après leur retour dans l'appartement et dans l'armoire, avec l'humidité un peu salpêtreuse des choses les plus lointaines et des frissons propres à la lune. Si l'on tardait tant à revenir, c'était parce que les vies qu'on avait imitées et les pelages persuasifs des fauves électrisaient toute la surface du corps — toutefois, sans aller, heureusement, jusqu'au cœur — et ensuite, comme des tatouages vert foncé, vacillaient sans se détacher à la première occasion, en s'intercalant et en se dissimulant entre les pensées ordinaires à ces heures-là, à savoir si la grand-mère avait ou n'avait pas enveloppé ce qui restait du cake dans du papier d'aluminium pour qu'ils l'emportent et le mangent au petit déjeuner le lendemain, ou que faire s'il y avait une visite, aucun des deux, ni lui ni sa mère, ne pouvant aller dire bonjour, transformés qu'ils étaient en épouvantails, sans s'être auparavant lavé les mains et le visage. Il était impossible de se séparer de but en blanc des jeux, ce qui montrait qu'il s'y passait des choses qui frôlaient la vérité et l'impossible ; il n'était guère facile de se détacher de ce qui était arrivé quasiment jusqu'au cœur et de saluer les amies pomponnées de la grand-mère qui fumaient des milliers de cigarettes et parlaient toutes à la fois ; on ne sortait pas des jeux comme on change de conversation. Et la meilleure preuve en était que le grand-père était très souvent obligé de passer plusieurs fois la main devant les yeux de Pelé qui contemplaient encore l'autre lointain, le lointain absolu, et qui, par conséquent, brillaient très noirs, un peu comme les yeux jaspés des tigres.

Ces jeux que María inventait un peu à l'aveuglette parce qu'elle n'était pas sûre qu'ils fussent pédagogiques et qui lui étaient venus petit à petit à l'esprit en voyant grandir l'enfant, inspirée par la consistance joyeuse que prenait la créature en s'appropriant à petits pas le jardin des grands-parents, ressortant sur les photos en blanc sur la noire verdeur des massifs de lauriers et apprenant à distinguer arbres et fleurs et à prêter attention aux infimes nuances des petites fleurs de montagne dont la délicatesse se défaisait entre le bout des doigts, ces jeux étaient un monde intelligible que tous deux pouvaient parcourir et à propos duquel, de retour à l'appartement, ils pouvaient avoir des conversations interminables à mi-voix qui, à leur tour, anticipaient ou prolongeaient les lectures ou les films jusqu'à ce que tout confluât à nouveau vers le jardin, déjà l'équivalent de l'enfance tout entière de chacun, la mère et son fils, et un lieu en définitive simplifié et dilaté afin d'accueillir l'idée d'innocence comme un énorme cours d'eau toujours froide et ensoleillée où brillaient la végétation compréhensible, les cailloux compréhensibles et le firmament reflété dans sa paix jouxtant la sérénité de chaque perception et la conscience de la conscience de cette perception dont, à partir de la consistance joyeuse, telle la courte silhouette de l'enfant, émergeait la réalité tout entière comme une somme qui devenait multiplication et explication insistante de la vie que María croyait avoir rassemblée autour d'elle et dans laquelle Martinín d'abord, puis Pelé et tous les autres également, Martín père, Virginia, Gonzalito, ses parents et la nourrice Rosi, étaient de permanentes présences. María était sûre que ces jeux inventés, qui dépendaient pour la plupart de la transformation de chaque chose en une autre et dont le dramatisme conduisait souvent vers un instant d'immobilité envoûtante, avaient une lisière dangereuse qui non seulement frôlait physiquement l'irréel, mais le rendait aussi jusqu'à un certain point préférable au réel, de la même façon que continuer à dormir paraît bien souvent au réveil préférable à se lever du lit. María avait guetté chez son fils, et cela depuis sa plus tendre enfance, les symptômes inhabituels de ce genre de sommeil qu'elle se croyait capable de déceler sans se tromper. Par bonheur, Pelé s'était révélé être un enfant paisible qui jamais, pas même dans les variations les plus extravagantes, ne s'était laissé déconcerter. Son intelligence se développait dans le réel et avait fini par servir d'exemple à María elle-même, beaucoup plus excessive que son fils et encline à se laisser dominer par les sentiments rencontrés. Les sentiments de Pelé ne s'entrechoquaient jamais et se succédaient les uns aux autres comme des saltimbanques qui ne laissent jamais tomber leurs anneaux multicolores au-dessus de cette mécanique compliquée qu'est la compréhension du monde. Sur ce point, Pelé ne ressemblait en rien à Gonzalito. Leur très forte ressemblance s'arrêtait précisément là : les sentiments de Gonzalito avaient été, dès son plus jeune âge, inhabiles, se bousculant les uns les autres ou disparaissant brutalement, par exemple dans ses périodes d'apathie, ou se confondant tout à coup et explosant, par exemple dans les moments d'agressivité de sa jeunesse. María se rendait compte en observant les sentiments silencieux et ronds de son fils que son frère Gonzalo avait beaucoup souffert et que, en dépit de toute l'attention qu'elle lui avait accordée, sa vie avait été et était encore extrêmement difficile. Ce séjour prolongé en Angleterre où, de toute évidence, il n'avait rien à faire montrait que Gonzalo n'arrivait pas à entrer en contact avec la réalité. Une douloureuse réalité qu'à son tour María acceptait comme si c'était en partie sa faute pour ne pas avoir été pour son frère — tant petite fille qu'adolescente — une compagne plus utile. Elle s'arrêtait souvent sur le caractère harmonieux des sentiments de son fils ; l'union dans laquelle ils vivaient lui avait fait craindre, au moment où il était entré à l'école, qu'il eût des difficultés en se retrouvant sans sa mère en compagnie d'autres enfants de son âge. Mais rien de tel ne s'était produit : Pelé s'était intégré à la vie de l'école dès le premier jour et les récits de ce qui se passait en classe et de ce que disaient ou faisaient les autres enfants s'étaient tout naturellement ajoutés aux conversations entre mère et fils. María retrouvait chez son fils certains traits de bon sens et de sociabilité de sa famille, par exemple la douceur du caractère de son grand-père. Et elle s'émerveillait de n'avoir décelé aucune démesure dans la foi que son fils avait en elle et qui incluait une certaine capacité à la prendre à la légère et à refuser aimablement de lui obéir. Et c'était ce qui s'était passé l'après-midi où Pelé, prétextant que c'était l'heure du goûter, avait refusé d'aller voir son père dans sa petite pièce pour lui raconter en quoi consistait la remontée du

Manzanares en canoë. Et c'était justement sur ce point qu'achoppaient les sentiments de Pelé : il ne comprenait pas son père. Il le traitait avec un respect infini, trop de respect, et ne savait comment le prendre : Martín déconcertait son fils en permanence. Et María craignait que, malgré ses bonnes intentions et son intelligence vis-à-vis du garçon, son mari ne se fût réveillé trop tard. María et Pelé parlaient rarement de Martín. Sans qu'il s'en rendît compte, ses monologues qui envahissaient la salle à manger après les repas et qui semblaient s'être allongés depuis qu'il avait découvert son fils étaient pénibles. Pelé l'écoutait sans broncher, comme s'il s'agissait d'apprendre quelque chose en prêtant l'oreille. Jamais il ne l'interrompait et, interrogé par son père, il montrait toujours qu'il avait très bien compris. María avait l'impression que Pelé refusait d'adhérer affectivement aux paroles de son père tout en se concentrant intellectuellement sur elles. Et ce refus de l'affectivité était surprenant et, pour María, douloureux, venant d'un garçon d'ordinaire affectueux pour qui tout, depuis sa plus tendre enfance, était teinté d'une nuance sentimentale. On avait l'impression que, ne parvenant pas à produire envers son père un sentiment cohérent et sans ambiguïté, le garçon supprimait du même coup tous les sentiments, à l'exception de la déférence ou du respect qui pouvaient être aisément maintenus à la périphérie du comportement et se conjuguer avec l'attention intellectuelle. Pelé ne demandait jamais rien à son père. Et María se souvenait d'un incident, le seul qu'il y eût jamais eu entre eux : cela s'était passé dans le jardin des grands-parents, alors que Pelé avait une dizaine d'années. Ce jour-là, ils avaient passé la matinée à essayer de trouver l'arbre où était le nid d'un petit oiseau extrêmement rapide et presque invisible, au trille puissant, liquide et retentissant. María se souvenait que c'était en mai parce que les fleurs des cistes avaient déjà éclos, comme des milliers de papillons de papier très blanc collés aux branches résineuses. María et Pelé s'étaient tapis entre les cistes qui poussaient au pied de l'arbre où il y avait de fortes chances que fût le nid et ils étaient là depuis plus d'une heure, entendant de temps à autre le trille, tout près, au loin, à gauche, à droite, descendant des hauteurs comme un coup de sifflet bleu et intermittent. Sur ce, Martín sortit de la maison et se dirigea vers eux sans les voir. María se releva et s'approcha sur la pointe des pieds de son mari pour qu'il se joignît à eux afin de découvrir le nid de l'oiseau. Il fit ce qu'on lui demandait et s'assit par terre entre María et Pelé. Un long moment passa, et María eut l'impression qu'il était resplendissant et d'une délicatesse infinie. Peut-être Martín parviendrait-il à prendre l'habitude de jouer ainsi avec eux. Pelé ne les regardait pas. La tête très en arrière, un peu penchée sur le côté pour avoir dans le champ de son regard toute la cime de l'arbre qu'ils surveillaient, il était complètement immobile, comme endormi, avec les mêmes yeux noirs que son père, qu'écarquillait le tintement vert bleu du ciel et des feuilles. Martín donna un coup de coude à María, tout en montrant l'enfant. María lui demanda de se taire en portant un doigt à ses lèvres. Un instant plus tard, Martín se redressa et à genoux se montra, pourrait-on dire, au visage de son fils qui était toujours immobile, puis il prit son petit visage dans une main et lui demanda s'il dormait. Il voulut par la même occasion savoir — il posa la question à voix haute — pourquoi tout cela le fascinait tant, ce qu'il voyait pendant qu'il ne voyait pas ce qu'il espérait voir, s'il voyait l'absence de l'oiseau comme quelque chose ou comme le néant. Pelé ne répondit rien. Et baissa les yeux. Et quand il les rouvrit en fronçant les sourcils, María vit passer, reflété dans le noir, un petit oiseau haineux.

Cet été-là, avec les quinze ans de Pelé, tout changea en un instant, comme si la vie avait, elle aussi, fait une poussée de croissance, les transformant tous, situant María, à la fin, puis au-delà de la première partie de son expérience de femme mariée, mettant un terme à ce que, malgré toutes les difficultés et au vu de ce qui allait suivre, elle en viendrait à considérer comme une période très facile de sa vie.

L'été, Pelé allait se baigner chez ses grands-parents et il y restait déjeuner. Son grand-père aimait descendre à la piscine avec lui et s'asseoir à l'ombre tout en regardant son petit-fils traverser et retraverser le bassin à la nage ou d'une plongée, le corps élancé du garçon ondulant dans l'impromptu silence vert clair des eaux. Ce matin-là, ils descendirent tous deux à midi, lentement, de fort bonne humeur, par le petit chemin ombragé qui menait à la piscine. Pelé aimait exhiber ses talents de nageur et de plongeur devant son grand-père qui s'installait dans une chaise-longue au dossier redressé, à côté d'une petite table et des journaux, vêtu d'un short et d'une chemise aux couleurs vives, un petit chapeau blanc posé sur la tête. Au dernier moment, juste avant le repas, la grand-mère descendait avec les invités, s'il y en avait, ou María et Martín, s'ils étaient là, prendre l'apéritif qui leur était servi à cet endroit même. Pelé invitait parfois un ou deux amis à la piscine, mais, en général, il préférait vouer ces baignades estivales à la paisible communion avec son grand-père, l'eau de la piscine et le jardin qui les entouraient, comme une grande présence aérienne et scintillante, sèche et aromatique. Ce jour-là, ils s'étaient installés comme à l'accoutumée et Pelé consacrait la matinée à la nage sous l'eau. À eux deux, ils avaient rapproché la chaise longue du grand-père tout près du bord pour que celui-ci puisse bien voir les merveilleux effets produits par le corps de son petit-fils allant et venant sous l'eau. Pelé plongea et se fraya un passage dans la densité fraîche et verte, effleurant presque le fond, glissant à grandes brasses rythmées et donnant une légère poussée des pieds contre le mur qui était derrière lui au retour. Il perça d'un bond la surface rythmée par le soleil, pleine de bruits. Il sentit son cœur battre paisiblement. Son grand-père se reposait, la tête penchée en arrière. Le petit chapeau était bizarrement posé, un petit peu relevé vers le front, comme s'il s'était endormi, l'aile du chapeau écrasée contre le dossier. Pelé l'appela deux fois et finit par se hisser en s'aidant de ses bras sur le bord du bassin. Il lui sembla bizarre que son grand-père se fût si profondément endormi à une heure pareille. Quand il s'approcha de lui, ruisselant, la chaleur euphorique du soleil croissant sur sa nuque, ses épaules et son dos, il vit qu'il était mort. Il monta en courant à la maison. Ils descendirent tous et téléphonèrent aussitôt. Il n'y avait rien à faire. Le cœur du grand-père s'était arrêté, comme se brise une petite branche sèche à notre passage, sans que nous y prêtions attention. Pelé tint bon, pâle et sans pleurer, à côté de sa grand-mère, tant que le médecin fut là ; il se mit à pleurer dans un coin de la pièce quand arriva sa mère, en se souvenant de ce qu'avait représenté pour lui, tout au long de sa vie, son grand-père qu'il aimait. Sa grand-mère descendit, elle aussi, à ce moment-là et elle avait tout à coup l'air beaucoup plus âgée, il fallait l'aider à marcher en lui tenant la main. Le jardinier et le chauffeur montèrent à eux deux le grand-père dans sa chambre à coucher, en prenant mille précautions pour ne pas qu'il se cogne contre l'encadrement des portes ou, à l'angle, contre la rampe de l'escalier, comme s'il était vivant. Pelé pensa qu'eux aussi, comme lui-même, n'arrivaient pas à se faire à l'idée que le grand-père était sans vie, parce que, transporté soigneusement par ses deux employés, suivis de la grand-mère, de la bonne et de lui-même, on ne remarquait pas encore que ce n'était plus lui. Quand le médecin fut parti, la grand-mère resta assise, tournant de dos à Pelé, sur le lit, son mouchoir mouillé était devenu une grosse boule entre ses mains. Et Pelé resta debout derrière elle jusqu'à l'arrivée de sa mère. On ne lui avait pas encore enlevé ses vêtements d'été aux couleurs vives qui rappelaient à Pelé la piscine, la sensation rythmée de bien-être et de pouvoir qui l'avait accompagné pendant qu'il plongeait. « Grand-père n'a pas souffert du tout », lui dit sa grand-mère en chuchotant. Ce fut la seule chose qu'elle dit de la journée. Elle répéta cette phrase quand sa fille entra dans la chambre à coucher, avant que celle-ci l'embrasse et qu'elles pleurent dans les bras l'une de l'autre. « Il n'a pas souffert du tout », murmura-t-elle. Et Pelé eut la gorge nouée en pensant que son grand-père était le premier parmi eux à avoir atteint le véritable lointain, l'autre côté, où peut-être les transformations se succédaient à toute vitesse dans sa conscience immobile, sans le laisser se reposer en paix et se recueillir dans son âme qui se souviendrait du pauvre corps inutile couché sur le lit comme d'un pantin incapable de changer de position. Pelé vit sa mère, à peine arrivée, faire sur le téléphone de cette même chambre à coucher le long numéro du domicile de son oncle Gonzalito à Londres. Pelé l'avait presque oublié durant toutes ces années. Oncle Gonzalo était sorti et n'était pas rentré chez lui de la journée. Et Pelé vit sa mère faire toutes les heures le même numéro et refuser d'envoyer un télégramme. Un peu avant le dîner, elle réussit enfin à lui parler. Et Pelé pensa que sa mère ne dirait peut-être pas tout de suite la vérité, qu'elle lui mentirait un peu pour ne pas lui faire peur. Mais sa mère annonça clairement tout d'emblée : ce matin, grand-père était mort d'une crise cardiaque et il devait revenir tout de suite. Il prendrait l'avion le lendemain. Et Pelé, qui, cette nuit-là, se réveilla plusieurs fois et prit son petit déjeuner très tôt, se sentit tout le temps inquiet, en pensant qu'il allait devoir raconter à son oncle Gonzalo qu'il était en train nager sous l'eau quand le cœur de son grand-père s'était arrêté de battre.

Depuis que la bonne en pleurs lui avait annoncé au téléphone la mort de son père, María avait essayé de se concentrer sur les tâches qui s'étaient imposées à elle l'une après l'autre et de ne pas s'occuper de ses sentiments. En embrassant sa mère dans la chambre à coucher, elle s'était sentie ébranlée par le chagrin de cette femme qui perdait tout à coup son inséparable compagnon. Le cœur de María était parti à la recherche de celui de sa mère dans le chagrin et s'était arrêté là, accompagnant ce chagrin sans rien sentir de singulier, tout en restant capable de se concentrer avec discernement sur les préparatifs de l'enterrement, de rassurer le personnel et d'avertir les parents les plus proches. La seule chose personnelle était son désir de parler avec son frère. C'était là que se nouait son propre chagrin, dans son désir d'entendre sa voix, dans son désir de le voir. Parce que, pour María, et cela par le truchement de Pelé, le souvenir qu'elle avait de son père comme père passait par Gonzalo. Voilà pourquoi la réaction de son frère quand il répondit enfin au téléphone déconcerta tant María que, en raccrochant, elle désira un instant ne pas avoir entendu sa voix. C'était la voix de Gonzalito, mais, dans un premier temps, irritée, ensuite glacée. Il avait déclaré qu'il ne pouvait pas venir immédiatement parce qu'il n'avait pas d'argent pour prendre le billet. María lui avait assuré qu'elle pouvait lui envoyer en exprès le billet pour Madrid — ce que d'ailleurs elle avait fait — ; mais la sensation d'éloignement et le désintérêt manifesté par Gonzalo l'avaient plongée pour la première fois, alors que la nuit s'achevait et qu'elle veillait son père, dans une profonde tristesse. Il lui semblait que la tendresse que tous deux, Gonzalo et elle, avaient toujours éprouvée pour cet homme doux qui venait de mourir ne pouvait tiédir. Rien dans la vie de leurs parents n'aurait pu faire que les enfants se sentent négligés, ou oubliés ; ou non aimés. Sans avoir jamais eu beaucoup de relief, la vie de leurs parents avait doucement cédé la place à celle des enfants. La froideur de Gonzalo était incompréhensible. Voilà pourquoi elle alla avec le chauffeur à l'aéroport prendre Gonzalo qui arrivait de Londres par le premier vol de l'après-midi.

Gonzalito n'avait pas belle allure. Ce fait envahit un instant toute la conscience de María, l'empêchant de dire quoi que ce soit au moment où elle embrassait son frère. Il avait beaucoup maigri et il était sale. C'était la première fois de sa vie que María devait réfléchir à la malpropreté qu'elle avait, comme tout un chacun, observée de loin chez les autres, mais jamais dans la proximité cutanée et affective d'une personne aimée. Gonzalito avait mauvaise mine. Mais il s'était rasé et peigné. L'impression de malpropreté n'était pas, curieusement, d'abord olfactive, mais visuelle. On avait l'impression que Gonzalito avait fait un brin de toilette devant la glace, qu'il s'était rasé et peigné sans se laver, comme qui dissimule à toute vitesse le désordre d'une chambre. La malpropreté de Gonzalito incluait une certaine dissimulation : elle n'était pas agressive comme celle de certains spécimens de la bohème et elle n'était pas non plus le résultat de quelque activité salissante de la veille ; c'était une malpropreté paisible et quotidienne que le rasage récent se contentait de mettre doucement en relief. Une malpropreté figée et douce comme la frange de graisse froide dans une assiette. Gonzalito se laissa mettre au courant par sa sœur sans dire un mot, allumant l'une après l'autre deux cigarettes au cours du bref voyage de retour. María se sentit ridicule et vaguement coupable de ne pouvoir se délivrer par l'affection de cette sensation de dégoût que lui provoquait son frère. Elle l'attribua à sa sensibilité exacerbée à ce moment-là. María reconnut en son for intérieur qu'elle s'attendait à retrouver le Gonzalo qui était parti — et qui s'était, en fin de compte, transformé en une simple image figée dans le souvenir, malgré les conversations au téléphone et les lettres ; le Gonzalo qui, de fait, était arrivé modifiait radicalement cette image, et il fallait en déduire que le processus de modification prenait un certain temps — peut-être le temps que dura le voyage en voiture —, maintenant entre parenthèses le Gonzalito réel et les véritables sentiments de sa sœur. Elle désirait tellement ne pas ressentir une telle répulsion qu'elle s'imagina que l'air clair et sec de l'été qui pénétrait par la fenêtre ouverte du côté de Gonzalo améliorerait à vue d'œil son apparence. María avait mis un si grand espoir dans sa rencontre avec son frère que cet espoir était peut-être devenu visible, pompeux et lourd, comme un long discours de bienvenue, et il se pouvait que Gonzalito s'en fût immédiatement rendu compte, d'où son silence, attendant, lui aussi, une modification de l'état d'âme de María, parallèle à la modification de son apparence, capable de faire émerger la réalité profonde et vraie de l'affection qu'ils avaient l'un pour l'autre, la communication qui avait toujours existé entre eux ; il n'empêche que le voyage se termina dans le silence et, une fois dans le jardin, devant la porte d'entrée, lorsque le chauffeur ouvrit la portière du côté de María, Gonzalito sourit et caressa les cheveux de sa sœur. « Je vais dire bonjour à maman et monter faire un brin de toilette. Je suis parti en catastrophe. » Sa mère l'embrassa dans le vestibule et la scène prit vite aux yeux de María un air familier, dissolvant l'ingrate surprise de la rencontre dans la paisible semi-obscurité du vestibule qui était comme une somme domptée de la vie du frère et de celle de la sœur. María se demanda où pouvait bien être Pelé. Mais elle n'eut pas le temps d'y réfléchir. Gonzalito et sa mère montaient déjà l'escalier pour qu'il se recueille un moment devant le corps gisant de son père revêtu déjà de l'un de ses costumes gris, un crucifix entre les mains, déjà noyé dans la forte expressivité négative qui émanait de sa silhouette et de sa présence défuntes. Gonzalito s'enferma ensuite dans sa chambre et, quand il réapparut dans la salle de séjour, juste avant le dîner, il ressemblait à un autre homme ou ressemblait au Gonzalito qu'on avait toujours connu, quoique beaucoup plus maigre.

Avec l'enterrement qui fut célébré le lendemain et les visites qui se prolongèrent tout au long de la semaine, s'était close la mort du grand-père sans que María trouvât le temps de la ressentir. Elle ne ressentit durant ces journées, lorsqu'elle allait faire un tour dans le jardin ou qu'elle le regardait à travers les vitres du salon tout en s'occupant des personnes en visite, qu'une intense nostalgie de la jeunesse de ses parents si incroyablement jeunes dans leurs vêtements raides du début des années quarante, une nostalgie peut-être apprise en regardant leurs photos sépia, avant leur mariage ou jeunes mariés, et celles de sa mère qui la portait toute petite dans ses bras, ou celles de tous les deux en tenue sportive, s'appuyant contre la capote d'une énorme voiture équipée d'un gazogène, une nostalgie qui ne se limitait pas à ces photos mais se glissait dans la vie remémorée et indissolublement mêlée à sa propre vie, une nostalgie de ce qui avait été alors vivant et instantané et qui, maintenant, gisait dans leur incompréhensible retraite de plus en plus évidente. Pelé et Gonzalito se rencontrèrent enfin dans la salle à manger et María assista, émue, à cette rencontre fort discrète, en présence de la grand-mère qui avait les yeux cernés et de Martín qui était venu dîner avec tout le monde. Martín emmena Pelé avec lui après le dîner. María passerait la première semaine avec sa mère. Gonzalito monta tout de suite se coucher. En partant, Pelé chuchota à l'oreille de sa mère : « Demain, il faut que nous parlions, toi et moi, longuement de tout ça, n'est-ce pas ? Il faut que nous nous cachions et que nous parlions longuement, j'arriverai tôt. »

Au bout de dix jours, on ne remarquait presque plus l'absence du grand-père. La mère de María dit alors qu'ils devraient tous venir vivre avec elle. « Je ne vous dérangerai pas du tout et Martín aura un bureau convenable. Ton père ne l'utilisait jamais et Martín pourra y faire tous les changements qu'il voudra. Dans cet appartement, c'est tout juste si vous y tenez ! Vous aurez maintenant suffisamment d'argent, avec ce que ton père vous laisse, la même chose pour Gonzalito et pour toi. Et puis tu sais bien que Pelé a toujours adoré cette maison. Tu sais bien que je ne vous dérangerai pas, tu me connais. Si cette maison reste vide, elle va finir par me tomber dessus ! »

Elle en parla à Martín qui, contrairement à ce qu'elle avait cru au départ, ne fit pas de difficultés. Il expliqua que le grand-père n'avait pas beaucoup de livres et qu'il serait facile de mettre les siens dans le grand bureau, en se contentant d'ajouter quelques rayonnages qui tiendraient sans problèmes. Il y avait des chambres de reste, même en comptant Gonzalo qui pouvait garder la sienne s'il décidait de quitter Londres et de revenir vivre avec sa famille. « La seule chose, avait ajouté la grand-mère, que Martín aura à faire, ce sera de s'occuper de tes affaires, je lui en parlerai. C'est assez lourd et il faut de l'organisation. Je suis sûre qu'il le fera très bien. » María fut surprise du naturel avec lequel la grand-mère accordait une place à

Martín dans l'administration de la maison. Il y avait là une docilité simple qui s'harmonisait bien avec le nouvel air qui enveloppait sa mère depuis la mort de son mari. Un certain tassement sur soi et une légère fragilité qui trouvait plaisir, au moment des repas, à placer María en tête de table d'où elle donnait des ordres au personnel, comme si la grand-mère, avec la mort du grand-père, s'était retirée dans un royaume ténu de souvenirs où la vie n'était plus ni organisée ni planifiée, où elle se contentait de passer à l'image, à l'imitation de la vie antérieure, se laissant guider certains après-midi après le déjeuner par son petit-fils ou par sa fille jusqu'au potager, ou distraire par la conversation de ses vieilles amies pomponnées qui venaient maintenant, l'une après l'autre, lui tenir compagnie. María avait l'impression que sa mère, pourtant encore en vie, désirait se transformer doucement, elle aussi, comme le grand-père, pour tous, en souvenir.

Pelé avait observé d'une fenêtre de la chambre d'amis l'arrivée de Gonzalito et de María. Et il avait attendu jusqu'au dîner pour dire bonjour à son oncle Gonzalo. Il avait arpenté le bas du jardin et les allées du potager, entre les arbres fruitiers, comptant sur la ponctualité qui régnait dans la maison des grands-parents pour se présenter à l'heure juste. Lui-même n'aurait su tout à fait expliquer la raison de cette attente qui se confondait avec sa timidité et le fleuve grossi des événements récents qui l'emportait tout en l'empêchant d'examiner chaque nouveau sentiment séparément. Le cœur débordant, il plongeait en lui-même et remontait à la surface sans arriver à très bien savoir ce qu'il devait ressentir ou ce que les autres attendaient de lui. L'agitation générale et l'impossibilité de parler calmement avec sa mère engendraient une situation inexplorée, étrange. À l'intérieur de cette situation, son oncle Gonzalo était le personnage le plus important, c'était ce que clamaient les délicates variations du visage et des états d'âme de sa mère qu'il avait étudiées avec minutie. Il ne fallait pas le négliger, il fallait l'impressionner, l'amadouer, comme si toute l'inquiétude objective de la situation émanait, d'une certaine façon, de cette nouvelle présence. Voilà pourquoi il avait voulu éviter à tout prix que la prévisible agitation des premiers moments, avec les dramatiques retrouvailles de l'oncle Gonzalo et de la grand-mère et leur dramatique montée jusqu'à la chambre à coucher où gisait le grand-père, vînt troubler sa modeste apparition devant son oncle. Pelé voulait faire bon effet et s'en donner toutes les garanties. Ce qui requérait un certain calme, un espace ordinaire comme la salle à manger, et non un espace théâtral et extraordinaire comme l'étaient devenus le vestibule, l'escalier et la chambre ardente. Ce qui requérait que tous, et particulièrement oncle Gonzalo, fussent absorbés par une activité vulgaire et ordinaire, comme passer à table qui, après le malheur survenu, soulagerait les esprits et même les prédisposerait favorablement à savourer une distraction discrète telle que l'entrée et le salut de Pelé. La maigreur de son oncle Gonzalo l'avait beaucoup impressionné : une maigreur parfaitement assortie à l'atmosphère funèbre de la maison et très caractéristique du fils qui revient d'un long voyage à l'étranger pour voir son père mort. Pelé ne pouvait éviter, tout en faisant les cent pas dans le jardin et en consultant très souvent sa montre, qu'une certaine émotion esthétique de spectateur captivé par le déroulement d'une action représentée colorât, fît briller et, dans une certaine mesure, éloignât de lui tous ses autres sentiments. Et il lui fallait reconnaître — et il le reconnaissait avec un chagrin perplexe — que la mort de son grand-père, bien qu'elle lui eût fait très peur, examinée maintenant de loin, ne l'avait pas attristé outre mesure. Pelé avait l'intention de demander à sa mère si cette absence de profonde tristesse n'était pas un signe de cruauté et de dureté de cœur. Toujours est-il que son chagrin se confondait avec un chagrin générique, en harmonie avec celui qu'exprimaient tous les autres occupants de la maison — à l'exception de sa grand-mère et de sa mère —, très semblable, de façon surprenante, à celui qu'exprimait son père, capable de se transformer sur-le-champ en grande solennité et en posture, ou en une sorte de stupeur méditative face aux malheurs de la vie — attitude adoptée même par la cuisinière qui, maintenant, couvrait et découvrait les marmites avec une componction toute particulière et battait avec déférence et beaucoup moins énergiquement que d'habitude les œufs des omelettes au naturel et des fritures. Les malheurs de la vie avaient, de toute évidence, amaigri l'oncle Gonzalo. « Ah, comme il est devenu maigre, monsieur Gonzalo ! » Phrase emblématique de la bonne qui avait surpris Pelé lorsqu'il était passé par la cuisine, lui donnant une idée de l'attitude à prendre à la salle à manger durant le dîner. Impossible de faire des bons mots, ni de prétendre à une conversation, ni de faire l'éloge des petits fours de chez Embassy. Il fallait prendre un air circonspect. Cela dit, Pelé n'avait pas l'intention de passer complètement inaperçu ; il avait l'intention, en entrant et en saluant son oncle Gonzalo, de produire une sensation circonspecte. Et il n'y eut rien de tel — même pas. L'air froid et absent de Gonzalito, qui fit à peine attention à Pelé une fois qu'ils se furent salués, transforma son apparition en un acte banal que seule sa mère sembla remarquer. Froideur et fadeur caractérisèrent, en fait, tous les événements des deux semaines qui suivirent. Et pas même la fabuleuse nouvelle qu'ils iraient tous vivre chez la grand-mère ne parvint à modifier l'atmosphère. Paradoxalement, une telle fadeur excita mille fois plus Pelé que l'agitation du premier et du deuxième jour. Maintenant, on avait vraiment l'impression qu'un événement aux immenses conséquences avait lieu au cœur de la maison et que la réserve de chacun— y compris de sa mère — était une dissimulation délibérée qui se transformerait brutalement en admiration et en stupéfaction lorsque se manifesterait ce qui ne s'était pas encore manifesté. Voilà pourquoi Pelé, que des amis du collège avaient invité à aller passer quinze jours à Luarca, s'était arrangé pour décliner l'invitation malgré l'insistance de sa mère qui voulait qu'il accepte et y aille. Une part essentielle de cette impression de mystère qui, selon Pelé, régnait dans la maison et faisait, jour après jour, vertigineusement monter le niveau de ses attentes, n'était autre que la réclusion de son oncle Gonzalo dans sa chambre ; parfois, il ne descendait même pas déjeuner et on lui montait un grand plateau sur lequel était posée la même chose que ce que l'on mangeait à table et qu'il touchait à peine, affligé d'un malaise vague, symbolique, qui n'avait rien à voir avec le fait de prendre ou de ne pas prendre sa température ou de boire ou de ne pas boire tel ou tel breuvage vitaminé comme on en donnait à Pelé après une grippe. Ce qu'avait l'oncle Gonzalo, comme d'ailleurs la maison, ce n'était pas une affaire de poids et de mesures, c'était quelque chose qui s'allongeait et se tordait comme un fleuve, insonorisé par le ciel fade et blanc des centaures et des invraisemblables promenades sur la surface de la lune. Cette façon de se barricader, qui rappelait à Pelé celle de son père, s'en différenciait par le silence qui rebondissait de la poignée immobile de la porte vers le couloir et qui prenait déjà l'apparence d'yeux sans pupille s'appuyant sur leur cécité, lorsqu'on montait sur la pointe des pieds l'escalier et qu'on s'arrêtait sur le palier à l'écoute, immobile, comme avant une chute de neige. Pelé n'avait jamais vu chose pareille de sa vie, aussi ne pouvait-il comparer le comportement de son oncle Gonzalo, comportement qui le fascinait, à rien d'autre. Que pouvait-il faire, enfermé toute la sainte journée ? Peut-être dormait-il : peut-être ne faisait-il rien. Pelé, qui n'en pouvait plus d'attendre et de contenir son énergie, n'arrivait pas à s'y faire. La situation se prolongeant, sa mère elle-même ne lui donnant aucune explication — pour la première fois de sa vie, María était devenue évasive —, il finit par se risquer à frapper à sa porte sous divers prétextes, plus tirés par les cheveux les uns que les autres. (L'évidente faiblesse des prétextes avait fini par le décider à frapper à sa porte : ainsi son oncle Gonzalo verrait que Pelé était prêt à prendre la situation en main, quelle qu'elle fût.). Ainsi se succédèrent les prétextes et les refus : l'oncle Gonzalo ne désirait pas lire les journaux, il ne voulait pas prendre de bain, il ne voulait pas voir un lézard vivant enfermé dans une boîte à chaussures, il ne voulait pas regarder à la télévision un match amical disputé par les sélections espagnole et argentine. Un beau jour, au milieu de la matinée, Pelé put enfin annoncer à travers la porte qu'un monsieur attendait l'oncle Gonzalo en bas. Ce fut la seule chose efficace. Gonzalito ouvrit d'un coup la porte de sa chambre en demandant qui c'était. Il avait les pieds et le torse nus. En fait, c'était Alfonso Vélez qui montait déjà, marche par marche, en faisant crisser talons et semelles, en parlant et en souriant à Pelé. Gonzalito et lui s'enfermèrent dans la chambre. Le tête à tête dura tout le reste de la matinée. Et Gonzalito descendit déjeuner à la salle à manger. Pelé regretta beaucoup, en son for intérieur, que cet efficace visiteur à costume croisé, tout sourire, ne restât pas manger.

Londres avait été humiliant. Londres avait fini par être pour Gonzalito le concentré d'une expérience unitaire et totale qui avait commencé sur le mode de la plaisanterie, un peu par caprice — ou, au moins, simplement pour goûter quelque chose de différent — et qui était devenue en soi humiliante, telle une de ces affaires dans lesquelles on se lance pour s'occuper en ayant bon espoir de gagner quelque chose ou d'apprendre quelque chose même si l'on ne gagne rien, en comptant bien ne pas perdre et qui, à la fin, entraîne de plus en plus d'investissements et une faillite qui survient un beau jour, sans que l'on puisse compter sur personne. Ni Londres ni ses habitants n'avaient été dans cette humiliation, coupables de quoi que ce fût. Elle aurait pu se produire n'importe où. Mais elle avait eu lieu à Londres et avait pris un arrière-goût londonien : le double fond mélancolique des expériences totales que notre conscience retient dans leur perfection achevée, en tant que totalité, dans leurs parties, comme une mélodie qu'on a retenue dans sa mémoire et qu'on peut réentendre à volonté. Londres avait cessé de lui faire l'effet d'une plaisanterie quelques heures à peine après son arrivée. Londres lui avait semblé le plus bel endroit du monde : un lieu qui hissait au plus haut le niveau de ses attentes. Tant ses beaux parcs et leurs coins tristes et romantiques, tant ses sordides perspectives urbaines que ses élégants panoramas de capitale au passé impérial récent, tant le conventionnel et l'attendu que le non conventionnel et l'inattendu, tant les pubs paisibles et sombres que les pubs gays, tout Londres lui avait fait l'effet d'un endroit privilégié, d'une place unique où il avait désiré immédiatement faire sa place. Il ne manquait pas d'argent et, par conséquent, il trouvait un peu bête de prendre un travail rémunéré comme le faisaient les nombreux Espagnols qu'il rencontrait partout. Gonzalito ne se sentait ni travailleur ni exilé. S'il se trouvait dans l'obligation de renouveler tous les trois mois sa carte de séjour en tant qu'étudiant et en tant que touriste, il ne se sentait même pas étranger. Tout Londres lui était indiciblement familier : une sorte de savoir et de sensibilité codés qu'il avait déjà connus à la maison et qu'il suffisait maintenant de décoder, de déplier merveilleusement et de compléter avec les nouveaux aspects — eux aussi, sans aucun doute, pressentis — que l'esprit du temps, le *swinging London* de ces années-là, soulignait jusqu'à la caricature. Par exemple, la liberté des mœurs, l'érotisme et l'érotique dans leur plus imprécise plénitude. Vélez en avait déjà parlé — lui aussi dans ses plus imprécises circonlocutions. Et, sans jouer les avertis, Gonzalito avait pris note, comme qui inscrit le nom d'un endroit à visiter. Il ne s'agissait pas précisément d'un endroit, même si cela se concentrait en divers endroits de la grande ville que Gonzalito avait découverte et visitée très vite. C'était une impulsion insouciante, une vitalité internationale, en même temps paisible et comme provinciale, qui fleurissait dans les quartiers du centre de Londres, invitant, avec une charmante redondance, les jeunes à être jeunes et à faire l'amour sur les grandes pelouses très vertes des parcs. Gonzalito voyait partout l'amour comme quelque chose qui pouvait *se faire* sans protocole ni mystère, du moment qu'on en avait envie. Lorsqu'il se promenait dans Londres, Gonzalito avait l'impression qu'il n'y avait aucune distance entre les désirs et la satisfaction des désirs. Et cela le laissait presque tout le temps perplexe, parce qu'il y avait toujours eu une grande distance entre ses désirs et leur satisfaction. Ses désirs étaient un territoire dans lequel il pénétrait sur la pointe des pieds et qui se confondait ou s'était confondu chaque fois davantage avec ce que lui-même appelait ses affects. Gonzalito s'était toujours senti, et ce depuis sa plus tendre enfance, insatisfait sur le plan affectif, comme s'il y avait eu, entre ses attentes et leur satisfaction, encore une fois, une distance infranchissable, moyennant quoi il ne s'était jamais vraiment senti heureux. Gonzalito s'était répété en son for intérieur qu'il était privé de bonheur. Cela dit, cette absence de bonheur ne le plongeait pas dans le malheur parce qu'il avait toujours su trouver une compensation dans les distractions et les apparences de bonheur que son énergie naturelle, propre à la jeunesse, avait fait naître.

« Mais au fond, se disait Gonzalo, j'ai toujours été privé de bonheur. » Et l'affection de sa sœur, qui l'avait bien souvent consolé et avait été son plus solide soutien, n'avait été, à bien y regarder, qu'une manière de camoufler cette absence. C'était à Londres que lui était venue à l'esprit pour la première fois cette idée troublante. María s'était interposée, avec toute sa tendresse, sa patience et sa bonne volonté, entre son manque de bonheur et ses chances de porter un regard parfaitement lucide sur cette situation. Gonzalito avait senti pour la première fois à Londres que María, avec sa bonne foi et peut-être à cause d'elle, avait été un grand obstacle. Curieusement, cette découverte avait fait que la tendresse qu'il ressentait pour sa sœur s'était accrue : María était, elle aussi, tout compte fait, une victime du diabolique manque de bonheur que révélait Londres en étalant partout l'érotisme à la mode. Maintenant Gonzalito voyait que sa sœur, elle non plus, n'avait pas été heureuse et qu'elle avait remplacé le bonheur par le conformisme et la tranquillité d'un mariage solide. Gonzalo passa en revue à toute vitesse l'ensemble des certitudes affectives de sa vie et trouva qu'elles vacillaient. Et, chose curieuse, cette brutale mise en question de son monde antérieur non seulement ne le chagrinait pas, mais au contraire l'exaltait et lui emplissait le cœur, comme si maintenant, à partir de cette vision nouvelle, il avait grandi en taille et était devenu puissant. Les premières semaines, les premiers mois s'étaient déroulés en pleine solitude. Gonzalito vivait dans les environs de Chalk Fram, partageant une chambre avec deux autres garçons tout en cherchant un endroit plus indépendant. C'était l'un de ces logements appelés « Bed and breakfast », qui lui convenait bien parce qu'il lui suffisait de prendre un autre repas que le petit déjeuner, le soir, pour assurer sa subsistance. Et du petit déjeuner aux premières heures de la soirée, il parcourait Londres seul, à grands pas, tout en passant, dans l'exaltation, sa vie en revue. Il était impossible d'écrire de vraies lettres à María. Parce que le vrai, l'absolu qu'il venait de découvrir, était indicible. Il devait porter seul le poids de leur vérité à tous les deux. Cette solitude semblait bornée par une frontière à la fois délicieuse et redoutable : voir s'il lui était possible de satisfaire à Londres tous ses désirs et, par conséquent, d'une certaine façon aussi tous ses affects, et d'accéder, au bout du compte, pour la première fois, au bonheur. Disposer de tout son temps et de toute la liberté du monde ne semblait cependant pas d'une grande aide pour vaincre sa timidité. La timidité avait tout à coup tout submergé. Gonzalito avait jusqu'alors entretenu avec son corps des rapports tendus et instables. Son corps était un admirable objet qui niait constamment sa condition d'objet pour se confondre avec la conscience et prendre, comme elle, un caractère absolu. Et dans son corps, l'imprégnant tout entier, très en surface, avec des mouvements de systole et de diastole analogues à ceux de son cœur, sous ses réactions génitales et les incluant à titre d'aboutissements ou de résumés instantanés, la sexualité comme un fruit toujours équivoque. La fascination que son corps exerçait sur lui semblait provenir de son caractère sexuel. Quoi qu'il en fût, Gonzalito n'avait pas réussi à établir avec sa sexualité des rapports cohérents et, maintenant, ses incohérences se confondaient avec sa timidité en un seul mouvement haletant, cette marche à grands pas à travers la ville de Londres sans oser se lier d'amitié avec qui que ce fût, ni rester plus de quelques minutes dans les lieux où sa sexualité eût paru vraisemblable, une donnée intersubjective. Gonzalito craignait de se voir forcer la main, découvert et obligé de déguster ce même bonheur — la suprême donnée intersubjective — qu'en théorie il désirait. Voilà pourquoi il désirait, plus que toute autre chose, se donner du temps. À cela près que ses désirs les plus intimes l'oppressaient comme s'ils n'avaient pas été les siens, et leur violence le poussait, la journée durant, comme nous pousse une violence extérieure, à s'opposer aux diktats de la réflexion — qui devenait contradictoire — et aux habitudes respectées jusqu'alors. La sexualité assaillait Gonzalito avec la sérénité monumentale des habitudes et des apparences qui avaient été les siennes toute sa vie. Plus d'une fois, dans les parcs ou dans les musées, ou encore dans les cinémas, Gonzalito s'était lancé dans des approches ambiguës auprès de garçons de son âge ou avait été l'objet d'approches ambiguës qu'il avait repoussées aussitôt. Le simple fait de voir un être en chair et en os transformé en dépositaire, même momentané, de la révélation que l'expression de ses désirs impliquait le renvoyait de nouveau à sa solitude. Comment pourrait-il énoncer devant quelqu'un, demander à quelqu'un la satisfaction de ses désirs sexuels ? Ce serait tout risquer d'un coup, pensait-il, sans parvenir à savoir exactement ce qu'il risquait ni si cela en valait la peine. Ses désirs étaient son secret qu'il ressentait tantôt comme un pouvoir et un talisman, tantôt comme un poids mort : une identité dont il avait peur, une fois montrée, de ne plus pouvoir l'arracher de son physique, comme un tatouage ou une énorme cicatrice qu'il n'était pas sûr de toujours vouloir reconnaître comme quelque chose qui lui appartenait. N'avait-il pas jusqu'alors évité cette reconnaissance-là ? N'avait-il pas jusqu'alors réussi à tromper le pauvre Alfonso Vélez sur tout ce qui se rapportait à cette question ? Il était impossible de trouver quelqu'un de plus inoffensif et de mieux disposé que Vélez. S'il avait évité de se découvrir devant lui, pouvait-il éviter de le faire, et de façon plus déterminée encore, devant le premier inconnu venu ? Et, de plus, en vertu de cette révélation, le premier inconnu venu ne se transformait-il pas en être connu, en présence intime, en confident, tout en ne disposant pas, en même temps, de la garantie d'une connaissance réelle et du temps qui passe, source de vérité ? Énoncer ses désirs, c'était s'offrir sans défense au premier inconnu venu : en s'appuyant sur la seule fragile hypothèse que l'inconnu avait, à son tour, des désirs analogues aux siens et qu'il désirait les partager. L'érotisme ambiant, qui semblait promettre en permanence la satisfaction des désirs, présupposait une désinvolture, une impudeur ou une innocence dont Gonzalito se sentait incapable. Gonzalito avait maintenant l'impression que le bonheur promis serait automatiquement altéré ou annulé par le fait de devoir, en se révélant à l'autre, baisser la garde du secret et transformer l'inconnu en un être connu sans la moindre garantie de le connaître. Seul un inconnu qui se révélerait le premier et découvrirait devant Gonzalito ses désirs secrets, le transformant ainsi en être connu sans aucune garantie et, par conséquent, en jouant son va-tout, pourrait faire en sorte que la paix du bonheur obtenu inondât son cœur. Existait-il une telle créature à Londres ? Et apparaîtrait-elle de sa propre initiative ? Fallait-il se découvrir à moitié seulement et attendre que l'inconnu, fasciné, se découvrît entièrement ? Tant qu'il s'était maintenu en état d'apesanteur — un état qui avait coïncidé chronologiquement avec les mois, voire l'année qu'il lui avait fallu pour comprendre l'anglais et se faire comprendre dans cette langue —, Gonzalito avait pu croire sans difficulté que la satisfaction de ses désirs et la satisfaction de ses affects coïncidaient et que les deux choses accomplies — soit les deux, soit l'une des deux —, n'importe quelle autre devait de la même façon conduire au bonheur. Au bout d'un an environ, Gonzalito avait commencé à perdre sa timidité linguistique et à faire de gros progrès. Ce fut pour lui le meilleur moment. Son autre timidité avait été ébranlée par ce dégel verbal qui transformait toute rencontre, même momentanée ou fortuite, en occasion de pratiquer l'anglais. Par voie de conséquence, son autre timidité avait eu là un bon prétexte pour se dégeler elle aussi. Gonzalito allait souvent s'asseoir à Piccadilly Circus et à Trafalgar Square et avait commencé à parler avec un grand nombre d'inconnus, les autres, ses pairs. Parce que maintenant, grâce à la nouvelle agilité que conférait la nouvelle langue, les autres ne semblaient pas si différents et tous, aussi bien les étrangers que les autochtones, lui étaient devenus vaguement familiers. L'inconnu des inconnus se dissolvait dans la connaissance de la langue : le simple fait de savoir parler anglais rendait tout le monde connu. La langue anglaise était l'espace où, à Londres, les désirs sexuels et affectifs pouvaient être satisfaits en mettant tous ceux qui étaient des inconnus les uns pour les autres dans des conditions semblables. Au début, l'anglais le sauva de la solitude. Ses maladresses ellesmêmes qui, dans l'usage de la langue, rendaient en général la communication difficile, facilitaient *cette* communication en particulier : une certaine familiarité, mi-gestuelle mi-verbale, fut possible : s'y introduisaient fréquemment et naturellement le comique et le rire. Et le rire fut, pour Gonzalo, une grande nouveauté après environ un an de solennité et d'élucubrations. Le rire, c'était une façon de recouvrer sa jeunesse. Depuis qu'il s'asseyait pour bavarder plus souvent qu'auparavant — et, petit à petit, il avait fini par le faire tous les jours —, son visage perdait l'intensité, la crispation et l'air introverti des promeneurs solitaires : il s'était senti beau de nouveau. Et il avait laissé pousser ses cheveux blonds : maintenant, il ressemblait bel et bien à un Anglais, ce qui multipliait ses chances d'être interpellé et de faire connaissance. Parce qu'une fois qu'était découverte l'insignifiante tromperie due à son apparence anglo-saxonne, les choses marchaient comme sur des roulettes, comme si, le trouble initial surmonté, plus aucun obstacle ne se dressait entre les interlocuteurs. Maintenant, les diverses fautes grammaticales et sémantiques qu'ils faisaient tous les deux devenaient, du fait qu'ils se corrigeaient mutuellement, des libertés qu'ils prenaient de concert sur le territoire, en définitive neutre, d'une ville et d'une langue étrangères où tout leur était permis. De sorte que Gonzalito s'était retrouvé lui-même, recouvrant par le biais de la langue la liberté que l'érotisme ambiant recélait. Il y avait eu enfin une rencontre à Green Park, à la tombée de la nuit. Évidente au départ, leur timidité : une hésitation utile qui les déclarait connus l'un de l'autre dans une langue qu'ils méconnaissaient tous les deux en grande partie encore. Gonzalito se livra avec enthousiasme à cette rencontre qui, pour la première fois, lui donnait l'avantage. L'inconnu s'était découvert le premier et Gonzalito n'avait eu qu'à suivre, ou imiter, ses pas. L'épisode avait duré, parce que, après que chacun s'était transformé instantanément en un être connu pour l'autre, ils n'avaient plus su très bien comment continuer. Tous les deux, ils devaient sauter par-dessus une certaine crudité du détail — la paradoxale crudité de deux intimités s'exposant délicatement l'une à l'autre —, ce pour quoi ils manquaient l'un et l'autre de précédents. C'était la première fois que Gonzalito avait une aventure érotique. Ils avaient trouvé une solution en entreprenant une longue promenade dans les Royal Parks qui avait fini par les conduire dans la partie la plus touffue de Hyde Park, en face de Bayswater Road. La nuit était déjà tombée. Et elle les avait enveloppés dans l'intense étreinte en définitive délatrice et assez maladroite qui avait ajouté un brin d'innocence, à la fois perdue et retrouvée, à leur rencontre. Ils avaient décidé de se retrouver le lendemain au même endroit à midi. Mais Gonzalito n'y était pas allé. Et, autour de ce fait, ne pas y aller, s'était concentré toute une histoire d'apparitions et de disparitions qui se déplierait, pour Gonzalito, comme le plan diabolique d'une ville qui devenait de plus en plus étrange à mesure qu'il la connaissait mieux, durant les années qui avaient suivi cette première rencontre qui se transforma ainsi en jalon mélancolique du bonheur que la satisfaction des désirs sexuels procurait. C'était la première grande réponse hyperbolique que Gonzalito avait donné à une stimulation réelle. Son absence à l'endroit convenu et à l'heure convenue avait fait de cet endroit et de cette heure un endroit et un temps aimantés qui attiraient Gonzalito comme un loup. Avec une espèce de régularité animale, Gonzalito se rendait à ce même endroit, attendant et en même temps craignant la réapparition de son inconnu. Mais maintenant, l'inconnu était nimbé d'une aura sentimentale inhabituelle, son image, disparaissant et revenant, s'était emplie de mémoire et de résonances superlatives qu'il berçait au cours de ses promenades et dans son lit, comme un assassin bercerait l'invraisemblable tête de sa victime. Gonzalito éprouvait maintenant une compassion démesurée pour ce Français qui avait essayé de ne pas l'éclabousser en courant. Une fois de plus, les promenades interminables avaient recouvert comme des insectes les jours, les nuits, jusqu'à l'exténuer, le faire quasiment sombrer dans l'inconscience. Il avait trouvé à cette époque une chambre à Fairhazel Gardens, près de Swiss Cottage. C'était important parce qu'elle lui permettait de se reposer pendant la journée de ses promenades nocturnes. C'est l'époque où il avait écrit des lettres à sa sœur. Ce fut aussi une nouvelle époque de confusion passionnée, durant laquelle il avait fait deux voyages en Espagne. Contrairement à ce qu'il avait cru au départ, ces voyages n'avaient servi à rien. L'Espagne le reposait en l'ennuyant. Tout lui semblait entaché par les images de la chaste et insipide télévision franquiste qui reflétait quarante ans de paix, de prospérité et de véhicules utilitaires, où il ne s'était absolument rien passé. Et bien qu'il se passât beaucoup de choses que Gonzalito eût pu découvrir s'il s'était un peu soucié de les connaître, il préférait appliquer à toute la réalité espagnole un certificat d'atonie générale et penser, au contraire, à Londres, couché dans la chambre de son enfance. Son désintérêt pour tout ce qui se passait en Espagne était contrebalancé, durant ces séjours qui n'avaient jamais dépassé un mois ou un mois et demi, par un examen attentif, par le truchement des journaux anglais, de tout ce qui se passait en Angleterre et plus spécialement à Londres en son absence. Lu à Madrid, Londres, avec ses rues, ses personnages publics, les personnages anonymes dont les noms émergeaient brutalement et fugacement à la lumière publique à la faveur de faits divers et de crimes, souvent sexuels, entre Harold Wilson et Victoria Station et ses alentours labiles et graisseux, autour du petit cinéma à branlettes et, dans la direction opposée, ses alentours élégants aux places immenses et aux demeures blanches, tout Londres semblait visible d'un seul regard et être devenu, envisagé du lointain territoire madrilène de sa chambre d'enfant et d'adolescent, conjurable par le biais d'un code, une ville imaginaire (inimaginable, à coup sûr, de cette façon lorsqu'on y habitait) qui, telle la caverne d'Ali Baba, pouvait être ouverte par n'importe quel mot, n'importe quelle phrase ou n'importe quel endroit codés : Belgravia, Leicester Square, ou « *Nice to see you !* ». En vertu donc de cet irrépressible pouvoir d'évocation, une perpétuelle aptitude mélodique à déchiffrer dans ses images ou dans les noms de ses hommes politiques, de ses assassins ou de ses rues, qui affectait Londres comme une maladie des nerfs ou une grande nostalgie involontaire de sa conscience, Madrid, ses habitants et les rapports réels que Gonzalo, qu'il le voulût ou non, avait encore avec certains d'entre eux, étaient sans attrait. Dans sa conscience et en tant qu'objet de sa perception du moment, Madrid donnait l'impression de manquer de qualités secondaires et de toute qualité intellectuelle ou esthétique, d'être réduit à la condition irréelle et apparemment simple de n'être pas Londres et d'être, par pur hasard, semblait-il, le lieu d'origine de Gonzalo, le lieu de résidence de ses parents. Même María avait été affectée de cette condition-là. Parce que, s'il était vrai que, lorsqu'il bavardait avec sa sœur, Gonzalito sentait s'étioler la répétitivité déchiffrante de son Londres imaginaire et la simple, réelle et chaude présence de María occuper toute l'étendue de sa conscience, comme une marée haute, au point de le faire douter de la magie de ses images, il était vrai aussi que María représentait pour Gonzalo une contradiction : la situation aporétique du bonheur prétendument empêché : la réalité comme non accès aux désirs, qui, tout au long de sa vie, avait séparé le sentiment d'insatisfaction de sa reconnaissance réflexive : et qui, par conséquent, avait empêché, en le maintenant dans l'ignorance ou dans le doute, la pleine réalisation de lui-même. María, que Gonzalito ne pouvait cesser d'aimer, apparaissait donc plongée dans l'impossibilité générale : dans l'atonie et dans l'absence de stimulation propres à Madrid et à l'Espagne. María était, sans aucun doute, réelle et objet réel de sa profonde affection, mais, en même temps, elle n'était plus d'aucune utilité : informulable en termes londoniens : rendue inapte par la force de sa réalité même à comprendre tout à fait ce qui arrivait à Gonzalito à Londres : compagne impossible, complice impensable de ses aventures : somme, en un mot, involontaire de toute la réalité que Gonzalo se croyait dans l'obligation de mettre en pièces pour pouvoir vivre et de laquelle il lui était pour l'heure nécessaire de se soustraire. Voilà pourquoi, au cours de ses séjours, Gonzalito avait tout fait pour éviter de se retrouver en tête à tête avec sa sœur : afin de pas déclarer, sans s'en rendre compte, quoi que ce fût de compromettant. L'inutilité de ses voyages était donc de plus en plus évidente. Gonzalito était devenu totalement imperméable. Et pourtant il était conscient de certaines fissures survenues dans son Londres : outre le Londres imaginable et irréel, il y avait un Londres réel — doté d'une réalité analogue à celle de María ou de Madrid — qui avait jusqu'alors éludé Gonzalito. Cet autre Londres était le résidu générateur, toujours caché, uniquement présent comme un grand inconnu pulsatif, où Gonzalito croyait entrevoir de temps à autre la négation de toutes les contradictions et la présence de l'inconnu-connu, le pur instant de la reconnaissance parfaite et du bonheur qui transformerait tout dans sa ferveur et qui rendrait tout — et, bien entendu, María aussi, la sœur qui n'avait jamais cessé d'être aimée — une bonne fois pour toutes compréhensible. Les choses étant ce qu'elles étaient, il était naturel que Gonzalo ne fût pas vraiment en condition de prêter attention à son petit neveu ou à Alfonso Vélez. Aussi, quand Gonzalito vit Pelé qui le saluait timidement, les yeux grands ouverts, dans la salle à manger à l'heure du dîner, après la mort du grand-père, il se sentit aussi étonné et mal à l'aise que devant un étranger : un nouvel inconnu, suprêmement jeune cette fois-ci, ressemblant aux inconnus londoniens, non seulement en raison de son attrait physique naissant, mais aussi dans la mesure où il se servait, comme eux, d'un moyen neutre pour se faire connaître, cet acte familier, domestique et quotidien qui consistait à s'asseoir à table pour dîner. Et la timidité de Pelé avait, comme leur timidité, l'attrait de ce qui se refuse et de ce qui fuit, s'arrêtant de temps à autre, tournant la tête pour voir s'il y a quelqu'un qui vient derrière. Gonzalo vit tout cela en un clin d'œil, de sorte que son manque d'attention envers le garçon pendant le dîner et sa réclusion des jours et des semaines suivants, s'ils obéirent à bien des tourmentes, plus complexes et autonomes, furent aussi dotés d'une inflexion — puisque ce n'était pas une raison proprement dite — destinée à retenir l'attention et à éveiller la curiosité du neveu : une pointe d'exagération, ou de théâtralité, ou de simulation, une émotivité qui conférait à la situation une légère marge gratifiante. Par analogie avec ses propres sentiments, Gonzalo supposait que tout cela ne pouvait pas ne pas le séduire. Supposition très vite corroborée, pour la plus grande satisfaction et le plus grand désarroi de Gonzalito, par les ruses naïves que Pelé inventait pour l'attirer en l'appelant de l'autre côté de la porte, allant jusqu'à proposer, dans une pure débauche de tendresse et, aux yeux de Gonzalito, de malice, le spectacle d'un lézard vivant et captif. En pleine réclusion et en pleine tourmente, Gonzalito avait étouffé son rire et ses yeux s'étaient embués de larmes. « C'est moi, ton vrai lézard, mon petit ! s'était dit Gonzalo. Je suis désormais ton prisonnier ! » Grâce à Pelé, la réclusion eut sa bouffée d'air frais (ce que María, bien entendu, selon les pensées de Gonzalito à ce moment-là, ne pouvait ignorer) et fut encadrée d'une marge joyeuse. Cependant, au moment même où Gonzalito respirait — et se familiarisait par le biais d'amusements et de ses larmes avec l'environnement affectif de sa chambre d'autrefois et de la maison de ses parents et, chose plus importante, avec la consistance de la réalité que María, représentée dans son fils, acquérait peu à peu face à ses sens et à sa conscience désagrégée par l'irréalité de sa vie londonienne —, en même temps qu'il respirait et se reconnaissait, un grand désarroi l'envahit. Si Pelé était un inconnu — et cette image initiale ne s'était pas effacée de son esprit — et si ses ruses naïves pour devenir connu le faisaient ressembler aux inconnus-connus de Londres, ne fallait-il pas prolonger la ressemblance et donner pour acquis que Pelé et Gonzalo se ressemblaient en tout point ? Si le gamin imitait inconsciemment la curieuse dialectique des inconnus qui désiraient de Gonzalo la même chose qu'il désirait d'eux, ne fallait-il pas supposer qu'il pressentait, lui aussi, que son oncle pourrait satisfaire ses désirs intimes, ses affects ? Par ailleurs, ce n'était plus un enfant. C'était un bel adolescent, très probablement conscient d'être ce qu'il était : Gonzalito, dans sa solitude, assista perplexe à la réapparition érotique de Londres dans sa vieille chambre à coucher d'enfant. Tout cela était source de désarroi parce que, en dehors des analogies, Pelé était son neveu, le bébé de sa sœur dormant dans son petit berceau : le moyen neutre qui était maintenant utilisé pour que le connu apparaisse dans l'inconnu n'était pas une simple langue commune imparfaitement maîtrisée par eux deux, dont les fautes et les corrections mutuelles pouvaient se transformer en libertés que chacun prenait, mais un rapport réel — quoique momentanément brouillé par la longue séparation et le passage, chez le plus jeune, de l'enfance à l'adolescence —, accentué spécialement dans le cas présent par le fait que Gonzalito, même abîmé par sa vie à Londres, aimait encore sincèrement sa sœur. La réalité du rapport empêchait, au moment même d'appliquer l'analogie, de réduire ce qui était hypothétiquement connu du garçon à un aspect unique et exclusif, l'identification de ses désirs sexuels (au cas où la ressemblance se confirmerait aussi sur ce point). Ce qui était connu de Pelé était une mer qui résumait, en ses milliers d'aspects, la réalité tout entière de la vie que Gonzalo avait vécue avant Londres et notamment la réalité de María et de son amour pour elle. Gonzalito devait, par conséquent, choisir entre deux évidences aussi fortes l'une que l'autre (du moins à première vue) : une évidence fascinante, celle de la ressemblance, et une autre, étrangement délayée, l'évidence de la complexité d'un être réel, la réalité évidente du fils de sa sœur. Mais la perplexité procédait moins de Pelé lui-même — qui, en toutes circonstances, ne se serait comporté que comme un jeune garçon curieux et espiègle — que du fait que Gonzalito, depuis son séjour à Londres, était enclin à appliquer à tous ses rapports avec des individus du même sexe que le sien le modèle érotique et ambigu que Londres lui avait fourni. Un tel comportement était source de désarroi parce qu'il avait l'air d'être et de ne pas être — les deux en même temps — une falsification des données de la réalité. Avec Vélez, le problème ne se posait pas : tromper n'avait pas l'air d'une falsification mais, en toutes circonstances, d'une simple plaisanterie. La dissimulation, que Gonzalito avait mise en œuvre avec la plus grande facilité du monde au cours de cette déjà très lointaine nuit de leur première rencontre et qui, au fil des années, était devenue une délicate façon de garder ses distances pour le bien du rapport d'amitié qui s'était établi entre eux, avait pris la forme d'une règle de conduite lors des séjours de Gonzalito en Espagne et de ceux de Vélez à Londres. Les visites mêmes qu'ils avaient faites ensemble dans les bars gays ou les *drag-shows* n'avaient pas provoqué de confidences, car il était toujours sous-entendu qu'elles faisaient partie du circuit touristique de la ville. Gonzalito n'avait eu aucun mal à déconcerter Vélez, à réduire à néant ses insinuations qui consistaient le plus souvent à déclarer, au vu de la persistante et impénétrable solitude de son ami : « Eh bien, je ne comprends pas, mon beau, je ne comprends pas. Il est invraisemblable et anormal qu'un Adonis comme toi ne rencontre pas tous les soirs quelqu'un. C'est sans doute parce que tu n'en as pas envie. »

Gonzalito avait toujours réussi à éviter de répondre directement en se prévalant de la métaphysique. « Dans toute rencontre, l'insatisfaction est toujours plus réelle que la satisfaction. L'expérience ne vaut pas le coup. » — « Tu es insatisfait parce que tu ne fonces pas », lui avait rétorqué, accusateur, Vélez en de mémorables circonstances. « Tu devrais te soigner, comme tout le monde. Comme ça, tu aurais envie de t'amuser et de papillonner un peu. Tu devrais te soigner. Je le répète. Ne prends pas exemple sur moi. Je suis spécial sur ce point. Mon autoréalisation, mon chou, passe par l'oisiveté. Il me suffit de vivre. Mais toi, non. » Ce qu'il pouvait dire était sans importance : il était, comme l'Espagne, relégué dans la simple ingénuité. Le fait que Vélez n'eût pas réussi à vraiment percer son secret, le fait que son flirt avec Gonzalo n'eût jamais dépassé le stade verbal et la mise en scène (dans le cadre du permis et du public, bien qu'ayant lieu en privé), fait qui révélait, selon Gonzalo, le peu d'intérêt qu'il portait à l'érotisme (chez Vélez, chaque chose, y compris celle-ci, débouchait sur une conversation), ôtaient à ce dernier tout mordant et, en dernière instance, l'invalidaient en tant qu'interlocuteur. À Londres, comme dans un puisard, Gonzalo perdit tous ses semblables.

Contemplant ses années londoniennes de la chambre de la maison de ses parents, point d'observation qui lui avait été imposé par la mort de son père, Gonzalo sentit croître devant lui, comme un personnage sans visage, la frayeur. Frayeur devant l'irréalité passionnée de ses sentiments qui l'avaient conduit à la situation fantomatique dans laquelle il se trouvait maintenant. L'extravagance que fut sa réclusion durant des jours et des jours dans sa chambre sans donner d'explication satisfaisante, jointe à l'insidieuse idée d'humiliation que l'expérience londonienne impliquait, l'avait violemment rapproché de quelque chose qui ressemblait au repentir. Il se sentait abattu et las de lui-même ; las, pour parler concrètement, de sa dévorante insatisfaction. Toute satisfaction réelle de ses désirs — et au fil des années, Gonzalito en avait eu pas mal, qu'il se remémorait maintenant avec une lucidité angoissante —, au lieu de lui faire oublier les insatisfactions antérieures, les transférait en masse vers sa mémoire, comme une donnée à la fois abstraite et individualisée, comme un résumé toujours vivant, qui conditionnait toutes ses attentes, en les raréfiant. Il n'avait pas réussi à éveiller le moindre affect : il se sentait sur le plan sexuel bien plus inquiet qu'il ne l'avait jamais été : il n'avait absolument rien fait. L'érotisme s'était converti en un projet qui était à bout de souffle, presque une recette de l'impossibilité de jouir. Sa dernière année à Londres avait été une monotone répétition de cette évidence. Gonzalo s'était beaucoup laissé aller. À peine s'il faisait un brin de toilette ou prenait des bains. Il restait des heures couché sur son lit, ou bien passait la nuit à tourner dans la rue, rongé d'angoisse. Il était impensable, dans ces conditions, de retourner en Espagne. Cette seule pensée l'humiliait. Et de la même façon qu'au départ, dans l'exaltation des premières années, il avait cru posséder vraiment, une fois pour toutes, la clé de sa vie et être capable de la regarder en un seul acte de perception immanente, maintenant il s'efforçait de rendre compte de son long échec en un seul acte de connaissance. Il avait cru que le bonheur occuperait une fois pour toutes sa conscience tout entière ; maintenant il croyait que seul le malheur l'occupait de cette façon. Dans les deux cas, il prétendait être lui-même, en acte, la totalité de son expérience, chose impossible. Maintenant, l'occupait une gigantesque impatience, comme une substance visqueuse. Impatience vis-à-vis de lui-même, qui avait réduit ses désirs sexuels au seul besoin de se masturber. Impatience vis-à-vis des autres qui apparaissaient toujours distants et cachés : les inconnus n'étaient plus que fugacement dotés d'un noyau connu. Impatience vis-à-vis des plus proches et surtout de María, dont la simple réalité l'accablait. Parfois, il regrettait de ne pas être entré dans les ghettos, de ne pas porter le tatouage de sa condition : d'avoir erré comme un fantôme de moins en moins aimable dans les parcs devenus obscurs, les gares, les cinémas et les pissotières. Maintenant, ce n'était qu'en se masturbant qu'il retrouvait l'illusion dégradée des corps vivants qu'il avait connus. Ses images n'octroyaient rien, recevaient toute leur puissance de ses désirs et se contentaient d'incarner à maintes, et maintes, et maintes reprises, jusqu'au délire, ces mêmes désirs, dont elles constituaient la mise en scène. Le cercle de l'irréalité s'était refermé sur lui et son fruit réel était le sperme dégradé de ses mouchoirs, de ses caleçons et de ses draps.

Dans une telle situation, Pelé se transforma en attente immaculée ; une attente confuse, étant donné qu'il fallait libérer le garçon de l'infection de la mémoire irréalisante et, une fois libéré, il semblait, aux yeux de Gonzalo, qu'il ne restait à peu près plus rien. Mais c'était en même temps une attente précise, étant donné que Pelé, qui se prolongeait naturellement en María et en une nouvelle vie comparable à celle qui avait été la sienne avant son voyage à Londres, était un être réel, individuel, concret et très jeune, de qui on pouvait encore tout attendre. Gonzalito, en pensant à son neveu, se sentit capable de se comporter normalement et profita de la visite d'Alfonso Vélez — une visite insignifiante mais qui attirait l'attention dans ce contexte dramatique — pour descendre à la salle à manger et rétablir le contact avec sa famille. Maintenant, María était tout le temps ravie.

Depuis que tout le monde vivait dans la maison des grands-parents, María et la grand-mère faisaient, avant le goûter, une promenade d'environ une heure dans le jardin jusqu'au potager, s'asseyant sur les bancs où le grand-père s'asseyait, parlant tel jour peu, tel autre beaucoup, mais en général peu, parce que, depuis la mort du grand-père, la grand-mère ne semblait plus la même — elle qui avait été si bavarde et si guillerette se laissait maintenant guider par sa fille sans presque ouvrir la bouche, emmitouflée dans un pull ou un manteau noir, chaussée toute la journée de ses grosses chaussures de jardin, comme si la mort du grand-père avait transformé l'acte de se chausser et de mettre les petites chaussures élégantes qu'elle avait toujours portées en une insupportable frivolité. Et María la comparait sans le vouloir à la nourrice Rosi à cause de son air absent et d'une certaine rigidité, comme celle d'un automate, quand elle se déplaçait. Elle avait fait preuve de détermination au départ seulement, en choisissant un endroit à elle dans la maison, la plus petite chambre d'amis, où elle passait des heures et des heures. Ses amies lui rendaient encore visite mais María remarqua que les visites s'espaçaient, comme si le fragile sourire de la grand-mère, lorsqu'elle les accueillait et faisait la conversation, les intimidait. Le fait de se laisser guider par sa fille et, bien souvent aussi, par son petit-fils et, maintenant qu'il avait recouvré son état normal, par Gonzalo, n'était pas une preuve de fragilité physique. Elle mangeait peu et avait gardé sa santé. C'était juste une sorte de recroquevillement qui commençait aux épaules et qui imprégnait toute sa personne d'une espèce de bienveillance indifférente. Seules les plaisanteries de son petit-fils la faisaient parfois rire. María se penchait sur ce retrait de sa mère comme on se penche sur le mystère creux d'un puits et avait l'impression que ses remarques, ou les plaisanteries de Pelé, ressemblaient à de petites pierres lancées du haut de la margelle et qui mettaient un temps fou à atteindre l'eau, la réserve d'ombre. María espérait que sa mère ne souffrait pas et essayait de la tenir au courant de ce qui se passait dans la maison. Elle observait avec une attention particulière les rapports de la grand-mère et de Gonzalito qui s'asseyait en général un moment à côté d'elle sur la terrasse avant le déjeuner. Ils ne se disaient pas grand-chose. Et si Pelé s'asseyait avec eux — ce qui arrivait —, elle ne s'adressait pratiquement qu'à lui. « Grand-mère s'entend formidablement bien avec son petit-fils, avait dit Gonzalito à María. Bien mieux qu'elle ne s'est jamais entendue avec moi. J'en suis même un petit peu jaloux, vois-tu ! » Cette réflexion avait inquiété María qui avait craint, pure hypothèse, quelque chose de ce genre dès le départ. Avec son retour à un état normal, Gonzalito avait retrouvé une expression un peu enfantine, une sorte d'obligeance légèrement inopportune. Quand ils étaient tous réunis, il demandait avec insistance s'ils étaient confortablement assis ou s'ils avaient besoin de quelque chose, y compris Pelé, qui jetait alors sur son oncle un regard discrètement étonné. Il suffisait, par exemple, que Martín cherche à se rappeler une nouvelle ou une phrase lue dans un journal pour que Gonzalo se lève et se propose de retrouver le journal en question. Cette jalousie — que María avait aussitôt prise à la légère — se manifestait précisément dans ces insignifiants détails de la vie en commun. On avait parfois l'impression que Gonzalo voulait entrer en compétition avec son neveu sur le terrain de la diligence. Et Pelé, qui avait été un enfant très attentif aux adultes, se rendant confusément compte de cette compétition, s'enfonçait dans son siège comme s'il lui passait la main. Gonzalo semblait désireux de s'attirer les bonnes grâces de la famille. Désir dont la sincérité avait quelque chose d'invraisemblable, ce qui faisait que cette intensité juvénile était choquante à son âge. À María, tout cela lui rappelait l'intensité de la vieille affection et de l'admiration que Gonzalito ressentait pour Martín du temps de leurs premières années de mariage et maintenant, en réapparaissant, elle avait un petit côté affecté, évoquant le comportement de quelqu'un qui essaie de démontrer quelque chose. Tout se passait comme si Gonzalito souhaitait qu'on se comportât envers lui comme envers Pelé avec qui, maintenant, il jouait souvent dans le jardin. Pelé avait, bien entendu, confié à sa mère qu'il trouvait que son oncle Gonzalo en faisait un peu trop : adorable, certes : mais excessif. Pelé n'avait pas utilisé de telles expressions. Il s'était contenté de comparer son oncle aux professeurs et aux moniteurs du collège d'un âge avoisinant qui jamais, quel que fût le jeu, et pas même sur le mode de la plaisanterie, ne se seraient pliés volontairement aux âneries auxquelles se pliait avec plaisir Gonzalito. En écoutant son fils, María avait eu l'impression que Pelé déplorait un certain manque de dignité, l'absence d'ultime frontière entre le monde des adultes et celui de la jeunesse. Pelé avait avoué qu'à un moment donné il en était même arrivé à avoir honte du comportement de son oncle. « Heureusement que nous sommes tous les deux seuls, comme ça, ça n'a pas d'importance ! Je n'irai jamais raconter à personne ce qu'il fait ! » Et María, en insistant, avait découvert que Gonzalito pleurait sans raison, ou demandait pardon à tout bout de champ, ou encore sollicitait en permanence l'adhésion, attitude qui, tout en s'efforçant de maintenir les rapports sur un plan d'égalité, gommait brutalement toutes les différences — y compris les différences évidentes et légitimes —, produisant chez le plus jeune tantôt un sentiment de confusion, tantôt de supériorité. Et c'était précisément de ce dernier sentiment qu'avait surgi la discrète protestation de Pelé, garçon simple que les rôles à contre-emploi mettaient mal à l'aise. De fait, tout en se confiant à sa mère, Pelé avait comparé le comportement de son oncle Gonzalo à celui de María elle-même du temps où tous les deux, sa mère et lui, jouaient à leurs jeux fantastiques et extravagants. Pelé était allé jusqu'à déclarer que l'un des charmes de ces jeux et de ces métamorphoses était que sa mère, même transformée en chef indien ou en boa constrictor, ne cessait jamais d'être plus importante que lui, si bien que le jeu était, dans une grande mesure, une façon de l'imiter et de lui emboîter le pas. Or l'oncle Gonzalo se fatiguait vite dans les exercices sportifs. Pelé ne savait pas exactement si c'était de la fatigue ou de l'ennui ; toujours est-il qu'il cessait de se concentrer et que si, par exemple, ils jouaient au football sur un petit terre-plein qui se trouvait près du potager et que Gonzalo était gardien de but, il laissait passer des buts trop bêtes. Jouer de cette façon n'avait aucun charme. María expliqua à son fils qu'il devait être patient avec son oncle jusqu'à ce qu'il fût tout à fait remis. Et c'est à ce moment-là que Pelé révéla que son oncle lui avait dit qu'il avait beaucoup souffert à Londres.

Gonzalo ne lui avait rien raconté, pourtant María avait compris cet échec. Elle avait surtout compris que l'épreuve que Gonzalo avait fait subir à ses désirs et à ses affects avait eu des résultats négatifs. Elle avait très vite su de quoi il retournait. Elle avait compris, dès l'adolescence de Gonzalo, qu'il ne tomberait jamais amoureux d'une personne du sexe opposé. Et elle l'avait accepté sans porter de jugement et sans se soucier outre mesure d'interprétation. Gonzalito était comme il était et sa réalité, perçue par María comme un absolu, était à prendre telle quelle. María ne pensait pas que cette réalité pût ou dût être modifiée de l'extérieur. La compréhension qu'elle avait de la réalité de son frère était faite d'enthousiasme bien plus que de compassion. Il y avait tant de choses à admirer dans cette personnalité véhémente et brillante que ses limites lui paraissaient invisibles ! María devait cependant reconnaître que l'expérience londonienne lui avait filé entre les doigts. Gonzalito s'était retiré dans une profondeur sournoise à laquelle on ne pouvait accéder que par l'amour. L'amour requérait une certaine mansuétude de l'aimé, qu'on se laissât aimer et qu'on aimât être aimé, autant de choses qui avaient disparu de la personnalité de Gonzalito. Maintenant, il se montrait soumis, confus et trop serviable. Et María ne voyait pas dans cette soumission une disponibilité à autrui, mais seulement une variante — peut-être la plus affligeante — de l'éloignement. María pensait que la disponibilité de l'aimé devait être joyeuse, confiante, voire aveugle, et même un peu insolente dans la mesure où aimer être aimé est toujours une manière de se surévaluer. Et Gonzalito avait aimé être aimé avant de partir pour Londres. Maintenant, une maladroite école du mérite, qui rivalisait sans charme avec les charmes de Pelé, s'était substituée à la spontanéité joyeuse de l'amour. María se rendait compte — avec une immense lucidité, pensait-elle — que les seuls rapports aisés que son frère était capable, dans les circonstances présentes, d'établir avec sa famille, c'était avec son neveu. Avec Pelé, Gonzalo pouvait à la fois se sentir en famille et ne pas sentir le poids excessif ou ambigu du passé. María pensait que, dès qu'auraient disparu ses manières serviles n'obéissant à aucune nécessité de se gagner les bonnes grâces d'autrui — chose que le naturel de Pelé contribuerait à provoquer en lui —, la confiance renaîtrait d'elle-même. Dans le même ordre d'idées, María considérait on ne peut plus significatif que sa première confession sur ses grandes souffrances à Londres fût tombée dans l'oreille de son fils. Elle était convaincue que ses désirs d'affection insatisfaits, malgré les apparences graves et complexes que prend la façon de désirer d'un adulte, recélaient une immaturité fondamentale : Gonzalito avait à Londres souffert comme souffrent les adolescents, incompréhension, insécurité et solitude. Aussi était-il naturel, pensait María, que Gonzalo jetât son dévolu sur un autre adolescent, presque encore un enfant, pour avouer une souffrance qui, s'agissant tout de même d'un adulte, pouvait fort bien paraître grotesque et risible aux adultes, même si, en théorie, ils le chérissaient. Et María s'interrogeait au plus profond d'elle-même sur les multiples difficultés et les pudeurs auxquelles se serait heurté Gonzalo s'il avait essayé de faire part de sa souffrance, y compris à sa propre sœur, dont il ne pouvait douter de l'amour qu'elle éprouvait pour lui. Gonzalito ne s'était pas confié à elle, comme il le faisait dans son enfance et dans sa jeunesse, précisément pour ne pas évoquer ces années et libérer, en ne les invoquant pas, l'innocence d'alors des douloureuses blessures d'aujourd'hui. María était persuadée qu'une partie du moins des souffrances de Gonzalo procédait de l'amour-propre humilié, comme lorsqu'elle allait le chercher, enfant, à la sortie de l'école et qu'il avait du mal à dire qu'il avait pleuré à la récréation parce que les autres garçons s'étaient moqués de lui. María ne pouvait séparer de la physionomie et du comportement actuels de son frère le gigantesque halo des souvenirs d'enfance qui étaient leurs souvenirs à tous les deux et dans lesquels — dans la trame ténue, immergée dans la profonde conscience du passé —, elle était toujours la petite sœur plus âgée qui s'occupe du petit. Entre les souffrances de l'innocence et les nouvelles souffrances de l'âge mûr, il y avait un chemin silencieux et invisible aux autres que María se sentait capable de parcourir en un instant pour atteindre, comme dans une partie de cache-cache, la petite grotte de ce cœur dans laquelle Gonzalito s'était blotti et dont il ne savait plus sortir, effrayé de se retrouver seul au milieu de rochers sauvages tout au fond de la plage vide, trop caché en fait pour un simple jeu, craignant peut-être de n'être plus jamais retrouvé au milieu des dangereuses ronces vert foncé. Et, d'une certaine façon, le fait qu'ils fussent tous les deux, Gonzalito et elle, adultes, malgré la grandiose lumière de l'innocence du passé ombilical qui les unissait, les empêchait maintenant de marcher à quatre pattes entre les rochers, les ronces et à l'intérieur de la grotte, de s'étreindre au moment de se retrouver, pleurnichant tous les deux, oubliant que ce n'était qu'un jeu de cache-cache, parce qu'ils s'étaient sentis tous les deux — et pas seulement Gonzalito — séparés et perdus à jamais sur les chemins dangereux et épineux d'une réalité incompréhensible. Ils ne pouvaient plus marcher à quatre pattes, ni s'étreindre, ni pleurer comme deux enfants effrayés qui jouent aux maisons hantées par des fantômes et entendent tout à coup le bruit d'une porte qui s'ouvre et laisse passer la mort. Seul Pelé, dans les conditions présentes, pouvait marcher à quatre pattes jusqu'à la grotte et aider son oncle Gonzalo à rebrousser chemin. Que Gonzalo ait eu la bonne idée de dire à Pelé qu'il avait souffert montrait, aux yeux de María, qu'il était sur le chemin du retour. Elle vit de loin Gonzalito et Pelé qui jouaient au football sur le petit terre-plein. On entendait tout à fait distinctement les shoots et les bonds du ballon réglementaire sur le sol aplani, ainsi que les cris joyeux des deux joueurs. Cette allégresse n'était-elle pas comme une partie transparente de l'air, comme le cri audacieux d'un vaillant oiseau qui affirmait, libre, la réalité du firmament tout-puissant et bienveillant où le regard de María s'exaltait et se perdait ? María mena lentement sa mère vers le terrain de football improvisé.

Martín traversa encore deux fois le bureau du grand-père. Contrairement à ce qu'il avait cru lui-même, il n'avait éprouvé aucun scrupule, au moment de s'y installer, à le démanteler et à le décorer autrement. Et le bureau grand et conventionnel du grand-père n'avait offert aucune résistance. Aucun souvenir qui aurait pu y surgir peu à peu, ni de secret, ni même de trace trop visible de ce à quoi il avait servi. Apparemment, le grand-père avait très peu utilisé ce bureau auquel on accédait, depuis le salon, par une porte vitrée à deux battants. C'était une pièce confortable et impersonnelle, aménagée probablement pour être en accord avec le goût anglo-saxon du reste de la maison et que son propriétaire, plus à l'aise en compagnie de sa femme que seul, avait de moins en moins utilisée. Les livres du grand-père — œuvres complètes des éditions Aguilar, totalité des prix Planeta, livres de droit, quelques ouvrages de bibliophilie, peut-être hérités — cédèrent facilement la place à la grande masse de livres de philosophie de Martín qui répartit ceux du grand-père sur divers petits rayonnages dans des recoins du salon et de la maison. Martín avait mis à contribution les bibliothèques vitrées, œuvre d'Herraiz, et une paire de confortables fauteuils de cuir rouge. Il avait laissé à leur place un Sorolla médiocre et deux huiles de paysagistes espagnols du dix-neuvième siècle. Il avait enlevé tous les objets décoratifs de porcelaine, laissant uniquement le vase bleu garni de fleurs fraîchement coupées que María en personne se chargeait de changer tous les deux ou trois jours. Une grande baie donnait sur le devant du jardin et sur l'entrée de la maison. Martín venait d'arpenter toute la matinée ce bureau, s'asseyant dans les fauteuils et se levant de sa table de travail, sans parvenir à se concentrer. L'effort qu'il faisait pour se concentrer semblait en fait favoriser la déconcentration au lieu de la réduire et le rendait irritable. Il avait décidé de mettre enfin un terme à son long — voire immense — roman de la vie intérieure. L'œuvre — fin prête à être éditée — aurait à peu près cinq cents feuillets, à peu près cinq cents pages, d'après les calculs de Martín qui avait essayé de faire coïncider le nombre de feuillets du manuscrit avec le nombre de pages imprimées. Il ne manquait que le dénouement, une centaine de feuillets — qui ne venaient pas. Le voyage intérieur requérait une apothéose, peut-être la mort du héros ; la mort étant, en ce cas, une fascinante clôture du pour-soi. (Martín avait, cette année, relu Sartre avec beaucoup d'intérêt et se sentait en mesure d'opposer quelques radicales objections à la vision sartrienne de la mort.) Mais le grand dénouement de son roman requérait un état d'âme, une conjonction exaltée de la sensibilité, de l'intelligence et de l'envie d'écrire, à laquelle il était alors étranger. Son enfermement dans les travaux littéraires ne pouvait plus désormais être dissocié de l'attention qu'il portait aux avatars commerciaux et sociaux de ces travaux qui lui donnaient du fil à retordre. Le long voyage de son personnage avait, d'une certaine façon, épuisé l'auteur qui se sentait maintenant toujours impatient, n'arrivant pas à transférer la vie extérieure vers la vie intérieure et ayant vu toutes les stimulations extérieures se transformer en détails futiles et en obstacles. Avec les années, avec les autres livres qu'il avait entretemps publiés, la reconnaissance à laquelle il avait accédé ne le distinguait pas assez de ses confrères. Peut-être Martín ne formulait-il pas exactement le problème en ces termes, mais telle était pourtant, au fond, la vérité — une vérité insatisfaisante. À eux tous, ils formaient un groupe identifiable de jeunes romanciers — certains plus que d'autres — dont la critique faisait l'éloge et dont les livres étaient vendus sans difficultés et traduits en d'autres langues. C'était une gloire collective, un petit peu opaque, dont l'éclat stimulait leur goût de la renommée tout en le réprimant et le frustrant. Martín était persuadé que son nouveau livre, son vieux récit, modifierait rapidement cet état de choses. Sans sortir, en fait, de son enfermement, Martín s'était laissé gagner par le torticolis de la vie littéraire madrilène. Arrêté maintenant devant la baie de son bureau, il vit Pelé et Gonzalo s'approcher de l'entrée du jardin et ouvrir le portail. Ils sortirent et le refermèrent derrière eux. Quel désagréable personnage que ce Gonzalito, revenu de Londres complètement délabré ! La présence de Gonzalo agaçait Martín. Il y avait eu un temps — dont Martín se souvenait maintenant à peine — où il avait du charme. Son immaturité, même si elle l'avait toujours irrité, avait la fraîcheur des choses qui arrivent par hasard. Même l'enthousiasme que son beau-frère avait éprouvé pour lui était doté d'une certaine grâce adolescente. Martín se rendait compte maintenant que, bien qu'il n'y eût guère prêté attention à l'époque, l'espèce de relation de maître à disciple dans laquelle il s'était retrouvé lui plaisait. Il n'en restait plus rien et c'était normal. Il était moins normal, il était au contraire irritant que ce pauvre Gonzalo eût conservé de son adolescence tout ce qu'elle avait de pis : la paresse, l'absence d'engagement, sans oublier, puisqu'il avait un peu grossi, la physionomie ; la physionomie rancie d'un adolescent de trente ans et des poussières. Comme il était difficile parfois de comprendre María ! L'association d'idées était inévitable : le frère et la sœur, qui se ressemblaient tant, et María volant toujours au secours de son petit frère. Avec les années, Martín s'était sans aucun doute habitué à cette situation et la douceur de María avait beaucoup facilité les choses. Pendant son absence, Martín avait à peine pensé à lui. Et voilà qu'il réapparaissait, la queue entre les jambes, transformé en compagnon perpétuel de Pelé. C'était absurde. Que María, contrairement à ce qu'aurait pu laisser penser sa sensibilité délicate (que Martín ne mettait pas en doute, même s'il la trouvait parfois trop simple), ne remarquât pas l'absurdité de tels rapports (qui par bonheur prendraient fin avec la rentrée des classes), voilà une chose qu'il n'arrivait pas à se mettre dans la tête. Il avait essayé de lui ouvrir les yeux mais il n'avait pas compris sa réponse. Martín était content de son fils. Fier de ses succès sportifs. Satisfait même de l'évidente distance qu'ils gardaient l'un vis-à-vis de l'autre. Martín était persuadé que Pelé lui ressemblait et qu'il gardait instinctivement avec son père les distances respectueuses qu'il avait gardées avec le sien — dont, bien entendu, il se souvenait à peine. La conviction que son fils était comme lui — bien qu'il ne lui ressemblât pas physiquement — recouvrait tout le territoire paternel de la conscience de Martín comme un dais élégant et orné. Sous ce dais, ils marchaient tous les deux, le père et le fils, maintenant des rapports de voisinage agréables et respectueux. Cette idée lui plaisait au-delà de toute mesure. Aussi convoquer Pelé dans son bureau, en certaines circonstances — le bureau du grand-père avait, bien entendu, délicieusement contribué à ce que ces formalités eussent un espace particulier et élégant auquel Martín donnait un cachet particulier en installant son fils sur une chaise à haut dossier, de l'autre côté de la table, et en s'installant lui-même en face en prenant un air grave et un peu ailleurs — au point de faire de ces convocations une coutume mensuelle, lui donnait à penser qu'il inculquait à son fils le sens du protocole et un certain goût archaïsant des bonnes manières. María s'était une fois moquée de lui — chose qui l'avait agacé, enthousiasmé comme il l'était par son idée d'une éducation non sentimentale. Il lui semblait que ces réunions particulières, si différentes du rassemblement quotidien de la famille à l'heure du déjeuner et du dîner, devaient par définition inspirer à son fils des pensées universelles et classiques très supérieures à celles qui lui étaient inspirées par tant de Pelé, tant de football et tant de sentiments maternels dont le jeune Martín avait les oreilles rebattues. Voilà pourquoi la compagnie du laxiste oncle Gonzalo, avec ses efforts pour « se mettre au niveau des jeunes » — expression et comportement que Martín détestait — lui paraissait inadéquate et condamnable. Toutefois, l'interdire lui semblait ridicule. En dernière instance, il misait sur le bon sens de son fils et espérait que, passé le charme de la nouveauté, ce serait Pelé lui-même qui abandonnerait son oncle. À ce moment-là, Martín hocha la tête et cessa de contempler le jardin pour s'installer à sa table : l'habitude de faire des incursions dans sa propre subjectivité, en quête de nouvelles nuances à apporter aux investigations de son personnage, lui apporta — avec une véhémence inhabituelle — l'image plurielle de sa femme et de son fils. Était-il concevable que Pelé prit part aux côtés de sa mère aux railleries sur le protocole paternel ? Pelé était-il satisfait de ses rapports avec son père ? María était-elle satisfaite de ses rapports avec Martín ? D'une certaine façon, cette dernière question prit le pas sur toutes les autres. Martín se souvint alors des craintes visibles à l'œil nu de María vis-à-vis de l'austère petite pièce de l'autre maison et de sa manière d'insister régulièrement pour qu'il l'abandonne et s'installe au salon. Il se souvint de la manière dont María craignait cette fascination qu'il éprouvait pour l'irréalité et le regard indirect, sans parvenir à formuler les choses ainsi, mais en laissant clairement entendre ses sentiments. Martín était resté identique, et peut-être même l'était-il plus que jamais maintenant qu'avec la mort du grand-père et, à l'encontre des scrupules comiques de sa jeunesse, il s'était transformé, grâce à María, en riche héritier et en propriétaire d'une splendide demeure à La Moraleja. Martín sourit face à son identité garantie. María l'avait-elle trompé ? L'avait-il trompée ? Martín se dit alors, ravi, que son mariage aussi, et non seulement son œuvre littéraire ou sa conscience irrépressible, garantissait sa parfaite identité. María et lui s'aimaient encore, même s'il reconnaissait que, peut-être par sa faute, surtout ces dernières années, une certaine intensité leur avait fait défaut. La quotidienneté que son personnage avait cherché à fuir et la quotidienneté de sa propre vie étaient une seule et même chose. À cela près que Martín n'avait rien fui. Il avait simplement réussi à prendre un peu de distance et à les observer tous les deux, María et lui, de la distance donnée par la réflexion littéraire. Comme il était curieux que Virginia — qu'en était-il d'elle ? — eût découvert toute seule cette différence minime qui séparait les deux conjoints ! Il était pervers — un petit peu pervers, pensa Martín, comme seules savent l'être les femmes entre elles — et néanmoins juste de dire que María avait une identité d'« once en or » : María était la valeur-or, le mètre de platine iridié qui donnait la mesure de tous les autres, des irrégularités de toutes les autres identités et qui pouvait, à force d'être inaltérable, lasser un peu. Cet « un peu plus » ou « un peu moins » dont toutes les consciences — à l'exception, peut-être, de celle de María — étaient dotées avait un indiscutable attrait littéraire. La vraisemblance en tant que moyen d'expression ne dépendait-elle pas, en fin de compte, de ce tantale de la perception, l'« un peu plus » ou l'« un peu moins » ? Martín se souvint de la façon dont Virginia lui avait déclaré qu'elle était capable d'irréalité : son secret était là. Et Martín se souvint alors du secret de leur conversation, de la promenade à la cité universitaire, qu'ils avaient gardé tous les deux d'un commun accord. Sur ce, Martín décida d'ouvrir les chemises qui contenaient le roman de l'intériorité et d'en lire les pages manuscrites. Avec une satisfaction renouvelée, comme qui se débarrasse enfin d'un mal de tête, il se sentit de nouveau en bonne intelligence avec son âme.

Si María s'était moquée de son mari au sujet des « réceptions » mensuelles de Pelé dans le bureau, c'est qu'elle voulait l'alerter sur la situation du garçon. Une situation, sans contredit, excellente qui requérait cependant de plus en plus la présence du père. Il était absurde que Pelé ne tire aucun profit d'un père comme Martín ; d'autant plus absurde que Martín pouvait à son tour tirer profit d'un fils comme Pelé. Peut-être ces solennités constituaient-elles la bonne voie, une voie originale et juste, pour qu'ils se retrouvent ! À cela près que Martín, selon María, devait se rendre compte, fût-ce de façon indirecte, du comique de la situation. S'ils prenaient tous les deux, se disait María, le père et le fils, ces réunions avec gravité et une pointe d'humour à la fois, ils finiraient par se comprendre très bien, s'amuser ensemble et ils n'en seraient que plus réels et plus heureux. María avait toujours souhaité partager avec Martín la confiance que Pelé lui vouait. Maintenant, avec le début de l'adolescence, le moment semblait opportun. Rien chez Martín ne constituait un véritable obstacle, pas même ses déprimes littéraires. Il avait beau s'éloigner et être distrait, il revenait toujours ; María et Martín s'étaient toujours retrouvés dans une étreinte. Mais les plaisanteries de María au sujet de ces « réceptions » avaient pris, à ses yeux, une autre dimension, inquiétante celle-là : avec ses plaisanteries et le comique appuyé du mot « réception » et de l'expression « visite officielle » ou « conversation de haut niveau », María cherchait très consciemment à dissimuler le fait que Pelé détestait ces réunions, une donnée qui ne servait qu'à en rendre manifeste une autre, encore plus profonde : l'aversion qu'il ressentait pour son père. C'était une méfiance qui s'était transformée ou était sur le point de se transformer en aversion, dans la mesure où, tout au long de cette dernière année et demie, Pelé s'était trouvé dans l'obligation non seulement d'éviter passivement son père, comme au cours de son enfance, mais encore de prétendre, par des actes positifs, qu'il le comprenait et l'estimait. Pelé se sentait hypocrite et, en plus, condamné pour la vie à cette hypocrisie (en effet, à l'âge de Pelé les choses ont tendance à paraître éternelles). María avait compris la situation dans ses moindres détails car son fils la lui avait exposée peu à peu, de différentes façons, plus ou moins clairement, avec des états d'âme divers, dès l'instant où Martín *avait fait attention* à lui. « Voilà ce qui se passe, il fait attention à moi comme un professeur ou un curé qui, au beau milieu d'un cours, se rend compte que tu existes et va te faire ch... jusqu'à la gauche ! » avait déclaré Pelé, furieux, en gardant le juron entre ses dents. Rien dans les raisonnements et les tentatives de persuasion de sa mère n'avait pu le faire changer d'avis. Le cœur de l'enfance et des jeux dans le jardin des grands-parents qui, maintenant, en pleine jeunesse, se dilatait facilement pour battre au diapason de celui de sa mère, ou de celui de ses amis, ou encore au diapason des étranges souffrances jamais racontées en détail de son oncle Gonzalo à Londres, se repliait, dur et racorni, devant la figure d'un père tordu, écrivain, toujours à la maison et toujours à l'écart et qui ne l'avait jamais porté sur ses épaules. Pelé avait reconnu devant sa mère la nocivité et la probable injustice d'un tel sentiment qui, cependant, réapparaissait souvent tel quel. Pelé n'arrivait pas à éprouver la moindre affection pour son père et plus il se l'avouait, plus il se sentait coupable. Le contact de ces mains brunes et osseuses le rebutait et l'air ascétique que Martín avait gardé dans sa maturité lui rappelait celui des pires curés du collège, ceux qui ne faisaient pas de sport mais des prêches en vociférant. María s'était efforcée de lui montrer le côté créateur de Martín, sa capacité à inventer de nouvelles réalités et des mondes imaginaires qui enrichissaient le réel, tout comme leurs jeux à tous les deux, lorsqu'ils jouaient aux léopards, aux Indiens et aux explorateurs de la calotte glaciaire de l'océan Antarctique, avaient enrichi la réalité quand il était plus petit. Mais Pelé rejetait, indigné, cette comparaison comme un blasphème involontaire de sa mère. « Je ne supporte pas que tu oses comparer nos trucs avec les siens, ces merdes qu'il écrit ! » Pelé, si raisonnable et si doux en toute chose, était implacable sur ce point, et tout ce que María avait réussi à obtenir, profitant un petit peu de son sentiment de culpabilité et de son bon cœur, c'était qu'il accordât à son père un peu de temps — une sorte d'« occasion » comme en réclament les éternels aspirants toreros — et qu'il prît avec un certain humour les formalités paternelles en se souvenant toujours que son père était, au fond, un grand timide. Cette timidité de Martín — à laquelle María elle-même croyait peu ou prou — avait été un recours, voire un truc, de sa mère pour changer avec quelque chance de succès la lumière qui éclairait les scènes entre le père et le fils. Pelé, qui n'était guère timide, évoquait souvent la timidité de ses camarades et leur accordait, en général, une attention spéciale s'ils en étaient atteints : María avait presque réussi à lui faire comprendre que la rigidité de son père procédait en partie d'une très profonde timidité jointe à de l'orgueil. Le succès n'avait pas été complet, mais il y avait eu une éclaircie lénifiante : Pelé était sorti des dernières « réceptions » en parlant des difficultés de son père à s'exprimer en termes simples, chose qu'il fallait attribuer, disait-il enfin, à un fond d'étrange timidité joint à sa nullité en foot et à un orgueil dément. María avait ri de son analyse et lui aussi, peut-être pour la première fois de sa vie en parlant de son père. Ils parlaient aussi dernièrement plus tranquillement de Martín, et Pelé avait à plusieurs reprises, de façon beaucoup moins tendue, glissé dans la conversation l'idée que les écrivains étaient, en règle générale, très timides,. Ce à quoi il ajoutait que si tous les gens, écrivains et non écrivains, abstraction faite de leur adresse et de leur âge, essayaient de disputer une fois par semaine au moins un petit match amical entre collègues, ils auraient tout à y gagner. María avait de bon cœur applaudi à cette suggestion et lui avait confié en secret que, plus tard, peut-être avec la grand-mère et la bonne en guise de public, toute la maisonnée, Gonzalito et Martín recevant le renfort du jardinier, du chauffeur et d'elle-même, disputerait peut-être un bon match par semaine sur le petit terre-plein du potager et qu'on pourrait demander à un menuisier de faire des cages réglementaires. Et elle avait été à deux doigts de raconter ce projet fantaisiste à Martín au moment où ils bavardaient sur l'oreiller avant de s'endormir. Peut-être que Martín, avec sa sensibilité d'écrivain, d'auteur de prose poétique et de philosophe, y percevrait le véritable humour anglais ! Et elle aurait fini par le faire si Virginia n'avait pas téléphoné, un beau jour, à l'aube, de Barajas pour dire que Waitzenbecker et elle s'étaient séparés et pour demander à María si elle pouvait la recevoir sur-le-champ parce qu'elle venait juste d'atterrir à Madrid dans un état de désespoir complet.

Cela faisait déjà une heure qu'elles parlaient, assises sur le lit de la grande chambre à coucher de María qui avait été jadis celle des grands-parents, et elle n'apercevait nulle part, grâce à Dieu, ce désespoir que Virginia avait annoncé. Son état d'âme rappelait plutôt une plaine — peut-être la pampa — où tout, jusqu'au plus intolérable, était expliqué pour en arriver à l'explication que Virginia rejetait — la crise avait été, semblait-il, surtout verbale, son fondement, l'infidélité de Waitzenbecker, caché sous un mélange d'altercations et d'invocations, son honneur, l'honneur de l'Espagne et celui de la colonie espagnole de Buenos Aires. Sur ce point, María, qui ne voyait pas le rapport, avait un peu perdu le fil. Peut-être le désespoir, pensa María, prend-il l'apparence d'une plaine, avec des *call-girls* portègnes, de grandes journées d'*asado**, plus

* Repas en plein air très courant en Argentine où l'on fait rôtir quartiers de viande et abats à la broche ou sur le gril. (*N.d.T.*)

l'honneur de l'Espagne et l'honneur de Virginia, plus les voyages à New York, plus les mannequins pour cocktails, le tout pris en bloc ; mais on aurait plutôt dit de la mauvaise humeur et de la lassitude que du désespoir... Peut-être le désespoir de se sentir lasse. Quoi qu'il en fût, Virginia racontait et n'arrêtait pas de raconter comment en pleine nuit, sa maîtresse avait téléphoné, parce qu'elle avait une crise d'appendicite, et Virginia avait dit : « Ça suffit ! » María avait, bien entendu, éclaté de rire à plusieurs reprises. Et Virginia, en l'entendant, tout comme jadis, et en évoquant même au passage des scènes comiques de leur jeunesse, avait recouvré son entrain d'autrefois et son mordant au point de donner par moments l'impression que c'était presque une gloire que ce dépravé de Waitzenbecker eût un *love-nest* dans le meilleur coin de Palermo et lui mentît comme un arracheur de dents. María pensa que le processus s'inverserait sûrement et que, une fois passée l'euphorie du premier inventaire et des retrouvailles, apparaîtrait le véritable désespoir — ou autre — et que Virginia coulerait à pic. Voilà pourquoi elle l'invita à rester à la maison tout le temps qu'il faudrait. Virginia accepta, reconnaissante, l'invitation et, traînant sa valise de jeune mariée, se transporta avec María vers la grande chambre d'amis — qui avait une salle de bains privée — et elles se mirent toutes les deux à défaire la valise d'où émergea d'abord — ce fut à peu près la seule chose qui émergea — un élégant tailleur de cuir fauve, plus les chaussures et le sac assortis, que Virginia revêtit pour montrer à María que, du point de vue de la silhouette et de la sveltesse, elle était restée la même, un tailleur très moulant qui moulait son ossature et lui allait à ravir, comme l'affirma María enchantée de voir que Virginia arrivait à se changer les idées et annonçait qu'elle descendrait déjeuner avec toute la famille.

De son poste à la salle à manger, en tête de table, face à Martín qui occupait le bout opposé et qui avait la grand-mère à sa droite et Virginia à sa gauche, María observa ses cinq commensaux. Pelé était le dernier à se servir les haricots verts cuits à la vapeur et les tomates au four. Tous les autres avaient déjà commencé à manger. La conversation, que Virginia avait jusque-là animé un petit peu par à-coups, était retombée. María en profita pour annoncer que Virginia resterait quelque temps chez eux. « Ça va ressembler à un collège », murmura Pelé en regardant son oncle. « L'étude aura lieu tous les soirs, de sept heures à neuf heures, au salon », ajouta Gonzalito. « Et moi, je serai la mère supérieure ! » s'écria Virginia. « Et grand-mère sera professeur de gymnastique, n'est-ce pas, grand-mère ? » Pelé s'était affectueusement tourné vers sa grand-mère pour voir si sa plaisanterie l'amusait. En effet, elle souriait. Et elle répondit avec une certaine grâce : « Ne vous occupez pas de moi. Je serai la petite fille qui est toujours à l'infirmerie et qui se couche tôt. » — « Pareil que Moncho, un gars de ma classe, chez lui tous les enfants se couchent à huit heures parce que leur père est naturiste et ils vivent au rythme du soleil. » — « En Argentine, la nature est devenue très à la mode ces derniers temps, plus personne ne veut manger de viande, seulement des carottes crues et des salades macrobiotiques ! » annonça Virginia. « C'est quoi les salades macrobiotiques ? » voulut savoir Pelé. « Macrobiotique, expliqua Martín, c'est l'art de vivre très longtemps. » — « Rien qu'avec des salades ? ajouta Pelé. Tu parles d'une vie ! » María pensa qu'elle avait devant elle un tableau enchanteur, tous ceux qu'elle aimait étaient rassemblés autour d'une même table et parlaient de nourriture macrobiotique ! Il ne manquait plus grand-chose pour que la réalité devînt compréhensible et paisible ! Virginia, qui était descendue au dernier moment avait fait une entrée fracassante avec sa jupe de cuir fauve moulante et un élégant chemisier de soie bleu. En vérité, la réalité sens dessus dessous de Virginia n'avait précisément rien de paisible ni de compréhensible. María se sentit tout à coup coupable d'une certaine frivolité : cette façon de se laisser depuis un bon moment enchanter par la surface heureuse d'un déjeuner en famille ! C'était une tendance qu'elle avait, de plus en plus prononcée avec les années et qu'elle devait surveiller, à s'arrêter, enthousiasmée, sur l'instant de bonheur, sur la cohérence et la plénitude apparente du réel, sur la beauté immédiate du massif de pétunias blancs ou d'un peuplier vert, très grand, tintinnabulant dans le vent. « *Des arbres, je viens, mère,* pensa María. *De voir comme le vent les berce.* » María trouva à ces deux vers une immense beauté qui reflétait ses propres enthousiasmes subits face à l'exactitude glorieuse du monde. Elle reconnaissait cependant l'inexactitude du monde comme la chose la plus fréquente, même dans une vie comme la sienne traversée de part en part depuis l'enfance jusqu'à aujourd'hui par le sentiment de se trouver dûment insérée dans la totalité de l'être réel. C'était là que commençaient toutes les ouvertures, toutes les résolutions de sa vie résolue se fondaient sur cette grande confiance qui, dans des occasions comme celle-là, devant tout son monde rassemblé, tournaient, argentées, sur elles-mêmes, comme le dos rapide des poissons dans la darse, hautes comme la voix inépuisable d'une grande soprano, expliquant tout, rendant fertile et facile la patience quotidienne. Mais il fallait prendre garde de ne pas gommer, au nom de ces instants privilégiés, les difficultés réelles qui guettaient tous ses êtres chers et elle-même, la réalité incluant toujours la difficulté dans sa grandeur. Pelé s'était resservi et avait pris tous les haricots verts qui restaient dans le plat. La bonne changeait déjà les assiettes. Martín avait une vive conversation avec Virginia, la grand-mère parlait avec Pelé. Gonzalito buvait à grands traits l'eau de son verre. Il y avait au moins une pause. Et María se sentit profondément reconnaissante.

L'aspect physique de Gonzalo avait terriblement surpris Virginia. Plus que surprenant, c'était scandaleux ! On ne peut plus bizarre. Très bizarre. Elle se souvenait du Gonzalito de la matinée gris bleu de son mariage précipité — maintenant, elle s'en rendait compte — avec Rómulo Leonardo Waitzenbecker. À vrai dire, elle n'avait pas beaucoup pensé à lui. Elle n'avait presque pas pensé à lui pour lui-même. Mais elle avait beaucoup pensé à lui en tant que Madrilène, en tant que membre de son monde, des siens, des êtres qui lui appartenaient à elle et à María : Virginia avait pensé à Gonzalito comme à une sorte de condensé de tous les garçons de sa patrie. Une chose patriotique. Et elle se souvenait d'un Gonzalo qui était toujours pareil : un Gonzalito blond, beau et grand, dont les mains, gravées dans sa mémoire, étaient doréesbrûlées. Tout le monde avait droit à l'indulgence plénière de la mémoire de Virginia qui fonctionnait à plein gaz à Buenos Aires : tout ce qui était espagnol étincelait. Aussi, quand elle parlait de Madrid et de María — et elle en parlait souvent, afin de jeter de la poudre aux yeux des pochardes psychotiques du club, dont elle était sûre et certaine qu'elles persistaient à l'appeler dans son dos « l'Espagnole » —, elle ajoutait par principe que Gonzalito était très beau. Dire « il est d'une extrême beauté » revenait à dire « grand d'Espagne » ou « milliardaire ». C'était très satisfaisant de pouvoir dire cela et de savoir qu'en plus c'était vraiment vrai. Regardant le Gonzalito actuel, laid, terne, l'air crasseux, Virginia se souvint de l'orgueil avec lequel elle parlait à Buenos Aires de la beauté du frère de son amie intime. Cette caractéristique avait servi, du moins en parole, à délimiter radicalement les Espagnols amis-amis des autres Espagnols, les non-beaux, s'entassant à l'extérieur et dans cette ténèbre qu'était le fait de ne pas jouir de son amitié. Virginia vantait le talent de Martín, le prochain prix Nobel espagnol, le charme de María et la grande beauté de Gonzalo. Il était fascinant que les hommes fussent beaux — fascination qui, dans la conscience de Virginia, se produisait tout à fait indépendamment des vantardises calculées pour embêter les Argentines psychiatrisées. Fascinant : parce que, aux yeux de Virginia, il ne semblait pas qu'ils fussent beaux de plein droit. De beaux narcisses, beaux par rajout, par malice, par contamination, par ricochet en prenant pour point de référence les femmes : la beauté était un bien qui appartenait aux femmes. L'homme et l'ours. Comme *beautiful* était beau employé pour des garçons ! Et plus encore en anglais, où le mot n'est pas employé non plus, sauf par les tapettes ! Dire *beautiful*, c'était les effleurer de leur fugace antagonisme. Et Virginia — dont la sexualité était confuse et épineuse — se disait souvent en son for intérieur (elle le disait en fait à tout le monde : c'était l'un de ses grands sujets de conversation, moyennant quoi, dans certains clubs privés de Buenos Aires, on la prenait pour une nymphomane refoulée) : il n'y a rien de plus doux que le visage d'un gosse qui vient de se raser. C'était une abstraction émotionnelle. Une image irréelle. Et c'était une image qui s'était gravée dans sa mémoire en superposant le visage remémoré du frère de María aux visages de tous les garçons d'un âge avoisinant qu'elle voyait. Dès le premier jour, tout au long de ce premier déjeuner, elle se livra du coin de l'œil à un examen minutieux : laid, enlaidi : il n'y avait pas d'autres mots. C'étaient les traits harmonieux de María et de son père et de sa mère, c'étaient les mêmes cheveux blonds, c'étaient les mêmes mains larges et élégantes terminées par de beaux ongles : tout était pareil : terni : tout le charme avait disparu : exsangue : le teint terreux, des traits figés et morbides. L'enfant, en revanche, c'était autre chose ! Alors, lui, oui, il était beau ! Et comment ! Aux yeux de Virginia, Pelé resplendissait comme les feuilles tendres des arbres. Gonzalito, en revanche, même de loin, même entrevu, et même si on le regardait à peine, avait l'air de sentir mauvais, de sentir la rue, la laine, le métro de Madrid, la pauvreté brutale et agressive, la misère. Pelé, en revanche, fleurait bon : un jardin touffu après la pluie. Quelque chose d'une grande délicatesse. Gonzalito, par conséquent, était un traître qui n'avait pas su rester fidèle à l'image remémorée. Tout un chapitre à méditer ! pensait Virginia.

Ils s'assirent tous dans le salon pour prendre le café. Virginia fit tout ce qu'elle put pour s'asseoir près de Pelé, ou juste en face. Elle se rendit compte alors que Gonzalito, l'ancien beau, faisait de même : Gonzalito faisait, lui aussi, tout ce qu'il pouvait pour se rapprocher de son neveu. Sans rien remarquer, Pelé s'assit sur l'accoudoir du fauteuil de sa grand-mère, son propre bras posé sur le dossier, bavardant ainsi avec le sommet de la tête de la vieille dame qui se penchait légèrement en arrière afin de voir le petit visage de son petit-fils qui avait l'air de flotter dans les hauteurs, se découpant sur le plafond. Virginia remarqua que, conséquence du choix imprévisible fait par Pelé pour s'installer, Gonzalito avait dû se contenter de rapprocher une chaise du fauteuil de sa mère, arrangement à l'évidence provisoire et qui, selon Virginia, n'avait rien de confortable. María servait le café à un bout du canapé longeant une table basse d'acajou. Martín s'était assis à gauche de sa femme, au milieu du canapé, et Virginia, la dernière à s'asseoir, finit par se mettre à gauche de Martín, à l'autre bout. Si bien que les six occupants de la pièce s'étaient partagés en deux groupes nettement différenciés. Et Virginia pensa qu'il était étrange que, au sein d'un si petit groupe, on pût déceler des mouvements de population si singuliers et si nets. Et elle remarqua aussi que, une fois installés, ces deux groupes, au début, ne communiquaient entre eux que par l'intermédiaire des gestes complémentaires de María servant le café et de Pelé distribuant les tasses, puis, pendant la réunion plutôt morne qui dura une demi-heure, uniquement par l'intermédiaire de l'incompréhensible dialogue fait de regards, de phrases isolées et de sourires qu'échangeaient la mère et le fils. La grand-mère participait à cet échange comme si elle figurait dans un tableau : son petit-fils avait l'air de la tenir en l'air dans le demi-cercle aérien de ses bras et María de la recevoir sur terre dans la ligne horizontale des sièges que les deux femmes occupaient. De ce rapport qui rappela à Virginia une peinture religieuse du XVIIe siècle espagnol, était exclu Gonzalito, le nouveau laid, qui n'ouvrit pas une seule fois la bouche et qui s'agitait sur sa chaise, soit en posant ses coudes sur ses genoux et en se prenant la tête entre les mains, geste qui conférait à ses traits diffus un petit air chinois et triangulaire, soit en croisant d'un mouvement arrogant ses jambes et en faisant glisser son bras, le corps penché sur le côté, sur le haut du dossier de sa chaise d'un air insolent et impatient. Virginia décida que le nouveau Gonzalito ne lui plaisait guère. La grand-mère fut la première à se lever. Et Pelé prit la place libre. Indignée, Virginia se dit : cet idiot de Gonzalo va s'installer sur l'accoudoir du fauteuil. En effet. Virginia partit d'un éclat de rire qui fit désagréablement sursauter tout le monde, un éclat de rire bref et acide, exempt d'allégresse. « Je ris parce que je viens de me rappeler que Waitzenbecker, le roi des idiots, avait pris l'habitude de toujours s'asseoir sur l'accoudoir du fauteuil de la plus belle femme de l'assemblée, le fieffé imbécile ! » Martín aussi s'en allait déjà. María s'était de nouveau enfoncée dans le canapé et semblait disposée à prolonger la séance pour Virginia. Virginia avait envie de bavarder.

Gonzalito parlait tout bas avec Pelé. Virginia les interrompit de son intonation la plus incisivement douce : « Eh, mon petit gars, il faut que tu me racontes tout sur le football, car ton père m'a dit que tu étais un vrai champion, j'espère que j'arriverai à te voir jouer, je suis ravie de te voir si élancé et si costaud, parce qu'il est très, très costaud, María, ton garçon, il est beau comme un dieu, toutes les filles vont en perdre la tête, viens t'asseoir à côté de moi et de ta mère, tu dois déjà avoir deux cents filles folles de toi à tes trousses, n'est-ce pas ? » Pelé se leva en tirant sur les jambes de son blue-jean d'un petit air canaille qui lui allait à ravir et qui n'enlevait rien à ses manières d'ordinaire simples et directes. Gonzalito se leva et fit, en hésitant, un tour dans la pièce. « Ne t'en va pas, Gonzalo, restons tous les quatre ici pour bavarder un peu ! » s'écria aussitôt María. Virginia et Pelé parlaient tous les deux en même temps du River Plate : Pelé voulait savoir si Virginia connaissait les joueurs. Gonzalito s'assit dans le fauteuil que la grand-mère et Pelé avaient occupé. María parlait avec la bonne qui venait chercher le service à café. Tout en parlant de football avec Pelé, Virginia pensa qu'une grimace amère, dont il était difficile d'identifier l'auteur, assombrissait ce confortable salon.

Les jours passaient, tels les poissons de ce gigantesque aquarium ensoleillé qu'était le jardin, avec la voûte céleste en forme de cloche clôturant le paradis terrestre qu'était devenu la maison des grands-parents à La Moraleja, maintenant que, tous réunis, ils dormaient ou se reposaient dans leurs cellules ou allaient et venaient dans une maison transparente ou translucide et palpitante dans l'air ambré de l'automne qui approchait et mènerait Pelé et Gonzalito, l'un au collège et l'autre dans un nouvel appartement, et qui, en raison du désespoir provoqué par ce dépravé de Waitzenbecker, rendait Virginia profuse et pleine de ferveur, Martín soudain éveillé, gai et perplexe, et María heureuse, lorsqu'elle les contemplait tous sous la lumière miellée et puissante de cet instant des derniers jours de l'été qui se prolongeait, semblait se répandre et sourdre en même temps comme une gigantesque source, accumulant et consommant tous les temps passés de leur vie à tous et de sa vie à elle en un acte d'amour et de présence majestueusement simple. María pensait que si elle avait la patience d'attendre que le poids de tout ce bonheur et de cet instant prolongé s'accomplît dans son parfait achèvement, le futur deviendrait reconnaissable et paisible, et tout ce qui aurait pu être différent et nocif serait fidèle à ce qu'il pouvait être et tendait déjà à être un peu devant ses yeux comme si c'était pour l'éternité. Plongée dans la félicité transparente de son amour qui se démultipliait en attentions aux tâches que lui imposait une grande maison avec deux invités à demeure, elle ne voyait pas que le grand jardin des grands-parents était resté le jardin de l'enfance et de la paisible apparition et réapparition des mystères sacrés uniquement pour elle et pour Pelé. Peut-être la grand-mère, dans son recueillement — qui ressemblait parfois un peu trop à un simple recroquevillement —, voyait-elle, elle aussi, la même chose. Mais Gonzalo, Virginia et Martín voyaient d'autres choses et sentaient, chacun de son côté pour le moment, qu'ils échangeaient entre eux des signes aveuglants comme dans la nuit trouble de l'océan, électrisés et enfermés dans un jardin des délices où le plaisir et la douleur, le conforme et le difforme jaillissaient en même temps, comme ivres. Virginia avait l'impression de se trouver en permanence entre deux lumières, avec un ou deux verres de trop, même si elle passait la journée à boire du thé, ne goûtant jamais l'excellent vin du grand-père aux repas, et de participer à une incessante compétition pour montrer aux autres et se convaincre elle-même qu'elle était capable de marcher d'un bon pas sur le bord d'un trottoir sans perdre l'équilibre, fût-ce une seule fois. Elle avait l'impression d'être le conducteur suicidaire qui roule en sens contraire et le divin pasteur des âmes, le tout à la fois. Elle était comme ivre d'anis et examinait les consciences à la loupe. Depuis qu'elle était arrivée à Madrid, depuis le premier déjeuner pris dans la maison de María, Virginia savait où en étaient les âmes. Une tâche qui, contrairement à ce que l'on pourrait supposer, impliquait d'innombrables fatigues physiques et une dose considérable d'observation empirique. Elle avait parfois l'impression de ne pas avoir assez d'yeux pour tout observer convenablement. L'aspect négligé de Gonzalo et ses manœuvres au moment du café, pour ne prendre qu'un seul exemple, manœuvres qui s'étaient répétées et auxquelles de nouvelles pensées de Virginia avaient donné des teintes fort vives, sans compter toute sorte de nouveaux incidents qui collaient avec l'hypothèse de travail initiale, de tout cela il lui fallait en parler avec Martín. Avec Martín justement, et non avec María, contrairement à ce qui aurait pu sembler naturel entre deux amies de si longue date, parce que, qu'on soit d'accord ou pas, María était sa sœur, ce qui pouvait rendre les choses un petit peu délicates. Et de plus, sans grand intérêt — ce qui, dans les sciences expérimentales les plus pointues, est une qualité esthétique négative qui invalide certaines démonstrations et certains modèles mathématiques cherchant à faire voir clairement ce qui doit être démontré. Pour le moment, Virginia portait son hypothèse comme un panier posé sur la tête, plein à ras bord de sardines, qui l'obligeait à marcher d'un pas souple et gracieux pour que les glissants poissons ne glissent pas. Indépendamment de cette affaire, Virginia avait gratifié son amie d'un résumé de sa séparation émaillé de vastes parenthèses herméneutiques où le pathos ne faisait guère défaut. María avait donné l'impression, pauvre créature, de ne pas très bien comprendre, ni la raison véritable et réelle de l'emportement qui avait fait passer en douze heures et sans avertissement préalable Virginia de Buenos Aires à Madrid, ni ses véritables sentiments, ni ceux de Rómulo Leonardo Waitzenbecker à ce sujet. Mais ses rapports avec María étaient extrêmement faciles et il était extrêmement facile de la rassurer — comme Virginia eut l'occasion de le vérifier et de s'en souvenir, ravie — si l'on invoquait passionnément le cœur. Tout son être était un cœur. Elle avait toujours été ainsi et continuait de l'être, et même plus que jamais. Le cœur était une métaphore et un organe qui avaient fini par faire mourir Virginia d'ennui. Waitzenbecker aussi avait une propension à rendre son cœur responsable de tout son baratin et voilà comment tout s'était terminé ! Dans les explications qu'elle avait données à María, Virginia avait essayé d'être minutieuse, sérieuse, et de le paraître ; elle avait, bien entendu, consacré trois jours consécutifs à cette histoire, les trois premiers jours, découpés en séances du matin, de l'après-midi et du soir, et même après, déjà comme un poisson dans l'eau dans le jardin des délices récemment découvert, elle glissait encore, lors d'apartés particuliers, des fragments complémentaires de remords, de reproches et de doutes au sujet de la dramatique décision qu'elle avait prise d'abandonner l'infidèle à Buenos Aires ; tout cela était à la fois très sérieux et mis entre parenthèses, comme si dans les sentiments et les pensées des récits composés à l'intention de María il y avait ce que Virginia sentait et pensait pour de bon — et, à coup sûr, au tout premier plan, l'affection profonde et sincère qu'elle éprouvait pour elle —, à ceci près que tout se passait comme s'il s'agissait d'un trésor mis en lieu sûr (María jouant le rôle de coffre-fort et de conseillère déléguée à vie de la banque de son esprit) qu'il eût été dommage de gaspiller dans les petites choses de la vie quotidienne, où une certaine dose de mauvaises intentions, de piaillements et d'égoïsme est davantage au goût du jour. Voilà pourquoi on ne pouvait pas dire que Virginia n'était pas sincère avec María, elle était simplement réservée ou en état d'apesanteur. Le cœur de Virginia — pour parler une fois de plus de cœur — n'était ni dans sa séparation, ni dans sa vie antérieure, ni à Buenos Aires, mais tout entier dans la maison de María, plongé dans la fascination présente de ce qui se passait maintenant et de ce qui, à partir de maintenant, devait advenir. Et pour ne pas donner au destin plus de temps que celui qui était strictement indispensable, Virginia décida d'interpeller Martín dans son gîte, étant entendu que c'était l'endroit le plus discret de la maison. Aussi, par une matinée des tout derniers jours de septembre, moulée dans sa jupe de cuir et exhibant un nouveau chemisier de soie, imprimé cette fois, un pénétrant camaïeu de tons d'automne qui mettait en valeur le teint cuivré pris par sa peau depuis qu'elle était descendue de temps à autre à la piscine avec Pelé, aussi frappa-t-elle à la porte du bureau du grand-père et Martín la conduisit-il jusqu'au fauteuil de cuir rouge, alors qu'il s'installait dans l'autre, où Virginia allait dorénavant se trouver parfaitement à sa place. Martín était beau en pull — aussi beau que jadis. Virginia se souvint en s'asseyant combien l'impressionnaient des années auparavant le bruit du clavier de la machine à écrire de Martín dans la petite pièce de l'appartement et la présence austère, si caractéristique, de cet homme enfermé dans cette même pièce en train d'écrire des romans. Comme le temps passe ! Et comme une femme change dans la vie ! Martín se dépêcha d'annoncer que Virginia n'avait pas changé du tout. Et, à vrai dire, lui non plus n'avait pas changé. Virginia ne parvint pas à le dire et la rétention de cette information fonctionna comme une catapulte qui projeta la conversation vers les sommets. Pendant que Martín pontifiait sur la dissolution de la subjectivité et l'absence de grands penseurs de la subjectivité de nos jours, Virginia parcourait d'un doigt mental au bel ongle poli et à l'extrémité tendre et hypersensible le profil cendré de Martín, léché par la lumière stricte de cette matinée de septembre, sa barbe bleue et carrée taillée au cordeau. Une enivrante tête masculine. Virginia aurait bien donné la moitié de sa vie pour pouvoir allonger le doigt de son esprit et caresser son délicieux menton. En cette circonstance, la chasteté avait pour vertu de donner de la vivacité à la conversation. Virginia laissa plusieurs fois sa pensée divaguer — et Martín dut répéter ses paroles —, se disant qu'entre toucher et ne pas toucher un menton fascinant, il y avait un abîme millimétrique que la civilisation comblait par des mots. Une demi-heure passa ainsi sans que Virginia pût se souvenir de ce qu'elle était venue lui annoncer. Elle avait vaguement l'impression qu'elle était venue dans ce bureau pour rendre plus aisé le cours du destin en discutant avec Martín de quelque chose d'essentiel les concernant tous. Mais qu'était-ce ? C'était, c'était... Elle s'en souvint enfin dans un sursaut involontaire et profita d'une pause de Martín pour dire : « Martín, tu ne trouves pas que Gonzalo est devenu très bizarre ? » Il prit son temps pour répondre et Virginia craignit d'avoir mal compris la signification de la pause qui était peut-être rhétorique et destinée à renforcer la phrase précédente par un silence subit. Maintenant Martín faisait une nouvelle pause, les yeux fixés sur la large baie. À cause de Virginia ? Une pause furibonde ? C'était tout compte fait une pause réflexive qui donna lieu à une réponse tranchante : « Pour ma part, je ne le trouve pas présentable. J'ignore ce qu'il a bien pu faire à Londres. Mais il est devenu un vrai flemmard. Enfin, ce sont des trucs de María. » Le plaisir ne suffisait plus à Virginia. Que leurs avis concordent sur des abstractions n'était pas aussi plaisant qu'on l'aurait cru ! Ce qui l'était, c'était un accord comme celui-ci, au contenu concret et lourd de sens. « J'y pensais l'autre jour, beau comme il était, maintenant je le trouve fané, défait. Il a la peau flétrie, tu ne trouves pas ? » — « Je trouve ce que j'ai toujours trouvé, il a été mal élevé, depuis tout petit. La pauvre María en est un peu responsable — sans l'être vraiment. Il faudrait qu'il travaille... » « Je suis d'accord », déclara voluptueusement Virginia, ne pouvant éviter que la simple idée d'un Gonzalito au travail n'ajoutât à cette scène d'une mollesse automnale quelque chose de dramatique. « Je trouve, moi, Martín, que Gonzalito a un problème métaphysique... » — « Gonzalito ? Non, je ne crois pas. Son problème est d'ordre pédagogique. Quand je l'ai connu, il se posait déjà et il l'a toujours entre les pattes. » — « Mon hypothèse, dit Virginia d'un ton à la fois docte et hésitant, mon hypothèse est qu'il regrette sa jeunesse perdue. C'est pour ça qu'il est toujours fourré avec Pelé… » — « Oui. Ça ne me fait pas plaisir, tu peux me croire. Heureusement que les vacances se terminent et que Gonzalo va, semble-t-il, louer un appartement. Le fait est que ce n'est pas l'argent qui lui manque ! » — « Je voulais dire que Gonzalo cherche en Pelé un compagnon de jeu qui lui ressemble et qui porte en lui la gloire de sa jeunesse perdue. » — « Pelé ne ressemble pas du tout à Gonzalito. Il me ressemble beaucoup plus qu'à la famille de sa mère. » — « Je suis d'accord ! » annonça Virginia à toute vitesse. Le ton de Martín avait été foudroyant. Quel homme délicieux ! « Pourquoi, Martín, ne parlons-nous pas de nous ? La dernière fois que nous nous sommes vus, tu te rappelles ? nous avons tout le temps parlé de María… J'adore parler avec toi. J'ignore comment, mais tu me rassures. Je ne sais comment dire. Vous, les écrivains, vous avez le pouvoir du réel, une sorte de force — comment dire ? — cosmique et en même temps séduisante, comme si vous chuchotiez en parlant… » — « Toi aussi, tu es séduisante, Virginia. Tu es revenue différente. Je t'ai beaucoup observée ces derniers jours… » Virginia se leva de son fauteuil et fit un demi-tour dans le bureau, en esquissant les pas d'un demi-paso doble. Comme Martín avait changé ! Quelle merveille !

Virginia quitta Martín transfigurée. Martín était transfiguré et elle, pareil. Ils étaient tous les deux transfigurés. Transférés vers leur nouvelle figure à tous deux, car chacun se figurait l'autre pareil à lui — circonstance aggravante, circonstance cosmique, ils ne pouvaient encore être sûrs, ni l'un ni l'autre, que ce que chacun d'eux se figurait de l'autre était la même chose que ce que chacun se figurait de lui-même. Et leurs figurations à tous deux, le fait qu'ils étaient tous les deux sortis et tombés l'un sur l'autre, flottaient, hypostasiées, sur tous les deux et sur le jardin des délices de la maison comme la blanche trace archangélique que laissaient dans le ciel d'automne les réacteurs des compagnies aériennes décollant en permanence de l'aéroport de Barajas. La maison des grands-parents à La Moraleja avait ce charme surnaturel que les plus hauts cercles de son ciel étaient traversés par le sillage des anges. Une véritable invitation à l'amour. Aussi Virginia se retint-elle et toute une semaine durant assista-t-elle à des petits déjeuners, des apéritifs, des déjeuners, des thés, des dîners et des promenades dans les sentiers du jardin et du potager sans avaler une bouchée et sans reparler avec Martín. María s'inquiétait de cette anorexie foudroyante et lui montait du bouillon et quelques minuscules feuilletés aux anchois tout frais au milieu de la matinée et le soir, qu'elle acceptait de dévorer par petites bouchées. Martín, en revanche, jasait comme une pie et avait une faim de loup. Ce qui veut dire que María organisait simultanément une suralimentation et un viatique minimal pour accompagner le tout récent voyage dans les cimes de son mari et de leur amie. Et bien qu'elle ressemblât, évidemment, à une nonne idiote qui va du chœur à l'égout et vice versa, ni elle ni aucun des deux autres ne le remarquait : María parce qu'elle les aimait et que se donner de la peine pour eux lui semblait chose naturelle, et, quant à eux, parce que, à partir de maintenant, ils allaient aimer María plus que jamais et dans la boursouflure et la contorsion des lourdes intentions de leurs âmes n'entrait pas la bassesse de penser que, par-dessus le marché, María était une pauvre imbécile. Maintenant ils la considéraient, bien entendu, comme une sainte ! Et personne ne bougeait. *Noli foras ire*, se disait tout un chacun à part soi. Pourquoi ? Tous les yeux des présents se regardaient mille fois entre eux. Gonzalo aussi se lassait et ne se lassait pas de regarder. En ce qui concerne María, il est vrai qu'en revenant dans la maison de ses parents, dans le lieu de son enfance, en se souvenant de la nourrice Rosi — qui était, en fait, morte au début de l'été —, elle avait repris goût à la vie dans une demeure patriarcale, entourée de beaucoup de gens dépendant tous les uns des autres dans un rapport contredisant, sans qu'elle le sût, la dialectique du maître et de l'esclave. Examinant les quinze années solitaires de femme mariée qu'elle avait passées dans l'appartement d'Argüelles, elle trouvait que sa vie actuelle était presque une récompense, et de ce fait, comme une conséquence incontestable, également une responsabilité. Et cela impliquait, bien entendu, l'obligation de regarder les autres et de faire attention à eux ; une façon de regarder différente, cependant, des regards de son frère, de son mari et de Virginia, dans la mesure où sa finalité était l'attention et non l'indiscrétion. L'entrecroisement de tous les regards engendrait une sorte de visibilité superlative qui affectait non seulement les objets spécifiques que chacun regardait mille fois, mais aussi tout objet en général, alternativement dans le champ du regard et hors de son champ, parfois en marge et présent parmi d'autres et d'autres fois présent en tant que tel, se retrouvant ainsi comme surfilé sur les yeux et les coins des yeux de toutes les consciences en question. On pouvait fort bien dire que dans une telle situation pas un seul poil de qui que ce fût ne tombait sans que quelqu'un — et presque toujours plusieurs — ne le remarquât. Prise à contre-poil, c'était une situation providentielle. La perspicacité généralisée était si grande et surtout si électrique que tout cela formait un aimant aux dimensions gigantesques, personne ne bougeait et le monde étincelant de la vieille maison et du jardin des grands-parents où María et Gonzalito étaient nés et avaient été enfants, où Pelé et sa mère avaient joué à se métamorphoser en nobles Peaux-Rouges, projetait des étincelles multicolores. On était donc conscient à un degré suprême. Ce qui ne signifie pas qu'on comprenait bien les choses. Ces regards continuels étaient asphyxiants : une reduplication inutile de l'attention qui embrouillait tout et qui faisait que chacun gardait par-devers soi le mystère de son être. Les ignorances mutuelles étaient colossales et le manque d'égards aussi. Mais il y avait en même temps un bonheur, comme l'oxygène contenu dans ces hautes bonbonnes verticales qu'on relie avec un masque au malade, qui semblait pur et éternel. Pelé entrait au collège le premier octobre, c'est-à-dire le lendemain même. Maintenant, c'était la veille, l'après-midi de la veille, dans le jardin, après le thé. « Tu vas me manquer », dit Gonzalito. « Toi aussi, tu vas me manquer », rétorqua Pelé, plongé momentanément dans l'écholalie de cette situation créée de toutes pièces par son oncle. Le doux crépuscule était ambré sous les cerisiers qui ployaient en juin sous les cerises. Le vent soufflait librement. Gonzalito et Pelé s'étaient assis en tailleur, comme des Indiens. L'un en face de l'autre, si bien qu'entre leurs jambes il y avait un espace, comme un canal que tous deux regardaient fixement en parlant. La conversation s'était mise à stagner avec le crépuscule au point de devenir muette — ou presque muette — et de se transformer en pur sentiment. Pelé se sentait tout triste, le cœur gros, non pas parce que les vacances se terminaient et qu'il allait devoir retourner au collège — chose qui, tous les ans à la même date, lui mettait en général le cœur en fête —, mais parce que son oncle avait tant souffert à Londres qu'il n'avait pas suffi de lui consacrer tout le reste de l'été, depuis la mort du grand-père jusqu'à ce moment précis et bizarre qu'ils étaient en train de vivre, pour le consoler. Pelé avait le sentiment qu'il s'apprêtait à abandonner son oncle Gonzalo sur une île déserte avec quelques maigres provisions, dans une atroce recrudescence de malaria. Il devait y avoir une maladie dans toute cette affaire : Pelé en était plus que persuadé et il en avait déjà parlé avec sa mère : oncle Gonzalito était revenu non seulement tout triste d'Angleterre, mais en plus malade. L'éclatante bonne santé de Pelé, les battements réguliers de son cœur, même après une heure et demie de match sans avoir profité jusqu'au bout des quinze minutes de la mi-temps, afin de tirer quelques penalties à l'intention du remplaçant du gardien de but pour lui donner un peu d'énergie, le prédisposaient à considérer toute indisposition, aussi insignifiante fût-elle, comme une maladie incurable. Toute maladie est incurable, se disait Pelé, parce qu'elle entraîne une confusion sans bornes. À ses yeux de garçon de quinze ans, la santé et la maladie étaient deux règnes imperméables. Il se perdait dans celui de la maladie, complètement désorienté. María fit en sorte de ne jamais lui cacher les indispositions des occupants de la maison et bien qu'elle l'eût habitué, dès leur arrivée, à monter à sa grand-mère son verre d'eau le soir et à demander à la cuisinière si son lumbago la faisait moins souffrir, à s'intéresser aux pieds de la fille du chauffeur qui étaient plats, ce qui se traduisait par de grandes douleurs dans la colonne vertébrale et dans la nuque, il ne se résignait pas à voir quelqu'un souffrir et toute souffrance le perturbait. (Bien que la grand-mère ne fût jamais malade, pas même un peu enrhumée en plein hiver — à la différence de Pelé qui s'enrhumait comme par un fait exprès pour s'offrir deux ou trois fois une grasse matinée jusqu'à onze heures —, le verre d'eau sur sa soucoupe, avec sa petite cuillère branlante, représentait une fragilité spéciale, une conjuration contre les toux et les enrouements, la garantie simple et transparente que, au cas où elle se réveillerait en pleine nuit, déshydratée et mourant de soif, elle n'aurait pas à aller pieds nus jusqu'à la salle de bains boire à même le robinet — à la différence de Pelé qui le faisait — ; par conséquent, la mère et le fils s'étaient mis d'accord sur ce point, le simple fait de monter un verre d'eau était aussi une façon de prévenir les éventuelles maladies que la vieille dame tenait en respect en observant une discipline stricte. Pelé et sa mère attribuaient une grande partie de l'excellente santé dont jouissait la grand-mère à la croisade silencieuse qu'elle menait contre l'abattement et les infirmités. Cette histoire de discipline stricte était une invention à laquelle María croyait à moitié et Pelé dur comme fer. Maintenant qu'il devenait grand, María espérait — non sans une certaine tristesse — qu'il se libérerait avec bonne humeur des interprétations héroïques de sa longue enfance. María — qui s'était fiée à son instinct pour élever son fils — craignait parfois d'avoir un peu trop forcé la dose en lui montrant que même les actes les plus courants et les plus insignifiants de la vie débordaient d'héroïsme, ou, hélas, du contraire. Voyant que son fils était si crédule, tout parfois lui faisait peur !) La tristesse que Pelé éprouvait en ce moment, assis en face de son oncle au fond du potager sous les cerisiers encore en feuilles que berçait le doux crépuscule de persil et d'oiseaux, procédait aussi directement de cet inébranlable sens de la responsabilité maternel joint à un instinct protecteur de solide gamin qui se démène comme un fou dans les matches et ouvre vite son cœur. Pelé n'avait pas de gros défauts : son seul défaut était peut-être, comme chez sa mère, une certaine démesure, un goût de l'absolu qui avait fait jusqu'alors bon ménage avec les efforts que le sport, le travail scolaire et les « responsabilités » vis-à-vis d'autrui, héritées d'une part de María et acquises d'autre part par lui-même, requéraient. L'apparition de son oncle Gonzalo le fit passer d'une intense curiosité à une insatiable compassion. Depuis un mois, il pensait sans arrêt à lui. C'était le temps qu'ils avaient passé ensemble, comme une unité chronologique et animique. Pelé n'en avait pas tiré grand plaisir — même les matchs disputés à deux sur le petit terre-plein du potager n'avaient pas été vraiment agréables. Oncle Gonzalo se mettait-il à haleter en courant que Pelé se sentait au bord de l'asphyxie. Il suffisait qu'il se désolât de ne pas savoir shooter — ou de ne pas vouloir, Pelé ne savait jamais à quoi s'en tenir —, qu'il se désolât d'avoir, un après-midi, lancé dans la propriété d'à côté le ballon que Pelé avait dû aller chercher et qu'il avait mis un siècle à rapporter, il suffisait qu'il se mît tout à coup à soupirer ou restât figé, assis dans un fauteuil de la terrasse jusqu'à ce que Pelé vînt le chercher, pour que son neveu se sentît tout triste sans savoir pourquoi. Le manque de joie de Gonzalo se transformait chez Pelé en tristesse immotivée. Et plus il s'efforçait d'inventer des divertissements qui pouvaient avoir lieu dans le jardin — parce que son oncle Gonzalo avait manifesté une singulière répulsion à aller à l'extérieur —, plus il était évident que les souffrances endurées à Londres étaient sans remède. Oncle Gonzalo disait parfois : « Londres, je préfère ne pas m'en souvenir. » Et Pelé réprimait pour la millionième fois son envie de s'entendre dire comment était Londres et pourquoi il y avait tant souffert. Cependant, l'envie d'en savoir plus se lisait sur son visage chaque fois que le sujet revenait sur le tapis — et d'une façon ou d'une autre, il y revenait sans arrêt. C'était ainsi, même s'ils ne le voulaient ni l'un ni l'autre, ni Pelé, ni sa mère, que la présence de Gonzalo empêchait dans la pratique Pelé de confier sa tristesse à sa mère. Cela dit, María se rendit compte très vite que Pelé était inquiet et celui-ci lui donna quelques petites explications générales. Ce fut le fameux jour où il annonça que son oncle Gonzalo avait beaucoup souffert à Londres. Mais, par la suite — étant donné qu'il n'y avait pas de nouvel élément et que la souffrance inexpliquée était loin de s'apaiser —, Pelé en vint à penser que son obstination à rapporter les mêmes choses à sa mère était un enfantillage. S'il n'y avait rien de nouveau, il n'y avait aucune raison de demander de nouveaux conseils. Pelé sentait que son oncle Gonzalo relevait de sa responsabilité pour l'été et que des confidences à son sujet, même s'il s'agissait de sa mère, frôlaient la lâcheté et revenaient à tirer sur une ambulance. Et Pelé n'avait pas envie de tirer sur une ambulance parce que son oncle était un être cher. Cet état, être « un être cher », dans son vagissement mélodramatique, lui donnait la chair de poule et l'incitait à continuer. Et puis, cette façon de penser que son oncle Gonzalo était un mort ou un fardeau ou un lourdaud, ou un enquiquineur, ou une plaie était le signe d'un profond manque de considération et un acte de déloyauté mentale. Et María, à vrai dire, fit quelques confidences. Puisque Gonzalito était Gonzalito, comment n'aurait-elle pas fait de confidences ? Et puis, Gonzalito, de son côté, apprenait à sa sœur des choses formidables que Pelé, de fait, ne contredisait pas (au cas où il eût été au courant de ces choses, il ne pouvait les contredire — et il ne l'aurait pas fait — parce que leur contenu avait l'air vrai : qu'ils avaient fait bon ménage, qu'ils s'amusaient ensemble, que Pelé lui faisait oublier Londres, qu'il se sentait très changé…). La seule chose que Pelé aurait pu ajouter eût été ce détail, qu'il se sentait souvent triste, ce qui n'enlevait ni n'ajoutait rien de définitif aux concepts de toutes les merveilles mentionnées. S'il se sentait triste, en vint à penser Pelé, c'était de sa faute, une espèce de pénible paresse au moment d'œuvrer comme il convenait et de prendre son oncle en charge ; et il y avait, en outre, dans tout cela, une surprenante circonstance, chaque fois que Gonzalo mentionnait que les souffrances londoniennes continuaient à le faire souffrir, il ajoutait d'une voix étouffée, qu'on n'entendait qu'en de telles occasions, regardant son neveu dans les yeux : « Ne le dis pas à ta mère. » — « Et pourquoi ? » voulut savoir Pelé quand il entendit ces mots pour la première fois. « Parce que ce n'est pas la peine de la rendre triste. » — « Peu importe, si c'est pour toi », affirma solennellement Pelé, ajoutant : « Maman t'aime autant que moi et ça lui est égal d'être triste, et moi pareil. Nous sommes tes êtres chers, ou plutôt, ta famille. » Et Gonzalito avait beaucoup ri et lui avait passé les mains dans les cheveux, une réaction qui, au yeux de Pelé, avait la vertu d'affirmer leur camaraderie et de faire rire et le défaut de laisser les choses comme elles étaient, en l'état, sans les modifier ni expliquer pourquoi il ne fallait rien dire à la personne à qui il avait toujours dit que son oncle Gonzalo répétait qu'il avait beaucoup souffert à Londres. En disant « ne le dis pas à ta mère », Gonzalo interposait entre Pelé et sa mère non seulement l'interdiction de communiquer quelque chose de précis mais aussi le poids d'un secret — le seul secret de toute la crédule existence de Pelé. Et, évidemment, si ce que sa mère savait déjà, la souffrance, ne pouvait être dit — ou plutôt, s'il ne pouvait être dit que Gonzalo l'avait encore répété —, il lui était impossible de révéler qu'il se sentait tout triste. Foin de tristesse ! Ce n'était pas grave de pleurer — sa mère le disait souvent — et même, la plupart du temps, ça faisait du bien. Mais pleurer est une chose et être un pleurnichard et un lâche en est une autre, on a en effet la gorge nouée sans savoir pourquoi. Pelé eut la gorge nouée sans savoir pourquoi en entendant son oncle Gonzalo dire, sans le regarder, regardant fixement le petit canal de terre qui séparait leurs jambes à tous deux, entre le noir et la tache d'ombre rosée et vespérale, dire qu'il allait lui manquer. « Tu vas me manquer », venait de dire oncle Gonzalo. Et Pelé répéta : « Toi aussi, tu vas me manquer », comme un écho, plongé dans une situation qui lui semblait, tout compte fait, naturelle, puisque c'était la fin de l'après-midi, la fin de l'été, la fin de leur compagnonnage quotidien, la fin, au pis, de leurs retrouvailles quotidiennes, la tombée de la nuit, et le rythme de la voix de Gonzalo s'était transformé en un pouvoir irrésistible. Mais étant donné que l'obligation de se lever à sept heures moins le quart le lendemain matin, d'attendre l'autobus et de retrouver tous ses camarades de classe vociférant, racontant leurs grandes vacances et s'asseyant dans des salles de classe différentes en seconde année du baccalauréat, avait un pouvoir propre, retentissant, et une évidence de joie et de tumulte incontestables, Pelé ne pouvait pas dire comme il aurait dû dire : « Toi aussi, tu vas me manquer », du plus profond de son cœur. Ce n'était qu'une hypothèse, disons une demi-hypothèse. Une région mal définie et très proche du bon sens avec lequel Pelé ne pouvait s'empêcher de juger la situation présente : le bon sens consistait à se rendre compte, et oncle Gonzalo devait s'en rendre compte, que demain et après-demain et après-après-demain il y aurait des jours semblables à aujourd'hui, des jours ordinaires, que rien ne pressait et que son oncle Gonzalo et lui auraient le temps de se voir jusqu'à plus soif tout au long de la nouvelle année scolaire. Voilà pourquoi Pelé ouvrit son cœur et dit : « Toi aussi, tu vas me manquer », un peu par réflexe obligé, provoqué par la phrase précédente, le « Tu vas me manquer », si sentimental, de son oncle Gonzalo. À peu de choses près, comme lorsqu'on vous dit bonjour et que vous répondez bonjour. Et bien qu'il y eût dans tout cela une trace de vrai chagrin, de très profond chagrin, d'avoir à abandonner son oncle Gonzalo sur une île, comme lorsqu'on joue aux îles désertes, ce n'était tout de même pas assez pour émouvoir le Pelé de quinze ans autant que Gonzalito eût espéré le faire. Voilà pourquoi il ajouta : « À toi, non. Je ne te manquerai pas, Pelé. Ne te trompe pas. Et ne me trompe pas. » Pelé, les yeux fixés sur le petit canal qui les séparait tout à coup comme un grand fleuve, rougit de honte et de rage en entendant son oncle. Tromper quelqu'un à dessein lui semblait la plus grave des fautes — une faute qui, à force d'être obsédante, compliquée, incongrue et perverse, apparaissait dans ses rêves comme un immense pied de pomme de terre arraché avec des milliers de petites racines et, par extension, comme un arbre sombre dont le périmètre ne pouvait être embrassé, déraciné par le rêve lui-même, comme le jardinier arrachait à l'aide de sa houe le pied de pomme de terre, secouant les deux tentacules souterrains devant les yeux de Pelé endormi qui sautait du rêve jusqu'à la bienheureuse lumière électrique de sa lampe de chevet, trempé de sueur et horrifié. Tromper, c'était une faute grave, même s'il s'agissait d'une plaisanterie : tromper, par exemple, le chauffeur le jour des Saints Innocents* et le laisser fumer une cigarette dans laquelle un pétard avait été glissé ajoutait aux grands éclats de rire succédant à l'explosion du pétard un avant falsifié et familier de fraternité destinée à piéger et à surprendre, et une certaine attente — toujours pendant cet avant diabolique —, après quoi, visiblement satisfait, bouffée après bouffée, ce bon Manolo en arriverait à cet accident prémédité, l'explosion de la maudite cigarette dans sa main gauche et sous ses narines, menaçant de les emporter. Pelé n'avait jamais oublié l'étrange bond de Manolo, homme qui avait presque l'âge de ses grands-parents, une fois que, après s'être dépassé en amabilité et en astuce, il avait exhibé un paquet entier de Fortuna acquis délibérément à cette fin trois jours à l'avance, avec les filtres marron clair propres à

* Le jour des farces en Espagne. (*N.d.T.*)

cette marque dépassant à trois niveaux différents, tous les trois des pièges. Manolo avait aussitôt pris une cigarette en souriant sans se dire une seconde que c'était déjà le vingt-huit décembre et que Pelé ne fumait pas, croyant peut-être que, bien que ne fumant pas, il s'était donné la peine d'acheter au bureau de tabac le paquet de Fortuna pour lui faire plaisir ; et toutes ces suppositions et bien d'autres encore, et toutes les joies procurées par le cadeau, et tous les souvenirs du chauffeur qui avait parfois transporté Pelé dans son couffin jusqu'à la voiture pour que mademoiselle María n'ait pas à se déranger, éclataient maintenant en plein visage comme un œuf pourri et il fallait en plus rire de la bonne plaisanterie… Cet étrange et inoubliable bond, au moment même de l'explosion du pétard qui, bien sûr, n'avait ni la force d'un éclair ni d'un coup de tonnerre, en fait aussi dérisoire et vulgaire qu'une piqûre de moustique et que personne, à l'exception de Pelé lui-même et de Manolo, n'entendit, terrorisa Pelé qui étreignit Manolo et lui demanda pardon. C'était une tromperie et cette tromperie, durant au moins une minute, de la première bouffée jusqu'à l'explosion, avait mis en péril l'univers, le monde de Pelé, d'un bout à l'autre. Et maintenant son oncle Gonzalo éclatait comme une petite cigarette en déclarant à Pelé qu'il ne lui manquerait pas — contrairement à ce que Pelé, peut-être un peu à contrecœur, avait expressément déclaré — et en donnant pour évident que Pelé se trompait lui-même, ou essayait de le tromper, ou faisait les deux choses à la fois. Plutôt les deux choses, pensa Pelé, puisque son oncle Gonzalo avait dit « et ». Pelé ne broncha pas et examina ses deux sentiments en même temps, le sentiment de honte et le sentiment de rage, comme si c'étaient deux petits œufs mouchetés dans un nid. Il eut, de fait, l'impression que, pour ressentir et se rendre compte qu'il ressentait ces deux sentiments, il avait dû grimper quelque part pour enfin se pencher sur ce petit panier intelligent qu'était le nid ouaté — comme, en fait, la voix de son oncle Gonzalo, plus basse qu'à l'accoutumée et comme protégée par le fait qu'il regardait par terre en parlant et ne le regardait pas —, et à cette impression s'en ajouta une autre, l'horreur terrible de la haine, comme le sel se dissout indissolublement dans l'eau, provoquant une troisième et nouvelle impression, comme une solution transparente, où la haine éprouvée en grimpant, en se penchant et en regardant les œufs coïncidait avec la haine inexplicable de la mère oiseau qui, plongée dans l'immense ciel transparent, se rendrait immédiatement compte au retour, en se posant tout en battant des ailes sur le bord du nid, le garde-fou de la mort, que ses œufs avaient été regardés, et sans doute abîmés et touchés, et qui s'enfuirait à tire d'aile en les haïssant, comme Pelé haïssait maintenant sa honte, sa rage, la visibilité de toutes deux dissoutes l'une dans l'autre, et une impression totale, troisième, ou quatrième, ou cinquième, ou dernière et première d'angoisse. Il lui était impossible de répondre à temps à son oncle Gonzalo et de défaire au même moment le nœud ombilical de tous ces sentiments, de toutes ces impressions et de cette angoisse. Voilà pourquoi Pelé se contenta de dire : « D'accord, oncle Gonzalo, tu ne vas pas me manquer. J'ai dit ça pour dire quelque chose. » Peut-être qu'au sein de cette transparente solution d'émotions, la petite pointe de rage avait marqué le but de la victoire, juste à la dernière seconde. Pelé pensa au fantastique match de la première longue récréation de la matinée avec tous les élèves de la classe en train de shooter comme des forcenés sans dribbler ni centrer, sans se soucier de tactique. Il désira se relever, étirer ses jambes, que ce fût enfin l'heure du dîner et que sa mère lui demandât s'il avait pensé à ranger son maillot de bain, son ballon et tous ses vêtements d'été à la place indiquée. Il désira plus que jamais voir María. Mais, naturellement, ces désirs légitimes, tout comme la rêverie footballistique du lendemain, étaient des échappatoires évidentes. Et María et Pelé avaient appris ensemble, le fils après la mère, que les braves restent et ne s'enfuient pas. María avait peu à peu enseigné à son fils que, dans le fait de rester et de supporter comme on pouvait, fût-ce en tremblant, il y avait un pouvoir supérieur à toute victoire qui avait apparemment raison de nous. Elle lui avait enseigné qu'être patient avec autrui, et même avec soi-même, consistait à attendre que le poids devînt insupportable parce que, alors, survenait une nouvelle victoire, la victoire incroyable, inattendue, inimaginable et impensable du cœur transfiguré. C'était la transsubstantiation du vieux cœur en cœur nouveau. Et cette victoire, c'était le pouvoir du réel, la mesure absolue du courage. Voilà pourquoi Pelé ajouta : « Pardonne-moi, Gonzalito, je t'aime beaucoup. » C'était la vérité, la réalité, la lumière de la patience victorieuse. Et ce fut aussi le rythme des nouveaux pas que Gonzalito s'apprêta à faire : « Je suis très content que tu dises que tu m'aimes. Tu ne me l'avais encore jamais dit. Et il y a beaucoup de choses dans la vie qu'on aime entendre, tout spécialement si, comme moi, on n'a personne, même si je vous ai, vous, María et toi, ce qui est une consolation, tu ne peux même pas t'imaginer la consolation que c'est, Pelé, de t'avoir toi, et aussi ta mère, quoique, bien sûr, un peu moins, parce que être mariée, c'est être mariée, mais toi, c'est tout ce que j'ai en ce bas monde, c'est pourquoi je souffrais de penser que je n'allais pas te manquer, et puis le mensonge que tu as dit, et puis la vérité que tu as dite et qui aussi, comme tu peux le comprendre, devait me faire souffrir, et heureusement que maintenant, tu me dis enfin que tu m'aimes et moi je t'aime beaucoup plus, tu peux me croire… »

Ce mois d'octobre ensoleillé semblait une extension intelligible, comme si la perception ne donnait pas que les côtés, les aspects et les horizons des choses, mais aussi leur absolu, une conscience, un sentiment, chaque chose déjà peut-être tout à fait présente et n'apparaissant plus en perspective. Ce mois d'octobre avait des crépuscules si complets, si clairs et si longs que chaque arbre, chaque feuille, chaque pétale de chaque œillet d'Inde, chaque moineau, chaque pigeon et chaque geste humain se dressaient devant les yeux avec une netteté et une simplicité majestueuse, leur essence de part en part ouverte. Le crépuscule, l'ambre dilué, le lent soleil de citron pâle semblaient une déclaration d'amour et une énumération complète de chaque chose dans l'espace et de chaque pensée et de chaque sentiment dans le temps. Il y avait du temps de reste, ce deuxième dimanche après-midi d'octobre, pour se promener, bavarder en plein air et installer, vers sept heures, de petites tables sur la terrasse et y prendre un goûter dînatoire. Pour ne pas changer d'atmosphère, ne pas entrer dans la maison au petit bonheur, pour contempler la tombée du jour, inclure l'automne, comme dit Martín, dans la conversation de la famille. Ils étaient enfin de nouveau réunis, contrairement au week-end précédent où Pelé n'avait pas pu assister à un goûter dînatoire semblable parce qu'il avait été invité le dimanche après-midi à l'anniversaire d'un ami. Aujourd'hui, tout le monde était là. La terrasse était grande, s'étendait devant les fenêtres du salon et il y avait en face d'elle la ligne complète de la sierra de Guadarrama. Les consciences étaient capables de jeter un regard sur la sierra de Guadarrama entre deux phrases. « La sierra de Guadarrama est premier violon, ce soir », avait déclaré Martín qui parlait sans arrêt, ses phrases composées tout à trac avec tous les compléments à la bonne place, comme s'il savait par cœur tout ce qu'il disait. L'écouter, c'était comme assister à un cours complet de syntaxe avec les propositions subordonnées les plus complexes énoncées sans la moindre hésitation. Et il n'était pas seulement capable de parler ainsi, mais aussi de la manière opposée, en style télégraphique ou en style dépouillé, avec ses arrêts ou ses pauses, chaque ligne s'emboîtant dans la précédente, comme qui enfile un fil dans l'or du chas d'une aiguille deux mille fois de suite — phrasé qu'il maintenait parfois jusqu'au bout dans la véhémence ou la profusion, ou qui se contentait d'autres fois d'être simplement exact. Pelé pensa que la voix de son père, qu'il entendait depuis quatre heures de l'après-midi, qu'il avait entendue au café, après le café et durant toute la promenade, plus loin, plus près, fondant quasiment sur lui, puis s'éloignant et se rapprochant de nouveau sans jamais s'arrêter, au fil des méandres et des rythmes du tour qu'ils avaient tous déjà fait deux ou trois fois dans le jardin jusqu'à ce qu'ils aient de nouveau faim et s'installent sur la terrasse, ressemblait au jet continu d'une source froide de montagne qui résonne toujours de la même façon dans la vallée, de la même façon que les cigales en été. À cet instant, par exemple, son père était en train de parler à la fois à la grand-mère et à Virginia, qui n'arrivaient pas à écouter, la grand-mère venait de laisser glisser un châle de laine rose que Pelé lui avait posé sur les épaules à peine cinq minutes plus tôt et Martín le ramassait par terre avec une grande flexion des jambes qui surprit Pelé et un craquement de l'articulation du tibia et du fémur qui révéla à Virginia, stupéfaite, combien le romancier manquait de force. « Merci, mon fils », dit la grand-mère en s'enveloppant de nouveau dans son fichu tandis que Martín, toujours courbé, insistait sur le caractère mystique et logique de cette resplendissante saison, que l'on retrouvait chez Malebranche. Pelé commençait à en avoir assez et il arracha sa chère grand-mère à l'hypnose courtoise dans laquelle son gendre la maintenait : « Regarde, grand-mère, la tête énorme qu'elle a, cette fourmi, quelles mandibules ! Si elle vous mord, elle vous broie, c'est sûrement un termite… » — « Montre-moi, mon petit, montre-moi ! » répondit la grand-mère visiblement soulagée en se tournant vers son petit-fils et en penchant la tête vers la paume de sa main où s'agitait avec une détermination lasse une grande fourmi qui avait l'air de lui lire les lignes de la main. « Laisse cette pauvre fourmi rejoindre les autres ! » suggéra la grand-mère en chatouillant du bout de l'ongle de son index la paume de Pelé et en déplaçant involontairement la fourmi solitaire qui, maintenant, semblait se demander si elle allait grimper le long du doigt de la grand-mère. « Mais il n'y en a pas d'autres, grand-mère, elle était toute seule sous le fauteuil... » Virginia, qui était toujours debout à côté du fauteuil de la grand-mère et en face de Martín qui tournait le dos à María, à Gonzalito et aux deux bonnes qui venaient d'apporter le thé et une grosse omelette aux pommes de terre, outre les brioches et les gâteaux, les interrompit : « Que regardez-vous, que regardez-vous, que regardez-vous donc ? » — « La fourmi, un insecte si poétique ! » annonça Martín qui, se voyant négligé par Virginia, avait décidé de se joindre au chœur de Pelé. « Chaque fois que je vois une fourmi, je pense à Pablo Neruda transportant sur toute la planète le gigantesque grain de blé du continent latino-américain ! » — « Martín, ne sois pas encore plus à côté de tes pompes que tous les "à côté de leurs pompes" d'aujourd'hui, on a toujours dit hispano-américain ! » s'écria Virginia. « Voyons qui, parmi les "à côté de leurs pompes" et ceux qui sont dans leurs pompes et font bande à part, va prendre du thé, ou du café, ou ce qui lui chante », déclara María qui s'était assise devant une table un peu plus grande que les autres et s'apprêtait à servir la première tasse. « Moi, en l'honneur de cet exceptionnel après-midi, je prendrais bien un whisky ! » annonça Martín. Virginia prit une mine horrifiée et s'approcha de María. Martín la suivit des yeux, tout en soupirant et en s'asseyant sur un fauteuil. Une bonne apporta à la grand-mère sa tasse de thé avec beaucoup de lait. Pelé relâcha la fourmi et alla voir l'omelette aux pommes de terre. Gonzalito s'approcha de Pelé. Virginia, une tasse de thé à la main, se dirigea vaguement vers l'endroit où la grand-mère, seule pour le moment, buvait son thé à petites gorgées. Martín, qui était resté au centre de l'ovale, dont les deux points les plus éloignés étaient María et la grand-mère, avec Virginia, Gonzalito et Pelé tantôt debout, tantôt assis en face de lui, tournait la tête d'un côté et de l'autre, au rythme sec du toc-toc d'une partie de tennis imaginaire disputée sur la terre battue, fermement aplanie et courtoise, de l'intersubjectivité de ses proches. María, qui avait terminé de servir le thé et le café — Gonzalito, depuis qu'il était revenu de Londres, préférait prendre une bonne tasse de café au lait à cette heure-là, peut-être par mépris des coutumes de la couronne britannique —, s'apprêtait à partager l'omelette aux pommes de terre en portions qu'elle transportait sur les assiettes que lui présentait au fur et à mesure la bonne, elle pensa qu'elle était peut-être trop baveuse ou trop petite pour tant de monde et qu'il faudrait couper des tranches de jambon, aussi dit-elle à voix haute : « Que ceux qui ne veulent pas d'omelette le disent, elle est un peu trop baveuse ! » — « Moi, je la préfère de loin comme ça ! » déclara Pelé. « Et moi aussi ! » murmura Gonzalito qui avait mis devant sa petite table, comme devant un pupitre, deux chaises dans l'espoir que Pelé les remarquerait. Ils ne s'étaient pratiquement pas vus durant deux longues semaines, sans compter la contrariété due à l'invitation horriblement inattendue du dimanche précédent et la mélancolie infinie de ce mois d'octobre finissant, répandue toute la journée dans l'air et plantée toute la nuit — passée quasiment sans fermer l'œil — comme un clou dans le front. L'odieux bavardage du beau-frère romancier qui s'apprêtait à jouer au véhément chevalier servant, avait fini par lui donner une forte migraine. Si au moins il se taisait un instant, maintenant qu'il avait son whisky et sa part d'omelette ! Heureusement que Pelé avait été charmant tout au long de l'après-midi en parlant de son collège et en lui demandant s'il allait mieux ! Un moment aigre-doux. Il n'y avait pas eu toute la douceur qui, s'imaginait Gonzalo, aurait dû caractériser les retrouvailles après une réclusion de deux semaines, pendant laquelle, nu comme un ver dans sa chambre, il avait lu les journaux et les romans de Patricia Highsmith publiés chez Anagrama ! Il ne lisait même plus en anglais ! La migraine, avec ses élancements, faisait qu'il se sentait moralement mieux ; du moins ce qui le faisait souffrir le faisait réellement souffrir. Depuis qu'ils s'étaient tous installés sur la terrasse, Pelé était resté à côté de sa grand-mère, il ne l'avait pratiquement pas regardé et ne lui avait pas demandé s'il avait toujours mal. L'aigre ne se mêlait plus du tout au doux, ou bien avait plus de force que le doux et prédominait comme la ligne idiote du violon-Guadarrama de l'insipide beau-frère. Pauvre María, dans cette salade de grosses crevettes et de poulpes ! Virginia lui rappela une crevette vivante, verdâtre, bondissante, haute sur pattes, maigre et trop féminine. « Comment va ta migraine ? Veux-tu une autre tasse de café au lait ? Ah, je ne sais plus où sont les cachets d'aspirine ! » La voix de María se glissa dans l'aigre, comme une ligne droite. Quel dommage, pensa Gonzalo, que personne, à commencer par moi-même, ne soit capable de l'apprécier à sa juste valeur ! Il accepta une autre tasse de café au lait. Comble de désagréments, Pelé avait pris la chaise qu'il avait installée pour lui et s'était rapproché de Virginia, en ne lui montrant plus que son profil. De quelles conneries pouvaient-ils bien parler ? Pelé, Virginia et Martín formaient un trio loquace. María et les deux bonnes, qui commençaient déjà à remporter les restes du goûter, en formaient un autre — guère loquace celui-là, mais discipliné et paisible. La grand-mère était un îlot chenu et rose. Elle se penchait légèrement vers le trio loquace dont la séparaient une petite table où était posé le verre de whisky de Martín et un grand repose-pied carré sur lequel Pelé s'agenouilla deux ou trois fois — toujours sans se retourner vers Gonzalito — tandis que Virginia et son père parlaient en se coupant fréquemment la parole. Il y avait une ligne droite et brutale qui divisait la terrasse en deux moitiés : la consolation gazouillante et la désolation de Gonzalito. Il est vrai qu'à ce moment Gonzalito ne pensa pas à María qui, ayant terminé depuis un bon moment sa tâche, contemplait la scène, songeuse, perplexe, tout en ne voulant pas le reconnaître. « La vérité, c'est qu'ils ne m'aiment pas beaucoup », s'était-elle dit en son for intérieur, comme on s'enfonce une écharde dans la main. Elle s'était sentie heureuse en servant le thé, et tout à coup cette phrase ! C'était évidemment une erreur. Évidemment, c'était une idiotie. Qu'est-ce qui lui était passé par la tête ? C'était une idée impardonnable, comme une couleuvre qui surgit de sa propre initiative dans l'herbe verte du bonheur et du bien-être. Une bête nuisible, un fruit du contraire de la lumière, un caprice retors du contraire de la patience. Une pensée indigne qui, maintenant qu'on l'avait prise en considération, ne s'en allait point, mais se diluait gentiment dans la nuit tendre et paisible de la terrasse où les bonnes venaient d'allumer deux grosses lampes. María, malgré le désir qu'elle avait de se sentir joyeuse, se sentit emmitouflée et fragile, un peu comme la grand-mère, dans le châle de laine rose de la situation présente et de sa perplexité intermittente.

María avait contracté l'habitude de supprimer le côté

négatif de ses impressions en réexaminant les choses qui lui avaient fait mauvaise impression, convaincue que si elle faisait bien attention, que si elle ne leur imprimait pas à toute force son émotion, elles finiraient par manifester leur réalité — quelle qu'elle fût — et qu'elle saurait alors à quoi s'en tenir. Personne ne lui avait appris à se comporter ainsi, c'était un instinct qui lui faisait concevoir toute réalité, n'importe quelle situation, comme un ensemble très vaste qu'aucune première impression, aussi forte fût-elle, aussi grande fût son évidence, ne présentait dans sa totalité. Être patient n'était pas, d'une certaine façon, à ses yeux, une vertu, mais quelque chose d'antérieur à la vertu, une disposition presque biologique consistant à donner du temps au temps. Voilà pourquoi la douloureuse idée qu'aucune des personnes présentes ne l'aimait beaucoup n'occupa qu'un instant sa conscience. María fit aussitôt après un effort pour considérer comme à part ce qu'elle savait du grand amour que chacun lui portait. Ce savoir était sans aucun doute important. On pouvait étayer les murs chancelants des impressions momentanées, l'ambiguïté de certaines situations avec ce que l'on donnait pour su et démontré jusqu'à plus soif. Il était impossible que la réalité passât en un instant de l'amour au désamour. Il était impossible que ceux qui l'avaient toujours aimée cessent tout à coup de le faire. D'où venait une telle idée ? La situation de la terrasse était restée la même. Après la collation, ils étaient allés tous ensemble dans le jardin, s'étaient promenés joyeusement, avaient papillonné des uns aux autres par les sentiers du potager et par les petits chemins qui s'entrecroisaient dans la petite pinède qui se trouvait à l'intérieur de la propriété, parfois cachés par les massifs de cistes. María et la grand-mère étaient les dernières. Il était normal qu'elles fussent les dernières puisqu'elles marchaient plus lentement. Pelé, qui était en tête, rejoignait souvent l'arrière-garde. María savait qu'il pensait à elle dans ces continuelles allées et venues. Les allées et venues de Pelé, qui, jusqu'à maintenant, avaient brillé de leur propre éclat, comme une réalité autonome et précieuse qui contenait en elle-même toute la raison de son existence et dont le charme était d'exister sans aller chercher plus loin, étaient devenues fonctionnelles : elles servaient à rappeler que les trois autres promeneurs, Gonzalito, Virginia et Martín, absorbés par la conversation ou par eux-mêmes, ne s'étaient même pas retournés une seule fois pour attendre María et la grand-mère. En ce moment même, éparpillés sur la terrasse en face d'elle, ils donnaient l'impression d'être seuls et non pas seulement de profil ou de dos par rapport à elle. Elle eut alors l'impression que tous, y compris Pelé, avaient oublié qu'elle était toujours là, assise, et qu'elle les aimait. Martín et Virginia évoluaient tous les deux comme dans un rêve, tous les deux debout, les bras croisés sur la poitrine, chacun tenant mollement de la main droite un verre de whisky. Qui avait servi ces whiskies ? María se souvenait de n'avoir demandé que le premier whisky de Martín. Ils parlaient en marchant sans bouger, comme s'ils exécutaient sur ce même terrain quelques pas de danse représentant les mouvements de deux personnes qui marchent, ou bien esquissaient un léger demi-cercle autour du fauteuil de la grand-mère. María se sentit prise de nausée. Martín et Virginia se regardaient parfois, parfois ne se regardaient pas, mais ils étaient tout le temps absorbés par leur conversation, comme par un objet fascinant qui ne se montrait qu'à eux, situé approximativement à la hauteur de leur poitrine. La grand-mère était seule dans son fauteuil, penchée vers Pelé et Gonzalito qui, à une distance de trois pas à peu près, devisaient, les coudes posés sur l'une des petites tables. María pensa qu'il ne devait pas y avoir plus d'une main entre leurs bouts de nez. Gonzalito tournait le dos à María. Puis, un instant après, Pelé leva la tête et sourit à sa mère. Ce sourire réduisit à néant le violent sentiment de solitude qu'elle venait d'éprouver. Et maintenant, comme si Pelé désirait inconsciemment le réduire une bonne fois pour toutes à néant, il se leva de sa chaise et s'approcha de María. Gonzalito se retourna vers eux et la grand-mère leur fit un salut de la main. Virginia et Martín aussi s'étaient retournés vers María qui se sentit tout à coup un peu ridicule en se retrouvant au centre de la situation. C'était comme se retrouver brutalement éclairée par un projecteur. La lumière intense révélait une femme blonde, avec une robe imprimée et un pull sur les épaules — un pull bleu qui avait fait son temps. Le sérieux des yeux clairs de María, grands ouverts, semblaient s'opposer au sourire de ses lèvres. Les lèvres feignaient en quelque sorte plus facilement et plus rapidement que le regard ; il y avait dans le regard une perplexité qui ne s'était pas encore enfuie et que la conscience de María essayait d'éloigner comme un papillon, en agitant les deux mains. Seul son regard innocent était encore coupable de retenir sa perplexité inopportune. María eut l'impression en tout cas de se trouver sur une scène et d'avoir à dire quelque chose — une phrase apprise — dont elle ne se souvenait plus du tout. Elle réussit à dire : « Je me demande s'il ne se fait pas un peu tard pour toi, grand-mère. C'est presque neuf heures. » — « Laisse-la encore un peu », s'écria Pelé. María se leva et alla s'asseoir près de sa mère qui annonça qu'elle ne voulait pas se retirer tout de suite. « Et si on jouait aux petits chevaux ? » proposa Virginia qui s'était assise de l'autre côté du fauteuil de la grand-mère. Maintenant, c'était la grand-mère qui était au centre de l'attention, avec María et Virginia à sa droite et à sa gauche, comme deux anges. Gonzalito, immobile, était toujours à sa place, désormais la plus éloignée de l'assemblée. Martín s'était beaucoup rapproché et était debout en face de la grand-mère. Pelé alla chercher le jeu. La grand-mère dit qu'elle serait ravie de jouer aux petits chevaux et qu'il n'était pas si tard. À eux tous — à l'exception de Gonzalito —, ils approchèrent de la place de la grand-mère la grande table dont María s'était servie pour poser le service à thé. Quand Pelé revint avec le jeu, ils étaient déjà tous à leur poste, Martín, Virginia et la grand-mère, la quatrième place étant réservée pour Pelé. María resta à côté de la grand-mère, satisfaite de la nouvelle organisation qui les rassemblait tous autour d'un jeu parfaitement identifiable. Elle ne ressentait plus aucune perplexité.

Gonzalito leur jeta de sa chaise un regard haineux. Était-ce de la haine ? C'était, du moins, un sentiment de détachement qui l'éloignait de tous les autres et l'enfermait dans son isolement amer. Durant tout l'après-midi, sa migraine l'avait rendu conscient de son étrange position dans la famille. Sa migraine semblait destinée à souligner les difficultés d'une communication normale avec les autres. Et elle était la réponse que donnait son organisme au flirt niais entre Virginia et Martín, à la grandiloquence de Martín, à l'aveuglement de María, à la vieillesse de la grand-mère et à la grâce inaccessible de son neveu. Le dimanche touchait déjà à sa fin et Gonzalito n'avait pu faire en sorte que Pelé se concentrât sur ses affaires. Les affaires de Gonzalito devenaient, y compris pour lui-même, d'une confusion infinie. Toutes les années passées à Londres s'entassaient maintenant dans la confusion et n'étaient plus qu'un repère mystérieux destiné à intriguer Pelé — qui, bien sûr, ne l'était plus guère. Quinze jours de collège avaient creusé un fossé entre eux. Se souvenait-il de la dernière conversation qu'ils avaient eue dans le potager ? Visiblement, non. Ce point était resté tout l'après-midi en suspens, sans que ni l'un ni l'autre y fît allusion. Gonzalito ne se sentait pas capable de passer encore sept jours — ou peut-être quinze — ainsi. Pelé rentrait tard le soir, dînait seul à la cuisine et s'enfermait dans sa chambre. María allait l'y voir un moment. Gonzalito n'avait encore osé lui rendre à son tour visite. Et il ne savait pas ce qu'il voulait. En tout cas rien de mal. Il s'émouvait lui-même en berçant son oreiller la nuit et en répétant qu'il ne voulait pas faire de mal à son neveu. Il voulait retenir son attention. Toute son attention. Comme au début de l'été. C'était une attention qu'il croyait mériter — l'idée de mériter l'attention de son neveu s'était peu à peu emparée de lui le soir. Pour tous les autres, c'était un simple gamin. Il leur était à tous égal qu'il fût là ou pas. Son père ne s'était pas occupé de lui. Sa mère ne l'avait pas compris. Il était le seul à avoir su éveiller de vives émotions en lui. Il l'avait rendu sensible — ou peu s'en fallait. Le temps lui avait manqué. Il avait été à deux doigts de l'émouvoir, à deux doigts de mettre son cœur à nu. À mesure que le jeu absorbait les quatre joueurs et María, à mesure que fusaient les exclamations et les plaisanteries, à mesure que tombait la douce nuit et que s'allumaient de petites lumières dans les propriétés environnantes, Gonzalito se laissait de plus en plus convaincre que seules les circonstances extérieures avaient empêché que son neveu et lui ne se missent mutuellement à nu. C'était, bien entendu, une façon de parler qui recelait, du moins sur le plan verbal, quelque chose de la tendresse amoureuse, quelque chose de l'heureux trouble du regard qui regarde un semblable. Les ressemblances qu'il y avait entre eux deux n'étaient-elles pas indéniables ? Gonzalo regarda le dos ferme de son neveu s'arc-bouter lorsqu'il se penchait sur le jeu. Le tee-shirt blanc révélait un dos ferme. Gonzalito imagina l'odeur de ce jeune corps. Tout se consumait dans ce processus imaginaire qui, à son tour, imprégnait d'irréalité toute la relation. « Pelé ! » s'écria Gonzalo à très haute voix. Tous se tournèrent vers lui d'un coup. Il ne les reconnaissait pas. Qui étaient tous ces gens ? Gonzalito se sentit ivre et capable de tout. « Quand allons-nous bavarder, toi et moi ? Il est temps que nous parlions. Après, tu vas vouloir aller au lit et ce sera trop tard. Laisse jouer ta mère, elle a suivi toute la partie. C'est à elle de jouer. » Personne ne bougeait. Gonzalo s'était relevé pendant qu'il parlait. Pelé se leva de sa chaise, hésitant. On entendait les lointaines voitures qui roulaient par vagues sur la route de Burgos. Le goutte-à-goutte vaste et liquide du chant des grillons, en bas, au potager. « On termine une partie », finit par dire Pelé. Peut-être l'excuse qu'il perçut dans la voix du garçon stimula-t-elle Gonzalito. Ou peut-être la sensation de vide que la nuit champêtre avait instillée chez tous les occupants de la terrasse et qui se multiplia comme un écho dans la conscience de Gonzalo lui fit-elle faire un pas de plus et dire d'une voix défaite qui rappelait la lucidité subite et pâteuse d'un ivrogne : « Qu'est-ce que c'est que cette partie de merde ? J'ai passé tout l'après-midi à chercher à parler avec toi, pour qui tu te prends, bordel ? Ici, vous êtes tous de la merde et pourtant, vous ne vous prenez pas pour rien, à commencer par toi, hypocrite, sale gamin ! » Martín avança d'un pas déterminé et se planta devant son beau-frère en le regardant dans les yeux. Tous étaient debout maintenant, y compris la grand-mère qui avait pris María par la main. « Ici, mon vieux, la seule merde, c'est toi ! Dans cette maison, on ne hurle pas, ni toi ni personne, et encore moins devant ta mère et encore moins en s'adressant à mon fils. Tu ne parles pas à mon fils en braillant, compris ! » Gonzalito souriait. Un large sourire traversait son visage comme un gribouillage sur la face de la pleine lune dans un dessin de tout petits enfants. « C'est aussi ma maison, ne l'oublie pas. Vous êtes entrés ici en fraude », murmura Gonzalo. María emmenait la grand-mère vers la porte du couloir. Virginia contemplait la scène d'un fauteuil, les jambes ostensiblement croisées. Pelé s'était assis, la tête entre les mains. Martín mit un moment à répondre : « Tu es un misérable, Gonzalito, tu es un impuissant, ta vie est un fiasco et tu le sais mieux que personne. Et nous allons passer l'éponge aussi bien l'un que l'autre. Nous nous connaissons depuis longtemps et nous allons passer l'éponge. Fais-moi le plaisir de t'en aller, fais-moi ce plaisir. » Gonzalito, qui avait maintenant l'air d'être vraiment ivre, fit un faux pas et marmotta deux phrases incompréhensibles. Puis il se tourna vers le jardin, comme s'il contemplait le paysage. Dans cette dernière position, il tournait le dos à Martín, à Virginia et à Pelé qui venait de lever la tête et regardait, abasourdi, le dos de son oncle. María revint à ce moment-là sur la terrasse et s'arrêta, immobile, sur le pas de la porte. Gonzalito fit deux pas vers les marches qui menaient au jardin, la tête basse, comme s'il avait décidé d'obéir à son beau-frère. Martín se retournait déjà vers María. Gonzalito était déjà dans l'herbe, trois ou quatre marches au-dessous de la terrasse. Il ne s'était pas retourné pour les regarder. Tous crurent qu'il irait dans le jardin sans dire un mot. Toutefois, au dernier moment, il se retourna vers Martín et dit d'une voix très froide et très claire : « Tu ne sais pas à qui tu as affaire. »

À ce moment-là, la bonne qui était réapparue sur la terrasse sans que personne s'en aperçût et qui, probablement, avait entendu les derniers mots de Gonzalo annonça que monsieur Waitzenbecker appelait de Buenos Aires et voulait parler à mademoiselle María.

« Je vous ai été infidèle à toutes deux et j'ai des remords ! » avait vociféré Rómulo Leonardo Waitzenbecker de l'autre côté de l'océan Atlantique et María s'était mise à rire. La violence de tout ce qui venait de se passer avait fait qu'elle était non seulement perplexe mais angoissée ; un sentiment, une fois de plus, de solitude, se mêlant aux trous désormais bien visibles de la réalité familière. Se plonger brusquement, l'écouteur tourné vers elle, dans la voix sérieuse de Waitzenbecker et ses explications absurdes qui gardaient cependant une substantielle vraisemblance face à l'invraisemblance qui avait fait irruption sur la terrasse et également, juste un moment plus tôt, dans sa conscience, l'avait réconfortée. « Elle s'appelle Margot et je ne pouvais pas la laisser tomber, je ne peux toujours pas la laisser tomber comme ça, de but en blanc, et la crise d'appendicite était très, très grave, à son âge, l'appendicite, c'est très, très grave, elle frise la quarantaine et elle m'avait promis, et elle tenait sa promesse, de ne jamais téléphoner à la maison et nous ne nous voyons presque plus… María, n'est-ce pas que tu me comprends, toi ? » — « Bien sûr que je te comprends ! Mais, tu ne vois pas, Rómulo, que ça ne pouvait plus durer comme ça ? Ne vois-tu pas qu'il aurait été préférable que tu te maries avec elle, avec Margot, au lieu de te marier avec Virginia et de les tromper toutes les deux en même temps ? Pauvre Margot, à elle aussi, tu lui as joué un sale tour… ! » — « Ah, María, María, toi au moins, tu sais me comprendre ! » gémissait Waitzenbecker. Et ce fut peut-être en entendant l'absurdité de cette dernière remarque que María éclata de rire. Virginia lui avait raconté que, une fois qu'elle avait découvert l'existence de Margot, à cause de la crise d'appendicite en pleine nuit, Waitzenbecker s'était trouvé dans l'obligation d'avouer l'existence parallèle de trois ou quatre autres filles situées dans son cœur à différents niveaux de profondeur. La plus abyssale était Margot, déjà presque quadragénaire à l'époque, installée bien au-delà du talus continental qu'était le couple officiel, dans des profondeurs juvéniles à l'enseigne des tangos du quartier de la Boca ; mais il y en avait encore trois ou quatre autres, une certaine Edelmira Martorell, d'origine catalane, une Silvina et une Celia Olegaria, cette dernière, la plus récente et la plus simple de l'ensemble fleuri, vendeuse dans un magasin de chaussures de l'avenue Corrientes, et que Waitzenbecker, n'ayant pu résister, ne voyait que de temps à autre, et à qui il envoyait des bouquets de roses, chez elle, ce qui était beaucoup plus compromettant et même explosif que de coucher avec elle, parce que Celia Olegaria avait un fiancé officiel, un jeune homme d'origine italienne. D'une certaine façon, toutes les maîtresses de Waitzenbecker étaient au courant de leurs existences respectives, se toléraient mutuellement et toléraient que Waitzenbecker exposât en fronçant les sourcils et en prenant un air soucieux à chacune d'entre elles les problèmes inextricables des autres, à la seule condition, condition expresse, qu'il ne se compromît pas à promettre à aucune d'entre elles quoi que ce fût de définitif. De Margot à Celia Olegaria, Waitzenbecker avait déployé un très bel arc-en-ciel d'infidélités fidèles à sa non-compromission. Son mariage avec l'Espagnole avait mis tout cela sens dessus dessous et il avait eu une première année de vie conjugale suprêmement accidentée. Ses maîtresses, dirigées par Margot, ne lui laissaient pas un moment de répit. La situation se normalisa petit à petit et Virginia devint, sans s'en apercevoir, une maîtresse supplémentaire de Waitzenbecker — pareille aux autres, du moins aux yeux de toutes les autres. De fait, celles qui étaient le plus près de la surface disparurent peu à peu. Et, après huit ans de mariage, il ne restait quasiment plus que Margot, incrustée comme le Titanic, coupée en deux de la proue à la poupe, au plus profond des abîmes. Margot était là pour la vie. Son seul défaut, c'était qu'elle n'était plus présentable. Un air indélébile d'entraîneuse et de fille des rues. Et Waitzenbecker l'aimait ainsi. Il l'aimait impudente. Et il l'installa comme il se doit dans un appartement de Palermo. Sans la crise d'appendicite, rien n'aurait changé. Et la force de la routine et du côté conventionnel de leurs rapports — aussi chastes que niais — était telle que Waitzenbecker n'avait jamais ou pratiquement jamais de sentiment de culpabilité ou l'impression d'être infidèle à son épouse légitime, Virginia l'Espagnole. Le scandale de Virginia et ses déclarations glacées au sujet de l'honneur, de « la situation intolérable » et de « l'humiliation indigne » surprirent profondément Waitzenbecker qui, après la fuite de Virginia, pleurait de chagrin chez Margot tout en cherchant un moyen de la faire revenir. L'idée de téléphoner à María leur traversa à tous deux l'esprit au même moment. « La sainte espagnole va à tous les coups te trouver la solution », avait déclaré Margot. Et pour la première fois, Waitzenbecker avait téléphoné de chez elle. Margot, qui avait écouté les mots de María, « pauvre Margot » et « sale tour », grâce à un écouteur annexe, se déclara aussitôt enthousiasmée par elle : « Quelle femme, comme elle a les idées claires, elle te l'a dit bien clairement, ou l'autre, ou moi, l'une des deux, pas de demi-mesure, ça c'est une femme de cœur ! » Et Waitzenbecker disait que c'était exactement ce que, pour sa part, il pensait et que María était en fait la seule femme qu'il aimait vraiment et qu'il aimerait jusqu'à son dernier jour. Et Margot maintenant, après avoir entendu la conversation, lui donnait mille fois raison et voulait même une photo de María en couleur pour la mettre dans le petite salon. Cette histoire de photo, il en avait déjà été question avant même que Margot s'enflammât, du temps où leurs rapports étaient simple routine, quand Margot entendait parler de María et voulait voir sa photo pour avoir une idée d'elle. Si bien que la première conversation téléphonique entre María et Rómulo se termina par cette histoire de photo qui la fit de nouveau rire. « Je t'en enverrai une où je suis avec Pelé, comme ça tu verras comme il est grand. » — « Rappelle-toi le *Ritz*, María, tout était vrai, tout ce que j'ai dit. On t'aime beaucoup à Buenos Aires... », avait ajouté Waitzenbecker sans pouvoir s'en empêcher et un peu pour satisfaire les sentiments de Margot qui écoutait dans la chambre à coucher. María garda cinq minutes les yeux fermés après cette conversation qu'elle reconstitua. Rómulo avait promis de rappeler dans une quinzaine de jours pour demander des nouvelles de Virginia, mais pas seulement pour cela. Il lui semblait que Rómulo n'appelait pas pour Virginia, il appelait... pour parler ou pour appeler. Son bon sens lui disait qu'il était absurde de penser, même s'agissant de Rómulo et de ses amours chroniquement générales et hors champ, qu'un tel appel fût pour elle. Que dire à Virginia ? Peut-être n'était-il pas vrai que Rómulo appelait pour appeler. Il était peut-être plus dans l'ordre de la vérité, pour le moment du moins, de lui dire qu'il appelait pour demander de ses nouvelles.

Quand María raccrocha, la terrasse était éclairée et vide, la salle de séjour aussi était vide, il n'y avait personne dans le bureau de Martín et elle monta, inquiète et de nouveau perplexe, jusqu'à la chambre de Pelé où elle trouva ce dernier perturbé, en pleurs et en même temps irrité. María passa une heure avec son fils et, quand elle entra dans la chambre à coucher conjugale, beaucoup plus calme et revigorée, elle trouva Martín qui lisait dans le lit, déjà en pyjama, comme tous les soirs depuis leur mariage.

Il les avait vu s'embrasser sur la terrasse. Tandis que María se précipitait vers le téléphone et que Gonzalo se perdait dans les ombres du jardin comme un fantôme, Pelé s'était retrouvé seul avec Virginia et son père et il s'était senti si malheureux qu'il s'était enfui en courant dans sa chambre. Virginia et Martín disposaient de toute la terrasse et, pour la première fois de tout l'après-midi, ils se sentirent à l'aise. Ce vaste espace éclairé, borné par la maison silencieuse et ouvert sur la nuit précoce du jardin humide d'octobre, invitait à s'asseoir ensemble, à se sentir ensemble et à chuchoter. Tous deux parlaient à voix basse. Tous deux se regardèrent dans les yeux, tous deux restèrent un instant assis sans se regarder, regardant le ciel encore légèrement rose et blafard, tous deux se relevèrent plus ou moins en même temps et firent un petit tour songeur autour des chaises et des tables, puis se retrouvèrent et, sans le vouloir, s'étreignirent les mains. Tous deux avaient complètement oublié la scène violente qui venait de se passer et étaient plongés dans les souvenirs des promenades de l'après-midi et dans les séquelles intérieures des regards doux, intenses et fugaces qu'ils avaient échangés la semaine durant. Cette situation, tous les deux livrés à eux-mêmes sur la terrasse, avait tous les ingrédients d'un dénouement. Voilà pourquoi ils s'étaient embrassés : parce qu'il n'y avait pas d'autre solution et parce qu'ils désiraient savoir quelle saveur avaient les baisers d'une bouche et d'une langue déjà mille fois imaginées. Comme aurait dit Martín, après avoir trouvé sa plus petite chance d'exister, ce baiser avait été un passage entre les cent thalers possibles et les cent thalers réels et une sorte de conclusion de l'argument (ontologique) qui démontrait l'existence de l'amour dans l'entendement et dans la réalité. Et

Gonzalito qui, après s'être caché dans les frondaisons, était revenu regarder la terrasse comme un animal pris en chasse surveille son persécuteur par un trou, observa tout le rituel — suprêmement conventionnel et prévisible à ses yeux — d'un baiser hétérosexuel et d'un adultère en gestation. Gonzalito ne s'attendait pas à une chose pareille de la part de Martín. Entre flirter, faire le paon devant Virginia et trahir María dans sa propre maison, au beau milieu d'une terrasse éclairée, il y avait une marge que Gonzalo, en toute sincérité, n'aurait jamais cru son beau-frère capable de franchir. Ce baiser était doté de toute l'impudence de la jeunesse mal élevée qu'on voit dans les rues et de toute l'excessive concupiscence de l'âge adulte. Gonzalito sentit ce baiser sur ses propres lèvres, humidifiant son visage, se déplaçant sur son nez, ses pommettes, ses oreilles, son cou et sa bouche comme une langue irrésistible qui finit par l'exciter sexuellement. C'était ridicule ! Il se retira au fond du jardin et s'allongea sous les cerisiers en pensant au destin de sa sœur. Tant d'années de fidélité et de dévotion pour en arriver là ! La vulgarité de la scène à laquelle il venait d'assister l'irritait agréablement. L'admirable Martín de sa jeunesse, l'intouchable artiste replié sur lui-même, transformé en époux adultère dans une scène sans grandeur. L'absence de grandeur était flagrante. Il n'y avait eu que de l'attirance sexuelle, guère raffinée. Un vulgaire adultère. Sa conscience et sa bouche s'emplissaient de cette expression. Il se calma au bout d'un moment en se souvenant de la façon dont Pelé avait quitté la terrasse lorsque sa mère était partie. Ce ne fut qu'à ce moment-là que le sens de son propre comportement, de ses paroles déchaînées, des paroles de Martín, de leur affrontement et de sa retraite finale, commença à s'élucider. C'était un sens ambivalent qui, d'une part, recueillait l'impatience et la frustration accumulées durant ces longs quinze derniers jours et tant d'années auparavant et qui, d'autre part, posait une question complexe sur sa position dans l'avenir de la maison. Était-il possible, après une telle sortie, de continuer, comme d'habitude, de bavarder et de se promener avec Pelé comme d'habitude, de retrouver tranquillement deux fois par jour le reste de la famille dans la salle à manger et dans le salon ? Cette maison est aussi à moi, avait dit Gonzalo. Et cette idée jouait, en effet, un rôle important dans sa réflexion présente. Il était là de plein droit. Ses rapports avec son neveu se déroulaient au sein d'une légitimité fondamentale. Et qu'était-ce, de fait, ce qu'il avait dit, crié ? Gonzalito ne se souvenait plus d'une seule phrase ; il ne se souvenait que de l'irrépressible contrariété qui l'avait poussé à se lever et à les prononcer. Il se souvenait, comme après une crise d'épilepsie, du malaise initial et de sa torpeur lorsqu'il avait repris connaissance. Il ne se souvenait pas de ce qui s'était passé entre-temps. Gonzalito sourit en pensant à tout cela. La scène avait dû être suprêmement spectaculaire ! Comme un épileptique qui reconnaît petit à petit, à mesure qu'il fait des efforts pour parler, les morsures de la langue et les violentes traces violacées de ses convulsions. Gonzalito reconnaissait maintenant, en tâtonnant, les terribles phrases prononcées, le mépris implicite qu'il y avait dans tout ce qu'avait dit Martín, sa propre phrase finale, ce « tu ne sais pas à qui tu as affaire », d'un si sinistre effet, dont il n'arrivait pas lui-même à discerner maintenant le sens et les conséquences. Avant de se perdre dans les ombres, Gonzalito avait proclamé à propos de lui-même quelque chose que maintenant il se sentait incapable de reconnaître. Il se souvenait de la phrase et même de la haine momentanée avec laquelle il l'avait prononcée, mais il ne savait plus ce qu'il avait voulu dire. Elle contenait une menace furieuse et un sujet caché qui, le cas échéant, serait l'exécuteur de la menace. Mais qui était ce sujet ? Il se pouvait que Martín ne sût pas à qui il avait affaire. Mais Gonzalito non plus ne le savait pas avec certitude. De qui s'agissait-il alors ? Si l'agressé était Gonzalo, Martín avait affaire à lui et, cela, il devait le savoir. Tout le monde devait le savoir. Gonzalo lui-même le savait aussi. Il n'y avait là nul mystère. Le mystère venait de ce qu'il répétait sa propre phrase et découvrait que, dans l'ignorance de l'identité de l'agressé mentionné au début de la phrase (« tu ne sais pas à qui… ») et qu'il attribuait à l'agresseur, il y avait aussi l'ignorance de l'agressé lui-même qui invoquait un inconnu en son propre nom. Ni Martín ni Gonzalo ne connaissaient l'inconnu invoqué avec lequel Martín avait affaire dans une sorte d'impasse et dont Gonzalo, s'il examinait froidement sa propre personne, ne pouvait répondre. L'invoqué était au-delà de toute responsabilité directe ou indirecte de Gonzalo. Martín s'était mis dans de sales draps. Gonzalo eut à ce moment-là l'impression que lui-même, Gonzalo en chair et en os, était, en tant qu'agressé, comparativement insignifiant. Gonzalito pouvait même pardonner l'agression, l'oublier ou lui ôter de l'importance et continuer d'avoir des relations avec Martín comme si de rien n'était. Mais il se trouvait que tous deux, Martín et Gonzalo, en raison de ce qui avait été invoqué, s'étaient exposés à de nouveaux et terribles rapports compensatoires qui pouvaient avoir des effets dont Gonzalito ne saurait se considérer responsable. L'inconnu prendrait tout en charge à sa manière et en son temps. Gonzalito respira, soulagé, se redressa et s'assit en entourant ses genoux de ses bras. Il ne s'était jamais senti aussi lisse et vide qu'à ce moment-là. Il se sentait de nouveau enfant dans le même jardin noir que celui de son enfance, jouant à cache-cache avec María en attendant l'heure de se coucher. Maintenant, il ne ressentait nulle rancœur vis-à-vis de qui que ce fût. Il ne se sentait même pas impatient en pensant que Pelé partirait très probablement pour le collège sans lui dire au revoir et qu'ils ne se reverraient plus avant la fin de la semaine, voire de la semaine suivante. Ils iraient tous à la salle à manger, au salon, dans leurs chambres et dans le jardin en parlant les uns avec les autres ou tout seuls et en silence, et María aussi, surtout María, et Gonzalito s'enfoncerait dans les taupinières souterraines en les cernant, en cernant María sans qu'elle le sût, voyant tout sans être vu, entendant tout sans être jamais entendu, maître de tous les destins, doux et puissant comme un animal secret, dont on ne peut soupçonner l'existence. Et à la fin, il réapparaîtrait, comme dans son enfance, surprenant María au moment le plus inattendu. Ils admireraient tous l'habileté de Gonzalito à passer sans être remarqué dans les vies de tous les habitants de la maison. Et il pénétrerait dans la chambre de Pelé et le verrait étudier, ou se doucher, ou couché sur son lit, ou en train de dormir, tel l'homme invisible qui ne redeviendrait visible que si on lui donnait un coup d'épée. Tout cela était réjouissant et brutal en même temps. L'apparition au beau milieu d'une simple phrase de menace — une phrase vulgaire que tout le monde a employé un jour ou l'autre — d'un inconnu invisible ajoutait au jardin assombri et à la conscience creuse de Gonzalito une dimension exceptionnelle et dangereuse. Tout cela faisait un peu peur. Cela faisait très peur de se retrouver seul dans la nuit qui avançait, accompagné sans le voir de l'habitant du lieu où Martín s'était fourré par bêtise et d'où personne ne pouvait désormais le chasser — et encore moins Gonzalito. Gonzalo se releva et se dirigea silencieusement vers la maison où il entra sans être vu et il s'enferma dans sa chambre. Il rêva que Pelé et lui échappaient ensemble à un inconnu souriant.

La présence parfumée de Virginia dans la maison — un parfum pas trop odorant parce qu'elle utilisait des parfums de luxe dont la fragrance ne se dégageait qu'à certains moments délicats et grâce aux mouvements délicats de sa silhouette d'une très grande minceur — était une stimulation sensorielle constante pour les sens les plus nobles et les moins nobles de Martín. C'étaient plutôt les moins nobles, le goût et l'odorat, qui étaient les plus stimulés, parce qu'il lui était resté une saveur ou un arrière-goût du baiser sur la terrasse et, pour l'odorat, il en avait un témoignage quotidien, ou un gage, ou un échantillon mobile lorsqu'il retrouvait Virginia aux heures fixes du déjeuner, du thé et du dîner, mais aussi à l'improviste, à n'importe quelle heure entre huit ou neuf heures du matin et minuit, heure à laquelle tout le monde montait dans sa chambre pour dormir ou ne pas dormir, selon les cas. Martín dormait à poings fermés — mieux que jamais maintenant que l'amour le tenait en éveil et sur le qui-vive toute la sainte journée durant. Si, avant le baiser, tout avait été futur, après le baiser, ils avaient déjà un passé, comme une petite noix, capable de les consoler durant le long entracte subséquent. Parce que, maintenant, s'était, en effet, ouvert pour les deux amoureux un entracte de grandes dimensions, déterminé non seulement par le grand arrêt qu'ils avaient fait auquel s'ajoutaient l'heureuse surprise et l'étonnement de se savoir amoureux, mais aussi, et cela, dans les deux cas, par une sorte de rechute dans la réflexion morale et littéraire. En même temps qu'ils s'aimaient, tous deux pensaient à María, ce qui leur donnait un air renfrogné — le moment éthique —, et ils pensaient à eux-mêmes, Virginia pour changer de chemisier, de chaussures et de jupe et être toujours ravissante, et Martín pour écrire avec une détermination et une inspiration renouvelées le dénouement de son meilleur roman, le grand roman de la vie intérieure — le moment esthétique. Conséquence de l'amour, ils occupaient tout entier le large éventail des passions et des étapes qui jalonnent le chemin de la vie. Et ainsi, d'un feuillet l'autre, Martín se sentait à nouveau sage, fort d'une sagesse qui incluait maintenant une certaine dose d'ironie vis-à-vis de lui-même — sa rectitude et son austérité traditionnelles avaient été un peu ébranlées — et une grande compassion pour María qui n'était certainement pas de la commisération et qui n'incluait pas la moindre trace de désamour — un truc bon pour les Pygmées, à qui l'amour met des œillères au lieu de les ragaillardir et de les ouvrir de part en part à tout amour en général, y compris à l'amour de la femme légitime ; et c'était encore plus vrai dans le cas de María qui avait décuplé sa légitimité civile et religieuse par le biais d'une légitimité spirituelle spécifiquement personnelle, dont la vigueur et la valeur dans les circonstances présentes embuaient les yeux de Martín de larmes et attendrissaient son cœur tout en le rassurant. De fait, le personnage de María profitait au plus haut point de l'abondante irrigation sanguine qui pompait dans le nouveau cœur du vieil époux. Maintenant, le soir, Martín lisait moins et se lançait plutôt dans de longs bavardages avec María qui finissait par bâiller et par piquer du nez entre deux phrases. Martín était pris le soir d'une inhabituelle envie de parler, comme si l'excédent des feuillets de la fin du roman plus l'excédent de l'énergie amoureuse, qui devait pour le moment se contenter pour se consumer de la vision de Virginia dans la maison et d'échanges verbaux intermittents sous les yeux de toute la famille, se regroupaient à partir de minuit autour du lit conjugal pour ne lâcher prise qu'à trois heures ou trois heures et demie du matin, moment où María s'abîmait dans le sommeil avec la radicalité d'un plomb jeté dans l'eau. Ces heures indues qui, à bien y regarder, n'étaient qu'une prolongation exceptionnelle de leurs habitudes avaient pour Martín une énorme importance. En parlant avec María, il avait l'impression de rendre clair, net et de coucher par écrit son sentiment que sa fidélité était au-dessus de toute velléité sentimentale et de toutes les stimulations sensorielles précipitées que lui procurait la présence de Virginia. María ne dépendait pas des sens parce qu'elle tombait pleinement dans le territoire nouménal. Ou dans n'importe quel territoire où il était clair que les frivolités et les légèretés comparées de l'attirance charnelle n'affectaient pas la consistance de María qui continuait et continuerait à circuler agilement jusqu'à la mort — *agilem sine levitate* — dans la conscience de Martín. Parler avec María jusqu'à des heures indues était donc un soulagement auquel il n'aurait à ce moment-là renoncé sous aucun prétexte. María le regardait de ses yeux clairs, l'interrompant parfois par quelque commentaire, essayant de suivre les méandres de ses raisonnements dans lesquels, à de telles heures, il s'embrouillait, les sujets s'entassant les uns sur les autres comme s'ils étaient tous des aspects d'une seule et même chose. L'un des sujets abordés fut, bien entendu, Gonzalito, qui eut tout d'abord droit à son indignation, puis à de plus en plus de considération et de distance, compte tenu de l'expression butée de María. En fait, cette histoire ne le préoccupait pas vraiment : il considérait l'explosion de son beau-frère comme un accident hystérique, fruit de l'oisiveté et de son incapacité à acquérir, malgré son âge, une identité reconnaissable. « C'est une crise d'identité, María. N'aie aucun doute là-dessus. Il se retrouve contraint de réclamer violemment l'attention d'un gamin parce qu'il sait fort bien qu'il est incapable d'intéresser les autres. Avec Pelé, il peut encore se croire quelqu'un, s'imaginer qu'il a des problèmes à aborder avec lui et à résoudre ; c'est pourquoi il ne supporte pas de le voir s'intéresser à autre chose, serait-ce à une simple partie de petits chevaux. Sur le moment, j'ai été très indigné, mais maintenant je me rends de plus en plus compte que ce n'était qu'un enfantillage. Malheureusement, ce comportement de gosse à l'âge qu'il a peut devenir une tare grave. Incompatible, bien entendu, avec la vie de famille. Maintenant qu'il n'a plus Pelé pour bavarder, j'espère qu'il ira dans son maudit appartement. C'est regrettable, parce que, pour toi et moi, il sera toujours un peu l'adolescent enthousiaste que nous avons connu… J'espère qu'il saura employer l'argent de son père à bon escient ! » Ces considérations paisibles recelaient plus de radicalité qu'elles n'en avaient l'air. María remarqua très vite que le ton raisonnable de Martín impliquait une disqualification totale de Gonzalito. Il en faisait un souvenir, le réduisait à une perpétuelle enfance. La seule défense qui venait à l'esprit de María était d'invoquer — du moins en son for intérieur — le caractère inachevé de toutes les créatures et la nécessité de donner à chacune d'elles le temps de trouver son être véritable. Ce qui, énoncé ainsi, était très vague, bourré de bonnes intentions — rien de sérieux à opposer aux raisonnements de Martín, d'autant plus que maintenant son indignation s'estompait et qu'il se comportait avec une impeccable courtoisie avec son beau-frère. Elle non plus n'avait rien de nouveau à dire. À partir de l'incident de la terrasse — qui se répétait encore, disproportionné et informe, dans sa mémoire —, María avait commencé à admettre qu'il y avait des éléments imprévisibles dans le comportement de son frère. Elle devait faire un gros effort pour accepter l'imprévisible — cette donnée ou cette force capable de modifier la réalité connue de l'extérieur. Chaque réalité présente dans sa vie, chaque être humain individuel étaient pour elle une unité cohérente d'ombre et de clarté. On ne pouvait pas voir d'un seul regard tout ce qu'était chaque être — on ne pouvait pas voir tout Martín, ou tout Virginia, ou tout Pelé, ou tout Gonzalito. Avoir des relations avec eux consistait en grande partie pour María à voir le visible et le compréhensible et les retenir en attendant que l'invisible apparût à son tour. L'invisible ne pouvait pas être menaçant si le visible ne l'était pas. Il pouvait être, certes, mystérieux parce que ce qui était clair, évident, ce qui se montrait en pleine lumière pouvait être également, et l'était souvent, mystérieux. Le sens du mystère se conjuguait chez María avec le sens de la clarté. Ainsi la beauté d'un massif de pétunias blancs par une matinée d'été lui semblait-elle mystérieuse dans son évidence absolue. Ainsi son propre fils, dont elle avait observé la vie instant après instant, lui semblait-il bien souvent mystérieux, un bien sacré, encore invisible, dont la manifestation totale devait être patiemment attendue : le mystère était que ces créatures, les pétunias, Pelé, les mille choses de la vie quotidienne, fussent dotés d'existence. La patience que María considérait comme appropriée à ce mystère lumineux était une attitude complexe qui se différenciait clairement de toute passivité et de tout aveuglement en ce qu'elle était une façon active de scruter le futur, comme si on essayait de le deviner, en s'aidant des évidences que l'on possédait déjà, en les corrigeant et en les purifiant à une lenteur infinie au fur et à mesure que chaque être évoluait et avec le temps se donnait à voir dans une perpétuelle matérialisation de ses indices. Voilà pourquoi le mystère, la révélation temporelle de chaque être aimé étaient toujours à ses yeux quelque chose d'attendu et, par conséquent, quelque chose appartenant à l'être qui s'attendait à quelque chose de prévisible, quelque chose d'intérieur et qui lui était propre. María en était arrivée à dire un jour à un moine que le mystère de l'incarnation ne l'avait jamais étonnée parce qu'il était *prévisible* que Dieu se fît homme si on soumettait à un examen attentif la clarté dont était dotée l'idée d'amour divin. Il était prévisible, selon elle, que Dieu se fît homme et se laissât crucifier par les hommes. L'imprévisible eût été le contraire ! De la même manière, les êtres aimés donnaient à voir de continuelles manifestations de leur être qui était donc toujours visible à l'avance dans le joyeux mystère de son apparition et de sa progression vers la visibilité — l'être de chaque être était prévisible par définition. L'imprévisible, en revanche, était pour María toujours accidentel. Il ne pouvait être prévu parce qu'il n'appartenait pas à l'être de chaque chose. Sur ce point, l'ontologie improvisée de María s'embrouillait un peu et vacillait, comme surprise par un accident colossal. María se rendait compte qu'il n'était pas tout à fait vrai que l'accidentel n'eût rien d'essentiel, et fût une simple irrégularité extérieure. Un orage d'été qui écrasait les pétunias ne faisait peut-être pas partie de leur beauté, mais il faisait à coup sûr partie des cycles naturels de ces plantes. En ce cas, l'imprévisible qui détruisait la beauté était d'une certaine façon prévisible. Et les erreurs des personnes qui faisaient des choix à l'encontre de leur véritable être à venir n'étaient imprévisibles ou prévisibles qu'en termes de liberté. María avait du mal à croire que la liberté pût donner lieu à un imprévisible absolu, quelque chose que pas même l'attention amoureuse à l'être constamment à venir eût pu prévoir parce qu'elle survenait en lui par le truchement de sa propre liberté. Le mystère de la liberté était-il donc extérieur à ce que l'on pouvait voir de chaque être à l'avance ? María ne savait répondre. Et il semblait évident que, depuis son retour d'Angleterre, étaient apparues chez Gonzalito des choses imprévisibles, réellement imprévisibles, qui plongeaient María dans une grande perplexité. Une fois de plus, la perplexité.

Cet après-midi, tous étaient de dos et comme lovés les uns dans les autres. María se souvenait de la terrasse comme d'un lieu où elle n'était plus. C'était ainsi qu'elle l'avait vue à ce moment-là et cette impression s'était figée dans son souvenir. Il était fort possible que la perplexité se fût dissoute sans laisser de traces, s'il n'y avait eu l'incident provoqué par Gonzalito avec toute son aigre imprévisibilité. Elle était allée ce soir-là chercher de l'aide auprès de Pelé et, bien que la compagnie de son fils l'eût apaisée, elle n'avait pas réussi à réduire l'incident à des proportions compréhensibles. Pelé avait en un premier temps déclaré qu'il ignorait totalement pourquoi son oncle avait provoqué un tel scandale. Dans ses « Je ne sais ce qui lui arrive, je ne le comprends pas ! » du début, il y avait une bonne dose d'irritation — trait inhabituel chez le garçon. María ne tarda pas à comprendre qu'une telle irritation procédait d'un curieux mélange d'amour-propre et de sens de la responsabilité. Il semblait à l'enfant que sa mère lui demandait d'une certaine façon des comptes au sujet du comportement de son oncle, dont il sentait qu'il avait négligé le bien-être en retournant au collège, bien que ce ne fût pas non plus pour lui tout à fait un problème personnel. Il se sentait aussi dépassé par les événements que sa mère. D'autre part, il désirait l'aider en rendant compréhensible une conduite de toute évidence excessive. Et, arrivées à ce stade, les choses se compliquaient de nouveau parce que Pelé se rendait compte qu'il détenait à propos de Gonzalo plus d'informations privées que sa mère. Cela dit, sur la demande expresse de Gonzalito, il devait à peu près tout cacher à María. Les mots de Gonzalo, « ne le dis pas à ta mère », commençaient à produire leurs effets, des effets ambigus. Pelé ne se sentait pas libre d'analyser avec sa mère la conduite de son oncle. C'était une autre source d'irritation. Pelé n'avait pas l'habitude des cachotteries ou des dissimulations. Il n'y en avait jamais eu entre lui et sa mère et, par conséquent, l'obligation de devoir garder pardevers lui une partie des informations — et de ses jugements au sujet de la conduite de son oncle qui procédaient directement de ces informations ou qui pouvaient les révéler en étant énoncés — le mettait très mal à l'aise. La seule chose qu'il réussit à faire fut que sa mère accordât du crédit à ce qu'il disait : qu'elle crût ou feignît de croire que cette explosion n'avait pas été aussi inexplicable qu'elle en avait l'air. Pelé affirma qu'il pouvait la comprendre en se fondant sur les états d'âme de son oncle à propos desquels, dit-il, il préférait ne pas donner d'explications. Et María respecta cette réserve de son fils qui, curieusement, le faisait paraître plus grand et très adulte. Sa confiance en lui l'aida à recouvrer, ce soir-là, sa confiance en la réalité. Peut-être aurait-elle dû, à ce moment, pousser l'enquête plus loin ou affronter directement son frère. Et, ce même soir, pendant qu'elle parlait avec son fils, furent posées ces questions : « Penses-tu que j'aurais dû lui en parler ? Lui demander pourquoi il s'était fâché si brutalement contre toi ? » — « Il ne t'aurait pas répondu. Il dit que nous sommes, lui et moi, des conjurés, une sorte de société secrète, que nous nous y retrouvons pour parler et nous entraider et que personne d'autre ne peut y entrer. Il donne beaucoup d'importance à tout ça, il dit que c'est la seule chose qui l'aide dans la vie. Ça vient de la même chose, la mauvaise passe qu'il a traversée à Londres. » — « Mais toi, cet après-midi, as-tu fait quelque chose qui allait à l'encontre… à l'encontre des règles de cette société, quelque chose qui lui aurait donné un prétexte pour se fâcher autant ? » Pelé soutint que non. Et María se laissa ce soir-là rassurer par l'assurance que son fils, l'irritation initiale passée, générait. « Ce n'est sûrement rien de très grave, pensa María, sinon Pelé en parlerait. Je dois faire confiance à son bon sens. Si j'intervenais maintenant personnellement, Gonzalito aurait l'impression que je veux me mêler de leurs affaires et les surveiller. Peut-être plus tard. Intervenir en ce moment même ne servirait qu'à donner encore plus d'importance à ce qui s'est passé, à lui donner un caractère extraordinaire. » Ce qui avait consolé María, réduisant à néant tant l'étrange perplexité de l'après-midi que le sentiment de se trouver avec Gonzalo devant quelque chose d'imprévisible, ce fut cette facile, cette chaude et claire communication avec son fils, dont elle fit ce soir-là une fois de plus l'expérience. La physionomie paisible du monde de María s'en retrouva ce soir-là provisoirement restaurée. Curieusement, ce qui empêcha la confirmation de cette restauration fut une habitude établie quasiment depuis le premier jour de son mariage : la coutume de parler au lit. L'intensité et la durée inaccoutumées des monologues de Martín altéraient la physionomie pacificatrice de cette habitude. María s'endormait contre son gré au beau milieu des monologues, ce qui la mortifiait à un point indicible. Jamais auparavant, durant les quinze ans qu'ils avaient passés ensemble, Martín ne s'était si longuement étendu et María n'avait eu autant sommeil ! Il était fort possible que l'effort supplémentaire imposé par une maison beaucoup plus grande la laissât le soir épuisée. Mais la simple fatigue justifiait tout au plus l'envie de dormir de María. À quoi étaient dus cette vivacité insensée, ces monologues éloquents de Martín ? Il est vrai que pendant la journée ils se voyaient moins. À moins qu'elle n'allât le chercher dans son bureau, ils pouvaient passer une journée entière, à l'exception des repas, sans se voir, ne serait-ce qu'un moment. Cela n'avait rien de particulier et c'était cependant un fait de plus dont il fallait tenir compte. Ce « dont il fallait tenir compte » était devenu une caractéristique de tous les faits. Et cette condition spéciale qui semblait envelopper les faits dans un solennel papier cellophane ne contribuait précisément pas à dissiper la perplexité. La perplexité venait et repartait sans le moindre principe régulateur. Sur ce, Martín se mit un soir à évoquer son grand roman. Il était déjà tard, plus de deux heures, et María prit tout à trac conscience que Martín lui demandait quelque chose de très précis : « Te souviens-tu, María, il y a déjà des années tu m'as demandé pourquoi mon personnage ne tombait jamais amoureux ? T'en souviens-tu ? » María s'en souvenait et se secoua dans son sommeil comme elle put pour lui répondre oui. « Eh bien, il finit par tomber amoureux, toutes ses complications tombent raides et tout est simplifié, qu'en penses-tu ? » — « Je pense que c'est un gros progrès. Il est sûr que le roman va maintenant déborder d'énergie. » — « Oui. Le seul point noir, c'est que c'est une énergie adultère. Mon personnage s'est fourré dans une classique histoire d'adultère. C'est un homme marié et il avait été jusqu'alors fidèle à sa femme. Crois-tu, María, que l'infidélité soit possible ? » Martín fit une pause qui sembla battre des ailes comme un animal nocturne ironique et criard s'interposant entre eux. Il reprit la parole avant que María ne répondît, comme s'il voulait l'empêcher de répondre. « Comment crois-tu, toi, que devrait être une conscience, une conscience réelle, pour pouvoir être infidèle ? » — « Un être inquiet », répondit María. Et elle ajouta aussitôt : « Un être qui n'est pas sûr de son être. » — « Exact. C'est le cas de mon personnage. » María remarqua aussitôt que c'était la première fois en quinze ans de mariage que se posait entre eux le problème si controversé de l'infidélité conjugale. Le « dont il fallait tenir compte », qui, ces derniers temps, enveloppait les faits de sa vie, avait fait réapparition. María se sentit perplexe. Et pour ne plus se sentir ainsi, elle demanda à Martín de la mettre au courant de la situation de son personnage, des derniers événements du roman et des circonstances de l'amour adultère. Ce fut ainsi que Martín se mit à raconter soir après soir à María l'histoire de l'adultère imaginaire — réel dans la fiction — de son personnage. María ne s'endormait plus.

La visite que lui avait rendue sa mère lors de la fâcheuse soirée du scandale de son oncle Gonzalo avait fait beaucoup de bien à Pelé, que cette explosion avait tout à coup plongé dans l'angoisse. Pelé faisait bien les choses, les réussissait et était félicité. Il en avait toujours été ainsi et il n'en tirait aucune gloire. Le passage de l'enfance à l'adolescence, de la compagnie de sa mère à celle de ses camarades, s'était révélé fructueux. Pelé était naturel, il avait l'habitude de se laisser aller et de se manifester tel qu'il était, imitant les manières simples de sa mère, ou influencé par elles. María lui avait appris — sans probablement jamais recourir à la parole — qu'on est comme on est, ce qui ne signifie pas, tant s'en faut, qu'on est parfait. María possédait le sens du temps à venir. Et son fils avait appris à remarquer les imperfections et les confusions qui caractérisaient chaque être en particulier — ainsi de minuscules fleurs bleues et violettes pouvaient être comparées entre elles, selon leur degré de perfection. La mère et le fils avaient très souvent examiné, en prenant pour modèle un fragile exemplaire considéré d'une extrême beauté et d'une très grande perfection, le cas d'autres fleurs de la même espèce qu'un défaut empêchait d'accéder à cette suprême perfection. Et il était évident que, parmi ces pauvres fleurs, certaines étaient plus petites ou moins finement dessinées et colorées que celle que Pelé et sa mère trouvaient exemplaire. Ces fleurs moins parfaites ne pouvaient d'elles-mêmes modifier leur imperfection. Il était évident, en revanche, que Pelé était plus ou moins aimable avec sa grand-mère, plus ou moins appliqué dans ses études, plus ou moins sévère vis-à-vis de lui-même pendant les entraînements. Et c'était là, dans cette consubstantielle oscillation entre le plus et le moins que Pelé avait le moyen de contrôler, que résidait le chemin de la perfection. Pelé avait vu, dès son enfance, comment chacun, à commencer par lui-même, pouvait imaginer et concevoir sa propre perfection avant d'en être le maître. Ces idées simples n'accédaient pas au statut de concept : c'étaient plutôt des impulsions ou des vecteurs naturels de son mode de vie. L'idée de correction apparut donc chez Pelé à un moment antérieur au jugement, comme une caractéristique propre à la simple perception du monde sensible. Les choses sensibles apparaissaient précisément sous la forme de séries progressives de correction-incorrection : tout le charme étant de repérer, après avoir beaucoup observé, la perspective correcte correspondant à chaque chose. Moyennant quoi, Pelé ne concevait pas que qui que ce fût pût abandonner volontairement cet exercice continuel consistant à prendre, par le truchement de rectifications continuelles, le chemin qui menait à sa propre perfection. Le cas de l'oncle Gonzalo était spécial. Passées les surprises et les étrangetés des deux ou trois premières semaines, Pelé s'était immergé, comme un plongeur qui ne remontait que rarement pour respirer, dans les grottes bizarres et les restes de navires engloutis propres à la spécialité de ce cas spécial. Son oncle Gonzalo n'avait pas l'air d'avoir la moindre idée de ce que pouvait être sa perfection. Il ne pouvait donc corriger la copie, puisqu'il n'existait pas d'oncle Gonzalo exemplaire qui pût servir de point de comparaison. Il manquait, par exemple, d'agilité. Il était très mince mais en même temps raide comme un piquet. Comme on dit, ce n'était pas la grande forme. Une chose qui lui faisait terriblement défaut était la coordination. On aurait dit que son corps fonctionnait tout seul, dans une prolifération insensée de mains, de pieds et de coups de tête qui rendaient le contrôle du ballon impossible. Pelé savait que ce défaut pouvait être corrigé par de l'entraînement. Il avait vu beaucoup de cas semblables. Aussi fut-il surpris que, le lui faisant aimablement remarquer, son oncle lui répondît : « À quoi bon ? » Cet « À quoi bon ? » le scandalisa profondément. La réponse n'était-elle pas évidente ? Puis Gonzalito s'était lancé dans une laborieuse explication dont Pelé sentait qu'elle était en totale contradiction avec tout ce qu'il avait appris auprès de sa mère. La grande expression de Gonzalito, le mot qui donnait naissance à tout, comme par génération spontanée, était « singularité ». Selon Gonzalito, chaque chose en ce monde, et surtout chaque personne, était un cas à part, une singularité qui ne souffrait pas de comparaison et qu'il fallait, en procédant de la sorte, respecter en son être. Être singulier, affirmait Gonzalo, équivalait à ne pouvoir être corrigé. Il alla jusqu'à invoquer pour appuyer sa pensée un dicton que Pelé avait entendu pour la première fois. « Le loup mourra dans sa peau » : chaque personne a une peau qui se révèle peu à peu et n'apparaît complètement qu'avec la maturité — l'âge de Gonzalito — et un caractère ou un naturel propre qui lui aussi s'affirme avec les années et devant lequel, comme pour la peau, il n'y a rien à faire. Aimer quelqu'un, avait affirmé Gonzalito, c'était accepter son caractère et sa peau, sa pure et incomparable singularité. Les comparaisons sont odieuses, ajoutait Gonzalo, parce qu'elles perturbent la véritable perception de la réalité en nous faisant croire qu'on peut tout mettre sur un pied d'égalité. L'amour prend les choses comme elles sont, sans exigence, avec une patience infinie, il ne cherche pas à modifier à partir d'idées extérieures ou d'idéaux impersonnels. Et avec un instinct inégalable pour trouver des arguments familiers à Pelé — il lui suffisait de se souvenir de la manière d'être de sa sœur —, Gonzalito avait proposé, lui aussi, l'exemple d'une petite fleur : voici une pauvre petite fleur imparfaite, la plus laide de toutes les fleurs de son espèce : une petite fleur, comme si c'était trop peu, que Pelé et Gonzalito avaient piétinée sans faire exprès en jouant au football. La voici, examinons-la en elle-même et pour elle-même, sans penser aux autres ! Pourquoi penser aux autres ? N'est-elle pas suffisamment riche en elle-même ? Il y avait quelque chose de pervers, selon Gonzalito, à exiger de la petite fleur une perfection qu'elle ne pouvait avoir parce qu'elle était comme elle était. « Si nous exigions de chaque personne qu'elle se plie à une idée de perfection déterminée, nous détruirions sa singularité. Le charme de la singularité est qu'elle rejette spontanément toute tentative pour la mettre sur le même pied que tout le reste. Crois-tu, Pelé, que je pourrais t'aimer, toi, Pelé, suis-moi bien, toi en chair et en os, si je passais mon temps à te comparer à d'autres gamins de ton âge ? Tu es un absolu pour moi. Tel que tu es, avec ton nez qu'on ne peut comparer à aucun autre, avec tes yeux bleus qui tournent parfois un peu au vert le soir, avec tes longues jambes, avec tes cheveux, tu es un être unique. Tu es une totalité complète et parfaite : on ne peut que t'aimer ou ne pas t'aimer, tu es à prendre ou à laisser ; inutile de se demander comment tu serais si tu étais un peu moins grand ou si tu jouais au basket et non au football ; et il en va de même pour tes petits défauts — car tu en as beaucoup ! Si tu n'en avais pas, tu ne serais pas toi-même ! Pour être Pelé, il faut que tu t'énerves chaque fois que je centre mal ou que je botte en touche ! Pour être Pelé, il faut que tu ressentes vis-à-vis de ton père ce que tu ressens : de l'antipathie et de l'indifférence au lieu de l'affection qu'un Pelé faux mais théoriquement plus parfait ressentirait pour lui ! Ces défauts constituent ta singularité, même s'ils m'épuisent presque plus que tes vertus. Ceux qui t'aiment comme moi, moi qui t'aime sans pouvoir m'en empêcher, qui pense tout le temps à toi, t'aiment tel que tu es, sans qu'il y ait la moindre retouche à apporter. Ce serait horrible que tu te corriges et te transformes en un gamin insipide, pareil aux autres, sans singularité et sans charme ! » — « Mais si la personne est mauvaise… ! » s'était écrié Pelé. « Bravo ! Je suis content que tu perçoives l'éventuelle objection. Voici ce qui se passe, moi je crois que si l'on s'en tient sérieusement à cette notion de singularité dont je te parle, les notions de bien et de mal perdent de leur intérêt. Chez une personne singulière, il y aura peut-être beaucoup de mauvais, d'imparfait, d'incorrect… Et alors ? Si nous aimons cette créature singulière, nous l'aimerons telle qu'elle est, bonne ou mauvaise. » Cet argument — ou cet ensemble d'arguments, parce que son oncle Gonzalo, qui parlait peu avec les autres à table, parlait quasiment sans arrêt avec Pelé — avait pour lui une simplicité analogue à la simplicité des enseignements de María. Et, d'une certaine manière, il fallait donner raison à l'oncle Gonzalo — dans la mesure où il pouvait le faire sans donner en même temps tort à sa mère — si l'on pensait à la singularité de la fleur piétinée. Pelé marquait cependant un temps d'arrêt en arrivant à sa propre singularité et à celle de son oncle. Cette singularité fleurait le prétexte. Pelé n'allait pas plus loin : jamais jusqu'alors il n'avait osé contredire ouvertement son oncle ; mais il lui était impossible d'accepter en bloc que n'importe qui, lui-même, son oncle ou son père, dussent être sans la moindre correction ce qu'ils étaient et que les aimer revînt à les aimer tels qu'ils étaient. Sa propre expérience quotidienne d'élève et de footballeur, qui, cette année, s'entraînait avec les grands pour être remplaçant dans l'équipe du collège, l'empêchait de croire de A à Z à son oncle Gonzalo. On a beau avoir toutes les qualités, il faut s'entraîner beaucoup pour être un bon joueur ! Au football, pensait Pelé, pas d'ennuyeuse singularité qui vaille ! Il ajoutait l'adjectif « ennuyeuse » parce qu'il y avait, invariablement, tout un aspect de l'argumentation de son oncle qui le mettait de mauvaise humeur. Cette mauvaise humeur, par exemple, était un défaut dont Pelé voulait se corriger, ce qui lui semblait une preuve de l'affection qu'il éprouvait pour son oncle. S'il ne se corrigeait pas, sa mauvaise humeur ne finirait-elle pas par défigurer l'image de son oncle Gonzalito ? Une image, certes, compliquée et, pour tout dire, singulière. Le soir où sa mère était montée le voir, toutes ces complications s'entremêlant au nœud de l'explosion sur la terrasse avaient fait que Pelé s'était senti pieds et poings liés. Bien sûr qu'il savait des choses sur son oncle ! Mais il en avait les pieds et les poings liés. Il aurait aimé raconter beaucoup de choses à sa mère — ce qui l'aurait soulagé —, mais le secret inhérent à la notion de singularité l'en empêchait. Et il y avait un point — dont Pelé aurait aimé de tout cœur s'ouvrir à sa mère — à propos duquel oncle Gonzalo — à cause peut-être de la singularité de sa manière d'être — avait touché juste : l'aversion que Pelé ressentait pour son père. Gonzalito en avait tout de suite fait la découverte. Il avait été d'abord surpris que Pelé, qui faisait souvent allusion à sa mère, ne fît jamais allusion à son père. Cette découverte s'était opérée tout naturellement. Il n'y avait même pas eu besoin d'incidents concrets susceptibles de révéler ce sentiment dont Pelé avait honte. De fait, Gonzalito tenait pour acquis que Pelé ne s'entendait pas avec Martín. Jamais il ne parlait de lui en disant « ton père », mais toujours en utilisant son prénom, comme s'il s'agissait d'une connaissance commune sur l'intelligence de laquelle on a des réserves que, par délicatesse, on évite de mentionner. D'une certaine façon, dire « Martín » et non « ton père » (ou, pour Pelé, « mon père ») facilitait la conversation. Il était plus rassurant pour Pelé d'entendre dans la bouche de son oncle : « Martín a été aujourd'hui d'une lourdeur rare au déjeuner » que « ton père a été d'une lourdeur rare… ». « Martín » pouvait devenir, conséquence de la conversation ou des remarques acérées de Gonzalito, un pantin comique, chose que « ton père » n'aurait jamais pu être. Le simple fait que Pelé, comme tous les enfants espagnols, appelait Martín « papa » faisait de « Martín » un nom inusité et futile. Gonzalito découvrit cette faiblesse de son neveu avec la satisfaction et la surprise de celui qui découvre un fil presque invisible dans une porcelaine précieuse. Il se rendit compte que c'était là qu'il pourrait faire des ravages. Et Gonzalito, au départ, se servit de cette découverte non pas tant pour séparer Pelé de son père (et peut-être, à la longue, de sa mère) que pour l'attirer vers lui, en lui faisant sentir que, sur ce point, ils se comprenaient. Il est vrai que Gonzalo eut la surprise de découvrir en même temps que l'aversion que Pelé éprouvait pour son père était une source d'intime et profonde confusion. Au début, Pelé rejeta avec âpreté la complicité que son oncle lui proposait. Des phrases comme « Martín est en fait un *parvenu** », ou « à Martín, il lui manque cette classe dont ta mère n'a que trop », ou encore « Martín ne sera jamais un homme sympathique, malgré tous ses efforts, parce qu'il ne sait pas écouter », ou enfin « Martín manque de charme » (l'oncle Gonzalo adorait réfléchir sur le « charme » : ce petit quelque chose, impossible d'après lui à cultiver parce que c'était un don, on en avait ou on n'en avait pas. « Pelé, toi par exemple, tu en as. Ta mère en a. Martín, non. C'est étrange, il me semble qu'un écrivain devrait en avoir. Et, pourtant, Martín manque de charme. La personne la plus humble, le préparateur en pharmacie le moins cultivé et le plus jeune en a. Et Martín, non. Le charme, on en a ou on n'en a pas. Et si on n'en a pas… c'est regrettable ! »). Au début, Pelé accueillit ce type de phrases avec une franche hostilité. Son problème avec son père était un secret douloureux qui ne pouvait être partagé qu'à l'abri de l'ombre douce de sa mère — sa mère, dont on ne pouvait douter, et qui, en outre, aimait sans réserve cette même personne que Pelé n'aimait pas : Pelé sentait que, dans le chaud giron de sa mère, même un manque d'amour comme le sien perdait ses arêtes, devenait d'une certaine manière intelligible et, pourquoi pas ? à la longue, corrigible. Pelé comptait même s'en corriger définitivement. Gonzalito n'y put donc rien. Toutefois, à la fin de l'été, il avait réussi à faire sourire ou rire son neveu avec des plaisanteries prenant « Martín » pour cible. Victoire d'intentions perfides que Gonzalito justifia en son for intérieur en se disant qu'elles les uniraient tous deux dans l'avenir. Il n'empêche que ce secret fit désormais partie des renseignements que Pelé ne pouvait donner sur son oncle. Il y avait d'autres choses, toutes implicitement ou explicitement scellées par un « ne le dis pas à ta mère ». C'étaient les choses relatives à la singularité d'oncle Gonzalo en tant que tel. La plupart d'entre elles tournaient autour de l'idée de société secrète que Pelé avait évoquée devant sa mère le fameux soir. « Ce qui se passe entre toi et moi, nous sommes les seuls à pouvoir le comprendre. C'est quelque chose de particulier qui ne s'explique que par les circonstances présentes. Nous nous comprenons parce que ça nous arrive à tous les deux en même temps, c'est une expérience commune, parfois douloureuse, parfois réjouissante, parfois une grande joie, par exemple quand nous regardons ensemble voler une hirondelle, ou que nous sommes assis sous les arbres et regardons le soleil se faufiler entre les feuilles, peut-être ton bras et le mien se frôlent-ils, ou de joie fondons-nous dans les bras l'un de l'autre, toutes choses incompréhensibles de l'extérieur. Il y aurait forcément malentendu. Ce qui est normal entre nous paraîtrait anormal, ce qui, pour nous, est l'expérience du bonheur et du bien paraîtrait condamnable. Remarque bien, Pelé, que ces grands événements auxquels nous participons tous les deux sont tous éphémères, ils durent le temps que nous mettons à les penser, nous n'avons pas le temps de les exprimer, ce sont des choses qui surviennent et que nous n'arrivons même pas à nous dire entre nous, c'est le mystère d'un charme, de la sympathie que nous avons l'un pour l'autre, il n'y a rien à raconter parce que si nous le racontions, nous détruirions tout, voilà pourquoi nous formons une société secrète, voilà pourquoi tu ne dois parler à personne de ce qui se passe entre toi et moi, même pas à ta mère. » Jamais on ne lui avait parlé ainsi. C'était la première fois que Pelé se heurtait à des rapports si singuliers et si spéciaux qu'il ne pouvait même pas en parler à sa mère. Le fait qu'il y eût entre María et Gonzalo des liens si étroits de fraternité et d'affection — que Gonzalito prenait à tout moment grand soin de rappeler — ajoutait à l'impérieuse nécessité du secret une touche de fascination. Gonzalo avait finalement réussi à captiver l'attention de son neveu. Les quinze premiers jours de collège remirent tout en question. Comme sa mère, le collège faisait partie du domaine public, il se différenciait donc de la singularité, et de son oncle. Tout ce qui s'y passait, s'y disait, s'y faisait ou ne s'y faisait pas pouvait être examiné par quiconque sans perdre de son charme ni de sa réalité. Et, même s'il y avait des choses qu'on gardait instinctivement par-devers soi — par exemple, pour Pelé, le charme singulier des jeux de son enfance partagés avec sa mère dans le jardin des grands-parents niché dans son cœur —, il n'y avait rien, en principe, qui ne pût être clamé aux quatre vents. Cette ouverture fut un terrible soulagement. Et Pelé s'enivra d'extériorité et de communicabilité. Au bout d'une semaine, l'idée de retourner vers la société secrète et les conversations chuchotées sous les arbres du potager lui parut insupportable et il accepta d'emblée l'invitation à l'anniversaire. Il lui fut très facile d'éviter son oncle Gonzalo dans le courant de la semaine. Quand ils se retrouvèrent enfin, au bout de deux semaines, toute la famille était présente et Gonzalito ne put renouer le fil des secrets. Pelé savait trop bien pourquoi son oncle avait explosé — même si l'explosion l'avait saisi et pris au dépourvu à la fois. Il avait explosé de rage. Pelé aurait aimé en parler en ces termes à sa mère le soir où il avait bien vu qu'il fallait la consoler. Mais il ne pouvait le faire parce que, absurde ou non, oppressant ou non, c'était encore un secret qui faisait partie de la singularité compliquée de son oncle — cet « être cher » qui avait encore probablement besoin de lui et qu'il n'avait pas le droit d'abandonner. Sa mère n'aurait jamais abandonné son frère ou son fils dans une situation semblable. Pelé sentit que seul le collège le soulagerait désormais et que, plus tard, aux prochaines vacances, chaque fois que nécessaire, il devrait revenir résolument, courageusement, sans le dire à personne, même pas à sa mère, vers la société secrète.

Virginia n'avait jamais vécu ainsi, ne s'était jamais sentie ainsi. « Ainsi » était la chose la plus profonde qu'elle réussissait à se dire en son for intérieur à propos de la situation. Elle disait « être ainsi » ou simplement « ainsi » plusieurs fois par jour, seule dans sa chambre devant le miroir de la coiffeuse ou avec la ligne de ses lèvres, inaudible, quand elle était avec tous les autres. Et elle le disait aussi fréquemment à María, maintenant que s'était d'une certaine façon rétablie entre elles la communication de jadis. « Être ainsi » voulait dire « être dans la beauté », comme si elle était à la fois dans les quatre éléments et alternativement dans chacun d'entre eux. Quand elle parlait avec María, elle se sentait sur terre, bien sûr ; quand elle parlait avec Martín — avec qui elle n'avait pas été seule, sauf en de rares instants, depuis le baiser de la terrasse —, elle se sentait au beau milieu des flammes et comme emportée par des océans de choses à dire. Et quand elle était toute seule et se promenait dans le jardin, comme dans un jardin de légende, ou se rendait en quatrième vitesse à Madrid, juste le temps de faire des emplettes dans le quartier de Salamanca, elle se sentait définitivement aérienne et transpercée jusqu'à la moelle par les esprits impromptus de l'air que l'automne madrilène, déjà installé, se chargeait de stimuler. Donc « être ainsi » représentait une situation élémentaire qui voulait dire que la beauté inondait tout la journée durant et une bonne partie de la nuit. Virginia dormait peu et mangeait peu parce que « être ainsi » rendait abstraites les nourritures terrestres et extérieures et odieuse l'inconscience propre au sommeil. Il lui appartenait de vivre de la ferveur interne d'une conscience constamment étique — ce qui, paradoxalement, ne voulait pas dire qu'elle avait l'air maigre ou exsangue. C'était tout le contraire. « Être ainsi » la faisait paraître plus incarnée et plus belle que jamais.

L'amour, se disait Virginia émerveillée, est « ainsi », mystérieux. C'était un mystère de citron et de menthe, parfumé par Chanel et par l'odeur du bois et des feuilles mortes que faisait brûler le jardinier au fond du jardin ! « Il faut voir comme mademoiselle Virginia est belle ! » disait-on à la cuisine. Et María écoutait satisfaite, comme si on parlait d'elle. Maintenant, les deux amies passaient de longs moments ensemble et Virginia, qui prétendait qu'elle n'était pas encore en état de lire, « après ce qui s'est passé avec Waitzenbecker », tricotait un pull rouge pour Pelé, un pull pour le football, ras du cou et à manches raglan. Bavarder avec María et faire essayer le pull à Pelé le soir en présence de sa mère, c'était une partie essentielle du bonheur de se sentir à sa place et en paix avec soi-même. Le baiser avait apporté la paix et non la guerre, même pas, comme dans d'autres cas semblables dont Virginia se souvenait, de retrait vis-à-vis de l'épouse et de la famille de son amant. En ce qui nous concerne, se disait Virginia, c'est tout le contraire qui se passe, parce que notre amour est très différent. Et il était si différent que presque tout le mois de novembre se déroula sans qu'il y eût de nouveaux attouchements. Ils procédaient par des regards qui leur donnaient la chair de poule et les rendaient cassants comme du verre. Il y avait plus de substance dans leur éloignement que dans la plus intime proximité corporelle. L'éloignement les faisait, en plus, se sentir humbles et un petit peu torturés — juste assez pour que leur satisfaction ne conférât pas un petit air triomphaliste et bourgeois à une attirance qui inspirait déjà à Martín des pages d'anthologie. Le pull de Pelé était peut-être la seule chose qui n'avait pas eu une fin tout à fait heureuse. Virginia avait un grand talent pour faire de l'essayage du pull une partie de plaisir. María, la grand-mère, Pelé et elle-même avaient beaucoup ri en lui prenant et reprenant les mesures et en lui faisant essayer le vieux pull qui servait de patron. Malheureusement, Virginia les oubliait aussitôt après. Il s'était donc retrouvé avec un col assez long pour un petit oiseau, une manche trop longue et une autre trop courte. Mon Dieu, cet enfant n'arrête pas de grandir ! En tout cas, c'était pour Martín un spectacle magnifique que de sortir de son bureau et de voir sa femme, sa belle-mère et son amie installées dans un coin confortable du salon, avec la corbeille à ouvrage et les aiguilles à tricoter. Il y avait dans cette scène un recueillement de petit tableau hollandais ou de gravure anglaise que les élégantes proportions de la pièce mettaient discrètement en valeur. Tout était continuelle mise en valeur pour Virginia et pour Martín. Tout était riche de sens, sens qu'un jour, peut-être très proche, ils auraient l'un et l'autre l'occasion de commenter en tête à tête. Virginia ne laissait pas d'être étonnée. Ce même Martín qui l'avait ennuyée quand elle était jeune et contre qui elle avait mis en garde María lors de la soirée d'adieux, ce dont les deux amies s'étaient à diverses reprises souvenues au cours des dernières semaines, ce même romancier réservé et austère qui tapait à la machine dans sa petite pièce était maintenant celui qui retenait constamment son attention. Quand elle se remémorait les années passées à Buenos Aires aux côtés de Waitzenbecker, elles lui paraissaient dépourvues de relief, une plaine stérile péniblement interrompue par des voyages d'affaires et des séjours dans des hôtels de luxe, tous pareils, où elle s'était toujours sentie marginale. Elle trouvait la dévotion de Waitzenbecker fade et ses infidélités mesquines. Un comportement que l'on ne pouvait évoquer que sur le ton de la plaisanterie et qui ne l'avait guère satisfaite sur le plan sexuel, contrairement à ce qu'elle avait cru au moment où elle avait fait sa connaissance. Waitzenbecker était trop tendre au lit, n'avait aucun mordant intellectuel. Virginia ne savait pas très bien ce qu'elle voulait dire par là. Waitzenbecker avait été un amant confortable qui, au début, les deux premières années, avait su la conduire à ce que Virginia appelait d'un ton un peu goguenard des orgasmes. Un sommet sensoriel qui plongeait Waitzenbecker dans de tels halètements et de telles délices que Virginia en était réfrigérée. Tout se passait comme si le plaisir que Waitzenbecker semblait prendre en la pénétrant la laissait sans plaisir. Il y avait une certaine lassitude à observer l'érection de son mari s'acheminer sans détours mais tendrement et très lentement — Waitzenbecker faisait l'amour avec une extraordinaire considération et une extraordinaire gentillesse, c'est vrai — vers la possession de son corps : c'était comme ennuyeux. Virginia intercalait « comme » pour signifier que ce n'était pas tout à fait ennuyeux, seulement vu de l'extérieur. Au tout début, les choses avaient été plus satisfaisantes parce que Virginia s'était davantage laissée prendre par le spectacle intime — qui, par conséquent, n'en était plus un — de Waitzenbecker l'embrassant et l'échauffant juste ce qu'il fallait. Les caresses lui avaient plu. Les baisers préliminaires, s'affaler tous les deux nus sur les lits des hôtels de la lune de miel sans ôter le couvre-lit l'avaient plus excitée que la pénétration elle-même — épisode que la nature semblait réserver au plaisir masculin. Waitzenbecker jouissait comme un fou en la couvrant de son énorme cage thoracique et de ses jambes bien musclées, si extraordinaires qu'elles faisaient l'effet de doubles mollets ! La pénétration semblait si importante que Virginia se laissait distraire comme à la messe. Au lieu de ressentir davantage de dévotion, le tisonnement du bout du pénis lubrifié et écarlate de Waitzenbecker entre ses jambes la faisait se sentir agnostique. Les délices de l'amour étaient toutes dans les préambules ! On ne pouvait rien refuser à Waitzenbecker : il était dans son droit. Mais Virginia lui savait gré des soirs qu'elle appelait « plus conjugaux » où il se contentait de la caresser ou de la dénuder avec une exquise délicatesse et une grande attention sans se croire ensuite obligé de jouer les héros. Avec Waitzenbecker sur elle — compte tenu de sa stature, au bas mot dans les quatre-vingt-quinze kilos —, Virginia se souvint très souvent, surtout après le voyage à Madrid et la promenade avec Martín à la cité universitaire, du corps délicat du mari de María, avec ses longs bras osseux et ses jambes lisses, que laissait deviner son pantalon de flanelle, exemptes de la déformation que le sport et le hippisme avaient imprimée aux grosses jambes de Rómulo Leonardo Waitzenbecker. Aussi souples qu'elles se voulaient, de telles jambes — et tout le reste était à l'avenant — mettaient toujours tout en miettes partout où elles passaient. Les hommes minces devaient être, par définition, pensait Virginia, sur tous les plans beaucoup plus conjugaux. Au moment de la pénétration, Virginia pensait souvent à de froids docteurs en blouse blanche qui lui glissaient un thermomètre dans le pli de l'aine. Cette image du thermomètre était importante. La tiédeur droite de ce petit tube gradué avec son intelligent fil de mercure à l'intérieur enregistrant à merveille la température des corps. Ce qui caractérisait Waitzenbecker, le point culminant arrivé, c'était invariablement un violent bourrage. Mais surtout — et Virginia revenait sur ce point qu'elle n'avait pas osé expliquer à María en détail — la gigantomachie du moment suprême, avec d'incontestables vagues de plaisir qui donnaient au corps tout entier de Leonardo l'aspect du bronze, la mettait dans l'impossibilité de ressentir la moindre émotion. Et écarter les cuisses était tout compte fait une position inélégante. Le baiser de Martín avait représenté exactement le contraire. Au lieu des gigantomachies égoïstes qui font prendre des vessies pour des lanternes, la douceur des lèvres, et dans la bouche, et sur la langue, qu'elle pouvait évoquer dans la solitude en souriant. Contempler la bouche de Martín, ses lèvres fraîches un petit peu gercées, comme si elles avaient besoin de beurre de cacao, voilà qui était délicieux. Plus délicieux encore d'attendre et d'intercaler trois semaines et toute la douceur d'un magnifique automne madrilène entre le premier et le deuxième baiser. À quand le deuxième ? Peut-être jamais… Virginia n'avait pas de remords. Le premier soir, elle avait cru qu'elle en aurait et avait pris un somnifère une demi-heure avant de se coucher, comme on se fait vacciner pour prévenir la grippe. Le somnifère n'avait eu aucun effet mais les remords ne s'étaient pas manifestés. Son acte ne lui donnait aucun remords, même si elle s'efforçait de penser à la brutalité de ce baiser, embrasser ainsi, tout à trac, le mari de María, quelle trahison ! Durant sa longue insomnie, comme si elle tâtait le nerf à vif d'une molaire du bout de la langue, ou même avec la pointe d'un cure-dent, Virginia tâta son délit sans ressentir la moindre sensation. Pour ce qui était de ressentir, ce qui s'appelle ressentir, elle ne ressentait rien. Tout au fond, au tréfonds, sur cette frontière labile qui sépare dans nos vies le réel de l'irréel, il y avait un soupçon de culpabilité. Mais ce n'était pas une sensation. On ne le sentait pas. Sur le plan strictement verbal, il n'accédait même pas au statut de voix de la conscience. La voix de sa conscience lui disait clairement qu'elle ne serait jamais déloyale à une amie de toujours. Ce soupçon était plutôt un sentiment d'étonnement face à la grandeur de ce qui s'était passé et qui incluait dans ses composantes de la curiosité vis-à-vis des événements futurs et, très enfouie, l'idée de la victoire. Virginia avait vaincu, presque sans l'avoir cherché, les résistances morales et conjugales de Martín. La beauté de la situation procédait, tout compte fait, entièrement de ce soupçon qui, même s'il n'était pas très prononcé, n'en donnait pas moins à toute chose une nuance exquise. « Être ainsi » était exquis. Virginia n'était pas du tout pressée de changer. Ou de quitter la maison. Au nom de quoi, que diable ! Maintenant que les choses étaient désormais à leur place — elle avait le sentiment que la réalité entière était de A à Z ce qu'elle devait être —, le mieux était de profiter des petits plaisirs quotidiens de cette maison bien organisée, avec ses horaires paisibles et ses distractions monastiques entre deux périodes de prière. Virginia avait vaguement l'impression que tous les gens de la maison se retiraient de temps à autre, entre dix heures et demie du matin et deux heures de l'après-midi, puis entre cinq et huit heures en fin de journée, dans leurs cellules respectives ou leur chambre ou leur bureau pour prier, ou écrire, ou bien méditer. Elle-même le faisait spontanément, se sentant, au terme de chaque période, suprêmement réconfortée. Et elle parlait souvent avec María de la beauté du monde, entendant par là le vaste monde qu'elle avait parcouru en compagnie de Waitzenbecker, voyages, qui au moment de les entreprendre, lui avaient semblé fades mais qui maintenant, remémorés et racontés à María, devenaient incroyablement colorés, pleins d'anecdotes, avec Virginia comme héroïne et Waitzenbecker tout à fait au deuxième plan ou absent — autant d'aventures qui, exprimées oralement, rappelaient à María la Virginia de jadis, retrouvée intacte après la désillusion infligée par Rómulo Leonardo. María remarquait au passage qu'une réconciliation, même si elle avait beau la souhaiter et si Waitzenbecker en donnait aussi l'impression, semblait de plus en plus invraisemblable.

Virginia était disposée à continuer : elle pensait, que dans sa nouvelle manière d'établir des rapports avec le mari de son amie, il n'y avait rien d'intrinsèquement mauvais ou déloyal. Il n'y avait jusqu'alors eu vraiment rien qui pût nourrir des considérations morales : qu'est-ce qu'un baiser ? Un baiser, ce n'est qu'un baiser. À bien y réfléchir, un baiser est une sorte de soupir qu'on dépose sur les lèvres du voisin. Qu'est-ce qu'un baiser entre adultes ? Qu'est-ce qu'un baiser entre amis de toujours ? Un soupir. Rien d'autre qu'un soupir passant de bouche en bouche. Un banal geste de sauvetage. Qui n'a pas l'impression de se noyer ? À l'exception de María, se disait Virginia, tout le monde a un jour ou l'autre l'impression de se noyer. Le cas de María était étrange : elle allait devoir en parler avec Martín. María était bien là, elle allait et venait parmi les gens, très attirante à sa manière, sous l'empire d'un sortilège bénéfique même si on ne savait quel était ce sortilège métaphysique qui la rendait satisfaite et comme isolée. Virginia avait l'impression que María parlait en rêvant, allait et venait en rêvant, marmottant en rêvant des phrases banales, comme dans une incassable irréalité. Voilà pourquoi il était impossible de lui être infidèle : elle ne sentait rien, elle ne souffrait de rien. Sa vie se déroulait dans l'impassible certitude de ceux qui ont déjà accédé à l'éternelle béatitude. C'était un spectacle admirable, exemplaire, inimitable, qui laissait tout le monde libre. Virginia avait l'impression que María avait déjà dépassé son fils, son mari, sa maison et ses souvenirs pour occuper ce présent heureux et niais qu'elle occupait désormais. Embrasser son mari, ce n'était pas vraiment lui enlever quelque chose. Il n'était pas simplement l'homme qu'elle avait embrassé : il était pour María dans un ciel d'où il ne reviendrait pas, au-delà de toute intrigue. María était une créature céleste. Il n'y avait qu'à la voir se promener à petits pas avec sa mère, faire tous les jours la même petite promenade, cent mètres dans un sens et cent mètres dans l'autre, toujours en ligne droite, dans la partie la plus plate du jardin. María occupait tout ce qu'il y avait de lisse et de plat en ce monde, libérant pour les autres des royaumes miraculeux et hasardeux, l'amour et une légère irresponsabilité. La création culturelle exige une certaine irresponsabilité. Il était clair que María avait compris les choses ainsi et qu'elle laissait à son mari le champ libre pour embrasser son attirante invitée. María avait la grandeur — Virginia en vint à se dire cela devant le miroir de sa coiffeuse en toute solennité et à voix haute d'inclure cette légère irresponsabilité dans l'auguste sein de sa responsabilité débordante. María était évidemment au-delà du bien et du mal. Il n'y avait pas à s'inquiéter. Il n'y avait qu'à la voir supporter le morne Gonzalito, toute la journée à la maison, toute la journée dans sa chambre, toute la journée comme une âme en peine. Un jour, à la fin du mois de novembre, alors qu'ils étaient tous rassemblés au salon, y compris Pelé, Martín tendit un livre à Virginia en lui disant d'une voix très claire : « Prends ce livre, Virginia, j'aimerais que tu lises ce petit roman de Henry James, j'aimerais savoir comment tu le trouves. » Et Virginia tomba, en feuilletant le livre, sur une feuille de papier pliée en quatre. Cela se passa de façon si naturelle — un acte qui en tout et pour tout n'avait pas dépassé une seconde — qu'elle déplia la feuille et la lut d'un bout à l'autre. Il n'y avait pas grand-chose à lire. Simplement ces mots : « Mon amour, sylphide reine de ma vie, je désire te voir le plus vite possible, il ne me suffit pas de te voir, je désire te voir seule, viens demain matin dans mon bureau parler de ce livre, ton amoureux fou… » Virginia replia la feuille et la remit dans le livre que, juste avant qu'ils entrent tous dans la salle à manger, elle monta dans sa chambre et mit sous clé dans un tiroir de sa coiffeuse. On ne peut plus simple. De retour à la salle à manger, elle tomba sur les yeux troubles de Gonzalo et les yeux clairs de María. Mais elle n'eut pas peur. María était incapable de soupçon et Gonzalito, si soupçonneux, soupçonnait à coup sûr tant et si mal qu'il ne soupçonnerait jamais la vérité. La simple vérité était que Martín et elle étaient tombés amoureux l'un de l'autre et allaient se retrouver le lendemain. Il n'y avait là rien de déloyal. Tout se passait en pleine lumière et en présence de María.

Martín avait été délibérément… ringard. Rédiger ce *billet doux** lui avait procuré une intense satisfaction, comme il nous arrive parfois quand nous faisons ou disons une obscénité. La frustration liée à ces longs vingt-deux jours avait apporté toute sorte de fruits littéraires, sans compter le rajeunissement et l'accélération de son sang. Ça suffisait. Ce qui devait être démontré avait été démontré : Martín contrôlait parfaitement la situation. Le baiser de la terrasse avait peut-être été une imprudence ou une faute que, par chance, personne n'avait vue. Ils avaient fait ensuite tous les deux ce qu'il faut faire dans une situation semblable : laisser passer le temps. Le résultat avait été resplendissant. L'or, l'esprit de l'automne, s'était emparé de toutes les couleurs du jardin, de la maison et des pages blanches de ses livres et de ses manuscrits, et c'était déjà une invasion et une explication sans précédent qu'il suffisait de montrer directement du doigt pour rassembler le tout en un ensemble cohérent et doux. L'or pouvait être déictiquement défini en montrant les feuilles des arbres ou le cœur des deux amants. Et la ringardise du petit mot tirait son sens de l'arrière-goût infini et de la saveur de leur contemplation mutuelle et presque muette tout au long de ces journées. Il était nécessaire de dire des choses de ce genre, par exemple, « ton amoureux fou » pour se soulager une bonne fois pour toutes. La ringardise soulage beaucoup et sert de prélude à l'explosion, d'une vulgarité achevée, des potentialités séminales. Martín avait l'impression que son sperme allait lui sortir par les oreilles. Il n'avait rien connu de semblable avec María. Et c'était la preuve que ce qui se passait avec Virginia était une histoire passagère et pas vraiment une infidélité. Qu'elle fût passagère n'empêchait pas qu'elle fût vraie, comme d'ailleurs le fait que le sperme montât et descendît par les canaux appropriés ne signifiait pas que cette histoire ne devait pas avoir sa dignité. Son histoire avec María avait été métaphysique et également physique, mais dans la jeunesse, contrairement à ce que l'on croit d'ordinaire, les émotions physiques sont beaucoup moins fortes que dans la maturité. Dans la maturité, on déguste. L'éloquence avait pris chez lui un tour clairement rococo.

Aussi, quand Virginia entra dans le bureau, le petit roman de Henry James à la main, Martín eut la gorge nouée, resta froid et sans sperme. L'inhibition d'un premier cours de sexologie. « Martín, j'ai l'impression que ce livre peut créer des liens entre nous. J'ai passé la nuit à ne pas le lire. C'est ce qui est bizarre. Je l'avais devant moi. Je lisais une ligne, une deuxième ligne, encore une ligne, et rien, c'est comme si je ne l'avais pas lu. Qu'en penses-tu ? » Virginia dit tout cela d'une traite, en écarquillant les yeux comme des soucoupes et en s'asseyant dans le fauteuil de cuir rouge qui fit un vilain petit bruit, comme un bruit de soufflet, en la recevant. « Je pense que c'est normal, Virginia », réussit à dire Martín. Et il s'assit dans l'autre fauteuil, si bien qu'ils se retrouvèrent tous les deux face à face. Il y eut un silence présidé symboliquement par la pile de feuilles du roman de Martín qu'il avait ostensiblement déposée sur le bureau du grand-père. « Martín, dit Virginia, ce qui va d'hier à aujourd'hui. » — « Eh bien, oui », dit Martín. À ce moment-là, ils sourirent et l'atmosphère se réchauffa énormément. Le sperme, Dieu merci, était revenu à sa place habituelle.

Ce fut tout. Et Virginia eut en sortant l'occasion de se dire « voilà comme nous sommes », ce qui signifiait qu'ils étaient définitivement « dans la beauté ». Cette rencontre fut, d'une certain façon, un rendez-vous d'affaires. Ils devaient décider comment ils allaient procéder (« comment nous allons nous arranger », en vint à dire Virginia, employant une expression locale), où et quand ils se reverraient et comment, vis-à-vis de María, tous les deux adopteraient une attitude on ne peut plus respectueuse. María devait rester au-delà de toute perturbation, dans le paisible firmament, immense et mérité, de sa bonté et de son ignorance. Ils étaient tombés d'accord sur ce point, en se regardant dans les yeux avec le plus profond sérieux. Ils décidèrent de ne pas chercher à se voir en dehors de la propriété. Tout compte fait, rien ne pressait. Virginia n'était guère pressée parce que les préambules étaient l'essentiel de l'amour. Sur ce point, Virginia était encore dans les limbes de ses expériences amoureuses précédentes qui, comme on le sait, n'avaient pas été totalement satisfaisantes. Virginia avait bon espoir qu'un intellectuel comme Martín, qui était en plus un homme si mince, ne donnerait pas, en atteignant les sommets, un spectacle de jouissance « à la Waitzenbecker ». En fait, Virginia avait bon espoir que Martín aurait la délicatesse de réfréner un peu son plaisir et de lui donner l'occasion de montrer qu'elle aussi en avait. Sur ce point, Virginia n'était pas sûre de ce qu'elle voulait dire en réalité. Était-il, oui ou non, question de montrer quelque chose ? D'une part, il semblait que le plaisir sexuel, une fois ressenti, devait se tarir et rendre sans importance qu'on eût l'air de jouir ou pas. D'autre part, l'acte sexuel avait un côté spectaculaire — chacun des deux était témoin du comportement de l'autre, ce qui devait sans aucun doute avoir des conséquences sur le plaisir — ; le spectaculaire, du fait que chacun voyait l'autre, ne pouvait être accidentel. Aussi…

Virginia ne savait quelle conclusion tirer. Toujours est-il que, s'agissant de qui il s'agissait, mieux valait ne pas se précipiter. Martín, en revanche, était assez pressé. Le plus simple était, leur sembla-t-il, de se retrouver dans le jardin, au crépuscule, entre le goûter et le dîner, derrière la cabane du jardinier ; il y avait une sorte de passage sombre entre la paroi de celle-ci et le mur de la propriété. Ils en restèrent là. María qui passait par hasard à ce moment-là devant la baie du bureau s'appuya contre la vitre en faisant des deux mains un rond pour éviter les reflets et les vit assis, chacun dans un fauteuil, en train de parler vivement. Elle éclata de rire et dut s'excuser en criant à travers la vitre de leur avoir fait peur.

La cahute du jardinier et ces deux heures qui séparaient, en gros, la fin du goûter et les préparatifs du dîner, devinrent l'espace de leur amour durant les derniers jours de novembre et tout le mois de décembre jusqu'à Noël. Sauter d'une case à l'autre était un jeu d'enfants ! Il y eut du temps pour tout sans pour autant qu'il y en eût de trop lors de chaque rencontre. C'était vraiment l'idéal. Et Virginia n'eut pas à se plaindre des halètements joyeux de Martín. Il faisait tout très bien, sans bavures, peut-être un peu trop vite en raison des circonstances. Et tout cela pimenté de longues bribes de conversation, la plupart du temps de nature philosophique. C'était vraiment un maître pour donner des couleurs au côté littéraire de la chose par des rafales de phrases aux accents un peu existentiels qui, sans jamais être ni systématiques ni lourdes, touchaient à la quintessence du moment ! Les années, pensait Virginia, ne passent pas en vain. Mais je ne suis plus non plus une petite fille. Et, au milieu de tout cela, autour et au centre même de leurs activités secrètes, demeurait toujours l'image de María, comme un rappel de la pureté et de la loyauté que ni l'un ni l'autre, au fond, n'avaient conscience d'avoir abandonnées.

Le soir, presque jusqu'à trois heures du matin, Martín racontait que son personnage aimait sa femme, même s'il la trahissait. Toute l'intensité et la force du récit, affirmait Martín, à côté d'une María hébétée, en chemise de nuit, qui ne l'interrompait presque jamais et se contentait de froncer de temps à autre les sourcils, toute la grandeur paradoxale de l'aventure d'une conscience qui, en sortant d'elle-même, entrait de plain-pied dans l'adultère, venait précisément de ce que l'amour fondamental n'était pas nié. « L'amour, María, comme l'être, se dit de mille façons. Et c'est cela le mystère de l'amour. » Il était difficile de savoir exactement ce que María en pensait. Et à vrai dire, Martín ne se posait pas trop la question, ni à lui-même ni à María. C'était une situation définitivement extatique et dorée, un instant de pure exaltation sentimentale et vitale qui ne requérait pas de réflexions particulières.

Martín pensait qu'il ne s'était jamais senti de si bonne humeur de sa vie. En fait, son récit était devenu presque comique. Plutôt : tout à fait comique. Martín avait introduit dans l'adultère de son personnage un tas d'éléments comiques. Ce qui était assez naturel. Après tout, on ne pouvait attendre d'un homme entre deux âges qui avait été toute sa vie employé de banque et qui écrivait le soir et les jours de congé un roman sur l'intériorité absolue qu'il fût dans les meilleures conditions physiques au moment de se lancer et de s'amouracher d'une jeune secrétaire. Le moment de décrire physiquement son personnage était venu et Martín était rongé par le doute. À vrai dire, au long de ces années, il n'avait pensé qu'à ce que son personnage ressentait, désirait ou pensait, ou à tout ce qui d'une manière ou d'une autre l'affectait ; il s'était servi du monde extérieur et des autres personnages pour décrire un monde intérieur à nul autre pareil, une incomparable singularité. Mais il avait oublié de dire à quoi ressemblait son David. Il avait enfin décidé de donner un prénom à son personnage et David lui avait semblé à la fois charmant et symbolique. À quoi ressemblait David ? Il ne fallait pas qu'il fût positivement laid. La laideur eût ajouté des traits suprêmement particuliers à son caractère, de la même façon que, d'après Martín, la laideur de Sartre ajoutait des nuances particulières à certaines analyses du philosophe français. Et il ne fallait pas non plus qu'il mesurât un mètre quatre-vingts parce que, à cette taille, commence la hauteur héroïque et son personnage, son David, ne pouvait pas être un héros héroïque… Il devait être comme Martín lui-même, mesurer un mètre soixante-seize et peser environ soixante-dix kilos. Ni grand ni gros, mais pas non plus d'une extrême maigreur. Comme Martín. Il tira une considérable satisfaction littéraire de la description du physique de son personnage à son image, semblable à lui. À plus forte raison en ce moment délicat de sa vie où, grâce à l'amour, il était devenu particulièrement conscient de son physique. Sa minceur, selon Virginia, était extraordinairement attirante. Ce qui, apparemment, le caractérisait était une minceur éloquente. Une chair ferme, adhérant à l'os, qui ne recelait pas un gramme de graisse. Il est vrai que Martín n'avait jamais fait de sport et, ces dernières années, avait rarement pris de l'exercice. Mais son corps ne s'était pas détérioré, il avait gardé l'expressivité de sa jeunesse. Le corps de Martín, selon Virginia, parlait de la vie, contrairement au corps des hommes de son âge qui parlaient de la mort. Martín appréciait cette manière simple et radicale d'exprimer les choses ; d'autant plus qu'il pensait que Virginia était dans le vrai. Dernièrement, Martín s'était senti bien dans son corps et pas seulement, comme jusqu'alors, une simple créature corporelle. Avec Virginia, il avait appris — et il lui restait encore un tas de choses à apprendre — que le corps est, considéré dans son ensemble, une bonne idée, source constante de bonnes idées, qui ne doit pas être négligée. Et, jusque-là, Martín avait négligé son corps, un peu comme il avait négligé de décrire le corps de David. Avec María, le corps était autre chose. Il s'attachait maintenant, page par page, à comparer ce qu'avait signifié le corps pour son personnage avant son adultère à ce qu'il signifiait pour lui en plein adultère. Des pages vraiment subtiles ! C'est, se disait Martín, ma propre situation. L'exercice consistait à transférer l'autobiographique et le réel vers le romanesque et l'irréel. À les transférer à peu près tels quels sans que rien ensuite, à la lecture, rappelât la vie originelle. C'était un exercice fascinant pour lequel, soirée après soirée, il se préparait en racontant tout à la pauvre María qui devenait à son insu un *sparring-partner*. Quand il était jeune, jeune marié, il était à peine conscient de son corps. Dans ces années-là, on regardait à peine son propre corps. Martín essayait maintenant de se souvenir de ce qu'avait alors représenté pour lui son corps et le corps de María. Et la vision était confuse. Il avait l'impression qu'ils s'étaient aimés par le truchement de leurs corps et non pour leurs corps eux-mêmes. Le corporel s'était contenté d'imprimer une accélération à leur amour, un accent plus chaud. Mais il n'y avait eu aucun arrêt, aucun rapport véritablement explicite et profond entre leurs corps. Le corps de María et son propre corps avaient été, confrontés l'un à l'autre, surtout des corps vêtus, habillés, empreints d'éthique et de bonnes manières. Leurs corps ne s'étaient pas convoités. Ils n'avaient pas désiré la singularité de leur peau, de leurs cheveux, des cicatrices des vaccins sur les bras, des petits boutons, des petites blessures et des taches de rousseur. Le corps de María, son propre corps, avaient été dans leur jeunesse des corps astiqués, des corps conjugaux qu'on ne désirait pas vraiment couvrir de baisers et lécher. Ils avaient été pudiques. La pudeur était la flamme incolore qui les avait embrasés. Il n'y avait pas eu de leur part, ni de la part de María ni de la sienne, de véritable désir de se regarder, de fureur divinatoire des parties — ces mots rancis qui lui revenaient en mémoire, les parties, montrer les parties, montrer les seins, montrer les jambes, tout un inventaire verbal du corps équarri ! —, maintenant en revanche, avec Virginia, non seulement il était doux de se caresser et de s'embrasser, il l'était aussi de se deviner, de se dénuder peu à peu. Caresser pour la première fois le dos nu de Virginia l'avait rendu indiciblement tendre, compatissant, passionné le lendemain. Parcourir du bout des doigts l'arc de l'épine dorsale. Atteindre la taille, modeler les seins de la main : toutes les délicieuses avenues du corps chaud et nu, ou plutôt, à moitié nu : chaque découverte était une délicieuse émotion. Le nombril de Virginia en avait été une. Jusqu'alors, il n'avait jamais pensé au nombril comme à un endroit érotique. Ni aux aisselles. Passer la main sous les aisselles de Virginia. Avec María il n'en avait pas été ainsi. Il était impossible qu'il en eût été ainsi. S'il en avait été ainsi, Martín s'en serait souvenu. Ils avaient fait l'amour. Ils avaient joui. Malgré tout, se disait Martín, il manquait alors quelque chose qui ne manquait plus. Peut-être était-ce que maintenant, à l'âge adulte, on n'éprouvait plus de honte à parcourir le corps entier de l'aimée, avec la langue, en le léchant. (À l'évidence, lécher était une manie qu'il venait de contracter ces derniers temps.) Il y avait des choses, des positions de leurs corps respectifs, des soulèvements et des ouvertures des fesses qu'il n'aurait jamais osé demander à María. Et jamais il n'y avait pensé. Avec Virginia, mille choses lui venaient en tête, toutes délicieuses. Mais il était impossible que l'âge à lui seul fît disparaître la honte, il était impossible que tout cela ne fût que le fruit d'une simple absence de pudeur propre aux adultes. Il devait y avoir quelque chose de plus. (Virginia affirmait, bien entendu, que le corps de Martín la rendait folle — ses expressions étaient parfois très vulgaires — parce que c'était un corps adulte par excellence, anguleux, poilu, un peu âpre, poncé, qui avait servi, en vint-elle à dire, en se surpassant d'imagination.) Ce quelque chose en plus devait être de l'autoperception. Martín ne trouvait pas pour le moment d'autre mot. Avec María, son corps avait été arraché à lui-même ; avec Virginia, son propre corps revenait, gavé de sensations et de contacts, sous son propre regard. Virginia chargeait le corps de Martín d'autopossession. La sentir, c'était se sentir. Tandis que María, la sentir consistait à se perdre sur une ligne droite et nette d'émotion qui l'éloignait de lui-même tandis qu'il se dirigeait vers l'aimée. Aussi, María l'avait-elle fait penser à la bonté et au bien, alors que Virginia le faisait penser à la beauté et au beau. Et à lui. Martín notait dans tout cela une étrange cohérence. Juste au moment où son œuvre littéraire requérait une extériorité qui ne niât pas l'intériorité apparaissait Virginia dont l'amour, en l'arrachant à lui-même et à la monotonie de tant d'années, faisait qu'il ne se sentait ni perdu, ni extériorisé, ni étranger à lui-même, il le faisait revenir doucement vers lui-même dans la beauté, la réflexion et la narration.

(Conséquence de son intimité physique avec Virginia, Martín finit par se persuader que Virginia était douée d'une intelligence exceptionnelle. Une intelligence en friche mais, sans aucun doute, très subtile. Et cela aussi était réconfortant.) Là-dessus le surprirent les fêtes de Noël, comme si, entre le premier et les derniers baisers de l'après-midi du vingt-quatre décembre, il n'y avait eu qu'un instant. Ils montèrent ensemble vers la maison illuminée. Ils ne se souciaient plus vraiment d'entrer chacun de son côté dans le salon. Pas plus que d'habitude, personne n'eut l'air de remarquer leur entrée. Ils étaient tous là : María, la grand-mère, Gonzalito et Pelé, assis autour d'un bel arbre chargé des décorations d'usage. Gonzalito et Pelé, aidés de temps à autre par María, avaient passé l'après-midi à le décorer. Ils s'assirent avec les autres et María, en les regardant, pensa qu'ils ressemblaient à deux dormeurs qui sourient, encore endormis.

Ils avaient d'un commun accord décidé de fêter Noël dans l'intimité. De célébrer toutes les fêtes entre le soir de Noël et le jour des Rois, en comptant le jour des Saints-Innocents et le soir de la Saint-Sylvestre, avec du chocolat et des biscuits. D'un commun accord, ils avaient décidé de vivre cette douzaine de jours dans une certaine dévotion festive. D'un commun accord, ils avaient décidé qu'il n'était pas question de jeter l'argent par les fenêtres avec des célébrations et des cadeaux exagérés, ni non plus de faire l'impasse sur des fêtes qui devaient pour tout le monde, et plus spécialement pour Pelé et la grand-mère, garder leur attrait. Ce « d'un commun accord » avait occupé une place prépondérante dans l'esprit de chacun d'entre eux. Un effort avait été fourni pour que tous — y compris Pelé qui rentrait très tard du collège en fin d'après-midi — assistent à toutes les réunions que l'on pourrait qualifier de préliminaires. Ils avaient tous donné leur avis sur les deux menus, celui de la nuit de Noël et celui du déjeuner du lendemain. Ils allaient se faire les uns aux autres de discrets cadeaux. Chacun d'entre eux devait faire cinq cadeaux et en recevoir cinq à son tour. À partir de minuit, l'arbre serait entièrement recouvert par les trente cadeaux de la famille. D'un commun accord, ils avaient décidé que les cadeaux destinés au personnel seraient remis à l'*office** par la grand-mère, María et Pelé. On estima cette année-là qu'il n'était pas convenable de mêler sur un même arbre les deux types de cadeaux. Tous les cadeaux seraient modestes et simples, mais pas ridicules. Des cadeaux choisis en pensant aux besoins, aux petits caprices ou aux goûts de chacun. Il était tenu pour admis que les goûts et les caprices devaient s'équivaloir, afin que nul ne désirât quelque chose d'impossible qui, ne pouvant être acquis, le laisserait insatisfait et les cinq autres avec un mauvais goût dans la bouche. Ces cadeaux ne devaient pas non plus être des cadeaux collectifs ou de groupe. Le charme viendrait précisément de l'individualité du cadeau individuel. Et il fallait à tout prix préserver le facteur surprise. En théorie du moins, chaque cadeau devait être une surprise ou le fruit d'une heureuse initiative du donateur qui devait non seulement contenter la personne qui le recevait, mais encore la laisser perplexe, une perplexité charmante et étonnée, à propos de la façon dont chacun avait deviné les désirs secrets des cinq autres. Chaque cadeau donc, malgré sa modestie, constituerait un petit symbole ou un échantillon des effets divinatoires de l'amour. Afin de ne pas laisser entièrement aux mains de la perspicacité amoureuse le choix des cadeaux, on tolérerait jusqu'à un certain point un échange de vues et le droit de s'informer discrètement auprès de tiers de ce dont chacun, par exemple, avait besoin. À la différence des caprices, que l'amour devine de lui-même, les besoins doivent être présentés à autrui de façon un peu détaillée. Aussi fallait-il qu'il y eût entre les six un minimum d'échanges. Ce que Virginia et Martín avaient pu s'amuser ! Le jour des Rois, seuls Pelé et la grand-mère auraient droit à un cadeau spécial de la part de tous les autres… à condition qu'ils mettent leurs chaussures ! Une idée de Virginia, secondée avec véhémence par Martín. Ils étaient au centre : leurs idées étaient toutes bonnes et fiévreuses. Et les idées inadéquates elles-mêmes — dont certaines, énormes, étaient de Martín — avaient le charme des choses qu'en toute sincérité et avec bonne volonté on improvise pour le bien d'une communauté. Même dans ses erreurs, on voyait que Martín pensait maintenant d'un point de vue collectif et que c'était un nouvel homme. (L'une de ses improvisations ou de ses idées fut d'installer dans le salon une grande table près de l'arbre, pour que tous les habitants de la maison puissent dîner fraternellement, aussi bien les maîtres que le personnel, un seul dîner avec de la dinde, de la daurade et un immense plateau de tourons. Il revint à Pelé de dire qu'il suffisait d'envisager de modifier le mobilier du salon et d'y installer une table destinée à douze personnes pour que la bonne et sa sœur qui venait d'arriver de son village, Sanabria, demandent leurs gages et partent fêter Noël chez elles. Pelé affirma que Marcelina, la plus âgée des bonnes, qui avait déjà vingt ans de maison, ne céderait jamais sur ce point.) Martín accepta avec plaisir les objections de son fils — une seule objection, en fait, dite avec la voix hésitante de quelqu'un qui sollicite une faveur exceptionnelle. « Je suis d'accord, et même, au fond, tout à fait d'accord. Quand j'ai formulé ma suggestion, elle m'a, à moi aussi, semblé excessive. Je pense qu'en effet Marcelina ne se serait pas sentie à l'aise parmi nous. Je voulais simplement souligner combien j'apprécie l'atmosphère patriarcale de la maison de tes grands-parents, de mes beaux-parents. Il suffit, mon fils, de s'abandonner à ses pensées pour se sentir transporté vers des époques bénies où il aurait été naturel de faire ce que j'ai dit. Je ne crois pas que ta mère, ici présente, soit très éloignée de tels sentiments. Et cela l'honore, l'élève et nous illumine tous. » Martín avait débité tout cela, installé dans le fauteuil à oreilles, d'un air vraiment convaincu. À vrai dire, Pelé, en l'écoutant, séduit contre son gré par la noblesse de la voix de son père, regretta d'être intervenu et il frottait une de ses chaussures contre l'autre comme s'il avait été pris en faute. Impression que Gonzalito ne réussit pas à effacer en faisant ses commentaires, alors qu'il était seul avec le garçon, juste avant d'aller au lit : « Tu avais raison, mille fois raison ! Martín qui joue les patriarches maintenant ! Quelle honte ! » — « N'exagère pas ! Je crois que son intention était bonne, mais mon père vit dans un rêve et c'était lui jouer un tour de cochon, à Marcelina, de lui demander de dîner avec nous, elle l'aurait mal pris ! » À ces mots, Gonzalito fit une grimace : « Je ne vois pas pourquoi tu le défends. Il ne le mérite pas… » Pelé pensa que son oncle avait quelque chose d'autre qui lui brûlait la langue. Mais il ne dit rien. Gonzalo se tut brusquement et entra dans sa chambre en esquissant un bonsoir. Constater une fois de plus qu'il était impossible de le contredire plongea Pelé dans cet étonnement mêlé d'irritation et de compassion qui caractérisait ses rapports avec son oncle. Il eut à ce moment-là envie de frapper à la porte de sa chambre pour le convaincre, même s'il devait parler sans arrêt jusqu'au petit matin, que Martín, son père, n'était ni un prétentieux ni un hypocrite, mais simplement un écrivain très éloigné des choses d'ici-bas. Le Noël de ses quinze ans et peut-être le nouveau personnage que Martín présentait au monde, même s'il était dû à ce que l'on sait, furent le point d'inflexion qui caractérisa les rapports entre Pelé et son père. Il s'en fallait maintenant de très peu pour qu'ils s'améliorent considérablement. À vrai dire, même les conversations absurdement guindées qu'il avait avec son père dans le bureau avaient contribué, comme María l'avait supposé et espéré, à les normaliser. Le soir où il avait pris la défense de son père ou cherché à l'excuser resta gravé dans la mémoire de Pelé qui, compte tenu de ce qui allait lui tomber peu après sur les épaules, reviendrait à maintes et maintes reprises avec nostalgie sur ce qu'auraient pu être, mais ne furent jamais, ses rapports avec lui.

L'idée de ce dîner patriarcal surprit également María. Elle n'intervint pas dans la discussion, mais le bon sens que manifestait l'objection de Pelé lui plut. María ne se sentait pas très rassurée. La fougueuse amitié que, sous les yeux de tous, avaient nouée Virginia et Martín lui parut sympathique au début, et, pour finir et en résumé, un tantinet exagérée et absurde. María les voyait se promener ensemble dans le jardin ou bavarder dans le bureau, chacun au fond d'un grand fauteuil, chuchoter ou se faire des signes devant tout le monde dans la salle à manger ou au salon. Elle avait essayé de s'opposer à ce sentiment qui l'avait assaillie sur la terrasse, qu'on ne l'aimait pas tant que ça. C'était un sentiment nocif qu'il ne fallait pas cultiver. Et, le cultiver, c'était tout simplement le laisser trotter dans sa tête, le laisser paralyser les manifestations de sympathie, même minimes, à l'égard de la vie d'autrui. Cette perplexité désolée s'opposait directement à la spontanéité de son cœur et aux milliers de gestes spontanés et non prémédités par lesquels elle avait l'habitude de manifester son affection envers ceux qu'elle aimait. Voilà pourquoi, au départ, elle considéra le tour pris par les monologues de Martín, le soir, comme la preuve que leur amour était resté égal à lui-même. Martín avait besoin d'une auditrice et María était prête à ne pas dormir de la nuit si c'était nécessaire. L'adultère que Martín racontait n'était pas à son goût et il lui semblait que les rapports entre ce personnage, David, et cette fille du bureau étaient des rapports déséquilibrés et pas seulement à cause de leur différence d'âge. María ne croyait pas que le personnage de Martín fût capable de rompre la chrysalide et d'entrer dans la réalité par le truchement de cet amour. Cette fille, pensait María, est un miroir de plus. Et même un miroir plus flatteur que les autres. Cela dit, Martín racontait son histoire avec enthousiasme et María se sentait prise dans l'enthousiasme du narrateur, mais pas par la narration que, en tout cas aux hautes heures de la nuit, elle trouvait plutôt monotone. C'était une histoire monotone et perturbante. María pouvait dire, et elle le disait souvent, qu'elle était « très bien écrite », mais elle ne pouvait pas dire qu'elle lui plaisait parce qu'il s'agissait d'une histoire d'infidélité et de séduction qui la troublait. L'amitié entre Virginia et son mari avait aussi fini par la troubler. Ce qui la troublait le plus dans cette amitié était l'impossibilité dans laquelle elle était d'y participer. Elle était vraiment très occupée par la maison. Mais elle avait, bien entendu, beaucoup de moments libres. Jamais Virginia et Martín ne mettaient ces moments à profit pour se retrouver avec elle. Elle sentait qu'ils l'évitaient et en même temps la traitaient avec une immense considération. Martín faisait souvent allusion au fait que Virginia la mettait sur un piédestal. « Toi, elle te met sur un piédestal », avait-il dit. Et María avait répondu avec une véhémence qui était déjà un véritable accès de mauvaise humeur : « Eh bien, elle a tort ! Elle ferait mieux de me faire descendre tout de suite de mon piédestal, sinon elle va être déçue ! » Martín avait souri avec bienveillance. La bienveillance de Martín la perturbait aussi. Il y avait maintenant dans les intentions de Martín quelque chose de douceâtre qui ne correspondait pas vraiment à son caractère qui avait toujours été sec, et qui les faisait aussi paraître fausses. Bien avant d'avoir de véritable soupçon, María sentit la fausseté autour d'elle. Une fausseté faite pour l'essentiel de bonnes manières et d'une sorte de respect religieux de sa personne. L'épisode des cadeaux avait été charmant et elle y avait participé avec enthousiasme. Prise par mille choses, María était toutefois celle qui avait le moins réfléchi aux cadeaux et le vingt-quatre l'avait surprise sans cadeaux pour Pelé, pour Martín et pour la grand-mère. Seuls Gonzalito et Virginia avaient le leur, tous les deux le même, de couleur différente, un foulard dont María avait fait l'acquisition dans une des *boutiques** qui se trouvaient à l'entrée de La Moraleja. Pour tout dire, elle avait un peu honte. Les deux foulards étaient plutôt pour femme. Mais ils étaient tous les deux très jolis et María s'était dit que Gonzalito ne chercherait pas à savoir d'où ils venaient. Son foulard était en soie vert foncé, avec des chevaux. Celui de Virginia était vert clair avec des oiseaux. « Les chevaux pour les garçons », avait dit la vendeuse et María n'en avait pas demandé plus. Au dernier moment, après le repas, elle était ressortie précipitamment et avait acheté un petit collier de perles fantaisie blanches pour sa mère, un stylo à plume pour Pelé et un autre, exactement pareil, pour Martín. En fait, quand Virginia et Martín étaient entrés ensemble dans le salon et s'étaient assis avec leur mine endormie, María était en train de penser que ses cadeaux étaient vraiment ridicules. Il y avait une grande animation dans la pièce. Pelé et Gonzalito avaient allumé la cheminée dont les bûches formaient maintenant une coupole incandescente au fond de la pièce. Ils boiraient un verre tous ensemble avant le dîner. Après, on ouvrirait les alléchants cadeaux déjà accrochés à l'arbre, puis María, Pelé et la grand-mère iraient à la messe de minuit. Ce que les grands-parents avaient toujours fait. Au retour, ils avaient un souper, déjà préparé à la cuisine, des bols de bouillon et des sandwichs au rosbif. Tout était donc prêt, ils étaient tous là et ce qu'ils avaient planifié d'un commun accord était sur le point de s'accomplir. « Pourquoi cette tristesse ? » se demanda María. La pièce resplendissait. Pelé était très beau avec son polo de sport orange qui renforçait la lumière du foyer. Gonzalito parlait avec entrain avec la grand-mère. Virginia s'était dirigée vers la cheminée et parlait maintenant avec Pelé. Martín s'était assis à côté de María et lui passait le bras autour des épaules, ébouriffant un peu ses cheveux de la main gauche, lui caressant la nuque. « Je suis très content, María, l'entendit-elle dire à voix basse à son oreille. On dirait que tout brille davantage ce soir. L'air était très clair dehors, sombre, clair et très froid dans le jardin et le potager avec ses sillons de terre sombre, recroquevillée, et de nouvelles étoiles tout en haut, dans la dense texture du firmament prometteur. Tout est prometteur ce soir et tout ce que nous avons pensé et décidé d'un commun accord va s'accomplir. Je me sens très joyeux. Et toi aussi, n'est-ce pas ? » — « Je vais jeter un dernier coup d'œil à la cuisine, Martín. Je reviens tout de suite », annonça María d'un ton résolu. Elle se leva et sortit de la pièce en fermant la porte avec précaution. Au beau milieu du vestibule, dans le noir, à travers une fenêtre, on pouvait voir le pur firmament glacé auquel Martín venait de faire allusion, María s'arrêta et passa ses mains sur son visage, autour des yeux, à la recherche de quelques larmes que tout son être l'empêchait de verser. Dans l'obscurité, ses yeux bleus étonnés se fixèrent sur l'austérité immobile du ciel de Noël qui, à travers la fenêtre, éclairait faiblement le vestibule et le corps transi de froid de María.

Il était déjà minuit et quart. La grand-mère, Pelé et María étaient allés en voiture à la messe. Gonzalito avait disparu. Virginia et Martín s'étaient installés face à face devant la cheminée, chacun tenant son grand verre de cognac à la main. Les papiers d'emballage des trente cadeaux recouvraient le tapis autour de l'arbre. Il y avait même sur les tables et par terre quelques cadeaux oubliés. Les cadeaux offerts par Virginia et Martín étaient les plus réussis. Ce n'était pas des cadeaux très coûteux, mais il était évident qu'ils avaient été choisis en fonction de la personnalité de chacun en particulier. Le cadeau le plus plaisant, et dont tous, outre Pelé, à qui il était destiné, avaient largement profité, était un Polaroid. Pelé était ravi et deux pellicules avaient déjà été utilisées après le dîner. Une idée et un cadeau de Virginia. Virginia vida son verre d'un trait. Martín aussi. « Tu m'aides à monter mes cadeaux ? » demanda Virginia, en se levant. Elle ramassa ses cinq cadeaux qui étaient par terre au pied du fauteuil. Martín se leva sans rien dire. Ils sortirent de la pièce en laissant les lumières allumées. Ils longèrent le vestibule et montèrent l'escalier en silence. Martín avait l'impression de jouer le rôle d'un élégant personnage qui accomplit son destin. Il alluma les lumières de l'escalier et du palier du premier étage. Virginia entra dans sa chambre sans allumer la lumière et s'allongea sur son lit, ses cinq cadeaux encore entre ses mains posées sur sa poitrine. Martín ferma soigneusement la porte et Virginia alluma alors la lampe de chevet. Martín se déshabilla en vitesse, dans un certain désordre, et enleva l'une de ses chaussures sans en dénouer le lacet. « Tu vois, Martín, ce qu'il y a de mieux dans ce qui nous arrive, et de loin, c'est de pouvoir le faire ici, à la maison, comme si nous étions frère et sœur, cousin et cousine, ai... aimer María tous les deux autant nous rend un peu cousin et cousine, tu ne crois pas ? finalement, ça se passe en famille, comme on dit... Ne reste pas là, debout, allonge-toi à côté de moi, ce que j'aime le plus chez toi, c'est que, bien que tu en aies envie, tu ne m'obliges pas à me presser, et, en plus, si je ne voulais pas, nous ne le ferions pas, n'est-ce pas ? c'est parce que tu sais te dominer, voilà pourquoi ! Le faire dans le jardin a un côté plus romantique, on dirait que c'est moins important en plein air. Comme si nous nous étions rencontrés par hasard, une rencontre fortuite, *strangers in the night*, et en fait c'est tout à fait ça, c'est pourquoi c'est innocent et pourquoi nous ne trompons pas María, parce que ça se passe comme si nous nous rencontrions par hasard en pleine nuit et que nous nous embrassions, nous ne faisons de mal à personne et ça nous fait du bien à tous les deux, ça nous fait du bien, plus de stress, plus de tentations, tu vois bien que nous ne sortons presque plus de la maison, nous sommes tout le temps à la maison, pour le bien de María, et on ne peut pas parler d'infidélité, nous le faisons pour son bien, pour séparer les sommets du terre à terre, avec moi tu peux te donner du plaisir, et tu as María, tu l'as pour le côté noble de ta vie, moi, j'adore que tu sois si mince physiquement, je te promets que je pensais à toi quand je le faisais avec Rómulo, c'était comme un fantasme, ce que l'on pense dans ces cas-là, les images qu'on a depuis toute jeune et qui n'ont jamais changé, je te voyais jeune, parfois je vous voyais tous les deux jeunes, María et toi, figure-toi que je pensais à toi et en même temps à María, je me souvenais que tu la prenais par la taille en revenant de la faculté à midi, la nudité, à vrai dire, te change un peu, c'est une nouveauté, je ne sais pas, Martín, si tu y gagnes ou si tu y perds, je ne sais pas, bien sûr, tu dois être plus à ton aise, bien que toi non plus, tu ne sois pas du genre à enlever et remettre ton pantalon pour un oui ou pour un non, les maigres, vous êtes tous très frileux et vous préférez être bien emmitouflés, tu as le même corps que ton fils, mais poilu, j'ai honte de me déshabiller dans cette chambre, je ne trouve pas ça normal, c'est plus normal en plein air, plus imprévu, on dirait que le lit rend, comment dire ? les choses plus artificielles, quelle heure est-il ? ils ne reviendront pas avant une heure du matin… Tu n'as pas entendu un bruit dans le couloir ? je dois me faire des idées et je vais te dire une chose, une chose que tu m'as déjà dite toi-même, que c'était bon pour le roman, c'est encore bon, tu trouves plus facilement la fin depuis que tu n'es plus du tout frustré, je ne suis pas tranquille dans cette chambre, si tu veux nous arrêtons, moi je préfère presque, finalement, tu sais comment je fais, tu as goûté à tout, tout, et pourquoi pas ? je n'ai honte de rien, et une chose : au sujet de ce que tu as dit ce soir d'un appartement pour nous deux, ce serait horrible, tu vois, laisser María ici, María que tu aimes et que j'aime, pourquoi ? si j'étais toi, je ne le ferais pas, non, quelqu'un comme moi ne ferait pas une chose pareille, je n'ose même pas y songer, tu veux vraiment que nous le fassions ici ?... »

Gonzalito se racla la gorge exprès, dans le couloir. Peut-être l'entendraient-ils et Martín sortirait-il se battre avec lui ! Peut-être dégringoleraient-ils tous les deux l'escalier et tout s'achèverait-il de la façon la plus vulgaire ! Gonzalito en avait déjà assez d'être au courant du stupide secret de Martín et de Virginia. Au début, l'idée qu'il disposait ainsi d'une possibilité de se venger l'intéressa. Maintenant, il ne savait plus très bien qu'en faire. Et ces journées de Noël devenaient particulièrement légères, presque douces. Pelé et lui s'étaient promenés ensemble, comme au début. Il avait trouvé amusant d'accrocher avec lui les décorations du sapin. Quel couple ridicule que ces deux-là, Martín et Virginia, quelle incroyable impudence ! Gonzalito se sentait fragile. Parfois, comme ce soir, quand il avait le sentiment que Pelé rendait les armes, qu'il semblait devenir le docile compagnon imaginaire de ses heures de solitude, quand la présence de la chair et des os — le détail exquis de ce qui est présent face à la véritable perception— semblait se confondre avec la docilité du Pelé imaginaire, alors Gonzalito respirait en paix et se sentait mieux. Il se sentait même désireux de bien faire et de « se corriger », comme disait son neveu. Espionner son beau-frère et Virginia avait été un passe-temps honteux. Une sorte de variante amère de ses souvenirs de jeunesse : voilà où ça menait, à un vulgaire adultère. Mais il perdait pied et ses pensées se refusaient à toute formulation quand il songeait à María. Si, comme cela semblait évident, María avait encore confiance en son mari et en son amie, que devait-il penser d'elle ? Son ignorance semblait le fruit de l'imbécillité. Sa bonté semblait le fruit de l'imbécillité. Et en même temps, María était María, la petite sœur bienfaitrice et lumineuse de son enfance et de sa jeunesse à Londres, qui, d'une certaine façon, lui avait confié le soin de s'occuper de son fils. Gonzalito préférait ne pas trop creuser le personnage complexe de sa sœur. Rebrousser chemin vers lui-même chaque fois qu'il arrivait à elle, comme quelqu'un qui met la tête sous l'oreiller.

Gonzalito se coucha quand il entendit arriver la voiture. De son lit plongé dans le noir, il entendit Pelé et María raccompagner la grand-mère dans sa chambre. Il s'était laissé distraire et craignit un instant que le couple fût encore dans la chambre de Virginia. Mais Martín était, semblait-il, sorti de la chambre sans que Gonzalo l'eût entendu. Il entendit la mère et le fils redescendre l'escalier. Et il les entendit remonter au bout d'une demi-heure. Il s'endormit en pensant que demain, libérés enfin des occupations liées aux fêtes, ils se promèneraient ensemble dans le jardin recueilli de l'hiver.

Pelé partait passer deux jours hors de la maison, à Madrid, chez des amis. Il ne le vit même pas au petit déjeuner. C'était une sombre journée de Noël. María aussi, qui avait poussé son fils à accepter l'invitation, regretta son absence. Une lumière incolore éclairait le salon. Un sentiment d'inutilité se frayait à chaque instant un chemin dans la conscience de María. Après le repas, ils restèrent ensemble quasiment jusqu'à l'heure du dîner. María avait le sentiment qu'ils s'étaient tous agglutinés dans le salon pour se tromper mutuellement. Une familiarité forcée entre des personnes qu'elle aimait sincèrement et de qui, dans les circonstances présentes, elle ne pouvait se rapprocher. Ni se rapprocher ni s'éloigner. María se rendit compte qu'elle ne devait pas bouger de l'endroit où elle était, qu'elle devait garder l'espoir que tout finirait bien, faire confiance au pouvoir du réel qui, maintenant, lui tournant le dos, était devenu contraire.

Pelé revint le vingt-sept, en fin de soirée. Gonzalito l'entendit arriver de sa chambre, de son lit. Cette chambre infernale d'où l'on entendait tout. Ce lit vieux comme Hérode, d'acajou, dans un coin de la pièce, là où il avait toujours été — presque plus que toute autre chose dans cette pièce, le lit était son adolescence inquiète et protégée —, avec son allure de tanière ou de cercueil, toujours défait. Il avait passé ces trois jours noyé dans un malheur éploré. Il se sentait abandonné. Et ridicule. Et vindicatif. Et il se sentait tout attendri, en se remémorant les traits de Pelé, dont il pouvait maintenant rafraîchir le souvenir en contemplant les photos en couleur du Polaroid que lui-même avait faites et aussitôt cachées, sans les montrer à personne. Il avait été facile, au milieu de l'agitation de la soirée du vingt-quatre, d'emprunter à Pelé son nouvel appareil et de lui demander de rester debout dans un coin vide de la pièce pour faire trois photos. Le coin, éclairé par une seule lampe, s'était avéré étrangement approprié sur la petite photo rectangulaire. Le vert foncé d'un grand philodendron faisait profiter de sa verdeur dormante l'arrière-plan et le coin d'un grand cadre aux accents vaguement bibliques, le rouge audacieux des tuniques annulé par la verdeur hésitante, sous-marine, de la photo tout entière. Pelé se détachait sur ce fond, les bras le long du corps, sa main gauche dans la poche gauche de son pantalon gris foncé. Bras, visage et cou bronzés. La largeur des épaules. La plénitude ferme de l'ossature des épaules que la photo avait magiquement retenue. Les trois photos étaient presque pareilles. Pelé avait regardé fixement l'appareil de son air sérieux. Et, une fois de plus, la tonalité sous-marine de la représentation coïncidait étrangement avec la tonalité prise peu à peu par l'image de son neveu dans les représentations imaginaires de Gonzalo. L'immobilité du garçon et son regard fixe et sombre étaient inquiétants, comme accusateurs. Gonzalito se rappelait que Pelé s'était montré impatient après la première photo, comme s'il était malvenu qu'ils se séparent du reste de la famille à ce moment-là, ou comme s'il préférait se servir lui-même ce soir-là de son nouvel appareil pour photographier joyeusement tout le monde. Ces trois photos étaient les seules qu'on avait faites de lui ce soir-là. Gonzalo avait à peine quitté sa chambre durant ces trois jours. María était monté le voir tous les jours, deux fois le dernier jour, le matin et l'après-midi. Gonzalito avait essayé d'avoir avec sa sœur un semblant de conversation, sans y parvenir vraiment. En la voyant entrer le premier jour, il avait décidé d'exclure de toute éventuelle conversation toute allusion à leur passé commun et à la confiance qui avait régné entre eux : ne laisser que le présent immédiat, miné de secrets et miné aussi, tout au fond, par la ferme intention de ne pas se laisser attendrir. Gonzalito s'était retranché dans sa fermeture, comme il se cachait, enfant, dans les grottes de la plage, lorsqu'il jouait à cache-cache. Il n'empêche que María n'était pas montée pour lui parler d'un sujet précis, ni pour lui demander quelque chose, même pas pour prendre des nouvelles de son moral ou de sa santé. « Je viens te tenir un moment compagnie », avait-elle annoncé tout simplement en entrant. Et, en effet, elle s'attarda une heure le premier jour, même chose les jours suivants, assise dans un vieux petit fauteuil de cretonne, les pieds posés sur une chaise, regardant le plafond, sans faire de gros efforts pour animer la conversation. À dire vrai, Gonzalito eut, en la voyant, l'occasion de se souvenir des *moods* contemplatifs et muets de sa sœur qui, du temps des mauvaises notes et des difficultés scolaires, le rassuraient tant. María les appelait « le voyage en voiture » et disait qu'assise là, les pieds surélevés, la jupe un peu au-dessus des genoux et la tête penchée en arrière sur le dossier de ce petit fauteuil de cretonne bien réel, elle avait l'impression de rouler en voiture, dans une « grosse bagnole » américaine, sur une grande autoroute plate durant des centaines de kilomètres, longeant d'immenses prairies émeraude et des déserts de sable rugueux, couleur de miel. Elle disait toujours que, au cours de ses voyages avec son frère qui était, bien entendu, au volant, elle oubliait tous les problèmes, les siens et ceux d'autrui. Elle disait aussi que ces voyages lui plaisaient parce que Gonzalo conduisait très bien, d'une main très sûre, sans coups d'accélérateur ni coups de frein, à une vitesse de croisière régulière et modérée, et que, en l'emmenant ainsi avec lui, Gonzalito faisait œuvre charitable aux yeux de Dieu, en supportant son prochain, sa sœur, dans sa fragilité et son silence, « comme elle aimerait le supporter, lui, s'il était dans une situation semblable ». Gonzalito se souvint même que sa sœur avait tiré cette phrase, ou une phrase semblable, de considérations de saint François. Et comme ils étaient en voyage, ils pouvaient bâiller, ou boire de l'eau, ou encore de l'eau-de-vie s'il y en avait, au goulot d'une petite flasque argentée que leur avait offert leur père à tous les deux, mais surtout à Gonzalito, parce que c'était un article de voyage plutôt destiné aux hommes. Et ils pouvaient faire pipi, puisqu'il faut bien, de temps à autre, en arrêtant la voiture sur un côté de l'autoroute, un peu penchée, au bord de l'accotement de terre blanchâtre couvert d'orties. Cela voulait dire qu'ils étaient à leur aise et communiquaient peut-être sans compter à l'aide de simples monosyllabes, ou de phrases isolées, ou de signes, tous les deux absorbés dans l'immense et intense désert de la paix d'un voyage silencieux. Chose curieuse, Gonzalito, en voyant sa sœur dans le petit fauteuil et en se remémorant ces voyages, sentit qu'il ne se sentait plus guère à son aise, mais au contraire horriblement mal à l'aise et troublé. Les silences sans fin de María, silences naturels qui semblaient interminables, bien qu'aucun n'atteignît, tant s'en fallait, une heure, lui parurent maintenant non naturels, forcés et lourds d'intentions, comme si elle s'était proposée de lui tirer les vers du nez, ce qui, comme dut le reconnaître Gonzalito lui-même à l'instant précis où il le disait, était évidemment absurde. La seule phrase du premier jour dont il se souvenait et qu'il avait été lui-même, bien entendu, sur le point de prononcer sans oser en définitive le faire était : « Je regrette beaucoup l'absence de Pelé ces jours-ci. » Gonzalito se sentit soulagé quand sa sœur sortit de sa chambre le premier jour. « Ce que je ressens n'est pas communicable », se dit-il à part soi. L'absence de communication imprégnait tout. Elle était devenue pour Gonzalito une manière de vivre, le seul air respirable. Et les brèches, diverses et calculées, qui ébranlaient cette absence de communication, les aveux ou les confidences qu'il avait faits à son neveu, ne servaient qu'à accentuer et à souligner l'absence radicale de communication dans laquelle il se trouvait. Gonzalito brisait face à Pelé cette absence de communication par de brusques ouvertures gesticulatoires comme des mimiques, aussi pénibles que le geste d'un obsédé sexuel qui exhibe tout à coup ses parties génitales dans un parc. La deuxième visite de María, dans l'après-midi du deuxième jour, et la troisième, dans la matinée du troisième jour, eurent lieu également sous le signe du voyage en voiture et de son silence lumineux que Gonzalito désormais détestait. La quatrième et dernière visite, le dernier jour, le vingt-sept dans l'après-midi, le fit sortir de ses gonds. Il comptait rester seul et se draper dans le malheur, le ressentiment et la tendresse de penser à Pelé qui reviendrait dans la soirée. Il comptait s'immerger dans l'arrière-plan verdâtre des photos et, de là, glisser vers la masturbation et le sommeil, et la réapparition de María fit qu'il se sentit enchaîné, replié sur lui-même et bien décidé à ne pas communiquer. Ce silence entre eux que lui imposait sa sœur lui faisait l'effet d'un rapport forcé avec le bien qui en aurait fait surgir le côté démoniaque, d'abord sous la forme d'un accès de haine irrépressible, puis de stupeur : la sensation très vive d'être muet et contrefait, là, immobile dans son lit, tandis que María le regardait aimablement de son petit fauteuil, les pieds posés sur une chaise, comme d'habitude, comme lorsque, en d'autres temps, ils partaient en voyage. Ce silence lui sembla au bout d'un moment si angoissant qu'il fut pris de nausées, pâlit, faillit vomir et, pour finir, prit la parole. Il dit alors d'un trait, quasiment entre ses dents au début : « Je ne suis pas heureux, c'est ce que tu veux savoir ? Je suis un infortuné, un malheureux, c'est ce que tu venais chercher, ce que tu voulais savoir, m'entendre dire ? C'est ce que tu voulais ? Maintenant, ça y est, tu l'as entendu, maintenant tu l'as vu clairement. Tu vois ce que tu voulais voir, maintenant tu es au courant. Je ne peux pas être heureux, je ne suis pas heureux. Tu es là, silencieuse, assise, tu me regardes et tu es comme un puits sur lequel je dois finir par me pencher et crier que je ne suis pas heureux. Et cette absence de bonheur est un péché, c'est l'essence de la culpabilité et du péché, un bruit horrible que tu provoques en te taisant. Qu'est-ce que tu es venue faire ? Le premier jour, tu as dit que tu venais me tenir compagnie. Mais tu ne peux pas me tenir compagnie et ton fils non plus. Personne ne vient vers moi. Et c'est mieux comme ça, il vaut mieux que je me passe de ta compagnie si tu viens pour me regarder et te taire. Tu n'entends pas le bruit que j'entends moi quand tu te tais, les hurlements de mon âme. Ce n'est pas tout. Aussi bien, tu venais lui rendre visite à lui, et non à moi. Maintenant, il a passé son chemin. Place à la parole maintenant, je préfère parler, ma chère sœur, c'est ce que je préfère, en parlant nous sortons et nous ne sommes plus dedans, mais dehors, et les mots, n'importe quel mot, le mot le plus bête, fauteuil, lit, table, maison, les mots les plus vulgaires et les plus courants, autonomes, libres, me rappellent notre enfance à tous les deux, la liberté… Les mots ordinaires sont le contraire de l'esclavage dans lequel je vis, c'est ce que tu voulais savoir ? Je ne te crois pas si mauvaise, je te crois le contraire. En vérité, tu venais seulement me tenir compagnie, je le sais, tu voulais que je te supporte dans ta fragilité, comme dit saint François, sans savoir que j'ai mis de côté pour mon seul bénéfice l'argent de Dieu que nous économisons ensemble. Depuis mon retour de Londres, je n'ai pas reparlé avec toi, pourquoi ? Et, en ce moment même, ne t'imagine pas que je suis en train de tout dire, les mots me rassurent et me cachent, je n'entends plus le hurlement horrible qui se faisait entendre quand tu étais silencieuse, tu aurais dû m'obliger à me taire, peut-être m'aurais-tu fait du bien, tu nous aurais peut-être tous sauvés. Et maintenant, moi, je m'échappe, je me cache, je suis déjà caché dans la petite grotte des mots lumineux et ordinaires, où l'on ne me voit plus, maintenant tu ne me vois pas, tu ne me vois plus, je suis l'homme invisible de l'irréalité et du péché, que tu ne peux pas voir, María, ni de jour ni de nuit… Je suis un peu nerveux, María, tu le vois bien, je me fais peur à moi-même et je t'ai fait peur, je parie que tu as eu peur, non ? Depuis que je suis revenu de Londres, je ne me sens pas bien du tout, je vais aller voir un médecin, un psychologue, un ami d'Alfonso, Alfonso Vélez, que tu connais, nous avons décidé au téléphone d'aller le voir maintenant, en janvier, pour que je me remette d'aplomb, je me suis déjà pas mal remis d'aplomb ici, à la maison, avec toi et avec… vous, la différence est de taille, je recouvre petit à petit mon véritable être, n'est-ce pas que je vais déjà beaucoup mieux, María ? » María pensa que son frère allait mieux, en effet, depuis le début de la deuxième partie de ce qu'il avait dit. Il était clair qu'il y avait eu deux parties dans ce qu'il avait dit et que, dans la première, Gonzalito avait peut-être voulu dire plus qu'il n'avait dit. Et que, dans la deuxième, il s'était réfugié dans une sorte de trivialité maladive — comme quelqu'un qui essaie de se faire passer pour malade des nerfs. Il était vrai qu'en lui rendant ces visites María ne s'était rien proposé d'autre que de tenir compagnie à son frère, même s'il était vrai aussi qu'elle avait accouru instinctivement pour faire le voyage en voiture et se reposer ainsi de la perplexité ou de la tristesse ; María n'arrivait plus à faire la distinction entre ces deux sentiments qui se succédaient comme deux sortes d'ombre différentes par un jour de pluie dans sa conscience, deux sortes de ciel gris qui maintenant recouvraient toute la journée durant ce qu'elle avait toujours appelé la réalité. Cette réalité de sa vie tout entière qui continuait d'être une somme, qualitativement immense et désormais aiguisée, une consommation débordante qui, ces derniers temps, s'était assombrie, sans perdre, cependant, son pouvoir réel de conviction : María était encore persuadée qu'il n'y avait que là, dans la patience que semblaient prescrire la situation ou les situations concrètes dans lesquelles elle et tous les siens se trouvaient, qu'on pourrait voir la vérité de chacun d'eux, quelle qu'elle fût. Et, de façon absurde, comme on se souvient de bribes d'une mélodie ou du refrain comique d'une chanson populaire entendu à la radio et répété distraitement toute la journée, María se souvenait maintenant, et, à son insu, les appliquait à la réalité de sa vie tout entière, de louanges de saint François adressées au Très-Haut qu'elle avait dû apprendre par cœur au collège et que sa mémoire avait jusqu'alors maintenues dans l'oubli : Tu es le saint, Celui qui fait des merveilles, Tu es le fort, Tu es le Très-Haut, Toi, Père saint du ciel et de la terre, Tu es le bien, tout bien, le suprême bien, Seigneur Dieu vivant et vrai, Tu es l'amour, Tu es la voix de la conscience, Tu es la voix de l'humilité, Tu es la patience, Tu es la beauté, Tu es la mansuétude, Tu es la certitude, Tu es la quiétude, Tu es le plaisir, Tu es notre espérance et notre joie… Et ce refrain lui revint de nouveau à l'esprit, peut-être pour la première fois, là, en écoutant Gonzalito et après l'avoir écouté, comme s'il était nécessaire de personnifier la réalité, de la tutoyer et de dire très souvent « tu », maintenant que l'heure de la tribulation et de l'obscurité était arrivée. Voilà pourquoi, au lieu de répondre à la question de son frère qui lui demandait si elle pensait que maintenant il allait mieux, María lui posa à son tour une question : « Tu te souviens, Gonzalito, d'une prière que nous avions apprise, toi aussi tu l'avais apprise, où l'on disait tout le temps tu tu tu… tu es la réalité tu es la certitude tu es l'humilité tu es la patience tu es la beauté tu es toute la splendeur de ce monde tu es notre joie et on répétait très longtemps des choses de ce genre au point de s'endormir… ? » María avait été incapable de répondre quoi que ce fût à son frère et craignait beaucoup de ne pas l'avoir compris — en fait elle n'avait compris que ce qu'elle savait déjà, qu'il était un infortuné et qu'il n'était pas heureux — et elle avait dit impulsivement la première chose qui lui était passée par la tête en l'écoutant et après l'avoir écouté. « Non, María, je ne me souviens plus de rien », répondit alors Gonzalito qui était tout à fait remis d'aplomb et qui avait abandonné sa position de gisant pour s'asseoir sur le bord du lit. Ses pieds très blancs, comme si la vie s'était retirée d'eux, l'un contre l'autre, reposaient sur la descente de lit très élimée, une descente de lit à motifs persans, telles les extrémités fantomatiques d'un corps invisible dont on entendait encore la voix, retenue, voilée, impossible à deviner, pensa María à ce moment-là. « Si tu savais comme j'ai peu de souvenirs ! Je pense parfois qu'il n'y a aucune continuité dans ma vie entre le passé et le présent. S'il y avait une continuité, je suppose que ce serait différent. Mais il n'y en a pas et même en ce moment, je n'ai pas envie, comme ça, à froid, qu'il y en ait une. À vrai dire, je n'ai envie de rien. J'aurais accédé à la pauvreté, je serais à la lisière du néant, comme les mystiques qui ne possèdent plus rien ? Ne t'inquiète pas pour moi, María, moi-même je ne m'inquiète même plus. » La conversation entre le frère et la sœur s'acheva plus ou moins ainsi ; María ne sachant que dire et Gonzalito la rassurant et la poussant doucement hors de sa chambre. Une fois seul, Gonzalito craignit d'avoir invoqué à son insu Satan parce que ses jambes le lâchèrent et il s'écroula, comme paralysé. Ce fut l'histoire d'un instant. Il était clair que María non plus ne savait à qui elle avait eu affaire ce soir-là. Gonzalito sentit que ses mains, ses pieds, sa poitrine et ses parties génitales se dissolvaient dans l'invisible, comme si une légère floraison, telle une mousse légère qui se détacherait de son vert ténu pour s'immerger, inconsistante, vaporeuse, imprévisible et totalement négative, dans l'incolore, niait la consistance habituelle de sa chair, de ses os, de sa sexualité et de sa conscience de soi. Sans savoir comment, il se retrouva couché sur son lit en proie à une irrépressible irritation. Il était clair que ces trois jours de réclusion avaient ravivé son impatience. Peut-être s'endormit-il, même si, en descendant prendre son petit déjeuner le lendemain, le vingt-huit décembre, il avait l'impression de ne pas avoir fermé l'œil de la nuit. Il prit son petit déjeuner tout seul. Et remonta dans sa chambre où il resta, après s'être douché et habillé, jusqu'à l'heure du déjeuner. Sa froideur et son invisibilité étaient déjà une seule et même chose : une sorte de sentiment de pouvoir agaçant, rappelant l'excitation préliminaire du désir sexuel et parfaitement compatible avec les bonnes manières. Il fut cependant si ému de voir Pelé occuper sa place habituelle dans la salle à manger qu'il put à peine lui adresser la parole de tout le repas. Tous deux rejoignirent les autres au salon pour prendre le café. Maintenant, Gonzalito pouvait lui parler normalement. Pelé avait passé la matinée à faire des photos de tout le monde avec son Polaroid. Au café, assis sur l'accoudoir du fauteuil de sa grand-mère, il lui montrait deux instantanés de son père assis à son bureau, l'air renfrogné, ne se rendant pas compte qu'il était photographié, un air, en fait, plein de candeur intellectuelle et de tendresse. Pelé avait déjà plusieurs fois répété à voix haute et très distinctement qu'il tenait ces deux instantanés de son père à son bureau pour les deux meilleures photos qu'il avait faites jusqu'à présent. « Pelé, fais-moi penser tout à l'heure, après le goûter, à t'emmener voir une autre photo à faire. Même s'il fait déjà un peu nuit, le flash de ton Polaroïd suffira pour qu'elle soit bien nette », lui dit doucement Gonzalito alors que tout le monde partait et que Pelé et lui s'apprêtaient à faire une partie d'échecs — à moitié pour s'amuser, car ni l'un ni l'autre ne savait bien jouer — dans la chambre du plus vieux et du plus adulte des deux, l'oncle Gonzalo.

Le goûter était fini. Il devait être à peu près huit heures du soir. La partie d'échecs, qui avait été amusante, avait surtout montré leur incompétence. Il avait été charmant et amical de se montrer l'un à l'autre qu'ils étaient incompétents. Leurs seize pièces à chacun, dans leurs arrêts subits, étaient des problèmes posés à leur ingéniosité linguistique à tous deux. Parce qu'il y avait désormais, en effet, un langage imparfaitement compris d'eux. Comme à Londres. Il n'y avait pas à parler en espagnol parce qu'ils pouvaient parler avec les tours, les chevaux, les fous, les pions, la reine et le roi, leur valeur respective et les règles du jeu. Et parce qu'ils pouvaient surtout parler par mimiques. Chaque mouvement, une mimique ; chaque fois que l'un des deux faisait échec au roi, ou protégeait ses pièces, ou avalait un pion en lui donnant un petit coup, chaque fois qu'ils se tendaient des pièges, chacun d'eux s'agitait un peu, pas beaucoup, parce que le pouvoir du geste dans ce jeu difficile et concentré était déjà objectivé dans les mouvements mêmes qui étaient exécutés et le reste du corps se contentait de l'accompagner ou de le souligner doucement, comme quelqu'un qui suit doucement et de loin le mouvement de danseurs. Et aucun des deux ne parlait : dans le cercle chaud de la lampe de bureau que Gonzalito avait posée sur la table de jeu, éteignant toutes les autres lumières, seuls les mains et le clair-obscur des deux visages allaient et venaient de la conscience aux pièces du jeu. L'essentiel de cette partie d'échecs tenait à ce qu'elle était un langage commun qui n'était parfaitement maîtrisé par aucun des deux joueurs. Ils pouvaient donc prendre la liberté de se tromper et de cafouiller et les libertés qu'ils prenaient ainsi étaient aussi des marques de confiance réciproques. Et comme ils ne jouaient pas bien, ils s'étaient proposé d'adopter l'air concentré et silencieux des bons joueurs, les grands Russes, aux visages larges et pétrifiés. Et tous deux prenaient un plaisir spécial à tout se dire désormais par signes, et en essayant de ne pas rire — ou de ne pas trop rire — quand chacun observait les gesticulations que faisait l'autre pour se faire comprendre ou faire savoir qu'il ne comprenait pas. Ils étaient descendus goûter en silence également, expliquant par signes à la grand-mère et à María qu'ils ne pouvaient pas parler parce qu'ils venaient de jouer aux échecs, jeu où on ne parle pas. Martín ne s'était pas montré. Et Virginia n'était restée qu'une minute, fumant deux cigarettes et buvant à petites gorgées deux tasses de thé sans lait et sans sucre. Puis elle était partie faire, avait-elle dit, une bonne promenade en plein air. Et les deux joueurs, plongés dans leur jeu de mimiques comme dans la soudaineté, l'inattendu et la cordialité d'une langue commune qui n'était le vrai langage ni de l'un ni de l'autre, avaient dévoré les feuilletés et plusieurs grosses tranches du cake de la grand-mère que faisait maintenant, avec peut-être encore un petit peu plus de fruits confits et de liqueur, la cuisinière. Et après le goûter, ils étaient allés ensemble dans le jardin voir le spectacle instantané, l'instantané que Gonzalito avait promis à son neveu au déjeuner. Avant de sortir, Pelé avait demandé par signes à son oncle s'il devait prendre vraiment son Polaroid pour faire de vraies photos, ou si ce n'était qu'une mauvaise plaisanterie de son oncle, ou encore, si ce n'était pas une plaisanterie, comme il était déjà tard et que le jardin était trop sombre, s'il suffisait de prendre le flash. Et Gonzalito avait répondu par signes qu'il fallait se dépêcher et que, non, qu'il n'y avait plus besoin de Polaroid. Ils s'étaient donc enfoncés dans le jardin, descendant vers le potager, et il n'y avait pas de lune : et leurs silhouettes se chevauchaient tant ils marchaient l'un près de l'autre. Et ils s'étaient arrêtés, marchant maintenant sans savoir pourquoi sur la pointe des pieds, derrière un bassin, haut, large et blanc, dont on se servait pour contrôler et répartir l'eau qui irriguait le jardin. Et près du bassin, il y avait une grande touffe d'herbe très épaisse. En touchant le bassin de ses deux mains, Pelé avait remarqué qu'il était froid et glissant comme si l'eau suintait un peu par les pores gris du ciment. Gonzalito d'un grand mouvement de la main droite avait porté son index à ses lèvres pour souligner encore plus combien tout était silencieux. Et il avait fait en sorte que son neveu glissât sa tête dans un trou du buisson, entre le buisson et le bassin. Et les amants étaient là. Impossible de les confondre avec qui que ce fût d'autre, Virginia et Martín, s'étreignant et s'embrassant. Virginia avait son chemisier ouvert. Et on voyait ses deux petits seins, longs et bleutés, que Martín soutenait dans ses mains comme s'ils allaient tomber. Ils s'embrassaient. Se séparaient un instant. S'embrassaient de nouveau. Parfois, la tête de Martín se retrouvait à la droite de la tête et du cou de Virginia et d'autres fois à gauche, comme dans un spectacle, comme si les positions des têtes changeaient à dessein. Ç'avait été tout. L'oncle et le neveu s'étaient retirés en silence. Pelé, en montant vers la maison, était devant, regardant par terre, marchant très vite. Et Gonzalito était derrière, regardant le dos courbé de Pelé, marchant plus lentement, surpris de n'éprouver aucun sentiment ni aucune sensation, comme paralysé, comme transformé en automate, se sentant, en tout cas, invisible.

Le dernier jour de l'année, la grand-mère voulut en fin d'après-midi, après le goûter, monter se coucher. Il devait être à peu près huit heures. Pelé et María l'accompagnèrent jusqu'à sa chambre. Et Pelé sortit un moment dans le couloir au moment où sa grand-mère mettait sa chemise de nuit. Puis il revint dans la chambre. Et pendant que María peignait les cheveux blancs de la grand-mère, les laissant libres afin qu'elle pût appuyer confortablement sa tête sur l'oreiller, Pelé les regardait, assis sur un coin du lit, juste au coin, en essayant de ne pas trop l'écraser. Il était doux et consolateur de coucher tous les deux, sa mère et lui, cette chère grand-mère le dernier soir de l'année. Quand elle se réveillerait le lendemain, ce serait déjà la nouvelle année et les moineaux scélérats bondiraient d'une petite miette à l'autre entre les pigeons au jabot volumineux, gris et gros comme des tanks, à midi, sur la terrasse ensoleillée, montrant à qui voulait le comprendre combien il est impossible de bien distribuer quoi que ce fût, même du pain dur, parmi les oiseaux du ciel qui ne sèment ni ne fauchent. Quand la grand-mère fut au lit, elle leur assura à tous deux qu'elle était bien installée et qu'elle n'avait ni trop chaud ni trop froid, c'était plutôt une chaleur douce et agréable bien distribuée dans tout le corps, jusque sur le bout du nez, comme Pelé pouvait le vérifier en se contentant de le toucher du bout de son propre nez, nez contre nez, comme les grands-parents et les petits-enfants chinois se disent bonne nuit à Pékin : et elle ajouta qu'elle n'avait pas froid aux pieds et qu'il n'était pas question de mettre de telles horreurs, ni maintenant ni jamais, pas question de mettre des chaussons de laine, faits de la toison d'une répugnante brebis, ou d'une vache, voire d'une chèvre — la grand-mère les fit beaucoup rire tous les deux avec son histoire d'odieux chaussons nocturnes et de couverture électrique qui allait l'électrocuter en pleine nuit : quand, enfin, tous les deux se furent retirés avec, dans la rétine, la paisible image de la grand-mère, alors qu'ils étaient devant la porte de la chambre de Pelé, celui-ci dit : « Maman, lis-moi quelque chose, c'est le dernier jour de l'année. » Et il était vrai que dans moins de trois heures l'année s'achèverait. Et Pelé voulut que sa mère lui fît la lecture, alors qu'il était déjà couché, comme elle le faisait mille ans auparavant, avant même qu'il s'appelât Pelé, du temps où il était Martinín et où tous deux, sa mère et lui, allaient et venaient dans le jardin aussi naturellement que Pierre, Paul ou Jacques dans leur maison. Depuis le vingt-huit, Pelé sentait qu'il ne pouvait plus se déplacer ainsi nulle part, et encore moins dans le jardin et dans la maison. Et il avait dû parler avec tout le monde, avec Gonzalito, avec Virginia et avec son père. Et il avait même eu une entrevue avec ce dernier, sur sa demande expresse, dans son bureau, l'une de ces fameuses réunions, celle de la fin de l'année, pas moins, ces réunions en lesquelles María avait, au fond, tellement confiance, et qui en fait avaient tellement contribué à faire que Pelé et son père s'entendaient — ou plutôt à ce que Pelé s'entendait de mieux en mieux avec son père. Depuis le vingt-huit, durant toute la journée du vingt-neuf, du trente et du trente et un, jusqu'à ce moment précis, Pelé aurait aimé se jeter dans les bras de sa mère pour pleurer et dire qu'il était encore un gamin et qu'il ne voulait pas être déjà obligé de savoir comment vivaient les adultes. Mais un tel geste lui était rigoureusement interdit par la nature de l'événement auquel il avait assisté, par la loi du silence et du secret qu'oncle Gonzalo avait imposée depuis toujours et que Pelé avait prise très au sérieux, et par une exigence spéciale d'intégrité et de bravoure qui, vu les situations provoquées par l'apparition de Gonzalito dans la maison, avait fini par envahir sa conscience. Il avait cependant grand besoin de la compagnie de sa mère. Et pour pouvoir être avec elle, la voir, entendre sa voix et, en même temps, ne pas avoir à parler et, du coup, avoir l'air bizarre, le mieux, c'était la lecture. María lisait très bien. Elle lisait très lentement et très bien, s'arrêtant de temps en temps pour laisser ce qui avait été lu imprégner en profondeur la terre labourée et sillonnée de la conscience de son auditeur. Pelé pensait que la façon de lire de sa mère rappelait la pluie. « Que veux-tu que je te lise ? » demanda María. « N'importe quoi de ce que tu lis en ce moment, tout ce que tu lis me plaît. » — « Je suis en train de lire une vie de saint François. » — « D'accord. Lis moi la vie de saint François. » María alla chercher son livre dans sa chambre et, à son retour, Pelé était déjà au lit, en pyjama, il avait passé un pull et montrait sa tête des jours de froidure — un petit visage anxieux que María avait déjà remarqué les jours précédents. « Au-dessus, en un certain sens, des réalités de ce bas monde, lut María, le bienheureux Père avait, avec une admirable efficacité, établi son empire sur les choses de la terre ; et, le regard de son entendement tourné en permanence vers la lumière suprême, il savait par révélation non seulement ce qu'il devait faire, mais prédisait aussi en prophète beaucoup d'événements, scrutait les secrets des cœurs, connaissait les choses lointaines, prévoyait et annonçait l'avenir. Les exemples suivants vont illustrer ce que nous disons. » María leva les yeux et vit le gamin aux cheveux blonds, qui lui ressemblait tant et qui ressemblait tant à Gonzalo, écarquiller les yeux noirs de son père, entreprenant déjà le voyage enfantin de la lecture à voix haute après avoir replié le long oreiller en deux pour être plus droit, plus à l'aise, et mieux voir et entendre sa mère, et croisé instinctivement ses deux mains sur sa poitrine, sur le vieux pull qu'il mettait au lit en hiver. Et Pelé vit le gracieux visage de sa mère, ce visage toujours resplendissant, nimbé de joie, de sagesse et de pouvoir consolateur, qui se levait maintenant vers lui, juste avant penché attentivement sur le livre, avec cette attention qu'il lui avait toujours vue, dans la clarté des jours et des nuits de sa vie tout entière. Et il se laissa dévaster par la consolation et par les larmes qui semblaient la seule réponse appropriée pour écouter, le dernier jour de cette année-là, les admirables choses, les exemples, de la vie du saint. Et María pensa qu'elle aimait son fils, qu'elle aimait tous les habitants de la maison et qu'elle lisait, en réalité, pour tous, élevant simplement à toute force les cœurs vers Dieu, créateur de toutes les choses visibles et invisibles, en une joyeuse prière de fin d'année, de début d'année : « Il y avait un frère qui, à en juger par les apparences, se distinguait par une vie d'exceptionnelle sainteté ; mais il était très singulier. S'adonnant à tout moment à la prière, il s'imposait un silence si rigoureux qu'il avait contracté l'habitude de se confesser non avec des mots, mais avec des signes. Les mots des textes sacrés lui donnaient une grande ardeur et, lorsqu'il les écoutait, une étrange douceur s'emparait de lui. » Pelé n'écoutait pas toujours ce que sa mère lisait. Parfois, quand il était petit, il glissait comme sur un toboggan vers l'endormissement qui était un état lumineux, où la voix de sa mère s'entendait encore comme on entend entre les arbres un petit ruisseau, les oiseaux et le bruit du vent s'entrecroiser dans le tissage, la toile aérienne d'une unique présence mélodieuse. Il se souvenait clairement de tout : la scène obscure du potager, le silence de la nature et le silence forcé des gesticulations de son oncle Gonzalo jouant aux échecs et le conduisant à l'aveuglette jusqu'au bassin humide et piégé. Ce fut dans cet état d'esprit qu'il entendit sa mère lire que ce frère que tous tenaient pour un saint ne voulait ni parler ni se confesser. Ce frère qui était aussi un être tout à fait singulier, un cas unique, une singularité gesticulante comme son oncle Gonzalito. Pourquoi ne voulait-il pas se confesser ? Pourquoi ne parlait-il pas ? Il est si agréable de parler, de parler et de parler sans secrets et sans réserve ! pensa Pelé en ouvrant les yeux. Peut-être María avait-elle haussé un petit peu la voix : « Il faut toujours éviter la singularité qui n'est qu'un précipice attirant. Beaucoup de forcenés de la singularité en ont fait l'expérience, ils montent jusqu'aux cieux et descendent jusqu'aux abîmes. Prête attention, en revanche, à l'efficacité de la confession dévote qui non seulement fait le saint, mais permet aussi de le connaître. » Allait-il devoir tout confesser à sa mère ? Confesser quoi ? Ces mots, « ne le dis pas à ta mère », de son oncle Gonzalo était des tenailles qui l'isolaient, l'éloignaient, comme d'une côte, de sa mère. Maintenant, Pelé pleurait à chaudes larmes. Alors sa mère le prit dans ses bras et lui lut le chapitre des *Fioretti* où saint François expose ce qu'est la joie parfaite jusqu'à ce qu'il fût endormi. María éteignit la lumière et resta dans la chambre de son fils, assise dans le noir, clouée à la croix de sa perplexité quand elle entendit enfin Martín entrer dans la chambre — elle l'entendit tousser et se gratter la gorge comme à dessein — et c'était déjà l'année nouvelle dans la délicate gelée blanche et dans les flaques glacées sous la ferme illusion de protection et d'amour délivrée par les étoiles.

Ce même soir, alors que l'année nouvelle avait déjà commencé, alors que tous les deux, Martín et María, étaient déjà au lit, María caressa la barbe de son mari, parcourant son visage de la main droite, très lentement, délicatement, autour des lèvres. María pensait : « Je l'aime à présent beaucoup plus que la première fois, quand je l'ai aimé pour la première fois, quand il s'est assis à ma table au bar de la faculté. Et nous sommes arrivés ensemble jusqu'ici. Et en ce moment même, tous les instants que nous avons vécus ensemble s'accumulent et le résultat est que je l'aime et que je veux être aimée par cet homme qui est ici, qui vieillit avec moi et toute la joie imaginable est à présent rassemblée sur ce visage et sur ces lèvres ; et sa barbe qui a un peu poussé et son odeur me disent la vérité de cette nouvelle année, quoi qu'il se passe. L'humilité de ma peau et la patience du bout de mes doigts qui rencontrent après tant d'années à tâtons la tendresse et le désir, aucune perplexité ne peut me dire que je n'aime pas cet homme et… » María ne savait comment continuer. Ce qui précédait était, dans son imprécision, un guide consistant qui semblait désormais tout à coup inconsistant, quelque chose qu'il faut dire, comme « Toutes mes condoléances », ou « je t'aime », dans des circonstances déterminées, quand il n'est guère évident que l'on est disposé à plaindre ou à aimer l'autre. María n'était pas flatteuse, ni spécialement cajoleuse ou exigeante sur ce chapitre. La présence quotidienne de ceux qu'elle aimait lui avait toujours semblé suffisante. Maintenant, ces présences se diluaient dans sa perplexité, comme si elles s'éloignaient ou devenaient invisibles. Martín dit alors : « Tu sais que David est retombé amoureux de sa femme ? L'adultère lui réussit. Ce que j'ai écrit ces derniers temps ne parle que de cela, de son retour vers la femme légitime sans quitter l'autre, un sentiment… » Mais María l'interrompit : « C'est le nouvel an, Martín, c'est le nouvel an. Ton histoire me rend très triste, je ne peux rien faire contre. Et c'est le nouvel an, Pelé vient de s'endormir, toi et moi, nous sommes ensemble, ton histoire me rend triste et j'aimerais mieux ce soir que tu ne me parles plus de ce pauvre David qui tourne autour de ses sentiments la loupe à la main pour parvenir à les voir, parce qu'ils sont si petits qu'il a du mal à y arriver. Nous continuerons demain parce que j'aime t'entendre raconter l'histoire comme tu la racontes, oui ça, j'aime, mais je n'aime pas du tout ce que tu racontes, tout me semble faux, ce sont des sentiments chichiteux que je sais que tu n'éprouves pas et que moi, non plus, je n'éprouve pas, nous, toi et moi, nous avons fait tout notre possible depuis que nous sommes mariés pour éprouver des sentiments d'une certaine grandeur, qui nous dépassent, et les sentiments de ce David ont quelque chose de rance, de prétentieux, avec des coquetteries, je ne dis pas ça contre ton roman qui sera splendide, ni contre toi, je le dis, parce que, en fait, ce que tu racontes me rend très triste et aujourd'hui c'est le nouvel an et on dirait que la réalité entière se multiplie, brille et étincelle et on a envie de penser aux saints et à Dieu, même si on ne sait pas trop ce que signifie le mot Dieu ou le mot réalité... La mélancolie n'est pas un bon sentiment, elle nous rend bizarres, spéciaux, lâches, elle nous éloigne d'autrui... Il vaut mieux, bien que ce soit beaucoup plus vulgaire, être joyeux parce qu'il faut changer de calendrier et que demain commence une nouvelle année, le calendrier est une métaphore, comme tu dirais, de la renaissance perpétuelle de la vie, d'une vie de plus en plus vraie, n'est-ce pas vrai, Martín ? d'une vie où l'on est de plus en plus amoureux... » La voix de María, qui avait été ferme tout au long de sa tirade, hésita à la fin jusqu'à devenir inaudible en arrivant au mot « amoureux ». Au départ, Martín avait souri, comme si María disait quelque chose de drôle. Puis il comprit qu'il n'y avait dans tout cela pas la moindre recherche d'esthétisme. Et il garda un silence respectueux. Peut-être que ce que María venait de dire était la même chose que ce qu'ils disaient et pensaient tous les deux quand ils s'étaient mariés : à cela près que toutes ces pensées étaient devenues stériles, usées, irréelles. Il eut tout à coup l'impression qu'elle délirait. Et il pensa : « A-t-elle des soupçons sur nous ? » Mais il lui sembla impossible qu'elle eût des soupçons : couronne de lauriers imprévue qu'il lui remit sans s'en douter. La confiance qu'elle avait inspirée à Martín était si profonde et si complexe, si totale et si parfaite que la simple idée de soupçon (ou de doute, ou d'hésitation) et la simple idée qu'il se faisait d'elle ne pouvaient se présenter ensemble à sa conscience sous la forme d'un jugement. Le soupçon, c'était bon pour un autre genre de personnes, tous ses personnages se soupçonnaient constamment les uns les autres et le soupçon lui-même était une réalité presque douée de substance pour Martín. Il était donc invraisemblable que María soupçonnât quoi que ce fût ni pensât rien de mal ou de trouble au sujet de Martín ou de n'importe qui d'autre. Voilà pourquoi Martín fut tout de suite rassuré. Son adultère, en dehors de tout critère de valeur, était à l'abri. Aussi, ce soir-là, donna-t-il entièrement raison à María, ne parla-t-il pas de son roman et fit-il en sorte qu'elle s'endormît à peu près en même temps que lui, en le caressant et en étant caressée. Martín pensa, juste avant de sombrer dans l'inconscience totale, que son habileté n'avait pas de limites et que la conscience était en fait un puisard où tout plonge et s'épuise littérairement.

Gonzalito pensa : « Je vais parler sincèrement avec lui. Je vais lui dire toute la vérité sur moi-même. » Bien des jours avaient passé, des semaines, tout le mois de janvier, c'était déjà la mi-février et Gonzalito n'avait pu renouer avec Pelé. Pelé rentrait très tard le soir, s'enfermait dans sa chambre et passait ses week-ends hors de la maison. Ils s'étaient, bien sûr, retrouvés à diverses reprises et Pelé avait été normalement aimable avec Gonzalo. Dans des circonstances toujours familiales ; depuis ce qui s'était passé dans l'après-midi du vingt-huit décembre, ils ne s'étaient pas revus seuls. Et quand ils s'étaient parlés, Pelé n'avait pas regardé son visage. Il lui parlait mais il faisait tout pour que ses yeux ne rencontrent pas ceux de Gonzalo. C'était horrible. Gonzalito pensa : « Je vais lui dire : "S'il te plaît, il faut que je parle avec toi." Il faut qu'il se rende compte que tout dépend de lui. On ne peut commencer une chose comme ça pour ensuite laisser tomber. Ce n'est pas bien. Même s'il est jeune. Il faut qu'il sache que ce qu'il fait n'est pas bien. On ne se conduit pas comme ça avec quelqu'un de mon âge. On ne commence pas une chose si terrible avec une personne de mon âge pour ensuite laisser tomber. Sa mère ne va rien lui dire, sa mère n'est pas au courant, il faut que ce soit moi. Il va falloir que je lui parle très sérieusement. Je vais tout lui dire, sur son père, sur moi, lui dévoiler mon âme, qu'il entre et qu'il la voie… » Gonzalito avait mis beaucoup de temps à comprendre pourquoi Pelé l'évitait. Même maintenant, presque à la fin de février, il avait parfois du mal à comprendre. C'est que depuis l'explosion de haine succédant au repas du vingt-huit, depuis le moment où il avait éprouvé le désir d'altérer l'image de Martín et le désir, peut-être confus, de donner à Pelé une leçon inoubliable qui l'empêcherait de recouvrer l'image paternelle — un processus qu'avaient sans doute contribué à déclencher les absurdes photos —, jusqu'à l'exécution de l'acte révélateur, il y avait eu un délai suffisant pour jouer aux échecs et rester ensemble sans rien dire en se parlant par signes, pour Gonzalito un moment de douce intimité et de complicité qui l'avait conduit à oublier tout le reste : l'exécution réelle de ce qui avait été planifié avait eu quelque chose du glissement heureux d'un geste vers un autre geste. En l'absence d'échange verbal avec Pelé, l'acte par lequel avait été révélé et mis sous les yeux du garçon l'adultère de son père avait manqué, d'une certaine façon, de signification. Gonzalito en était venu à se dire que, en menant Pelé jusqu'au bassin et en lui faisant voir le spectacle — franchement comique, par ailleurs — des baisers de Martín et de Virginia, il s'était contenté de rendre manifeste quelque chose qui, à ce stade, devait être déjà clair pour tout le monde dans la maison. Gonzalito n'avait donc ressenti aucun remords à la suite de cet acte spécifique et ce n'était que maintenant, en voyant que Pelé ne le regardait pas et évitait de se retrouver seul avec lui, qu'il avait commencé à ressentir une immense contrariété, tantôt larmoyante et mélancolique, tantôt furibonde. À vrai dire, au moment même où s'était passé ce qui s'était passé, Gonzalito n'avait éprouvé aucune haine vis-à-vis de qui que ce fût et ne se rappelait pas que telle ou telle intention particulière lui eût alors traversé l'esprit — ni même qu'il se fût senti l'auteur de l'acte —, pas plus qu'il ne se souvenait d'avoir eu à cet instant-là le sentiment que quelque chose de pervers, de délibéré et de prémédité était en train de s'accomplir. Compte tenu de la date, pourquoi Pelé ne considérait-il pas tout cela comme une simple plaisanterie ? Par le truchement de sa mère, Pelé trouva un prétexte judicieux et précis — une invitation qui datait depuis longtemps et très souvent remise à plus tard — pour ne pas être présent le jour des Rois à la remise des deux cadeaux spéciaux que tous les autres allaient leur faire ensemble tant à lui qu'à sa grand-mère. Gonzalito pensa : « Je vais lui écrire une lettre que je vais glisser un peu avant son arrivée sous la porte de sa chambre. Je vais lui écrire une lettre que je mettrai à la poste, la première de sa vie. J'entrerai dans sa chambre dès que le ménage sera fait et je laisserai un petit mot sur sa table lui demandant d'avoir la gentillesse de bien vouloir parler avec moi. Je frapperai à la porte de sa chambre en toute fin de soirée, quand il sera couché. Mieux : quand sa mère, qui passe tous les soirs un moment avec lui, sortira, j'attendrai un petit moment, je frapperai à sa porte et je m'assiérai près de son lit sur une chaise. Ou je m'installerai dans un hôtel et lui téléphonerai : non, ce serait absurde… » Ces projets avaient un point commun, la mélancolie : chaque fois, Gonzalito se voyait en train d'entrer lentement ou de se diriger lentement vers un Pelé situé à une certaine distance, à qui il fallait écrire, ou téléphoner, ou demander la permission d'entrer. De cette distance, Gonzalito avait une idée confuse qui, parfois, coïncidait plus ou moins avec la distance approximative qui séparait le lit de Pelé ou son bureau et la porte de la chambre, mais, d'autres fois, comme contaminée par des distances oniriques, elle fluctuait entre deux pas et un kilomètre, avec toutefois, dans ce dernier cas, la possibilité de percevoir tout à fait clairement d'un coup d'œil l'expression du visage de Pelé. Et c'était toujours une distance mélancolique qui était franchie très lentement et au terme de laquelle Pelé apparaissait comme voilé, ou replié sur lui-même, ou recouvert par les draps et les couvertures d'un lit qui avait l'air d'être suprêmement confortable : Pelé avait toujours l'air penché, ou très confortablement assis, ou, s'il était debout, en position de détente et de repos complet, souriant et comme absent. Gonzalito avait, bien sûr, d'autres souvenirs de son neveu, dans des positions ou des lieux beaucoup moins irréels, Pelé shootant, ou nageant, ou bien allant et venant dans le jardin ou la maison. Mais les silhouettes, déterminées ces derniers temps par la mélancolie et par les tentatives de rapprochement, étaient toujours assises, froides, douces (la chaleur et le confort semblaient se rassembler et s'enfoncer autour du garçon en cercles centripètes non communicants) et passives : Gonzalito devait tout faire et qu'il le fît ou ne le fît pas revenait au même. La mélancolie était la donnée essentielle, la situation finale. Dans cette situation, Gonzalito se sentait incomparablement singulier et bon. Non seulement il ne désirait faire aucun mal, mais, en plus, il se croyait capable de faire positivement le bien. Dans une telle situation, il se contenterait de dire la vérité sur lui-même et cette vérité aurait très probablement une valeur universelle qui éveillerait l'intelligence et le cœur de tous, et d'abord celui de Pelé. Plongé dans cet état, Gonzalito inclinait à l'inaction. Il s'alimentait du bruit que faisait Pelé en entrant dans sa chambre, ou bien en montant ou en descendant l'escalier ; il se nourrissait des trois photos prises au Polaroid ou des allusions que l'on faisait au garçon durant les repas. Cette mélancolie dura jusqu'en mars. Et aux premiers jours de mars, toutes les images s'effacèrent et il se lança dans une activité réelle de plus en plus furibonde et de plus en plus calculatrice. Gonzalito n'était désormais guère disposé à devenir la victime des canailleries du beau-frère romancier. Il fallait que tout cela prît fin. Et par « tout cela », Gonzalito entendait tant ce qui concernait le père que ce qui concernait le fils.

Il ne désirait pas affronter Martín. Sa fureur croissante le rendait intrépide, mais il ne désirait tout de même pas s'exposer à subir les conséquences incalculables d'un affrontement avec son beau-frère. Que se passerait-il s'il l'affrontait ? Martín oserait-il nier son adultère ? Oserait-il chasser Gonzalito de la maison de sa mère ? L'esprit furibond de Gonzalito se glorifiait du spectacle mental d'une grande bagarre. Tout sens dessus dessous une bonne fois pour toutes ! Mais sa furie avait un côté calculateur qui le retenait peut-être plus efficacement que la vertu. Mettre tout sens dessus dessous impliquerait, au bout du compte, quitter la maison. Perdre Pelé. L'impudeur des amants, la régularité de leurs rencontres, leur complet naturel étaient ahurissants ! Était-il possible qu'ils ne se sentissent pas un tant soit peu coupables ? Était-il concevable que María ne remarquât absolument rien ? Le printemps approchait, les jours rallongeaient et le couple adultère ne comptait quasiment plus sur la pudeur des ombres. Jusqu'à quand continueraient-ils ainsi ? Se verraient-ils de huit à dix heures en plein été ? Un vrai cirque. La famille n'avait pas l'habitude de se réunir après dîner mais, ce soir-là, tous, y compris Pelé, s'étaient retrouvés par hasard dans le salon après le dîner. Il ne manquait que la grand-mère. María, Martín et Pelé parlaient avec entrain au fond de la salle, autour de la cheminée éteinte. Et Virginia, qui était montée aussitôt après dîner dans sa chambre chercher, avait-elle dit, ses cigarettes, entra dans la pièce et s'installa, avec une évidente envie de parler, à côté de Gonzalo. Le désir qu'avait ce dernier de l'agresser était si fort, si bruyant à l'intérieur de sa tête, qu'il ne comprit pas ce que Virginia venait de lui dire. Il la regarda fixement avant de parler : elle était belle, peut-être trop maigre, elle avait les yeux peut-être un peu trop cernés. Il désira l'entendre crier et dit à voix basse : « N'as-tu pas honte de ce que tu fais à María ? » Virginia, qui venait d'allumer une cigarette, s'était mise de profil en l'entendant et expulsait maintenant toute la fumée à la fois par le nez et par la bouche : « Je ne sais pas de quoi tu parles », répondit Virginia sur le même ton que lui, sans le regarder. « De ce que vous faites, Martín et toi, tous les après-midi dans le potager, baiser comme des chiens. N'as-tu pas honte de faire ça à María ? » — « Tu n'as rien de mieux à faire, hein ? que de t'occuper de ce que je fais ? » — « Tu devrais avoir honte : faire ça ici, au beau milieu du jardin, tu es pire qu'une putain, ce que tu fais, une putain n'oserait pas le faire. Tout le monde vous a vus, même Pelé vous a vus, faire à María cette saloperie… » L'absence de réaction de Virginia et leurs voix très basses enlevaient de l'efficacité aux phrases de Gonzalito. Tout cela eût été splendide à hauts cris. À voix basse, c'était un peu invraisemblable. Gonzalito observa avec étonnement Virginia se retourner pour le regarder d'un air tranquille, une sorte de sourire hésitant sur les lèvres (tel le sourire de quelqu'un qui n'arrive pas à savoir comment prendre une plaisanterie mais qui, dans l'ensemble, a bon espoir de pouvoir la prendre, en dernière instance, avec humour, par son bon côté) :

« Ce que tu viens de me dire, je ne sais pas, au juste, comment le prendre. Je ne vais pas me fatiguer à discuter avec toi. Je te dis simplement une chose, tu parles de ce que tu ne comprends pas et de ce qui ne te regarde pas, en plus. Quand on ne comprend pas certaines choses, le mieux, vois-tu ? c'est de tenir sa langue. Et ce que Martín et moi faisons ou ne faisons pas, tu ne le comprends pas, premier point, tu ne le comprends pas et tu ne sais pas non plus de quoi il s'agit. Premier point. Et, second point, je ne sais pas si tu sais que María est ma meilleure amie. Et moi, à María, je te le dis pour que tu le saches, je ne lui fais ni crasses ni saloperies. Moi, María, je ne l'ai pas insultée, compris ? Tu comprendras plus tard que, si je fais quelque chose, je sais pourquoi je le fais et, si je le fais, c'est que je suis obligée de le faire. Et de tout ça, je n'en dirai pas un mot à Martín, parce que, premier point, c'est indigne, deuxième point, les racontars, ce n'est pas mon genre, et troisième point, s'il l'apprend, il te tuera. Donc, tiens-le-toi pour dit. Et ne t'imagine pas que je m'inquiète. Je suis toujours à ma place moi, je sais où est ma place et je ne m'inquiète pas de savoir ce que tu fais ou ne fais pas, je n'en ai rien à faire, c'est ton problème. Et franchement, je ne m'attendais pas à ça de ta part... » Virginia avait réussi à le paralyser. Paralysé, il la vit se lever et se diriger vers le groupe de la cheminée. Il se leva lui aussi et se dirigea vers eux. La conversation générale l'absorba vite et fit qu'il se sentit une fois de plus frustré. Virginia, qui bavardait et fumait ses cigarettes, semblait avoir tout oublié.

Il s'arrangea pour monter l'escalier en même temps que Pelé. Les trois autres s'attardaient dans la salle. Pelé avait quitté la pièce d'un pas vif et Gonzalito l'avait suivi et rejoint au bas de l'escalier. Ensemble, ils montèrent en silence jusqu'au palier. Pelé regarda pour la première fois son visage. Gonzalito aurait aimé s'agenouiller à cet endroit même. Il avait la bouche sèche. Il dit : « Nous ne parlons plus jamais. » Il semblait que Pelé s'en irait sans dire un mot. Il alla, en effet, jusqu'à la porte de sa chambre sans rien dire. Gonzalito ne bougeait toujours pas. Pelé avait déjà ouvert la porte de sa chambre. Il la referma et revint à l'endroit où était resté son oncle. Virginia, Martín et María sortaient à ce moment-là du salon. « Allons dans ta chambre », dit Pelé. Et il se dirigea lui-même le premier vers la chambre de son oncle qui était au fond du couloir. Gonzalito le suivit et referma la porte. Pelé regardait le jardin à travers les vitres noires. « Pourquoi m'as-tu emmené voir ce que faisaient Virginia et mon père ? » demanda-t-il sans se retourner. « C'est pour ça que tu ne m'as plus regardé depuis ce jour-là ? » demanda à son tour Gonzalito en s'approchant de la fenêtre. Pelé s'éloigna de la fenêtre et alla s'asseoir dans le petit fauteuil de cretonne où sa mère avait l'habitude de se mettre. Il était déjà très grand et, pourtant, assis à cette place, mal à l'aise, comme en visite, on aurait dit qu'il était sur une scène de théâtre. Il avait obéi à une impulsion en entrant dans la chambre de son oncle. Maintenant, il se sentait perdu, effrayé, et ne savait plus quoi faire. Gonzalito s'agenouilla devant lui, appuyant son front sur ses genoux qu'il étreignit de ses deux bras. « Je ne peux pas vivre sans toi ! Je ne peux pas vivre sans te voir, je ne peux pas vivre sans que tu me regardes, tout dépend de toi, tout, tout ! » Pelé pensa : « Il faut que je reste avec lui et que je l'écoute. »

Pelé n'avait pas réussi à assimiler la scène du vingt-huit décembre à laquelle il avait assisté dans le potager. Elle avait fait trop brutalement irruption dans sa conscience, comme quelque chose de beaucoup trop complexe. C'était évidemment, de la part de son père, une trahison. Dont le caractère nocturne et secret sautait aux yeux. Leur perversité à tous — y compris celle de Pelé lui-même pour l'avoir observée — sautait aux yeux. Ne pas regarder, rebrousser chemin aussitôt n'avaient pas rendu la vision moins intense, au contraire. Tout en retournant à la maison, Pelé ne ressentait qu'une chose, la densité d'un nouveau secret, un de plus, qui l'oppressait. Il pensa à sa mère, souriant au centre d'un territoire imaginaire miné par tous ses secrets. Maintenant, c'était lui le dépositaire de tous les secrets qui pouvaient très vite détruire le sourire de sa mère. En remontant, il avait pris son oncle en horreur pour l'avoir fait participer à un nouveau secret qu'il ne pouvait conjurer seul et, d'une certaine façon, pour l'en avoir rendu complice. Une fois dans sa chambre, il avait imaginé sa mère menacée et isolée. Où était son devoir ? Son devoir, pour le moment, était de se taire. Il s'était imaginé allant lui-même dans la chambre de sa mère et lui racontant ce qu'il venait de voir. Il avait imaginé sa mère déconcertée, blessée, ou, pis, essayant de minimiser ce qui s'était passé pour le rassurer. Il avait imaginé sa mère seule dans sa chambre après son départ, revenant sur tout cela. Des images rapides et circulaires. Depuis combien de temps Virginia et son père étaient-ils ensemble ? Que pouvaient-ils faire de plus ? Le souci qu'il se faisait pour sa mère avait annulé momentanément toute curiosité vulgaire. Mais la curiosité était bien là et n'était pas réductible au souci qu'il se faisait pour sa mère, ou à son indignation contre son père et contre Virginia, ou à sa perplexité face à la volonté de nuire de son oncle

Gonzalito. Pelé se rendait compte que la curiosité avait dans sa conscience la texture bleutée et charnue des seins de Virginia. Quelque chose que, bien que ce fût le moins important de tout, n'importe qui désirerait de nouveau examiner, remettre, fasciné, en branle. Que pouvaient-ils faire de plus ? La lecture que lui avait fait sa mère le soir de la Saint-Sylvestre l'avait beaucoup apaisé. Et sa décision de passer le moins de temps possible dans sa famille avait contribué provisoirement à le distraire. Mais tout était encore là, tout continuait tel quel, et essayer de ne pas penser à Virginia et à son père en train de s'embrasser, ou à Gonzalito, mélancolique, en train de supplier avaient eu pour fonction de lui rappeler que, pas un instant, il n'était parvenu à se libérer d'eux. Il avait fini par s'abandonner à la résignation. María donnait à la maison un air de normalité et de continuité qui, à long terme, avait aidé Pelé à supporter ses secrets. Peut-être sa mère était-elle aussi au courant et feignait-elle de ne pas savoir dans l'espoir de voir les choses s'arranger d'elles-mêmes. Les choses s'arrangeraient-elles d'elles-mêmes ? Quand Gonzalito l'aborda dans l'escalier, Pelé eut envie de l'envoyer bouler au bas des marches. Après avoir triomphé de cette tentation et de celle de s'enfermer dans sa chambre, une bravoure résignée s'était emparée de lui et l'avait conduit jusqu'à la chambre de son oncle. Que pouvait-il faire en fin de compte ? Ne valait-il pas mieux tout dire une bonne fois ? Et avec qui pouvait-il parler de toutes ces choses secrètes, sinon avec Gonzalito ? La réaction de ce dernier, s'agenouillant et prenant une voix désespérée, fit qu'il se sentit moins perdu et qu'il eut moins peur de ne pas savoir comment continuer. Il devait s'occuper de son oncle Gonzalo, tel était son devoir personnel, et il le ferait.

Serrant encore les genoux de Pelé, Gonzalito épia le visage soucieux du garçon. Tout irait bien maintenant, maintenant qu'il s'était de nouveau rapproché. « Si tu veux, je vais t'expliquer pourquoi je t'ai emmené voir ce que faisaient Virginia et Martín », dit-il tranquillement en s'asseyant par terre aux pieds de son neveu. Maintenant Pelé le regardait fixement et Gonzalito se sentit victorieux, capable de tout. « Ensemble, nous serons, toi et moi, capables de tout. N'en doute pas. Nous sommes au-dessus de tous les autres parce que nous sommes vraiment à part. Nous sommes uniques. Notre monde, ce que nous sommes, ne peut être compris de l'extérieur. Désormais, je vais tout te dire, absolument tout, tout ce que je suis, ce que j'ai souffert, tout ce que je sais de la vie, et toi de même. Toi aussi, tu vas tout me dire, tout ce qu'il t'arrive même si tu as honte de certaines choses, des choses intimes que tu ne racontes à personne, même pas à ta mère, il faut que je les sache, je suis tout à fait en droit de les savoir parce que je te raconte tout en échange. Voilà pourquoi je t'ai emmené ce soir-là au potager voir ce que faisaient Virginia et Martín… Martín, nous en avons déjà parlé de reste ! C'est un sacré égoïste, il ne se gêne pas, tu l'as vu, tu en as eu la preuve, je voulais que tu le voies de tes propres yeux, ne m'interromps pas, Pelé, moi aussi je souffre de voir que les choses sont ainsi, la réalité de la vie est très dure, cruelle, je ne voulais pas garder pour moi tout seul cet horrible secret, je voulais que tu m'aides à le porter, comme une croix, il doit être comme une croix secrète que nous portons, toi et moi, tout seuls, tous les deux ensemble, ne le dis pas à ta mère, pourquoi la rendre triste ? Pourquoi ? Il n'y a pas d'arrangement possible. Un égoïste pareil, un égoïste comme Martín gagne toujours. Il sait trop bien que ta mère supportera tout sans dire un mot ! Il vaut mille fois mieux que ta mère ne soit pas au courant ! Il faut que nous soyons tous les deux très affectueux et très bons avec elle… Et spécialement moi, qui ai fait toute sorte de choses, tu sais ! Toute sorte de choses. Certaines, les plus graves, celles qui m'ont fait le plus souffrir, tu ne les connais pas encore… Tu n'imagines pas, Pelé, combien c'est merveilleux de pouvoir être ici avec toi, dans ma chambre, ici où j'ai beaucoup souffert, de parler avec toi, tu n'imagines pas comme tu m'aides ! Je n'aime pas te voir un visage si sérieux, ce petit visage tout triste qui me donne envie de pleurer, souris-moi, nous nous reverrons, n'est-ce pas ? tous les jours, tous les soirs à partir d'aujourd'hui sans en rater un seul, et je veux te voir sourire, souris-moi, pour moi, tu es tout… » Pelé perdait de nouveau pied. La voix de son oncle était un chuchotis de caresses et de lamentations qui n'en finissait pas, qui émoussait toutes les décisions, y compris l'envie de se lever du petit fauteuil pour s'étirer les jambes. C'était une voix fluide et douce ; à la différence de la voix de sa mère, ce n'était pas, cependant, une voix paisible ou apaisante. Pelé se sentait affaibli mais en même temps mentalement sur le qui-vive. Il ne voulait pas partager de secrets avec son oncle. Il n'aimait pas les secrets. Il avait très souvent entendu sa mère parler de mystères. Mais les mystères de sa mère étaient tous visibles à l'œil nu, ils n'étaient ni gardés par-devers soi, ni cachés, ni chuchotés, ils ne requéraient pas de sociétés secrètes : c'étaient les mystères de la clarté, de la tranquillité, de la paix et des petites fleurs délicates et insignifiantes qui exigeaient une grande attention si on tenait à les voir ; le mystère faisait que nous nous sentions meilleurs, pensa Pelé, en confiance ; et non pires, comme avec les secrets gardés par-devers soi et uniques… Il se leva d'un bond. « Demain, il faut que je me lève tôt. Bonsoir, Gonzalito ! » Gonzalito le regardait du sol. Une silhouette sacrée, merveilleusement forte et souple, à portée de main et qui lui échappait des mains. L'impatience féroce le maintint muet et immobile. Une admiration sans limites pour le geste de liberté que révélait le départ du garçon, se dissolvant et se perdant dans la visqueuse impatience, dans la conscience obstinée de Gonzalo.

Pendant des jours et des jours, María n'avait accordé aucun crédit à ses propres yeux. La nouvelle année commença de fait pour elle par ce discrédit de ses perceptions, de ses pensées et de ses sentiments, jusqu'à ce qu'elle se retrouvât comme aveugle, comme impotente ou impuissante, abasourdie. Ce n'était plus de la perplexité ou une tristesse plus ou moins imprécise, ce n'était plus se sentir seule ou loin des siens, comme lorsqu'elle s'était sentie loin de Gonzalito et de Virginia. María s'était toujours opposée au proverbe « Le pire est toujours sûr » : c'était un proverbe indigne, déprimant : le pire *n'*est pas toujours sûr. Il lui semblait que la perversité de ce proverbe venait de son évidence anticipatrice : le génie de prévoir un événement, un événement réduit en miettes par la petitesse de la pensée. María avait l'impression que l'essence resplendissante et idéale de ce « est toujours sûr » ne pouvait s'accorder avec des pensées ou des actions qui ne seraient pas, à leur tour, resplendissantes. Dans l'idée de « est toujours sûr » il y avait une joie implicite que « le pire » muselait. Comment quelqu'un pouvait-il se sentir joyeux avec un « est toujours sûr » donnant raison au « pire » ? Mais maintenant il ne s'agissait plus du pire, il ne s'agissait même plus de cela : ce qui s'était passé, ce qui se passait était visible à l'œil nu et si visible qu'il était sans importance d'accorder ou de ne pas accorder de crédit à ses yeux. Martín et Virginia se rencontraient tous les après-midi en cachette après le thé. Il n'y avait rien à soupçonner, plus rien à interpréter, c'était un fait réel, une partie de la réalité de sa vie. Toute la réalité de sa vie, de sa vie entière avec Martín, avait dû se déboîter pour faire place à ce nouveau fait réel, à cette trahison. Et la gaieté que Martín et Virginia affichaient, leur bonne humeur permanente ne servaient qu'à accentuer le sentiment de déception, d'agression, de défiance dans lequel María était tombée et dans lequel elle s'enfonçait de plus en plus jusqu'à l'asphyxie totale. Et les détails de la trahison faisaient mal : le naturel, la fraîcheur, le fait de tenir pour acquis qu'elle n'était pas au courant ou que cela lui était égal. Et le fait qu'ils ne prenaient aucune précaution pour sortir de la maison ou du jardin ou qu'ils ne se disaient pas que Pelé pouvait les voir, que n'importe qui pouvait les voir. Il était humiliant de les voir aller et venir comme dans un rêve, avec l'impunité de l'innocence. Quand María avait arrêté Martín, le soir de la Saint-Sylvestre, alors qu'il racontait les détails de l'adultère de son personnage, elle était encore paralysée et incrédule. Elle se sentait encore immobilisée par une autocensure de fer, sa tendance naturelle à faire la sourde oreille à ses propres sentiments, le sentiment de ne pas être aimée, d'être doucement reléguée dans un coin. Pelé avait-il pu se rendre compte de quelque chose ? Il était évident qu'il était devenu fuyant à partir de Noël. Il était évident, lorsqu'elle parlait avec lui, qu'il n'y avait plus entre eux la confiance de jadis. Il y avait maintenant de la réserve. Peut-être Pelé était-il au courant et ne savait-il que faire. María pensa minutieusement : « Je ne dois pas me précipiter, je dois être patiente. » Mais voilà, l'idée de patience appartenait déjà à un autre règne. Tout comme l'humilité, ou l'enthousiasme, ou le sens de l'humour. Il était impossible d'accorder une place à l'histoire de Virginia et Martín sans altérer toute la réalité qui était devenue de plus en plus réelle. Au bout d'une semaine, de deux semaines, vers la fin du mois de janvier, María avait compris que le pire de tout, ce qui rendait la réalité méconnaissable et chancelante, était sa propre passivité face à l'événement. « Mon immobilité est ce qu'il y a de pire, ma déception contamine toute la maison, cette façon de m'enfoncer dans la déception est un mal grave, le pire de tout. Peut-être s'aiment-ils beaucoup. En ce cas, ils doivent le dire clairement et s'en aller. » Cette dernière pensée lui donna de la force.

Virginia allait sortir quand María l'appela de la porte du salon. Un zeste de l'amabilité de jadis et de la considération qui appartenait aux comportements assortis à la réalité de jadis la fit douter lorsqu'elle pensa que Virginia s'était arrangée pour sortir, avait, peut-être, appelé un taxi comme elle l'avait fait en d'autres occasions et que peut-être le taxi l'attendait devant le portail. C'était la même Virginia que d'habitude et María éprouva la très vive tentation de faire ce qui, dans l'autre règne, dans l'autre réalité, eût été juste : reporter la conversation à plus tard. Mais voilà, ce n'était pas une conversation et il n'y avait pas de plus tard : il n'y avait que le désarroi humiliant dû à une trahison joyeuse, délibérée et prolongée. Il fallait en parler tout de suite. Entrer d'un pas ferme dans le règne incertain de l'infortune et de l'infidélité. Voilà pourquoi elle dit d'un ton ferme : « Virginia, ne t'en va pas. Nous avons à parler. » Et elle entra dans la salle de séjour sans se retourner, sachant que Virginia ne s'en irait pas. C'était la première fois de sa vie qu'elle donnait un ordre mortel. Maintenant, elle se sentait en sécurité, à cela près que la tristesse ressemblait à un vent impétueux qui balayait tout, transformait tout en désert. Virginia s'apprêtait à s'asseoir mais María l'en empêcha : « Ce n'est pas la peine de t'asseoir. Tu vas monter dans ta chambre, tu vas faire tes valises et tu vas quitter cette maison. Et tu vas demander à Martín de partir avec toi. Vous allez mettre les choses au clair. Fini de jouer à cache-cache ! Si vous êtes amoureux, soyez responsables de votre amour et partez d'ici. Tout de suite. Fais-le tout de suite. » Virginia était devenue très pâle, elle avait fait quelques pas en arrière comme si on la poussait. María sentit la déception et l'incrédulité faire une fois de plus irruption dans sa conscience. Tout était si incroyable qu'elle pourrait peut-être se dédire, peut-être n'était-ce pas vrai, peut-être n'était-ce ni si douloureux ni si grave, Virginia était là : c'était la même ; Martín devait être dans son bureau et c'était le même ! María resta silencieuse et regarda Virginia, les yeux grands ouverts : elle devait continuer. Virginia dit : « Je n'ai nulle part où aller. S'il te plaît, ne me mets pas à la porte. » María ressentit de la compassion, vive comme une flamme. Elle ne pouvait refuser d'offrir l'hospitalité à Virginia. « Si vous êtes amoureux, il est juste que vous vous en alliez. Ce que vous faites corrompt tout, réduit en miettes toute la réalité. C'est trop grave. » — « Ne me mets pas à la porte. Je te promets que je ne recommencerai pas. Arrêter. Nous allons arrêter. J'ai honte. Mais, s'il te plaît, María, ne me mets pas à la porte. Je n'ai nulle part où aller. » Elle ne pouvait lutter contre la compassion, ou le pardon, ou l'affection qu'elle éprouvait pour Virginia et que sa trahison, curieusement, n'avait pas détruite. Elle pensa que la seule chose qu'elle pouvait faire était d'imposer une condition : « Je ne te mets pas à la porte. Tu peux rester. Mais arrête tout. Parle tout de suite avec Martín. » — « Tout de suite », répéta Virginia. María la vit se diriger vers la porte du bureau de Martín et se sentit lasse. Très lasse. Ce n'était pas une victoire. C'était une manière de tomber juste dépourvue d'allégresse. La victoire contradictoire de la déception et de la mélancolie. María pensa à Pelé, qui ne reviendrait que le soir. Et elle monta dans la chambre de son fils où elle resta très longtemps assise.

Virginia s'arrêta un instant devant la porte du bureau de Martín et tourna la tête. Elle vit alors María qui sortait de la salle de séjour. María, courbée, regardant le sol, lui sembla le contraire de quelqu'un qui s'apprête à aller noyer un chat. Et, à cet instant, avant de frapper à la porte du bureau, après avoir vu sortir María, Virginia évalua l'importance réelle de sa liaison avec Martín. Elle se souvint de la simplicité et de l'enthousiasme de María lorsqu'elle s'était mariée, de la sérénité de son amour et de la lumière blanche qui emplissait le petit salon de l'appartement d'Argüelles. Et elle se souvint de leurs bavardages autour du berceau de Pelé. Elle se souvint aussi du bruit de la machine à écrire de Martín. Elle eut honte d'y avoir porté atteinte. D'avoir, peut-être, contribué à décomposer de façon irrémédiable la réalité que María avait patiemment tissée et accumulée au fil des années. Et elle eut honte de son impudence. Elle eut honte de son inconscience délibérée. Et ce fut à cet instant, avant de frapper à la porte, que ce qu'elle venait de promettre à María prit tout son sens. C'était une décision très simple qui, après avoir été énoncée verbalement un instant plus tôt, ne se transformait que maintenant en stimulant de son action. Et elle pensa : « Quand j'ai dit que j'allais arrêter, j'avais encore la force et des raisons de ne pas le faire. Je ne les ai plus et j'ai eu honte quand María a dit qu'elle ne me mettait pas à la porte. J'ai eu honte de moi quand j'ai compris que María m'aimait encore. »

Martín fut surpris de la voir à cette heure-là. Il leva la tête sans se lever de son bureau. Virginia dit : « Nous sommes des dévergondés. Nous sommes pires que des animaux. Nous allons arrêter dès maintenant. María ne le sait pas. J'ai pris cette décision toute seule. Il n'y a rien à en dire. C'est fini, un point c'est tout. » Martín n'avait pas l'air de très bien comprendre ce qu'il entendait. Il dit enfin : « Arrêter notre liaison ? Tu veux arrêter ? » — « Oui, c'est ce que je viens de dire. Ma décision est prise. » — « Et que vas-tu faire ? Tu vas partir ? » — « Non », répondit Virginia. « Heureusement ! Les choses ne se terminent pas ainsi. Les choses ne se terminent jamais. Quand une chose commence, elle ne se termine jamais... » — « María et toi, Martín. Voilà ce qui ne se terminera jamais... Voilà ce que tu as commencé pour de bon. Et non pas le reste, notre liaison. » — « Bien sûr. María et moi, bien sûr. C'est fondamental. C'est cela qui est fondamental. Nous l'avons toujours su, toi et moi. Et dit. Il n'y a pas eu de tromperie à ce sujet. C'est pourquoi je ne te comprends pas très bien... Que t'est-il arrivé ? » — « J'ai honte. De m'être mise au milieu, comme la première venue. María et toi, c'est la seule chose qui soit réelle ici, la seule chose qui ait commencé pour de bon... » — « J'ai également commencé d'autres choses qui ne sont pas, non plus, terminées... Je croyais que toi et moi, et je continue à le croire, nous inventions une nouvelle façon de vivre... Plus naturelle, plus libre. Pourquoi mélanger ma vie avec María et ce qu'il m'arrive avec toi ? Ce sont deux choses différentes, deux choses qui ont commencé et qui ne se termineront jamais... Les choses que l'on commence ne se terminent jamais, c'est le charme de l'intériorité, de la conscience, ce qui revient toujours au même. Les histoires ne se tarissent jamais si on les fait siennes, on ne peut rien arranger, rien corriger, rien oublier, on ne peut que continuer, continuer, chaque pas est fascinant, chaque cas est fascinant, le beau et le monstrueux, le bon et le mauvais, le fidèle et l'infidèle, qu'importe ? La conscience est un ver à soie qui ne s'arrête jamais. María est-elle au courant ? » Virginia hésita un instant. Martín avait l'air si sûr de lui, si tranquille et si distant, si insensible à la honte que, pour sa part, elle éprouvait, qu'il eût été peut-être préférable de lui dire toute la vérité. Sans savoir pourquoi, Virginia répondit cependant : « Non. Elle n'est pas au courant. » Martín haussa les épaules et il avait l'air disposé à continuer à parler. Il souriait. Virginia pensa que, si elle restait un moment de plus, elle oublierait de nouveau tout, elle oublierait l'amour que María venait de lui offrir pour l'échanger contre cette ondulation verbale des pensées de Martín, son assurance, sa douceur, sa froideur dévoratrice, se montrerait-il ainsi devant María ? Tout ce qu'il disait, le ton de sa voix, son sourire, n'étaient-ce qu'une simple invention littéraire, une *pose** à l'intention de Virginia ? « Si tu étais vraiment disposée à arrêter, Virginia, tu ne serais pas venue me le dire. Ces choses-là ne se disent pas, elles se font. Tu aurais dû partir sans donner d'explications, ni à moi ni à personne, disparaître de la carte. Si tu étais persuadée que notre histoire est terminée — une histoire qui, pour ma part, m'amusait beaucoup et m'amuse encore, me divertit, c'est ma petite distraction, ma manière de vérifier les hypothèses concernant les données psychologiques de l'adultère de mon personnage… Et toi aussi, ça t'a amusée et ça t'amuse, ça t'excite, inutile de le nier, je le sais… Ta sexualité, ma chérie, est comme une petite noix, presque comme une aiguille dans une botte de foin, qui parfois se voit, parfois ne se voit pas, en général ne se voit pas. Le plus curieux, c'est que tu es sexy, comme on dit de nos jours, d'une apparence sexuellement stimulante. Mais ta sexualité elle-même, ses composantes féminines, physiologiques et charnelles, tes *pudenda*, tes deux seins, ton sphincter anal, ta vulve, ton intimité vaginale… Tout cela vacille, ne coïncide pas, parfois brille comme une aiguille dans une botte de foin et d'autres fois, non, te souviens-tu des difficultés du chameau évangélique pour passer par le chas d'une aiguille ? Eh bien, il est parfois encore plus difficile de jouir avec toi, tu ne réponds pas, tu t'échauffes vraiment beaucoup, tu t'agites comme un ver de terre, tu fais les contorsions de rigueur, tu gémis même un petit peu, au bon rythme, comme on dit, du moins me semble-t-il, car tu fais penser à une moto, mais bien souvent tu n'arrives pas à démarrer, Virginia. Sur ce point, comme j'ai déjà eu l'occasion de te le dire, María est beaucoup plus banale que toi, plus ordinaire, plus femme que toi. María démarre toujours au quart de tour, María jouit beaucoup avec moi, dans… la baise, si tu veux bien me passer l'expression. Et, toi, Virginia, parfois oui… mais pas beaucoup, on voit bien que tu n'arrives pas à jouir, c'est chez toi une contradiction permanente, un échec permanent, peut-être une femme te plairait-elle, tout à la main, du manuel, d'égale à égale, peut-être est-ce ce qui te convient, je ne peux pas, bien sûr, en être tout à fait sûr, je n'ai pas eu d'expérience avec des lesbiennes… Mais avec moi, ça a marché, oui, avec moi, ça a marché, parce que moi, ça m'est égal, ça ne me déçoit pas, ça ne me refroidit pas de te voir jouer la comédie et de constater que ça te ferait le même effet si on t'enfonçait un phallus de plastique, le doigt, la queue ou rien du tout, pour toi c'est du pareil au même, parce que tu n'es pas trop, trop féminine. María, elle, elle est féminine, elle l'a toujours été, quel que soit l'âge, toi tu as l'air féminin, tu parles de la féminité, tu l'exhibes, mais tu ne l'es pas et tu ne le seras jamais. Avec moi, ça a marché, parce que, pour moi, tout ça, c'est du pareil au même. Mieux. Tes réactions, ta vulve morte, tes seins qui ne pèsent pas plus qu'une plume, ton aridité et ta stérilité sexuelle, spirituelle m'intéressent, tout ça me plaît, me stimule, m'intéresse, me fait écrire mieux, comme un mur blanc… Avec moi, ça marchait, parce que, avec moi, l'érotisme est surtout mental, tout est imaginaire avec moi, en fait je te masturbais. Ne t'imagine pas que nous baisions, au cas où tu n'aurais pas compris ! Avec moi, ça marchait parce que je te faisais croire que l'imaginaire était réel, pauvre Virginia, chaque fois que nous nous retrouvions, tu croyais que ton heure était venue, que tu devenais une femme comme María, éprouvant de vrais sentiments, de vrais désirs amoureux, des passions auxquelles on ne peut résister… Mais c'était de l'imagination ! Par bonheur, sur le plan sexuel, je suis satisfait avec María, toi, tu es comme une mouche dans un flacon, c'est étrange, tu es vive et ta sexualité est comme le scintillement d'une aiguille dans une botte de foin, à midi, par un jour de soleil resplendissant, quelque chose de très, très bizarre, un tout petit éclat très, très bizarre que personne ne voit, mais que moi, je vois, parce que j'ai l'habitude de faire attention aux petites têtes d'épingle et au mal qu'on se donne pour enfiler les aiguilles, pauvre Virginia, toi qui ne renonces à rien… Nous allons arrêter, dis-tu, arrêter quoi ? Il n'y a rien à arrêter. Rien de rien. Et chaque fois que tu me verras, si tu continues à vivre avec nous, tu continueras de ressentir la même excitation nerveuse, la même urgence imaginaire qu'avant d'arrêter, tu es une anorexique sexuelle qui se croit toujours affamée et qui, en réalité, ne ressent rien, ne souffre pas… Et tu dis que nous allons arrêter, arrêter quoi ? Ce sont les nerfs. Les hommes t'ont toujours rendue très, très nerveuse et tes orgasmes sont des décharges nerveuses, purement nerveuses, chez toi, tout est imaginaire, Virginia, tout… Voilà pourquoi je trouve amusant que tu viennes me dire que nous allons arrêter… C'est significatif ! Au lieu de partir et d'arrêter, comme ferait n'importe quelle femme, une femme réelle, comme María, ma femme, l'aurait fait, au lieu d'arrêter, tu viens m'en parler… Parce que me le dire, c'est en parler, et nous sommes en train d'en parler. Je suis sûr que cette conversation t'excite follement, pure sexualité verbale, Virginia, voilà ce qui te caractérise… Aussi, si tu veux, nous arrêtons, mais sache qu'il n'y a rien à arrêter, du moins en ce qui me concerne. Les murs blancs et vides des prisons et des cellules m'ont toujours intéressé, j'ai toujours trouvé les murs blancs et vides pleins… » Virginia était restée debout, les mains jointes devant sa jupe. C'était une femme très attirante. Un mannequin spécial, unique, suprêmement délicat et élégant. « Je suis une pauvre femme. Voilà ce que tu as découvert. Et, en plus, j'ai été infidèle à María, qui m'aime. Comme si c'était trop peu, je suis une imbécile. Tu as raison. Tout ce que tu dis est sûrement vrai. Tu ne t'es trompé que sur un point : croire que tu me possédais vraiment. Tu as cru que j'étais un personnage à toi et j'ai failli l'être. Mais María m'a rendue réelle… María m'aime et m'a rendue visible. Voilà pourquoi j'arrête notre liaison, à jamais, sans quitter cette maison, parce que María, sans le savoir, m'a donné l'existence… » Martín se leva et se mit, tout sourire, à applaudir, et même à rire, tandis que Virginia ouvrait la porte et la refermait soigneusement derrière elle. Martín souriait comme s'il dormait, ensorcelé par ses propres paroles, tout en se rasseyant devant ses pages manuscrites, le grand roman inachevé de la vie intérieure, de sa vie intérieure…

La situation avait changé. Virginia et María avaient déjà, à diverses reprises, parlé de leur jeunesse. María avait l'impression que Virginia revenait en imagination au collège pour recréer des liens avec elle, tentative vaine de neutraliser tout ce qu'il y avait eu entre-temps et surtout à la fin. María participait vivement à cet effort que faisait Virginia pour se retrouver au point de départ. Effort n'obéissant à aucune nécessité, d'un incroyable infantilisme ! María ne voulait pas rebrousser chemin de la sorte. Elle ne pensait pas qu'il y eût dans les souvenirs de certitude telle que le présent ne pouvait lui donner. Et les complications du présent, seul l'avenir les résoudrait, et non le passé. Mais Virginia replongeait presque tous les jours dans leur passé de toutes deux, comme un scaphandrier en quête de trésors, en quête de leur bonne humeur perdue. María essayait de se comporter comme elle l'avait toujours fait, mais on remarquait un certain découragement et une certaine incertitude dans son regard, un manque d'éclat que, peut-être, le temps chasserait mais qui ne pouvait disparaître pour l'instant. Rien ne pouvait pour l'instant disparaître. Le repentir de Virginia était incapable à lui seul de rendre la joie à la réalité malmenée. María espérait que Virginia ne verrait pas clairement ce qu'elle voyait, elle : la longue voie, déjà éclairée par l'échec, qu'emprunte celui qui se repent. La joie avait éclairé les premières années de son mariage, la réalité s'était constituée dans la joyeuse certitude de l'impulsion du premier amour. Maintenant, il y avait autre chose : il y avait l'amour modifié par la conscience de l'échec, modifié par la conscience des blessures et des cicatrices. María n'avait nullement l'intention de s'arrêter sur ce point : tout nouvel examen de leur passé immédiat pour analyser les détails de la trahison de son mari et de son amie lui aurait semblé terrible. Il fallait continuer. Continuer. Mais en même temps il était impossible d'effacer les traces de ce qui s'était passé. Il était impossible de ne pas voir qu'il y avait, dans les efforts fournis par Virginia pour qu'elles retrouvent ensemble le passé, une indicible anxiété, une indicible peur que le passé commun n'en fût plus un. Cela dit, tout allait bien tant que Virginia était avec María et avec la grand-mère. Ces paisibles moments de l'après-midi rappelaient à María leurs heureux après-midi de convalescence, à Gonzalito et à elle lorsque, enfants, ils avaient la grippe ou de gros rhumes. Virginia semblait absente et blanche, assise sur le canapé à côté de la grand-mère, suivant la conversation sans faire beaucoup d'efforts. C'était un spectacle triste que María essayait d'animer par la conversation, par des anecdotes. Le pire, cependant, était les moments où toute la famille se réunissait et où Virginia se trouvait dans l'obligation de se comporter normalement avec tout le monde. Martín avait interrompu ses récits nocturnes mais il était resté loquace et de bonne humeur jusque tard dans la nuit. Il parlait avec María comme s'il essayait de voir quelque chose, comme si la situation, dans son ensemble, lui semblait comique. María ne savait pas, et ne voulait pas savoir ce qui s'était passé entre eux. Elle était simplement contrariée par la bonne humeur de Martín, par ses fréquents éclats de rire. « Nous sommes indissolubles, avait-il dit un soir. Notre minuscule congrégation semble se maintenir par le truchement du Saint-Esprit. Tous ponctuellement réunis à l'heure des repas, tous si aimables les uns avec les autres, sans parvenir vraiment à communiquer, comme si le seul plaisir de nos petites réunions procédait de la conscience qu'a en son for intérieur chacun d'entre nous de leur indissolubilité. Nous sommes comme des naufragés qui essaient de s'éviter toute la journée mais qui doivent forcément se retrouver à certaines heures pour manger, pour se défendre. Ces derniers temps, ton amie Virginia ne m'adresse pratiquement plus la parole, sais-tu ce qu'il lui arrive ? Avant, elle avait confiance en moi, nous faisions des promenades, elle me racontait des choses la concernant, du moins certaines choses. Maintenant, on dirait que nous sommes revenus au tout début, quand elle se sentait mal à l'aise avec moi. C'est dommage ! »

Ces remarques rendaient María triste et elle essayait sans grand succès de changer de conversation : Martín s'entêtait terriblement dans ses monologues. Peut-être maintenant plus que jamais. Maintenant, il avait l'air de mieux s'entendre avec Gonzalito : il essayait du moins de tenir compte de lui dans la conversation et de l'inclure directement en mentionnant son nom. María remarqua que Gonzalo et Martín ne s'adressaient jamais la parole en présence de Pelé, mais ils parlaient désormais assez souvent ensemble dans le salon, seuls, au moment où Pelé était au collège.

« Sais-tu, María, qu'en ce moment je change très souvent d'avis ? » Martín venait de se mettre au lit. Il était minuit passé. Fin février. L'idée de convalescence s'était substituée à celle de joie dans la conscience de María. Dans l'idée de convalescence, il y avait de l'espoir : une autre sorte d'espoir, très différent de celui, puissant, qui avait régné durant tant d'années, l'espoir qui procédait directement du premier amour : un espoir..., ce second espoir, guère amateur de résumés ou d'éphémérides, ni de souvenirs d'instants privilégiés ou de prévisions. Il y avait dans l'idée de convalescence un espoir de minuterie, ténu, mais aussi puissant à sa façon, comme les petites racines d'une plante que l'on vient de planter. Toute la journée, María essayait de s'arrêter devant cette nouvelle petite plante : la convalescence de sa réalité, de sa maison, de Virginia, d'elle-même. María se sentait, elle aussi, convalescente. On ne pouvait se permettre d'être ridicule : María énonçait avec fermeté cette maxime, à peine levée et plusieurs fois par jour (de fait, chaque fois qu'elle regrettait qu'il n'y eût pas plus de joie dans ses actes : chaque fois que les croquettes étaient délicieuses ou que Pelé revenait content du collège, chaque fois que le jardinier apportait les premiers choux-fleurs et les derniers choux rouges qui venaient d'être ramassés, qu'on faisait tout juste blanchir et qui se révélaient tendres, un peu parfumés, sous la dent, chaque fois que la grand-mère disait qu'elle avait dormi à poings fermés toute la nuit, chaque fois que Gonzalito s'animait à table et participait à la conversation générale, chaque fois que...). On ne pouvait se permettre d'être ridicule et de regretter la joie antérieure quand on pouvait faire appel au tout petit espoir des convalescences. Et « être ridicule », c'était s'obstiner à déplorer ce qui s'était passé une fois que c'était passé, comme si la réalité était un petit vêtement de piqué qui, mouillé, ne retrouvait plus son apprêt. Il ne fallait pas être rasoir, il fallait avoir une chair qui se cicatrise vite, il fallait tâcher de ne pas souffrir outre mesure, il ne fallait pas se sentir infiniment déçue ou maltraitée : il fallait régler ce qui s'était passé comme s'il s'agissait d'une affaire, une affaire à négocier et même à vendre au rabais (pour ne pas tout perdre de A à Z) au marché aux puces de la conscience. C'était confus et un compte nouveau : il n'y avait pas de cahier de bâtonnets ni de page écrite sous la dictée qu'un bâtonnet ou le *a* de anneau mal faits eussent rendus à jamais non présentables : au contraire : les tremblements montraient combien l'écriture était difficile, combien il était difficile que la beauté apparût : les réussites venaient après les échecs, tels les gros murs de la maison définitive de la réussite, de l'éclat et de la beauté. Par conséquent, il ne fallait être ni ridicule ni rasoir. Et il était bon que l'idée de convalescence se substituât, alors qu'ils en étaient tous à peu près à mi-chemin, à celle de joie. La réalité égaliserait à la fin toutes les imperfections dans la somme de sa glorieuse perfection. María arpentait les taupinières de son anthologie particulière en arrangeant tout. Il fallait donc maintenant aussi se sentir tout compte fait joyeux en méditant sur le tout petit espoir contenu dans l'idée de convalescence. C'était une joie différente de l'autre, qui ne procédait pas du premier amour, mais tout simplement de l'amour. Il n'y avait plus de premier amour qui vaille ! Maintenant, toutes les choses, depuis les petites cuillères et les tasses jusqu'aux sentiments et aux désirs des gens, étaient abîmées, utilisées et abîmées, et elles dénonçaient, par conséquent, le temps qui les avait peu à peu constituées. Toutes les choses étaient désormais d'occasion et, par conséquent, plus réelles, plus confuses, plus compliquées, convalescentes et non joyeuses. Il ne fallait pas être ridicule et vouloir que toutes les soucoupes, toutes les petites robes de toutes les poupées fussent chaque fois utilisées pour la première fois. Il fallait, au contraire, remarquer combien les choses déjà utilisées étaient fragiles, remarquer leur éclat paisible, leur présence humble, leur prédisposition intérieure à être de nouveau utilisées, leur espoir éteint d'être toujours à portée de main à l'endroit même où elles étaient. L'idée de joie n'avait aucune raison d'intervenir dans tout cela : sa particularité, son domaine propre, c'était le paisible, l'indispensable, le nécessaire... María pensait que la joie superflue s'était retirée des choses utilisées et qu'il ne restait qu'une joie suffisante, une joie éteinte... Aussi faisait-elle tout son possible pour éprouver les sentiments correspondant à la convalescence de Virginia et de sa propre vie tout entière, avec son espoir ténu de joie éteinte et ses silencieux feux quotidiens. Chaque fois qu'elle voyait Virginia se comporter naturellement à table, comme s'il ne s'était rien passé, María pensait : c'est ainsi qu'on guérit. Malheureusement, tous ne guérissaient pas de la même manière. Le désarroi ontologique provoqué par la trahison de Martín ne pouvait se réduire purement et simplement au fait qu'elle eût été interrompue de force. María se rendait compte que ses analogies domestiques ne pouvaient être appliquées telles quelles aux êtres humains. Et la réalité — cette réalité avec ou sans majuscule à laquelle elle faisait si souvent allusion — était une réalité subjective, intersubjective. María savait que Martín n'avait pas renoncé volontairement à son adultère : le renoncement lui avait été imposé de l'extérieur. Et Martín, qui continuait à mener la vie qu'il avait toujours menée, avec un horaire de travail scrupuleux et de brèves promenades routinières dans le jardin, n'avait rien de particulièrement rassurant. María décelait maintenant bien souvent chez lui une envie de se moquer et d'agresser qui, bien qu'elle ne l'affectât jamais directement (on avait l'impression que, lorsqu'il prenait la parole, il mettait sa femme entre parenthèses), affectait tout le reste de la maison. Voilà pourquoi, quand María l'entendit dire, alors qu'il se mettait au lit, qu'en ce moment il changeait très souvent d'avis et qu'elle perçut le petit ton railleur de l'arrière-plan, tel un arrière-goût, révélé par le tour interrogatif de la phrase, elle ressentit un profond découragement en tous points opposé à la joie éteinte des convalescences et qui était un mélange d'angoisse, d'envie de l'étreindre et de l'envelopper, comme jadis, de tendresse. « Je me surprends moi-même. C'est comme si l'hiver, ce bel hiver de jardins gris et de désirs enfouis dans les dernières lueurs du soleil de chaque fin d'après-midi, me transformait en quelqu'un d'autre : un homme plus calme, moins tendu, moins buté, beaucoup moins austère et distant, beaucoup plus ouvert aux autres, à ton frère Gonzalito, par exemple. María, tu crois qu'il est possible de changer ainsi à notre âge, de changer autant ? » — « Tu me poses cette question parce que tu attends vraiment une réponse ? » répondit María en ajoutant impulsivement : « Si seulement tu me demandais maintenant des choses, si seulement tu voulais savoir ce que je pense, ce que je ressens ! Je suis si bien avec toi, Martín, il y a si longtemps que nous sommes ensemble que j'aimerais que tu me demandes tous les soirs des choses et je te répondrais du mieux que je peux, du mieux que je sais, nous parlerions pour de bon, nous parlerions de ce qui nous arrive mais ta voix, le ton de ta voix n'est pas celui de quelqu'un qui interroge pour savoir quelque chose qu'il ne sait pas, quelque chose qu'il pense ne pas savoir et qu'il aimerait savoir, même s'il s'agit de mon simple avis ; le ton de ta voix ne veut rien savoir, avec un tel ton, Martín, tu as déjà répondu… » María s'était écartée en parlant tant et si bien qu'elle se retrouvait assise en dehors des draps et des couvertures. Sa chemise de nuit lui donnait un air plus jeune, la silhouette ancienne et poétique d'une jeune mariée. Martín, adossé à l'oreiller, les mains jointes sur la poitrine comme s'il priait, l'avait écoutée tout souriant, pas très souriant, fronçant un peu les sourcils, ouvrant de grands yeux, avec un certain *fair play*, un *fair play* pas très prononcé. Il se tourna alors vers María, avec l'expression pas très prononcée de celui qui avance une objection après avoir attendu son tour de parole et en proposant posément une théorie infinie de variations spéculatives. Il desserra ses doigts, tendit sa main gauche vers María, tout en tournant lentement et en penchant un peu la tête vers elle, à la recherche d'une position confortable. Il donnait l'impression d'être en paix avec lui-même, détendu et aux aguets, mais en même temps pas assez pour pouvoir se passer des rectifications et des précisions propres à une discussion entre pairs. Il donnait l'impression de ne pas avoir oublié qu'il s'agissait du lit conjugal et d'une habitude conjugale, parler le soir, qui remontait à des années. « Et le ton de ta voix, María ? On disait jadis que l'oreille voyait ce qu'elle voyait, que l'oreille entendait de qu'elle entendait. Est-ce que tu t'entends toi-même ? Je ne veux pas parler de la mine dramatique que tu viens de prendre et que tu as encore, assise, les jambes croisées, comme une jeune sibylle ou une vierge. Je sais bien que tu ne te vois pas toi-même et que ton charme, ta beauté viennent toujours de là, à mes yeux du moins, de ce que tu ne sais pas comment tu es, en fait tu ne l'as jamais su. Mais je suis choqué que tu n'entendes pas non plus ta propre voix, le ton de ta voix. Je suis choqué parce que le ton de notre voix nous est plus intime que toutes les apparences de notre apparence ; peut-être avons-nous moins l'habitude de nous entendre que de nous voir. Et du fait de ne jamais avoir eu à notre disposition de miroirs de la voix — je ne crois pas que tu aies jamais entendu ta voix, il n'y a aucune bande magnétique dans la maison —, je disais que, comme il n'y a pas de reproductions extérieures de notre voix à l'instar des images de notre apparence dans les miroirs, le ton de notre voix s'entend de l'intérieur, nous nous entendons nous-mêmes dans l'intime concentration de l'émission de notre voix si bien que nous ne pouvons pas nous tromper — devant un miroir, tout le monde peut se tromper, se croire plus mince ou moins chauve, par exemple, l'image reflétée est un médium extérieur qu'on peut manipuler et que, de fait, on manipule presque toujours — mais, en revanche, on ne peut rien faire avec sa propre voix, avec le ton ou les tons adoptés spontanément par notre propre voix dans chaque cas particulier. On sait toujours la vérité sur le ton de sa voix, on ne se trompe jamais. Toi-même, tu as parlé du ton de ma voix et tu as dit que ce n'était pas le ton vrai de celui qui veut savoir quelque chose et pose des questions à ce sujet. Tu as peut-être raison. Je veux bien te concéder qu'en te demandant s'il est possible, à notre âge, de changer d'être ou de manière d'être, en tota lité ou en partie, je ne cherchais pas à savoir ce que tu pensais, mais je cherchais à exprimer mes propres doutes. De fait, je sais fort bien ce que tu penses, María : tu es convaincue qu'il est toujours possible de changer en mieux. Tu crois qu'on peut s'améliorer, se perfectionner, édifier un cœur nouveau avec l'aide, bien entendu, de la grâce divine. Ce dont je doute fort. Je crois que chacun fait avec sa propre vie ce que faisaient les Mayas quand un roi ou un dieu succédaient à un autre : ils édifiaient une nouvelle pyramide sur l'ancienne, l'une sur l'autre, tu te rends compte, María ? Ils ne changeaient rien, ne supprimaient rien, ne transformaient rien du tout, ils se contentaient de continuer, d'accumuler… Comme nous le faisons, je crois, dans nos propres vies où nous continuons sans jamais nous arrêter à ajouter tels goûts à tels autres, tels avis à tels autres, telles amours à telles autres, jusqu'à ce que la mort mette un terme à la pyramide et que tout soit enterré. La consommation est une simple somme… Enfin, María, pour en revenir à nos moutons, tu as dû remarquer dans le ton de ta voix, dans le ton que tu as adopté pour dire ce que tu viens de me dire, une agression, une insatisfaction agressive, le ton de ta voix est un pur reproche. Il ne me semble pas juste, María, ni digne de nous, que, si tu as quelque chose à me reprocher, tu ne le fasses pas clairement. As-tu quelque chose de particulier à me reprocher ? » Voulait-elle lui reprocher son adultère ? Lui dire qu'il avait été agressivement visible, qu'il avait malmené la réalité entière et qu'elle-même se sentait déconcertée et oppressée ? Que se passerait-il si elle lui reprochait son adultère ? C'était le pousser à mentir s'il niait. Et s'il le reconnaissait, n'était-ce pas l'y replonger et pour elle s'y empêtrer jusqu'au cou ? Qu'avaient-ils à y gagner ? Et puis il y avait la concupiscence des détails, la fourmilière de tous les détails qu'il trouverait peut-être opportun de rappeler et qu'elle aurait peut-être la curiosité de connaître. Et puis il y aurait peut-être des sentiments inattendus de dégoût ou de répulsion, ou de nouvelles crises de jalousie, de jalousie souterraine, aux manifestations officieuses, et puis il y aurait encore une fois la chair vive blessée, l'impudeur des amants, l'impudeur de l'aveu, l'impudeur de celui ou celle qui écoute l'aveu et on verrait apparaître presque à coup sûr, connaissant Martín, cette sincérité froide, scrupuleuse, ironique, et de plus en plus de détails, des apports d'informations, des rapports comme un paquet de viscères étalés sur le corps, et il y aurait une concupiscence négative, une volonté de voir sans voir, l'impudeur établirait son empire sur eux, adultérant le territoire encore praticable de leur vie conjugale. María pensa très vite que le silence devait être à tout prix préservé et que le silence, en l'absence de reproches « particuliers », était encore limpide et toujours présent, parce que en tous points opposé à la curiosité, en tous points opposé à l'impudeur et à la concupiscence des détails, une manière humble de poursuivre sa vie avec Martín, avec attention, avec un amour attentif, avec soin. Ne rien lui reprocher de particulier, c'était désormais prendre soin de leur réalité conjugale qui, malgré l'adultère, découlait encore de tout ce qui précédait sans parvenir encore à terme. Ne rien lui reprocher de particulier, ce n'était ni se laisser impressionner, ni se tromper, ni le tromper : c'était prendre soin de la réalité entière et de Martín, continuer d'aimer attentivement. « Non, répondit María, en baissant les yeux. Rien de particulier. Sauf le ton de ta voix qui m'a semblé railleur. Je trouve ta façon de parler de plus en plus railleuse, Martín… Ce n'est pas un reproche ; c'est que je crains que tu ne t'éloignes et ne saches pas revenir. Rien de plus. » Martín changea alors de ton. Il abandonna son air décontracté et se retourna vers María qui, à son tour, s'était glissée entre les draps et grelottait un peu. « C'était précisément ce dont il s'agissait. C'est ce que je m'apprêtais à te dire tout à l'heure, mais nous avons de plus en plus divagué, c'est tous les soirs la même chose, n'est-ce pas ? Je m'apprêtais à te dire que ton frère, qui m'avait toujours fait l'effet de quelqu'un d'inconsistant et, depuis qu'il est revenu de Londres, d'un cossard, commence à me faire l'effet contraire. L'autre jour précisément, où nous nous demandions après le petit déjeuner, je ne me souviens plus pourquoi, si la sincérité était possible ou non, je lui ai dit que je venais d'écrire quelque chose à ce sujet et qu'il pouvait le lire s'il le souhaitait. Et nous sommes restés jusqu'à l'heure du déjeuner dans le bureau… Je ne sais pas si tu as remarqué que nous sommes entrés dans la salle à manger en discutant ensemble, c'était lundi dernier, tu t'en souviens ? Et il m'a dit des choses surprenantes, sa timidité est surprenante, toi, tu l'as toujours su, mais moi, jusqu'à lundi dernier, je n'y avais jamais fait attention, il ne m'a rien dit de précis, mais sa façon de m'écouter, son attention, son attitude, tout m'a paru très intéressant. Qu'est-ce que tu en penses, María ? Je te pose sérieusement la question. J'aimerais vraiment savoir ce que tu penses de mes nouveaux rapports avec Gonzalito ? » María ressentit de la souffrance. Comme un souvenir intense et douloureux dont le contenu confus était son ancien désir de voir Martín et Gonzalito arriver à se comprendre. Ça n'avait jamais été un désir d'une spécificité démesurée : tout simplement l'idée que l'enthousiasme que Gonzalito avait éprouvé dans sa jeunesse pour Martín aurait fini par l'aider : que Martín aurait pu éventuellement le conseiller ou le guider. Mais tout cela faisait partie d'une autre époque, d'une autre façon d'être d'eux tous : que ce désir fût maintenant rappelé par les paroles de Martín la faisait souffrir : une souffrance irrationnelle. N'était-ce pas trop tard ?

Maintenant Martín parlait de ses nouveaux rapports avec Gonzalito, il racontait qu'il lui avait lu certains passages de son livre. Qu'est-ce qu'elle pouvait lui dire ? María hocha la tête et eut envie de sortir un moment de la pièce, de respirer l'air froid de la nuit pour revenir apaisée et pouvoir dire à Martín ce qu'elle pensait, pouvoir se confier à lui... Et c'était là l'horrible détail, l'horrible réalité concupiscente : maintenant ce n'était plus l'adultère lui-même ou ses détails, mais ses conséquences dans l'esprit de María : il y avait là encore une fois, multiforme, dissemblable, un immense territoire de dissemblances, *regio dissimilitudinis*, qui revêtait la forme d'une méfiance indicible. Elle ne pouvait avoir confiance en lui. Elle craignait qu'il n'y eût dans ces nouveaux rapports avec son frère, une intention seconde non déclarée, quelque piège, peut-être de la simple curiosité. Elle désirait avoir confiance sans y parvenir, comme si elle avait tout à coup perdu cet instinct qui la poussait à avoir confiance en lui : une terrifiante aphonie qui l'empêchait de prononcer les mots qui acquiescent et qui réconfortent, comme si le tout petit espoir apporté par la convalescence qui brillait silencieusement dans son cœur n'était pas suffisant pour espérer que, dans ces « nouveaux rapports » il n'y eût rien de paralysant ni de faux. Elle était, cependant, dans l'obligation de répondre. Et dans l'obligation de ne pas en rajouter dans la méfiance par des sentiments confus, des craintes imprécises. Elle était dans l'obligation — surtout à ce moment précis — de dire vraiment ce qu'elle pensait. Et elle dit : « Je ne sais pas très bien quoi en penser, Martín. Je ne sais si, pour Gonzalito et toi, c'est le meilleur moment pour entamer ce que tu appelles de nouveaux rapports. Je ne sais pas à quoi tu fais allusion.

Pourquoi veux-tu savoir ce que je pense ? Ça me semble une bonne chose que vous discutiez ou que tu lui lises ton livre si ça te chante. Il est normal que vous discutiez. Tu dis que ce sont de nouveaux rapports. En quoi sont-ils nouveaux ? Vous vous connaissez depuis une éternité, il y a très longtemps que vous vivez sous le même toit, où est la nouveauté ? Ton mot, "intéressant", m'a toujours fait peur ; Gonzalito te paraît maintenant intéressant, c'est ça qui est nouveau ? N'importe quoi peut paraître intéressant. Mais entre nous, entre proches, qui vivons si près les uns des autres, le fait que nous paraissions ou ne paraissions pas intéressants est un peu ridicule : si tu me parlais d'être attentif à quelqu'un ou de t'occuper de lui, je te comprendrais mieux. Moi, il ne me semble pas que l'angoisse soit intéressante, pas plus que la souffrance. Dire que c'est intéressant est presque agressif. Je suis ravie que tu discutes avec Gonzalito mais je ne crois pas que tu aies la patience suffisante, Martín, je ne crois pas que tu l'auras, si par un hasard ou un autre, Gonzalito cesse de te paraître intéressant et commence à t'apparaître comme un pauvre type qui a besoin d'affection… Tu me regardes comme si tu me haïssais, Martín : peut-être que tu ne me hais pas vraiment et que tu ne me regardes ainsi que pour me faire peur, et tu me fais vraiment peur parce que tu es mon mari et que je t'aime, et cela signifie aussi que je respecte tes avis, tes sentiments et tes paroles. Et je respecte aussi le mot "intéressant" que tu utilises souvent et qui me paraît, excuse-moi, ridicule dans certains cas… Quand tu m'écoutes en souriant comme si tu me haïssais, d'où ton sourire, tu me fais peur et j'ai très peur : peut-être que je ne devrais pas le reconnaître ni te le dire, mais cette peur fait partie de ma réponse à ta question. Je n'aurais pas peur si tu n'étais pas mon mari et si je ne t'aimais pas : si je n'avais pas envie de pleurer et de te prendre dans mes bras, je n'aurais pas peur du tout… » Elle s'arrêta net. Elle sentit qu'elle perdait pied et que sa propre voix parlait toute seule. Au départ, elle voulait dire la vérité et, maintenant, elle ne savait plus où elle était. Martín avait cessé de la regarder. Maintenant il regardait le plafond. Maintenant il la regardait de nouveau. C'était le même Martín que d'habitude. Et cette peur qu'elle venait d'avouer semblait tout à coup ridicule, un sentiment non ressenti, comme lorsque nous disons que nous ressentons quelque chose qu'en réalité nous ne parvenons pas à ressentir, pour ressembler à des personnes qui ont l'air de vraiment ressentir ce quelque chose. María eut l'impression d'avoir beaucoup exagéré, de s'être comportée comme une femme très féminine vue au prisme du machisme : elle eut l'impression qu'elle venait de crier, ou qu'elle reprenait ses esprits après s'être évanouie, ou encore qu'elle avait, d'une façon ou d'une autre, perdu conscience ou la maîtrise de ses nerfs… Martín se tourna alors vers elle et lui caressa les cheveux des deux mains. C'était le même homme. La caresse était aussi familière que sa peau, que son odeur. « Il se peut que tu aies raison. Je regrette d'avoir utilisé ce petit mot malheureux ; je dis parfois "intéressant" pour prendre un peu de distance ; c'est un terme ridicule. À vrai dire, Gonzalito m'a fait très bonne impression l'autre jour : je ne l'ai trouvé ni angoissé ni confus. Tout le contraire. Et je ne crois pas que j'aie pris tout à l'heure un air aussi horrible : car je t'aime beaucoup. Cette histoire de haine est à coup sûr une fausse impression, tu ne crois pas ? Il arrive que la conscience, notre propre conscience, se moque de nous, c'est un moi inédit qui n'a jamais vu le jour publiquement, qui n'a pas été nuancé par les expériences d'autres consciences et qui émerge comme un vomissement, comme s'il s'agissait d'une force réprimée, non pas réprimée par nous-mêmes, mais par notre conscience publique et rationnelle : quelle force réprime les forces de cet autre moi, celui qui a des visions, celui qui te fait voir de la haine dans mon expression ? Dans ton cas, par exemple, María, la force qui réprime les idées perverses, chaotiques et incompréhensibles de ton autre moi, c'est la charité, une vertu théologale fondée sur un sentiment humain suprêmement courant, le plus courant de tous, l'amour : ta charité obstruait ton moi imprévisible, niait ses idées, jusqu'à ce que, tout à coup, profitant de ce que tu t'adressais à moi pleine de bonnes intentions et du désir de dire la vérité, de me la dire à moi spécialement, à moi que tu aimes, il bondisse, se faufile par les fentes de la conscience exprimante acculée à s'exprimer et qui à une vitesse folle, une vitesse mille fois supérieure à celle de n'importe quel cerveau électronique, choisit ce qu'il faut dire, les mots, les phrases entières, les idées, les pensées, les images, les souvenirs : ta conscience faisait dans tout cela le tri le plus juste, parce que tu voulais me dire ce qu'il y a de mieux, de plus vrai... Mais il y avait des petites fentes, des hésitations infinitésimales, des bifurcations atomiques... Et c'est par là que se glisse le chaos avec ses terreurs et ses distorsions ! » Qu'il était difficile d'être attentive à tout cela — cette voix convaincante de Martín qui avait enfin perdu son petit côté railleur — et de ne pas souhaiter être convaincue ! Même l'espoir lié à la convalescence semblait l'inciter à avoir de nouveau confiance ! Peut-être que Martín, sans aller jusqu'à le dire, s'était, lui aussi, repenti de ses actes et cette loquacité nocturne était peut-être sa manière de renouer avec la vieille intelligence qu'il y avait eu entre eux, intelligence qui avait été joyeuse et qui avait fait que María s'était sentie durant des années et des années enracinée dans une réalité resplendissante. « Peut-être me suis-je mal exprimé au départ, poursuivait Martín, peut-être n'aurais-je pas dû dire que j'avais changé mais que j'avais l'impression de revenir vers nous, vers toi et vers moi, jeunes mariés, amoureux comme nous l'étions alors… » María sentit qu'elle devait accepter, qu'elle devait bannir la méfiance et accepter l'hypothèse que Martín, en effet, était en train de dire la vérité et de terminer d'opérer, à sa manière introvertie et pleine de circonvolutions, un changement d'attitude. Et il était également d'une grande douceur de s'abandonner maintenant aux images de paix que cette hypothèse induisait, il était doux de s'abandonner maintenant au sommeil qui, soudain, envahissait sa conscience entière… María bâilla, sourit, éteignit sa lampe de chevet et se pelotonna contre son mari en s'endormant…

Maintenant Gonzalito ne dormait plus la nuit. La nuit commençait après le goûter, entre huit et neuf heures du soir, quand Pelé revenait du collège et dînait à l'*office** en présence de la cuisinière à qui il faisait la conversation et du chauffeur qui, à cette heure-là, venait fumer deux cigarettes et profiter de la compagnie d'une femme avant de descendre chez lui, à Alcobendas ; parfois, Pelé dînait avec tout le monde à la salle à manger et Gonzalito faisait alors tout son possible pour être aimable avec les autres en général, afin que Pelé vît qu'il ne passait pas son temps à être obsédé par sa propre personne et qu'il se comportait normalement, comme les autres. Le rapprochement avec Martín était dû à ceci : il avait eu le tort d'essayer de provoquer un affrontement entre Pelé et son père. Et il avait eu le tort de l'emmener voir ce qui se passait au potager. Cela n'avait servi qu'à l'éloigner. Car, une fois que Pelé s'était enfermé dans sa chambre jusqu'à onze heures ou minuit pour faire ses devoirs, puis, après avoir éteint la lumière, s'était endormi jusqu'à sept heures du matin, heure à laquelle il se levait et repartait pour le collège, s'ouvrait pour Gonzalito la nuit, telle une porte, qui donnait sur une veille funeste et une certaine paix confuse, tel un chien enchaîné qui ne va que jusqu'où le laisse aller la longueur de sa chaîne. Il dormait toute la journée en divisant son temps de sommeil en deux ou trois parties : du départ de Pelé jusqu'à une heure avant le déjeuner pour pouvoir bavarder un peu avec Martín, de la fin du déjeuner jusqu'à six heures pour pouvoir descendre un moment au salon. Il lui arrivait, cependant, comme le jour où il avait parlé avec Martín de la sincérité, de passer toute la journée éveillé et alors, le soir, il ressemblait encore plus à un chien enchaîné qui, la tête entre les pattes de devant, veille et sommeille en même temps et dont les heures sont des étendues blanches et noires de stimulations sensorielles qui croissent jusqu'à le pousser à aboyer désespérément ou décroissent jusqu'à l'oubli total de soi-même. Pour préserver ces veilles qui lui paraissaient d'une certaine manière fertiles et créatrices, avec leur prolifération d'images que le recueillement et le silence de la maison semblaient aviver et revigorer, Gonzalito avait recommencé à prendre des amphétamines que le chauffeur était chargé d'aller chercher sans ordonnance une fois par semaine dans une toute petite pharmacie qui se trouvait juste en face de chez lui et dont la pharmacienne considérait que chaque cas était particulier, qu'il y avait des milliers de cas différents et qu'une pharmacienne ressemblait, à son âge, au capitaine d'un grand navire, un puissant pétrolier, maître à bord après Dieu. Après un épouvantable diplôme où il fallait avaler la botanique tout entière, pistil par pistil, le contraire aurait été extraordinaire ! Le chauffeur s'était donc fait de monsieur Gonzalo une idée tout à fait personnelle et spéciale, le tenant pour un écrivain qui avait besoin de ces médications spéciales. Il y avait dans la nuit une fulguration qui se propageait jusqu'à la conscience de Gonzalito au point de la rendre imaginante en permanence. Il se sentait excité et bizarre, mais en même temps bien, spirituel. Comme il aurait aimé passer la nuit à parler avec Pelé ! La maison avait changé. Les amants ne se voyaient plus, Virginia était devenue fantomatique, Martín beaucoup plus aimable, quant à María… Gonzalito évitait maintenant de penser à sa sœur qu'il considérait parfois comme un élément imprévisible de l'ensemble de la situation. C'était curieux : Gonzalito réfléchissait souvent à ce sentiment de crainte qui l'éloignait de María et qui s'alimentait cependant des sentiments qu'il avait jadis éprouvés pour elle et de ceux qu'elle avait éprouvés pour lui, si souvent exprimés et corroborés tout au long de leur vie. Tout se passait comme si María ne pouvait se contrôler. Comme si, à son insu, elle était entrée dans une passe difficile, une situation irrationnelle, et qu'on ne pouvait plus compter comme jadis sur elle, sur sa bonté, sa sérénité et sa tendresse. Comme si la tendresse de María s'opposait à la tendresse que Gonzalito éprouvait pour Pelé. Comme si María était, en dernière instance, le plus grand obstacle aux retrouvailles définitives de Gonzalito et de Pelé. Ce que Pelé avait maintenant d'anguleux et de fuyant, ce qui l'avait fait sortir un soir en courant de la chambre de son oncle, était dû à María qui s'était infiltrée dans la conscience de son fils. María était le côté imprévisible de Pelé, sa liberté et son éloignement, ce qui empêchait parfois les images du gamin de s'épanouir dans la conscience imaginante : María faisait obstacle à la fixation définitive des images et à l'ingestion d'un Pelé en chair et en os qu'elles seraient capables de transporter dans sa chambre où il le couvrirait de tendresse. María était précisément celle qui comprenait le moins bien combien Gonzalito aimait son neveu. Parfois, ces sentiments étaient l'équivalent de sa compassion pour elle. C'étaient les moments de triomphe, quand le Pelé imaginé acquérait sa plus grande docilité. Pelé et Gonzalo vivaient ensemble à Madrid. María leur rendait visite. Elle avait la nostalgie de l'enfance de son fils qui était maintenant entré à plein dans sa jeunesse et qui renaissait dans l'amour qu'il éprouvait pour Gonzalo. María était, pour Pelé, un souvenir que Gonzalo devait même à l'occasion ranimer. María n'avait rien compris et tout ce qu'elle comprenait, maintenant, dans la docilité de la rêverie, c'était que le bonheur de son fils ne coïncidait pas avec le sien : les deux bonheurs ne pouvaient pas coexister. Le fait que le bonheur de María fût incomplet et indigent faisait partie de l'essence du triomphe contenu dans cette rêverie. Et ils déambulaient tous les deux dans

Madrid, de par le monde, voyageaient, faisaient un voyage à Londres… Le point culminant de la rêverie. Ils parcouraient à pied les lieux que Gonzalito avaient si souvent parcourus à pied. C'était l'été. Le mois d'août. Il faisait une chaleur d'enfer à Madrid. À Londres, il bruinait. C'était un Londres gris bleu. Humide, vert, blanc et gris bleu, et ils allaient à midi prendre un verre à la terrasse du pub de Lancaster Gate. Il fallait que ce fût ce pub et à midi. Et Gonzalito parlait à Pelé des romans londoniens d'Iris Murdoch. Et Pelé le regardait, l'écoutait et ressemblait à un jeune Anglais. Et il allait lui-même chercher la deuxième tournée de bières. Il disparaissait aussi l'espace d'un instant de la scène imaginée et Gonzalito se retrouvait seul. C'était un moment doté d'une intensité imaginaire particulière : il allait revenir sur-le-champ avec les deux pintes de bière à la main, en souriant. Mais il n'était pas encore revenu. Il portait un jean noir qui mettait en valeur la souplesse de sa silhouette et un tee-shirt de coton blanc. À coup sûr, le voyant seul, les garçons du comptoir le regarderaient. Peut-être lui adresseraient-ils la parole et Pelé leur répondrait-il. Il aurait une pointe d'accent espagnol. Il serait désiré par un aimable inconnu dans l'aimable atmosphère propre à cette heure-là et à ce pub-là en été. Il l'inviterait à boire une bière. Et Pelé répondrait : « *No, thank you. My friend is waiting for me. Some other time perhaps…* » Et il dirait les derniers mots doucement, même trop doucement. On ne pouvait le laisser seul ! Cette brève absence imaginaire donnait de la réalité à ce midi imaginaire de Londres, à tout le gris bleu et tout le vert foncé des arbres de Hyde Park d'une puissante immédiateté : toute la solitude serait rédimée dans un instant. Et la couleur cuivrée des bras, des mains, du cou et du visage de Pelé s'accentuerait dans le gris bleu, s'accentuait au moment où il réapparaissait, les deux pintes de bière à la main, en souriant. Gonzalito avait l'impression que ce qu'il imaginait était non seulement possible et vraisemblable mais également réel parce que Pelé déambulait en toute liberté dans cet espace et ce temps absolus, où rien ne manquait et où tous les sentiments, de l'espièglerie à l'intense amour qu'il éprouvait pour lui, étaient visibles. Il n'y avait pas à chercher à deviner les intentions du garçon, il n'y avait pas à attendre, il n'y avait aucune irritation, aucun changement d'humeur à craindre. Il n'y avait pas à bouger. L'immobilité absolue était compatible avec n'importe quelle joyeuse déambulation. Gonzalito réussissait à maintenir longtemps cette situation imaginaire dans sa conscience : un quart d'heure ou vingt minutes, après quoi il sombrait dans le présent insomniaque de sa chambre plongée dans le noir, simplement éclairée par la lampe de chevet. Un soir, en pleine rêverie, le bruit d'une porte dans le couloir le fit sursauter. Il bondit de son lit et écouta attentivement. Il était plus de minuit. Il ouvrit la porte de sa chambre. Celle de la chambre de Pelé était ouverte. Gonzalito sortit de sa chambre et s'approcha de cette porte ouverte. L'intérieur de la pièce vide était éclairé par la lampe du bureau et les livres ouverts. Il entendit le bruit de la chasse des W.C. et se retrouva à côté de Pelé en pyjama. Il était très grand. La même silhouette que celle qu'il avait imaginée. Son pyjama était très froissé. Gonzalito n'arrivait pas à prononcer un seul mot. « Gonzalo, tu voulais quelque chose ? » demanda Pelé. Voyant que son oncle ne lui répondait pas, il ajouta : « Tu ne te couches pas ? Moi, je ne vais pas tarder à me coucher. » Gonzalito essaya de retenir mentalement ce silence imprégné de la silhouette de Pelé en pyjama. Il n'avait pas pensé à sa force. Il n'avait pas pensé à la largeur de ses épaules. Il n'avait pas pensé que le tissu de son pyjama pût être si intime. Il avait l'air plus âgé. Comme s'il ne l'avait jamais vu auparavant, comme s'il l'avait juste imaginé ou vu en photo, ou au cinéma. Il se sentait intimidé face à ce Pelé indocile. Le silence fit tout à coup l'effet d'une explosion. Pelé dit : « Que t'arrive-t-il, Gonzalo ? Tu ne te sens pas bien ? » — « Je ne me sens pas bien du tout. Je n'ai pas sommeil », répondit lentement Gonzalito. « Il faudrait que tu fasses un peu d'exercice. Au moins des promenades. Une longue promenade tous les matins. Il est déjà presque une heure. Moi, je tombe de sommeil... ! » Voyant que Gonzalito ne disait rien, Pelé lui fit comprendre qu'il allait se coucher. Il répéta en souriant : « Moi, je tombe de sommeil... ! » Gonzalo le regardait en silence. Pelé pensa qu'il était maintenant aussi absurde de fermer la porte que de la laisser ouverte. « Tu n'as vraiment besoin de rien ? Moi, j'allais me coucher... » L'attrait de l'indocilité était encore plus intense que celui de la docilité. Gonzalito ne pouvait rien faire pour associer en un même personnage, en une seule présence, la docilité et l'indocilité. Il ne pouvait même pas le toucher. Et il ne pouvait pas parler. Pourquoi ne pouvait-il pas parler ? « Qu'est-ce qu'il t'arrive, Gonzalo ? » Pelé tendit le bras et toucha de la main droite l'épaule de son oncle. Gonzalito réussit alors à dire lentement : « J'ai envie de parler de nouveau avec toi comme autrefois... » — « Maintenant, nous allons avoir du temps avec les vacances de Pâques qui arrivent », annonça Pelé. Maintenant, Gonzalo souhaitait s'en aller. Mais il désira réentendre ce qu'il avait dit des vacances. « Nous parlerons pendant les vacances, n'est-ce pas ? » — « Bien sûr ! J'aurai davantage de temps libre. » — « Tu auras davantage de temps libre et nous parlerons... Maintenant, je vais me coucher », dit Gonzalo comme s'il épelait ces deux phrases. « Bonne nuit, Gonzalo ! » dit Pelé et il referma la porte de sa chambre.

Le printemps ramena Alfonso Vélez. Vélez et sa nouvelle voiture de sport blanche, une Ferrari qu'il avait laissée dehors, près du portail. Il était midi et demi. Un Vélez très bronzé, sentant à plein jet l'eau de Cologne. Ils étaient tous les trois dans le salon : Vélez, María et Gonzalito. Il avait demandé à voir Gonzalito qui avait mis vingt minutes à descendre et María avait fait les frais de la conversation. « Remarque que c'est toi que j'aime le mieux, María ! Je suis ravi que cet idiot ne descende pas. Tu es la femme la plus stimulante de Madrid, vraiment. » María riait de bon cœur. Vélez et son incroyable affectation. Son bon sens et les audaces de sa familiarité qui avaient pris de l'assurance avec les années. Quand Gonzalito apparut enfin et que María les vit ensemble, elle ressentit une pointe de tristesse : Vélez donnait l'impression d'être le plus jeune des deux. Gonzalito avait mauvaise mine et, bien qu'il se penchât vers les phrases que Vélez et María échangeaient d'un ton vif comme on s'approche de très près pour observer le détail d'un tableau, il n'avait pas l'air de très bien comprendre de quoi il était question et se penchait tellement qu'on aurait dit un vieillard anxieux, un peu dur d'oreille, qui s'efforce de suivre une conversation. Vélez avait déjà raconté à María — et répétait maintenant presque plus par goût de la répétition que par égard pour Gonzalito — qu'il venait de faire un très long séjour dans le Sud, dans des domaines aux environs d'Antequera, chez des cousins germains et d'autres parents extrêmement drôles, la véritable Andalousie profonde, agraire — « des gens, María, tout à fait dans ton genre » — et qu'ensuite, pour le contraste, à cause de ce qu'a de revigorant le choc du champêtre et du profond avec ce qui leur est en tout point opposé, il était descendu vers la mer — d'où son bronzage — et avait longé la côte de Málaga ennoblie par la chasteté du plein hiver, tout janvier, tout février et presque tout mars, et il venait de rentrer, frais et dispos. Il était évident que Vélez s'amusait en racontant pour la deuxième fois son automne et son hiver dans le Sud. Et María, qui s'amusait aussi en écoutant son récit, ressentait de la tristesse pour son frère, comme une donnée irrépressible de sa conscience. La présence singulière et quasi muette de Gonzalito rejetait toutes les distractions de Vélez dans un lointain passé, telles des anecdotes de collège. Cette tristesse faisait que María souriait et prenait part à la conversation comme quelqu'un qui se voit rire et qu'on filme pendant qu'il parle. Vélez racontait qu'il avait eu des moments difficiles, des moments de dépression à la fin de l'été. « J'étais en bouillie, María, de la bouillie de la bouillie de la bouillie, complètement *down, looking blue* comme on dit, ce qui ne m'était jamais arrivé et qui franchement, je me disais, n'était jamais arrivé à personne... ! Je croyais que les dépressions, c'étaient des histoires de bonnes femmes,

María, mais j'y suis passé ! Voilà pourquoi je ne suis pas venu et que je n'ai pas téléphoné, tu as dû te demander pourquoi, voilà c'était pour ça, je pensais que ton saligaud de petit frère, dans l'état où il est depuis qu'il est revenu d'Angleterre, il n'y avait rien à en tirer et que, si je le voyais, je me retrouverais dans un plus sale état encore, au fond du gouffre, et le pire, recroquevillé sur moi-même, et le pire, aussi décati que lui... N'est-ce pas, María, toi qui es sincère, que j'ai très bien fait de ne pas venir ? » — « Allons donc, Alfonso, ta visite nous aurait fait plaisir, nous ne sommes pas déprimés à ce point ! » déclara María d'un ton vif. Alfonso Vélez était si transparent que même le bon sens de son égoïsme avoué n'était pas gênant ! Maintenant, il était de nouveau satisfait de sa vie. En fait, la dépression lui avait réussi : grâce à elle, il avait retrouvé ses parents éloignés si amusants. Et aussi, et il le fit remarquer, il avait raisonnablement grossi. Une dizaine de kilos. María avait ajouté cette remarque à l'idée cocasse qu'elle se faisait de « Vélez ». En l'observant, elle pensait : « Ce sera la silhouette pacifiée de sa maturité. Un ami pour la vie. Et sa solitude — car il est également solitaire — se remarque aussi dans sa manière d'être drôle, une légère solitude, mais irréductible elle aussi, qui le pousse à aimer notre amitié pour lui, qui ne cessera jamais, même s'il ne vient pas voir Gonzalito de peur d'être déprimé. » Et María se sentit reconnaissante d'avoir Vélez dans le salon, bavardant sans arrêt, avec ses affectations parfaitement rodées, probablement pour toujours, sorti de sa dépression. Et, une fois de plus, María se sentit assaillie par une sorte de mauvaise pensée, le contraste physique entre Vélez et Gonzalo. Pour la première fois peut-être, elle se rendait parfaitement compte du délabrement physique de son frère. Et ce fut ainsi que le physique de Gonzalo et celui de Vélez, se heurtant dans une comparaison inévitable, lui fournirent tout à coup une donnée nouvelle, complexe et alarmante concernant Gonzalito. Une donnée qu'elle n'aurait jamais perçue en l'observant. L'avertissement contenu dans cette donnée la secoua comme une décharge électrique quand on répare une prise. Maintenant, il était clair que le fait que Gonzalito fût resté à la maison avait dissimulé, à ses yeux aussi, son grand délabrement physique. Voilà que son physique, comme une radicale unité de sens, mettait en évidence ce que María, depuis le retour de Gonzalito, avait toujours eu sous les yeux sans le voir, s'en tenant à de vagues interprétations, les grandes souffrances endurées à Londres ou son désarroi à la suite d'une expérience infructueuse. Son physique dénonçait la dégringolade du personnage tout entier. Le résultat était cette silhouette inquiétante, face à laquelle le simple sentiment de tristesse était inadéquat. María essaya de préciser davantage, sans y parvenir. Qu'est-ce qui, concrètement, était inquiétant ? Vélez, avec ses cheveux poivre et sel, son bronzage, son eau de Cologne et son bagout, donnait une impression de sécurité. Il était fiable ; ses singularités faisaient partie de la réalité — une réalité peut-être mineure, la réalité de la mondanité, de la sociabilité et de la facilité. À partir de là, on pouvait communiquer avec Vélez et le fréquenter. Et, malgré son égoïsme évident et ses limites, son bien-être s'était transformé en vertu, peut-être cette vertu qu'est la tempérance — une sorte de tempérance comique, une tempérance de salon de thé, pensa María. L'insécurité laissait sur Gonzalito une trace, comme la ligne vertigineuse d'un reptile. Vélez venait de dire qu'il se trouvait trop bronzé et que « ce n'est pas beau, non plus, en plein hiver, les gens se disent, allons bon, encore un qui est passé sous la lampe à bronzer ! ». María s'empressa de le rassurer : « Mais ton bronzage n'est pas pareil, on voit bien que tu as pris le soleil et que tu as fait du sport ! Tu es superbe et tu n'as pas le moindre souci à te faire ! »

Vélez était ravi d'être avec María et très satisfait du tour pris par sa visite. Quand la bonne lui avait annoncé que Gonzalito tarderait à descendre, il avait, à vrai dire, failli repartir. Il était resté à cause de María. Même seul avec elle, il songeait encore à repartir sans voir Gonzalo, mais la conversation l'avait amusé et il ne s'était pas rendu compte que le temps passait. Quand Gonzalito était entré dans la pièce, son aspect physique l'avait beaucoup irrité. Il ne restait presque plus rien du beau garçon qu'il avait connu. María, en revanche, était toujours pareille. Il songea de nouveau à partir dès qu'il vit Gonzalito. Mais la politesse et la conversation en cours l'avaient retenu encore une fois. La visite de Vélez était la conséquence de l'impression qu'il avait de se trouver de nouveau dans une forme superbe. Déjà, avant sa dépression, l'été précédent, son instinct lui avait conseillé de prendre ses distances avec Gonzalo. Gonzalito avait perdu tout son charme. Et Vélez, quand il l'avait remarqué, avait pris ses distances, ne s'était pas senti implacable, mais de trop, comme inutile. Vélez avait senti que cette perte-là n'était que le signe d'autres pertes invisibles qui changeaient la nature paisible et vaguement érotique de ses rapports avec Gonzalo. Il sentit que Gonzalito avait fui vers un territoire où sa compagnie, ses bavardages et même la considérable affection qu'il éprouvait pour lui n'étaient d'aucune utilité. Il y avait considérablement réfléchi : retrouver un

Gonzalito négligé, laid et comme vieilli prématurément fut une surprise désagréable. Mais ce ne fut pas la raison de son éloignement. Vélez se croyait capable de comprendre tous les moments difficiles. Il en avait déjà beaucoup vu. Celui qu'il venait de connaître, même s'il l'avait pris en traître, il le voyait comme un sort porté par ses grosses amies d'Incosol et des Alpes suisses, mais il ne l'avait pas déconcerté outre mesure et il avait réussi à en triompher avec beaucoup de bon sens. On sait aujourd'hui tant de choses, il y a tant de médicaments pour vous remettre sur orbite ! Ce qui arrivait à Gonzalito n'était pas un moment difficile. Vélez y vit une sorte de désordre moral et rendit Gonzalito responsable de son aspect négligé et de l'étrange perte de son charme. Ce n'était pas une question d'âge — Vélez avait immédiatement écarté l'hypothèse que ce qu'avait Gonzalito était dû, objectivement ou subjectivement, à la perte de sa jeunesse. Vélez se souciait peu de l'âge ; il préférait même chez ses amis masculins, à l'extrême jeunesse, un certain âge. Ce n'était pas que Gonzalito eût vieilli : il avait fait machine arrière, avait renoncé au plaisir de vivre, au bonheur lui-même, à la forme belle. Vélez était persuadé qu'il y avait dans tout cela quelque chose de volontaire de sa part. L'attrait, une bonne présentation étaient pour Vélez une question de bonne éducation, de classe et, en définitive, de morale. Vélez n'arrivait pas à aller beaucoup plus loin. Et il ne voulut certainement pas porter de jugement définitif sur son ami. Cependant, il se sentit inutile. Gonzalito s'était tant éloigné des jeux qu'il comprenait que Vélez se sentit à son tour déplacé, ridicule et désarmé. Il y avait eu, en fait, dans sa dépression quelque chose qui avait à voir avec ce sentiment d'être incapable de comprendre Gonzalito après son retour de Londres. Ils n'avaient jamais été amants, et pourtant, Vélez se sentait dépité, écarté, déconsidéré. Il regrettait la douceur du Gonzalito d'autrefois. Et préférait ne pas le voir. Outre ses autres avantages, sa propre dépression avait eu celui de se manifester opportunément le mois même où Gonzalito était revenu. Le mélange de deux dépressions, c'était une chose très courante parmi ses amitiés féminines qu'Alfonso Vélez n'était guère disposé à expérimenter pour son propre compte. Chacun à sa place avec ses cachets et son *blues* ! Telle était sa maxime. Et puis des mois et des mois plus tard, en sortant ce matin-là de chez lui et en montant dans sa Ferrari étincelante, il s'était souvenu du charmant Gonzalito, avait eu envie de s'exhiber un peu dans toute sa splendeur et peut-être aussi de donner un coup de main à Gonzalo s'il était toujours dans le même état. Une idée subite qui, de toute évidence, s'était révélée fructueuse, grâce à María et grâce à lui-même, pauvre Gonzalito !

« Avez-vous vu la Ferrari qui est dehors ? » demanda Pelé en entrant. « Bonjour ! C'est à toi ? » — « Eh oui, mon petit monsieur, c'est à moi, bien à moi, il y a un problème ? » Les vacances de Pelé avaient commencé le matin même. Cette année, Pâques venait plus tôt. Vélez s'était levé pour dire bonjour au gamin. Il n'en revenait pas. « Tu es aussi grand que moi ! » s'écriait-il. Il avait oublié l'existence de Pelé. Et maintenant, en le revoyant, il lui parut beaucoup plus âgé. Il rappelait Gonzalito indubitablement. Vélez se rassit. Pelé se mit entre eux. Il voulait que Vélez l'emmenât faire un tour en Ferrari. Mais l'heure du déjeuner approchait. María invita Vélez à déjeuner. Ils avaient toutefois le temps, juste un petit moment, de jeter un coup d'œil à la Ferrari. D'après Pelé, elle ressemblait à un avion avec son tableau de bord plein de gros et de petits cadrans incompréhensibles. Ils étaient allés voir la voiture ensemble et Vélez avait annoncé qu'il n'avait rien à faire de l'après-midi. Après le déjeuner, ils pouvaient aller jusqu'à Villalba, ou jusqu'à Adanero, ou bien à Salamanque en trente secondes. Ils rouleraient à cent vingt, à cent trente, tout droit en passant par le tunnel du Guadarrama, sans que la voiture fût au maximum de ses possibilités, elle pouvait rouler à peu près deux fois plus vite, atteindre facilement les deux cents kilomètres à l'heure. Et Pelé ne connaissait pas Salamanque. Et ils pouvaient goûter à Salamanque. Et voir la place toute dorée à la tombée du jour. Et voir la Maison des Coquilles. Ils pouvaient être de retour bien avant dîner. Et mettre la stéréo. Et il y avait un lecteur de cassettes et de disques compacts. Depuis des symphonies jusqu'au dernier tube de l'année. Quel enfantillage ! Ils revinrent quand tout le monde était déjà à table. Vélez amusa beaucoup la grand-mère. Virginia aussi était gaie. María aurait souhaité que ce déjeuner n'eût jamais de fin. Vélez affirma qu'ils avaient largement le temps de prendre le café avant de partir. Gonzalito, qui n'avait pas ouvert la bouche de tout le repas, s'assit alors à côté de Pelé : « Je croyais que nous allions pouvoir parler tranquillement, maintenant que tu es en vacances. Mais je vois que la Ferrari t'amuse davantage. Je comprends fort bien. Ça me fait beaucoup de peine, mais je comprends. Une voiture comme ça, c'est beaucoup mieux que parler avec moi, c'est sûr… » María entendit ce que disait son frère. Elle vit Pelé s'assombrir. Et l'entendit répondre : « Seulement cet après-midi. Demain nous parlerons… »

La famille se dispersa après le café. María et la grand-mère, qui dit qu'elle avait envie de voir la voiture après en avoir tant entendu parler, accompagnèrent les deux voyageurs jusqu'au portail. Pelé voulait que sa grand-mère s'assît au volant pour se faire une idée plus juste de la situation. Et sa grand-mère finit par lui obéir, s'installa avec une surprenante agilité au volant et prit même l'air de quelqu'un qui roule très vite pour faire rire son petit-fils. Elles revinrent toutes les deux au salon en disant tout le bien qu'elles pensaient d'Alfonso Vélez. Gonzalito était resté seul, assis dans son fauteuil. En les voyant entrer, il se leva, prêt à partir. « Reste un peu avec nous ! » suggéra María. « Pourquoi ? Vous voulez que je vous fasse, moi aussi, la conversation ? Sur ce chapitre, Alfonso Vélez, qui vous plaît tant est bien plus fort que moi », répondit Gonzalito. María rétorqua : « Il nous fait à tous bonne impression. À toi aussi. C'est ton ami. » — « Moi, je n'ai pas d'amis. Vélez n'est pas mon ami. C'est un frimeur, cette voiture est vulgaire, il fait comme tout le monde, un frimeur. Et il se mêle de ce qui ne le regarde pas… » — « Mais Gonzalito, tu dis de ces choses ! Ça fait des siècles que nous le connaissons, il est ce qu'il est, nous le connaissons, sa voiture, c'est un enfantillage, tu as vu comment réagissait Pelé, c'est comme une voiture de course, un avion… ! » María avait l'impression qu'en disant cela elle poussait Gonzalito vers un endroit éclairé, où ils étaient tous, où la Ferrari devait être prise pour ce qu'elle était, quelque chose qui n'était ni de la frime ni même ostentatoire, quelque chose d'absurde, de comique et de clair… Il n'y avait pas lieu de polémiquer au sujet de Vélez. Gonzalito était toujours debout. Il avait l'air très maussade. Il fit quelques pas vers la porte. La grand-mère le regardait, effrayée. Il s'arrêta. Il fixa María des yeux. Elle pensa qu'elle devait l'accompagner jusqu'à sa chambre et, d'une façon ou d'une autre, le calmer. María se rendait compte que ce qui mettait Gonzalito hors de lui était que Pelé fût parti en Ferrari avec Vélez. Était-ce tout ? De la même manière qu'avant le déjeuner, quand elle avait comparé son frère et son ami et s'était rendu compte du délabrement physique qui l'avait affecté ces derniers mois, elle s'était sentie coupable de ne pas avoir vu ce qu'elle avait eu en permanence sous les yeux, elle se sentait maintenant également coupable de ne pas voir ce qu'elle devait voir, quelque chose d'évident qu'elle aurait dû voir et que sa conscience n'arrivait pas à capter… « J'imagine, María, dit Gonzalito, j'imagine que tu dois être ravie d'apprendre que ton fils adore les Ferrari et se met dans un état incroyable pour pouvoir y monter avec le premier venu, j'imagine que tu dois trouver formidable qu'un gosse de cet âge s'habitue aux sports coûteux et au luxe et qu'il commence déjà à parler de voitures, que vous lui en achetiez une, et je suppose que vous allez trouver très chouette qu'il veuille une voiture à seize ans, le plus vite possible, et une moto, si c'est possible une voiture et une moto, surtout qu'il ne manque de rien, je suppose que tu dois être ravie qu'il s'habitue si jeune à l'idée d'avoir de l'argent et que sa grand-mère lui achète ce qu'il veut, sinon ce seront son papa et sa maman, sinon son oncle Alfonso, quelle importance ! du moment qu'il aime ce qui plaît à tout le monde et se transforme en l'être le plus vulgaire qui soit, et le plus vite possible pour ne pas avoir à souffrir ni à s'inquiéter de quoi que ce soit ni de qui que ce soit, et vous, vous êtes heureux, satisfaits et heureux, le papa et la maman, comme c'est formidable ! notre fils adore déjà les voitures les plus vulgaires et les plus chères du monde, et comme son papa est écrivain et ne gagne pas un sou parce qu'il vit des choses de l'esprit, que sa chère grand-mère la lui achète, elle est baba devant lui, elle en pince pour le petit-fils, et qu'il devienne une merde, ce n'est pas grave du tout, du moment qu'il profite de la vie, j'imagine que tu dois être heureuse, María, heureuse et satisfaite en tant que femme et en tant que mère que ton fils soit déjà arrivé sur la grand-route d'Adanero à trois cents kilomètres à l'heure dans une Ferrari blanche, aussi bien un pneu crève et ils se tuent, mais quelle importance ! du moment qu'ils sont tous les deux heureux, en train de mettre et sortir leurs cassettes de merde… ! » Gonzalito sortit précipitamment de la pièce. La grand-mère tremblait. María prit sa mère dans ses bras : la seule chose importante maintenant, c'était qu'elle se calme. Elle ne disait rien. Elle faisait une sorte de moue. Et elle tremblait. María passa l'après-midi avec elle. Elle devait parler avec Gonzalito. Cette rage monstrueuse, cette voix rauque, cette envie de blesser… Que lui arrivait-il ?

Gonzalito s'enferma dans sa chambre. Peut-être María monterait-elle parler avec lui. Elle allait en entendre de belles, tous allaient en entendre de belles. Toutes ces merdes de la maison sauraient sans tarder, il les mettraient tous en même temps à la porte. Il était dans son droit, c'était sa maison… Et ce qu'il venait de dire dans le salon lui emplissait de nouveau la bouche, une rage s'exprimant à voix basse lui donnait mille fois raison, elle faisait de Vélez un ennemi et de María sa complice… Enfin un sanglot l'étrangla et il se coucha sur le ventre. Il avait ressenti un tel malaise en voyant Pelé et Vélez parler ensemble de la Ferrari et partir goûter à Salamanque que la fureur l'avait décongestionné, comme lorsqu'on a beaucoup bu dans une pièce fermée, qu'on sort vomir à l'air libre et que, après avoir vomi, on se retrouve couvert de sueur froide. Maintenant il avait froid. Maintenant il voyait clairement la situation. Maintenant se confirmait une impression qui n'avait cessé de prendre de l'ampleur ces derniers mois : María était contre lui, elle était à l'origine de l'éloignement de Pelé, María… Le matin même, dans le salon, María avait fait la comparaison entre eux avant le retour de Pelé. Et des deux, de Vélez et de lui, elle avait choisi le plus vulgaire, le plus conventionnel, le pédé bronzé et de bonne compagnie qui savait se tenir avec les femmes et qui avait fait rire la grand-mère durant tout le déjeuner. María n'était plus sa sœur, son aînée qui l'attendait à la sortie de l'école et qui prenait peur, lorsqu'ils jouaient à cache-cache, si Gonzalito s'était trop bien caché. María l'avait oublié, l'avait laissé seul, l'avait comparé au premier venu, avait préféré qu'un pédé désœuvré, riche et bronzé, emmenât son fils dans une Ferrari, María était vulgaire, elle était devenue vulgaire, la vérité ne comptait plus pour elle et, ce matin, tout le monde avait pu voir, bien voir, qu'elle les avait comparés et qu'elle avait choisi Vélez… « María va se dire que c'est de la jalousie, elle va se dire que je suis jaloux, pensée de femme vulgaire… », dit-il à voix haute. Et il bondit du lit. Il ouvrit de part en part la fenêtre de sa chambre. Il devait se battre pour défendre ce qu'il aimait. Les larmes revenaient. Le crépuscule avec son indicible affliction. María n'était pas montée parler avec lui. Même pas. Il ouvrit la porte de sa chambre. La maison était silencieuse. Et l'odeur du chauffage lui rappela vaguement son enfance. Il ne descendrait pas dîner. Il ne sortirait plus de sa chambre. Au contraire :

il allait descendre sur-le-champ. C'était à Pelé de décider. Il enfila un pull et descendit jusqu'au vestibule. On les entendait parler dans le salon. Il remonta dans sa chambre. Il ne pouvait supporter cette réclusion. Il mit un manteau. Il descendit de nouveau l'escalier. Il alla dans le jardin. Il gravit et descendit les sentiers du jardin, les pieds gelés. Il n'avait plus aucun projet en tête. Il ne voulait plus dire un mot à qui que ce fût. Il ne désirait qu'une chose, le retour de Pelé. Il ne désirait savoir qu'une chose, que Pelé était monté seul dans sa chambre et qu'il dormait. Il était près du portail du jardin quand la Ferrari s'arrêta doucement à l'extérieur. La nuit était déjà tombée. On entendait, dans la nuit, de la musique de discothèque comme une confirmation de ce qui s'était passé. Il resta immobile dans un grand massif de lauriers, grelottant. La portière de la voiture s'ouvrit enfin, puis le portail du jardin, Pelé entra dans le jardin et avança d'un pas souple vers la maison. La voiture était repartie. Pelé entra dans la maison. Gonzalito remonta dans sa chambre. L'odeur du chauffage lui rappelait son enfance. Il ôta son manteau dans sa chambre. Il se regarda dans le miroir. Il pensa : « Je vais rester ici, je ne veux pas descendre dans ces conditions. Dès demain, je vais parler avec son père. » Parler dès le lendemain avec Martín était une nouvelle idée qui semblait tout à coup la solution. Martín était la clé. Il interdirait à Vélez d'entrer dans la maison. Il ferait entendre raison à sa femme. C'était son devoir. Et, dernièrement, il avait montré qu'il le comprenait très bien. L'idée de parler dès le lendemain avec Martín en cachait une autre. Il s'était trompé à son sujet. Il l'avait mal jugé. Il essaya de le juger correctement maintenant, à toute vitesse. Jeune, il l'avait admiré, aimé. Puis, il l'avait mal jugé. Et maintenant, c'était de nouveau l'inverse. C'était une consolation de pouvoir réparer une erreur si grave. Martín était la clé parce qu'il était le père de Pelé et parce qu'il avait montré qu'il comprenait Gonzalito. Martín se prononcerait en sa faveur. La tendresse et la nuit étaient une seule et même chose. Le sommeil consolateur redonnait vie à son Pelé imaginaire. Il s'endormit en pensant que Pelé était enfin à la maison et que, demain, ce serait fini.

Le lendemain fut bien pire que la veille. Et toute la semaine sainte qui vint après fut un martyre. L'idée de parler avec Martín était absurde. Martín était pareil que les autres. Ils avaient tous l'air d'être en vacances, subitement revigorés par la double présence de Pelé et de Vélez, qui était déjà revenu deux ou trois fois leur rendre visite. Maintenant, en arrivant, il ne demandait plus à voir Gonzalito. Maintenant, il posait directement des questions sur Pelé ou, en tout cas, sur María. La jalousie était en train de poindre. Ce qui signifiait qu'il ne pouvait pas penser à autre chose, ou se sentait intimidé chaque fois que Pelé lui adressait la parole ou qu'ils se retrouvaient un moment seuls dans un endroit ou un autre du jardin ou de la maison. Vélez, apparemment, était membre du Real Madrid, il était au courant de toutes les intrigues du club et de tous les détails concernant la formation de l'équipe, il savait si Michel avait tort ou raison de râler et ce que Benhaaker — qui habitait justement à La Moraleja — venait de déclarer à *As* et à *Marca*... Il était évident que Vélez poursuivait Pelé avec le consentement de María et de sa grand-mère et la neutralité coupable du père, qui, au fond, n'était qu'un *parvenu** qui avait toujours vécu aux crochets de sa femme sans jamais se risquer à sortir de son bureau… Gonzalito se sentit complètement seul. Le samedi, Vélez se présenta à dix heures du matin et emmena Pelé au circuit du Jarama. Projet qu'ils avaient mis au point quelques jours auparavant.

María était dans le jardin. Elle venait du potager. Il était une heure. Elle s'arrêta en voyant Gonzalito qui venait d'apparaître sur la terrasse. Il descendit les marches et s'approcha de sa sœur. Il avait l'air détendu. Plus soigné que d'autres fois, pensa María. Il portait une cravate et une veste de sport. Ils étaient très près l'un de l'autre, se frôlaient. Le frère et la sœur se ressemblaient, presque autant que du temps de leur jeunesse. Tous deux souriaient. Gonzalito dit froidement : « Je sais fort bien que tu es contre moi. Je n'en étais pas sûr. Maintenant, j'en suis sûr. J'ai attendu une semaine. Tu t'es mise d'accord avec Vélez pour m'enlever Pelé. Tu préfères ce pédé parce qu'il est civilisé, de bonne compagnie et vous amuse tous. Je suppose que tu dois savoir que Vélez est homosexuel et qu'il pratique. C'est sa seule profession et lui-même le répète souvent en plaisantant. Je suppose que tu dois savoir qu'on le connaît dans tous les bars de pédés de Madrid. Il y est très populaire. Il a passé un accord avec un portier de l'un de ces bars et le paie directement pour qu'il lui fournisse des garçons. Comme ça, il n'a pas besoin d'avoir d'argent sur lui et c'est une sécurité. Et c'est aussi plus romantique. Le portier lui sort des "vous" longs comme le bras et, les petits michetons, il les appelle ses neveux. Ce sont tout simplement des gosses de la rue et ceux qui ont la chance d'être mignons deviennent les neveux de Vélez. Et il aime bien se faire enculer. C'est ce qu'il préfère. Et sucer. Les deux choses. C'est pourquoi ils ne remplissent pas tous les mêmes fonctions. Ceux qui ne bandent pas ne lui sont d'aucune utilité. Ceux qui lui plaisent le plus, ce sont les jeunes, les plus jeunes, de l'âge de Pelé, bien frais et qui bandent bien. Le portier fait une vérification préalable pour ne pas perdre de temps. Je suppose que tu sais tout ça et, malgré tout, tu es contre moi et tu vas continuer à faire tout ton possible pour que Pelé en arrive à me détester et à me ridiculiser en attendant le jour où il me prendra en horreur. J'ai toujours eu confiance en toi. J'ai cru que tu m'aimais. Maintenant je vois la vérité et elle est toute simple. Ça te plaît que ton fils s'exhibe dans Madrid avec ce pédé et qu'on dise de lui qu'il est le nouveau giton d'Alfonso Vélez, le plus fidèle, et qu'on dise dans les bars qu'il en a une grosse et qu'il sait fort bien l'enculer du haut de ses seize ans… Tu es, María, une femme admirable, comme dirait ton ami Alfonso Vélez… » María était restée très calme. Elle regardait son frère fixement. Gonzalito regardait au loin, les yeux mi-clos. Il avait dit tout ce qu'il venait de dire à mi-voix, souriant à diverses reprises. Il avait l'air détendu. Soudain, il se retourna, monta l'escalier de la terrasse d'un bond et entra dans la maison. Les images que Gonzalito venait d'évoquer avaient les couleurs de Pelé, de ses pantalons, de ses tee-shirts, de ses cheveux et de son visage. Elles apparaissaient et disparaissaient, clignotantes, comme dans la nuit les néons des enseignes. La perversité clignotante des mots empêchait de penser en toute lucidité… Garçons, mignons, neveux, gitons, bars, sucer, il en a une grosse… C'était clair. Il était inutile d'avoir tout vu ou imaginé auparavant. Pelé avili et mielleux. María eut un haut-le-corps. Sauver immédiatement Pelé. Tout dire à Martín. Fuir. Arracher Pelé à tout cela, à ces images. Il allait arriver dans un instant. Ils avaient dit qu'ils reviendraient déjeuner. Il était presque deux heures. Mettre Vélez à la porte. Les garçons, les bars, les neveux… La maison, le salon enveloppèrent María de leur paisible air habituel, les innocentes chaises de la salle à manger, la nappe blanche, les verres, les assiettes, les couverts de la table déjà dressée. Sauver Pelé. Fuir avec lui. Les jeter tous à la rue. Se cacher. María entra dans la cuisine. La cuisinière était appuyée contre le fourneau. La bonne sourit en la voyant entrer. Elle entra dans la lingerie et referma la porte. Elle s'assit sur une chaise. Voilà ce qui arrivait à Gonzalito. Ce qu'il avait dans la tête. L'horrible réalité de toutes ces images. De tous ces mots. Le mettre à la porte. Mettre Gonzalito à la porte… Impossible de penser lucidement. Et María ferma les yeux pour ne penser à rien. L'heure du déjeuner. La grand-mère. Tout était faux. De nouveau ces images. La situation de Gonzalito. La décision à prendre. Une décision urgente… María appuya sa tête sur ses genoux en pensant que le temps qui passait était un ruisseau qui roulait une petite pierre arrondie, repérable et nette, vers la mer. Elle pensa qu'elle ferait mieux de reprendre ses esprits, qu'il lui restait encore un peu de temps…

Elle entra dans la maison à peu près au moment où Vélez et Pelé entraient dans le jardin. Vélez resterait déjeuner. C'était ce qui avait été décidé avec María. L'enthousiasme de Pelé pour la Ferrari l'avait beaucoup amusé. Et ils avaient consacré toute la semaine sainte à cette voiture. Pourquoi pas ? Pelé et María le faisaient se sentir bien. Avec eux, il se sentait pacifié, meilleur, moins mondain. En fait, la Ferrari avait été un caprice de frimeur qui maintenant, par pur hasard, servait à amuser un gamin. Il allait devoir la vendre et s'acheter une voiture plus normale, qui lui convînt davantage. En fait, la Ferrari ne lui convenait pas du tout. C'était un excès dû à la dépression, à un achat compulsif de consommateur. Pelé s'était beaucoup amusé : c'était le seul mérite de la voiture. Ils firent lentement le tour de la maison. Pelé était très beau. À y repenser, Vélez ressentit une pointe de remords d'avoir négligé Gonzalito durant tous ces jours. Il était devenu impossible, presque asocial. Mais il allait s'occuper de lui. Vélez se sentait maintenant capable de s'occuper de Gonzalo. Il se sentait reconnaissant. Il voulait être digne. C'était Gonzalito qui avait besoin de lui et non Pelé. Le jardin brillait de mille feux. Il ne faisait plus très froid. Le printemps commençait à se manifester dans les dernières traces de l'hiver. Ça sentait le bois brûlé. Ils parlaient de piscines et Pelé lui avait dit que la leur n'était pas du tout pratique pour nager parce qu'elle avait la forme d'un haricot. On les appelait ainsi, des piscines « en forme de haricot ». Pelé n'arrivait pas à s'expliquer ce qui, diable !, avait pu passer par la tête de son grand-père quand il avait fait construire une piscine pareille. Il s'était sûrement fait avoir. Ils arrivèrent en se promenant jusqu'à la piscine. Vélez trouvait, lui aussi, laide et absurde cette piscine en haricot. On ne pouvait pas nager correctement. La piscine que Vélez venait de faire creuser chez lui était rectangulaire, mais pas très grande. Juste ce qu'il fallait. Pourquoi une piscine plus vaste ? La piscine était vide. Et il y avait des feuilles au fond, recouvrant le déversoir, dans la partie la plus profonde qui devait faire à peu près deux mètres et demi. Vélez pensa que les petits carreaux blancs qui tapissaient le fond et les murs étaient déjà un peu jaunâtres. Le blanc était une couleur très salissante. Pelé était en train de dire que cet été il irait faire de la pêche sous-marine avec des camarades du collège à Minorque. Il adorait plonger…

Gonzalito les vit arriver au pas de promenade depuis la fenêtre de sa chambre. Il les vit s'approcher de la piscine en marchant lentement, en parlant beaucoup, en riant. Ils étaient en train de rire de lui. Ils riaient de lui. Ils étaient amants. Tout ce qu'il avait dit était vrai. Ils savaient sûrement qu'il les voyait et ils n'en avaient rien à faire. Ils étaient amants et ils n'en avaient rien à faire. Ils étaient heureux et ils n'en avaient rien à faire. C'était un beau couple. Ils le savaient. Ils n'en avaient rien à faire de rien. Ils n'en avaient rien à faire. Il sortit en courant de sa chambre, fit un faux pas en descendant l'escalier, traversa le vestibule, le salon, la terrasse, s'arrêta un moment devant eux qui le regardaient, surpris, frappa Vélez au visage du plat de sa main, le refrappa. Vélez ne se défendait pas. Puis Vélez eut l'air de le frapper à son tour. Gonzalito se remit à le frapper au visage, le poing serré. Pelé s'interposa. Il repoussa violemment Gonzalito. Celui-ci fit un faux pas sans tomber. Pelé était au bord de la piscine. Gonzalito fit un pas en avant et lui donna un coup à la poitrine de sa main droite. Pelé dansa un instant au bord de la piscine et tomba. Un seul coup, très violent. Et le silence absolu. Gonzalito se pencha et vit Pelé couché sur le dos, la tête un peu tordue. Vélez avait fait le tour de la piscine et descendait maintenant par la petite échelle de la partie la moins profonde. Il fut en un instant à côté de Pelé. Vélez leva la tête et cria : « Viens m'aider. Va avertir. » Les deux ordres joints le déconcertèrent. Vélez remontait la petite échelle. Il criait « au secours ». Il remontait en courant et en criant vers la maison. Durant un moment, qui sembla à Gonzalito très long, on n'entendit que le cri d'un oiseau invisible. Le ciel toujours aussi bleu. L'air libre. La paix. Les arbustes encore grisâtres qui entouraient la piscine. La petite cahute blanche où Pelé rangeait ses ballons, où ils se changeaient avant de se baigner. L'esquisse hivernale du grand liseron qui en été recouvrait presque entièrement la cahute. Pelé immobile au fond. Gonzalito s'apprêtait à descendre l'échelle de la partie la moins profonde de la piscine quand on cria en haut, sur la terrasse. Tout le monde arriva en même temps. Gonzalito ne réussit pas à descendre dans la piscine. Le jardinier et le chauffeur remontèrent Pelé. Ils posèrent un instant son corps sur le bord de la piscine pour reprendre leur souffle. María s'agenouilla près de Pelé. Elle lui touchait la tête et le cou. Un peu de sang sortait de sa bouche. Tout cela ne dura qu'un instant, rien de plus. Personne ne faisait attention à Gonzalito. On mit le corps dans la Ferrari. María monta derrière et elle lui tenait la tête. Gonzalito, Martín, le jardinier et le chauffeur les suivirent dans la Mercedes. Virginia resta avec la grand-mère qui criait. Personne ne dit mot de tout le voyage. Il était couché sur une civière dans une salle. María étreignait sa tête et ses épaules. Il n'y avait rien à faire. Gonzalito dit : « C'est moi qui l'ai poussé. C'est moi qui l'ai tué. » Martín voulait savoir comment cela s'était passé. Personne n'avait fait attention à la phrase de Gonzalito avant qu'il la répétât. Cette fois, il se contenta de dire : « C'est moi qui l'ai tué. » — « Tu es fou », dit Martín. « C'est un accident », dit Vélez. C'était évidemment un malheureux accident. Pelé était sur le bord de la piscine, il avait fait un faux pas ou avait glissé et était tombé dans une mauvaise position, en se brisant la nuque. Une mort immédiate. Gonzalito s'approcha un peu de la civière, en s'éloignant un peu de

Vélez, de Martín et de tous ceux qui parlaient. María leva la tête. Elle avait le visage rougi. Gonzalito dit : « C'est de ma faute. Il est venu nous séparer. C'est moi qui l'ai poussé. C'est moi qui l'ai tué. » María enfonça son visage entre les épaules de son fils.

Ce fut Vélez qui raconta que Gonzalo et lui se disputaient, que Pelé était intervenu et qu'il était tombé dans la piscine. Dès le départ, Vélez affirma que c'était un accident. Et ce fut ce que l'on fit figurer sur l'acte de décès. Martín voulut savoir tous les détails et Vélez dut répéter plusieurs fois la même chose. C'était difficile. À force de répéter, Vélez comprenait de mieux en mieux ce qui s'était réellement passé : Gonzalito était descendu furieux de la maison. Il s'en était pris à Vélez par jalousie. En essayant de les séparer, Pelé était tombé dans la piscine. Martín voulut savoir pourquoi ils se disputaient. La première fois, Vélez ne donna aucune explication : ils se disputaient, voilà tout. La deuxième fois, il dit que c'était pour rire. La troisième, qu'il ne savait pas pourquoi. La quatrième, que Gonzalito l'avait agressé : impossible d'éluder ce détail. Toutes les explications eurent lieu dans le bureau de Martín. On avait ramené Pelé à la maison. On l'avait remonté dans sa chambre. María était avec lui. Le chauffeur s'occupa de tous les détails de l'enterrement qui aurait lieu le lendemain. Martín faisait les cent pas dans son bureau. Vélez s'était assis dans l'un des fauteuils de cuir rouge. Martín dit : « Ce n'est pas un accident. Mon beau-frère l'a poussé et l'a tué. Il l'a dit lui-même. » — « C'est un accident, répéta Vélez. J'étais là et j'ai vu ce qui s'est passé. Un terrible manque de chance. Un accident. » Vélez avait vu Gonzalito pousser Pelé. Il aurait aimé ne pas l'avoir vu. Et, de fait, jusqu'à ce que Martín lui fît plusieurs fois répéter ce qu'il avait vu, il n'avait pas admis, en son for intérieur, la vérité. La vérité était toute simple. Vélez savait la vérité. Il ne réussit pas à la dire à Martín. Et ce ne fut pas nécessaire. Martín arrêta de faire les cent pas. Il resta un moment debout devant la vitre de la fenêtre. Vélez n'osait pas ouvrir la bouche. Puis Martín sortit du bureau et monta dans la chambre de son fils. Pelé gisait sur son lit et María, assise sur le bord, serrait les mains de Pelé entre les siennes. Elle se retourna quand Martín entra. Il dit : « Ce qui s'est passé est trop grave pour qu'on en parle maintenant. Tu le sais aussi bien que moi. Ton frère l'a tué. Tu sais pourquoi et moi aussi. Je le sais, ou le soupçonne. Nous en reparlerons. Les choses ne vont pas en rester là. C'était aussi mon fils. Je ne le montre pas, mais je souffre autant que toi, si ce n'est plus. Peut-être plus parce que précisément je ne le montre pas ni ne fais de scènes. Et c'est pour une large part de ta faute. Et les choses ne vont pas en rester là. Tu ne m'as jamais rien dit, tu as laissé ton frère habiter dans cette maison et maintenant tu joues la *mater dolorosa.* Tu es en grande partie responsable de ce qui s'est passé, tu le sais fort bien et jouer la *mater dolorosa* ne va pas le ressusciter. Je ne vais même pas lever le doigt contre ton frère. Mais je veux que tu saches ce que je pense. Je veux que tu le saches dès maintenant. Et je veux que tu me donnes tous les détails, que tu m'apprennes tout ce que tu sais, tout ce que tu m'as toujours caché, tout ce qui s'est passé, je veux l'entendre de ta voix... C'était aussi mon fils, ne l'oublie pas... » Quand Martín revint s'enfermer dans son bureau, Vélez était déjà parti. María garda le corps de Pelé entre ses mains jusqu'à la fermeture du couvercle du cercueil. Puis elle resta seule dans la pièce vide.

Martín la rendait responsable de tout : María mit un certain temps à s'en apercevoir. Tout, sauf la mort, devint invraisemblable avec la terrible mort de Pelé. Cependant, la vie de la maison reprit, comme une gigantesque inondation. (Ou comme une intelligence séparée — peut-être artificielle, s'obstinant à contredire, avec une immense provision de faits quotidiens, la sensation d'invraisemblance qui accablait María.) Toutes les routines et toutes les habitudes de tous les membres de la famille se rouvrirent, comme les fleurs d'un jour interminable. Une lumière diurne brillait maintenant éternellement, jour et nuit. La clarté immobile du monde sans Pelé, qui était ce même monde réel et familier qui avait précédé sa mort et lui avait succédé sans le moindre changement. Il ne manquait que Pelé. Personne d'autre. Tous les autres continuaient à vivre — Martín, Gonzalito, Virginia, la grand-mère et le personnel —, comme María, dans la réalité diurne de chaque jour, de chaque repas, de chaque geste, de chaque mot, de chaque nuit. Les nuits appartenaient à Martín, qui s'était fait installer un divan au bureau. On avait dit au personnel que monsieur dormait mal la nuit, qu'il s'agitait parfois : d'où le divan. Et après le dîner, Martín raccompagnait María jusqu'à la chambre conjugale qu'il avait quittée, lui avait-il dit, par délicatesse ou par horreur ; il avait ajouté qu'il ne savait pas encore très bien pourquoi : il analysait ce qui s'était passé. Une nouvelle habitude en ce moment qui découlait de sa vieille coutume de parler avec María jusqu'à des heures très tardives. Maintenant, son analyse était scandée par une accusation sans appel. Selon lui, María était la seule personne qui, dès le commencement, dès le commencement des temps, là-bas, tout au fond, avant qu'ils fassent connaissance et s'éprennent l'un de l'autre, bien avant qu'ils se marient, bien avant que Pelé soit conçu, avait su la vérité, était en mesure de pressentir la mort et de l'éviter. Elle croulait sous les informations : le virtuel, l'implicite et les arcanes des inclinations de son frère maudit qui venaient de se matérialiser avaient toujours existé. Seule une imbécile — et María n'en était pas une — aurait pu vivre si paisiblement sous le même toit qu'une tapette et un adorable adolescent. Ou alors ignorait-elle que Gonzalito était homosexuel ? Les accusations de Martín montaient et descendaient comme les courbes d'un graphique. Dans les moments consacrés à l'analyse — succédant aux récriminations initiales et pouvant durer des heures, se prolonger jusqu'à quatre ou cinq heures du matin —, la voix de Martín était sa voix habituelle. Son ton froid, parfois affectueux, en arrivait à se perdre dans des souvenirs où Pelé apparaissait à l'occasion, tout petit, là-bas à Argüelles, ou dans lesquels il n'apparaissait pas, il était alors omis ou éludé, et il n'y avait plus que les représentations de Martín et de María, tout au fond, au point de départ, quand l'histoire aurait pu être corrigée, connue et évitée. Martín faisait des descriptions extrêmement claires et précises de ce qu'on aurait pu voir et faire, mais que l'on n'avait voulu ni voir ni faire : la totalité nostalgique de ce qui aurait pu être et n'avait pas été et qui était resté dans l'absence et le néant qui était maintenant le néant de la mort de Pelé innocent. Et d'une si grande beauté ! Pour ne s'en tenir qu'au plus évanescent, la beauté presque évanescente du gamin, flétrie et morte, Martín avait le droit de ne plus jamais se taire et de tout analyser à pas comptés, doucement, minutieusement, froidement… Éternellement diurnes, tous les détails et toutes les nuances que la conscience de María avait dû enregistrer, et qui s'étaient accumulés et accumulés jusqu'à leur consommation dans le coup délibéré de la piscine : tout Sartre, mot pour mot. À peu de chose près, n'importe quel passage de *L'Être et le Néant* — que Martín montait maintenant tous les soirs dans la chambre à coucher et qu'il feuilletait en parlant — collait. Même de petits passages qui ne faisaient pas directement allusion à l'affaire faisaient l'affaire. « Écoute bien ceci, María : "Le désir est consentement au désir." Je te le lis pour que tu comprennes comment cet assassinat a surgi d'une jeune pousse adolescente et que ce qui s'est passé était un fruit prévisible, bien entendu ! Quelle immense lucidité chez Sartre, une lucidité physiognomonique, j'ai l'impression de voir ton maudit frère, le doux Gonzalito quand je lui donnais des cours de latin, le doux petit frère raté que tu aurais pu — et moi aussi, si tu m'en avais parlé à temps —, y compris le jour, y compris à l'heure, et même à l'instant précis où il a poussé Pelé dans le vide et l'a tué, mettre à la porte ! Je vais tout te lire, ce n'est pas très long, et ça tombe à point nommé pour saisir ce que tu aurais dû voir clairement et le côté criminel, incroyablement peu maternel de ta passivité. Sartre dit que “la conscience alourdie et pâmée glisse vers un alanguissement semblable au sommeil”. Avec tout ce que tu savais de ton frère, comment as-tu fait pour ne rien remarquer ? Écoute ce qu'en dit Sartre : “Chacun a pu observer d'ailleurs cette apparition du désir chez autrui : tout à coup l'homme qui désire devient d'une tranquillité lourde qui effraie ; ses yeux se fixent et semblent mi-clos ; ses gestes sont empreints d'une douceur lourde et pâteuse ; beaucoup semblent s'endormir.” Ainsi Gonzalito désirait ton fils, comment tu ne t'en es pas aperçue ? Avec ce que tu savais depuis toujours, et n'étant pas une imbécile — car tu n'en es pas une : tu es, au contraire, suprêmement intelligente, María, très intelligente —, n'importe qui l'aurait vu au premier coup d'œil... Tu avais donc déjà tout vu : c'était visible : très visible : le désir normal d'un anormal : posséder ton fils : le posséder : paralyser sa volonté, l'endormir et en même temps l'éveiller, libre et libérée. Parce qu'il le désirait libre, en même temps : ton frère désirait que ton fils, à partir de sa propre liberté, le désire : et comme il ne le désirait pas parce qu'il est clair que c'était un gosse normal, sain et normal comme je l'ai été moi-même, qu'il ne faisait même pas attention aux chuchotements de ton frère maudit, à ses dandinements somnolents et langoureux, il l'a tué. Tu lui as reparlé depuis ? Ne te donne pas la peine de répondre oui ou non. C'est sans importance. Comme tu le vois, j'ai mis toute l'affaire entre les mains de la mort. Je n'ai pas voulu le dénoncer parce que je n'ai pas voulu lui donner, ou vous laisser, à l'un et à l'autre, la moindre échappatoire. Il n'y a pas d'échappatoire. Cinquante ou cent ans de prison, voire deux mille, mais ce serait un instant délicieux. Pas question. Ce qui s'est passé est clair et se dresse devant la conscience ; ta conscience, María, se dresse devant ta conscience, tu es la responsable absolue, ça s'est passé parce tu as fait en sorte que ça se passe et maintenant, il n'y a plus de loi, aucune loi, pour l'injuste il n'y a pas de loi : il n'y a que la lumière de sa conscience, ta conscience, mon épouse. Et l'analyse : la prison invisible du ça ne peut pas-être-ainsi ce qui est-ainsi, la mort de mon fils, notre fils, parce que nous l'aimions tous les deux, tu te souviens ? Quand tu venais me voir dans la petite pièce, Pelé qui te suivait à quatre pattes tout sale, je te caressais, il était midi, il faisait très chaud sur la petite terrasse et les martinets tournoyaient en bandes schématiques qui, les jours où il faisait quarante degrés et plus, en juillet et en août, autour du quinze août à Madrid, effleuraient les toits, nous effleuraient, et toi et moi, nous nous embrassions sans rime ni raison, comme des fiancés. Et le ciel bleu sur la terrasse… Tu t'en souviens encore, María, de cette petite terrasse ?… »

María avait mis un certain temps à comprendre ce que voulait Martín : il ne voulait pas la blesser : ce n'était pas son intention : ce qu'il voulait, c'était — littéralement — ce qu'il avait déclaré vouloir : il voulait analyser ce qui s'était passé : ses accusations, c'était une sorte de *chiquenaude** qui mettait tout en branle de façon spectaculairement dramatique : l'accusation se noyait dans une analyse qui, à son tour, se noyait dans un récit qui, à son tour, se noyait dans l'interminable narration où Martín allait tout noyer : c'était la même narration égalisante qui se répandait au-delà de la mort de Pelé et de la douleur immobile de María vers une sempiternelle répétition orale… C'était à la fois terrifiant et d'une extrême simplicité : pour María quelque chose d'invraisemblable à vivre quotidiennement, maintenant que l'immense inondation des routines et des habitudes de la maison avait atteint l'extrême limite de la normalité totale. Une normalité qui, à la différence de celle d'autrefois, équivalant à la joie pacifique du réel, était maintenant pour María tout à fait anomale, incroyable. Il était, en effet, incroyable que, comme dans le récit de Martín, tous, à l'exception de María, se noient, après ce qui s'était passé, dans leurs monotonies paisibles ou non paisibles — c'était pareil : la pure anomalie de ce qu'il y a de plus normal. Dans la vie quotidienne de María, il y avait toujours eu des milliers de tâches. Mais c'étaient des tâches ordonnées, claires et spacieuses. Et cet espace se retournait maintenant contre elle. Entre deux tâches apparaissait maintenant beaucoup de temps béant. La lenteur de jadis et le bon sens avaient mélodieusement articulé toutes les tâches et toutes les pauses dans l'intelligible unité de chaque jour, mais cette unité était maintenant devenue une simple et interminable longueur entre diverses occupations. Au sein de sa vie ordonnée, il n'y avait pas lieu de s'étourdir, pas plus que le soir, il ne fallait fermer les yeux et s'endormir tandis que Martín parlait, analysait, accusait ou faisait des efforts pour se souvenir du passé. La lumière perpétuelle de la mort de Pelé illuminait tout et tous les détails quotidiens s'ajoutaient à tous les détails remémorés en une succession continue qui ne menait nulle part : uniquement à l'absence de Pelé et au regret constant de cette absence. María sentait dans tout son corps la douceur de son désespoir qui la traînait, au-delà de toute douleur localisable, au-delà du chagrin, vers le gouffre immobile de la folie qui scintillait en silence lorsque son fils lui manquait. D'une certaine manière, les premiers jours avaient été anesthésiants. La seule évidence était que Pelé n'existait plus et, au cœur de cette évidence, l'enfant, paradoxalement, semblait encore exister dans la conscience anesthésiée de sa mère. Quand l'anesthésie céda du terrain et que les autres choses commencèrent aussi à faire mal — la voix de Martín, les allées et venues de Gonzalito dans la maison, la normalité blessante que tous reprirent aussitôt —, la non-existence de Pelé se transforma en un désespoir insupportable — mais doux — parce que, contrairement aux premiers jours de sa non-existence, son inexistence aiguë, se traduisant en douleur, n'avait même pas gardé la chaleur remémorée de son existence. Maintenant, il n'y avait plus rien du tout : il n'y avait que le néant. La lumière perpétuellement diurne de son néant. Ce fut à ce moment-là que l'odieuse normalité sauta aux yeux. L'image d'un gigantesque volume d'eau qui atteint son plus haut niveau se mit à entrer en elle par les yeux. En dépit de son immensité, le volume total de la normalité domestique pouvait être embrassé d'un simple coup d'œil. María pensa vaguement à un marécage. Peut-être à plusieurs marécages superposés, contemplés bien des années auparavant dans de nombreuses séquences d'actualités : un seul marécage imaginaire, entièrement circulaire, unifiait le lac de Sanabria que, jeunes mariés, ils étaient allés voir, les marécages d'Entrepeñas et de Buendía, qu'ils avaient vus aussi, les eaux bourbeuses de la mer Caspienne, la mer Morte et le lac de Tibériade des cartes accrochées aux murs du collège… L'idée de circularité venait peut-être d'images gigantesques de barrages qui contenaient, arrondissaient et retenaient tous les lacs, aussi vastes fussent-ils, et toutes les mers mortes, aussi vastes fussent-elles. La circularité venait de la retenue des eaux — artificielle, certes, mais en même temps parfaitement naturelle. L'immobile volume retenu de toute une vie. Qu'on pût embrasser d'un seul coup d'œil cet immense volume d'eau n'enlevait rien à sa sempiternelle immensité. Au contraire : la circularité parfaite, entièrement présente dans cette image, ajoutait au matériel déposé l'incommensurable activité d'une conscience qui parcourt sans répit la pure forme circulaire. Et María était le barrage qui contenait l'immense volume de la normalité de tout le monde. Elle était le barrage et l'origine de la parfaite circularité de cette maison embourbée. Et ces mêmes vertus qui, en leur temps, libéraient joyeusement sa conscience au sein de la réalité la plus quotidienne et la plus rebattue la retenaient maintenant dans un désespoir pur et doux. Pas plus que les bizarreries de monsieur Gonzalo à son retour de Londres ou les étranges manœuvres de mademoiselle Virginia et de monsieur n'étaient parvenues à ébranler le service, parce que tout était contenu dans la réalité de María que jamais rien n'altérait, les bizarreries de tous à la fois, de madame mère au plus jeune des deux messieurs, n'altéraient le service, parce que María continuait de tout retenir comme elle l'avait toujours fait. Maintenant, ils ne se retrouvaient qu'une fois par jour, au déjeuner, chacun se faisant servir les autres repas dans sa chambre. On disait à la cuisine : « C'est normal que ce soit comme ça. » La cuisine comprenait fort bien que les maîtres, après ce qui s'était passé, n'eussent pas envie de parler. Et la grand-mère criait la nuit : elle sortait dans le couloir en poussant des cris pas très forts, des cris ténus. Elle prenait maintenant un demi-somnifère ; ou un cachet entier ; ou un cachet et demi, au grand maximum, si, après le dîner, María remarquait que sa mère s'agitait ou parlait beaucoup de Pelé. La grand-mère avait rassemblé toutes les photos de son petit-fils qui étaient dans la maison. Elle les mettait à plat sur l'édredon et parlait avec lui. Il ne semblait pas possible — ni même permis — de la distraire en parlant d'autre chose. De plus, il n'y avait pas d'autre chose. La mort de son petit-fils absorbait une à une les rares choses qui lui restaient encore : la petite promenade dans le jardin, les courtes retrouvailles avec María et Virginia avant le goûter, le rassemblement de tous au goûter, le thé — désormais du tilleul ou de la camomille qui ne l'empêcherait pas de dormir. Et maintenant, elle parlait beaucoup. Maintenant, María se trouvait devant une mère qui s'était mise tout à coup à parler quasiment sans répit. Le recroquevillement et la paix un peu mélancoliques qui s'étaient emparés d'elle après la mort de son mari étaient maintenant accentués par un bavardage agité qui était l'équivalent de toutes les photos de Pelé réduites en morceaux. María essayait de se concentrer sur la pure matière phonétique des paroles de sa mère. Elle faisait tout son possible pour que « Pelé », « somnifère » ou « serviette de table » lui fissent le même effet. Elle y arrivait parfois à peu près et la grand-mère dormait huit heures d'une traite. Parfois, elle n'y arrivait pas et, lorsque Martín sortait de sa chambre à quatre ou cinq heures du matin, il tombait dans le couloir sur la grand-mère en larmes, disant qu'elle avait rêvé de Pelé.

Virginia essayait d'aider. Elle avait changé du tout au tout. C'était terrible : María ne pouvait rejeter les efforts que faisait son amie pour la consoler. Par exemple, Virginia estimait que María ne devait pas rester seule. Et elle la suivait partout comme un chien bondissant, également aimable avec tout le monde. Virginia, qui n'avait jamais fait attention aux horaires et aux tâches domestiques de María, s'en souciait maintenant avidement. Si bien que, grâce à Virginia, María ne se retrouvait jamais seule, fût-ce un instant — sauf à la fin de la première semaine quand les effets de l'anesthésie s'atténuèrent peu à peu et que s'énonça son désespoir : à ce moment-là, María se trouvait de temps à autre dans l'obligation de déclarer expressément — un mensonge — qu'elle avait envie de s'étendre un peu pour se reposer. C'étaient les seuls moments où Virginia allait dans sa chambre pour en ressortir dès qu'elle entendait María, au bout d'une heure ou d'une demi-heure ou de deux, sortir de la sienne après le prétendu petit somme. À la différence de la grand-mère, Virginia ne parlait jamais de Pelé. Elle avait juste signalé deux ou trois fois en passant qu'elle rêvait de lui toutes les nuits. En un rien de temps, elle avait réussi à faire de cette omission un art, assorti des préceptes adéquats. Virginia parlait maintenant d'écologie et de politique. Selon elle, les phoques australiens dont elle ne savait si c'était le même petit animal à moustaches que le dénommé lion de mer — menacé, lui aussi, par l'homme, s'ajoutant au requin qui était, lui aussi menacé, et cela malgré son manque de charme, alors qu'il avait survécu au diplodocus et au pithécanthrope sans changer d'un iota, ni ses branchies, ni sa forme, ni son foie (qui lui servait à flotter) — avaient quelque chose d'immensément consolateur : cela dit, les squales gris, dits aussi requins blancs ou mort blanche ou *white death*, étaient de nos jours en voie d'extinction, de même que la grue de Scandinavie qui venait à tire d'aile du fjord pour, vlan ! se poser dans les marais de Laredo et, à Laredo, ils voulaient les empailler, imagine l'horreur ! et tracer une autoroute juste au milieu du marais divisé en deux parties inégales, la plus grande laissée aux grues et l'autre concédée à un groupe immobilier pour construire une résidence hôtelière octogonale de cent trente appartements et la grue, intimidée, cela va de soi, par la présence constante du gosse, du déprédateur, du joueur de golf et de la maman, ne se serait jamais plus posée à Laredo : elle serait allée à tire d'aile jusqu'à Rabat : sans manger le moindre morceau entre le fjord et le Sahara : Virginia n'avait jamais très bien su, et elle le savait encore moins avec tous les bouleversements géopolitiques actuels, si le Sahraoui était ou n'était pas marocain : quasiment un cousin germain du bédouin et des tribus qui haïssent Hassan — avec raison — et qui détestent tout ce qui est alaouite, installées un peu plus bas, du côté de Sidi-Ifni. C'était comme allumer la radio : Virginia émettait cette mélopée, convaincue que les sujets généraux, joints à l'autoroute Bilbao-Béhobie et à sa persévérance, s'ils ne supprimaient pas la douleur, du moins la calmaient beaucoup. Elle-même s'était beaucoup calmée grâce à eux : maintenant, quand elle n'était pas avec María, elle écoutait sans arrêt la radio. Elle était au courant de tout ce qui se passait, aussi bien en musique que dans l'actualité. Et ils parlaient tous, et pas un ne dormait, aussi bien la grand-mère que Gonzalito, Virginia et Martín. Ils parlaient tous à María à différentes heures du jour et de la nuit, ne pouvant trouver le sommeil. Ils parlaient à peine entre eux. Et les déjeuners, qui étaient devenus pour la famille la seule occasion de se retrouver, se déroulaient dans les formes, en demi-deuil, en souvenir de Pelé, rappelant involontairement le réfectoire d'un collège ou la salle à manger d'une résidence pour personnes âgées, plutôt chère, pour vieux *hidalgos* et vieilles *hidalgas.* On n'excluait par principe ni certaines plaisanteries de Martín, ni la fugace actualité commentée par Virginia qui, bien entendu, à partir de l'ensemble homologué de son repentir et de la mort de Pelé, faisait tout et disait tout très fugacement, on aurait dit quelques touches impromptues de pianola. Ces déjeuners, malgré leur arrière-goût mélancolique, ne parvenaient jamais à mettre qui que ce fût mal à l'aise, le savoir-vivre commun l'empêchant. Et la grand-mère demandait tout à trac : « María, l'année prochaine, il serait allé à l'université ? » Et personne ne savait si ce qui avait été demandé était une question ou simplement quelque chose d'expulsé à l'extérieur, comme les rognures d'ongles qui tombent sur le tapis et se transforment, comme tout, en énergie indéfinie. Questions qui étaient les fragments rejetés de l'interrogation générale d'une veille femme, équivalents de la lumière perpétuelle qui, tout en s'accélérant de façon uniforme, brillait sans aucun doute pour son petit-fils. Ce n'était même pas la peine de le nommer : on savait bien qu'il s'agissait de lui. De qui, sinon, aurait parlé la pauvre grand-mère ? « Pas l'année prochaine, maman. L'année suivante. Il devait faire ses dix-sept ans en juin… »

Parfois, c'était Martín qui répondait, employant toujours l'expression « ton petit-fils », les yeux cloués sur María. À de tels moments, Virginia retenait sa respiration, suspendait toute nutrition et regardait fixement son assiette. Quant à Gonzalito, on remarquait, vu de profil, qu'il avait les maxillaires tendues. Un jour, la grand-mère murmura : « Tu te souviens, María, combien papa aimait descendre à la piscine en été pour le voir plonger ? Il nageait comme un poisson… » María ne put répondre parce qu'elle ne put retenir ses larmes. Martín répondit à sa place : « Ah, cette piscine ! Cette année, nous ne la remplirons pas, pour quoi faire ? Je pense que personne n'a très envie de se baigner, mais peut-être que si, grand-mère, peut-être que si, depuis la mort de ton petit-fils, tout peut arriver… » Ce fut, à vrai dire, la seule fois où la mort rôda autour du déjeuner. Et la seule fois où tout le monde vit María pleurer. Normalement, María ne pleurait pas, même si la norme voulait qu'elle pleurât au moins une ou deux fois devant la famille au début.

Au tout début, à l'instant même où, au bord de la piscine, elle avait caressé le visage mort de son fils, et après, tout au long de cette lumière perpétuelle de la normalité subséquente, María s'était dit et se dit en toute clarté : « C'est le mystère de l'amour que je ne voyais pas encore, c'est son autre visage. » Et il était, bien entendu, difficile de le voir, en parlant avec Gonzalo. Il était difficile de se dire mentalement, rapidement, « je veux que tu existes » et en même temps le voir exister. L'aimait-elle encore ? C'était le Gonzalito qu'elle avait toujours aimé. Il n'y avait pas à le diffamer. Il était, en fait, beaucoup plus difficile de ne pas le diffamer que de ne pas le dénoncer. Gonzalito n'*était* pas un assassin : pour ce qui était d'être, il était simplement Gonzalito. Et l'acte criminel ne le réduisait pas à lui-même. María ne devait pas l'emprisonner, fût-ce dans la phrase : « C'est toi qui as tué Pelé. » Aussi odieux qu'il fût, l'acte de Gonzalito ne l'annihilait pas, n'en faisait pas le simple agent de cet acte. Le cas de Gonzalito lui-même était encore, aux yeux de sa sœur, en suspens, même maintenant. Il y avait une donnée centrale que María avait acceptée dès le départ : « C'est moi qui l'ai tué. » Gonzalito n'avait jamais essayé de le nier. Il tournait autour, il ne parlait pas d'autre chose. Jamais il ne laissait l'idée que la bourrade avait été un accident malheureux survenu au cours d'une dispute absurde effleurer la conscience de María : María devait à tout instant se rappeler que Gonzalito avait délibérément poussé Pelé : après avoir titubé, fait un pas en avant et avoir eu le temps de se rendre compte que, s'il le poussait et s'il tombait dans la piscine, Pelé pouvait se tuer. Il s'était rendu compte, l'avait poussé et l'avait tué. Il avait, l'espace d'un instant, au moins, voulu sa mort. Et l'avait obtenue. María devait se rendre clairement compte que tout s'était passé ainsi. Sinon, elle ne pourrait le sauver. Le prix du crime fixé et après s'être sciemment et consciemment immergé dans son châtiment qui, selon ses propres paroles, consistait à ne pouvoir oublier Pelé ni le jour ni la nuit, sans compter que, en outre, ou en même temps, il se rendait compte en permanence de ce qu'il avait fait à sa sœur, Gonzalito ne pouvait pas vivre. Le sauver ne se résumait pas, bien entendu, toujours selon ses propres paroles, à alléger d'une manière ou d'une autre son supplice. Le sauver, c'était l'aimer. Gonzalito voyait cela en toute clarté en même temps qu'il voyait en toute clarté qu'il était impossible pour María de l'aimer. Il était impossible de l'aimer : il était donc impossible de le sauver. Même María ne pouvait pas sortir de là : une impossibilité si colossale admettait toute sorte de choses : tout ce que l'on pouvait refuser à Gonzalo lui était refusé dans cette possibilité. Et en même temps, lui était refusée la possibilité de ne pas en parler et de subir en silence son châtiment avec une certaine dignité de condamné à mort : et en même temps, était refusée à María la possibilité de ne pas l'entendre, de ne pas l'écouter et de ne pas vouloir l'arracher à ce supplice s'il gémissait. Et il gémissait. Tantôt il gémissait, tantôt il souriait, tantôt il riait tout bas du colossal imbroglio psychologique — et pourquoi pas ? théologique — dans lequel sa sœur devait se mettre si elle voulait le sauver sans l'aimer. Et si elle voulait l'aimer, elle s'embrouillait encore plus dans l'impossibilité qui occupait tout. Et il disait en même temps : « Ne m'abandonne pas, María, au nom de l'amour que tu as eu pour moi, ne m'abandonne pas maintenant que tu me hais, bien que je sache que tu ne me hais pas, comment me haïrais-tu si tu m'aimes vraiment ? Je le vois la nuit, tu sais ce que c'est, ne pas pouvoir ne pas le voir… » Et cette concupiscence des détails que María avait réussi à éviter dans l'adultère était maintenant inévitable dans la mort. Peut-être María s'était-elle affaiblie et n'avait-elle même plus la force de se boucher les oreilles ; peut-être que, pour continuer à vouloir qu'il existât, devait-elle ne pas chicaner dans l'énumération des moindres détails qui avaient précédé cet acte gluant et s'étaient achevés en lui, pousser Pelé, provoquer sa mort et ne pouvoir cesser de le voir une fois mort et enterré, ne pouvoir laisser la mort elle-même en paix : entre les mains de Gonzalito, la mort s'engluait de jour en jour et la courte vie de Pelé aussi.

Quant à Martín, le plus terrible n'était pas qu'il n'arrêtait pas de l'accuser et d'analyser, comme il disait, les faits, et d'intercaler dans ses analyses des souvenirs, comme des épines, une impulsion littéraire et de nouveaux sujets, avec leurs variations correspondantes, pour l'inépuisable roman qu'il n'achèverait jamais. Le plus terrible — beaucoup plus que les accusations sans fondement, ou la cruauté, peut-être inconsciente, d'un tel goût de l'analyse et du souvenir — était que Martín ne voulait plus, ou peut-être ne pouvait-il plus, sortir de sa conscience et que son récit n'avait pas de fin parce qu'il se retrouvait criblé de trous et dissous à chaque nouvelle analyse. Les analyses grossissaient les dimensions d'un récit de plus en plus défiguré dans lequel Martín avait perdu pied. Et il était impossible de l'inciter à finir parce qu'il n'y avait plus rien à finir.

C'était continuer — comme Martín, lui-même, avait dit des années auparavant. Et cette continuation se retournait vers elle-même en un cercle identique à celui des accusations et des analyses. En la rendant responsable de la mort de son fils, il supprimait toute possibilité de comprendre comment les choses s'étaient passées. La décision de punir et d'accuser María était la même chose que son incapacité à mettre un point final à son roman : dans les deux cas, Martín niait qu'il pût y avoir plus de réalité que l'activité de sa conscience qui continuait et continuait... La moindre chose que María pouvait désormais dire — par exemple, qu'elle s'était trompée en croyant que son frère n'était pas capable de pareille folie et que, au moment où elle avait enfin clairement compris et s'apprêtait à intervenir, le coup tragique lui avait coupé l'herbe sous le pied —, la moindre compassion que María sollicitait ne servaient qu'à provoquer de nouvelles analyses et à examiner, par exemple, la faute à la lumière de l'excuse. Martín n'écoutait plus, il voulait simplement que María écoutât jusqu'à la fin de leur vie. María était devenue son unique lecteur et il n'y avait rien à lire, il n'y avait qu'à écouter l'éternel inachèvement qui se nourrissait de lui-même : María comprit que la seule chose qui ne pouvait lui faire faux bond et se terminer était elle-même. Peut-être l'aimait-il encore, peut-être que l'aimer se résumait à vouloir la voir immobile et éveillée le soir dans le récit inépuisable de sa faute, ou de sa vie, ou de ses souvenirs, ou de n'importe quelle autre chose surgissant au passage de sa conscience... Appeler cela de l'amour ou non était sans importance. Il était en tout cas question de lui...

Il y avait dans la conscience de María un brin d'étonnement en voyant son frère s'éloigner minutieusement de tout accent purificateur et de toute flamme. Il suppliait María de le sortir de la terrible cachette de sa faute. Et María pensa au départ qu'il y avait dans cette supplique l'accent du désespoir. Et María eut un instant confiance en la pure flamme du désespoir de Gonzalito. Le désespoir ressemblait à l'amour qu'elle éprouvait. Mais ce n'était pas du désespoir. C'était uniquement la faute, la conscience gluante et normale saturée de culpabilité et de Mogadon, ou de Deanxit, ou de Dapaz, ou de n'importe quel autre calmant. La faute immobile, diurne, éclairait doucement, vingt-quatre heures sur vingt-quatre, comme une douleur chronique — et grave, bien entendu —, mais elle n'était pas mortelle. Et la faute grossissait et rapetissait comme les analyses, les souvenirs ou les accusations de Martín dans la lumière perpétuelle d'un mal-être, il se sentait mal et, pour résumer, très malade : un pauvre malade que María devait soigner ou sauver, peu lui importait. Toujours est-il qu'il fallait continuer — à l'instar de Martín —, continuer et continuer et continuer, alimenter la faute inépuisée, inépuisable qui dormait la nuit sous l'effet du Mogadon ou grâce au Deanxit de la journée pour resurgir tous les matins affamée... Maintenant, Gonzalito mangeait énormément. Il était plus pâle et plus gros. Et en paix. Sa faute était sa paix et sa normalité enfin trouvée. C'était le ténia de la faute, la fringale solitaire du coupable incapable de désespoir. Et, de la même façon que la mort de Pelé avait substitué chez Gonzalo la faute au désir et que la faute était devenue ce qu'il y avait de plus normal dans sa conscience, la mort substitua dans la maison la figure immense et fade de la normalité et les plateaux du petit déjeuner, du dîner et de onze heures du matin à la joie : parce que maintenant, vers onze heures du matin, Martín devait tous les jours prendre une collation, il avait en effet découvert qu'elle l'aidait à se concentrer jusqu'à deux heures : aussi lui apportait-on un petit plateau avec un verre de lait et six biscuits. Et Martín, qui se couchait tard et qui dormait mal, dormait énormément entre-temps et prenait un somnifère comme la grand-mère, qui provoquait en lui, disait-il, une légère somnolence qui lui permettait d'écrire légèrement ailleurs et de laisser passer, par conséquent, des aspects impromptus et inconscients de l'inconscient que parfois la conscience, cherchant à tout prix à être consciente, défigure ou mutile, ou bien tout simplement n'enregistre pas et qui se perdent donc et finissent avec le temps par faire défaut à la perception actuelle et, du fait qu'ils se manifestent dans un demi-sommeil, à une large part de la perception en général : manifestation qui, dotée d'une loquacité propre et fantastique, donne parfois lieu à des images ou à des mots que jamais la conscience consciente n'eût devinés d'elle-même…

Au début du mois de juin, María quitta la maison. Elle appela un taxi par téléphone et sortit très tôt, bien avant que les gens se lèvent, avant même le personnel. Elle avait mis du temps à se décider. Quand sa décision fut prise, elle mit ses affaires dans une petite valise en début de soirée, écouta attentivement Martín jusqu'à trois heures du matin et, quand il fut parti, éteignit la lumière et attendit encore trois heures éveillée avant de s'en aller. Elle glissa également dans sa petite valise un carnet de chèques d'un compte courant ouvert à son nom de jeune fille. Elle choisit un hôtel de la Gran Vía dans les pages jaunes de l'annuaire téléphonique. Et appela un taxi. Ce fut d'une extrême simplicité. Elle avait décidé de passer quelques jours dans cet hôtel et d'y mettre en pratique sa seconde décision, qui confirmait la première : la décision de s'installer avec sa mère quelque part, loin de Madrid et de la maison de La Moraleja qu'elle ne pouvait plus supporter. Elle se séparerait légalement de Martín. Ou divorcerait — ce qui revenait au même. Et arracherait Pelé à cette lumière perpétuelle du désespoir et de la mort à laquelle l'avaient peu à peu condamné après son décès Gonzalito et Martín, et même, sans le vouloir, la pauvre Virginia avec sa loquacité insensible. Il était clair que la présence de María n'arrangeait rien et peut-être même empirait tout. Quand elle se serait éloignée, plus rien n'aurait d'importance. Et il lui fut très facile de le faire. À l'hôtel, elle se sentit déjà mieux. C'était fait. Il n'y avait pas à revenir là-dessus. Elle avait besoin d'un avocat qui réglerait avec Martín le problème du divorce. S'il faisait des difficultés, elle invoquerait la cruauté mentale. Elle invoquerait ce qu'il faudrait. Et Alfonso Vélez déclarerait une fois de plus que la mort de Pelé était un accident et tout juge verrait sur-le-champ que les accusations de Martín étaient des cruautés sans fondement. De l'hôtel, elle téléphona à Alfonso Vélez. Il était chez lui. Il ne posa aucune question. Il se contenta de dire qu'il partait à l'instant même, qu'il mettrait une demi-heure à arriver. Peut-être moins, si la circulation était fluide. María soupira et raccrocha. Elle s'allongea sur le lit. Elle sortit de son sac une petite photo de Pelé — une photo d'identité — qu'elle portait toujours sur elle. Contempla le doux visage de son fils et voulut rester dorénavant seule avec lui ; en tête à tête avec ses souvenirs limpides et le doux visage de son fils sur la photo. Et ne plus jamais revoir aucun d'entre eux, ni Martín, ni Gonzalito, ni Virginia. Après avoir téléphoné à Vélez et tout en l'attendant, elle s'étendit sur le lit. Elle ferma les yeux et dit à voix haute : « Il n'y a plus de grâce ! » Elle essaya de ne penser à rien. Ce n'était pas facile. Elle ne réussit qu'à embrouiller ce qui apparaissait et disparaissait dans sa conscience. Vélez : c'était la deuxième fois qu'elle l'appelait. La première, c'était peu de jours après la mort de Pelé, quand elle s'était retrouvée dans l'obligation de parler avec lui, de le voir, pour l'entendre confirmer ce qu'elle pressentait être la vérité : que Gonzalito avait menti au sujet de tout ce qu'il avait dit de son ami. De fait, Gonzalito lui-même, dans l'un de ses monologues, avait démenti ses propos. Mais son démenti ressemblait fort à sa façon de s'accuser dans la mesure où il ne pouvait ni se délivrer de sa faute ni effacer ce qui avait été imaginé. Se dédire n'effaçait pas les images lubriques de Pelé et de Vélez. Comme si, proférées et logées par le truchement des mots dans la conscience de María, elles avaient acquis une vie indépendante de la conscience qui les avait proférées, si bien qu'en se dédisant il ne parvenait jamais à les détruire, quelle que fût son insistance ; et il est vrai qu'il n'avait pas non plus beaucoup insisté, peut-être parce que cette immense faute, provoquer la mort, absorbait instantanément une autre faute, blesser grièvement les dernières images qu'avait gardées María de son fils. En se dédisant, Gonzalito ne pouvait qu'apporter un rectificatif, rien de plus. Mais ce qui avait été imaginé et proféré ne pouvait par nature être rectifié. Ce qui est dit est dit. Et c'était resté sans bouger d'un iota dans la conscience de María. Car, même si Gonzalito était capable de nier la vérité de ses propres calomnies — et María l'avait cru quand il l'avait fait —, il n'était pas capable de nier leur contenu, parce que ce contenu était en partie à l'origine du coup qui avait mis un terme à la vie de Pelé. Que son frère se dédît sur un point précis n'invalidait pas le monde intentionnel qui avait rendu ces images possibles. Voilà pourquoi, quelques jours après l'enterrement, María avait voulu voir Alfonso Vélez. « C'est faux, avait déclaré Vélez sans même se mettre en colère, Pelé était clair comme de l'eau de roche. Il te ressemblait beaucoup. En plus, je t'assure que ce que ton frère a dit de moi est faux de A à Z. » Et Vélez avait ajouté en regardant María dans les yeux : « Comme tu le sais, je suis homosexuel. Mais pas comme ton frère le dit. » María l'avait cru et, curieusement, au même instant, la vie des images s'était éteinte. Peut-être, sans s'en rendre compte, en désirant de tout cœur rassurer María, Vélez avait-il réussi un prodige ontologique qui avait affecté la consistance imaginaire de l'image : les images s'effacèrent et ne réapparurent plus. Ils n'avaient pas beaucoup parlé cette première fois, même si Vélez avait passé à peu près une heure avec María, tous deux assis sur le bord du lit de la chambre à coucher. En cette circonstance, María s'était rendue compte que Vélez tremblait. C'était toute une manière d'être qui tremblait. Un tremblement presque imperceptible, parce que la seule chose qui avait pris du relief en cette circonstance était peut-être la tendresse avec laquelle il avait répété : « Pelé te ressemblait, María, il avait en lui la même paix que toi. » María se souvint de l'allusion de Vélez à la paix qu'elle n'avait pas relevée alors. La paix était un aspect de la grâce et elle s'était perdue à jamais avec elle. Voilà pourquoi elle répéta à voix haute : « Il n'y a plus de grâce nulle part. »

Soudain, tout revint. Tous revinrent. Tout ce qui s'était passé. Ce qui était perdu. Pelé mort au bord de la piscine. Pelé mort. Ses lèvres, ses mains et son corps étaient encore chauds quand elle s'était agenouillée à côté de lui à la piscine. Mort. Toute la grâce absente lui fit soudain l'effet d'un trou terrifiant où la mort qui soulage n'existait pas, où il ne fallait pas mourir, mais continuer, continuer, continuer, le désespoir pur et continu de l'absence de grâce, l'absence d'amour, l'absence de Pelé… « Je ne peux continuer à penser à tout ça. Ça suffit. Il faut que j'oublie et recommence. Il faut que je sorte de cette situation, coûte que coûte… » Elle se leva et se mit à marcher vers la porte de la chambre de l'hötel, comme si elle pouvait effectivement déjà se mettre à marcher sans regarder derrière elle… À ce moment-là, Vélez frappa à la porte. María ouvrit et l'embrassa en silence. Puis elle le mena vers un fauteuil et le fit s'asseoir. « Il faut que tu m'aides encore une fois, Alfonso. Je veux sortir de cette situation. C'est la seule solution qui me reste, partir, les quitter, ne plus jamais les revoir… J'ai besoin de ton aide. » — « Tu peux compter sur moi, bien sûr », dit Vélez. Pour la première fois, María regarda attentivement Vélez. Il était tiré à quatre épingles comme d'habitude. Peut-être avait-il maigri. « Tu as un peu maigri, n'est-ce pas ? » lui demanda-t-elle. « Peut-être un peu, oui. Mais je suis en forme. » — « Non, pas mal. Pas mal, pas mal. Tu es beaucoup plus maigre… » Et elle se mit à rire. Cela l'amusait de lui dire qu'il avait maigri. C'était si vélézien de parler de cela avec lui. Ou peut-être non. Peut-être non, et pourquoi ? Que lui arrivait-il ? « Je comprends fort bien que tu dois me trouver folle, quelle mouche m'a piquée ? Tu dois sûrement être en train de te dire : que me veut cette folle, ou quelque chose dans le genre, non ? » — « Je me disais en arrivant que tu aimerais peut-être partir quelque temps de Madrid. Ça te ferait peut-être du bien. Changer d'endroit. Je connais un endroit où tu peux aller et où tu auras la paix. Je t'emmène. Nous y passerons quelques jours, si tu veux. Je reste avec toi ou je repars. Comme tu voudras. Tu verras plus tard. Je comprends que tu aies besoin de partir de chez toi. À dire vrai, je ne comprenais pas comment tu pouvais rester : pourquoi tu continuais à vivre là-bas. C'est à ça que je pensais en arrivant. Pour ce que tu m'as dit au téléphone à propos d'un avocat ou d'une avocate et de ton divorce, tu verras plus tard. Je ne comprends pas très bien, mais en même temps je comprends. Je te comprends un peu, je crois. Et je veux t'aider. Et je veux, si ça ne te gêne pas, passer ces quelques jours avec toi. Je suis de très bonne compagnie, tout le monde le dit. Ou le disait. Tu me diras ce tu en penses. » Elle se sentit ragaillardie. Comme si Vélez donnait de la vraisemblance — et, plus que de la vraisemblance, de la réalité — à son désir de partir et de les quitter. Avait-elle le droit de lui compliquer la vie avec ses histoires ? « Je n'ai absolument pas le droit de te mêler à tout ça, Alfonso. C'est mon problème. Je n'ai pas été capable de l'affronter. Je ne pouvais plus rester là-bas. Je n'en pouvais plus. Et je n'en peux toujours plus. Je suis lasse. Voilà pourquoi je t'ai appelé... Ce n'est pas vrai, ce n'est pas seulement pour ça : je t'ai appelé parce que ça me rassure de te voir. J'ai confiance en toi. » — « Je te remercie », dit Vélez en baissant la tête. Quand il la releva, ses yeux mouillés de larmes brillaient et ne pouvaient regarder María, comme s'ils avaient honte. « Personne n'a confiance. Confiance en moi, je veux dire. On m'a fait beaucoup de confidences, par milliers. Des histoires à mourir d'ennui, à dormir debout, des ragots, de tout. Mais personne n'a jamais eu confiance en moi. Personne n'a confiance en personne. Moi non plus. Moi non plus, je n'ai pas confiance en eux. Je ne leur fais même pas de confidences. Je me contente de les écouter et de me méfier. Je me suis toujours méfié des confidences et des confidents et, par conséquent, de moi-même. Jamais personne ne m'a dit ce que tu viens de me dire : que tu as confiance en moi. C'est comme si tu me faisais exister. Je te remercie. Et maintenant, je crois que le mieux, c'est de partir. Cet hôtel est déprimant. Prends tes affaires et partons... » Vélez se releva et María prit ses affaires. Quatre heures de route, en faisant un arrêt pour manger un sandwich. C'était un endroit plat. Un plateau où il n'y avait aucune maison. Aucun arbre. L'orge, le blé et l'avoine étaient encore verts. Ils atteignirent un peu avant la tombée de la nuit une ferme blanche, la seule ferme habitée au milieu de toute cette terre plate, non irriguée. María souriait. Ils firent ensemble le tour de la ferme avant de dîner. Ils parlèrent très peu. Avant d'aller se coucher, María dit : « Tu es vraiment tombé pile. Je n'ai jamais vu un si bel endroit. Cette plaine partout pareille, toute cette clarté : ici, je suis bien. » — « C'est ce qu'il m'avait semblé aussi, qu'ici tu serais bien. C'est un endroit plat, plat partout. Je suis content qu'il te plaise. À demain. »

María dormit à poings fermés, se réveilla tôt le lendemain et alla se promener dans la campagne. Oui, Alfonso Vélez était tombé juste, pensa María. La plaine semée de céréales encore vertes et le ciel léger et limpide au-dessus. Et il n'y avait rien d'autre. Ce paysage était une addition très élevée. Une élévation du regard de María qui se sentit à ce moment-là libre et vraiment en paix. Pendant un long moment, peut-être une heure entière, María se contenta de parcourir l'un après l'autre les termes de cette immense addition : le ciel léger, le vert des champs, l'air libre du plateau, le rouge impromptu des coquelicots, la ferme blanche dans son dos, la fumée gris clair, se diluant très vite, de deux cheminées, l'odeur de terre humide, l'odeur de brebis, le silence, la lumière absolue d'un soleil qui, à mesure que la matinée avançait, accentuait son aspect imaginaire de pâle pièce d'or… Addition de toute la réalité, de toute la vie de María s'étendant sur la plaine comme une récolte de céréales en juin et un pigeonnier rond et blanc à environ cinq cents mètres du puits sur la margelle duquel María s'appuyait : allées et venues de pigeons, de pies blanches et noires, tourbillons de moineaux… « Que veut me dire tout ça ? » pensa María. « C'est la fin. Je sais que c'est la fin de toute une partie de ma vie, c'est l'addition finale qui se consomme ici… » Elle sentit de nouveau la paix comme un attribut extérieur, une chaleur venue du fond des champs, un équilibre pur et impromptu du ciel et de la terre auxquels son cœur se mêlait aussi et dans lequel il respirait : une immense paix respiratoire sillonnée par le vol des pigeons : tout était enfin terminé et cette plaine était l'addition de sa vie. Un chiffre confus, cependant. La paix du cœur, la paix de la plaine, le transfert de toute cette paix aérienne de juin et de céréales vers la conscience grièvement blessée de María... Tout à coup, elle se rendit compte qu'un enfant de six ou sept ans était tout près d'elle, en face d'elle. Il la regardait de ses yeux ronds et très noirs. Il avait la main droite dans la poche de sa culotte et tisonnait son nez de l'index de sa main gauche. María sourit à l'enfant. Et l'enfant cessa de la regarder et tourna plusieurs fois les épaules de droite à gauche et de gauche à droite, d'un mouvement à la fois séducteur et intimidé. « Tu habites ici ? » lui demanda María. « Regarde ce que j'ai », répondit l'enfant, toujours sans la regarder. Il sortit sa main droite de sa poche et María sursauta en voyant un petit oiseau qui battait des ailes. Son regard se fixa sur ses tout petits yeux, tels deux petites têtes d'épingle, très vifs et brillants : une créature intelligente qui battait des ailes, qui s'ébattait, et qui semblait comprendre sa situation : une toute petite conscience inattendue, pareille à la sienne, dans la fragilité terrorisée du petit bec inoffensif et des yeux. « Relâche le, dit María. Il est très petit. » — « Il est à moi, mon père l'a attrapé au grenier. » — « Il est très petit », répéta María. Et elle ajouta : « Il ne vole pas encore. » D'un mouvement très rapide des doigts, l'enfant laissa l'oiseau battre des ailes, en le retenant par les pattes avec le pouce et l'index : « Bien sûr qu'il vole, regarde ! » Le petit oiseau pépiait. C'était horrible. Et la douceur du visage frais de l'enfant avec ses yeux noirs, sérieux, fascinés, ajoutait une horreur insupportable, une contradiction indépassable. « Mon cœur, laisse voler ce pauvre oiseau ! » — « Mais il ne vole pas, même si on le relâche, regarde ! » Et l'enfant, accroupi, posa l'oiseau par terre. Il avait une aile cassée ou tordue. Il essaya de faire un petit pas en avant, en vain. C'était une conscience, une conscience. Et il existait, sentait, souffrait. María s'agenouilla près de l'enfant et caressa la tête du petit oiseau du bout de l'index. L'immense fragilité de cette vie. L'indifférence douce du ciel, de la terre et des yeux de l'enfant, fixant alternativement ceux de María et l'oiseau. « C'est une grive, précisa l'enfant. C'est mon père qui l'a attrapée. Les grives apportent des maladies. » — « Pas celle-ci, affirma María. Pas celle-ci. » L'enfant poussa la grive de la main gauche. Le petit oiseau, effrayé, essaya de voler. Les petits yeux noirs, intelligents. Elle désira sauver cette vie. Elle désira la voir voler de nouveau, exister. C'était une lame immense de toute sa conscience, une volonté qui annulait toute autre volonté. Exister et voler. Tout à coup, l'enfant saisit l'oiseau et se mit à courir vers la ferme. María lui emboîta le pas. L'enfant courait en se retournant pour la regarder. Il disparut derrière une porte. María le suivit. Elle longea un passage sombre, ouvrit une autre porte, un grand enclos rectangulaire avec un abreuvoir dans lequel buvait une paire de mules. Et au beau milieu, l'enfant. « L'oiseau, l'oiseau ! » criait María. À ce moment-là, une femme sortit dans l'enclos. Elle agrippa l'enfant, lui donna quelques taloches sur les fesses. « L'oiseau est à moi, c'est mon père qui me l'a donné ! » Il était mort. Quand la mère, à l'évidence la mère du gamin, réussit à lui faire sortir la main de sa poche et à libérer la grive, elle était morte. « Regarde ce que tu as fait, regarde ! » vociférait la mère. C'était une fessée visiblement inefficace, routinière. « C'est mon dernier, mademoiselle, une vraie teigne ! » Les yeux de la femme et de l'enfant maintenant rivés sur María. Elle prit l'oiseau des mains de la mère de l'enfant. Une créature incroyablement légère, à qui le droit à l'existence était refusée. Elle l'emporta dans sa chambre où pénétrait le soleil monotone et brillant de la campagne ouverte en juin aux quatre vents. Quelqu'un avait ouvert la fenêtre. Et María déposa le corps inerte du petit oiseau sur le rebord de la fenêtre. Devant la fenêtre, il y avait un petit jardin protégé par une grande haie de genêts en fleurs d'un jaune puissant, ouvert et vivant. Elle se souvint alors de la nourrice Rosi, la toute petite image de la nourrice Rosi comme un petit oiseau ébloui. Elle se souvint des miracles enfantins que la nourrice attribuait à cette petite fille blonde que María avait été dans un instant incroyablement éloigné de sa conscience et du temps. « Vole ! » dit María à voix haute. « Vole, vole ! » Et elle souleva le petit oiseau mort de la main droite vers la lumière du soleil, vers le bien infiniment puissant, vers l'addition éternellement consommée de la réalité du plateau et de la lumière à l'abri de la caverne de la mort. « Vole ! » répéta-t-elle. Et le petit oiseau que le père d'un enfant de six ans avait attrapé au grenier ne pesait plus, n'était plus dans la paume de sa main, dilué dans l'air, dans l'esprit, invisible vol dans la lumière du royaume transparent où la vie n'était pas niée, ni le souffle, où ne se perdait pas une seule petite tête aux yeux vivants en tête d'épingles d'une petite grive qui volait encore… María se rendit alors compte de la présence d'Alfonso Vélez dans le petit jardin. Vélez s'approcha de la fenêtre. « As-tu vu une grive qui volait, Alfonso ? » demanda María, en voyant qu'il n'y avait plus rien dans la paume de sa main. Elle se sentit un peu ridicule, comme on se regarde faire une insignifiante pitrerie devant un miroir. « Une petite grive qui s'est enfuie en volant. » Elle se sentit heureuse, sans raison précise. Elle eut envie de ne plus dire un seul mot. Et en même temps de parler, de communiquer avec Alfonso : de se rendre clairement compte de ce tout petit événement qui venait d'avoir lieu à travers elle — comme à travers l'homme électrique de la baraque, à la fête, à Santander, autrefois, pour la fête du Carmen, l'homme traversé par le courant électrique de deux câbles à haute tension. Tout comme maintenant : à travers elle, la haute tension aérienne de la vie et de la mort. À cela près que l'homme électrique était un truc : un simulacre : un symbole pour des petits enfants innocents : un enfantillage. Et la grive, en revanche, avait volé : sûr et certain. « Une petite grive que j'avais dans la main et qui s'est enfuie en volant. Juste maintenant. » — « Je viens d'arriver. Je t'ai vue penchée à la fenêtre. C'est pourquoi je me suis approché. Je n'ai vu aucun oiseau particulier. Il y en a énormément. Je ne sais pas si ce sont des grives. Des pigeons, il y en a énormément. Tu as très bonne mine ce matin. On va faire un tour ? » Elle désira tout à coup parcourir l'espace, tout raconter à Vélez : la joie : le désespoir : la plaine. La plaine vers laquelle Vélez, étrangement perspicace vis-à-vis de ce que sa brutale décision de partir de chez elle avait d'inattendu, l'avait emmenée hier soir : pour qu'elle mette toute sa vie dans la paume de la main de l'esprit consolateur. « J'arrive tout de suite. » La grive morte dans la paume de sa main : elle avait tout à coup cessé de la sentir : elle était tout à coup ressuscitée. Elle sortit de sa chambre. Sortit de la maison. Entra dans le petit jardin. Alfonso Vélez était toujours debout devant la fenêtre ouverte. « Regarde, quel dommage, elle est morte ! » s'écria Vélez en la voyant arriver. C'était la grive que María désirait voir voler et s'élever de la paume de sa main vers la lumière, mais qui était tombée à terre. Une illusion, comme l'homme électrique. Que lui était-il passé par la tête ? Pour qui avait-elle pris l'esprit consolateur ? La mort en général était la vérité de la mort de cette grive. Mais la mort en général n'était pas toute la vérité. Que signifiait d'autre la mort minuscule de la grive ? Elle avait désiré qu'elle volât en la voyant morte, comme en voyant Pelé mort elle avait désespérément désiré qu'il ressuscitât et qu'il vécût.

Ils marchaient d'un bon pas, longeant la route, parlant à peine, vers un monticule qui donnait aux confins du plateau une verdeur ténue, contenue. C'était comme si la verdeur, dans ces terres de Vieille Castille, se soumettait elle aussi au grand diktat de la pauvreté de ce monde plat. María remarqua que Vélez essayait d'imprimer un rythme à sa respiration, vaguement sportif, plat, lui aussi, malgré toute son affectation. María pensa tout à trac : « Impossible que ce soit ainsi. La résurrection. Impossible que ce soit un simulacre, ou un symbole, ou une facilité, ou une issue confortable. Il n'y a pas d'issue. » Ils marchaient vite sur ce sentier de terre battue où l'on voyait les deux ornières parallèles creusées par les roues des tracteurs. Ils regardaient devant eux, comme s'ils défilaient ou s'étaient proposé d'arriver le plus vite possible à un endroit déterminé. « Tu vois, Alfonso, il me semble qu'il faut que je rentre ! » — « D'accord. Nous rentrons tout de suite », dit Vélez en s'arrêtant. María comprit que Vélez pensait à leur retour à la ferme. « Je veux parler de Madrid, de la maison. Il faut que je rentre ! » Maintenant ils se regardaient. María souriait presque en voyant les sourcils froncés de son compagnon, pressentant la force avec laquelle Vélez s'opposerait à ce retour. « Tu n'es tenue à rien, María. Tu ne m'as presque rien dit. Mais j'ai beaucoup pensé à toi, à ton frère et à toi, depuis… le drame. Lorsque tu m'as dit hier que tu voulais partir, mes suppositions ont été confirmées. C'est devenu irrespirable. La première obligation de tout un chacun, c'est de porter un regard personnel sur ce qui se passe. Tu as le droit de te protéger et de vivre en paix, comme n'importe qui. » Oui, elle avait ce droit, elle était taraudée par ce besoin, comme n'importe qui. Elle comprit qu'elle devait tout expliquer clairement à Vélez pour comprendre elle-même. « Ce n'est pas une obligation. Je les aime. Partir, c'est ne pas les aimer. C'est les nier. » C'était à peu près cela. Si elle partait, même en emmenant sa mère avec elle, elle niait qu'elle les aimait, les niait eux-mêmes et niait que leurs existences — celle de chacun d'entre eux et celle de tous — eussent encore un prix. Partir, c'était les éteindre, en finir avec eux. Ne pas vouloir les guérir, les soigner. Les abandonner. Elle avait le sentiment qu'elle devait expliquer à Vélez la raison de son comportement et que toute explication, aussi détaillée qu'elle fût, d'autant plus qu'elle le serait, se teinterait d'absurdité. Vélez dit : « Réfléchis bien, María. Il faut trancher dans le vif. Nous nous trompons très souvent en croyant qu'il vaut mieux privilégier ce qui est mal connu. Tout compte fait, là-bas, à Madrid, dans cette maison, tu as tes habitudes, tu y as fait ta vie. C'est plus facile de continuer à vivre ainsi que de rompre et de commencer une nouvelle vie. Je comprends. Je crois que je te comprends. Mais je crois que tu te trompes si c'est pour cette raison : rentrer juste pour ne pas commencer quelque chose de différent. » Était-ce tout ? Penser qu'elle devait rentrer et que le mieux était de rentrer était-ce tout simplement un réflexe dû à l'attachement ? Vélez poursuivait son argumentation : « Ton frère ne va pas changer d'un iota, que tu rentres ou que tu ne rentres pas. Je connais très peu ton mari, mais je suppose qu'il doit te rendre responsable de ce qui s'est passé : c'est assez normal : nous aurions dû tous voir que Gonzalito avait perdu la tête. Moi-même, j'aurais dû le voir. Moi-même, je me sens responsable. Il devait être mort de jalousie chaque fois que Pelé venait faire un tour avec moi en voiture. C'est compréhensible, mais pas tolérable pour autant. Notamment par toi. Voilà pourquoi tu es partie. Ne sabote pas tout en rentrant. Peut-être vaut-il mieux que tu ne rentres pas : peut-être vont-ils réfléchir. Je ne sais pas. Ce qui ne sert à rien, c'est que tu rentres. » — « Il faut que je rentre parce que je les aime », dit María. Ils s'étaient tous deux remis à marcher d'un pas vif, en regardant devant eux, mais leurs yeux ne s'arrêtaient sur rien. Tout ce qu'avait dit Vélez était sensé, mais d'un point de vue extérieur à la situation. La véritable situation, la réalité, réclamait María, bien qu'elle ne servît à rien. Mais pourquoi ?

Ils marchèrent très longtemps sans dire un mot. María avait l'impression d'avoir menti à Vélez. C'était absurde de dire qu'elle les aimait. Elle se souvint tout à coup de Pelé. C'était un souvenir désincarné. Elle se rappela qu'il n'existait plus. Une seule impression, et encore : l'impression de se trouver face à une distance infranchissable qu'aucune photographie, aucun objet matériel, aucune association d'émotions ne pouvait un tant soit peu raccourcir. En le poussant, Gonzalito avait ôté au monde son intégrité. Il était désormais impossible de le reconstruire. María sentit le désespoir croissant provoqué par cette distance infinie qui la séparait de son fils. Certains soirs, écoutant Martín, il arrivait que ses reproches fussent à deux doigts de lui mettre du baume au cœur : le désespoir semblait s'atténuer grâce à eux, comme une très forte migraine qui fait oublier toute préoccupation étrangère à elle. Il était presque plus terrible de ne pas écouter Martín que de l'écouter : comme maintenant. La paix de l'air libre était un désespoir dilué et clair qui n'avait pas de fin. Peut-être était-ce la raison pour laquelle elle voulait retrouver Martín et les autres. Parce que là, au moins, le désespoir reculait de quelques pas. Était-il vrai qu'elle les aimait encore ? « Je ne sais pas ce que j'ai voulu dire », pensa María. La voix de Vélez à côté d'elle suggérant qu'ils devaient retourner sur leurs pas la fit sursauter. Au retour, elle vit tout au fond, en face, la ferme tel un point blanc. Là, il n'y avait pas de cachettes. Et il fallait marcher tout droit. La vérité était que Martín, en revenant mille fois sur la mort de Pelé, s'était contenté d'être celui qu'il avait toujours été. Elle le reconnaissait franchement. Et ses reproches injustes ne l'enlaidissaient pas au point de le défigurer. María se rendit alors compte que rien de ce qu'il pouvait dire ou faire ne saurait le défigurer définitivement. María le reconnaîtrait toujours. En ce moment même, elle le reconnaissait. Aussi terrible que ce fût, Martín était toujours le même. Voilà pourquoi elle ne pouvait l'abandonner. Et Gonzalito aussi était toujours le même. Deux identités indéniables. Il ne s'agissait ni d'une idée ni d'une théorie : María pouvait reconnaître en chacun celui qu'elle avait aimé. Était-ce important ? C'était pour elle important parce que l'idée de les quitter n'était venue, en fait, ni du désespoir ni de la douleur ; elle n'était même pas venue de l'asphyxie qui s'était peu à peu emparée de la maison, mais du sentiment de plus en plus présent que l'identité de chacun, y compris sa propre identité, l'identité du visage réel de sa famille, s'était perdue à jamais. C'était ce sentiment qui, occupant tout le champ de sa conscience, l'avait poussée à partir. Mais l'amour qui avait été, en un premier temps, capable de les reconnaître continuait de le faire. La continuité de l'amour ne s'était pas rompue : c'était ce que son retour signifiait : l'acte de rentrer était l'acte d'amour qui réintégrait maintenant leurs visages : restituait l'intégrité de leurs images. Elle devait rentrer pour restituer et supporter par ses actes le poids insupportable, le visage invisible de la réalité : l'argument final, se passant de mots. Et cela signifiait vouloir qu'ils existent tous les deux et vouloir les voir exister. Vouloir prendre soin d'eux. Il n'y avait rien de plus à dire, pensa Maria. Les mots n'avaient aucune raison d'aller plus loin, après cet humble assentiment qui emprisonnait María pour la vie.

Ils rentraient à la ferme, comme si l'idée de rentrer à Madrid les empêchait déjà de poursuivre leur promenade. « María, j'espère que tu vas me pardonner, mais je crois que mon devoir est de ne pas te laisser rentrer chez toi. Tu viens d'arriver. Dire que tu repars, c'est comme une réaction de défense contre un vaccin. Tu dis que tu veux rentrer, mais la vérité, c'est que tu ne sais pas ce que tu veux. » María fut obligée de l'approuver. Vélez méritait une explication plus détaillée. Cela dit, María ne pouvait pas donner de détails, ou trouver des arguments, parce que sa décision était une totalité — un acte — supérieure à la somme de tous les détails, arguments et raisons qui la composaient. La totalité était un seul acte : un acte, en définitive, très simple. Cependant, une chose était claire : María devait respecter la sincérité des arguments de son ami, même si elle ne faisait que remettre à plus tard l'exécution de sa décision de rentrer. Aussi elle dit : « Tu as raison, Alfonso, surtout sur un point : il est encore trop tôt pour rentrer à la maison. Il faut que je laisse le temps faire son œuvre, il faut que j'attende… » Vélez soupira, rassuré : si María laissait passer quinze jours, un mois, deux mois, ou même trois mois, elle aurait beau dire qu'elle voulait rentrer, de fait, elle ne rentrerait jamais. Vélez se félicita lui-même en pensant à ce que son bon sens et son expérience du monde lui dictaient. « Je préfère ça, María ! Prends de bonnes vacances. Je suis à ta disposition, je te l'ai déjà dit. Si tu en as assez d'ici, ces terres du plateau de Castille sont à la longue un peu rudes, si tu en as assez, María, nous irons à Málaga ou à Ibiza, ou bien dans les Caraïbes, on m'a dit que les récifs de corail y étaient merveilleux. » María riait, maintenant franchement amusée, émue par la ruse naïve de son ami qui ne lui avait pas échappé. « Pour le moment, nous resterons ici si tu veux bien. Je peux rester seule, je serai bien ici à faire des promenades, la sieste… » Vélez déclara qu'il n'avait rien à faire en ce bas monde, si ce n'était se promener avec María. Un séjour au bon air et se coucher à l'heure des poules lui feraient à lui aussi le plus grand bien.

Ils laissèrent passer six semaines, comme on laisse six lignes blanches pour que le bon lecteur trace calmement son plan de conduite. Ils ne descendirent qu'une fois au village, ce même premier après-midi, afin que María parlât au téléphone avec sa mère. La fermeté de la voix de la vieille femme l'étonna : elle n'avait pas l'air surprise par la brutale disparition de María. Et elle trouva bonne son idée de se reposer quelque temps. María ne posa aucune question sur les trois autres, pas plus que sa mère ne fit allusion à eux. En raccrochant, María se sentit un instant assaillie par la crainte que l'un des trois, Martín, Gonzalito ou Virginia, perdît la tête (« perdre la tête » fut l'expression qu'elle employa pour mettre en mots le souci qu'elle se faisait pour eux. C'était évidemment une expression inadéquate parce qu'il y avait de fortes chances qu'il se passât le contraire : tous, autant qu'ils étaient, laisseraient œuvrer l'inertie de la normalité qui les rendait insensibles). De retour à la maison, ayant regagné sa chambre, María pensa que la fermeté, l'intégrité, de sa décision de retourner à Madrid ne devait être perturbée par aucune anxiété passagère. Il fallait attendre et rentrer : les deux sans hâte, sans date annoncée : comme on agit sous l'impulsion d'une grande confiance, d'une paix, qui dépasse tout entendement.

Au bout de ces six semaines, alors que Vélez était enfin persuadé que María avait renoncé à son projet de rentrer — de fait, Vélez faisait tout pour ne pas en parler, un peu comme les enfants qui évitent, pendant les grandes vacances, de penser à l'école —, María dit : « Alfonso, je te serais reconnaissante de m'emmener à Madrid. Ne m'en veux pas. Tu vois que j'ai laissé passer du temps. Le temps a passé et je persiste à penser qu'il faut que je rentre. »

Vélez prit l'air si sincèrement désolé que María le prit dans ses bras, comme on prend dans ses bras un gamin déçu. Ils arrivèrent à La Moraleja vers une heure de l'après-midi. María sonna à la porte et, tandis qu'ils attendaient, Vélez répéta encore une fois ce qu'il avait répété tout au long du voyage : « Tu sais où me trouver. Je n'ai pas l'intention de bouger tant que tu ne m'auras pas dit que tu n'as plus besoin de moi. Cela dit, María, je ne comprends pas très bien… » María remarqua que Vélez avait envie d'ajouter quelque chose que très probablement il ne comprenait même pas très bien lui-même. Ce qu'il finit par dire n'allait pas très loin : « Tu as un côté démodé, María, genre Augustine d'Aragon, mourir pour la patrie… Ce que représente pour moi la croix de Saint-Ferdinand, tu l'as déjà, et la médaille militaire aussi, ne ris pas, je te parle très sérieusement, je ne sais pas ce que tu as l'intention de faire, mais je ne peux pas ne pas me sentir fier que tu sois mon amie… De toutes les femmes que je connais, c'est toi qui as le plus de classe ! » La bonne disait déjà bonjour à María. Et María entra chez elle en riant à cause de la croix de Saint-Ferdinand qu'aux dires de Vélez elle avait gagnée à la force du poignet.

« Ça m'a fait un choc de ne pas te voir », répéta Martín. Il était minuit et ils étaient tous les deux au lit, comme cela leur était si souvent arrivé dans le passé. « Ça m'a fait un choc terrible. Pour la première fois de ma vie, de toute une vie, je ne t'ai pas trouvée. Je t'ai cherchée et je ne t'ai pas trouvée. Au sens littéral, María : le premier jour, je n'ai pas arrêté de tourner dans le jardin et la maison et je ne t'ai pas trouvée. Ça m'a fait un tel choc que tu partes ! Je l'avoue, j'étais inquiet. Il fallait que tu rentres et tu es rentrée. Bien sûr ! Il était impensable que tu ne rentres pas ! Mais ce qu'il y a d'étrange, c'est que l'impensable était aussi pensable, racontable. Et le plus étrange était que je ne me sentais pas abandonné, seulement secoué, suprêmement surpris : l'impensable... Une étrange distraction, un divertissement tout à fait dans le goût de mon personnage : l'impensable est tout à coup pensable et le penser est presque douloureux : on aurait dit que ta disparition se transformait en métaphore d'un supplice extrêmement sanglant : non sanglant : il était impensable que tu m'abandonnes, ce n'est pas ton style, mais, de fait, tu m'avais abandonné : c'était comme si je trouvais tout à coup un nouveau style : tu avais réussi à rendre pensable l'impensable : choquant : tu aurais peut-être dû continuer jusqu'à épuisement de ce qu'il y avait de choquant dans ce geste : ton erreur catégorielle préméditée, María, ton acte, métaphore inattendue : une telle manifestation d'esprit romanesque, d'une certaine manière, me surprend chez toi... Tu avais rendu l'impensable pensable... Un vrai miracle et je regrette presque, presque presque, vois-tu, que tu sois revenue, je regrette presque... »

Et Gonzalito avait dit : « J'ai cru que tu ne reviendrais jamais. C'est moi le coupable de tout. J'ai poussé Pelé et maintenant je ne connais plus de repos : je le vois tout le temps, tu dois me sauver et tu ne peux pas me sauver parce que, pour me sauver, tu dois m'aimer et tu ne peux pas m'aimer. Mais tu voudrais me sauver : tu voudrais me sauver mais alors il faudrait que tu veuilles m'aimer, même si tu ne m'aimes plus, ma chère petite sœur. Rien ne se serait passé si j'avais voulu me retenir. Mais je ne me suis pas retenu. Et je l'ai poussé, je l'ai tué et maintenant la faute ne me laisse ni mourir ni vivre en paix. Je ne peux ni dormir ni ne pas dormir : je ne me réconcilie ni avec le sommeil ni avec la veille : j'ai beaucoup grossi, je mange entre les repas, je passe la journée à faire la sieste : à vrai dire, j'ai cru que tu nous avais tous envoyé chier une bonne fois pour toutes, j'ai cru que tu ne rentrerais pas, c'est vrai : tu es rentrée et je ne comprends pas : ne te donne pas la peine de me sauver : il n'y a pas de salut pour moi, il n'y en a jamais eu, et puis, pour me sauver, il faudrait que tu veuilles m'aimer, ce qui est impossible… »

« Moi, María, je dis que, dans le Credo, il n'y a pas de confusion possible, tout est clair, nous l'avons appris en espagnol et en latin, "Je crois à la résurrection des morts", tous les papes, tous les conciles, depuis presque deux mille ans, et ça continue tel quel, Jésus-Christ est ressuscité, Pelé aussi va ressusciter, n'est-ce pas María ? L'enfant doit être avec Dieu, n'est-ce pas ? Je le répète souvent chaque fois que je fais cette prière, "Je crois à la résurrection des morts", Jésus aussi, comme Pelé, était ressuscité le troisième jour, ne sois pas bête, ma petite, allons, allons, mouche-toi, allons, ne pleure pas, tu vois bien, je suis de plus en plus contente parce que je suis sûre que Pelé nous voit, le Credo est ce qu'il y a de plus important dans notre foi, c'est la prière que je récite avec le plus de plaisir et elle dit bien clairement qu'il est ressuscité, avec Jésus, trois jours après avoir été enterré, il ressuscitait, tu crois que je pourrai le revoir ? je veux le voir, María, le voir, même si nous ne nous parlons pas, il me suffit de le voir, le Credo dit que tous, tous les êtres, ressuscitent, comme Jésus, papa aussi, Pelé aussi, nous deux aussi, la seule chose qui m'attriste, c'est que peut-être nous ne le verrons pas, tu te souviens de lui ? il était si mignon, peut-être le voyons-nous, il m'arrive de passer la journée à parler avec Pelé, parfois je l'aperçois, toi aussi ? en ce moment même, tu vois, on dirait qu'il est parti il y a une minute et que lorsque la porte s'ouvre, c'est lui qui entre au pas de course, tu te souviens du jour où nous sommes allés au stade du syndicat des étudiants ? il devait faire je ne sais plus quelle course et jouer au football. On dirait, tu ne trouves pas ? qu'il vient de sortir et qu'il va renter tout de suite... »

« ...Pour la première fois et peut-être la dernière, tu m'as surpris, María, tu m'as laissé littéralement et littérairement bouche-bée... C'était un truc si pur, un procédé narratif si rapide, si accéléré, si puissant, si inattendu... ton retour, voilà ce dont je parle, et non pas du fait que je t'ai cherchée en vain et que j'ai trouvé choquant qu'une personne comme toi, María, une personne fidèle, parte... mais non ! tout compte fait, c'était normal, c'était conventionnel, procédé traditionnel d'héroïne féminine, au début ça m'a fait un choc et j'ai cru, quand tu es rentrée, que ce qui m'avait fait un choc, c'était ton départ !... Allons donc ! ... Ce qui m'a fait un choc et dont je ne me rendais pas compte, et tu remarqueras pourtant que je repère tout, l'émotion, la réaction, l'idée, le petit mot aussi insignifiant ou dérisoire qu'il paraisse sont importants pour moi : tu le sais fort bien, María, je n'ai plus de secrets pour moi, et il se trouve pourtant qu'en essayant de décrire ce que j'ai ressenti quand je t'ai retrouvée à la maison je suis resté à la surface des choses, n'importe lequel de mes médiocres contemporains aurait fait de même, ton départ ne m'a fait aucun choc, María, c'est parfaitement compréhensible, imaginable, pensable et racontable, l'impensable est que tu sois de nouveau ici, c'est impensable, je ne suis capable ni de le penser ni de le raconter, c'est ridicule, tu me fais me sentir incompétent, médiocre, un auteur populaire, une plume facile qui gagne sa vie avec des articles et des petits romans pour yuppies, tu t'es tirée, et aussi incroyable que cela paraisse, tu es rentrée, l'assommante résurrection des vivants ou des morts ne me stupéfie pas plus que le fait que tu sois rentrée... Je suis troublé, María, perplexe, ton retour n'est pas une métaphore et n'est pas non plus racontable de façon parfaite, écrire m'absorbe beaucoup moins, c'est de ta faute, qu'est-ce que tu voulais dire ? Qu'est-ce qui cherchait à se dire à travers ton impensable emprisonnement dans cette maison, prisonnière des vivants et des morts par la force des choses ? Que vient faire toute cette merde, cet enchevêtrement de réalités impensables ? C'est comme si penser et être n'étaient plus une seule et même chose... Tu crois, María, que c'est les premiers symptômes de la grippe ? J'ai mis le thermomètre et je n'ai pas de température, pas même un dixième, mais je ne me sens pas bien du tout, c'est de ta faute... »

« Moi, María, j'ai découvert que ce qu'il faut faire, c'est jeûner, regarde les Suisses, ils vivent plus longtemps et en bonne forme, un jeûne par semaine dans les quatre cantons, du coup, figure-toi, je suis tombée au Vips sur le livre du docteur López-Pombo, sûrement un parent de Tereto, ce qui ne m'étonnerait pas le moins du monde, je suis entrée pour acheter un pain au chocolat et, surprise ! le livre le plus vendu était le livre du docteur López-

Pombo, il faut jeûner, en Suisse, on jeûne systématiquement, y compris dans les écoles maternelles, cela dit, en buvant beaucoup, l'essentiel est de boire, beaucoup de jus d'orange, beaucoup de jus de carotte, beaucoup de miel de fleur d'acacia, mais, María, ce qui est le mieux pour le jeûne, c'est l'eau, le mieux c'est l'eau, des litres et des litres d'eau… Ce qui est le mieux, selon López-Pombo, un cousin de Tereto, le mieux, et de loin, c'est l'eau… »

Composition : Graphic-Hainaut SA à Vieux-Condé
Impression : Société Nouvelle Firmin-Didot au Mesnil-sur-l'Estrée
Dépôt légal : mars 1998
N° d'édition : 1404 - N° d'impression : 42064